«PAVILLONS»

Collection dirigée par Claire do Sêrro

DU MÊME AUTEUR

chez le même éditeur

Les Dépossédés, collection « Pavillons », 2011

Les Élus, collection « Pavillons », 2016,

prix Médicis étranger

Lettres de pluie, collection « Pavillons », 2019

STEVE SEM-SANDBERG

W.
OU LA GUERRE

roman

traduit du suédois par Hélène Hervieu

Robert Laffont

Traduit avec le concours financier du Swedish Arts Council

Titre original : *W.*

First published by Albert Bonniers Förlag, Sweden
Published by arrangement with Nordin Agency AB, Sweden
Traduction française : Éditions Robert Laffont, S.A.S., Paris, 2022

ISBN 978-2-221-25043-3
Dépôt légal : janvier 2022
Éditions Robert Laffont – 92, avenue de France 75013 Paris

WOYZECK, *sur le ton de la confidence* : Docteur, avez-vous déjà fait l'expérience de la nature double ? Quand le soleil est au zénith et qu'on dirait que le monde prend feu, une voix terrible m'a déjà parlé !

MÉDECIN : Woyzeck, il a une *aberratio*.

WOYZECK, *posant le doigt sur son nez* : Les champignons, docteur, c'est là qu'il faut chercher. Avez-vous déjà vu le genre de figures que les champignons forment en poussant dans le sol ? Ah, celui qui saurait lire ça !

Georg Büchner, *Woyzeck*

I

Lors de l'examen de l'accusé

Si nous procédons à un examen détaillé de la vie du patient avant l'altération de son psychisme, nous arriverons probablement à la conclusion que la déficience de son cerveau et la rupture des vaisseaux sanguins trouvent leur origine dans la manière corrompue dont il a mené sa vie, avec ses excès et sa déchéance morale.

Johann Christian August Heinroth,
Lehrbuch der Störungen des Seelenlebens oder der Seelenstörungen und ihrer Behandlung[1], 1818

1. Ouvrage non paru en France, dont le titre pourrait être ainsi traduit : *Manuel des troubles psychiques ou des perturbations psychiques et leur traitement*. (*Sauf indication contraire, toutes les notes sont de la traductrice.*)

(Poignarde-la, poignarde-la, cette chienne de Woostska, poignarde-la afin qu'elle crève… !)

Au cours de l'interrogatoire de police qui s'ensuivit, il ne put se souvenir d'où les mots lui étaient venus ni de quelle était cette voix qui les avait prononcés, il dit que c'était seulement comme si une main de géant l'avait soudain empoigné à hauteur de poitrine et projeté à terre. Et la force de ce geste avait été d'une telle violence, oui, comment dire, ça l'avait tellement étouffé qu'ensuite rien d'autre n'avait paru se produire, et ces mots étaient comme restés en suspens. Ils étaient convenus avec Johanna de se retrouver à Funkenburg, ce jour-là. Ou plus exactement : il n'avait pas la certitude qu'ils étaient convenus de quoi que ce soit. Quand ils s'étaient vus plus tard, c'était elle qui était venue vers lui, elle l'avait touché pour la première fois depuis longtemps, elle lui avait demandé le nom d'un soldat de la garde de la ville, croyant qu'il le connaissait, puis il lui avait demandé si, à l'occasion, elle ne pouvait pas se promener avec lui, les soirées étaient longues et claires désormais. Et elle l'avait regardé avec ses yeux qui louchent et ce sourire de loup que pour une quelconque raison elle lui adressait si souvent, amusée et attendrie à la fois comme lorsqu'on regarde un enfant, et dit qu'elle le ferait avec plaisir. Bien qu'ils n'aient rien convenu de particulier, dit-il, et les deux policiers l'avaient regardé fixement sans comprendre. L'un était un officier de police aux cheveux fins, assis derrière un bureau massif en chêne, l'autre un collègue beaucoup plus jeune, mince et dégingandé. C'était le plus jeune qui s'occupait du procès-verbal, mais, au lieu d'écrire, il se frottait les pouces l'un contre l'autre et s'humectait les lèvres comme s'il se sentait mal à l'aise de se trouver dans la même pièce qu'un homme arrêté pour avoir commis le plus terrible de tous les crimes. W. regarda ses mains. Elles ne tremblaient plus. C'était pour ça, dit-il à la fin, qu'il était descendu à L'Oie d'Or dès la matinée. Il n'était pas sûr qu'elle le rejoindrait, elle n'avait pas donné sa parole. Et elle n'était pas là quand il est arrivé. Elle n'était pas non plus chez Warneck ni dans la Sandgasse où elle louait une chambre chez Frau Wognitz. Elle avait dû sortir tôt le matin, à moins qu'elle ne soit pas rentrée de la nuit ; et c'est à ce moment-là qu'il avait décidé de se rendre là-bas. De se rendre où ça ? demanda l'officier. À Funkenburg. Au restaurant en plein air. Elle avait peut-être voulu être là de bonne heure pour s'assurer d'avoir une table près des musiciens. Encore que, par des connaissances à lui qui se tenaient près de l'ancienne brasserie, il avait appris qu'on l'avait vue plus tôt le matin à Brühl, marchant bras dessus bras dessous avec le soldat Böttcher, et il savait bien qui était ce Böttcher, un grand type de belle prestance, le teint un peu rougeaud, avec une moustache broussailleuse et des favoris. Il les avait déjà vus plusieurs fois ensemble. Une fois au Bosens Garten. Il était passé non loin d'eux et avait décidé de ne pas les saluer. Mais vous croyez que cela aurait fait quelque chose à ces deux-là ? Ils marchaient bras dessus bras dessous et Johanna n'avait d'yeux que pour l'autre, elle marchait en lui souriant, même si elle ne lui souriait pas comme elle lui souriait à lui, Woyzeck, comme on sourit à un enfant ou à quelqu'un qui en sait moins long que vous, mais librement, il aurait presque envie de dire insolemment, et pour sûr, il y avait eu quelque chose dans ce sourire qui l'avait fait bouillonner après, il ne savait pas si c'était le même soir ou un autre soir, voire plusieurs semaines plus tard, en tout cas il était si courroucé et désespéré qu'il n'avait pu s'empêcher de lui rendre visite dans la Sandgasse, bien qu'elle le lui eût expressément interdit, et là, bien sûr, il ignorait si elle était de nouveau avec ce Böttcher ou quelqu'un d'autre, impossible de savoir car Frau Wognitz, sa logeuse, était sortie avec un balai et lui avait fait redescendre tout l'escalier, avant de se poster à sa fenêtre et crier de sorte que tout le quartier avait entendu son *Rentre chez toi, Woyzeck, rentre chez toi. Au revoir, au revoir...!* La patience de l'officier est maintenant à bout. Il veut savoir des choses sur l'arme du meurtre : Était-elle déjà en sa possession quand il s'était rendu la première fois à Funkenburg, à savoir dans la matinée ? Ou était-ce seulement quand il avait compris que la veuve Woostska sortait avec l'autre soldat, comment il s'appelait déjà ? Comment il s'appelait déjà ? Il adresse cette question à son subalterne qui vite relit ses notes et marmonne. Böttcher, dit-il en humectant les coins de sa bouche avec sa langue. Ou bien s'était-il procuré l'arme plus tôt ? Dans ce cas, comment avait-il pu mettre la main dessus ? W. se passe les deux mains sur le visage. Il n'arrive pas à comprendre pourquoi ils s'intéressent tellement à cette arme. Il tente d'expliquer qu'il possède cette lame de sabre depuis longtemps, elle n'était pas entière, il en manquait plus de la moitié et il la gardait dans un sac en toile recouvert de cuir, et il lui manquait aussi le manche. Il avait donc prémédité son acte dès qu'il avait compris que la veuve Woost ne tiendrait pas parole et qu'elle avait choisi plutôt la compagnie de l'autre soldat, c'était quoi, son nom déjà, Blechner ? Mais ça ne s'était pas passé comme ça. Je n'ai pas décidé ça, dit-il d'une voix aussi calme et basse que possible. Tout était prémédité, c'est ce que l'officier persiste à comprendre. C'était comme si la main d'un géant m'avait empoigné à hauteur de poitrine et après comme si rien d'autre ne s'était passé. Je me sentais le cœur léger, dit-il en regardant fixement les mains qu'il tient croisées sur les genoux. Elles se sont remises à trembler. L'officier aussi regarde ses mains. Revenons à la journée proprement dite, reprend-il après avoir jeté un regard entendu à son collègue. Quand vous avez appris que la veuve Woost était en compagnie de ce soldat Böttcher, qu'est-ce qui est arrivé ensuite ? Il se passe les mains de la racine des cheveux jusqu'au front et aux yeux, puis jusqu'au menton et au cou. Elles tremblent encore plus, tout son corps tremble. Il essaie de se souvenir. Les jours se confondent. À vrai dire, il n'avait pas de domicile fixe les dernières semaines, il traînait la plupart du temps, se faisait prêter de l'argent à droite et à gauche, dormait là où on acceptait de l'héberger et dehors quand il ne trouvait rien. Les nuits avaient été chaudes et sèches. Mais l'officier perd maintenant vraiment patience. Est-ce qu'il l'avait sur lui pendant tout ce temps ? demande-t-il, voulant parler de la lame de sabre. Il ne sait pas quoi répondre. L'officier doit bien comprendre qu'on garde des choses sur soi, la lame de sabre n'était qu'une moitié de lame, mais peut-être aurait-il pu l'échanger contre autre chose, de la nourriture, par exemple. Jamais il ne se serait imaginé qu'elle aurait un tel usage. Et après, il avait tout oublié. J'ai rasé quelques connaissances de la taverne : le pharmacien ainsi que Bon, le commis du charcutier, et puis les deux apprentis de Warneck. Je me suis assis auprès d'eux un moment puisqu'ils étaient à l'ombre et voulaient payer pour moi. Vous étiez donc ivre à ce moment-là ? Non, pas ivre ! Comment leur expliquer… C'est comme s'il s'était trouvé en un lieu où les pensées n'existaient pas. Il se souvient du vent qui passait dans les hauts tilleuls, de la lumière qui jouait avec les ombres du feuillage sur les tables encore vides et, sur le sol, du motif formé par les feuilles frémissantes, et de cette sensation soudaine de libération vis-à-vis de tout ce qui l'opprimait et l'étouffait. Vide et, en quelque sorte, en apesanteur. Le poids oppressant des autres corps en mouvement qui sinon se trouvent partout où qu'il aille, les voix, les cris, tout cela ne le concerne plus. C'est comme s'il flottait quelque part entre le sommeil et la veille, le corps plongé dans une espèce d'hibernation, bien qu'il ait suffisamment les idées claires pour que tout l'envahisse avec une perception décuplée. Ça lui arrive de penser que cet état est le seul à être réel. Quand ce qui se passe autour de lui ne lui convient plus, il est capable de fixer son attention sur ce qu'il veut vraiment se rappeler et ce à quoi il veut vraiment penser. La peau de Johanna, là où elle est la plus nue et la plus vulnérable, derrière ses oreilles et en descendant vers sa nuque, dans le creux de son cou ou entre ses omoplates. Son rire profond et lourd quand elle le guidait pour la pénétrer. Et s'enfouir dans ce lieu doux, chaud et humide. Mais ça, il ne peut pas le leur expliquer. Il détourne le regard de l'officier qui continue de le fixer avec un air à la fois encourageant et incrédule, avant de baisser les yeux sur ses mains posées sur ses genoux, paumes en l'air. Des mains d'assassin. Elles ont cessé de trembler maintenant. Il se souvient de la lumière du soir qui s'attardait longtemps après les coups de l'horloge, comme une lueur cuivrée, teintée de vert dans le ciel, protégée par les clochers des églises et les toits des maisons. Il y a beaucoup de monde dehors, et tous marchent comme s'ils étaient inséparables de leurs ombres. Sauf elle qui n'en avait pas. Il la voit traverser la Rossplatz, ses cheveux striés de gris brillant dans les derniers feux du soir. Mais elle n'a pas la démarche franche et décidée qu'elle a d'habitude, on dirait qu'elle n'arrête pas de se heurter à un obstacle invisible qui l'oblige à chanceler sur le côté, un bras tâtonnant en l'air. Elle est seule. Son cavalier l'a apparemment abandonnée ou bien il a déjà obtenu d'elle ce qu'il voulait. Elle avance, le regard baissé, et sa bouche est grande et tordue, une commissure qui bâille, comme souvent quand elle a bu, ses lèvres semblant alors se figer dans une expression de rire et de mépris. Johann, dit-elle en titubant quand elle l'aperçoit, quoique sans aigreur et sans étonnement, comme si elle jugeait tout à fait naturel de le trouver ici. Et, à cet instant, il a presque oublié la lame de sabre, a-t-il envie d'expliquer à l'officier. À cet instant, il aurait tout aussi bien pu se tenir nu comme un ver devant elle, tel qu'il était sorti du ventre de sa mère, complètement pur et innocent. Il dit qu'il va la raccompagner chez elle et lui prend délicatement le coude. Elle ne proteste pas, mais ne se laisse pas faire ni conduire non plus. Pourtant, il s'imagine qu'ils se promènent comme ils le faisaient autrefois, comme ils auraient dû le faire, comme il avait cru toute la journée tandis qu'il la cherchait qu'ils se promèneraient, bras dessus bras dessous, inclinés légèrement l'un vers l'autre. Peu importe que les gens se moquent de lui. Ah, encore à courir après ta putain ? Elle est où maintenant, ta Woostska ? Et il ne dit pas un mot sur le fait qu'il l'a cherchée toute la journée, il ne dit absolument rien du tout ; et tout est comme avant entre eux, du moins jusqu'à ce qu'ils arrivent à la Sandgasse et à son porche où, d'un geste brusque et coléreux, elle se dégage de son bras, on aurait dit qu'il avait essayé de le lui voler, et, approchant son visage tout près du sien, elle lui crie sans détour *Mais arrête de me suivre partout !* Alors seulement il lui rappelle ce qu'elle avait dit, qu'elle avait promis de l'accompagner au pavillon de danse, et non pas d'y aller avec Böttcher. Il est calme, posé, il n'élève même pas la voix. Mais elle continue de lui crier sous le nez. Il veut de nouveau saisir son bras, à présent pour essayer de la calmer – ils se tiennent sous le porche et dans la rue des gens se sont arrêtés et se sont retournés pour voir ce qui se passe –, quand elle commence à lui donner des coups de poing. Il lui barre le chemin. Elle crie. Il faut qu'il dégage. Crie. Toujours avec cette même voix stridente et sauvage qu'il ne reconnaît pas. Et, s'il saisit la lame de sabre, c'est toujours sans penser le moins du monde à s'en servir. Il veut seulement la calmer, mais elle continue à le frapper, fort maintenant, et au visage en plus ; et fait en même temps mine d'appeler quelqu'un parmi ceux qui se sont arrêtés dans la rue, comme pour demander qu'on lui vienne en aide (alors qu'il ne lui a jamais voulu de mal), et là c'est comme s'il n'était plus capable de s'arrêter. Il serre plus fermement le fourreau, en sort la lame et, quand elle se penche vers lui, il donne un coup puissant vers le haut. Et s'il continue de donner des coups, c'est juste pour libérer sa lame et écarter cette femme de lui. Elle a le regard qui s'agrandit, s'élargit et s'ouvre, de surprise en quelque sorte, et, avec un mouvement retenu, presque confiant, place ses deux mains sur ses épaules et pose sa tête au creux de son cou. Il veut alors la soutenir, la soutenir tendrement et la porter, mais, quand il tente d'empoigner son corps qui lentement s'effondre, la bouche qu'elle lui présente n'est plus une bouche, seulement un grand pharynx d'où jaillit du sang d'un noir sombre. Il a du sang sur la poitrine et sur le dessus des mains. Dans la rue, chaque visage reflète le sien, trahit la même consternation qu'il éprouve, la même stupeur de voir que le corps qu'il serrait il y a peu dans ses bras n'a plus la force de se tenir debout et tombe à terre. Et là, il ne peut dissimuler plus longtemps la lame de sabre. Il la regarde, tous la regardent ; il ouvre grand ses bras et s'avance en titubant vers eux, avec une sorte d'insistance dans les mouvements, il veut essayer d'expliquer. Mais ils ne voient que le sang de cette femme sur ses bras et sa poitrine, et la lame de sabre encore dans sa main, alors ils reculent épouvantés. Et quelqu'un un peu à l'écart crie *Attrapez-le* et il se met à courir, d'abord il fait de grands pas, presque hésitants, puis plus rapides, dans la Sandgasse puis sur la Rossplatz. Bien que la plupart des gens s'écartent, d'autres viennent en courant vers lui, il les voit du coin de l'œil, il entend un policier siffler et il sait qu'il doit se débarrasser de sa lame de sabre, et il voit le bassin devant lui, il jette la lame mais sans voir où elle atterrit, et alors ils se saisissent de lui et c'est enfin terminé, Frau Woost, sa Johanna, est morte, la femme qu'il aimait plus que tout au monde est morte, c'est lui le coupable et maintenant elle est morte.

Il est seul dans la cellule qu'on lui a assignée. De la lumière tombe d'une fenêtre avec des barreaux en hauteur sur un des murs, durant la journée l'air chaud en devient lourd, étouffant, et il se réfugie instinctivement à l'ombre, dans le coin le plus éloigné. Là il reste accroupi pendant des heures, les jambes ramenées sur sa poitrine, à griffer des doigts les murs de la cellule jusqu'à avoir une couche de saleté et de raclures sous les ongles. Les murs portent les traces de tous ceux qui se sont retrouvés ici avant lui, des mots obscènes et des dessins gravés dans la pierre, sans qu'il parvienne à savoir ce que ceux-ci représentent. Pour lui, les murs nus de la cellule sont un bout de peau qui lentement se corrode, la peau des prisonniers eux-mêmes. Beaucoup de voix pénètrent jusqu'ici, même plus loin dans le couloir où sont les autres prisonniers, mais dans sa tête à lui règnent le vide et un étrange silence. Il entend des seaux qui se renversent dehors dans la cour et le bruit d'une voiture tirée par un cheval qui passe sous le porche, le cri des cochers, le grincement de la grille et des chaînes quand on enlève son harnais au cheval et qu'on le conduit à l'écurie. Les bruits s'assourdissent en fin d'après-midi quand la lumière décroît dans la cellule, et quand vient l'obscurité il s'endort sans s'en rendre compte, et dort toute la nuit comme épuisé, d'un sommeil vide, dépourvu de pensées.

Tôt à l'aube, tandis que seule une mince lueur grisâtre pénètre dans la cellule, le gardien arrive avec le petit déjeuner, remplit la gamelle d'eau et vide le seau qui sert de latrines. Le petit déjeuner est constitué de pain détrempé dans du lait et de café. Il mange et boit, sans arrière-pensée, vide ensuite ses intestins dans le seau puant dans le coin, puis il dort de nouveau pendant que la lumière se promène sur la peau griffée de la cellule. Quand la lumière passe devant la paillasse où il repose, le gardien vient avec le déjeuner, un bol de soupe très liquide avec quelques bouts de viande filandreuse et encore du pain. Il y a plusieurs gardiens, mais en général ils ne sont que deux. L'un s'appelle Wolf, c'est un homme d'un certain âge, longiligne, un peu voûté, le nez pointu, les tempes enfoncées, qui accomplit ses tâches quotidiennes dans la cellule de W. sans lever les yeux du sol, avec des gestes sûrs, mais presque de somnambule. L'autre s'appelle Conrad, son visage est franc et raide, avec des yeux tout ronds qui vous regardent fixement sous des sourcils bien arqués et broussailleux. Ce visage semble avoir été sculpté dans une pièce de bois. Conrad essaie différents angles d'approche pour entamer la conversation avec lui. Quand c'est lui qui est de garde le matin, on l'entend siffler, fredonner et se parler tout haut, bien avant de venir d'un pas lourd et traînant avec le petit déjeuner. C'est la première fois que je partage le pain avec un assassin, dit-il en déverrouillant la porte de la cellule. Il veut tout savoir, le moindre détail. Est-ce que la victime a résisté lors de l'action ? Et si oui, avec quel degré de violence ? Est-ce qu'une déclaration particulière est sortie de sa bouche *quand le coup de poignard mortel a été porté* ? On a entendu dire que des gens dans leur dernier souffle peuvent avoir des propos visionnaires. Et c'était quoi exactement le genre de femme auquel il avait eu affaire, Woyzeck ? Tout le monde sait comment c'est, les femmes, les lèvres disent une chose, le cœur une autre, à supposer qu'elles en aient un, de cœur, et pas seulement un bas-ventre humide et des pensées pécheresses. Mais Woyzeck ne répond pas, il est assis sur sa paillasse et regarde ses mains. Des mains d'assassin. Elle était l'être le plus doux, le plus angélique que j'aie connu, chuchote-t-il. Elle avait le cœur le plus noble et toujours un cadeau ou une bonne parole à offrir à un pauvre hère. Conrad le regarde avec son visage inexpressif de masque en bois. Il ne dit pas s'il a une opinion ou pense quelque chose de cette affaire, il prend simplement le seau et s'en va.

À sa deuxième ou troisième visite, Conrad vient avec son avocat et son confesseur. La Bienveillance et le Tourment comme il en viendra à les appeler plus tard.

L'avocat et le pasteur sont frères, mais ils sont le contraire l'un de l'autre sur presque tout. Hänsel l'avocat est un type vif qui ne tient pas en place. Incapable de demeurer tranquille, il n'arrête pas de marcher, le torse en avant, le poids de son buste allongé semblant faire pencher le reste de son corps vers le sol, ce qui donne à sa tête aux yeux qui clignent une vague apparence de lézard. Son frère, Hänsel le pasteur, n'est pas grand de nature, mais a une silhouette imposante, comme si son corps et son âme en étaient venus à fermenter dans l'exercice même de son ministère. Tandis que le frère avocat prend la parole, perd le fil, va d'un mur de la cellule à l'autre, le pasteur Hänsel reste près de la porte, comme s'il s'était figé à cet endroit. Son visage aussi s'est figé : en réalité seul son regard exprime le malaise qu'il sent flotter entre le prisonnier et la porte de sa cellule où, dans la lucarne de surveillance, se dessine encore le visage de Conrad.

Hänsel l'avocat est cependant plein de prévenance. Maintenant il dit que l'ancien logeur de W., Haase, le livreur de journaux, s'est porté personnellement garant de lui. À son initiative, des articles ont été écrits dans les journaux et des pétitions ont été lancées. Dans sa bienveillance insondable, Haase a même affirmé que non seulement lui mais plusieurs de ses connaissances et amis peuvent au besoin attester que W. est fondamentalement une nature calme et paisible, et qu'il est impensable qu'il ait pu commettre un tel acte, sinon dans un état de confusion extrême.

Si W. obtient que son affaire soit recevable sous le signe de la modération, il verra que tout finira par s'arranger au mieux !

En même temps que l'avocat exprime toutes ces assurances, il regarde déjà ailleurs. Il frappe à la porte de la cellule avec un bras pour attirer l'attention du gardien. Mais le visage de Conrad se trouve déjà dans la lucarne, comme si la lucarne et lui avaient fait partie d'un tableau accroché là depuis des décennies.

La Bienveillance s'en va donc, mais le Tourment reste.

Hänsel le pasteur le regarde avec un sourire qui n'est pas suffisamment affirmé pour dissimuler la répulsion qu'il éprouve.

Hänsel le pasteur : Je ne peux rien changer au carnage que vous avez commis, mais je peux vous guider, vous qui êtes dans un grand égarement.

W. garde les mains sur les genoux. En les ouvrant, il sent qu'elles sont comme deux plaies béantes. Que fait-on avec ses mains, si elles sont des plaies ? On ne peut pas s'en servir et on ne peut pas non plus se libérer d'elles. Il regarde Hänsel le pasteur et son regard doit certainement exprimer une forme de supplique, car pendant un instant le pasteur semble se radoucir, ses gestes sont moins raides.

Hänsel le pasteur : Je suis venu pour vous guider car vous êtes dans une grande confusion et un grand trouble, Woyzeck. Et pour, si possible, apaiser vos tourments.

(Johanna, Johanna… !)

Hänsel le pasteur : Ne vous êtes-vous jamais demandé quel dessein Dieu avait pour vous ?

Des jours, des semaines se passent ainsi.

Un matin, Conrad se trouve en compagnie de deux autres gardiens de prison et Conrad dit qu'il doit aller surveiller Woyzeck parce que celui-ci a eu la visite d'une personne distinguée.

Conrad parle avec les lèvres qui s'écartent en un large sourire comme s'il sous-entendait autre chose, et soudain il se rend compte qu'il n'y aura pas d'ordonnance de probation, qu'il ne passera même pas en jugement, mais qu'ils vont se débarrasser de lui comme ils le font avec les animaux blessés, inutiles, d'un coup de couteau à la gorge ou d'une balle dans la nuque. Et pour la première fois depuis qu'il a été conduit ici, ce vieux ressentiment renaît de nouveau en lui, cette honte de ceux qui sont toujours lésés, qui n'ont jamais eu voix au chapitre, ne reçoivent jamais de papier et crayon pour écrire à leurs proches ou à ceux qui leur sont chers ou pour prendre leurs responsabilités avant de quitter cette terre, et les dieux savent bien qu'il a beaucoup de dettes à régler.

Mais quand il essaie de dire cela, à Conrad tout d'abord qui est celui qui s'approche le plus de lui, celui-ci le frappe violemment à la tête et lui attache les coudes derrière le dos. Et ainsi, comme collés, le prisonnier et son gardien avancent en titubant dans un long couloir, gravissent un escalier et pénètrent dans une salle d'interrogatoire. Il lui faut un moment pour s'apercevoir que c'est la pièce où on l'avait conduit quelques semaines auparavant. Bien que cette fois elle soit remplie d'hommes différents. Herr Richter, le directeur de la prison, s'y trouve, ainsi que les deux officiers de police qui l'avaient interrogé la première fois. Et un greffier, parfaitement immobile, comme terrorisé, derrière son pupitre. Tout comme le médecin de prison, un homme d'un certain âge, corpulent, aux sourcils broussailleux que les autres appellent docteur Stöhrer. Hänsel l'avocat est également présent, avec son long corps anxieusement penché en avant et son sourire fugace.

Le centre de cette assemblée n'est cependant pas un de ces messieurs, mais un homme plus âgé qui, en raison de sa taille modeste, ne se remarque pas tout de suite au milieu du groupe de gardiens et d'officiers en uniforme.

Le Conseiller à la Cour Herr Clarus est ici pour vous examiner, dit Herr Richter, le directeur de la prison, une fois que le tumulte provoqué par son arrivée s'est un peu calmé et qu'il est poussé devant cette demi-portion de personne. Vous êtes prié de retirer votre tenue de prisonnier.

Deux hommes parmi les gardiens s'avancent pour lui ôter ses vêtements. D'instinct, il se recroqueville à leur contact. C'est ce vieil instinct qui se réveille, qui prend toujours le dessus quand il y a trop d'agitation autour de lui et qu'il craint les coups ou les réprimandes. Soudain, il n'arrive plus à saisir les gens dans la pièce, ils tombent les uns contre les autres telles des quilles. Il tremble de tous ses membres, mais les gardiens sont déterminés. Tandis que l'un d'eux lui menotte les mains, l'autre lui retire son pantalon taché et enlève sa chemise par le haut, par-dessus ses épaules et sa tête.

Ils se tiennent en cercle autour de lui, et il est au milieu : nu, tremblant. Comme un animal. Certains rient tout haut, d'autres regardent sans vergogne son entrejambe sur lequel il presse ses deux mains. D'autres encore détournent les yeux, comme bouleversés par le spectacle de sa tendresse animale.

Le seul qui semble regretter qu'on ne le regarde pas, à supposer qu'on regarde qui que ce soit, c'est le Conseiller demi-portion à la Cour. Pendant qu'on le déshabillait, Clarus a ouvert une grande mallette noire à serrure de laiton qu'il a posée sur le bureau et dont il sort sans aucune précipitation divers ustensiles. Clarus attrape son bras, sent le pouls à son poignet, puis sur le côté de la gorge, examine ses deux yeux, écoute sa respiration avec un tube qu'il plaque contre sa poitrine et son dos, comprime et appuie à différents endroits, même sur la tête.

Eh bien, Woyzeck peut-il parler des voix qu'il prétend avoir entendues ? Avec quelle oreille était-ce ?

Rires dans la pièce.

Et quelle sorte de son ces voix produisaient-elles ?

Nouveaux rires, les gens discutent vivement entre eux.

Était-ce comme un bruissement ou – comment dire – plutôt un bruit plus liquide… ?

Et quand il a l'air de ne pas comprendre, Clarus répète chaque mot, très lentement, avec des mouvements de bras exagérés, comme s'il était dur d'oreille.

C'était à *cette* oreille-*ci* ? Ou n'était-ce pas plutôt là-haut ?

Il tape fort sur son crâne au-dessus de son oreille gauche et quand W. lève les deux bras autour de sa tête pour se protéger, des rires fusent dans la pièce. Le Conseiller à la Cour sourit, un sourire un peu forcé, comme pour montrer qu'il comprend ce contentement même si son devoir et son honorabilité professionnelle l'empêchent d'y participer. Quand les rires s'éteignent, il se lève de toute sa longueur insignifiante et se racle la gorge, l'air grave.

Maintenant tout le monde est prié de sortir pour que l'accusé et moi puissions parler seuls un moment. Le greffier peut rester.

L'assemblée dans la salle d'interrogatoire se retire sans avoir perdu de sa gaieté tandis que le greffier se tient debout, indécis et effrayé, près de son pupitre. Non sans une certaine méticulosité, le Conseiller à la Cour prend place derrière le bureau et range tous les accessoires de l'enquête dans son grand sac. À portée, derrière le bureau, le conseiller dispose d'une clochette qui par un fil au plafond est reliée à une clochette identique dans la salle des gardiens voisine, de façon à pouvoir appeler à l'aide au cas où l'accusé deviendrait violent. Mais Monsieur le Conseiller à la Cour ne semble pas craindre que pareille chose se produise. Le regard qu'il pose sur W. est critique et non curieux, tout en étant pénétrant et indifférent. À la fin, apparaît quelque chose qui ressemble à un sourire sur le visage sec de Clarus. Ce n'est pas un sourire ordinaire, plutôt comme si la peau du visage se fendillait et laissait voir une dentition bien alignée.

Le prévenu peut s'asseoir ici, dit le Conseiller à la Cour en désignant à W. une chaise poussée contre le bureau et, au moment même où W. s'assied, le greffier se prépare derrière son pupitre.

Clarus : Maître Hänsel a fait preuve de discernement en me faisant savoir à l'avance que le prévenu est de nature calme et paisible. Fondamentalement. Cette considération correspond-elle à la vérité ?

Woyzeck : Je n'oserais pas me prononcer là-dessus, Monsieur le Conseiller à la Cour. Je laisse à d'autres ce soin…

Clarus : Le crime que vous avez commis a donc dû se produire dans un état d'inconscience soudain. Vous avez dû tout simplement perdre la raison. Commettre un acte d'une telle bestialité et sans une once de mauvaise conscience, en outre sous les yeux de tous, ne peut s'expliquer autrement – à moins que le prévenu ait une autre opinion –, compte tenu que vous n'étiez pas ivre au moment des faits, ce que confirment les deux officiers de police qui vous ont interpellé, ou en tout cas pas plus que d'habitude ? Est-ce bien cela ? Avez-vous agi sous l'effet de la boisson ?

Woyzeck : Non.

Clarus : Pouvons-nous noter cela dans le procès-verbal, à savoir que l'accusé ne peut concevoir comment ni pourquoi il a commis ce crime et que les boissons enivrantes n'ont rien à voir avec l'affaire ?

Woyzeck : …

Clarus : L'accusé éprouve-t-il seulement une forme de honte ou de remords vis-à-vis de l'acte horrible qu'il a commis ?

Woyzeck : …

Clarus : L'accusé pourrait-il avoir l'amabilité de me regarder en face quand il me répond ?

Si sourire sur son visage il y avait avant, désormais il a disparu. Il trempe sa plume dans son encrier et écrit. Ensuite il regarde sa montre sans lever les yeux de ses papiers.

Sur ces entrefaites, le gardien arrive.

Clarus : C'est tout. L'accusé peut s'en aller pour aujourd'hui.

Mais peut-être y a-t-il là une part de vérité comme Clarus le suppose. La culpabilité ne veut pas arriver. Il se sent vide, presque en apesanteur. C'est un soulagement de ne pas être obligé de penser à elle jour et nuit. Mais très vite ce soulagement se transforme en une sensation d'irréalité. C'est que tout aurait dû se dérouler autrement. Il commence à penser à ce que cela aurait été s'il n'était pas parti à sa recherche ce jour-là au lieu de l'attendre à Funkenburg comme il avait dit qu'il le ferait. Et pourquoi devait-il nécessairement se procurer un manche pour cette lame de sabre ? Par ailleurs courir partout avec ça comme un idiot, sous les railleries de ceux qui le regardaient aller et venir et demander tout le temps si on l'avait aperçue, sans avoir la moindre idée de l'endroit où il avait l'intention d'aller ni pour quoi faire. Que serait-il arrivé s'il s'était seulement calmé et était resté sur place ? Peut-être qu'elle serait alors revenue vers lui, comme elle revenait avant, tant qu'il n'essayait pas de la régenter et de lui donner des ordres ? Tôt ou tard elle finissait toujours par revenir. Plus il repensait à l'affaire, plus son affliction grandissait. C'était seulement pour échapper à l'angoisse qui l'étranglait qu'il avait tourné comme un fou, comme s'il n'avait été qu'un de ces animaux que le dresseur excite dans leurs cages. Il avait une longue baguette, le dresseur, avec un crochet à l'extrémité pour empêcher les fauves désespérés et affamés de le mordre, et Henze voyageait par monts et par vaux dans tout le royaume avec son cirque d'animaux, et partout les gens accouraient et donnaient leurs derniers deniers pour voir les malheureuses bêtes tourner en rond dans leurs cages, bien que tout le monde sût qu'elles étaient beaucoup trop perdues et faméliques pour trouver la force de se jeter sur des proies exposées de manière si tentante. Ils avaient certainement payé pour le voir lui aussi, là-bas à Funkenburg, pendant qu'il courait partout avec sa moitié de lame de sabre pathétique. *Est-ce que ce crétin pantelant retrouvera sa putain à temps ?*

Il gratte le mur avec sa main pour essayer de faire surgir son visage une dernière fois. Mais son image est rongée, lacérée, et c'est lui qui l'a lacérée, morceau par morceau, et il crie d'angoisse exactement comme la renarde décharnée, l'animal vedette dressé par Henze, glapit quand la trappe s'ouvrit sous elle et qu'elle eut le cou coincé tandis que les spectateurs déchaînés donnaient en hurlant des coups de bâton et de gourdin à travers les barreaux de sa cage pour faire bouger cette pauvre bête.

Toujours se mouvoir, sans jamais se reposer.

La serrure grince et quelqu'un dit son nom tout haut. Et ce d'une voix qui résonne si clairement qu'il ne la reconnaît pas dans un premier temps, et quand il ouvre les yeux, il ne reconnaît pas non plus la cellule mais seulement le visage taillé à la serpe de Wolf, le gardien, quand il se penche au-dessus du sien, et les mains qui bloquent ses bras agités contre la paillasse.

Pourrait-on avoir une lanterne ? entend-il dire depuis un autre coin de la cellule par une voix d'homme, étonnamment grave et douce.

L'aumônier est venu te voir, dit Wolf en le lâchant.

Mais W. a déjà reconnu le pasteur à sa robe et son chapeau rond.

Il n'a pas de lanterne ? dit le pasteur en s'approchant. Mais allez donc lui en chercher une tout de suite !

Wolf ouvre et referme la porte de la cellule derrière lui et son pas lourd, traînant, s'éloigne dans le couloir. W. n'a aucune idée de l'heure, si c'est tard le soir ou tôt le matin, et cette incertitude provoque chez lui un certain malaise.

Qui a appelé l'aumônier de prison ? Qu'a-t-il dit ou fait pour permettre cette visite ? Il ne s'en souvient pas et, fait étrange, il ne se souvient pas non plus de ce qu'il a fait avant de s'endormir ni de combien de temps il est resté ici, peut-être des jours, des semaines ou des mois : le temps n'a aucune prise sur lui. Il sait seulement une chose : il fait froid ici et sa peau est presque engourdie quand il se frotte le visage avec ses doigts.

Les ombres sur le mur se séparent quand quelqu'un écarte un rideau et Wolf entre avec une lanterne. Il entend les voix des autres prisonniers détenus, le bruit métallique des casseroles et des couverts. Ce doit donc être tôt le matin. Mais le jour ne s'est pas encore levé.

Je suis le père Oldrich, dit l'aumônier de la prison d'une voix à la fois douce, grave et pénétrante. Tu ne le sais probablement pas, mais tu m'as fait venir.

À la lumière de la lanterne que Wolf a posée sur le bord de la paillasse, il voit l'extrême jeunesse de l'aumônier, ses joues rasées de près, sa peau brillante et rougie par le froid. Il ne doit guère avoir plus d'une vingtaine d'années, mais il est grand et élancé, faisant une tête de plus que W.

Pasteur Oldrich : Je comprends que ton crime te tourmente.

W. : ...

Pasteur Oldrich : Personne ne devient assassin de par son libre arbitre. Jamais Dieu ne le permettrait.

W. : C'est pourtant ce qui est arrivé.

Pasteur Oldrich : Alors tu n'as peut-être pas agi de par ton libre arbitre, tu avais perdu la raison, tu étais le jouet d'une puissance que tu ne pouvais pas maîtriser.

W. : J'ai mal agi, j'ai enfreint la loi, je le sais.

Pasteur Oldrich : Je ne parle pas de la loi, Woyzeck.

W. : C'était comme si une main de géant m'avait serré la poitrine.

Pasteur Oldrich : Tu as agi contre ta volonté, Woyzeck, et en ce sens, aussi contre la volonté suprême de Dieu. Pourquoi Dieu voudrait-il pour les créatures qu'Il a créées autre chose que la sagesse, la raison et la justice, ce à quoi aspirent même des pauvres hères comme toi… Tâche d'y réfléchir, Woyzeck !

W. : …

Pasteur Oldrich : Dieu accueille et pardonne même aux brebis égarées. Si tu es conscient de ta faute et si tu la regrettes, il n'y a aucune honte à l'avouer. Tu as appris à lire, je pense ?

Il sort une bible de son ample robe dont il relève un peu le bas pour s'agenouiller devant la paillasse, en faisant signe à W. de l'imiter. Lis après moi, dit-il, son doigt posé tout en haut de la page qu'il a ouverte. La flamme vacillante de la lanterne parcourt la pièce comme si les murs mêmes étaient un livre.

Pasteur Oldrich : « J'ai cherché le Seigneur et Il m'a répondu, et de toutes mes frayeurs m'a délivré. »

W. : … et de toutes mes frayeurs m'a délivré.

Pasteur Oldrich : « Un pauvre a crié, Seigneur prête l'oreille, et de toutes ses angoisses Il le sauve. »

W. : … et de toutes ses angoisses Il le sauve.

Pasteur Oldrich : « Pour les cœurs brisés, le Seigneur est tendresse et pitié, Il relève les esprits abattus. »

W. : … Il relève les esprits abattus.

Pasteur Oldrich : « Le Seigneur est le Rédempteur de qui Le sert, aucun de ceux qui L'ont pour refuge ne sera puni. »

W. : … ne sera puni.

Croyant la prière achevée, W. lève les yeux. Mais l'aumônier reste à genoux, le front appuyé contre la paillasse, et dans la lumière vacillante W. voit sa nuque mise à nu. Sous son cuir chevelu, elle est si blanche tout à coup et si vulnérable, maintenant qu'il a ôté son chapeau rond. Un jour moi aussi, je me retrouverai dans cette position, moi aussi, comme lui, j'aurai été mis à nu devant le glaive de Dieu, pense-t-il.

Amen, dit le pasteur et il se lève.

À son tour, W. essaie de se lever. Mais ses jambes se dérobent sous lui et il reste agenouillé tout contre le jeune pasteur qui lui adresse une demande. Le pasteur sourit comme on sourit aux frasques d'un enfant, le saisit fermement par les épaules et le redresse.

Pasteur Oldrich : Voilà, Woyzeck. Il n'était peut-être pas prévu que nous nous retrouvions ici à supplier à genoux tels des animaux inoffensifs ! Tu étais sans doute appelé à quelque chose de plus grand, toi aussi, bien que le destin se soit acharné contre toi.

Puis il le bénit en faisant le signe de la croix et W. se tient tête baissée et reçoit sa bénédiction. Pendant tout ce temps, Wolf est resté dans la cellule à attendre ; à présent il referme la porte à clé et disparaît avec le pasteur Oldrich dans le couloir. Il fait plus clair maintenant, suffisamment clair pour que les murs de la cellule se rapprochent de nouveau avec leurs visages lacérés, vidés.

Quelques jours plus tard, on le conduit de nouveau vers la salle d'interrogatoire. Le docteur Stöhrer et le Conseiller à la Cour Clarus s'y trouvent déjà quand le gardien le laisse entrer. Cette fois-ci, c'est Stöhrer qui procède à l'examen tandis que le Conseiller à la Cour reste assis immobile derrière son bureau. Stöhrer mesure son pouls et les battements de son cœur, écoute avec son long instrument dans les oreilles et palpe autour de son crâne, pardessus. Il s'avance ensuite et chuchote quelque chose à l'oreille du Conseiller à la Cour. Clarus donne quelques indications à la hâte, puis fait signe au médecin et au gardien de quitter la pièce et à Woyzeck de s'asseoir sur la chaise que le gardien, sous le contrôle de Clarus, a posée à quelque distance du bureau. Sans avoir exprimé jusqu'ici la moindre phrase de bienvenue, Clarus pointe son porte-plume sur la corde qui court de son bureau le long des murs et des corniches au plafond jusqu'à la cloche de l'autre côté de la porte.

Si l'accusé fait une bêtise, dit-il. Ou s'il lui vient à l'esprit de ne pas répondre poliment et correctement à mes questions.

Clarus a une façon de rentrer la nuque et d'avancer la tête hors de son col qui le fait ressembler à une petite tortue. Son visage ratatiné essaie même d'esquisser ce qui est censé être un sourire mais ressemble davantage au bord tranchant d'une plaie qui révèle une rangée de petites dents aussi grises que son visage. D'une voix étonnamment douce, presque familière, il explique que leur conversation à partir d'aujourd'hui et à l'avenir ne doit pas être considérée comme un interrogatoire au sens propre, mais qu'elle a pour but d'éclaircir dans quel état d'esprit l'accusé s'est trouvé à l'instant précis de son crime. L'accusé doit donc sentir qu'il peut laisser parler son cœur, sans risquer de réprimandes ou de sanctions. Il faut considérer qu'il est dans l'intérêt des deux parties que ce dernier, de la manière la plus concise et distincte possible, rende compte des circonstances de son crime.

Clarus : Qu'en est-il à présent de ces voix que l'accusé prétend avoir entendues lors des deux interrogatoires de police, les 4 et 7 juin ? Les a-t-il entendues immédiatement en relation avec son crime ou bien était-ce à un moment antérieur ou ultérieur ?

Le Conseiller à la Cour le regarde avec la tête inclinée sur le côté, une ride constante entre les sourcils qui accueille chaque parole avec incrédulité, ce qui provoque une volonté de respecter la loi et de se justifier. Aussi commence-t-il par dire qu'il n'a pas du tout entendu de voix ce jour-là, ni avant non plus. Tout cela repose certainement sur un malentendu, Monsieur le Conseiller. Beaucoup d'hommes bougeaient, un orchestre jouait, peut-être pas tout de suite mais plus tard ce jour-là. Et puis cela avait été une journée chaude et il est bien connu que par une chaude journée d'été, les voix portent facilement loin. D'ailleurs il connaissait beaucoup de ceux qui lui avaient parlé, dit-il, et il s'étend sur le sujet, bien qu'il remarque que la ride au front du Conseiller à la Cour se creuse de plus en plus à chaque phrase qu'il exprime, jusqu'à ce que ce dernier lève la main comme pour se protéger de tout ce flot de paroles.

Clarus : L'accusé n'a pas besoin d'être éloquent. Qu'il se contente de rendre compte avec concision des circonstances qui entourent l'apparition de ces voix.

Woyzeck : Je ne sais pas si j'en suis capable.

Clarus : Vous avez indiqué lors de votre interrogatoire par la police que vous avez entendu une voix qui disait *(il lit)* : Frappe-la, frappe-la pour qu'elle meure…

Woyzeck : Ça doit être ça. Je ne m'en souviens pas.

Clarus : À quelle occasion ces mots ont-ils été prononcés ?

Woyzeck : Je ne m'en souviens pas, Monsieur le Conseiller.

Clarus : Pouvez-vous au moins essayer de vous souvenir quand vous avez entendu ces mots pour la dernière fois ?

Woyzeck : C'est certainement quand je suis entré chez Haase, le livreur de journaux. J'ai eu le droit d'habiter chez lui dans la mansarde. Une cheminée séparait la pièce au milieu et il y avait comme un bruissement de l'autre côté de cette cheminée en briques.

Clarus : Comme un bruissement ?

Woyzeck : Oui.

Clarus : Est-ce que l'accusé peut décrire plus précisément ce bruissement ?

Woyzeck : Comme le son dans les branchages quand il y a du vent.

Clarus : Ici, dans l'oreille, voulez-vous dire ?

Woyzeck : Je ne peux pas vous le dire mieux, Monsieur le Conseiller. Ça venait un peu de tous les coins en même temps.

Clarus : Vous avez peut-être cru que cette femme venait vous rejoindre, cette veuve de chirurgien, comme vous l'avez indiqué en interrogatoire ?

Woyzeck : Non.

Clarus : Ces sons, ces voix ou ce bruissement que vous dites avoir entendus, étaient-ils toujours en relation avec vos pensées concernant la veuve Woost ou bien les avez-vous aussi perçus en d'autres occasions ? Auquel cas, de quelles occasions s'agissait-il alors ?

Woyzeck : Je me souviens clairement qu'une fois, une voix a dit *Allez, fais-le* et *Ton heure est venue*.

Clarus : Et comment l'accusé pense-t-il pouvoir interpréter ces mots ? Était-ce une injonction à commettre ce crime ?

Woyzeck : Non, pas du tout.

Clarus : Ou on vous enjoignait de vous suicider ?

Woyzeck : Je ne sais pas comment il fallait interpréter ces paroles. Je vous dis la vérité, Monsieur le Conseiller.

Clarus : Voyons, concentrez-vous. Pouvez-vous de la manière la plus concise possible relater quand et dans quelles circonstances cela s'est produit ?

Woyzeck : Je ne m'en souviens pas exactement, Monsieur le Conseiller. Cela peut remonter à quelques mois avant.

Clarus : Avant quoi ?

Woyzeck : Avant ce qui est arrivé, Monsieur le Conseiller. Ce qui…

Clarus : Avez-vous conversé avec ces voix bruissantes ?

Woyzeck : Non, c'était un message clair et net, Monsieur le Conseiller.

Clarus : Aussi à votre oreille gauche ?

Woyzeck : Oui.

Clarus : Pouvez-vous dire si c'était exclusivement par l'oreille que vous avez perçu cela ou si un autre sens était aussi impliqué ? Comme la vue, le goût… ou l'odorat.

Woyzeck : Je ne comprends pas, Monsieur le Conseiller.

Clarus : Avez-vous vu quelque chose en même temps que vous avez entendu ces voix ?

Woyzeck : Ah… Je ne sais pas. On voit toujours des choses.

Clarus : Je parle maintenant de ce cas précis.

Woyzeck : Je ne sais pas si vous l'avez noté, Monsieur le Conseiller, mais certains jours le ciel est plein de lumière bien qu'il n'y ait aucun soleil dans le ciel.

Clarus, écrivant quelque chose : Est-ce cela que l'accusé a remarqué dans ce cas précis ?

Woyzeck : Quelqu'un m'a dit que c'étaient les francs-maçons, qu'ils avaient le pouvoir de faire descendre le soleil du ciel et que pourtant ça reste lumineux comme le jour le plus lumineux.

Clarus : D'où vous viennent ces idées sur les francs-maçons ?

Woyzeck : Oh, c'est le genre de chose qu'on entend, des gens qu'on rencontre. Un homme dont j'étais le domestique – c'était un noble, par ailleurs – a dit qu'ils ont tant de pouvoir qu'il leur suffit de planter une épingle dans votre cœur pour que vous soyez mort. Mon père aussi m'a raconté ça.

Clarus : Votre père ?

Woyzeck : Mon père était un homme pieux, ne croyez pas autre chose, Monsieur le Conseiller, honnête et droit en toutes circonstances ; mais il pensait toujours avoir plus à craindre des serviteurs de la foi que de ceux qui garantissent l'argent et le crédit.

Clarus : Du clergé, voulait-il dire ? Il était contre le clergé ?

Woyzeck : Mon père était d'avis que notre monde a été créé de sorte qu'il existe ceux dont le destin est d'être des moins-que-rien et ceux qui possèdent la suprême connaissance et le pouvoir, mais que ces hommes s'allient secrètement pour que rien de ce qu'ils savent ne filtre à l'extérieur et ne parvienne à quelqu'un qui ne mérite pas de savoir.

Clarus : Vraiment ?

Woyzeck : Quand vous voyez les anges noirs traverser le ciel, c'est le signe, disait-il toujours. Un jour j'ai rêvé que je me trouvais dehors dans un vaste champ désert, c'était le soir et il y avait encore de la clarté dans l'air ; mais soudain il y eut un fracas et deux ailes noires passèrent au-dessus de moi, c'était comme lorsqu'on tire un rideau devant une fenêtre avant qu'il ne fasse nuit noire, et dans le ciel apparurent trois traits de braise. Celui du milieu était un peu plus grand que les deux autres. C'était le signe.

Clarus : Quel signe ?

Woyzeck : Le signe des francs-maçons : avec Dieu le Père et Jésus-Christ et le Saint-Esprit assis chacun à côté de Lui. C'est ainsi qu'ils se saluent.

Clarus : C'est donc censé être un signe de salutation ? Ne pourrait-on pas me montrer comment le faire ?

Woyzeck : Je n'oserais pas, Monsieur le Conseiller.

Clarus : Pourtant vous l'avez fait. En secret, vous l'avez fait. Ne m'obligez pas à vous surprendre en train de mentir.

Woyzeck : Oui, une fois je l'ai fait, et cela a failli se terminer affreusement mal, Monsieur le Conseiller. C'était à

Stralsund, je venais d'être enrôlé chez les Suédois. J'avais reçu l'ordre de mener un soldat prisonnier au poste du commandant de la place, ensuite je devais monter la garde près de la porte et attendre le commandant. Il me vint à l'idée de ne pas faire le salut militaire habituel mais de saluer le commandant en faisant le signe des francs-maçons pour savoir si le commandant était un des leurs, et quand il arriva… Je vous assure, Monsieur le Conseiller : ce n'était ni sérieux ni délibéré. Le commandant est passé devant moi et, comme poussée par une force propre, ma main s'est levée et j'ai fait le signe. Un instant, on aurait dit que le commandant allait me frapper sur-le-champ. Je vous assure, Monsieur le Conseiller, que je n'ai jamais eu aussi peur de ma vie. Mais au lieu de ça, le commandant m'a prié d'entrer, m'a servi du vin rouge et m'a dit que si on savait quelque chose, il fallait le dire bien. Tel était son ordre. Ensuite il m'a dit que je pouvais m'en aller… L'après-midi, nous étions en exercice et, au moment de commencer, le commandant arriva et je l'entendis dire à l'adjudant qu'il allait lui raconter quelque chose, quand il s'est mis à cracher du sang. C'était de moi qu'il voulait parler, Monsieur le Conseiller ; je l'ai compris tout de suite à sa manière de me fixer. Et à peine avions-nous repris l'exercice que je sentis une épingle me piquer le cœur et mon sang être secoué comme dans une bouteille, et après j'ai eu l'impression de recevoir un coup dans la nuque et puis je ne me souviens plus de rien, je sais seulement que mes camarades m'ont évacué inconscient. C'est arrivé comme ça, je vous le dis en vérité, Monsieur le Conseiller, je n'exagère pas.

Mais Clarus n'écoute pas. Il s'est penché sur son bureau et tire à toute volée sur la corde qui arrive jusqu'à la salle des gardiens. À l'extérieur une cloche sonne et aussitôt apparaît un garde à la porte.

Clarus : Voulez-vous prier le docteur Stöhrer d'entrer ?

Le médecin est là dans l'instant, comme s'il attendait derrière la porte. De nouveau il ouvre une grande mallette noire et en sort des instruments de différentes tailles. W. se lève sur son ordre et se déshabille encore une fois, sans comprendre ce qui a provoqué ce branle-bas de combat. Silence. Le docteur Stöhrer écoute dans son drôle d'instrument. Le Conseiller à la Cour écrit.

Docteur Stöhrer : Il n'y a rien d'anormal chez cet homme, Monsieur le Conseiller.

Clarus, sans lever les yeux : Dans ce cas, l'accusé peut disposer.

LORS DE L'EXAMEN DE L'ACCUSÉ (1)

Concernant la santé extérieure et corporelle :

Le regard, les expressions du visage, l'attitude, les mouvements et la faculté de parler sont tout à fait inchangés, le teint est un soupçon plus pâle en raison d'un manque d'air libre et de mouvement ; la respiration, la chaleur corporelle et la langue ne présentent aucun signe particulier.

Par ailleurs l'accusé assure dormir d'un sommeil paisible, sans cauchemar, avoir bon appétit et un bon transit. Ces deux dernières affirmations sont corroborées par Richter, le directeur de la maison d'arrêt, qui ajoute que durant son séjour en cellule, W. ne s'est pas plaint une seule fois de malaises.

En revanche, j'ai remarqué que les tremblements dans tout son corps dont j'ai été témoin durant les premières minutes ont duré longtemps, il en est ainsi particulièrement quand ma visite le prend par surprise, et que ses pulsations et battements cardiaques normalement réguliers et uniformes n'étaient pas seulement plus lourds et plus rapides, mais que son pouls, quand je l'ai examiné au cours de la conversation, est resté irrégulier et que les battements du cœur étaient plus forts, perceptibles et rapides que dans des circonstances naturelles. Alors que quand on lui annonce ma visite une demi-heure à l'avance, comme cela a déjà été le cas, j'ai noté ce genre de changements à des degrés bien moindres.

La seule chose qu'on entend, c'est le crissement de la plume sur le papier quand Clarus écrit. Ensuite il la repose dans son plumier et observe W., les mains jointes sous son menton, ce qui le met mal à l'aise. Qu'est-ce qui se passe ? Attend-on de lui qu'il avoue sa folie au Conseiller à la Cour ? Sinon, qu'est-ce qu'on lui veut ?

Mais ce jour-ci, Clarus semble avoir conçu de l'intérêt pour la personne de W. et il veut lui poser des questions sur l'époque où il était apprenti. D'après le procès-verbal, vous avez passé un certain temps chez un perruquier nommé Stein. Est-ce exact ?

C'était peu après la mort de ma mère, dit-il, et, comme pour s'excuser : ça n'a pas vraiment été de l'apprentissage, je me suis surtout occupé des enfants de Stein.

Et votre père ? dit le Conseiller à la Cour en grattant la table avec le bout de ses doigts comme si c'étaient des griffes, lui qui s'était dressé contre le clergé, un incapable comme vous-même, je suppose !

Oui, que dire sur ce père ? Stephan Majorewsky *Woyzeck*, ou *Woyetz* comme il préférait qu'on l'appelât. Cela sonnait plus français. Et il avait aussi le corps délié des Français, mais des mouvements brusques et une façon de se tenir penché en avant d'autant plus accentuée qu'il pressait le pas. Il avait de petites mains fines, sensibles, dont son fils a hérité. Et quelque chose en lui, un zèle prévenant, une volonté de faire plaisir, suscitait la confiance non seulement des clients mais de tous ceux à qui il serrait la main. On l'appelait le Polonais et parfois, le visage tout rouge d'avoir trop bu, il pouvait se lancer dans des invectives effroyables dans la langue avec laquelle il avait grandi et dont son fils ne connaissait que des miettes, quelques mots ou expressions par-ci par-là, comme *proszę państwa*, *co u pana słychać* et *kurwa*. (Ce dernier terme n'est qu'un des nombreux jurons qu'il lâchait quand il se croyait seul. En présence d'autrui qui pouvait le voir ou l'entendre, jamais une parole impie ne franchissait ses lèvres, ce n'étaient alors que sourires et lueur servile et humide dans les yeux.)

C'était son père qui avait insisté pour que l'enfant aille à l'école, car sa mère n'éprouvait qu'indifférence pour tout ce qui n'était pas concret. Par l'intermédiaire d'un client influent, Majorewsky avait réussi à faire entrer ses aînés à la Ratsfreischule au pied du Fleissenburg, l'ancienne caserne de la forteresse. Ils se rendent ensemble à l'école chaque jour, sa sœur et lui. Un matin, quand ils traversent la Marktplatz, la neige se met à tomber tout droit du ciel et forme comme une tribune autour d'eux. Il a presque toujours peur. Sa sœur Lotte n'a pas peur, bien qu'elle ait deux ans de moins que lui. Pour sa témérité, il lui offre une couronne : il la voit flotter à une longueur de bras à peine au-dessus de sa tête. Une couronne de neige entremêlée de fils d'argent.

Ils sont dans une seule et même classe, au moins trente enfants de différents âges, avec aussi Lotte et sa couronne. Leur professeur est un jeune homme, un pauvre étudiant en théologie de l'université avec des doigts raides, gelés et une voix rauque à demi étouffée faisant penser à une porte ouverte qui grince et que les enfants adorent imiter. Leur professeur se tient rarement face à eux quand il parle, comme s'il les méprisait ou avait honte de lui-même ou d'eux. Les enfants suivent un enseignement de catéchèse et de lecture de la Bible. Ils apprennent du moins à peu près à lire et à écrire.

Pourtant il a un rapport un peu étrange avec les mots et les lettres : il les regarde comme si c'étaient des choses vivantes. De telle sorte qu'il faut convaincre les mots de s'ouvrir pour laisser paraître leur sens et, une fois cela fait, ils restent pâlis sur le papier, comme des maisons vides, des coquilles abandonnées par ce qui était autrefois dedans mais n'y est plus. Il lui arrivait souvent de remuer ces coquilles de mots vides dans sa conscience, sans trop savoir ce qu'il devait en faire. Cela valait aussi pour les quelques mots de polonais qu'il avait appris de son père et qui lui seraient utiles plus tard, quand, soldat, il parcourrait les marais interminables de l'autre côté du territoire de Memel où il n'y aurait rien à manger et où la seule eau accessible serait empoisonnée par les cadavres en décomposition et où la seule façon de ne pas devenir fou serait de *chanter* les mots polonais dans le néant vide.

Son enfance, il s'en souvient comme étant la première fois où il perçoit les signes secrets. Pas les signes des lettres, les autres. Un des premiers signes est la couronne qu'il offre à sa sœur. Il y en a d'autres aussi : le chapeau noir du chef ramoneur, signe de danger ; la croisée de la fenêtre dont l'ombre allongée s'étend sur le sol de la cour et qui devient le nom pâle de Dieu ; les aiguilles de l'horloge sur la tour de l'hôtel de ville qui mesurent le temps, à la fois celui qui court avec les heures du jour et de la nuit et le temps *dangereux* qui va à reculons ; la crête rouge d'un coq qui, menaçant, aiguise son ergot contre la fourche en bois posée à l'entrée des toilettes ; le motif de fleurs du poêle aux couleurs passées ; les fines tiges filandreuses et les branchages qu'il ne peut s'empêcher de suivre du doigt quand ils s'enchevêtrent les uns dans les autres, surtout quand sa mère avait allumé le feu à l'intérieur et que les fils d'argent des fleurs lui réchauffaient le bout des doigts. Des fleurs-doigts. Lui aussi en a des comme ça. Une fleur pour chaque doigt. Il grave des signes dans le mur, il trace des lignes sur l'écorce des arbres avec un couteau ou bien dessine avec son talon des motifs dans le gravier et l'argile de la cour. Il encercle, pousse vers l'avant, fixe et construit. Parfois il pense que toute sa vie peut se lire comme une succession de signes. Les personnes qui l'entourent ou les événements qui surgissent ne sont pas réels avant qu'il ne puisse les replacer dans un contexte dont il a la maîtrise. S'ils se déplacent un tant soit peu en dehors du cercle de ses pensées, il ne les comprend pas. Pour sa sœur, tout cela n'a bien sûr aucune importance. Tu as oublié ta couronne, la prévient-il, consterné, en la voyant s'éloigner, et Lotte jette sa couronne par terre et la piétine en criant d'une voix aiguë *Idiot, bon à rien, imbécile* comme elle entend le maître d'école le dire. Mais peu importe qu'on le qualifie d'insensé : les signes sont plus présents que jamais, ils sont même plus présents que ceux qui les portent et continuent de flotter dans l'air longtemps après que le dernier coup a été donné.

Nous étions des gens pauvres, explique-t-il à Clarus. Ma mère n'avait pas la vie facile avec cinq enfants à élever. Mon père non plus, veut-il ajouter, qui avec les années fut pris de tremblements à cause de l'alcool et incapable de tenir avec fermeté un rasoir à manche et une paire de ciseaux.

Maria Rosina était autrefois blanchisseuse à domicile mais les dernières années elle était entrée au service de Herr Rossner qui était aussi marchand de couleurs près du Grimmaische Tor. Si son père est faible et se répand en excuses envers ses clients ou envers l'autorité sous toutes ses formes, sa mère est dure et déterminée, même si à l'intérieur elle est toute creusée ; avec une volonté qui ne s'appuie sur aucune parole ou circonstances extérieures, elle reste néanmoins inébranlable. Il se souvient parfaitement de ses mains : décolorées par la soude, dures, crevassées après des années d'efforts contre des planches à laver rugueuses. La blanchisserie de Herr Rossner n'était pas grande, mais il y avait toujours beaucoup à faire, surtout avec le linge en lin des personnes de la haute société et des bourgeois de la ville, et ça court de partout, emballeurs, chauffeurs, blanchisseuses qui trient le linge ou le remuent dans les marmites avec de longs bâtons, le tout dans les effluves de sueur et les relents aigres de la lessive.

Un jour, Lotte et lui ont eu le droit d'accompagner leur mère à la blanchisserie, sans qu'il se souvienne pourquoi.

Ils jouent parmi le linge et les jambes des femmes, se cachent dans les corbeilles de linge, sa sœur dans une, lui dans une autre. Ces corbeilles font la taille d'un homme, après coup il ne comprend pas comment ils ont réussi à grimper dedans. Ils ont un peu peur mais c'est excitant aussi, car tous deux savent que bientôt quelqu'un viendra chercher les draps encore humides pour les faire passer dans la calandre. Il ne se souvient pas de la colère de Rossner quand ils sont extirpés des corbeilles à la fin, ni de la correction qu'ils ont reçue (Lotte aussi), ni du désespoir aux yeux secs de leur mère quand elle se fait réprimander par Rossner devant toutes les autres femmes et qu'elle se fait renvoyer (*Voyez-vous ça, elle est venue avec ses enfants rien que pour salir le linge du vieux*) ; tout ça, il ne l'a compris que plus tard, quand sa mère adoptive le lui a raconté, sur un ton triomphant, comme pour prouver que sa mère n'avait jamais été bonne à rien. Il ne lui reste de cette journée que ce que l'enfant en lui se rappelle : ce désir effréné qu'il ressentait quand il avait la peau à nu et le souffle court dans l'obscurité des draps, avec juste un entrefilet de lumière qui s'infiltrait entre les trous de la corbeille, à l'abri de tout et en même temps courant un risque, puisqu'il savait qu'à tout moment il pouvait être découvert. Mais ce qui le protégeait le plus, c'était de savoir que Lotte se trouvait dans une autre corbeille, identique à la sienne, impossible à atteindre et pourtant bien là, tout à côté, et tout aussi silencieuse que lui, et dans son imagination ces corbeilles se transformaient en deux paniers de mousse en osier tressé qui échappaient à Hérode et glissaient sur l'eau sombre d'une rivière au-dessus de laquelle les effluves du linge lavé flottaient tels de longs voiles bleu nuit. La corbeille de sa sœur portait une lanterne rouge en forme de couronne tout en haut, c'était grâce à cela qu'il parvenait à la suivre. Comme toujours : elle devant, lui derrière. Et il s'endormit et rêva que de longs crochets noirs, telles des gaffes, se dirigeaient dans leur direction pour les ramener vers un rivage invisible.

Peu de temps après, Maria Rosina mourut. Peut-être était-elle déjà malade à l'époque, peut-être avait-elle porté longtemps cette toux dans son thorax étroit, avant de devenir de plus en plus fiévreuse et faible. Elle avait été si maigre que quand la maladie commença pour de bon à la consumer, presque personne ne vit de différence. Elle-même ne se plaignait jamais. Elle devint seulement plus desséchée, plus mutique, et si creusée qu'on pouvait presque entendre la toux racler la paroi interne de son corps comme un animal ne tenant pas en place, et à la fin elle gisait là, sa propre immobilité l'étreignant de l'intérieur, et les pièces où ils habitaient furent envahis par des êtres en deuil : des gens qu'il n'avait jamais vus avant; et tous tendaient leurs longs bras crochus pour l'attirer vers eux, en lui murmurant toutes sortes de paroles inintelligibles ou simplement pour dominer leurs malheurs à venir.

De l'enterrement de sa mère proprement dit, il ne se rappelle pas grand-chose, seulement que c'était un jour d'hiver glacial avec des flocons de neige durs et coupants contre son visage, et que ça faisait aussi mal de marcher que de rester immobile à voir et entendre tous ces étrangers, comme si même la lumière du jour brillait dans une langue qui lui était insaisissable. C'est à peine s'ils connaissaient l'existence de cette femme, et voilà qu'elle n'était plus. Dans son monde à lui, elle était la seule à ne pas correspondre à un signe, peut-être parce que le signe qui la concernait englobait en même temps tous les autres.

Le médecin ne put trouver d'autre cause à sa mort que la tuberculose. Elle avait vingt-six ans. Elle n'en pouvait plus de vivre. Ou alors la vie n'en pouvait plus d'elle.

Mais comment va-t-il pouvoir raconter au Conseiller à la Cour la mort d'une mère ou parler d'un père qui ensuite ne supportait plus la vue de ses enfants et passait sa vie à la taverne à jouer aux dés et à se quereller avec des gens qui jugeaient qu'il avait envers eux des dettes dont il devait s'acquitter, un père qui quand il rentrait le soir était souvent si ivre que son fils aîné, sous la menace et les jurons, était obligé de l'aider à se mettre au lit ?

À la place de sa mère, on fait appel à une étrangère pour s'occuper du foyer. La femme, Josephina Geier, fille d'un forgeron d'armes originaire de Delitzsch, affirme dans un premier temps qu'elle est de la même famille que la mère, c'est-à-dire une Irmisch. Elle est grande, parle beaucoup et s'agite, a un tempérament violent et s'intéresse à tout ce qui touche de près ou de loin à l'argent. À peine son père s'est-il marié avec elle que celle-ci commence à réclamer une part d'héritage que Maria Rosina aurait dû toucher avant sa mort et qu'il incombe désormais à son mari de réclamer à la place de sa défunte épouse auprès de qui de droit.

Bien qu'il ait à peine dix ans, il est considéré comme assez grand pour contribuer à l'entretien de sa famille, et comme le métier de perruquier est le seul que le père connaisse, il sera apprenti perruquier. D'abord il se retrouve chez le perruquier Stein dont l'épouse a pitié de lui qui vient de perdre sa mère, et comme il est apparemment un gentil garçon appliqué, il a le droit de rester avec les enfants, ce qui rend Josephina furieuse puisqu'elle veut que ce gamin apprenne un métier au lieu de traîner les pieds ; alors, après quelques mois chez Stein, il est envoyé chez maître Knobloch, une connaissance de Majorewsky qui, outre son atelier de perruques, exerce aussi ses talents de barbier et de coiffeur à l'étage avec jusqu'à deux employés.

Il fait quatre années d'apprentissage chez Knobloch, puis *entre en condition* chez deux autres. À cette époque-là, son père aussi est mort de la tuberculose, cette étrange maladie qui semble seulement frapper ceux qui ne possèdent rien dans cette vie, comme il le formule pour Clarus, et qui commence par une toux persistante et sonore et se termine avec des joues pâles et creuses et des yeux qui fixent le néant. Maître Knobloch s'en tient à deux apprentis. En dehors de Woyzeck, que Knobloch trouve suffisamment âgé pour subvenir aux besoins du vieux Majorewsky, il y a des apprentis encore plus jeunes qui sont remplacés au fur et à mesure. L'apprenti qui reste le plus longtemps s'appelle Isidor Horvath, mais on l'appelle simplement Isa. Les deux apprentis prennent au moins un repas avec le maître et sa famille. Il partage la chambre et parfois même son lit avec Isa. Dans la pièce dort un frère cadet du maître, qui s'appelle Karl mais qu'on surnomme Petite Pelle. Quoique Petite Pelle ait une vingtaine d'années, il est aussi chétif qu'un adolescent et a l'esprit d'un enfant. De l'adulte, il n'a que la mauvaise volonté, et il oppose de la résistance pour la moindre chose et se bat, mord et crie des insultes si on tente de le toucher. Même s'il connaît des heures calmes où il reste recroquevillé dans un coin, plongé dans l'observation de ses bras et de ses mains qu'il tient devant la lumière, tourne et tord comme si c'étaient des objets étrangers appartenant à quelqu'un d'autre.

Le nom de Pelle vient de ce que son lit ressemble à une pelle à épices. Il fait deux aunes de long, la même longueur que Pelle lui-même, a une tête de lit et des rebords sur les côtés pour qu'il ne tombe pas dans un moment d'agitation au risque de se faire mal, mais il est ouvert au bout, de sorte que Pelle peut grimper dedans ou en descendre tout seul. Sans que cela soit stipulé, il est sous-entendu que les deux apprentis doivent aussi s'occuper de Pelle, empêcher ou du moins déjouer ses pires crises et veiller à ce qu'il se lave et aille aux toilettes à temps. Mais quelquefois il est si retors qu'il n'y a rien à faire. Il reste couché dans son lit en forme de pelle et crie si fort que ça résonne dans toute la maison, alors maître Knobloch s'en prend à eux, et il n'est pas rare qu'ils reçoivent des gifles ou qu'ils doivent se coucher sans manger. Puis un matin, à notre réveil, raconte-t-il à Clarus, il règne un silence si étrange dans la pièce qu'on aurait pu entendre une plume tomber ; en nous levant, nous apercevons ce pauvre garçon avec un bras tendu au-dessus du rebord de son petit lit. Raide mort, dit-il. C'était comme si avec son bras tendu il voulait toucher les anges de Dieu. Telle était en tout cas l'explication donnée par Frau Knobloch : qu'un ange envoyé par le Seigneur était venu le chercher pour l'emmener dans le ciel des pauvres et des simples d'esprit. Après cela, plus personne ne nous frappait, c'était comme si une atmosphère solennelle et silencieuse se répandait dans toute la maison du perruquier.

Clarus a écouté ce récit avec l'expression d'une certaine souffrance sur le visage. À présent, il soupire et gigote sur son siège. Combien y a-t-il encore d'apprentis simples d'esprit et d'idiots au foyer de Knobloch ? dit-il, et comme W. ne répond pas immédiatement (peut-être que W. pense encore à la créature de petite taille dans son lit en forme de pelle), il se racle la gorge de manière encore plus audible. Je parle bien sûr de la veuve Woost, précise-t-il, et W. lève alors la tête et regarde le Conseiller à la Cour avec ses yeux clairs, bleus, grands ouverts, un regard qui a dû provoquer chez Clarus un certain malaise, car il trempe sa plume dans l'encrier et se met à écrire énergiquement tout en ordonnant, l'air absent : Pouvez-vous sans interruption et de la manière la plus concise possible relater à quelle époque et dans quelles circonstances vous avez fait pour la première fois connaissance avec cette femme ? Car c'est bien là-bas que vous avez fait sa connaissance pour la première fois, si mes renseignements sont exacts ?

W. se tait encore un moment, dit ensuite ce que le Conseiller à la Cour et naturellement tous les autres savent déjà : que Frau Woost vivait avec son époux, le chirurgien Woost, dans une pièce que le chirurgien louait près de l'hôpital et que si elle, l'épouse, venait rendre visite à sa mère et son beau-père, il était rare qu'elle condescendît à parler à un des apprentis, penchés au-dessus de leurs têtes en bois pour perruques. Maître Knobloch leur a expressément ordonné d'éviter de lever les yeux chaque fois qu'ils passent la boucle à travers les mailles du tulle. Tirer le crochet puis passer dans la boucle et fixer le fil. Tirer, passer dans la boucle, fixer. Chaque fil doit former une boucle, un mouvement qui peut même être fait dans le sommeil, donc indépendamment de ce qui les entoure dans la pièce, il faut juste rester concentré sur les mouvements des mains.

Et c'est aussi ce qu'il fait chaque fois que Frau Woost se trouve à proximité.

Il tire le crochet, passe dans la boucle et fixe bien – et il l'entend alors échanger quelques plaisanteries avec les clients dans le salon barbier.

Qu'elle se permette de plaisanter est le signe le plus sûr que son époux ne l'accompagne pas : elle n'oserait pas, sinon. Pour sa part, il n'a vu le chirurgien qu'une seule fois : un homme de petite taille, trapu, à la forte pilosité, à la démarche résolue et légèrement inclinée vers l'avant, au visage qui paraît vous encourager, chaque fois qu'il lève les yeux vers vous. Malgré sa petite taille, il règne en maître dans chaque pièce où il entre, grâce à sa voix rude et ses manières indécentes. Son épouse le traite tour à tour avec une grande gentillesse et un mépris teinté de mauvaise humeur. Quand une voix impertinente dans le salon du barbier réclame les services de l'épouse, vraisemblablement sans savoir que le chirurgien est présent, on entend ce dernier crier *Traînée !* et *Sale pute !* dans la pièce qui est la leur lorsqu'ils viennent en visite chez leurs parents, ensuite on entend les meubles racler le sol et les coups pleuvent. Les insultes du chirurgien ne semblent faire ni chaud ni froid à Frau Woost et bientôt la terrible Woost est aussi docile et gentille qu'avant.

Maître Knobloch sait néanmoins apprécier la valeur de sa jolie bru et ne se prive pas de verser des petits verres aux clients du salon quand elle est là ; il règne toujours une atmosphère particulière, détendue, quand elle vient en visite. Les portes claquent ; les fenêtres sont ouvertes pour faire courant d'air de sorte que des souffles de vent frais traversent la pièce et soulèvent la poussière dans l'atelier du perruquier qui sent le renfermé, et, bien qu'il ne lève jamais ses yeux en feu de son travail, il sait déjà, à l'odeur singulière qui se dégage de sa peau et de ses vêtements, à quelle distance elle se trouve. C'est comme s'il était doté d'un sixième sens rien que pour elle. Il n'a même pas besoin de la voir ni de l'entendre, il peut simplement continuer à fixer des boucles et passer le fil dans les mailles. Pourtant il a l'impression qu'il lui suffirait de tendre une main pour la toucher à l'endroit le plus sensible de son corps.

Knobloch lui a d'ailleurs fait savoir que son travail en tant qu'apprenti lui donne pleine satisfaction. Cela fait un an qu'il a le droit d'accompagner le maître quand celui-ci prend les mesures de la tête de nouveaux clients, et un jour qu'il est là en train de calculer les mesures que Knobloch lui crie, il l'aperçoit dans l'embrasure de la porte du salon de barbier et elle le regarde intensément. Il a de belles mains, Woyzeck, dit-elle, comme les mains d'un enfant ou d'une jeune fille. Ce sont les premiers mots qu'elle lui adresse en particulier. Mais à peine sont-ils prononcés que le pâle sourire qui, un instant auparavant, illuminait avec une telle intensité son visage – ce vague sourire en triangle qu'il finirait par connaître si bien, qui commence par un léger tremblement à une commissure des lèvres puis s'étend et gagne tout son visage – s'éteint à nouveau et son visage redevient tout à fait indifférent. Elle répond à quelque chose que quelqu'un lui crie de la cour et il ne reste plus à l'endroit où elle se tenait qu'une tache indistincte de lumière.

Mais il se souviendra éternellement de son sourire et de ses paroles. Et à partir de cet instant, même ses mains sont transformées. Quand il tire la boucle à travers les mailles du tulle, ce sont ses cheveux à elle qu'il enfile dans le chas de l'aiguille. C'est sa peau légèrement constellée de taches de rousseur qu'il touche du bout des doigts. C'est contre sa nuque et le creux de son cou qu'il presse ses joues, et sa bouche, et ses lèvres, pour pouvoir encore une fois capturer ce qu'il perçoit si clairement être son parfum particulier.

Jusqu'à ce qu'un matin il entende de nouveau sa voix résonner dans la maison.

Bien qu'elle soit en temps normal grave et un peu lente, presque voilée (plus tard, quand elle s'adressera à lui sur un ton affectueux, il comparera cette voix à un petit animal blotti contre lui), elle devient quand elle parle plus fort étrangement aiguë et stridente. Elle crie à sa mère d'apporter plus d'eau. Il existe une fente étroite sur le palier, où l'escalier mène au couloir exigu de l'étage au-dessus, lequel conduit à la mansarde des apprentis. Par cet interstice, il voit non seulement la partie avant de l'atelier du perruquier mais aussi une partie de la cuisine du rez-de-chaussée. Elle a baissé son corset autour de la taille et sa tête se penche au-dessus d'une bassine posée au beau milieu de la pièce. D'en haut, il aperçoit le large buste, les épaules rondes, la nuque et deux bras musclés qui se tendent et plongent une grosse masse noire de cheveux dans la bassine, puis commencent à frotter le cuir chevelu avec les doigts. Ce faisant, ses seins apparaissent sous les bras dénudés et se mettent à se balancer au-dessus du bord de la bassine. Sa mère arrive avec le broc d'eau chauffée qu'elle a réclamé et quand Johanna se penche en avant pour recevoir l'eau qui coule sur sa tête, elle dévoile tout son dos. Il voit la colonne vertébrale qui court telle une anguille souple et luisante sous la peau depuis l'implantation des cheveux dans la nuque estompée par le savon jusque tout en bas, où les larges hanches se contractent et deviennent quelque chose de nerveux dans un mouvement ondulant aux lueurs argentées. Et soudain il bande comme un cheval. Il glisse la main dans son pantalon et commence à pétrir son membre avec des gestes à la fois retenus et fermes tandis que cette femme pétrit, elle, son épaisse masse de cheveux, là, plus bas, et ce désir qui s'échappe de l'intérieur de lui est beaucoup plus profond et bouillant que l'eau que sa mère apporte de nouveau et qu'elle lui verse sur les cheveux, il est aussi beaucoup plus brillant, ferme et luisant que la peau sur le dos et sur les bras et la poitrine opulente. Il est si rempli ou peut-être si lessivé de cette eau du désir qu'il n'entend pas arriver derrière lui Knobloch en personne, qui braille : *Mais qu'est-ce qu'il fabrique celui-là... ? Arrête tout de suite, espèce de canaille... !* Et il le prend fermement au collet et le balance dans l'escalier où il se cogne, la tête la première, puis titube encore dans un vacarme épouvantable jusqu'à l'atelier du perruquier.

Il y a pire que le bras qu'il s'est foulé : la honte. Se retrouver au bas des marches, le sexe à l'air, sous les yeux de tous, les serviteurs comme les clients. Il ne peut le dire à Clarus, mais c'est à ce pénible événement qu'il attribue le désir gênant qui depuis l'a souvent envahi d'espionner autrui en cachette, de voir sans qu'on sache qu'il regarde. Après avoir été pris sur le fait, il s'ensuit deux semaines d'angoisse insupportable. Assis comme cloué devant sa tête à perruque, il attend d'entendre sa voix, de sentir son odeur passagère, et quand après un long moment elle n'est toujours pas revenue, il est persuadé que c'est à cause de lui, que c'est parce qu'elle *sait* qu'il l'a espionnée.

Il se tait.

Clarus se racle la gorge. C'est donc après cet épisode que votre emploi s'est terminé ? Son visage d'habitude si sévère de lézard s'est fendu d'un sourire moqueur qui trahit son impatience de connaître la suite, comme s'il croyait la savoir déjà. Non, répond W., c'était simplement passé de mode. La ride entre les sourcils de Clarus se creuse davantage. *Quoi donc* est passé de mode ? Ce n'était plus l'usage de porter des perruques, dit W., parmi les hommes en tout cas. Clarus regarde fixement l'accusé comme s'il avait dit une énormité. On a dû suivre l'exemple de l'empereur français, se sent-il obligé d'ajouter et il pointe les deux index l'un contre l'autre pour former une croix à la hauteur des yeux de Clarus, effrayé.

L'empereur *Napoléon* ? dit Clarus. Mais vous avez bien été *sanctionné* pour votre méfait ?

Mais le prévenu pense tout à fait sérieusement qu'il n'a pas été question de punition. Après coup, il a compris que Frau Woost ne s'en était jamais plainte, puisqu'elle n'avait rien vu de ses propres yeux ; quant à maître Knobloch, il avait surtout envie de faire sortir ce jouvenceau apparemment sauvage de sa maison.

Et peut-être fallait-il voir cela comme une punition : qu'au lieu de continuer à aider à prendre les mesures des clients vivants, il avait été envoyé pour mesurer, habiller et maquiller les morts, veillant à doter les cadavres aux têtes le plus souvent chauves de couvre-chefs adéquats.

Comment ça ?

Clarus ne comprend toujours rien.

Si, Monsieur le Conseiller peut comprendre, les armoires de Knobloch regorgeaient de plus en plus de perruques inutilisées, invendues ou retournées, alors quoi de mieux et de plus lucratif que de les mettre sur la tête d'un cadavre chauve ? Cela faisait plaisir en tout cas aux proches endeuillés : ils voyaient leurs morts sur leur trente et un et embellis comme s'ils avaient été vivants. Certains cadavres sentaient comme s'ils gisaient depuis des semaines et en avaient l'apparence, alors que d'autres venaient de franchir le seuil de l'au-delà.

Un mort lui revient plus particulièrement en mémoire : ce dernier s'était plaint de maux d'estomac la veille seulement, un médecin avait été appelé et il lui avait ordonné d'avaler quatre sangsues, ensuite l'homme avait eu des crampes, avait toussé en crachant du sang et était décédé le lendemain dans la matinée. Le père du défunt l'avait prié de faire vite quelque chose pour le visage décharné, figé dans la terreur ; alors, selon les règles de l'art, il avait poudré les joues avec du zinc et mis un peu de couleur sur les lèvres livides. Puis il avait enfilé une perruque qu'il avait au préalable poudrée comme il se doit avec de la cendre et des fèves broyées, et l'homme livide avait eu l'air d'un petit enfant innocent venant de nouveau au monde.

Clarus eut une expression de dégoût.

Cela en était toutefois terminé avec ce genre de manipulation, dit W. Même les morts par la suite se feraient coiffer selon la nouvelle mode française.

Mais il aurait aussi pu raconter ceci :

Que malgré le fait qu'il avait enfilé des perruques sur une peau morte, ses mains restaient aussi vivantes qu'avant. Il lui arrivait de se réveiller avec une lourdeur chaude dans le corps, comme si l'empreinte de sa peau à elle continuait à être là – son cou, ses épaules fermes et la rondeur de ses seins.

Étrange, aurait-il pu dire, qu'un homme qui n'a jamais touché une femme puisse s'imaginer tout cela.

Il comprit qu'il devait écrire une lettre. Mais pas à elle, ça il n'aurait jamais osé. La lettre devait être adressée à son époux, l'honorable chirurgien Julius Friedrich Woost, et dans celle-ci il le prierait de lui pardonner les pensées impies qui lui étaient venues, il lui expliquerait qu'elles n'avaient fait que traverser un court instant l'esprit d'un jeune homme que Dieu n'avait pas pensé à mettre en garde, et sûrement Woost lui-même se souvenait de ce que c'était qu'être jeune et pas tout à fait raisonnable ? Et pour la première et seule fois dans sa vie, W. entre dans la grande galerie des mots, où l'on peut se recueillir et se taire mais trouver nulle part d'appui ferme :

Très vénérable monsieur Chirurgicus,

Veuillez accepter cette lettre comme la preuve ultime de la soumission d'un jeune homme qui, dans un instant d'égarement, ne s'est pas laissé conduire par la raison, mais qui grâce à l'intervention charitable de Dieu a toutefois compris ses graves erreurs et veut maintenant avouer ses remords et vous implore humblement d'accorder votre pardon pour les pensées coupables qui se sont infiltrées dans son esprit. Dans les Saintes Écritures, il est dit qu'on ne doit pas convoiter l'épouse de son prochain et qu'il faut étouffer dans l'œuf chaque tempête de désir. Dans un autre Écrit que le signataire de cette lettre a eu dans ses mains, rédigé par le pasteur Pförter, il est dit d'un homme Saint qu'il a versé de l'eau et béni une Cloche si sonore qu'elle pouvait faire s'apaiser toutes les Tempêtes de l'océan. Face à l'océan de mon désir aussi, le son pieux de cette cloche a retenti et il souffle à présent, j'ai le bonheur de vous l'annoncer, seulement une légère brise. C'est pourquoi j'écris à monsieur Chirurgicus dans l'espoir d'obtenir son pardon et sa grâce, vu que lui-même a certainement été jeune lui aussi et projeté à droite et à gauche par les vagues de la fornication.

Avec ma très haute considération,
votre humble serviteur
J. C. Woyzeck

Si ses efforts l'avaient porté jusqu'à ce jour à se rapprocher le plus possible de l'épouse du chirurgien, il fait désormais tout pour l'éviter. Dès qu'il l'entend rire ou faire du bruit dans la cuisine, il trouve un prétexte pour s'éclipser, comme si le désir qui s'allumait en lui pouvait être une maladie contagieuse capable de frapper toute la maisonnée. Quand, après la guerre et ses longues années comme soldat, il apprend que le chirurgien Woost est décédé peu de temps après que lui-même eut quitté son travail chez Knobloch, il est au début convaincu que c'est sa lettre qui l'a tué, que chaque mot écrit était comme un poison qui s'est insinué dans le corps du chirurgien et qu'il l'a fait finalement mourir dans d'atroces souffrances.

Les voix l'importunent beaucoup à cette époque-là.

Tu es malade, Woyzeck, sauf que tu ne le sais pas, chuchotent-elles.

Fais-le, fais-le, tu peux le faire...

Et plusieurs fois, les voix sont suivies de visions où la main du chirurgien cherche à l'agripper ou bien gît coupée sur le sol, noire et raidie en tenant un crucifix.

Mais quand il revoit enfin Johanna Woost, le regard inquiet dans ses yeux au léger strabisme est le même. Son rire également est le même, aussi tendre que lorsqu'elle lui avait dit qu'il avait de belles mains… Comme celles d'un petit enfant, les mains d'une jeune fille, dit-elle. Et elle les tient dans les siennes. Et il veut pleurer car il sait qu'il n'est pas digne de ces gestes amoureux puisque le désir qu'ils éveillent en lui est précisément ce qui, un jour, a tué son époux. Mais la seule fois après son retour où il ose mentionner cette lettre, elle dit ne pas s'en souvenir. Au contraire, elle se plaint qu'il ne lui ait jamais écrit *à elle* le moindre mot pendant toutes ces années où il était au loin. Et il n'ose alors rien dire de peur de faire revivre encore une fois son méfait passé.

Quand il essaie de se remémorer les années qui ont suivi, ses *années de voyage* comme Clarus les appelle, il est rare que des événements précis lui reviennent.

Le monde n'a pas de couleur. Il est constitué de distance, pas de lieux.

Le temps n'a pas non plus de sens sinon que l'affamé doit absolument trouver de la nourriture, épuisé malgré le repos. La nuit et le jour existent, la lumière du jour et les ténèbres. Les saisons. La pluie et le froid. Les arbres qui tendent leurs branches vers les étoiles de l'obscurité nocturne, mais se figent d'effroi quand le soleil se lève pour accomplir son tour retentissant dans le ciel.

Ses heures d'attente, il les passe à la salle de tir et devant les auberges pour quémander qu'on le dépose quelque part, n'importe où, du moment qu'il n'ait pas à marcher encore un moment sur ses jambes fatiguées. Malgré cela, il fait presque tout à pied, et pour celui qui marche, cela veut dire avancer sans arrêt dans la boue, sous le même ciel infini et sans couleur.

Presque partout où il va, les gens lui tournent le dos. Ça se voit de loin quel genre d'homme il est. En tout cas, il n'est jamais question d'entrer en condition. Il prend le travail occasionnel qu'on lui propose. Une fois, il travaille comme garçon d'écurie en échange uniquement du logis, une autre fois chez un cordonnier, une autre fois encore chez un juif à Dessau, prêteur sur gages, mais qui fait également des retouches sur les vêtements qu'on lui confie.

Ce juif s'appelle Schwalbe, un personnage solitaire qui, malgré toute la splendeur dont il s'entoure dans son grand appartement – toutes les pièces les unes après les autres regorgent de méridiennes et de commodes qu'il a prises en gage mais qui ne sont jamais récupérées –, ne prend soin que du coffre en bois qu'il garde sous son lit tout simple et qui contient son châle de prière et ses phylactères.

Plusieurs fois par jour, il revêt ce châle de prière et prie avec une voix si fluette et monotone qu'il est impossible de saisir les mots, même si un bon chrétien aurait pu les comprendre.

Pendant ses heures de prière ou quand le juif sort avec son cabriolet attelé d'un cheval pour faire des courses dans les environs, il revient à W. d'accepter les travaux de couture derrière le rideau usé qui sépare la boutique du reste du vaste appartement de Schwalbe. Il a l'habitude de ce genre d'activités et peut se plonger dans une somnolence vide de pensées pendant des heures, tandis que seuls résonnent les coups de l'horloge dans la pièce à côté. Le cadran se dessine aussi dans un miroir en pied, placé tout près de la porte (probablement pour que Schwalbe puisse voir quels clients arrivent sans avoir besoin de regarder derrière le rideau), et où le temps semble aller à reculons.

Un jour qu'il attend ainsi et suit la marche à reculons du temps, il entend un grand choc dans la rue, et aussitôt après W. aperçoit dans le miroir un jeune homme se précipiter à l'intérieur de la boutique. Un accident, un accident ! crie-t-il avant de ressortir aussi vite, avant que W. ait eu le temps de poser son fil et son aiguille pour le suivre.

Il s'avère qu'une voiture s'est coincée près de l'entrepôt des douanes non loin du pont de l'Elbe et qu'on a besoin du concours de tous pour dégager le véhicule et le remettre sur le chemin. Un groupe de curieux s'est rassemblé autour du forgeron qui, à l'aide d'une pioche et d'un marteau, tente de dégager une roue qui s'est bloquée entre deux pavés. Le monsieur qui voyageait dans cette voiture, un homme jeune de petite taille à l'épaisse crinière blonde et au regard bleu clair étrangement ouvert, descend parmi les spectateurs et se plaint, comme s'il ne cherchait pas seulement de l'aide mais aussi une forme de pardon. Il apparaît aussitôt que l'immobilisation du véhicule est due à un meuble encombrant qui, mal attaché à l'arrière, a glissé vers le bord, menaçant de faire basculer toute la voiture. Le jeune monsieur a certainement tenté de stabiliser la voiture lui-même car ses vêtements sont couverts de boue et les manches de son long manteau sont déchirées, avec une longue fente jusqu'aux coudes. Comme W. ne peut pas physiquement prêter main-forte aux autres hommes présents, il s'approche avec des courbettes respectueuses de l'homme courroucé et propose de s'occuper de ses habits pendant qu'il attend. Curieusement, le jeune homme cesse d'aller et venir, plante son regard bleu dans le sien et accepte la proposition avec un sourire qui dévoile une longue rangée de dents régulières d'une blancheur surprenante.

Assis derrière le rideau, W. coud pendant que le jeune homme s'approche et s'éloigne de la glace. C'est peut-être parce qu'il y a un mur entre eux, formé par le rideau, qu'il ose être si loquace. Il étudie l'anatomie à Wittenberg, explique-t-il à W. Il revenait de la propriété familiale à Waldenburg, où il s'était plaint auprès de son père (*Quel radin, celui-là !*) de ses modestes finances, quand cet incident malencontreux s'était produit. S'il avait eu de bons domestiques à son service, cela ne serait jamais arrivé. Ainsi il ressort de son discours qu'il n'a pas de serviteurs du tout, si ce n'est un cocher, apparemment inapte à son travail, et une gouvernante. Le domestique qu'il avait eu autrefois s'était « sauvé », explique-t-il quand W. sort derrière le rideau et lui tend son manteau recousu. Le jeune homme le regarde comme s'il le voyait pour la première fois, il tourne et retourne le vêtement, exprime sa satisfaction et lui demande même son nom. *Woyetz*, répond Woyzeck qui trouve que ça sonne mieux, que ça fait plus chic d'une certaine façon. Parfait, répond le jeune homme. Que dirait quelqu'un comme vous de travailler chez moi ? Et W. répond qu'il ne sait pas, il doit d'abord en parler à

Schwalbe, mais qu'il n'a pas encore de vrai statut, ce que le jeune homme interprète comme l'acceptation de son offre, et il griffonne son adresse à Wittenberg au dos d'une facture que W. lui a tendue, et lui dit de se présenter dès qu'il en aura l'occasion. Il se fera en même temps payer pour son travail de couture.

Le nouveau maître de W. étudie la physiologie et l'anatomie, mais il n'a pas encore acquis de diplômes. Cela ne l'empêche pas de se faire appeler « jeune médecin » dans la maison, comme d'être de famille noble lui prête un rang universitaire qu'il n'a pas encore mérité par lui-même. Sa famille à Waldenburg est une branche lointaine de la lignée noble Schönberg-Hohenlohe, un fait auquel le jeune médecin en tant que républicain n'accorde aucune importance. Bien qu'il appartienne à la classe supérieure, il fait peu de cas de son physique et ne s'intéresse guère à son apparence. Non pas qu'il juge cela indigne de lui, mais les pièces qu'il loue chez la veuve d'un professeur de Wittenberg que son père, ancien médecin à la cour du prince-électeur Frédéric-Auguste, connaissait depuis ses années d'études, sans être ce qu'on qualifierait de pauvres, sont en tout cas sans prétention. Elles consistent en un salon auquel même la veuve a accès, mais en pratique seulement la gouvernante, Frau Pförtner, puisque la veuve garde le lit. Ensuite deux pièces dont l'une sert de chambre à coucher et l'autre de bibliothèque. Le jeune médecin passe le plus clair de son temps dans celle-ci. C'est là qu'il prend les repas simples que Frau Pförtner lui apporte, c'est là qu'il étudie, le plus souvent debout ou en marchant de son pas un peu raide si caractéristique, avec un livre qu'il tient à quelque distance de son visage comme si, au lieu de le lire, il l'examinait de loin. De temps en temps, on l'entend tenir de longs monologues pontifiants, comme s'il s'adressait à quelque chose d'invisible ou à un futur auditoire.

W. s'est vu donner pour dormir un vieux cellier attenant à la cuisine où la gouvernante couchait avant de déménager dans une chambre proche de celle de la veuve. Dans ce cellier il y a même la place pour une table où il peut prendre soin des vêtements du jeune médecin, qu'il lui présente chaque matin. Ses tâches quotidiennes ne sont pas particulièrement harassantes. Son maître passe la plupart de ses soirées dans une des associations d'étudiants dont il fait partie et W. a seulement besoin de chauffer le vin qu'il boit chaque soir avant de se coucher et qui, selon lui, est le meilleur remède contre l'insomnie chronique dont il prétend souffrir.

Pendant son temps libre, il fabrique de petits personnages en carton ou en crêpe. Ou bien, quand Frau Pförtner est sortie faire une course et qu'il est seul dans l'appartement avec la veuve à moitié aveugle assise en silence dans sa chambre, il en profite pour s'approcher du grand secrétaire que le jeune médecin garde dans sa bibliothèque.

C'était ce meuble imposant qui, mal attaché à l'arrière de la voiture, avait manqué faire verser l'équipage du docteur au pied du pont de l'Elbe. Le maître est en effet si attaché à ce secrétaire qu'il refuse de s'en séparer même quand il doit voyager. Il faut plusieurs hommes pour le descendre de l'appartement, puis le soulever et l'attacher à la voiture. Ensuite un homme au moins doit rester à côté pour empêcher le meuble de se détacher à cause des cahots de la route. L'ennui, comme le cocher Metzger l'explique à W., c'est que le jeune médecin n'a pas les moyens d'avoir le personnel pour soulever et porter son armoire ici ou là. C'est tout juste s'il a les moyens d'avoir un cocher, alors comment faire pour tout surveiller et que rien ne s'abîme ou ne se renverse, est-ce que le docteur croit qu'on a les yeux derrière la tête, ou quoi ?

Le secrétaire proprement dit, qui est *chinois* comme le précise Metzger à W., qui ne comprend pas ce que ça veut dire, consiste en une partie écritoire avec un abattant en bois de cerisier doté d'un plumier et d'un encrier, et en une partie armoire avec deux panneaux pour le théâtre aux motifs végétaux. Si l'on ouvre ces deux panneaux, ce que W. a seulement vu son maître faire une fois, on aperçoit à l'intérieur une longue rangée d'étagères, chacune avec des tiroirs incrustés de nacre et d'émail. L'intérieur aussi des panneaux est, comme la façade de l'armoire, soigneusement décoré. Si à l'extérieur il n'y a que de longues arabesques comme des tiges, à l'intérieur un étrange paysage se déploie avec des sommets montagneux et des champs de blé avec des femmes agenouillées et des messieurs aux yeux bridés et avec une longue natte.

W. n'a jamais vu pareille chose de toute sa vie. C'est comme si le monde soudain avait reçu une *intériorité*.

Le jeune médecin est le plus souvent chez lui dans la matinée. Il prend un petit déjeuner frugal que W. lui sert. Ensuite il peut faire les cent pas devant son secrétaire comme s'il voulait l'exhorter à rester à sa place, et si W. se trouve par hasard dans la pièce, il se peut que son maître lui adresse la parole. Herr Woyetz, dit-il en se caressant le menton, n'avez-vous jamais éprouvé la certitude que vous avez quelque chose de grand et de terrible en vous, quelque chose que vous portez depuis longtemps ? Et que ce que vous portez en vous est comme un grand cri, oui un cri si grand que vous savez que même crier ne suffirait pas à le faire sortir de vous ?

W. ne sait pas s'il doit écouter attentivement ou prêter seulement une oreille distraite. Aussi continue-t-il de faire briller énergiquement une des bottes de son maître. Et le jeune médecin continue de trottiner d'avant en arrière devant le secrétaire.

Vous vous demandez peut-être de quelle certitude je veux parler ? Eh bien, de la certitude que nous vivons dans un monde où nous ne disposons pas des bonnes mesures et proportions pour le comprendre !

Quand il se tourne à présent vers Woyzeck, son regard est d'un bleu si intense que W. se sent transpercé.

Le jeune médecin sourit de toutes ses dents blanches, un sourire forcé mais amical.

Et si je me comporte avec courtoisie et bienveillance envers vous, Woyetz… oui, si je vais jusqu'à vous parler comme si vous étiez en mesure de comprendre ce que je dis, c'est uniquement parce que je porte un masque… *un masque horrible…!*

Le masque continue à sourire, la rangée de dents blanches et les yeux bleu clair sourient aussi, avec de petites rides en forme de V dans la peau au coin des yeux ; mais le regard qu'il jette devient de plus en plus fixe et aveugle, et le docteur lui-même se raidit de plus en plus, comme si tous ses mouvements abrupts autour du secrétaire s'étaient maintenant déplacés dans son propre corps.

Soudain il lève les deux bras au-dessus de la tête et s'écrie :

VOUS ÊTES UN SERVITEUR, VOTRE DEVOIR EST DE SERVIR ; ALORS SERVEZ, BORDEL, SERVEZ !

W. ne sait pas si ces mots soudains sont adressés à lui ou au secrétaire, car son maître lui tourne en quelque sorte le dos dès qu'il a fini de parler, et avec un mouvement de défense comme lorsqu'on jette nonchalamment quelque chose par-dessus l'épaule, il fait un gros pas en avant comme pour quitter la pièce. Mais à peine a-t-il amorcé ce pas qu'il tombe à la renverse, entraîné par le poids de son corps, et est la proie de violentes convulsions sur le sol. Sortie d'on ne sait où, Frau Pförtner se précipite en tenant une grosse cuillère en bois. D'un geste familier, elle prend un édredon de la méridienne, en fait un coussin sous la tête du jeune médecin toujours aussi agité par terre, s'assied ensuite à califourchon sur lui, sans gêne aucune, soulève d'une main sa nuque et de l'autre lui enfonce la cuillère entre les mâchoires. À la commissure des lèvres surgit une étrange écume bouillonnante et ses yeux tout à l'heure sans éclat sont écarquillés et aussi blancs que des œufs de poule.

Sans changer de position sur le jeune médecin, Frau Pförtner se tourne vers W., resté debout avec une main dans une botte, la brosse à reluire dans l'autre main :

Herr Woyetz s'imagine certainement que le diable en personne a pris possession du jeune maître. Mais je peux assurer à Herr Woyetz que votre maître est un homme bon qui n'a jamais voulu de mal à personne et qui n'a jamais eu la moindre pensée mauvaise au sujet de quoi que ce soit. Il faut que Herr Woyetz le sache, ajoute-t-elle, et qu'il ne se monte pas la tête.

Ainsi il était atteint du mal caduc, votre bienfaiteur ! dit Clarus, comme s'il comprenait seulement maintenant ce que l'accusé a tenté de lui raconter. Vous a-t-il jamais parlé de son *(il fait un mouvement de cercle avec un bras)* tourment ?

Son maître abordait des sujets fort variés, dit W., mais il n'avait mentionné sa maladie qu'une seule fois et la décision avait déjà été prise qu'il ne serait plus à son service. Mais il parlait d'autant plus volontiers d'autres choses étranges. Des nombreux petits nerfs et fibres musculaires qui permettent à l'œil humain de voir ; des poissons et pourquoi ils nagent en bancs et pourquoi un banc de poissons se comporte comme s'il était un seul et même poisson ; et Monsieur le Conseiller à la Cour s'est-il jamais demandé comment faisaient les oiseaux pour se maintenir dans l'air pendant autant d'heures à la fois et pour retrouver aussi facilement, à partir de leur lieu de nidification, les contrées lointaines en Afrique ou encore ailleurs où ils passent l'hiver ?

J'imagine que vous discutiez principalement politique, dit Clarus d'une voix sèche avec une lueur d'intérêt au coin de l'œil qui laisse entendre qu'il écouterait sans ennui les explications que W. pourrait lui donner sur ce point.

Car que pourrait savoir un serviteur de ces choses-là ? Son maître est assurément un homme aux moyens financiers limités mais cela ne l'empêche pas d'être généreux dans ses invitations. Plusieurs soirs par semaine, le salon de sa bibliothèque est rempli d'amis étudiants et de jeunes diplômés et W. doit aider Frau Pförtner à faire le service, un travail qui lui convient peut-être moins que de cirer les chaussures, repasser des vêtements ou s'occuper de la literie, pendant que son esprit vagabonde. Même si une ombre de déplaisir traverse ici et là le visage de son maître, ses maladresses semblent être tolérées. W. a clairement l'impression que les deux participent à une sorte de jeu. Comme s'il y avait une complicité tacite entre eux : W. est d'accord pour ne rien dire des maladies du jeune médecin, et en contrepartie, celui-ci ferme les yeux sur le manque de tact et de compréhension que l'on exigerait d'un vrai valet de chambre. De temps en temps, le jeune médecin lui lance un regard étrange, à la fois tendre et compatissant, comme si ces deux sentiments le faisaient souffrir.

W. a tôt fait de comprendre que son maître est une personne estimée, pas au sens uniquement de hautement estimée, mais estimée pour des qualités sensibles et rares que l'on a appris à regarder avec une indulgence embarrassée. Dans la conversation, il devient facilement colérique et tendu, parlant d'une manière qui fait se taire tous ses invités, et ceux-ci ont des regards fuyants. Il a la réputation d'être athée et républicain, et W. apprend en passant qu'il a été une fois arrêté par la police pour avoir proféré des insultes sur le roi de Saxe et son lâche accord de neutralité avec la France, et ce n'est qu'au dernier moment, grâce à l'intervention de son père, qu'il a échappé à la prison.

Une ou deux fois par trimestre, les étudiants en médecine font des excursions dans les environs et W. a le droit de les accompagner, ainsi que les autres serviteurs de ces jeunes messieurs. Ils partent à plusieurs équipages pour gagner le parc naturel Dübener Heide ou les bords de mer des alentours. Un jour que l'automne est à son apogée, ils parcourent tout le chemin de Weddersleben dans le Harz jusqu'au haut mur du Diable, une rangée de hautes falaises calcaires dont les contours dentelés paraissent d'un noir de braise à contre-jour, dans le soleil voilé mais repu. W. s'est mis un peu à l'écart des autres domestiques et s'occupe en nourrissant et nettoyant le cuir des rênes de Metzger, le cocher. Quand ce travail est terminé et que les étudiants ne font pas mine de vouloir rentrer, il ramasse une poignée de cailloux et commence à les lancer contre les grands blocs rocheux en contrebas. Dans la lumière qui décline, chaque caillou projette son ombre bien dessinée jusqu'à ce que les ombres et les rochers se mêlent les uns aux autres pour former des motifs difficiles à interpréter. Il est si absorbé par ces jets de pierre qu'il remarque à peine l'ombre beaucoup plus grande qui se penche à présent au-dessus de lui. Mais la voix de son maître est d'une douceur inattendue.

C'est un enfant de la nature, Woyetz. C'est pour ça que je l'ai toujours porté dans mon cœur.

Le jeune médecin glisse une jambe dans l'escarpement et transforme son mouvement irréfléchi en une pose étudiée, le coude appuyé sur le genou.

Dites-moi, avez-vous jamais lu Rousseau ?

W. ne sait ni quoi répondre ni s'il est censé donner une réponse. Pardon ? Qui donc ? *Rousso ?*

Le jeune médecin se rend bien compte que c'est une question à laquelle celui qu'il interroge peut difficilement donner une réponse intelligible et il tourne le regard vers la pente où les autres se dirigent par deux ou en groupes vers leurs équipages. Les serviteurs ont déjà commencé à charger les sacs et les paniers de pique-nique. Des voix et des rires remontent d'en bas comme quelque chose qu'on aurait mis en bouteille.

Dites-moi ce qu'il voit, Woyetz, quand il promène son regard sur ce paysage. Ou que se représente-t-il ? Car les images sont celles que nous fabriquons, elles ne surgissent pas de la nature elle-même.

Cette dernière phrase a été prononcée avec une pointe d'amertume, trouve W. Il ne dit rien puisqu'il est quasiment sûr que son maître attend de lui maintenant un silence de type mélancolique. Et, comme si cela était juste, le jeune médecin l'entraîne résolument de la main, du sourire et du regard, comme lorsqu'il fait coulisser les battants de son secrétaire. Ensuite il s'assied de nouveau vers le bas de la pente. À mi-chemin, il lève la main dans un geste appuyé de salut au reste de la compagnie, tous au son de sa voix se sont figés dans leur mouvement, comme des pierres qui se seraient fixées au bord de leurs ombres.

Quelques semaines après cette excursion dans le Harz, le jeune médecin lui annonce qu'il doit rentrer un certain temps dans sa famille et ordonne qu'on descende son secrétaire. Depuis cette excursion, les clairs ciels d'automne se sont assombris et une brume a été enfilée sur le monde telle une chaussette grise en laine. À travers les mailles de la chaussette pénètre, jour après jour, une pluie battante qui glace les os. W. a le droit d'aider à descendre le secrétaire, bien enveloppé dans d'épais tapis et des draps, de l'appartement du professeur, et à l'attacher à l'arrière de la voiture à laquelle Metzger a déjà attelé le cheval.

Il est clair que son maître n'est pas dans son état habituel. Durant tout le trajet il reste silencieux, plongé dans ses méditations à côté de Metzger sur le siège du cocher, tandis que W. à l'arrière essaie de contrebalancer les pires inclinaisons. C'est un travail harassant. Les secousses de la voiture l'obligent à changer constamment de place pour empêcher le meuble de glisser dans telle ou telle direction, et après une demi-journée de voyage il a déjà le corps si endolori qu'il a l'impression que le bois du secrétaire et l'arrière de la voiture l'ont pénétré jusqu'à la moelle.

Le voyage à Waldenburg est long et pénible. Ils sont contraints de s'arrêter plusieurs fois en chemin pour passer la nuit, car des tronçons de la route disparaissent sous des masses de boue et, à un endroit, un pont s'est effondré, ce qui les oblige à un grand détour. Après quatre jours de pluie presque ininterrompue, le ciel s'éclaircit lentement, et quand tôt le matin ils s'engagent sur l'allée pavée qui mène au château de Waldenburg, il se déchire en longues brèches de lumière bleu clair sur lesquelles se précipitent les dernières nuées de brouillard blanc, si proches qu'on peut les toucher à main nue. Entre les longues ombres dans l'allée du parc, d'étranges oiseaux semblent, des deux côtés du chemin, éviter les roues de la voiture.

Ce sont des paons, explique Metzger en se penchant de son siège de cocher pour les chasser avec son fouet. L'un des oiseaux s'arrête et déploie les plumes de sa queue, tel un joueur de cartes audacieux qui soudain montre tout ce qu'il a en main, avant de s'éloigner d'un pas majestueux de maître d'hôtel. Drôle d'idée du Seigneur de créer un oiseau qui ne peut pas voler, dit W. quand ils aident à détacher le secrétaire de la voiture. Encore qu'ils peuvent voler, dit Metzger. C'est juste qu'ils trouvent ça indigne d'eux. La nuit, quand personne ne les voit, ils s'envolent et se posent dans les arbres.

Le père de son jeune maître, le médecin de ville et conseiller médical Günther Schönberg, vit avec sa seconde femme (la première, la mère du jeune médecin, est morte en couches quand l'enfant n'avait que dix ans) et leurs deux enfants dans une maison majestueuse à l'autre extrémité du parc du château. Le fils aîné est apparemment très attendu. Le personnel de maison est déjà prêt pour décharger et porter le secrétaire à l'intérieur. W., a-t-il été décidé à l'avance, dormira avec Metzger à l'écurie ; mais le jeune médecin insiste pour l'avoir à la maison parmi les autres domestiques, aussi lui assigne-t-on une pièce donnant sur l'arrière-cour où se trouve la cuisine. La gouvernante et toutes les filles en cuisine courent pour préparer le repas sans lui prêter grande attention, tandis qu'assis dans un coin il essaie de dessiner de mémoire les paons, leur façon d'avancer en faisant de petits pas de nobles demoiselles, de lever et baisser une de leurs pattes avec une lenteur étudiée. Une des filles passe devant lui et veut voir ce qu'il « dessine », mais il se fait chasser par la gouvernante qui, d'une voix sévère, le prie de rester à l'écart de la cuisine et d'attendre dans sa chambre qu'on fasse appel à lui pour le service.

Le dîner qui suit montre tous les signes d'un rituel qui se déroule exactement de la même façon pendant de nombreuses années. Le père, le médecin de ville, un homme d'une soixantaine d'années mais encore de grande taille, avec une abondante chevelure blanche et un nez aussi pointu que celui de son fils, trône en bout de table. À côté de lui, il a empilé une longue rangée de revues et de livres qu'il feuillette ou lit à haute voix pendant qu'il mâche et boit. Il est si absorbé par ses deux activités – manger et lire à haute voix – qu'il ne lève pas la tête des pages du livre quand on retire une assiette ou quand un plat lui est apporté, il interrompt juste un peu son geste de tourner les pages.

Face à lui est assise son épouse, souriante mais le regard lointain, et des deux côtés de la table, leurs deux enfants : l'aîné, un garçon au regard craintif, et une fille plus jeune. Tous les trois, la petite fille aussi, sont assis le corps raidi dans une attitude d'attention, comme pour ne pas trahir qu'ils n'écoutent pas le père qui continue alternativement de manger et marmonner en tenant devant son visage un livre ou une revue.

Et à droite du père se trouve le jeune docteur, bien qu'il ne regarde pas son père en train de lire, mais fixe W. posté près de la porte au cas où il viendrait au jeune médecin l'idée de lui demander quelque chose.

Puis arrive l'instant que tous semblent avoir attendu. Le père sursaute en pleine lecture, s'essuie la bouche avec la serviette posée sur ses genoux et s'écrie *Ah, écoutez-moi ça…*, il s'agit d'un homme né avec une fistule si grande qu'on peut voir directement dans son estomac, et comme on pouvait s'y attendre, ce malheureux échoue entre les mains d'un dompteur qui voyage avec lui et l'exhibe comme un animal de cirque. Donne-lui quelque chose, n'importe quoi, un morceau de pomme, et si tu paies un groschen, tu pourras ouvertement voir le morceau de pomme se décomposer dans son estomac et glisser dans ses intestins.

Ce qui me fait penser, tu te souviens certainement, Johann… !

De sa place, W. voit le père lever les yeux, et son sourire est presque identique à celui de son fils : les mêmes dents blanches.

Johann, tu te souviens de cette demoiselle qui était venue un jour à ma consultation pour me dire qu'elle avait avalé toute une poignée d'épingles. Elle avait tenté de se suicider, la pauvre femme. Mais elle avait eu beau en avaler beaucoup, elle avait échoué dans son projet. Dès qu'elle en avalait une, elle ressortait sans avoir apparemment endommagé grand-chose. Peux-tu m'expliquer, Johann, tu le sais certainement, comment il se fait que l'épingle avalée, peu importe sa taille et sa position, toujours ressort du corps avec la tête d'épingle tournée vers le bas et sans causer de dégât lors de son passage à travers le corps ? À quoi est-ce dû, à ton avis, Johann ? Est-ce l'effet du magnétisme ou est-ce quelque chose de particulier à l'organisme féminin ?

Autour de la table, tous les regards se tournent vers le jeune médecin ; les deux enfants curieux, la belle-mère avec un sourire qui aimerait être confiant sauf qu'il n'en a pas la force. Mais Johann ne répond pas. Il garde la même attitude bizarre et tordue qu'avant, le corps appuyé contre le bord de la table, la tête tournée vers le côté et le regard en direction de la porte. Dans son demi-profil étudié, il apparaît à W. comme un paon fier et craintif qui s'est réfugié dans un des arbres morts parce que quelque chose sur le sol l'a effrayé et lui a fait perdre tous ses moyens.

Ensuite un long frisson parcourt le corps du jeune docteur. Il fait une boule de sa serviette et la jette d'un geste contrarié, se lève et se dirige vers la porte de sa démarche raide, si caractéristique, d'un pas qu'on dirait lancé. Convaincu qu'il va tomber une nouvelle fois, W. s'est déjà avancé pour le prendre sous les bras. Mais le jeune médecin s'arrête à la dernière minute, passe rapidement devant lui d'un mouvement saccadé et réussit même à lancer par-dessus son épaule ces mots :

Je n'ai plus besoin de vous, Woyetz. Vous pouvez regagner vos quartiers.

Mais un peu plus tard, alors que W. encore tout habillé est allongé, éveillé, sur le lit de la petite chambre qu'on lui a assignée, la cloche sonne de nouveau et aussitôt une servante frappe à sa porte. Elle dit qu'il est appelé pour servir du vin. Ce vin, elle l'a pourtant déjà chauffé et versé dans un broc, visiblement au courant des habitudes du jeune médecin. Elle lui tend le vin sur un plateau et l'accompagne à travers les couloirs de service jusqu'à ce qu'ils se retrouvent dans les appartements où vivent les Schönberg. La salle à manger qui auparavant était illuminée comme pour une fête est vide à présent, la table débarrassée aussi blanche qu'une plaque de marbre dans la lumière froide de la nuit qui pénètre par les fenêtres. À travers les portes ouvertes, l'on voit se dessiner toutes les pièces en enfilade comme si elles étaient des boîtes accolées les unes aux autres. La lumière qui les guide vient de la pièce la plus au fond, la bibliothèque surchargée de livres où le jeune médecin a placé son secrétaire. C'est là qu'il est assis maintenant aussi, dans la même posture qu'à table tantôt, le bas du corps appuyé contre l'abattant-écritoire et un livre ouvert devant lui. Bien que les lattes de parquet craquent, il paraît n'accorder aucune attention à W. quand ce dernier arrive avec le vin, se retourne ensuite brusquement et montre sa rangée de dents blanches qui paraît effrayante sous cet éclairage – comme si on voyait directement dans le crâne.

Je suis sincèrement désolé, Woyetz. À quel spectacle avez-vous assisté aujourd'hui ! Mon père adore me mettre à l'épreuve, il aimerait tant que j'endosse son manteau. Mais comment quelqu'un comme moi parviendrait-il à tenir un bistouri ? Est-ce que Woyetz peut me le dire ? Il a tout vu, il est au courant.

W. veut répondre qu'il n'est au courant de rien. Il n'a observé aucune chute. Rien d'autre non plus.

Mais le jeune médecin change aussitôt de sujet.

Dites-moi, Woyetz, croyez-vous en Dieu ? Cela va de soi qu'il croit en Dieu ; mais est-il vraiment *éclairé* en l'esprit ? Sait-il quelque chose de sa foi ?

Et avant que W. ait pu glisser quoi que ce soit ou maîtriser cette question :

Dans les classes inférieures, il est habituel que l'on ressente de la stupeur devant (comment l'appeler) l'être de Dieu mais aussi de la colère contre ce qu'il a fait de nous les hommes ; intentionnellement, semble-t-il, il élève certains au rang des anges et change les autres en bêtes.

J'ai bien vu que Woyetz tournait autour de ce meuble, dit-il en se levant et en ouvrant les deux panneaux du théâtre.

De nouveau il sourit de toutes ses dents et a quelque chose dans les yeux qui aurait dû l'effrayer déjà à ce moment-là. Mais W. n'a d'yeux que pour le secrétaire.

Ensuite, il aurait du mal à expliquer, surtout à Clarus, ce qu'il a vu là dans cette pièce. Comme si le souvenir de ce qu'il a vu disparaissait à l'instant même où il surgissait. Ou comme si ce qu'il avait vu n'était pas du tout censé être vu. Ce qui demeure à l'intérieur du monde n'est peut-être pas destiné aux yeux humains. Les objets appartiennent au domaine de l'âme et si on ne trouve pas les termes justes et si l'on ne sait rien de l'ordre dans lequel ces objets doivent être placés, et si l'on n'a pas l'outil pour les placer au bon endroit, alors c'est comme s'ils n'étaient pas pris en compte comme ils devraient.

La matière des anges, aurait-il pu dire. Même si chaque chose qu'il a vue, prise séparément, était assez concrète, reposant à l'abri comme l'ombre se repose dans la lumière qui la projette.

Entre-temps le jeune médecin raconte qu'un de ses parents, un prince de Schönberg-Waldenburg, vers la fin du siècle précédent, avait commencé de manière modeste à collectionner des minéraux. Plus tard il avait reçu l'aide d'un pharmacien de Leipzig du nom de Reichel et d'un boulanger, Oberländer, qui lui avaient donné une quantité d'œufs d'oiseaux pour sa collection. En voici quelques-uns, dit son maître en présentant trois petits œufs de caille dans une corbeille tressée. Il en tient un entre l'extrémité de ses doigts. Regarde comme il est petit ; pourtant, sur le dessus, il est assez grand pour contenir tout un continent.

Le jeune médecin lui montre un morceau de varech séché : une vague figée, stoppée en plein mouvement, avec ce qui autrefois était des voiles d'écume perlée, transformée en petites vésicules desséchées. Il lui montre aussi des roseaux rassemblés en quelques gerbes ; chaque fragile roseau avec une ceinture autour, comme une phalange.

Le jeune médecin ouvre un autre tiroir numéroté dans lequel sont conservés des flacons d'apothicaire, marron et ventrus. Même le sel qu'il verse dans sa paume est coloré dans différentes teintes : rouge, brun, ocre. Il y a aussi un verre avec un sel tout blanc, un sel qu'il dit venir des rives d'une mer morte, friable et fin comme de la craie.

Et pendant tout le temps où il ouvre des compartiments et des tiroirs, il explique à W. pourquoi il ne peut absolument se séparer de son secrétaire :

C'est comme une sorte de magnétisme. Woyetz est-il familier de ce phénomène ? Comme quand l'axe de la Terre nous attire vers lui et nous maintient debout à la seule force de son poids infini. C'est comme si j'étais lié à mon secrétaire par la même force. Si je m'éloigne de cet axe, ne fût-ce que d'une longueur de bras, je suis traversé par une sorte d'anesthésie, je perds tous mes sens et je tombe. Il est étrange qu'on ait pu être créé d'une manière aussi lamentable, et pourtant si sensible.

Mais voyez, Woyetz, dit-il ensuite à W. comme regrettant aussitôt d'avoir ouvert son cœur avec une telle sincérité. Allez, approchez, comme ça vous verrez mieux !

Le jeune médecin sort une clé de la poche de son gilet et la tient en l'air un instant comme pour bien la montrer, puis l'enfonce dans la serrure d'un des tiroirs, lui aussi incrusté de nacre mais, à la différence des autres, tout en longueur. Du fond du tiroir, il tire ce que W. prend d'abord pour une collection de lettres, roulées et ceintes d'un cordon de soie. Son maître défait le cordon et déroule les feuilles, chacune enroulée dans la précédente. Il tend à W. l'une d'elles en lui disant :

Ne vous laissez pas effrayer, Woyetz, c'est seulement ainsi que Dieu nous a créés.

La feuille comporte une gravure ou une sorte d'eau-forte. À l'intérieur d'un cadre pose un groupe composé de deux femmes à moitié dévêtues et d'un homme près d'un meuble qui ressemble au secrétaire. L'homme est assis sur une chaise près de l'abattant ou plus exactement est à moitié assis puisqu'il étire et tourne son corps pour atteindre avec son visage le sein en hauteur que la femme à sa droite lui présente. À sa gauche, l'autre femme a une main autour de son sexe en érection, l'autre sur le sien, le pouce et l'index à peu près comme on peut tenir un œil ouvert et les trois autres doigts – le majeur, l'annulaire et l'auriculaire – écartés comme pour faire un signe au spectateur.

W. a une boule dans la gorge mais n'ose pas déglutir.

Il aimerait rendre ce dessin mais le jeune médecin ne tend pas la main pour le récupérer. Au contraire, il a sorti une autre clé pour ouvrir un autre tiroir et lui montre aussitôt une autre image. Un instant, il croit que ce sont les mêmes personnages, cette fois tout habillés. En réalité, ils sont deux et non trois, dans une position totalement inverse. C'est à présent la femme qui est assise près du secrétaire et à côté d'elle se tient un jeune garçon de cinq ou six ans aux longs cheveux blonds dont les ravissantes boucles tombent sur un col ancien avec jabot.

Approchez davantage, dit son maître en voyant que W. ne se défile pas. Voyez-vous le médaillon qui pend autour du cou du garçon ?

W. répond qu'il l'a vu. Le jeune médecin ouvre alors une boîte et en sort le même médaillon, pendu au bout d'une petite chaîne. Il soulève le couvercle du médaillon.

Voyez-vous l'image sertie dans ce médaillon ?

Il tend le médaillon à W. À l'intérieur, il y a la même image que celle que le jeune médecin vient de lui montrer et là aussi, le petit garçon est assis avec un médaillon autour du cou. Ce qui est extrêmement curieux. W. se penche pour examiner l'image de plus près. Y a-t-il aussi dans le médaillon que porte le petit garçon autour du cou une image d'une femme avec un petit garçon qui porte un médaillon ? Cela pourrait dans ce cas continuer ainsi à l'infini. La pensée l'étourdit.

C'est ma mère et moi représentés sur ce tableau, dit son jeune maître et W. a tout juste le temps de concevoir cela que le jeune médecin saisit encore une autre boîte, à peine plus grande qu'une boîte d'épingles. Il en sort une bague.

Et ça, dit-il, c'est son alliance.

Son maître tient cette alliance à la lumière. W. réussit à voir qu'elle a une petite pierre sertie au milieu.

Elle appartenait autrefois à mon père. Il l'a retirée de son doigt quand elle est morte dans la pièce au-dessus d'ici. Maintenant je l'ai reprise.

Il referme d'un mouvement brusque toute sa main autour de la bague et sourit de son drôle de sourire sans joie.

Je vais tout reprendre. Tout ce qui est à moi. Et vous allez m'aider.

C'est tout, ajoute-t-il, plutôt comme une réflexion hors de propos.

Vous pouvez disposer, Woyetz.

W. s'en va. Mais avant de quitter l'appartement des maîtres, il se retourne une dernière fois. Tout au fond, au bord du mince rai de lumière qui pénètre par l'enfilade de portes ouvertes, il voit le jeune médecin assis à son secrétaire. Le dos tourné, avec tous les panneaux et tiroirs ouverts et tirés, comme un organiste devant son grand orgue d'église.

Après une pause de courte durée, la pluie se remet à tomber, nuit et jour, opaque, et son maître continue d'arpenter les pièces froides, non chauffées, le teint gris de plomb, comme s'il était davantage un revenant apparaissant dans les fenêtres dissoutes par les masses d'eau.

Il attend son père, attend une sorte de conversation déterminante ou une décision venant de lui. Mais son père est présent à des heures insolites de la journée, impossibles à prévoir, et si le fils lui tient compagnie pour un repas dressé à la hâte par les domestiques, le père prend rarement le temps de lui parler, il lit ou feuillette comme d'habitude quelque chose dans sa pile de livres et de revues, se lève ensuite à la hâte et dit qu'il doit s'en aller.

Parfois le retour de son père ne survient que tard dans la nuit, voire dans les premières heures de la matinée. C'est à ce moment-là qu'une fois, W. entend l'écho de leurs voix résonner d'abord dans la cour, puis se dirigeant vers l'escalier qui mène au salon. Dans un des miroirs de la salle à manger, W. les aperçoit furtivement quand ils passent, et jamais le contraste entre eux deux, le tout-puissant et l'impuissant, n'a été plus grand. Le père se tient en tenue complète de cavalier devant le chiffonnier tandis que le jeune médecin porte encore ses vêtements de nuit. Blême, les yeux caves, il donne l'impression de ne pas avoir dormi depuis plusieurs jours, se tenant aux murs et aux encadrements de porte tout en tentant doucement de s'approcher de son père qui semble n'avoir même pas remarqué sa présence.

Il est question d'argent dans cette conversation. Les éclats de voix et les formulations les plus virulentes viennent du fils qui dit qu'il ne peut pas poursuivre ses études et envisage de s'enrôler, ce qui ne provoque que quelques grognements méprisants de la part du père. Quoi, une mauviette comme toi, mais personne ne voudra de toi. Ce à quoi son fils répond qu'il n'en peut plus. Comme il n'a pas lui-même la force nécessaire, il doit se soumettre à une instance extérieure. Du côté de qui, si je peux demander ? dit le père comme s'il n'avait rien entendu. Il n'y a qu'un côté, répond le fils ; celui qui combat la tyrannie et l'absolutisme que tu as servi pendant tant d'années. Pour être abattu comme un chien ? demande le père, sarcastique. C'est ça que tu veux ? Qu'aurait dit ta mère de ça ?

À l'évocation du nom de sa mère, quelque chose semble tout à coup s'éteindre chez le fils. Il a le souffle court et s'appuie des deux mains contre le chambranle de la porte.

Mauviette, dit le père, passant devant lui en martelant le sol de ses bottes.

À peine quelques minutes se sont écoulées avant que la clochette ne résonne chez les domestiques, et quand W. se précipite, son maître est en pleins préparatifs de départ. Il ordonne d'atteler sa voiture et de l'amener devant l'entrée, et ensuite de porter et charger le secrétaire immédiatement. Peu après, Metzger, le cocher, arrête la voiture devant l'entrée et jamais le secrétaire n'a paru aussi encombrant et lourd. Il faut six hommes pour le transporter à l'extérieur et W. appréhende déjà le retour : comment feront-ils pour le porter dans l'escalier et le réinstaller dans l'appartement du professeur, quand ils ne seront que deux, Metzger et lui, qui ne pourront compter que sur leurs frêles épaules ?

La belle-mère est sortie avec ses deux jeunes enfants pour leur dire au revoir.

Le personnel de maison est aussi là, muet comme des statues. Le père n'est pas là.

Le jeune médecin tient absolument à partir très vite. Dès que le secrétaire est chargé, il crie à Metzger de s'asseoir sur son siège et de prendre les rênes. Mais avant même de franchir le portail, ils croisent un autre équipage qui, passant à vive allure, effraie leur cheval qui recule, hennit et manque de se cabrer. Alors le plateau à l'arrière de la voiture penche, et avant que l'un d'eux ait pu intervenir, et certainement pas W. qui a déjà assez de mal à se cramponner, le secrétaire se met à glisser et bientôt tout le chargement tombe sur le sol avec fracas. De l'arrière de la voiture, W. voit s'ouvrir les portes du théâtre qu'il aurait dû sceller si seulement tout n'avait pas été aussi précipité, et l'ensemble de ce que le jeune médecin a collectionné s'éparpille par terre. Les œufs d'oiseaux, les coquillages, le coffret en nacre, les plumes de paon. D'une ouverture dans le meuble due à la chute tombe aussi une quantité de verres et d'argenterie que W. a vus, la dernière fois, orner la table de la salle à manger. Ainsi que des tapisseries, une nappe, une petite théière en argent et un face-à-main incrusté de nacre.

Brusquement W. comprend plusieurs choses en même temps. L'arrêt à Dessau n'était pas un hasard : Schwalbe a sans doute acheté à l'avance des biens au jeune maître, c'est pour cette raison que le jeune médecin s'était plaint sans discontinuer, lors du voyage à Waldenburg, du prêteur sur gages qui n'avait pas payé la facture, alors que légitimement, à la pensée du travail de couture que W. avait effectué auparavant, il aurait dû être celui dont on payait la facture. (Lui-même n'a pas reçu un groschen.) Il croit aussi comprendre pourquoi l'ancien valet de chambre du maître « s'est sauvé ». Il ne faut pas s'en étonner si l'on est contraint d'aider son maître à faire du recel.

À présent, même les domestiques ne peuvent réprimer leur stupéfaction. La gouvernante entraîne une femme de chambre avec elle dans la cour et tente de rassembler plusieurs objets épars dans son tablier blanc replié. Mais la belle-mère leur commande d'arrêter d'un geste sans équivoque engageant le bras entier comme si le portail et toute la cour étaient tout à coup devenus un terrain empoisonné.

Sur le siège du cocher, le jeune médecin a l'air d'avoir reçu une gifle. Il essaie de sourire, mais ce sourire qui parfois peut être si charmant n'est plus maintenant qu'une grimace qui montre ses dents. Il ordonne à W. et au cocher Metzger de remettre le secrétaire sur la voiture, ce qu'ils réussissent à faire avec le plus grand mal sous les regards muets des domestiques et, sans même chercher à l'envelopper ni l'attacher comme il faut, ils repartent du château. Ensuite ils bifurquent vers Kirchplatz et continuent sur la grand-route en direction de Chemnitz.

Mais ils ne rentrent pas à Chemnitz. À une faible distance de Waldenburg, le jeune médecin ordonne au cocher de bifurquer au sud-est, en direction de Stollberg. W. est resté longtemps assis à l'arrière, à tenter de tenir une armoire qui ne vaut plus la peine qu'on la tienne. Sur le siège du cocher, il aperçoit Metzger qui se retourne, étonné.

Pourquoi prenons-nous ce chemin, Monsieur? Je ne comprends pas.

Mais le maître reste recroquevillé, les bras croisés, muré dans son silence.

Ils traversent la région où on extrayait du lignite. La mine à ciel ouvert crée vraiment une trouée dans le paysage, avec des lacs d'eau de pluie entre les flancs de collines meurtries dont certaines ont l'air d'avoir été fendues en deux par une hache de géant. Après quelques heures de voyage, le paysage devient plus accidenté et le trajet impose des montées abruptes le long d'une pente rocheuse. À présent, la route est bordée des deux côtés par une forêt de sapins. Plus ils grimpent, plus le ciel paraît s'éclaircir. Mais cette pâle lumière est un leurre. La pluie redouble bientôt d'intensité et, quand la forêt se fait plus clairsemée, elle s'abat autour d'eux comme une voile gonflée par un vent devenu capricieux par là-haut; une grosse pluie ventrue, lourde de sa propre humidité, d'un froid mordant quand elle frappe par en dessous le visage de W. qui rentre dans son col, sans un regard et les mains paralysées par le froid.

Petit à petit, le chemin cesse d'en être un et se transforme en un sentier de gravillons boueux, et Metzger et lui-même doivent descendre pour pousser la voiture par-derrière. Quand, malgré cela, ni la voiture ni le cheval ne se désembourbent, le jeune médecin se tourne vers le chargement ficelé contre le coffre du cocher, attrape un fusil et dit à W. de le suivre.

Il ne le regarde pas en disant ça.

Où allons-nous ? demande W. mais son maître ne répond pas.

Ils marchent sans prononcer un mot, le jeune médecin le précédant d'une demi-douzaine de pas, comme s'il avait un but précis en tête, mais bien malin celui qui aurait pu deviner quoi que ce soit. On n'entend que le bruit des trombes d'eau que le vent chasse sur la terre nue où poussent, çà et là, quelques rares brins d'herbe. Un bosquet apparaît dans cette brume et il a le temps de penser qu'ils pourraient enfin s'abriter un moment du vent et de la pluie, mais aussitôt une nuée de corbeaux s'envole et les arbres disparaissent. Comme si les corbeaux avaient seulement fait semblant d'être des arbres.

Tout paraît n'être que reflets qui se volatilisent. Sous ses pieds, le sol boueux a cessé de retenir ses pas. Il trébuche, agite les bras pour ne pas tomber à la renverse. Le jeune médecin semble en revanche ne pas rencontrer la moindre difficulté. Il parle lentement d'une voix sombre, affectée, de la peste du bétail qui a sévi il y a plusieurs années ici dans les montagnes et qui a fait des ravages chez les éleveurs de moutons du coin. Ils avaient été obligés de tuer chaque animal, la viande était immangeable, dit le jeune docteur, et c'est comme si la pluie avait creusé entièrement ce fin visage et que seuls les os nus apparaissaient, ainsi que son faible sourire. Le masque et le crâne en un.

Dites-moi, Woyetz, vous qui dessinez, comment représenteriez-vous ceci ?

Ils se tiennent tout en haut de quelque chose, que dans l'obscurité de la pluie il a d'abord pris pour une côte, mais de près cela s'avère être une longue crevasse ou une subsidence dans le sol. Comme si le paysage d'un coup avait relâché sa prise sur lui-même : des morceaux de roche sont éparpillés sur une étendue qui peut faire la taille d'un champ ou de plusieurs champs, dans cette brume cela semble ne pas avoir de fin, les pierres sortant d'une sorte de revêtement, telles des plaies de lèpre ou d'une autre maladie. Ici et là apparaissent des ossements, blanchis et d'un éclat étrange sous la lumière grise et morne de la pluie.

W. tremble de tout son corps, comme si le froid terrible émanant du lieu le pénétrait jusqu'à la moelle. À côté de lui, le jeune médecin continue de pontifier en expliquant comment les propriétaires ont tué leurs bêtes. Non seulement les brebis pestiférées passèrent de vie à trépas, mais aussi toutes les autres inutiles, des brebis qui ne pouvaient plus mettre bas et dont les pis avaient gonflé, furent emmenées ici, puis on les égorgea et on les laissa se vider de leur sang.

Le poison remonte au jour ici, vous le voyez par vous-même, Woyetz.

Mais W. n'écoute plus, il voit seulement son jeune maître gesticuler avec le fusil. À quoi cela va-t-il lui servir ? Ils ne se trouvent pourtant pas dans un terrain qui se prête à la chasse. Son maître aurait-il perdu patience une fois pour toutes du fait de son serviteur distrait et négligent ? Peut-être trouve-t-il que son serviteur a trop vu ce qu'il n'aurait pas dû lui montrer et a-t-il l'intention maintenant de se débarrasser de lui comme on le fait d'un chien ? Qui le retrouverait jamais par ici ? Le jeune médecin n'aurait qu'à dire que W. s'était enfui. Comme tous les autres serviteurs avant lui.

Qu'est-ce que c'est comme endroit ? dit-il en chuchotant.

Ici, on appelle ça un piège pour oiseaux de proie, dit le jeune médecin. Vous ne voyez pas, Woyetz, les oiseaux qui tournoient là-haut ? Ils surveillent en permanence. Ils ne font aucune différence entre les vivants et les morts. Pas plus d'ailleurs qu'entre les animaux et les humains.

W. n'ose pas lever les yeux au ciel, il n'ose pas regarder ailleurs non plus.

Cet endroit est comme ma maladie, Woyetz, entend-il le médecin murmurer à côté de lui. C'est ainsi que je suis à l'intérieur. Je ne peux rien devenir avec mon affliction, ni officier ni médecin. Pourtant nous devons tous servir, non, Woyetz ? Servir au moins à quelque chose. Et ceux qui ne sont plus bons pour le service, eh bien on les conduit ici.

Donc, finissons-en vite, dit-il et W. l'entend déjà mettre à l'épaule son fusil chargé. Il espère que la poudre ne sera pas gâtée par cette humidité.

À ces mots, W. sent ses jambes céder sous lui, mais au lieu d'avoir le canon glacial d'un fusil sur la nuque, il sent qu'on lui a plaqué quelque chose contre le ventre. En ouvrant les yeux, il voit son maître à quatre pattes à côté de lui. La première pensée qui traverse l'esprit de W. est qu'il est de nouveau en proie à une crise. Il jette donc le fusil qui, pour une raison quelconque, se retrouve entre eux et il essaie de relever son jeune maître en le soulevant sous les bras, mais ce dernier le repousse, furieux.

LÂCHEZ-MOI, MOLLUSQUE DE SATAN, VOUS DEVEZ M'ABATTRE !

W. lâche prise. Un instant, on croirait encore entendre le son de la pluie s'infiltrer dans la mousse et l'herbe déjà mouillée. Le jeune médecin reste à quatre pattes ; puis il se redresse et son souffle forme un nuage autour de sa bouche tordue :

VOUS ÊTES UN SERVITEUR, FAITES COMME JE VOUS ORDONNE. ALORS TIREZ !

Avec des gestes incontrôlés, il ramasse le fusil là où W. l'avait jeté, crispe ses deux mains autour du canon et l'abat comme une massue sur la tête et les épaules de W. Ce dernier sent le coup l'atteindre derrière les oreilles. Puis il ne ressent plus rien, il sait seulement qu'il est couché sur le dos, les mains contre les roches mouillées et déchiquetées de la falaise.

La pluie semble s'être un peu calmée maintenant. Telle est sa dernière pensée avant que la douleur à l'arrière de sa tête l'envahisse et l'entraîne dans un gouffre profond et sale.

Cela lui paraît des éternités, mais peut-être est-ce seulement l'affaire de quelques minutes. Au loin, on entend la voix du jeune maître : *Metzger, dépêchez-vous, je ne sais pas ce que j'ai fait* et le cocher lui répond en criant quelque chose d'indistinct. Peut-être Metzger est-il en chemin, qui sait ? Il veut soulever le bras et faire signe à ceux qui arrivent, comme si même dans son abattement il se sentait obligé d'indiquer sa position. Mais il ne parvient pas à soulever un membre. Au lieu de cela, il lève les yeux au ciel qui s'ouvre comme un puits sans fond au-dessus de lui et maintenant la pluie s'est vraiment atténuée car tout là-haut il voit tournoyer deux oiseaux de proie, comme si eux, en bas, étaient crucifiés.

Patiemment, çà et là, ils tournoient dans le ciel.

Il ne saurait dire à Clarus combien de temps après, mais plus tard W. est retourné à Leipzig et il est entré au service du conseiller Hornig à Barneck à titre de cocher assistant. Chez le conseiller, les palefreniers et les cochers assistants n'ont pas le droit de frayer avec les autres domestiques. W. ne peut malgré tout mettre de côté le souvenir d'avoir vécu dans une maison de maître, veillé sur le jeune médecin et écouté ses discours bizarres, et il ne peut s'empêcher de penser à cet étrange secrétaire qui s'était disloqué et où tout ce qui ne devait pas se voir avait été exposé aux yeux de tous, et au fait que même les gens riches peuvent aussi cacher des secrets honteux.

W. loge désormais chez le fontainier Richter et son fils dans une petite maison face à la somptueuse résidence de Hornig, mais il passe le plus clair de son temps dans le grenier au-dessus de l'écurie où Anton Heuss, le chauffeur de ce conseiller, s'est aménagé un simple logis.

Heuss est veuf après avoir récemment perdu son épouse en couches et leur enfant, c'est un gars assez discret mais vif et honnête, attentionné et apprécié de tous. W. aide Anton à nettoyer l'écurie et à réparer les rênes le soir, et en échange ils partagent une bouteille si Anton en a une sous la main. Il a des connaissances un peu partout dans le coin, chez qui il conduit le conseiller et sa famille, et chaque fois qu'il revient d'une course, il a quelque chose de drôle à raconter. Mais il n'est jamais importun. Ils peuvent rester des heures sans parler, chacun occupé de son côté. Cela a à voir avec l'alcool et avec les bêtes à l'écurie, avec l'odeur et la chaleur du foin et des chevaux qui ensommeillent les pensées et créent un sentiment de bien-être chez lui. Il arrive qu'ils aient une conversation dans la soirée et il peut alors parler à Anton Heuss de son statut chez le vieux perruquier Knobloch, de l'usurier juif à Dessau et des autres maîtres qu'il a eus à Berlin, à Breslau et à Tepplitz.

Heuss lui demande ce qu'il pense du fait d'être au service du conseiller et de ceux qui le servent dans sa résidence : y a-t-il quelqu'un à Barneck qui trouve grâce à ses yeux, lui qui a tant voyagé, et peut-être que W. a l'imprudence à cet instant – peut-être sous l'effet de l'alcool et du plaisir qui se dégage de la personne d'Anton Heuss – de mentionner le nom de la jeune demoiselle Schindel.

Luise Schindel est la belle-fille du fontainier Richter et elle travaille comme domestique chez le conseiller. Elle n'est pas jolie, plutôt massive, le teint rougeaud. Mais elle a un beau sourire qui s'épanouit chez elle comme une fleur. Dès qu'il la regarde, elle sourit; sans réfléchir, semble-t-il, sans honte non plus. C'est comme s'il suffisait qu'il pénètre dans la même pièce qu'elle pour que son visage s'illumine de l'intérieur avec ce sourire. Il pense souvent à elle et aime à s'imaginer qu'elle ne sourit qu'à son adresse, et au fil du temps il devient de plus en plus gêné en sa compagnie, ce qui la fait rire.

Un jour, elle lui demande pourquoi il reste tout le temps dans l'écurie au lieu d'être chez son beau-père où il a son lit.

Il se trouve que tout le monde sait que Richter traite mal les gens, pas seulement ses locataires, mais même son propre fils, son épouse et sa fille. Le fontainier Richter est tout bonnement né de mauvaise humeur, c'est une personne qui ne manque jamais une occasion de se plaindre de tout et de tous, il a toujours une critique à la bouche et n'est jamais satisfait de rien. Il ne cesse de se plaindre de son fils Joseph, bien que celui-ci soit appliqué et compétent. Mais Joseph aussi a préféré prendre le large, il travaille comme apprenti menuisier dans la ville voisine et n'est pas à la maison plus que nécessaire.

Il n'est quand même pas gêné en sa présence ? demande Luise en faisant son beau sourire, et que peut-il répondre à cela, sinon qu'il ne la voit pas assez à son goût, puisqu'elle reste le plus souvent à l'intérieur et que le conseiller a interdit à des gens comme lui de franchir le seuil de la maison ?

Un jour d'hiver, il est entendu que Luise se rende à Burschendorf pour aider à l'abattage des animaux et il réussit à s'imposer pour l'accompagner. Heuss prépare le cabriolet et les deux sont assis à l'arrière de la voiture, leurs jambes se balançant dans le vide. Une chasse au faisan se déroule dans les bois, ils entendent résonner les lourds coups de fusil parmi les arbres, ce qui le fait derechef penser au jeune médecin. Une fois, raconte-t-il, j'étais au service d'un jeune maître qui gardait les œufs de différents oiseaux dans un secrétaire qu'il possédait. Il avait une collection de plumes de paon, dit-il. Et les paons : les plus beaux oiseaux sur terre. Elle ne les a vus que sur une image dans un livre, dit-elle. Et il raconte que le jeune maître aimait à se rendre dans une propriété remplie d'oiseaux semblables. Les mâles exhibaient leur plumage derrière eux et c'était comme s'il y avait un œil sur chacune de leurs plumes, leurs couleurs étaient aussi belles que de la nacre et de la turquoise et une couleur bleue qui ne ressemble à rien qu'il ait vu.

Elle s'anime quand il raconte tout cela. Elle saisit sa main, même si ce n'est peut-être que pour s'appuyer lors des secousses du voyage, et elle dit qu'il est si habile de ses mains, ne pourrait-il pas en faire un pour elle ?

Un paon ? dit-il.

Oui, il a de si belles mains, Woyzeck. Il peut certainement faire quelque chose de beau.

Et c'est là qu'elle commence – l'histoire de l'amour et de la honte, et des ornements prêtés :

Il a trouvé chez Joseph Richter un joli morceau de tremble qu'il scie et polit jusqu'à ce qu'il ressemble au corps du paon. Le tremble est tendre et souple, il ne se casse pas. En outre, il est facile à travailler. Il passe tout l'hiver à polir le corps, tellement plongé dans la quiétude du travail que les veines onctueuses du bois suivent les mouvements de son propre corps jusqu'à l'extrémité de ses doigts. Les plumes de la queue aussi, qui doivent être au nombre de dix-huit, il les réalise en tremble et les assemble entre elles comme pour un éventail. Et afin qu'il soit possible de déplier les plumes de la queue, il a au préalable fabriqué un modèle en carton rigide qui peut se retirer et se fixer de nouveau grâce à une ficelle accrochée sous le corps de l'oiseau. Il montre plusieurs fois à Heuss comment tout cet assemblage est censé fonctionner et Heuss mâchouille pensivement sa chique, mais ne dit rien. Les couleurs lui donnent plus de fil à retordre. Elles ne doivent pas être trop criardes, ni trop claires, sinon elles deviennent vulgaires. Elles ne doivent pas sécher non plus et s'écailler car alors l'oiseau perd son éclat.

Tout aurait dû pouvoir se dérouler de façon naturelle et tout aurait été en ordre s'il n'avait pas été obligé de courir chez elle pour lui demander ceci ou cela concernant la représentation de l'oiseau. On finit par lui donner un surnom. Il devient l'Idiot aux Oiseaux. L'Idiot aux Oiseaux s'imagine peut-être qu'il suffit de sculpter dans le bois pour faire sa cour, disent-ils. De la fenêtre de la maison, on aperçoit l'écurie où l'Idiot aux Oiseaux a installé un banc de travail. Des grappes de gamins curieux se pressent autour du banc chaque matin et le cocher Heuss doit les chasser, mais ils s'éloignent seulement d'une vingtaine de mètres et continuent d'ouvrir de grands yeux.

Bien sûr, tout le monde sait à qui cet oiseau est destiné. La jeune demoiselle Schindel rit quand on lui demande ce qu'elle pense de cette cour assidue, mais c'est comme si son sourire se faisait soudain ténu et fragile comme du verre.

Durant tout l'hiver et le long printemps qui suit, ils ne se voient guère, eux qui passaient avant pour des amoureux.

L'oiseau prend en quelque sorte la place des deux. La nuit, il prend vie, marche et revient, du pas altier d'un duc, en balayant le sol de l'écurie du plumage velouté de sa queue. Le cocher Heuss aussi, qui jusqu'alors regardait ce spectacle avec une certaine indifférence, descend maintenant inquiet dans la pièce de travail et éclaire avec sa lanterne les nombreuses et différentes plumes de queue et celles qui couvrent le corps, étalées sur le sol, vague sur vague de fines plumes flexibles, chacune adaptée à un endroit particulier du corps de l'oiseau. Il essaie de détourner les pensées de son jeune protégé. Toutes les femmes aiment les parures et les fanfreluches, dit-il à W.; mais ça, je ne sais pas du tout comment ça peut être reçu.

Joseph Richter aussi, le fils du fontainier, se tient un matin dans l'écurie avec un message qu'il hésite à délivrer. *Ma sœur m'a chargé de vous dire qu'elle vous prie de l'excuser*. Mais l'oiseau est pour ainsi dire terminé, alors s'excuser de quoi ? Il trône déjà là : une représentation terrible avec le bec ouvert poussant un de ces cris qui ressemblent à des cris de mort, un oiseau qui fait la roue dans toute sa splendeur; un ciel de paon rempli d'yeux perçants, venant d'un espace bleu turquoise impénétrable.

Le jour où le cadeau doit être remis, tout le quartier est debout, l'alerte a été donnée de maison en maison, et partout, derrière les arbres ou les cabanes, aux fenêtres, sur les perrons et dans l'embrasure des portes, se tiennent des personnes, le regard tourné fixement vers la maison du conseiller Hornig.

Woyzeck apparaît dans la cour de l'écurie avec son cadeau enveloppé dans une petite nappe.

C'est comme si un orchestre en train de jouer s'interrompait brusquement.

Regardez, l'Idiot aux Oiseaux arrive, dit quelqu'un, et dans le silence respectueux du début on entend soudain quelqu'un rire, d'abord tout bas, puis (quand d'autres l'imitent) plus fort.

Et toute la retenue et le respect s'envolent d'un coup, les gens se poussent et soudain forment une masse compacte et mouvante de spectateurs qui marche sur les talons de W. solitaire qui, avec son cadeau, a déjà grimpé sous le porche de Richter.

Il a juste le temps de frapper et de reculer d'un pas que la porte s'ouvre brutalement et le fontainier Richter apparaît dans toute sa fureur.

Alors le voilà, celui qui veut couvrir les gens honnêtes de ridicule! dit-il et il arrache l'oiseau des mains du prétendant et le jette au loin, puis tour à tour frappe et repousse W. dans la cour jusqu'à ce que ce dernier trébuche, tombe et rampe sous les coups de botte vers l'endroit où le paon a atterri. Une Luise pâle jette un regard par-dessus l'épaule de son beau-père en colère. À sa vue, W. se relève et saisit l'oiseau maltraité entre ses mains. N'ayez pas peur, mademoiselle Schindel, dit-il, regardez comme il est gracieux. Mais la jeune demoiselle met la main devant la bouche et rentre précipitamment à l'intérieur de la maison. Richter interprète la sortie de scène de sa belle-fille comme le dernier acte de la cour dont elle a fait l'objet, il se tourne vers la foule et crie *Allez-vous-en, bande de bâtards!*, regagne ensuite le porche et claque la porte derrière lui.

Une semaine plus tard, Luise se rend à Burschendorf. Elle a été placée là-bas et n'apparaît plus chez les Hornig à Barneck. Maintenant il faut qu'il laisse tomber cette histoire avec l'oiseau. Tout le monde le lui dit. Même Heuss dont il écoute d'habitude les conseils. Mais rien n'y fait. Au contraire, c'est comme s'il était pris dans un étau qui se resserre de plus en plus. L'oiseau de la honte est sur le sol de l'écurie, recouvert de sa nappe, mais lui-même erre dans les forêts la nuit. Il longe la route qui mène à Burschendorf dans l'espoir de tomber sur elle. Il rôde dans les buissons, le regard tourné vers l'aile du bâtiment où logent les domestiques. S'il se croyait invisible, tant qu'il fabriquait l'oiseau de la honte, à présent il a l'impression d'être vu en permanence.

Et ça recommence : ce qui de nouveau le couvrira de ridicule pour le restant de sa vie. Rôder. Observer les gens et les choses de très loin. L'envie de se cacher. Mais aussi les rêves d'armoire : il souhaite que le monde soit comme une armoire et que lui-même puisse décider comment tout serait arrangé à l'intérieur. Il y aurait là un lit, pense-t-il. Une table et deux chaises. Une pour lui et une pour elle. Un panier en osier plein de rêves. Le visage de Luise derrière un écran de feuillage. Le sourire qui s'envole de ce visage comme un oiseau s'envole des arbres et étend ses ailes dans le ciel tout entier.

Avec Joseph Richter, il rêve de s'enfuir et de s'enrôler. Par le jeune médecin, il croit tout savoir sur Napoléon Bonaparte et ses courageux généraux. Joseph Richter doit être jeune, mais ses idées sont déjà bien arrêtées. Avec une sagesse de vieil homme, son visage affiche un pli soucieux quand W. lui confie son amour pour sa sœur. Un jour, il arrive avec une clé qu'il pense capable d'ouvrir la porte de l'aile du bâtiment de Burschendorf. Sa sœur n'a pas du tout pris ses distances avec lui, dit-il. Au contraire, elle ne l'aime que davantage et aurait plaisir à le revoir. Elle avait seulement été si terrifiée par tout le remue-ménage autour de l'oiseau. Et par son beau-père qui la frappait. Il la rouait tellement de coups que c'était pour ça qu'ils avaient été obligés de la mettre ailleurs. Pour que Hornig et tous les autres à Barneck ne voient pas les mauvais traitements que le père lui infligeait. Puis il lui dit d'aller à Burschendorf rendre visite à Luise et si ça marche, il faut qu'il lui transmette le bonjour de sa part. Et de cette conversation naît chez W. un rêve fou qui lui donne le vertige : ils se sauveraient tous les trois, lui, Joseph et sa sœur, qui ensuite deviendrait son épouse pour l'éternité.

Un samedi soir, il y a danse dans une auberge à une demi-heure de route de Burschendorf. Déjà sur le bord de la chaussée il entend les cordes de violon qu'on tend, un archet aux crins enduits de colophane qu'on tire au-dessus du chevalet comme pour voir le son qu'il produit : d'abord un son hésitant qui crisse puis s'adoucit, s'assouplit. Fidèle à ses habitudes, il se cache derrière des bosquets non loin de la piste de danse et il la voit tournoyer dans la lumière douce et vacillante du soir. Tout son visage n'est que sourire. Il la reconnaît à ce sourire, mais comme ce sourire ne lui est pas adressé, il a l'impression qu'elle porte un masque sur le visage.

Tous ceux avec qui elle danse viennent de Burschendorf ou des fermes alentour. Mais il y a aussi des gens de Barneck. Il entend les deux camps rire, crier, se lancer des piques. Et les filles passent de bras en bras, et ça proteste pas mal, mais cela reste une bonne ambiance, malgré tout. Une fois que les musiciens ont rangé leurs instruments et sont partis, les deux groupes se séparent à nouveau. Mais au lieu de se montrer aux siens, à ceux de Barneck, W. suit cette bande bruyante et gaie qui rentre vers Burschendorf. Il reste du côté de la forêt, longe les fossés, s'enfonce parfois jusqu'aux genoux dans l'eau qui stagne après la pluie. Il s'attarde à la lisière de la forêt quand ils s'engagent dans la longue allée qui mène à la ferme. Patiemment, il attend ensuite que le calme revienne dans le bâtiment des domestiques, il veut être sûr que tout le monde soit allé se coucher.

Alors il sort la clé qu'il a serrée pendant toute la soirée dans sa poche de pantalon et essaie de l'introduire dans la serrure exactement comme Joseph le lui a indiqué. Quoi qu'il fasse, elle n'a pas l'air de convenir. En colère, il donne de violents coups dans la porte et réveille les chiens dans la maison des maîtres ; beaucoup plus vite qu'il n'aurait cru, des hommes inconnus surgissent. Ils tiennent des lanternes d'une main et les chiens en laisse, et commencent à lui asséner des coups de bâton, ne s'arrêtant qu'une fois qu'ils l'ont acculé dans un coin de la ferme, et ils l'auraient sans aucun doute frappé à mort si elle ne s'était pas frayé un chemin à travers le mur compact d'hommes et des chiens qui aboyaient.

Elle : Luise.

Il voit sa poitrine se soulever et se baisser, en proie à la colère. Dans son visage enflammé, il n'y a plus un sourire.

Il ne sait pas ce qu'il doit faire pour que resurgisse le beau sourire.

Les gens font cercle autour de lui, parmi eux aussi des domestiques d'un certain âge.

C'est comme la fois où il devait lui remettre le paon et que tout le monde se pressait autour de lui pour observer la scène. Et ça, il ne le supporte pas. Il ne faut pas que ça se reproduise *encore*. Ce n'est peut-être pas ta clé, ça, dit-il en s'avançant vers elle et en la lui mettant devant le visage. Et aussi par rapport à tous les autres : leur désir de voir du spectacle.

Vous ne croyez peut-être pas que c'est sa clé ? Comment l'aurais-je eue sinon ?

Et là tout recommence à l'identique. Il est là et la couvre de ridicule, l'expose aux yeux et à la honte de tous. De nouveau il voit sa poitrine se soulever, mais sur son visage, toute gêne a disparu, il n'y a plus que du mépris, puis sortent ces mots, comme un grognement méchant :

Ce n'est pas que… ce n'est pas que vous… manquiez de mesure… Vous êtes malade, Woyzeck, vous ne le savez pas, c'est tout…

Alors il s'approche d'elle, la frappe au visage avec la clé dans son poing et elle recule en poussant un cri. Elle porte les mains à son visage et du sang coule entre ses doigts. Quand les autres viennent lui porter secours, une brèche apparaît dans la cohue, il en profite et parvient à se dégager et à s'enfuir, mais dans l'allée il entend encore ses cris horribles et l'aboiement des chiens.

La rumeur se répand plus vite qu'il ne réussit à courir. À mi-chemin de Barneck, il est rattrapé par le jeune Richter qui lui raconte que son père est furieux qu'il ait fait honte à sa belle-fille et qu'il a lancé la police à ses trousses. Il vaut mieux que tu ne retournes plus jamais chez les Hornig si tu tiens à la vie, lui dit Joseph. Je pourrai te rapporter tes affaires demain. Cette nuit-là, il dort donc sous quelques branches de sapin. Il ne fait pas froid, puisque c'est le plein été, mais l'angoisse qui le submerge est telle qu'il grelotte. Coup après coup, il fait saigner avec ses poings le sourire de mademoiselle Luise. À l'aube, il aperçoit à bonne distance Heuss qui attelle la calèche et aide Frau Hornig à monter, puis tout de suite après Joseph arrive précipitamment avec un sac à dos dans une main et ses bottes usées dans l'autre.

Je viens avec toi, dit-il. Alors W., qui n'a même pas songé à s'enfuir, se rend compte qu'il n'a pas d'autre issue. Quelques heures plus tard, ils sont déjà sur la grand-route sans avoir laissé de message ni pris congé de personne.

Joseph sait comment poser des pièges à oiseaux. W. et lui en attrapent surtout des petits, des moineaux qui volent en nuées au-dessus des champs qu'on vient de labourer. Ils font la tournée des pièges, font du feu, embrochent les oiseaux sur de longues tiges d'osier et les mâchent avec os, cartilages et tout. Ensuite ils continuent d'avancer le long des lacs qui réfléchissent la lumière de l'aube sur leurs eaux parfaitement immobiles. Les heures avant que la lumière n'ait la force de soulever le jour, ils ont l'impression de cheminer sur le bord de la voûte céleste tandis que le globe terrestre tourne lourdement en dessous, encore enveloppé des ténèbres brumeuses.

Pendant dix jours et dix nuits, Joseph Richter et lui avancent, le plus souvent à pied et à travers des forêts au relief accidenté. Ils finissent par franchir la frontière avec la Prusse.

Au-dessus de la rivière, la Havel, le ciel est plein d'oiseaux.

W. tend la main et reçoit du duvet d'oiseau dans les cheveux, sur le dessus de la main et entre les doigts. Il souffle délicatement sur l'extrémité de ses doigts et observe le duvet qui s'envole. Il existe malgré tout dans le monde des choses plus fugaces que l'air. Quand on croit avoir touché au miracle de l'amour, à la promesse d'être soi-même transformé, il s'est déjà enfui au loin.

En octobre 1806, quelques mois après la fuite des deux jeunes hommes, Napoléon écrase à Iéna les forces armées de l'empereur d'Autriche et du prince-électeur Frédéric-Auguste. Au milieu du mois de novembre, selon les chroniques, le ciel fut le théâtre d'une multitude d'étoiles filantes, comme si lui-même avait été pris de vertige devant les victoires de l'empereur français.

Le bureau de recrutement de l'armée hollandaise consiste en quelques planches grossièrement taillées sur deux trépieds dans une cour entourée de façades à colombages près de la Grosse Strasse à Grabow. Une vingtaine de jeunes recrues, venant du Mecklenburg pour la plupart, font la queue et grelottent avant d'arriver à la table où se tient Grebstock, l'assesseur de guerre, ainsi qu'un recruteur, et derrière eux se trouve un soldat français. Ce dernier est chargé de veiller au bon ordre de la file d'attente, mais il semble davantage intéressé par ses camarades qu'il apostrophe, eux qui dévorent un faisan dans l'auberge un peu plus loin. La langue que parlent les Français consiste à marmonner des mots interminables et incompréhensibles qui s'accrochent les uns aux autres en de longues tirades, où Joseph et lui ne comprennent que goutte, imaginant que ce sont peut-être des injures, qui au fond sonnent souvent pareil dans toutes les langues.

En ville, ça grouille de Français. Ils surveillent les troupes et les transports de munitions qui passent dans la rue principale. Les soldats achètent en quantités généreuses du tabac à priser et aussi toutes sortes de choses aux marchands de bric et de broc qui poussent leurs chariots ou encore à des paysans qui sont venus à la ville avec du pain, des légumes et des fruits, des marchandises dont on fait l'article à la volée à chaque coin de rue, au passage des troupes. C'est comme si la guerre créait une sorte d'ordre particulier où tout se mélange et où le superflu est la seule mesure des choses : une sorte de frénésie qui ne peut s'apaiser qu'avec encore des excès, telle une fièvre qui refuse de quitter le corps, quand bien même elle le ronge de l'intérieur.

L'assesseur de guerre Grebstock, dont la mission est de vérifier le bon déroulement de l'enrôlement, se laisse convaincre de goûter lui aussi ce que l'auberge a à lui proposer et il ne refuse pas la nouvelle rasade d'eau-de-vie qui lui est tendue dans une flûte. De temps à autre, plus pour le spectacle, il se penche au-dessus du grand registre que le recruteur tient ouvert devant lui et griffonne une note, mais d'abord il pose ses couverts et s'essuie la bouche avec sa serviette. Le recruteur et lui ne sont pas pressés ; tous ceux qui se présentent vont être inscrits dans les registres avec leur nom de baptême, leur ville natale et les noms de leurs père et mère. Ou alors c'est ainsi que la guerre crée sa propre chronologie où la distance entre la vie et la mort perd toute pertinence. Le seul temps qui compte pour la recrue est celui qui se déroule entre le moment où il se trouve à l'arrière de la queue et celui où, après des coups et des jurons, il se présente enfin et peut donner son nom, soigneusement traduit par Grebstock si le recruteur ne comprend pas, et voir qu'on l'inscrit tout en bas de la liste avec les autres noms qui s'y trouvent déjà et qui ont vu leur sort scellé avec de l'encre et un cachet.

Grebstock, l'assesseur de guerre, est un homme maigre et ridé, au profil d'aigle mais aux yeux doux. Quand il se penche par-dessus son assiette et son verre, son crâne dégarni luit comme de la porcelaine blanche sous les rares touffes de cheveux qu'il a peignées pour le dissimuler. De temps à autre, il laisse échapper une réflexion quand ses yeux parcourent les noms que le recruteur s'est appliqué à écrire correctement.

Alors comme ça, il veut devenir soldat, Woijtschek. C'est quoi, ses mérites ? Il sait manipuler un fusil ?

Mais il ne lève pas les yeux quand il prononce ces mots, car ce qu'il dit n'est pas une question pour sa conscience mais pour le registre d'incorporation ou pour l'éternité. Ensuite il lève sa flûte et fait signe qu'il veut plus d'alcool.

Une semaine plus tard, le jeune Richter et lui sont installés dans un campement provisoire près du champ de tir de l'autre côté du pont de pierres. On leur a donné des uniformes et un porte-drapeau hollandais leur a montré comment porter leur calot et plier leur tenue. Ensuite les recrues doivent se rendre en ordre de marche jusqu'à un champ de tir situé à l'arrière de la grande brasserie en ville ; là on leur apprend à manier un fusil, à saisir et reposer la baïonnette, à sortir les cartouches d'une cartouchière, à mordiller tout simplement le bout et glisser la balle avec la poudre dans le canon avec la baguette. S'ensuivent cinq jours d'exercice. Alors ils sont conduits par le chef de compagnie hollandais, un capitaine Van Heusen, en direction du front suédois pour prêter main-forte aux Français qui assiègent Stralsund.

Sans qu'ils s'en rendent compte, l'hiver est déjà là. De petits nuages blancs sortent de la bouche des officiers et la chaleur s'évapore du corps des chevaux. Ils bivouaquent le long d'un chemin à l'écart de l'enceinte de la ville. Par temps clair, ils peuvent voir les murailles de la forteresse, un mirage bleu foncé au-dessus du paysage plat, couvert de neige. De temps en temps ils se font tirer dessus par des canonnières suédoises postées dans la rade, et même si les tirs touchent rarement autre chose que des fourrés et le terrain dégagé, cela crée du mécontentement parmi les troupes. Des rumeurs circulent pour dire que ce siège n'a aucun sens. Comme les Suédois contrôlent Rügen, ils se font toujours ravitailler et livrer des munitions pour leurs troupes, et les Français le savent pertinemment puisqu'ils ont retiré leurs forces armées pour se battre plutôt contre les Prussiens devant Dantzig, tandis que les Hollandais se défendent de leur mieux sous les salves de feu des Suédois.

Mais il y a peu de jours froids à la clarté du cristal permettant de viser ou simplement distinguer quelque chose dans son champ de vision. La plupart du temps, toute la côte baigne dans un nuage gris de pluie, aucun ennemi, seulement le bruit de soldats qui ramassent leur barda et leur gourde en étain, et ce constant grincement des roues non lubrifiées des chariots, quand l'artillerie se rassemble ou avance.

Ils s'exercent sur un terrain vague, enveloppés dans une brume si épaisse qu'ils devinent à peine les contours des uns et des autres. Tôt le matin un jour d'exercice uniformément gris, ils entendent un courrier arriver à vive allure sur son cheval. Il apporte un message de l'état-major. On lève le siège. Ils doivent sur-le-champ quitter leurs positions.

Pendant deux jours et deux nuits, ils marchent, sans trop savoir dans quelle direction ni combien de temps, poursuivis par la rumeur que les Suédois sont sur leurs talons, prêts à les attaquer à tout moment et même à les attendre, tapis, plus loin sur le chemin, ce qui pourtant est fermement refusé par l'adjudant-chef. Quand ils arrivent enfin au fleuve Peene, la compagnie est en pleine débâcle. De ceux avec qui il bivouaque, il ne reste qu'un soldat d'un certain âge et tous les adjudants-chefs, y compris le porte-drapeau, ont disparu. Il ne voit pas trace non plus de Joseph et personne de ceux à qui il parle ne l'a vu.

Ils attendent quelques heures, ne sachant pas s'ils doivent installer leur camp et attendre l'arrivée du reste de la troupe ou, chacun de leur côté, traverser le fleuve. Quand ils tombent d'accord pour envoyer l'un d'eux voir s'il trouve un pont ou du moins un endroit où le fleuve est plus étroit et plus facile à traverser, les Suédois arrivent de tous côtés, comme s'ils avaient juste attendu que l'un rompe la formation pour les attaquer par-derrière.

L'agitation et la débandade qui s'ensuivent n'aboutissent qu'à une bataille maladroite et désordonnée. Il essaie d'enlever son fusil de l'épaule mais avant qu'il ait pu mordiller dans une cartouche, quelqu'un lui arrache sa baguette des mains. Puis il reçoit un coup derrière la tête et reste couché au sol, le visage contre la terre mouillée, entouré par le trépignement des bottes et les sabots des chevaux ; tout autour de lui, ce ne sont que halètements, gémissements et des hurlements qu'on dirait poussés par des fous.

Quand il revient à lui, il se trouve dans un convoi de prisonniers. Une bonne vingtaine d'hommes sont assis là, les mains et les pieds enchaînés, sur deux longs bancs dans une voiture couverte et aucun d'eux n'a la moindre idée de l'endroit où ils sont conduits ni sous la protection de qui ils se retrouvent. La route qu'ils empruntent est cahoteuse et accidentée. Au rythme des obstacles, ils sont projetés les uns contre les autres autant que le permettent leurs chaînes. Plusieurs d'entre eux sont gravement blessés. Le soldat le plus proche de lui a une profonde blessure dans un bras, autour de laquelle il a enroulé un tissu sale. Plus loin dans le convoi, un soldat a eu la cheville arrachée et il crie en se tapant la tête contre la paroi, de douleur ou pour attirer l'attention des gardiens ou du cocher.

Le seul à avoir l'air indemne est un garçon de douze ou treize ans, le regard fixe et vide. Quand W. réussit à lui donner une petite tape, il semble sortir de sa torpeur et jette un regard terrifié autour de lui, comme s'il se rendait compte soudain qu'il y a d'autres personnes dans ce chariot. W. continue de l'observer et le garçon indique sa bouche avec un doigt et secoue la tête.

Tu es muet ? demande le soldat d'en face, celui qui est blessé au bras.

Le garçon indique sa bouche et hoche la tête en faisant de grands gestes.

C'est comme ça qu'ils t'ont recruté, parce que tu n'as pas pu protester ? dit en riant celui qui est blessé. Malgré leurs douleurs et cette situation pénible, plusieurs se mettent à rire dans la voiture, et le garçon se joint à eux, même s'il ne sort pas un son de sa bouche.

Le convoi de prisonniers arrive à Stralsund et ils se retrouvent dans la même forteresse qu'ils assiégeaient plus tôt. De nouveau, il demande des nouvelles du jeune Richter, si quelqu'un l'a vu et ce qu'il est devenu. C'est sa première expérience de la guerre : rien n'est cohérent, tout ne fait que se dissoudre et disparaître sans qu'on ait le temps ou la possibilité de comprendre pourquoi ou même de comprendre quoi que ce soit. Cette déraison infinie sans cesse à l'œuvre est-elle l'ordre fondamental qui régit le monde ?

Trois semaines durant, ils sont cantonnés dans une des casemates, trente hommes dans une même cellule. Puis on les enchaîne à nouveau, on les fait monter sur un navire et traverser la mer jusqu'à Karlskrona. Pourtant la mer, ils ne la voient jamais. Ils sont entassés dans les cales, sous le pont. Bien qu'on soit déjà en mai, le temps reste épouvantable et quelques heures après le départ ils sont pris dans une violente tempête. Le navire tape, gîte, tangue ; les autres prisonniers (comme lui, personne n'a le pied marin) sont malades comme des chiens et vomissent jusqu'à n'avoir plus de forces dans le corps, ils restent allongés sur le ventre, les mains sur la tête, comme s'ils avaient déjà entamé leur voyage vers le royaume céleste.

Seul le jeune garçon semble peu touché par cette mer démontée et par l'enfermement dans ces cales exiguës. Il ne cesse de circuler entre eux, apportant quelque nourriture, de l'eau ou un peu de tabac, un bonjour qu'il passe de l'un à l'autre. Et comme il n'a pas de nom, ou du moins n'a pas la capacité de le prononcer, ils lui donnent toutes sortes de noms. Il devient le Sécheur quand il court sur le pont pour étaler leurs vêtements trempés, couverts de vomissure, à sécher quand le temps enfin le permet. Ou bien la Girouette quand ses yeux et ses mains ne suffisent pas à exprimer tout ce qu'il veut dire. À partir de ce moment, il devient le camarade et l'homme de confiance de tous. Ces gars rustres adorent tendre les bras et le serrer contre eux ou simplement ébouriffer ses cheveux qui pendent comme une serpillière sur ses yeux turbulents.

Un jour il descend au pas de course dans les cales, les cheveux au vent, et il pose sa main droite sur sa paume gauche : ils ont aperçu les côtes suédoises. Le lendemain matin, toujours par temps agité, ils rament vers la terre dans de longues barques.

Deux semaines encore en forteresse, puis ils remontent jusqu'à Stockholm où ils arrivent au solstice d'été. À travers les barreaux de la voiture de prisonniers, W. voit s'étendre la ville autour d'eux, le ciel se reflète dans l'eau et l'air scintille, éblouissant de lumière, alors qu'à ce moment de la journée tout devrait être plongé dans la nuit noire.

Après avoir passé du temps en détention au lieu-dit Långholmen, aux abords de la ville, les prisonniers sont envoyés en convoi plus au sud, à un endroit du nom de Södertelje. Il faut creuser un canal qui reliera les ports du lac Mälar avec la mer, un chantier qui, d'après ce qu'ils comprennent petit à petit, a commencé plusieurs fois. Soit l'on a creusé le canal trop profond ou trop étroit, ou alors la mission de changer le cours du fleuve est tout bonnement impossible pour de simples mortels, car avant que le chantier ne s'interrompe, la forêt a déjà repoussé sur les éboulis où le conduit du canal était censé passer. En tout cas, sur le tronçon où on les mène, rien n'a été creusé. Il n'y a pas d'eau ici, rien que des broussailles. Il ne leur reste plus qu'à se mettre au travail et porter des pierres. Ils sont appelés à l'aube, on leur distribue des pics et des pelles, on les répartit en groupes de travail d'une trentaine d'hommes chacun et ils doivent ensuite marcher en rang avec des cordes distendues entre eux et creuser. Avant qu'ils commencent, le soleil est haut dans le ciel et ils suent larmes et eau, avec un bon coup de soleil dans le dos, tandis que des nuées de moustiques furibonds tournent autour d'eux.

Plus tard, vers l'automne, quand l'air est plus limpide, plus sec, et que le soleil est si bas à l'horizon qu'il forme un jeu d'ombres entre les hauts troncs des sapins, ils portent le sable et l'amoncellent pour en faire une rive à l'aide de rondins de bois. L'air est pur et il règne un tel silence que les coups de hache résonnent comme des coups de feu dans la forêt et qu'ils peuvent même entendre les cloches des vaches et des voix étrangères qui s'appellent, alors que la première ferme des environs est à plusieurs chemins de là.

Bien qu'il y ait des auges avec de l'eau le long de l'ancien canal, semblables à celles qu'on utilise pour abreuver le bétail, le contremaître les laisse à peine se rafraîchir et la nourriture est la même qu'en prison, une bouillie maigre avec du hareng salé qui les assoiffe à chaque bouchée. Pourtant ils sont mieux là qu'à la forteresse. Ils peuvent rester ensemble le soir et retrouvent aussi des Suédois, même si la plupart ne sont pas vraiment hospitaliers ni aimables envers eux. Il comprend que beaucoup s'indignent que Sa Majesté emploie dans le pays des prisonniers de guerre pour faire le travail que les gens du pays auraient pu faire, si naturellement on les avait bien payés pour ça. Ces remarques, il les a entendues de la bouche d'un gars du nom d'Olofsson qui dit avoir été gardien de prison avant, mais a eu maille à partir avec la justice et maintenant (mi-libre, mi-prisonnier) tient une petite échoppe dans l'enceinte de la prison. Quand W. lui raconte qu'il a été barbier autrefois, il l'embauche à l'arrière de sa boutique, qu'on peut dissimuler avec un tissu, de sorte que W. peut avoir son salon de barbier. Les gens aiment qu'on s'occupe bien d'eux, même si c'est le fait d'étrangers ; alors, même si la plupart dépensent les quelques pièces qu'ils ont économisées pour des putains ou de l'alcool, il y en a beaucoup qui viennent le voir, derrière le tissu, pas tant pour se faire raser que pour tailler une bavette. La plupart des clients s'avèrent, de manière peu étonnante, être comme lui : ils ont été livrés à eux-mêmes, ont tenté leur chance à droite et à gauche mais ont toujours fini par se mettre les gens à dos, alors ils se sont enrôlés dans l'armée, ont été faits prisonniers et ont échoué là. Des gens sans attaches comme lui, d'une manière ou d'une autre, ont toujours à fuir la justice. L'un raconte qu'il a assassiné un homme qui avait harcelé son épouse en le pendant par les pieds à des stalles et en l'égorgeant comme un animal à l'abattoir. N'oublie pas, Woyetz, dit-il en s'asseyant et en renversant la nuque en arrière contre le dossier, que tu as affaire à quelqu'un qui sait manier le couteau !

C'est ainsi qu'il apprend, par des clients du barbier, les plans du roi de Suède de mener la guerre aux Russes, et que pour les plus capables des Suédois cela peut être un moyen de sortir de la captivité, même pour lui : *Prenez-le aussi, il sait bien manier le couteau, il l'a déjà prouvé.*

L'officier à qui on a présenté ses nouvelles recrues sous ce jour paraît amusé. Son visage est comme celui d'un âne, étroit, avec des yeux brillants globuleux. Il sourit en montrant toutes ses dents – davantage une grimace qu'un sourire – et fait signe à l'adjudant qui le suit d'écrire son nom. *Johann Christian Woyetz.* (C'est un nom difficile à écrire ; même quand on le lui demande, il a du mal à l'épeler.)

Si je comprends bien, dit Monsieur le Conseiller à la Cour, vous êtes de nouveau inscrit dans le registre et avez un aperçu de la grande guerre déjà dans le grand nord.

Mais les Russes, je ne les ai jamais vus cette fois-là, je peux vous l'assurer, bien que j'aie cru débarquer en enfer, si Monsieur le Conseiller à la Cour peut se représenter un enfer non de flammes mais de glace et de neige.

Cela commence déjà avec la traversée. Le temps est épouvantable. À Gefle, ils doivent attendre plusieurs jours avant que le navire ait l'autorisation de quitter le port et quand enfin ils peuvent appareiller, le bateau ne met pas le cap sur le continent, vers la Finlande, mais sur Åland où ils débarquent pour venir en renfort aux régiments du Södermanland qui s'y trouvent déjà. Trente autres hommes et lui-même sont logés avec certains des sous-officiers chez un propriétaire terrien du nom de Wilhelmson. Bien que sa ferme compte parmi les plus grandes de la paroisse, ils sont à l'étroit dans sa maison. Chacun doit s'accommoder de la place qu'il trouve pour dormir. Certains dorment dans l'écurie où les animaux tiennent un peu chaud, même si la plupart dorment devant la cheminée de la pièce principale, qui sent en permanence la sueur et la puanteur des vêtements de laine humides qui se mêlent à l'odeur de la tourbe acide que le paysan fait brûler et dont la fumée envahit comme un brouillard gris les autres pièces exiguës, à tel point qu'on voit à peine au travers.

Ce propriétaire terrien a cinq enfants, trois garçons, les plus âgés, et deux filles. L'aînée est une timide adolescente de treize ans que le paysan et ses fils surveillent jalousement, la plus jeune n'a que cinq ans et s'appelle Hedwig.

Hedwig est le contraire de sa sœur aînée : intrépide et curieuse de tout.

Un soir, W. lui montre un jeu qu'il a fabriqué. Le jeu consiste en neuf pièces de bois carrées, chacune aussi grande qu'une menotte d'enfant, avec une image sur chaque face. Un fou avec un chapeau à trois pointes et des grelots ; une princesse avec une couronne ; une calèche avec un cocher ; un chasseur avec un olifant ; un bateau avec une longue rame. Toutes ces images sont différentes. Sur certains cubes, seuls des signes sont peints : animaux, arbres, étoiles. Il déplace les cubes sur la large table en bois qui trône dans la grande pièce et Hedwig a le droit d'en soulever au hasard. Alors il dit *Katze* si l'image représente un chat. Il peut aussi dire *Stern* ou *Mond*. Et Hedwig rit aux éclats devant ce plaisir inattendu et elle grimpe sur ses genoux et veut lui apprendre comment chaque chose se dit en suédois, et chaque fois qu'il prononce mal un nom, elle lui pince les joues et les lèvres avec une force surprenante pour que les mots sortent comme il faut (*katt*, *stjärna*, *måne*), du moins jusqu'à ce que sa mère arrive en courant et, avec un geste d'emportement, retire l'enfant de ses genoux.

Ce n'est finalement pas si difficile d'être Allemand parmi ces étrangers. Il suffit le plus souvent de connaître quelques mots de tous les jours et de se comporter aimablement.

Le soir, quand les soldats fument ou jouent aux cartes, il aide le paysan à fabriquer des sangles et des brides. Il a toujours sur lui sa bourse en cuir qui contient des ciseaux, des aiguilles et du fil, ainsi que toutes sortes de chutes de tissu, et il accepte de réparer les pantalons de la troupe et les vestes d'uniforme ou les capotes grises si elles sont usées, et finit par être connu comme le Tailleur allemand. En échange, il reçoit des rations supplémentaires de lard salé, de lentilles et d'alcool. Un gars efflanqué et bossu, un caporal du nom de Struwe, le taquine en disant qu'il devrait recevoir une *médaille royale* pour savoir si bien prendre soin des choses, vu que le roi s'intéresse plus au faste et à l'ostentation qu'à ses troupes sur le champ de bataille.

L'on ne cesse de parler de ce roi, appelé Gustave. Aux yeux de beaucoup, il semble aussi peu estimé que le fou à grelots sur la face inférieure des cubes en bois de Hedwig.

Au début, les journées sont calmes, sans aucun événement notoire. On sonne le clairon quand il fait encore sombre et seuls les chiens de la ferme aboient. Les soldats s'alignent le long de la roche près de l'embarcadère et assistent à la messe pour les militaires. Quelqu'un de la troupe, le plus souvent un apprenti cordonnier du nom de Falck, doté d'une belle voix qui porte, entonne un psaume et tous les soldats chantent avec lui. Puis leur sous-officier, le sergent Kwast, un homme d'un certain âge, râblé, à la barbe poivre et sel et aux yeux globuleux, se détache du groupe et donne le programme du jour. Ils font de longues marches le long du rivage et explorent des promontoires et des caps éloignés, mais le plus souvent Kwast insiste pour qu'ils y aillent en bateau, moyen le plus simple pour découvrir cette côte découpée, y compris les nombreuses îles de l'archipel.

Le temps est plutôt clément, il y a une brume grise mais il ne fait pas froid. Certains jours, un voile blanc enveloppe tout comme une main pâle et seuls le crissement des rames dans les tolets ou le vol d'un canard dont les ailes battent la surface de l'eau brisent le silence.

Mais bientôt le mauvais temps s'installe, et en une semaine les tempêtes s'abattent sur eux avec une force anesthésiante ; une fois que le dernier mauvais temps s'en est allé, arrive la neige, et quand le ciel se dégage de nouveau, on aperçoit à peine la cheminée qui se dresse au-dessus des montagnes de neige, accumulées par les caprices du vent. L'armurier arrive avec des chevaux du Sund qu'ils attellent aux traîneaux, mais ils sont rapidement contraints de faire demi-tour, car la tempête de neige a rendu tous les chemins impraticables.

Puis les tempêtes d'hiver reviennent et l'océan s'agite, glacial. En quelques semaines, il apprend à redouter pardessus tout cet océan qui change de forme de jour en jour, presque d'heure en heure. La nuit, quand ils sont réunis dans la salle à manger de Wilhelmson, ils entendent le vent hurler dans le conduit de cheminée et les vagues déferlantes cogner et frapper comme si elles passaient au-dessus du toit. Le lendemain, à l'appel du clairon, c'est comme si le monde s'achevait sur la plage où ils disent la messe. La mer a disparu au-delà du débarcadère, il n'y a plus de ciel non plus, rien qu'un abîme d'où s'élève une fumée glaciale, comme si la mort leur soufflait en plein visage.

Mais le sergent Kwast et les autres sous-officiers craignent moins les grandes tempêtes et la neige que le froid qui, ils le savent, ne va pas tarder à arriver, le *vrai* froid, quand l'océan se fige et est pris par les glaces. Dès que le mauvais temps se calme un peu et que l'horizon se dégage un moment, ils sont de nouveau envoyés sur les bateaux, bien que ceux-ci ne soient pas vraiment en état de naviguer et qu'eux-mêmes n'aient guère l'habitude de manier un navire obligé de flotter sur une mer déchaînée.

Les jours sont plus courts maintenant. Le soleil se dissout dans des chutes de flocons de neige ou dans de la pluie gelée qui arrive rapidement comme un souffle de la mer, et l'obscurité tombe plus vite qu'on ne peut l'imaginer. À peine ont-ils eu le temps d'apercevoir le ciel que le soleil court tel un cheval fou derrière le nuage et que soudain ils ne reconnaissent plus rien du paysage. Le vent fait rage et des flocons de neige pointus se soulèvent de la surface de l'eau, comme des coups de fouet. La mer a soudain la démarche d'un crabe, le bateau monte et descend dans les vagues qui le projettent à droite et à gauche. Il voit Gustavsson à la barre qui se redresse et leur indique quelque chose qu'ils ne parviennent pas à interpréter avant que l'on ne sait quoi de dur vienne heurter le fond du bateau et les fasse tous passer par-dessus bord. Lui-même a la moitié du corps sous l'eau. Au dernier moment, il réussit à se cramponner au plat-bord mais sent celui-ci lui glisser entre les mains. Une vague glaciale vient se fracasser sur sa tête et ses mains, puis encore une autre. Quand l'eau se retire, il croit distinguer des rochers nus sous l'écume. Sans trop savoir comment, il prend appui dessus avec ses jambes et ses bras (il n'a plus de sensibilité dans les doigts) et se hisse à travers la neige molle sur la terre ferme. Là seulement il ose lever la tête sous les flocons.

Mais il ne voit aucun de ses camarades et le vent lui arrache les mots de la bouche avant qu'il ait pu crier leurs noms.

Il s'était imaginé beaucoup de choses sur la guerre, la loi implacable du fer, le courage de rencontrer l'ennemi en face sur le champ de bataille ; mais jamais quelqu'un ne lui a parlé de la solitude que ressent un soldat qui a perdu son régiment et se retrouve soudain tout désorienté, sans un ordre, sans rien, et rien qui accroche le regard dans la neige qui tombe inlassablement et crée des congères de plus en plus épaisses, et il éprouve à peine de la tristesse quand l'obscurité l'enveloppe et se resserre autour de lui comme un sac. Il erre pendant des heures avec le vent qui lui siffle dans les oreilles et les flocons de neige si coupants sur son visage qu'il a du mal à garder les yeux ouverts. Enfin, il sent un peu de terre nue sous ses bottes et quelque chose de dur contre ses paumes, un mur, et il s'effondre d'épuisement.

Quand il revient à lui, la tempête s'est calmée et le ciel est une masse grumeleuse de nuages qui filent à une allure qu'il n'a encore jamais vue comme si, au-dessus de l'océan, il y avait un autre océan. Au lieu de le pousser dans une congère, le hasard – ou la chance – l'a conduit à un talus couvert de touffes d'herbes sèches et jaunies d'où le vent a chassé la neige, derrière le mur d'un fenil en rondins de bois. Excepté ce mur rongé et blanchi par le sel et le vent, il n'y a aucun repère pour le regard nulle part. Le ciel mouvant si étrangement grumeleux ne donne aucune indication sur la position du soleil, et quand bien même il l'aurait connue, il n'aurait pas su dans quelle direction marcher.

À chaque pas, il s'enfonce dans la neige. Plus il avance vers l'intérieur des terres, plus le ciel retrouve une consistance plus ferme. Il flotte, gris et enflé, comme un pis de vache au-dessus d'étendues de nouveau recouvertes d'un manteau de neige.

Très loin, près de la ligne de démarcation plus nette à présent entre la terre et le ciel, il aperçoit une grange solitaire qui se dresse au bord d'un champ enneigé. La fatigue fait déraper ses jambes raidies par le froid qui cèdent sous lui, il finit par avancer avec de la neige molle jusqu'à la taille et doit se servir de ses bras comme de pelles.

Quand il lève de nouveau les yeux, la grange est à la même distance qu'avant. Rien n'a changé, si ce n'est qu'il se rend compte que cette grange est la même que celle d'où il est parti plus tôt, ce jour même.

Il est revenu au même endroit, seulement d'une autre direction.

Il regarde fixement cette grange vide. Au bout d'un moment, des flammes s'élèvent du socle en pierre et lèchent les murs blancs en bois. Quand la grange est tout en feu, elle se met à léviter doucement et s'élève comme un navire incandescent vers un ciel qui a cessé de bouger et est retourné aux ténèbres.

Lorsqu'on le retrouve, trois jours plus tard, il a des engelures au visage et aux avant-bras, et ses lèvres sont tailladées par toutes les écorces et les aiguilles de sapin qu'il a essayé de se fourrer dans la bouche.

Ils sont sortis en traîneau et ont d'abord trouvé le bateau brisé contre des récifs, à une demi-journée de trajet de la côte. Falck, le choriste, est mort, lui annoncent-ils. Son crâne s'est fracassé contre les rochers. Mais tous les autres de la compagnie ont réussi à s'en sortir indemnes, à part un dénommé Renberg qu'on a dû amputer d'une jambe.

Renberg et lui partagent un lit dans l'infirmerie d'Ödkarby. Pour son camarade de lit et pour tous les autres dans la salle qui veulent l'écouter, W. leur raconte l'étrange vision qu'il a eue : cette grange qu'il a vue brûler et monter au ciel. Peut-être que le Seigneur, par ce signe, veut seulement lui indiquer que l'Assomption est proche, suggère quelqu'un d'un lit plus loin. Mais Renberg est d'un autre avis. Selon lui, c'est un coup des francs-maçons. N'a-t-il pas vu encore deux bords rougeoyants à côté ? W. dit qu'il se souvient seulement de la grange. Dans ce cas, c'est le signe des francs-maçons, dit Renberg, sûr de son affaire.

Cette même nuit, des gémissements et une respiration difficile à côté de lui le réveillent. Renberg est couché sur le dos, sa cage thoracique se soulève et s'abaisse comme un soufflet et son visage est baigné de sueur. W. tend une main. Le corps de Renberg est brûlant de fièvre.

C'est sa punition, dit une voix tout contre lui. C'est sa punition pour avoir mis *la parole divine* dans sa bouche.

Les infirmiers ont bandé son visage avec des lambeaux de tissu. Ils disent que c'est contre l'odeur. Mais W. voit que le visage en dessous est en train de pourrir. Pourtant il n'a pas la force de lutter quand ils tirent sur son corps avec leurs mains griffues. De nouveau, il se retrouve en haute mer. Ils sont projetés dans un bateau que l'écume des vagues submerge au point que l'océan ne se voit plus et quelqu'un assis à la barre crie : Dis pas ça, dis pas ça, et quand il demande ce qu'il ne doit pas dire, la réponse est : *La parole, la parole…!*

Il ne sait pas s'il dit la parole ou pas.

La pensée de la parole et de ce qu'il adviendrait s'il la prononçait malgré tout, dans un état fiévreux, le torture tant que les infirmiers arrivent et transportent son corps dans la neige dehors. On le laisse là pendant qu'ils passent dans les différentes chambres de malades avec une sorte d'encensoir où brûlent des branches de sapin. Il voit les cadavres noircis qu'ils ont traînés dans la neige. Ils ne sont plus qu'une poignée sur la vingtaine d'hommes présents à l'infirmerie quand lui-même y a été admis.

Dans la ferme de Wilhelmson aussi, on a fait brûler des branches de sapin. Seuls le paysan, sa femme et leurs aînés sont restés. La plus jeune, Hedwig, est morte de la dysenterie.

Ils l'enterrent dans le cimetière de Saltvik. La famille, les employés de la ferme et les voisins se tiennent vêtus de noir à côté de la tombe, comme une lugubre nuée de corbeaux sur fond d'arbres qui bougent imperceptiblement dans un vent mauvais qui vient de l'océan gelé. La compagnie de Kwast, ou ce qu'il en reste, est venue. Depuis que l'apprenti cordonnier Falck a péri, il n'y a plus personne pour donner le ton. À la fin, Gustavsson s'avance et entonne la chanson. Notre Dieu est un puissant château, il est notre bouclier et notre épée, chantent-ils tandis qu'un vent glacial soulève les mots de tous les vers.

Le soir, il reste assis à son habitude la tête appuyée sur la main, avec les cubes de bois devant lui sur la table. Il retourne les cubes, l'un après l'autre, mais les images qui les ornaient sont complètement effacées, ou alors elles n'ont jamais existé. Tout cela n'était que dans son imagination, comme Renberg ou quelqu'un d'autre à l'infirmerie le lui aurait dit.

Pourtant il croit encore sentir le poids chaud du corps de la petite fille sur ses genoux.

La nuit, le vent souffle fort sur le faîtage et le froid écarte et vrille comme avec une pique les murs en rondins de la maison. Le lendemain matin, après les prières, l'ordre est donné de partir. Les Russes ont déjà été aperçus dans l'archipel.

Dix jours plus tard, le roi de Suède est destitué et les Russes se sont emparés de Kumlinge. En toute hâte, on amène les chevaux et les voitures. L'artillerie les précédera. Quand les voitures ne suffisent pas, ils abattent des bouleaux et fabriquent des traîneaux provisoires. Ceux qui réussissent à monter sur un traîneau ont de la chance, les autres devront s'en sortir comme ils pourront.

Avant même d'avoir atteint Eckerö, les troupes sont si dispersées que l'avant-garde n'a plus de contact avec les hommes de l'arrière. Les rumeurs disent que plusieurs voitures se sont enlisées dans la neige devenue trop molle et collante après deux jours inattendus de dégel et qu'ils laissent derrière eux leurs malades. Malgré le bruit de tirs sporadiques à l'intérieur des terres, ils n'ont aucun contact direct avec l'ennemi.

Deux jours après leur départ précipité, ils traversent les glaces et mettent le cap vers Signilskär.

Après une première journée sous le soleil aveuglant de mars, si aveuglant qu'ils ne distinguent rien du tout entre l'océan gelé et le ciel, il se remet à neiger, puis de nouveau le ciel s'éclaircit et le froid mordant revient. La nouvelle neige ne devrait pas freiner leur progression, néanmoins la glace sur l'océan n'est pas uniforme mais vrillée et parfois si amassée qu'ils doivent la contourner comme si c'étaient de vraies crêtes et collines.

Il fait maintenant si froid que chaque bout de peau découvert brûle comme si la peau était en train de se détacher. Le froid est comme un fer au fond de ses poumons qui, à chaque pas, s'enfonce plus profondément. Il s'est mis dans un groupe avec Gustavsson et l'adjudant Wennstam, mais les hommes ont l'air hagards, comme s'ils n'avaient pas seulement perdu la faculté de se relever mais aussi leur équilibre mental, maintenant qu'il n'y a plus aucun repère dans le paysage, rien qu'un soleil aveuglant, avant que le crépuscule et la nuit prennent le relais. Ils se demandent s'ils ne devraient pas s'attacher les uns aux autres pour que personne ne s'égare, mais ils n'ont ni corde ni harnais, et à quoi bon s'attacher quand l'essentiel est d'avancer à la cadence effrénée de la marche et qu'il n'y a pas de nourriture ? Que chacun s'en tire le mieux possible et tente de rallier la côte ferme suédoise le plus rapidement possible…

La nuit, le ciel est si vaste et noir qu'il a l'impression qu'en faisant un seul pas de plus, il risquerait de tomber dedans, tel un puits à l'envers. Et les constellations s'étendent jusqu'à l'horizon. Nous croyons que le ciel étoilé est une obscurité remplie d'étoiles immobiles, aimait à dire le jeune médecin, mais en réalité, c'est le contraire, est-ce que Woyetz comprend ? Les étoiles bougent sans cesse. Il ne se passe pas un jour sans que tout ne tombe. Peu importe que l'on se trouve sur les glaces de la Baltique ou dans une cellule de prison ou dans les ténèbres d'une infirmerie qui pue les excréments. Partout autour de nous s'étend le ciel de Dieu et il tombe sans cesse.

Et quand il pense à cela, lui-même tombe.

Ou plus exactement : en son for intérieur, il continue d'avancer, même si c'est à petits pas, trébuchant pour ainsi dire en avant, mais en réalité il est tombé depuis un moment et reste immobile dans une congère.

Wennstam essaie de le soulever sous les bras. Puis quelqu'un d'autre vient et l'enfonce de nouveau dans la neige avec deux poings énergiques, dans des moufles.

Chut… Vous ne voyez pas ? Les incendies !

W. s'est à demi redressé, le dos appuyé contre la congère qui a arrêté sa chute, et d'abord il ne voit rien à part la nuit d'un noir d'encre. Mais ensuite la moufle indique une direction et alors il les voit, faiblement mais distinctement. Deux incendies dont les flammes s'élèvent dans les airs : on dirait qu'ils sont à quelques centaines de mètres l'un de l'autre.

Est-ce que ce pourrait être les Russes? s'interroge Gustavsson. Mais Wennstam en doute, il lui paraît improbable que l'ennemi se montre si près. Il faudrait une sacrée confiance en soi. Non, ce sont les Suédois, tranche-t-il. Ils mangent de la viande de cheval.

La pensée que d'autres camarades de ce régiment qui bat en retraite sont assez casse-cou pour rester là-bas à se geler sur des animaux abattus en urgence leur fait en tout cas prendre la décision de s'approcher des feux. À moins que ce ne soit l'attirance séculaire que le feu exerce sur les hommes, avec sa promesse de chaleur humaine et de convivialité.

Ils ne sont pas arrivés à mi-chemin qu'ils se font attaquer.

La première pensée de W. est qu'il s'agit de plusieurs personnes qui attaquent en venant de différentes directions en même temps. Puis il se rend compte qu'il n'y a qu'un seul homme, emmitouflé comme un ours, qui pousse un tel hurlement qu'on le croirait sorti de plusieurs bouches et non de cette gueule rouge qui soudain bâille tout près de lui. W. prend son fusil mais n'arrive pas à charger la baïonnette. L'étranger l'a déjà fait tomber dans la neige, alors il enfonce simplement la pointe de sa baïonnette dans l'orifice ouvert au milieu de la barbe. Pourtant l'étranger continue de s'approcher de lui, agitant les deux bras, comme s'il faisait tout pour que la baïonnette lui traverse encore plus le crâne. Un horrible gémissement s'élève, les mains sous les lambeaux de tissu tentent de griffer le canon du fusil avant que l'étranger ne s'effondre sur le fusil que W., pris d'épouvante, a lâché.

Il perçoit le son de leurs bottes qui crissent sur la neige. Les autres ont pu arriver jusqu'à lui et restent debout, immobiles.

C'est le sergent Kwast, finit par dire Gustavsson. Il a certainement perdu la tête.

Il s'agenouille et pose la tête sur la poitrine pour écouter son cœur, puis se relève et secoue la tête.

Ou bien il a cru que nous étions des Russes, suggère un autre.

Les regards qui se tournent vers les incendies se mettent soudain à douter de nouveau. Vers les lueurs du feu, on devine les silhouettes de gens qui courent à leur rencontre. Des Suédois, Dieu soit loué. Une clameur de joie quand les deux parties du régiment se retrouvent. W. reste assis contre le cadavre de Kwast. Ses mains encore bleuies par le froid tremblent.

À la fin, quelqu'un arrive avec un traîneau. On l'aide à soulever Kwast et à l'allonger dessus. Sa baïonnette reste dans le trou laissé par Kwast comme si elle avait été fichée dans la glace, un blanc d'œil jaunâtre contre le ciel et avec du mucus mêlé de sang, et des pics de glace dans la barbe.

Vous savez bien que je suis obligé de vous arrêter pour ceci, dit l'adjudant pendant qu'ils marchent. La justice décidera si vous avez agi en légitime défense ou non.

Mais il n'est jamais question de le mettre aux arrêts. Quand après trois jours de marche ils atteignent enfin le sol suédois, juste au nord de Grisslehamn, ils ne sont plus qu'une poignée d'hommes. Le cadavre de Kwast est par ailleurs si gelé qu'aucun homme sensé ne peut expliquer comment il est mort. Sans que beaucoup de mots soient échangés sur l'affaire, on s'accorde pour dire que le sergent s'est égaré sur la glace et que dans un moment de confusion il a réussi à s'enfoncer la baïonnette dans sa propre bouche. Plusieurs personnes en ont été témoins ; des gens peuvent vraiment devenir fous là-bas, sur cette glace.

Alors il reste chez les Suédois. Le mieux pour ne pas attirer l'attention sur soi est de demeurer anonyme. C'est qui, l'Allemand qui sait coudre ? Un type apparemment simple, entier et fiable ; quelqu'un qui est toujours prêt à rendre service, mais qui, en cas de situation extrême, n'hésite pas à tirer le couteau contre les siens. Et c'est comme tailleur allemand, une bonne année après la défaite sur la glace, qu'il retourne à la garnison à Stralsund qui, après le traité avec les Français, a été rendu à la Suède.

Sauf qu'il se fait enrôler cette fois sous le nom de Wutzig. Le nom sonne plus solide que Woyetz, en quelque sorte plus fugace et imprévisible. C'est en tant que ce Wutzig en qui on peut avoir confiance qu'il va réparer les murs de la garnison et les garde-corps que les Hollandais et lui-même, il n'y a pas si longtemps, ont contribué à démolir.

C'est vraiment un sentiment étrange de se retrouver maintenant à l'intérieur de ce qu'il assiégeait avant, de l'extérieur. Pourtant il a comme l'impression d'être encore à l'extérieur. Même si *apparemment* tout est comme avant. Il installe même un coin barbier dans la forteresse et devient rapidement populaire parmi les hommes. Ceux-ci se mettent à l'aise dans son fauteuil, renversent leur visage et leur cou en arrière, et il écoute, hoche la tête et sourit à tout ce qui lui est confié pendant qu'il s'affaire. Il est si simple et modeste, comme le lui dit le lieutenant Widebeck une matinée tandis que, assis et protégé par une serviette, il attend d'être rasé. Plusieurs fois, il est même appelé à venir au mess des officiers pour y faire le service. Et aucun d'eux ne se doute, quand il se penche au-dessus de leurs dos pour remplir leurs verres ou déposer un plat, que cette main, qui maintenant avec habileté manie le coupe-chou, a tué avec la même facilité l'un des leurs avec sa baïonnette.

La première fois qu'il fait sa connaissance, elle est une de ces veuves de soldats, ces femmes que l'on voit avec leurs marchandises parcourir la route de campagne en direction de Damgarten.

On est en septembre, il fait encore chaud quoique la journée soit bien avancée. La ferme où sa compagnie a pris au hasard ses quartiers se trouve profondément cachée dans des fourrés aussi épais que du sirop, les ombres s'allongent et les hirondelles tournoient haut dans le ciel. Certaines veuves ont un enfant dans les bras, d'autres portent des hottes sur le dos ou tirent des charrettes remplies de pain, de viande salée et de poisson séché. Mais aussi du tabac et de l'alcool, crient-elles avec des voix presque trop stridentes, où percent des éclats de rire et des invites.

Comme toujours maintenant, il se tient un peu à l'écart des autres, le dos appuyé contre une ancienne margelle, en tenant un couteau et un morceau de bois sculpté. Un peu plus loin, là où les noisetiers et les aulnes donnent de l'ombre, des femmes de la ferme, jupes relevées et manches de chemises remontées, lavent le linge. Bien que la chaleur ne soit pas la seule cause de leurs voix traînantes et lourdes, mais aussi, à en juger par leurs regards, leur méfiance vis-à-vis des nouvelles arrivées, ces prétendues veuves de soldats ou marchandes qui n'ont pas assez de honte pour cacher ce qu'elles sont réellement.

Même certains des officiers se sont précipités et semblent intéressés par les marchandises proposées, ainsi que Munther, le médecin, bien qu'il ne soit plus qu'un vieil homme traînant difficilement sa jambe raide. Les femmes rient à ses maladresses d'un rire exagéré. W. lui-même laisse son regard glisser sur les hautes cimes où la lumière s'attarde et tremble comme secouée par le vent et maintenant les branches qui se balancent ont du mal à se libérer de son emprise.

Soudain une des femmes se tient devant lui.

Il sent une ombre passer sur son visage, puis un vague parfum de bras en sueur et de quelque chose de sucré, d'un peu écœurant. Le vent cesse de bruire et de se balancer dans les fourrés de noisetiers et il entend ce que cette femme qui est debout devant lui essaie de lui dire.

De l'eau, voilà ce qu'elle dit en pointant le doigt vers la flasque en fer-blanc posée dans l'herbe à côté de son sac. Il met en visière sa main qui tient le bout de bois sculpté et lui tend la flasque. Elle boit et, sans y être invitée, s'adosse à la margelle dans la même position que lui, en gardant la flasque entre ses genoux.

Elle est solidement charpentée, fait à peu près sa taille, mais son visage est comme joliment taillé à la serpe. Tel le dos d'une cuillère, pense-t-il tout à coup. Encore que ce puisse aussi être l'ombre des noisetiers d'à côté qui creusent ses traits. Il voit un filet de sueur couler de son aisselle sous sa blouse jusqu'à la ceinture de sa jupe. Sa blouse est repassée et, malgré la chaleur, boutonnée jusqu'en haut.

Ça va devenir quoi ? demande-t-elle au bout d'un moment en regardant le morceau de bois sculpté et le couteau qu'il tient sur les genoux.

Il lui a certainement donné l'impression d'être sans force car elle écarte résolument le couteau et la pièce de bois, et entrelace ses doigts avec les siens, retourne sa paume et fait semblant d'étudier les lignes de sa main. Vous n'êtes pas Suédois, dit-elle, et il raconte qu'il vient du Sud, de la Saxe, qu'il a été enrôlé malgré lui au service des Hollandais mais a été fait prisonnier par les Suédois et qu'il a accepté de se mettre à leur service pour combattre contre les Russes en Finlande. Il dit cela comme on récite une leçon bien apprise. C'est aussi ce qu'il a dit à tous les autres qu'il a rencontrés en chemin et qui lui ont posé la question.

Est-ce que vous avez été blessé à la main par un tir? demande-t-elle.

Non, c'est une engelure, dit-il, et il aimerait retirer sa main. Notre officier nous a demandé de traverser la glace quand nous avons battu en retraite.

Il tourne les yeux vers le groupe de soldats.

S'il y a une chose qu'on apprend à apprécier dans la vie de soldat, c'est la camaraderie, dit-il – ça aussi c'est quelque chose qu'il s'est entraîné à déclarer.

Tandis qu'il prononce cette phrase, il voit des soldats s'éloigner avec quelques femmes du groupe tandis que les enfants restent jouer sur le chemin. Un des enfants, un petit garçon, a un doigt dans la bouche et regarde vers la margelle où ils sont assis tous les deux.

Pourtant vous vous tenez à l'écart, dit-elle.

Elle ne regarde pas dans la direction de l'enfant et continue de lui caresser du bout des doigts le poignet et les os de la main.

Vous avez de jolies mains. Pour un soldat.

Vous me fabriquez peut-être une flûte? dit-elle en saisissant fortement sa main – un geste crispé qui tranche avec le sourire qu'elle lui adresse.

Vous n'avez pas envie de venir avec moi? demande-t-elle, et elle se lève sans lui lâcher la main. Il croit qu'elle veut qu'il vienne avec elle en ville et il commence à dire qu'il est posté ici avec sa compagnie, qu'il ne peut aller nulle part, mais ici en bas, dit-elle, ici, près du ruisseau, personne ne pourra nous voir... et déjà elle a courbé la nuque sous les branches basses d'un noisetier et descend la pente en sautillant.

Dans le ravin où coule la rivière : un parfum de résine et de terre humide sous les ombrages, des éclats de soleil sur l'eau qui bondit sur les rochers et les arbres tombés, avec une écume verte à la surface. Les grands aulnes soulèvent leurs couronnes de feuillage au-dessus de l'eau et cachent toute perspective. Les filles de ferme qui lavaient le linge tout à l'heure se sont comme volatilisées. Un étrange silence s'est abattu sur tout. On entend seulement le clapotis obstiné de l'eau.

Tu peux regarder, dit-elle en déboutonnant sa blouse.

Des insectes bourdonnent avec insistance autour d'elle. Il n'est pas à l'aise et a une boule dans le ventre. Elle a l'air curieusement raide et affectée quand elle se penche vers lui pour lui montrer sa poitrine.

Il a un sourire niais et s'avance vers elle. Non pas parce qu'il a envie, il ne sait ce dont il a envie. Mais pas plus que son sourire, il ne peut maîtriser ses mouvements. Peut-être s'avance-t-il vers elle parce qu'il s'imagine que c'est ce qu'on attend de lui.

Tu dois payer d'abord, dit-elle.

Il tient toujours son bout de bois sculpté, mais cherche avec l'autre main quelques pièces. À peine ressort-il sa main de la poche qu'elle la saisit et l'attire vers elle, de sorte que sa main frôle le dessous de sa poitrine, puis elle la dirige vers le bas de son ventre et plus bas, vers son sexe. Ensuite, d'un mouvement décidé, elle lui tourne le dos et remonte sa jupe. Elle ne porte rien en dessous, il n'y a que les deux fesses bien dodues et la touffe de poils pubiens qui dépasse.

Il sait qu'il doit la monter maintenant et se place derrière elle, tandis que ses doigts tâtonnent pour déboutonner sa braguette. Mais son sexe est mou à l'intérieur, et comme il ne sait pas ce qu'il doit faire, il touche distraitement ses hanches et le creux de ses reins avec le morceau de bois qu'il a toujours dans la main. Ce n'est pas une action réfléchie, plutôt ce qu'un enfant un peu dans la lune aurait fait sans trop s'en rendre compte. Elle se raidit, s'entête pourtant à presser son postérieur. Mais quand il appuie un peu plus fort avec le morceau de bois, elle baisse brusquement sa jupe et se retourne en criant :

Mais qu'est-ce qu'il fabrique...!?

Il voit alors son visage, ce devait être son *vrai* visage, celui-là, et il est vraiment creusé, avec des yeux grands comme des haricots, un regard rancunier sous des paupières dures qui sont comme des coupoles. Il y a aussi quelque chose de rouge qui s'écoule de son nez et de sa bouche qu'il prend d'abord pour du sang ou de la bave, mais qui n'est peut-être que la lumière du soleil qui tombe à travers le feuillage ou bien une rougeur du visage qui vient du fait qu'elle est restée penchée en avant si longtemps, et elle est preste à resserrer sa jupe et reboutonner son corsage, avant de remonter le terrain en pente.

Tiens, tu peux l'avoir! crie-t-il en lui lançant le morceau de bois, mais il effraie seulement quelques pigeons colombins qui s'envolent des noisetiers en battant des ailes, ce qui fait comme une musique.

Elle a déjà regagné la route de campagne et se dirige à grandes enjambées, tout en clopinant, vers les veuves de soldats qui se retournent et la regardent fixement. Le jeune garçon qu'il avait remarqué un peu plus tôt se détache du groupe de femmes, court vers elle, puis s'immobilise, les bras le long du corps, comme un brave petit soldat. Certains de son régiment, le sergent et le lieutenant Widebeck, se tournent vers la femme qui clairement boîte maintenant. Il la voit s'appuyer sur le bras de Widebeck, lui faire part de son indignation pendant un moment, puis indiquer de toute la main le bosquet de noisetiers.

Mais il s'est de nouveau précipité en bas vers la rivière et peut-être ne l'ont-ils pas vu, même s'ils savent tous, naturellement, que c'est lui.

Quelques semaines plus tard, il l'aperçoit derrière un des étals du marché, non loin de l'entrée de l'église Saint-Nicolas, où elle vend des œufs. Ils sont trois à servir, quatre si l'on compte le petit garçon qui est le premier qu'il aperçoit et qui se précipite et s'arrête devant lui, au garde-à-vous, comme la dernière fois.

Aussitôt, il la voit elle aussi : c'est elle, la mère de cet enfant.

Bien qu'il ne l'eût pas reconnue s'il n'avait pas d'abord reconnu le petit garçon. Elle est habillée comme quelqu'un d'autre maintenant, avec une grossière jupe en laine, des bas épais tricotés, ses cheveux blonds glissés sous un fichu gris qui fait paraître son visage creusé encore plus rouge et enflé.

Pendant qu'il la regarde, elle échange quelques monosyllabes avec une femme plus âgée qui sert aussi au comptoir, avant de s'asseoir sur un tabouret à l'autre bout de l'échoppe.

Il y a quelque chose dans sa manière d'être assise, les jambes écartées, résolument penchée en avant avec les deux mains sur les cuisses, qui lui donne à croire qu'elle est enceinte. Est-il possible qu'il l'ait mise dans cet état avec son bout de bois sculpté ? La pensée en est risible. Pourtant elle ne le lâche pas.

Et si Dieu avait décidé de s'en mêler ?

Qui sait si leur rencontre n'avait pas été décidée là-haut ?

Il continue à tourner autour de l'échoppe du marché en marchant le plus vite possible. Son vieil instinct s'est réveillé, comme lorsqu'il observait Frau Woost se laver les cheveux ou guettait mademoiselle Schindel dans les bois autour de Burschendorf. Et comme alors, il doit tenir un morceau de bois sculpté. C'est comme s'il n'osait rien entreprendre sans avoir quelque chose dans les mains, comme si cela avait des pouvoirs magiques qui, d'une certaine façon, le protégeaient.

Encore qu'il ne se passe pas grand-chose autour des étals du marché.

Elle reste là et vend des œufs toute la journée. Pendant ce temps, son petit garçon joue tout seul sur la place du marché parmi les fanes de légumes et le crottin de cheval. En présence d'autres enfants, il prend sa position de soldat, jusqu'à ce qu'une des femmes l'appelle. À la tombée du jour, un homme plus âgé arrive pour atteler un cheval à la charrette, dans laquelle ils montent tous. Le petit garçon et elle sont assis le plus à l'arrière, les jambes ballantes, avec un seau d'eau vide, brinquebalant, à côté d'eux.

Le cheval est un vieux cheval de trait qui avance si lentement qu'il n'a aucun mal à les suivre à pied, à quelques pas de distance. À un moment, il leur fait même un signe avec la main qui tient le morceau de bois, comme pour lui rappeler quelque chose.

Mais elle se contente de regarder fixement droit devant elle et son regard le traverse comme si elle ne voyait rien.

Un soir, elle n'est pas assise à l'arrière comme d'habitude, à moins qu'elle ne se cache pour lui échapper. Il pleut et le petit garçon a tiré une couverture sur lui pour se protéger. Pourquoi s'imagine-t-il qu'elle se cache derrière la couverture ? Il l'ignore. Il suit la charrette en marchant dans la boue, jusqu'à ce que des cahots fassent glisser la couverture et le petit garçon apparaît, avec son visage inexpressif.

Elle n'est pas avec lui à l'arrière.

Il ne comprend pas pourquoi cela le met aussitôt dans tous ses états. Il retourne précipitamment à la place du marché et quand les femmes du marché à qui il s'adresse lui tournent le dos et continuent de rassembler leurs marchandises, il entre dans une grande colère et les menace, jusqu'à ce qu'un gaillard costaud le saisisse sans ménagement et le chasse de là.

Il entre dans une taverne et demande s'ils ont vu Frau Thiessen. C'est la première fois qu'il prononce son nom. Sans doute renâcle-t-il comme un cheval tant il s'applique devant le tenancier qui le regarde fixement, avant de lâcher son chiffon taché sur le comptoir et de partir d'un grand éclat de rire, entraînant tous les autres autour du comptoir.

On dirait bien qu'il s'est entiché des demoiselles, ce soldat suédois ! Allez, dégage ! En tout cas, elle n'est pas ici !

Il se tient sous l'auvent et jette un regard sur la place du marché désormais déserte. La pluie remplit l'espace comme un corps étranger depuis les échoppes près d'Artushof jusqu'à la tour de l'hôtel de ville. Sous cette pluie étrangère, deux hommes luttent pour avoir le dessus sur une troisième personne. Il ne comprend pas tout de suite qui est cette troisième personne car, l'un des hommes tenant un cheval par la bride, l'animal cache la scène.

Au beau milieu du marché, le cheval commence à opposer de la résistance, il se cabre presque, et *Tiens bien la salope*, dit un des hommes en suédois. Il voit alors que c'est *elle*. Bien qu'elle soit difficilement reconnaissable. Les cheveux plaqués sur ses joues caves font paraître son visage, par ailleurs plutôt large, encore plus creusé. Il reconnaît aussi les deux hommes qui l'accompagnent, même si les capotes grises dissimulent leurs uniformes. L'un est son propre lieutenant, Widebeck ; l'autre, un caporal qui sert d'ordonnance au lieutenant et répond au nom d'Antonsson.

Par réflexe, il se met au garde-à-vous quand les deux officiers passent devant lui avec la femme et le cheval récalcitrant. Pourtant, même si les deux Suédois croisent son regard, aucun d'eux ne semble le reconnaître.

Frau Thiessen ne regarde pas dans sa direction, elle se tasse seulement un peu plus entre ses deux accompagnateurs, et le lieutenant Widebeck la tire alors durement par le bras, comme si c'était elle, le cheval rétif.

Sans savoir pourquoi, peut-être juste par fidélité à sa nature, comme aurait dit Clarus, il suit les deux Suédois. Certes, à bonne distance, caché par le cheval qui continue d'avancer avec anxiété sur les pavés mouillés.

Le cortège tourne dans une ruelle adjacente. À l'autre bout se dresse un bâtiment vétuste avec une auberge au rez-de-chaussée d'où sortent des braillements étouffés. À côté se trouve une maison beaucoup plus basse et étroite, à moitié dissimulée par un grand aulne, et tellement de guingois qu'on dirait qu'elle s'appuie contre l'auberge. C'est vers cette maison qu'Antonsson se dirige, tandis que Widebeck attend, tenant les rênes du cheval d'une main et Frau Thiessen de l'autre. W. n'entend pas la porte d'entrée s'ouvrir, mais il aperçoit une femme de l'autre côté du seuil qui brandit une lanterne pour éclairer le visage d'Antonsson.

Celui-ci fait un pas de côté et montre du doigt le lieutenant qui patiente un peu plus loin.

Alors elle fait une courbette respectueuse et s'écarte en un geste de bienvenue. Le lieutenant Widebeck tend les rênes à Antonsson, prend fermement Frau Thiessen par le bras et suit la femme dont la lanterne a déjà disparu dans l'obscurité de la maison.

Ils restent devant la porte close, Antonsson et lui. Et le cheval.

Au début, il veut dire quelque chose, expliquer à Antonsson pourquoi lui aussi se trouve ici, alors qu'il pleut des cordes et que sa permission est terminée depuis longtemps, mais il ne lui vient rien à l'esprit, alors ils se tiennent là comme s'ils ne s'étaient jamais vus ou comme s'ils se retrouvaient au même endroit au même moment par le plus grand des hasards.

Il aurait aimé avoir son morceau de bois, ou n'importe quoi, sous la main : juste quelque chose à quoi il aurait pu se cramponner. Mais il n'a rien et lentement c'est comme si son champ de vision se rétrécissait et tout se fondait dans une sorte de somnolence.

Puis la porte s'ouvre de nouveau et le lieutenant Widebeck sort. Cette fois il le regarde droit dans les yeux. *Bonsoir, Wutzig*, dit-il, monte sur le cheval dont Antonsson lui tend les rênes et s'éloigne ensuite, avec son ordonnance qui trottine derrière lui.

Il ne sait pas ce qu'il doit faire ni où aller. La porte par où elle est entrée ne s'est plus rouverte. Alors il reste sous la pluie. En lui demeure cette étrange somnolence et dans cette somnolence se trouve la porte.

La voilà qui s'ouvre finalement et Marie Thiessen sort.

Elle a arrangé ses cheveux et les a noués en un chignon dans la nuque, mais elle est tête nue et, en l'absence d'un couvre-chef, son visage paraît encore plus osseux – à supposer que ce soit possible –, de sorte qu'en tournant son regard vers lui, c'est comme si elle le voyait et ne le voyait pas. De même pour sa voix. Quand elle lui parle, c'est comme si la voix venait à la fois d'elle et d'un autre endroit.

Vous devez être fou pour vous obstiner à me suivre.

Il ne dit rien.

Vous vous appelez comment ?

Il dit qu'il s'appelle Wutzig.

Vous êtes Suédois ?

Il ne dit rien.

Vous n'avez pas peur que vos supérieurs vous voient ?

Il ne sait pas quoi répondre.

Vous ne savez rien de moi, dit-elle alors, comme s'il l'avait soudain accusée de quelque chose. Je suis mariée, dit-elle. Mon mari se trouve sur le champ de bataille.

Dans quel régiment ? demande-t-il.

Je suis enceinte de lui, dit-elle.

Elle se passe une main sur le ventre.

Et le petit garçon ? dit-il alors. Il est à qui ?

À présent c'est elle qui ne répond pas.

S'il avait eu le morceau de bois sculpté avec lui, il le lui aurait donné maintenant. En cadeau, ou comme un appel peut-être. Mais cette fois-ci, même le bout de bois n'aurait rien pu changer. Elle marche dans la rue, qui tout à coup se transforme en des flots d'eau, et disparaît vite. Il se rend alors compte qu'elle n'a pas révélé qu'elle connaissait son identité, ni même qu'elle se rappelait qu'ils s'étaient déjà rencontrés.

Mais il revient. Plusieurs fois même. Il se tient sous l'aulne et observe avec attention chaque fois que quelqu'un vient ou s'en va de la taverne. Mais bien qu'il revoie le lieutenant Widebeck et d'autres officiers suédois, parfois en compagnie d'une ou plusieurs veuves de soldat qu'ils ont croisées sur la route vers Damgarten, ce n'est qu'à la fin de l'automne qu'il la revoit enfin.

Il est resté si longtemps sous ce grand arbre que c'est comme s'il ne faisait plus qu'un avec lui. Il s'est aussi tellement habitué au bruit de la taverne qu'il tressaille à peine quand la porte s'ouvre avec fracas et qu'une joyeuse compagnie en sort en titubant et en braillant.

Cette fois, c'est elle qui l'aperçoit la première et, pour cette raison, tente de dissimuler son visage avec son tablier. Mais maintenant il a le morceau de bois sculpté dans la main, et il doit en émaner une sorte de pouvoir car quand il tend le bras, c'est comme si quelque chose se radoucissait et lâchait prise chez elle. Elle se tourne vers lui, pas avec une raideur pleine de reproche comme avant, mais avec un sourire qu'on pourrait prendre pour un pardon, s'il n'y avait ce regard qui dérape dans toutes les directions.

Et… Comment vous appelez-vous ? demande-t-elle encore une fois.

Wutzig, dit-il. Encore une fois.

C'est votre vrai nom ?

Woyzeck, dit-il alors. Mon père était Polonais.

Alors vous aussi avez un secret, dit-elle sans cesser de sourire.

Je ne vous ai pas raconté toute la vérité, dit-elle.

Mon mari est mort, dit-elle.

Il serre fort le bout de bois sculpté dans sa main. Et ce qui arrive alors est impossible à expliquer. Dans sa grande torpeur, il la voit faire un pas en avant et prendre ses mains entre les siennes. Puis elle les porte à sa bouche. D'abord l'une, puis l'autre. Et elle retire le morceau de bois de sa main, qu'elle embrasse sur les articulations. Ensuite elle guide ses mains vers son bas-ventre où le bébé donne déjà des coups de pied.

Et… Comment vous appelez-vous ? répète-t-elle.

Wutzig, dit-il. Encore une fois.

Ses camarades lui disent que même lui, Wutzig, devrait comprendre que cette femme-là n'a jamais été mariée et encore moins la veuve d'un soldat mort au combat. A-t-il seulement vu une alliance à son doigt ? Et comment pourrait-elle attendre un enfant de quelqu'un qui est tombé sur le champ de bataille ? Elle avait déjà le ventre rond quand lui, Wutzig, avait couché avec elle ! Est-ce qu'il croit vraiment, comme il le dit, qu'elle travaille pour les parents de son défunt mari ? Quels beaux-parents accepteraient en silence de voir leur belle-fille se comporter en débauchée avec d'autres hommes ?

Il peut comprendre ça, il n'est quand même pas bête à ce point-là !

Ça ne peut pas être l'enfant de son mari qu'elle porte, si celui-ci a disparu en service. D'ailleurs c'est impie d'avoir de telles pensées. Au mieux, il peut reconnaître qu'il n'y a jamais eu de mari. Rien qu'un flot continu de soldats qui viennent, procréent et meurent, procréent et meurent. Parce que tel est le lot des veuves de soldats. Si l'un tombe, il en reste des milliers. Jamais un moment de repos. Mais peu importe, et c'est ça qui est étrange, lui la *croit*.

Il dira plus tard à Clarus que même s'il sait qu'elle ment, il préfère le mensonge à la vérité. Le mensonge est en quelque sorte plus spacieux que la vérité. Il y a plus de place pour y demeurer.

Ils commencent par faire de petites promenades ensemble. Elle ne semble plus avoir peur d'être vue en sa compagnie, mais marche avec lui bras dessus bras dessous et se serre fort contre lui quand ils rencontrent quelqu'un qu'il connaît. Comme s'il allait sinon se dégager de son bras et ficher le camp.

Mais qu'en a-t-il à faire de ceux qui passent, qui rient ou le montrent du doigt ?

Au contraire, marcher avec elle comme s'ils étaient deux amoureux le rend heureux et un peu bizarre. Il n'a encore jamais marché avec une femme de cette façon.

Les journées sont étrangement ouvertes. C'est comme s'ils habitaient dans des pièces où il n'y aurait que des fenêtres. Partout où il va avec elle, il y a de nouvelles choses à voir. Le monde est devenu neuf. Ou alors il a seulement reçu de nouveaux yeux pour le voir.

Bien sûr, il remarque qu'elle préfère emprunter certains chemins et en éviter d'autres. Et elle ne veut pas qu'il rencontre ses beaux-parents. Il le comprend, cela ne se fait pas alors qu'elle vient de perdre son époux.

Il ne peut pas non plus rencontrer son petit garçon. Johann Christian August. Auparavant, il était toujours près d'elle. Maintenant, on ne le voit plus nulle part. Dès qu'il aborde la question de son fils, elle change de sujet. Elle veut savoir dans quel régiment il sert, et même le nom de son officier. Bien qu'elle-même ne puisse pas dire dans quel régiment était son mari ou donner le nom de *son* officier. Raconte, toi, dit-elle. Et il s'entend raconter. Il parle de tout : des Russes, des incendies qu'il a vus brûler sur la glace la nuit où ils se sont enfuis. Il parle de la petite fille, Hedwig, emportée par la dysenterie, du jeu avec les cubes peints qui lui avaient procuré une joie incommensurable.

Il parle aussi de la grange qui avait pris feu et était montée au ciel.

Elle sourit mais paraît étrangement peu touchée.

Vous n'avez pas livré de bataille, alors ? dit-elle.

Et lui : Non, pas de bataille.

Ça alors, dit-elle, si longtemps sur le terrain et aucune bataille.

Et elle dit qu'il a de beaux yeux. Qu'ils sont clairs et doux quand ils se posent sur elle. Elle dit aussi qu'elle aime bien qu'il ne lui dise jamais de grossièretés ni n'élève la voix.

Mais quand elle lui dit des choses aussi belles, elle se détourne toujours de lui. Est-ce de la pudeur ? de la honte ? Il ne sait pas. Peut-être les deux.

Maintenant elle baisse les yeux et demande s'il veut qu'elle se montre gentille envers lui. Et elle prend sa main dans la sienne. Quand il veut la retirer, elle la soulève dans un soudain battement d'ailes. Ils rient. Plusieurs fois, elle soulève sa main comme si c'était un oiseau qui prenait son envol avant qu'elle pose leurs deux mains entrelacées sur son bas-ventre.

Puis elle dit ce qu'elle a toujours voulu dire : que depuis la première fois, il se trouve qu'elle a porté l'enfant d'un autre homme dans son cœur. Elle n'avait pas osé le lui dire puisqu'il était si gentil avec elle. Et ensuite elle n'a pas osé le dire car elle a eu peur qu'il ne la quitte si elle le disait. Elle comprend qu'il doit la mépriser de ne pas être pure. Mais il faut qu'elle le dise, elle ne peut garder ça pour elle plus longtemps.

S'il préfère, il peut naturellement la quitter maintenant. Elle comprendra, si c'est ce qu'il préfère. Elle n'est pas une honnête femme.

Mais il ne s'en va pas. Au contraire, il reste assis le dos tout droit comme s'il avait avalé une bougie. Et il sourit, un peu gêné, mais toujours accommodant. Comme on sourit en sachant qu'on attend beaucoup de vous, quelque chose qu'on ignore mais qu'on est prêt à donner.

Elle baisse les yeux vers le sol.

Quand elle les relève au bout d'un moment, son visage est exactement comme d'habitude, ses joues aussi caves et son regard aussi hagard. Comme si la pudeur n'avait été qu'un voile qu'elle avait jeté sur son visage avant de le retirer aussitôt.

Et à cet instant il y a entre eux tout ce qui sera toujours là.

Elle et son regard hésitant, lui et ses mains qui tâtonnent, impuissantes.

Son petit garçon aussi, Johann Christian August, réapparaît. Raide comme un soldat, le dos bien droit et les bras plaqués le long du corps, il se tient à côté de sa mère et monte la garde.

Et le mensonge se poursuit.

Dans la Poméranie suédoise, il existait en ce temps-là un dompteur du nom de Henze qui, avec son petit cirque, voyageait de ville en ville le long de la côte et à Rügen. Maintenant il est de nouveau à Stralsund. Ils le voient lors de leurs promenades quand il installe sa baraque en bois, construite avec un étage comme une vraie maison, posée sur de larges tréteaux. De grandes fenêtres courent sur les deux côtés du bâtiment, encadrées de rideaux rouges qui sont ouverts en permanence pour que chacun puisse bien voir tout ce qui se passe à l'intérieur. En lui-même ce drôle de cirque consiste en plusieurs pièces reliées les unes aux autres, dont le plancher et les murs s'ouvrent comme des trappes. Tout en haut se trouve une pièce aux allures de tour, avec des barreaux, qui donne dans les quatre directions telle une tour de vigie. Cette tour s'appelle la chambre de la pucelle et à l'intérieur de cette pièce se trouve la « pucelle » : un campagnol ou un animal de ce genre dont les couinements plaintifs s'entendent loin à la ronde.

Quand suffisamment de curieux se sont attroupés autour du cirque, l'assistant de Henze surgit, un gars un peu rustre qui porte un tablier en cuir et qu'on appelle le Hun. Quand Henze fait sonner une cloche pour indiquer que la représentation peut commencer, le Hun s'approche des cages derrière le cirque où sont gardés les animaux (une martre, un putois ou un autre animal que Henze a affamé pendant des semaines), en saisit un avec un gros gant en cuir et le montre au public, tandis que la bête se débat et crache, prise dans un collet fixé à l'extrémité d'un bâton dont le Hun ne se sépare jamais.

Entre-temps, Henze sort une montre de gousset de la poche de sa veste et tient deux, trois ou cinq doigts en l'air. Ses doigts correspondent au nombre de minutes que durera la chasse, tout étant calculé selon l'endurance et la force supposées de l'animal. Puis le public est prié de déposer ses pièces de monnaie dans une corbeille que Henze fait circuler, ensuite l'animal passe dans la première pièce et est lâché dans le cirque.

Le jeu commence alors, à la grande joie du public.

Ou plus exactement le combat :

Car quel que soit l'état d'épuisement de l'animal là-haut dans la chambre de la pucelle, il arrive toujours un moment où l'animal qui chasse se rend compte que c'est lui la proie, quand le sol se dérobe sous ses pieds et qu'il tombe entre les pièces ou reste coincé entre les clapets et les trappes qui tiennent les parois à la fois droites et en constant mouvement.

Le Hun fait le tour et tape avec son bâton sur la fenêtre pour que l'animal reprenne sa chasse afin de trouver sa proie dans la tour de la pucelle, et Henze fait pendant ce temps le tour du public en exhibant sa montre de gousset, tandis que ceux qui sont le plus proches du cirque, dans le meilleur des cas, aperçoivent brièvement un œil vif ou l'extrémité d'une queue qui passe dans une fenêtre.

On entend seulement des bruits traînants et lourds et des plaintes venant des pièces quand l'animal traverse toutes les trappes et doit chasser la pucelle de nouveau, et le Hun, toujours plus en colère, cogne son bâton avec le collet à l'extrémité à travers les fenêtres du cirque, et le public beugle et braille, rendu fou par cette pauvre bête. Mais à la fin, le compte à rebours est terminé et le Hun ouvre la porte et récupère l'animal qui sort si épuisé de sa chasse qu'il se cramponne à la boucle comme si cet instrument de torture était son seul salut.

Alors le public crie son indignation et son dégoût.

Certains essaient de s'approcher pour frapper à mort l'animal qui a trahi ainsi sa propre nature. Mais le Hun intervient et personne n'ose s'en prendre à lui car il a le crochet et des gants, et ça finit toujours ainsi : les spectateurs déçus se retirent, de nouveaux curieux s'approchent et le Hun se passe la langue sur les lèvres et sort au bout de son bâton un autre animal de sa cage pendant que le dompteur Henze fait sonner la cloche et accepte de nouveaux paris et pièces dans sa corbeille.

L'une des principales attractions du dompteur est une vieille renarde, plus exactement un tas d'os sur lequel on aurait négligemment jeté un bout de fourrure pelée. La renarde est gardée dans une cage plus grande, un peu à l'écart des autres, où elle passe ses journées, craintivement, à se frotter contre les barreaux comme si elle voulait se débarrasser de ce qui subsiste de son corps famélique, et parfois elle pousse un glapissement qu'on entend sur toute la place du marché. C'est comme si son désespoir avait atteint un tel degré que seul ce mouvement perpétuel lui permettrait d'exister et ferait que le monde continue à demeurer debout et réel à son contact.

Elle s'allonge sur le sol de la cage quand le Hun passe la boucle autour de son cou au poil déjà râpé et l'oblige à entrer dans le cirque. Henze passe et repasse alors avec la corbeille et la cloche de vache, expliquant au public que la renarde n'a pas été nourrie depuis plusieurs semaines.

Jamais, Mesdames et Messieurs, vous n'avez dû voir une bête sauvage aussi affamée, et la question est de savoir si elle va réussir à prendre la pucelle ou pas, les renards sont des animaux rusés.

Ceux qui misent sur la renarde obtiendront dix fois leur mise.

Allez, allez, bonnes gens, misez avant qu'il ne soit trop tard !

Alors beaucoup de personnes dans le public misent la monnaie qu'il leur reste sur la renarde affamée et quand, malgré tout, elle refuse de continuer à grimper et au lieu de cela se recroqueville tout au fond d'une des pièces, ils se précipitent avec tout ce qu'ils ont pu trouver pour frapper à travers les fenêtres ornées de rideaux, pour faire bouger cette misérable créature à qui la faim ne donne même pas la force de se lever.

Puis, un soir, ce qui devait finir par arriver se produit. Soudain le bruit habituel à l'intérieur du cirque se tait et quand le Hun fourre le bâton et récupère la renarde, ce n'est qu'un morceau de fourrure flasque qui pend au bout du collet, avec un œil qui fixe en aveugle, sans comprendre, des spectateurs médusés.

Dans le public, toutes les voix sont étrangement étouffées quand le Hun traîne l'animal mort derrière la cage désormais inutile. Comme si, jusqu'au dernier instant, ils avaient misé sur quelque chose qu'ils croyaient invincible en eux-mêmes. La fiancée de W. aussi se cache le visage dans les mains et se tourne vers lui, désespérée.

Tu ne dois plus jamais m'emmener ici,

c'est trop affreux à regarder !

Après cela, il est persuadé qu'au moment même où la terreur cessa de battre dans le corps de la renarde, elle se déplaça dans son corps à elle et se mit à donner des coups au fœtus qu'elle portait. Lui aussi, à partir de cet instant, il emporte avec lui le cœur affolé de la renarde où qu'il aille. Il l'entend, ce cœur, battre de l'autre côté du fleuve Memel, avec le même son sec que les battants des cloches dans les églises russes : un son ténu et solitaire qui enfle avec la distance et gagne en puissance pour finir par résonner loin aux alentours. Comme si les cloches avaient été décrochées et enterrées quelque part très profond sous terre et qu'elles continuaient à sonner, du fond de l'obscurité, du fond du sol même sur lequel il marche.

Pas un jour ne passe sans qu'il les entende.

Les battements de cœur.

Le son de la cloche.

Le cœur affolé.

L'enfant vient au monde l'année suivante, par une belle journée de mars, et comme W. a dit à tous qu'il est le père, on le fait prévenir à la caserne par une estafette. La naissance a eu lieu, lui annonce-t-on, aux Torvbodarna, et on lui remet un papier avec un nom et une adresse. Il doit attendre tard dans la soirée avant que son autorisation lui soit accordée, si bien que la nuit est tombée et que la neige fondue s'évapore en formant une brume compacte, collante qui l'entoure comme un mur. À la fin, après avoir pas mal erré et demandé son chemin, il arrive à une masure décrépite, au bord d'une tourbière, à l'extérieur de la ville. De cette tourbière proprement dite, on ne voit quasiment rien dans cette brume, mais partout on entend la neige fondue qui s'écoule à travers la tourbière.

Ensuite il est incapable de dire qui habite réellement dans la maison. En tout cas, ni sa mère ni ses beaux-parents ne s'y trouvent et aucun de ceux qu'il rencontre ne répond à son salut ou ne serre la main qu'il tend à travers le battant supérieur entrouvert de la porte. Au contraire, une vieille femme est dépêchée pour lui barrer le chemin. *Ici on veut pas de Suédois qui se ramènent*, profère une bouche édentée. Inflexible et obstinée, elle a la peau du visage burinée et aussi tendue qu'une peau de tambour. Quand il parvient à faire céder la porte, les gens à l'intérieur se contentent de le regarder fixement. Au moins une douzaine d'hommes et de femmes de tout âge. Il croit d'abord que c'est l'uniforme qui leur fait cet effet ou seulement le dialecte dans lequel il exprime en hésitant ses excuses, à moins que ce ne soit sa mine sans doute effarée. Ou peut-être rien de cela – ou tout ça à la fois. Soudain quelqu'un éclate de rire, sans retenue, en se frappant les cuisses et en le montrant du doigt. Même le visage renfrogné de la vieille se fend d'un rire et une gencive sans aucune dent tranche comme une plaie la peau de tambour tendue.

Marie est allongée derrière un rideau, sur le dos, sur un simple matelas de paille, sous l'escalier. Son teint est vitreux, comme si le nouveau-né lui avait ôté toute force. Petite Chérie est blottie contre sa poitrine avec deux minuscules poings devant un visage ratatiné, plein de plis tout fins à cause des cris qu'elle pousse, sa tête tellement disproportionnée par rapport au reste du corps si malingre.

Il s'assied sur le bord du matelas, prudemment, comme si c'était le bord d'un vrai baldaquin, et saisit avec deux doigts une des menottes de l'enfant. Elle se tait enfin. Marie aussi tourne la tête et le regarde avec ce qui peut passer pour un sourire ou une grimace d'épuisement ou seulement une infinie lassitude. Vite, comme si elle récitait une leçon apprise par cœur, elle commence à lui dire tout ce qu'il doit procurer à l'enfant. Il faut des vêtements pour l'habiller, une têtière et une paire de chaussettes blanches ; et un beau berceau avec un joli voile, de préférence une dentelle légère, aérienne.

Il essaie d'écouter et de tout retenir, mais sans arrêt, pendant qu'elle parle, la pièce résonne de pas et d'échos de voix, et des pieds pesants montent et descendent l'escalier au-dessus d'eux ; des jurons fusent, une femme crie de colère et quelque chose se renverse tout près de la tenture.

Mais Marie continue de donner des ordres, comme si la liste des choses et des affaires était infinie, ou comme si l'enfant et elle se trouvaient dans un monde à elles, loin de tout vacarme et de toute honte. Au bout du compte, il finit par se trouver lui aussi dans cet autre monde, car quand il revient à lui et commence à percevoir de nouveau les voix et les autres bruits, l'obscurité cède déjà la place et l'on peut distinguer les contours des corps inconnus qui se déplacent comme de grosses bêtes derrière le rideau qui pend devant ce cagibi, sous l'escalier. On entend aussi l'eau qui coule, qui goutte, le son d'une louche qu'on plonge dans un récipient et l'eau qu'on verse dans une bassine émaillée. Puis le lin qui faisait office de rideau est arraché et des mains étrangères se tendent et les agrippent, et la vieille au visage à la peau de tambour est là de nouveau, plus tendue que jamais. Il comprend seulement maintenant que c'est la sage-femme.

Qu'est-ce qu'il fait ici, cet étranger, dit-elle, toujours avec la même voix perçante et monotone. Rester assis là et se donner un genre !

Il sait bien que l'enfant n'est pas de lui, et quand bien même ç'aurait été le sien – il ferait comment pour subvenir à ses besoins, hein, lui un soldat insignifiant… ?

Marie a terminé sa liste d'exigences qui n'en finissait pas et, toujours assis, il fixe ses mains qui jamais ne lui ont semblé aussi vides et inutiles.

Il pense beaucoup à la façon dont la femme dans son être se différencie de l'homme. Elle se dit veuve d'un soldat parti à la guerre. Avant de partir, il lui a fait un enfant. Ou alors il est d'abord parti puis un autre est venu et lui a fait l'enfant.

Maintenant elle va avec les soldats. Elle dit qu'elle ne connaît pas d'autre vie.

Un soldat procrée, un autre vient et monte la garde. Ou prend dans ses bras le rejeton quand il arrive.

Que sait celui qui procrée de la vie qui est procréée ?

Le ventre de la femme enferme-t-il une forme de sagesse particulière dont il est exclu, une sagesse qui, comme celle des francs-maçons, lui donne accès à un endroit secret sous la peau et toutes les membranes où se trouve quelque chose que personne ne peut connaître ?

Une seule fois il a réussi à la pénétrer assez profondément pour sentir ce qu'il y a tout au fond : une bouche grande ouverte, une petite main qui s'ouvre et referme le poing, qui s'ouvre et referme le poing de nouveau, pour lâcher prise ensuite.

Et comme toujours il est repoussé, exclu.

Cependant il a acquis une réputation désormais. À la garnison, ses camarades parlent de son esprit d'initiative avec les femmes. Il ne se contente pas de mettre la putain en cloque, il s'occupe aussi du rejeton. Pas étonnant qu'elles se jettent toutes à ton cou, Wutzig. Et pour souligner à quel point il est attirant, Andres s'approche de lui par-derrière, le saisit par la taille et pousse des soupirs langoureux en se frottant contre lui – *Prends-moi, Johann ; prends-moi comme toi seul sais le faire, Johann* – et W. fait son sourire de benêt et se tord pour se dégager, mal à l'aise et honteux.

Que cela le flatte aussi un peu ne lui est d'aucun secours. Ce sont tous ses camarades, ils ne pensent pas à mal. Dans ce monde de guerre, de violence, de ravage et de misère où rien n'est ce qu'il paraît être au départ, où tout se transforme sans arrêt, la camaraderie reste la seule chose qui supporte qu'on se fie à elle sur la durée. Croyez-moi, Monsieur le Conseiller à la Cour, s'il y a une chose que j'ai apprise durant ma longue vie de soldat, c'est qu'on ne place jamais ce genre d'amitié assez haut !

Et on lui donne à boire aussi. Plus que cela : on veut le rendre soûl. Car c'est un amusement de première classe quand on l'affuble de chiffons et qu'il essaie de faire le coq pour de vrai et montre comment il s'y est pris pour la mettre en cloque. Il joue la scène par terre, en pleine auberge : il baisse le rabat de son pantalon et se place contre le rebord d'une table où il commence à donner des coups de reins tout en cognant le morceau de bois taillé contre la table pour qu'ils saisissent à quoi ça ressemblait quand il avait pénétré son vagin moelleux.

Après il ne comprend pas le moins du monde comment quelque chose qui a commencé avec des reflets de soleil dans un bosquet de noisetiers et un petit bout de bois qui aurait pu donner quelque chose d'aussi beau qu'un sifflet, un flûtiau ou un oiseau peut faire qu'il se comporte comme un crétin qui coasse et qui finit par vomir dans les orties derrière les latrines dans la cour de l'auberge.

Puis les remords qui pointent avec l'aube. Cette sensation de trahison qui l'envahit au plus profond de lui, là où c'est sans fond. L'obscurité ne s'est pas encore dissipée qu'il commence à tourner autour de la tourbière qui soupire, coule, s'égoutte et murmure dans la pénombre.

Elle est restée allongée dans le cagibi sous l'escalier mais lui tourne le dos dès qu'il écarte le rideau. Elle dit qu'elle ne supporte pas la puanteur de l'alcool qui sort de sa bouche. Les autres habitants de la maison ne veulent rien avoir à faire avec lui non plus. Dès qu'il se montre et demande quelque chose, fût-ce quelque chose d'aussi insignifiant qu'une louche ou un gant de toilette, leurs regards se font vides ou alors ils tournent le dos en poussant un juron. Et un jour, quand il vient de faire une nouvelle tentative pour s'approcher du cagibi sous l'escalier, la femme au visage à la peau de tambour surgit avec un gars rustre sur ses talons. Celui-ci se plante devant lui, tend la main et dit qu'il veut se faire payer pour le lit.

S'il est le père de l'enfant, il a bien de quoi payer, non ?

Derrière, les gens commencent à rire ; le genre de rire qui vient quand une réplique longtemps attendue sort enfin.

Ah, il veut bien être le père, mais il se défile quand il faut casquer !

Et sur le matelas de paille sous l'escalier, Marie lui tourne le dos ainsi qu'aux rires gras. Elle ne donne même pas le sein à l'enfant, pourtant blottie contre elle, qui crie si fort que ses poumons semblent se rétracter dans le petit corps.

Et devant le rideau, le petit garçon Johann Christian August monte la garde. Mais pas comme d'habitude, pas raide au garde-à-vous, mais le visage tourné vers lui et le regard haineux.

Mais ils ont beau dire que l'enfant est de quelqu'un d'autre, W. sait que la petite fille est la sienne.

Et seulement la sienne.

Ses yeux sont bleus telle l'eau dont il est impossible de voir le fond, comme chez les autres enfants. Mais ce sont ses yeux à lui.

Et s'il reculait d'un pas, il verrait qu'elle a sa bouche aussi, les mêmes lèvres pulpeuses et les commissures qui remontent pour ainsi dire involontairement vers le haut ; et ses menottes si mignonnes et fines avec de frêles petites rides autour des phalanges, si fines que seul un roi oserait les toucher.

Comment est-il possible que quelqu'un qui n'est pas né de sa semence puisse malgré tout être son reflet ? Même le sourire de ce bébé, quand il apparaît sur son visage, rappelle son propre sourire gauche et fuyant.

Peut-on imaginer qu'ils soient liés par une autre parenté que celle du corps, une parenté du cœur ou de l'âme ? Comme si tous deux vivaient en réalité sous un tout autre ciel que celui que les autres ont au-dessus d'eux.

Mais dès qu'il veut s'approcher, Marie chasse ses mains en les frappant et, d'une voix dure, elle le repousse.

Il faut que tu partes, Wutzig.

Elle aurait tout aussi bien pu dire :

C'est ta vie mais elle n'est pas pour toi.

Ensuite elle doit sortir et reprendre ses rondes, au soleil ou sous la pluie battante, avec l'enfant ballottée dans un sac sur son dos. Et son petit garçon Johann Christian August l'accompagne comme toujours pour s'assurer que personne ne l'approche de trop près sans autorisation.

W. lui-même reste assis à quelque table de taverne et, dans son désarroi, ne sait que faire d'autre sinon boire les quelques pièces qui lui restent de sa maigre solde et qui ne seraient pas assez, même s'il les lui donnait.

C'est en tout cas ce qu'il se dit.

Et ils retournent la voir, le lieutenant Widebeck vieillissant et l'autre là, Antonsson, qui conduit son cheval et qui après monte la garde dehors.

À présent, il sait qui gère la Maison de l'Ange, comme on appelle cette maison à cause de l'ange tout en longueur qui souffle dans une longue trompette et vole, les ailes déployées, au-dessus de la porte d'entrée : une vieille catin qui n'autorise pas les filles qui louent un lit chez elle à venir avec leurs enfants. Alors c'est la vieille à la peau de tambour qui s'occupe de la petite fille. Donc il se rend plutôt à la tourbière. Mais maintenant tous ceux qui dorment là-bas savent qu'il n'en a pas après la mère mais après son enfant et ils insistent pour se faire payer même pour lui accorder juste le droit de l'apercevoir.

La honte a un prix. Pour lui aussi elle a un prix.

C'est tôt, par un matin de mai, quand l'enfant n'a que quelques mois. À la garnison, ils continuent de réparer les remparts de la forteresse. Des oiseaux de mer crient et se précipitent dans un ciel si bleu qu'il semble manquer de profondeur. Il avance avec la brouette remplie à ras bord sur le sentier étroit et usé qui longe la muraille à l'intérieur quand le porte-drapeau arrive en courant, la main sur le képi et les pans de son manteau battant au vent. On a besoin de trois ou quatre hommes pour aider à un déménagement. Le capitaine en a fait la promesse. Il s'agit de la famille d'un officier suédois dont le mobilier sera envoyé par bateau à Karlscrona. Il faut quatre, cinq bons gars, le sergent a déjà désigné ceux qui lui paraissent faire l'affaire, Wutzig peut aussi donner un coup de main. Cela vient après coup. C'est toujours comme ça.

C'est la première fois depuis l'époque où il était à Waldenburg au service du jeune médecin qu'il se trouve dans la maison d'une personne de qualité. De grands draps blancs en lin recouvrent tout ce qui doit être déplacé, y compris un piano qui est le seul meuble dans une pièce entière. Cette pièce baigne dans une lumière blanche qui, avec les meubles, eux-mêmes recouverts de tissus blancs, fait une impression presque solennelle aux soldats en uniforme, qui restent là, interdits, leur calot à la main. Les deux petites filles de la famille, elles aussi, sont vêtues de blanc, avec un tablier et des rubans blancs. Les enfants sont visiblement excitées par tout le remue-ménage. Un chien gambade entre leurs jambes, aboyant, tout fou lui aussi.

Il ne peut s'empêcher de penser à Marie et à son enfant. Chaque fois qu'il la rencontre, elle évoque le foyer qu'elle voudrait avoir pour elle-même et sa petite fille, un foyer qui n'existe que dans son imagination mais dont elle parle comme s'il existait vraiment.

Il ne faut pas que tu nous quittes, dit-elle un matin. Cela signifierait la mort si tu nous quittais maintenant.

Elle pose même une main sur la manche de son manteau, mais le regard que lancent ses yeux étranges semble tourné ailleurs, vers quelqu'un d'autre qui se tient un peu plus loin. Quand il est là à l'écouter, il en arrive à voir la personne, comme si elle se tenait tout à côté, ou même comme si c'était lui, sous l'apparence de cet autre soldat dont elle a toujours prétendu qu'il était le père de son enfant. Cet autre soldat a le teint et les cheveux plus foncés, et sa main, telle une griffe, serre la lanière de son barda. Il est en chemin vers la guerre, il s'est déjà éloigné d'elle de plusieurs pas quand il aperçoit un écrin de bijou sur une table qui n'a pas encore été descendue. Sans savoir au juste ce qu'il fait, il glisse un ongle sous le fermoir et soulève le couvercle. L'écrin est vide. Ceux qui l'ont laissé ont depuis longtemps emporté son précieux contenu. Il arrive à peine à s'imaginer ce qu'il a dû y avoir comme belles choses à l'intérieur. Le velours qui recouvre l'écrin est d'un bleu sombre aussi beau que le ciel au-dessus des murailles de la forteresse.

S'il pouvait se retourner et le lui donner en cadeau d'adieu.

Tiens, Marie, ce que je possède de plus beau, je te le donne.

Et il a amorcé le mouvement pour se retourner et lui tendre l'écrin vide quand la porte de la chambre s'ouvre avec fracas et les deux fillettes entrent en trombe, suivies de la gouvernante, épuisée d'avoir monté les marches en courant pour rattraper ces enfants, qui s'appuie maintenant avec une épaule contre le chambranle de la porte pour reprendre son souffle. Il essaie de fourrer l'écrin dans son sac à dos, mais comme il ne le trouve pas sur le moment, il le glisse à sa ceinture. Il y en a une bonne partie qui dépasse et se voit, mais la gouvernante ne lui accorde qu'un regard rapide avant de rejoindre les deux fillettes qui l'appellent de l'intérieur des pièces déjà vides. Et il n'y pense plus, peut-être qu'il a déjà donné le cadeau à Marie et s'est libéré de cette nausée qu'il ressent quand le sergent se précipite dans le logement où ils dorment, deux par lit, et leur ordonne de se mettre au garde-à-vous pendant qu'on fouille leurs lits et à la fin le sergent brandit l'écrin à bijou et son visage lui hurle à la face.

Et W : Je ne sais pas d'où ça vient, sergent.
Et le sergent : Alors c'est la première fois que vous le voyez ?
Et W : C'est qu'il était vide, sergent. Il n'y avait rien dedans.
Et le sergent : Comment pouvez-vous savoir qu'il est vide si vous ne l'avez jamais vu avant ?

Le fait qu'aucun objet de valeur, à part un écrin à bijou vide, n'ait été retrouvé en sa possession ne constitue guère une circonstance atténuante. Au contraire, cela prouve qu'il fréquente des putains à soldats. Antonsson, l'ordonnance du lieutenant, peut témoigner par exemple l'avoir vu plusieurs fois devant la Maison de l'Ange, où il surveillait des officiers qui en sortaient dans un état peu glorieux pour pouvoir leur faire les poches. Lui et une catin particulière étaient clairement de mèche. Antonsson les a vus plusieurs fois ensemble.

Il est condamné à six mois d'emprisonnement.

C'est comme si la prison qu'il avait fuie à Barneck avait réussi à le rattraper. Si ce n'est que cette fois-ci, il partage la cellule avec d'autres de son espèce, des voleurs, des vagabonds. Eux aussi ont entendu parler de ses incroyables succès auprès des putains à soldats et ils veulent toucher son sexe pour vérifier s'il est vraiment aussi gros que les femmes l'ont vanté, et quand ils ne peuvent pas le faire, ils lui crachent des morceaux de tabac au visage et lui attachent les mains derrière le dos jusqu'à ce qu'il ait l'impression d'être suspendu à une corde toute fine au-dessus d'un gouffre, et quelqu'un crie *Mais bordel lâchez ce fils de pute*, mais il ne peut pas lâcher ou être lâché, vu qu'il n'y a rien en dessous. Ou plus exactement : ce qui est en dessous de lui ressemble exactement au piège pour l'oiseau de proie que le jeune médecin lui avait montré là-haut dans la montagne. Le terrain n'était pas vraiment un terrain, ce n'était pas une colline ni un versant ni même une côte, mais seulement un tassement dans le paysage lui-même, quelque chose de solide qui cède, tout comme il tâtonne à l'aveugle pour trouver quelque chose à quoi se raccrocher, mais il trouve seulement quelque chose de doux et de tendre : sa propre peau, ses cheveux, son visage. Et il se rend compte que la faille le traverse de part en part, il est impossible de passer par-dessus, car plus il faut de force pour prendre de l'élan et oser sauter, plus la faille s'élargit, et à la fin elle est partout où il est. Il n'a même plus besoin de lâcher prise. Il n'y a rien eu qu'il puisse lâcher.

Elle vient le voir en prison. Mais Petite Chérie n'est pas avec elle. Elle n'a rien apporté. Même pas de la nourriture pour lui. Elle reste assise les paumes ouvertes sur les genoux comme une accusation, le visage vide tel un bol qui jamais ne se remplit de quelque désir ou joie, ni vis-à-vis de lui, ni vis-à-vis de quiconque, ni vis-à-vis de quoi que ce soit.

Elle dit qu'une fois qu'il aura effectué sa peine, il retournera chez lui. Et s'il a l'intention de revenir, il est prévenu qu'il devra payer.

Comme tous les autres.

Et il sait qu'elle va avec les autres, qu'il y en a d'autres qu'elle préférerait avoir comme père pour sa petite fille. À supposer qu'elle y attache la moindre importance : du moment que *quelqu'un d'autre* prenne sa place.

LORS DE L'EXAMEN DE L'ACCUSÉ (2)

Concernant l'état mental et plus précisément la raison de ce dernier :

... il ne me paraît avoir l'esprit ni dérangé ni troublé, ni être surexcité ou plongé dans des pensées et des visions confuses. Au contraire, il m'a donné la preuve d'une bonne capacité à rester concentré sur le sujet de notre entretien. Ainsi il a pu, par exemple, après que j'ai consacré du temps à écrire mes remarques, reprendre le fil où je l'avais laissé. Il a souligné de lui-même parfois les moments où ses souvenirs ne suivaient pas un ordre chronologique et ceux où il s'égarait dans des détails non pertinents, puis, dans une suite naturelle et cohérente de pensées, revenait au sujet principal. Quant à la signification des questions qui lui sont posées, il l'a saisie immédiatement, je n'ai jamais eu à les répéter et il a répondu à chaque question de manière rapide et appropriée. Il était aussi en mesure, au besoin, de répéter sa réponse mais en la formulant avec d'autres mots et d'autres expressions, ce qui a été particulièrement nécessaire concernant son état émotionnel immédiatement avant, pendant et après le crime proprement dit. Sa mémoire est tout à fait intacte. Un an et demi après notre première rencontre, il a pu décrire le déroulement des événements en indiquant les mêmes circonstances que la fois précédente. Sa conception du sujet et des circonstances de l'affaire est, du moins si l'on tient aux considérations relevant du monde réel, juste et normale pour une personne ayant reçu son instruction spirituelle ; même si son entendement, quand il s'agit de son rapport à la religion ou au surnaturel, se trouve peut-être en butte à des représentations fallacieuses qu'il n'est pas rare de voir chez des personnes de la même classe sociale avec la même éducation, ce qui le fait obstinément s'accrocher à des idées grossièrement erronées. Je n'ai néanmoins pas pu observer chez lui la moindre trace d'exaltation maladive, d'épuisement émotionnel ou de trouble sur le plan conceptuel ; après avoir approfondi davantage ces pensées, je suis donc arrivé à la conclusion qu'il est d'une nature réceptive à l'instruction et tout à fait capable d'acquérir de meilleures connaissances.

Concernant l'état mental et plus précisément le caractère de ce dernier :

… je n'ai pas remarqué chez lui, comme lors de mes précédents entretiens avec lui, la moindre trace d'excitation, d'irritabilité, de tension, d'inquiétude incontrôlées, ni de souffrance malsaine, ni non plus de mutisme, d'absence émotionnelle, d'abattement ou de renfermement sur soi et, par conséquent, rien qui puisse me mener à la conclusion que l'accusé souffrait de folie, d'idiotie ou de mélancolie sous quelque forme, degré ou complication que ce soit. En revanche, j'ai observé concernant l'état émotionnel de l'accusé que, depuis mon premier examen, du fait des conditions de vie simples et réglées en détention, de la bonne conduite spirituelle qu'il a reçue des pasteurs, de la lecture de la Bible et d'autres écrits religieux, de par sa longue solitude et sa réclusion, et en pleine connaissance de la mort dont les portes se sont soudain rapprochées, que tout cela a conduit à un changement évident et bénéfique de son état émotionnel. Il est beaucoup plus accessible, plus ouvert, plus loquace et confiant à présent, et semble même éprouver un plus grand besoin de communiquer avec autrui.

II

Jugement et appel

L'automne est déjà là, les rayons du soleil ont cessé depuis longtemps de passer d'un mur de la cellule à l'autre, et du sol monte un froid glacial comme le fer qui, à l'aube, atteint la paillasse où il repose. Il tousse, encore ensommeillé, et ses pensées flottent, embrumées comme la pénombre de ces premières heures. Johanna est assise sur un tabouret en bois derrière le comptoir de la taverne de Jordan, la tête renversée en arrière contre le mur, la chevelure encore plus opulente, si c'était possible, que dans son souvenir, lâchée sur ses épaules, d'un noir gris sous la lueur projetée dans la salle enfumée par le feu qui flambe dans la cheminée. Elle a le sommeil lourd. Respire en soulevant toute sa poitrine, les yeux grands ouverts et vides.

Soudain elle sursaute, se redresse et le regarde ; à travers son rêve et l'infinie distance dans le temps et l'espace.

C'est TOI...?

Sa voix craque comme un éclair.

Mais ce n'est que la petite lucarne dans la porte de la cellule qui s'ouvre d'un coup et le visage ligneux de Conrad, le gardien, apparaît. Vous avez de la visite, Woyzeck, dit ce visage, et, dans la lumière de la lanterne qu'il pose sur la petite table de la cellule, l'avocat entre le premier, suivi de son frère, le pasteur.

La Bienveillance et le Tourment.

Ils prennent place chacun d'un côté de la paillasse et le regardent avec des mines soucieuses. Woyzeck, lance

Hänsel l'avocat, comme pour tester si le nom supportera la gravité de ce qu'il s'apprête à dire. Ensuite il annonce que Monsieur le Conseiller à la Cour, le très éminent professeur Clarus, après la fin de l'interrogatoire, a fait une déclaration, en ce qui concerne l'état d'esprit de W. au moment du passage à l'acte, et qu'il est arrivé à la conclusion que celui-ci était en pleine possession de ses moyens et donc, d'un point de vue pénal, devait être considéré comme pleinement responsable de son acte.

W. ne comprend rien.

La dernière fois qu'ils ont parlé ensemble, le conseiller n'avait pas mentionné une seule fois que l'interrogatoire, à un moment, était terminé. Au contraire, il semblait qu'était née entre eux comme une familiarité hésitante. Comme si, à l'intérieur de la salle d'interrogatoire froide où se déroulait leur entretien, une autre pièce s'était lentement créée, à la fois dans et en dehors du temps (la seule chose qu'on entendît était le bruit lent mais infatigable de la plume du greffier qui grattait le papier) : une pièce plus ouverte, plus libre. C'est dans cette pièce que W. raconte à Clarus comment, après être parti de Stralsund, il a fait tout le trajet jusqu'à Schwerin où de nouveau il s'est fait enrôler, cette fois dans l'armée du Mecklenburg, avant d'être jeté dans la guerre qui était en cours entre l'empereur des Français et la Russie, et que ce qui l'avait tant surpris dans cet immense pays n'était pas ce territoire infini et en partie infranchissable, mais le froid qui soudain les avait assiégés, de Dieu sait où. Les Russes n'auraient pu souhaiter une armée plus mal équipée que la leur, dit-il, et il parle d'un Saxon du nom de Papenhafer dont il avait fait la connaissance lors de la campagne et qui avait bricolé une sorte de thermomètre, et un jour le mercure était descendu si bas qu'on ne le voyait plus. Il faisait si froid que la pisse gelait avant d'atteindre le sol. Croyez-moi, Monsieur le Conseiller. La seule chose qui aidât contre le froid, c'était la graisse de porc, du saindoux ou du simple suif pour s'enduire tous les jours en vérifiant qu'il n'y ait pas la moindre parcelle de peau à découvert. Et comment plus tard, à Wilno, quand presque tous ses camarades étaient morts, son officier lui avait donné l'ordre de conduire lui-même un de ces traîneaux chargés de victuailles et d'articles de première nécessité sur le fleuve gelé. En tout, nous étions dix-neuf conducteurs de traîneau, Monsieur le Conseiller. De notre compagnie, nous fûmes les seuls à survivre.

Et pendant tout ce récit, même le visage de Clarus, d'ordinaire si maussade, a pris une expression un peu plus enjouée, ses mains ont bougé sans toucher sa plume ni ses papiers, et quand W. lui montre comment s'enduire les bras et les mains de graisse et de suif, il se lève de son fauteuil et, bien qu'il trahisse par là sa petite taille, soulève avec une délicatesse surprenante une des mains de W. et la prend dans la sienne pour examiner avec soin la peau sur le dessus et dans la paume, puis quelque chose qui ressemble à un sourire se répand sur son visage.

Clarus : Vous montrez finalement que vous êtes un type tout à fait intelligent et raisonnable, Woyzeck.

Mais c'est précisément cette confiance que Hänsel l'avocat lui reproche maintenant. On ne fait pas de pacte avec le diable et on ne parle pas dans un climat de confiance à celui qui vous interroge. Quand W. fait remarquer que l'avocat lui a dit d'être le plus honnête et direct possible au cours de l'interrogatoire, Hänsel rétorque : Peut-être pas tout à fait aussi direct, Woyzeck. Et : Peut-être ne pas accorder sa confiance aussi facilement, ajoute son frère, le pasteur, qui est resté debout près de la paillasse tandis que l'avocat, selon son habitude, arpente la cellule à grandes enjambées.

Que faire quand quelque chose de plus grand que soi surgit en soi, quelque chose qui n'a ni forme ni conscience ni limites ? Il faudrait pouvoir en parler à quelqu'un ?

W. est assis sur le bord de sa paillasse et, quand il lève les yeux, il découvre que son visage est resté dans ses mains ouvertes, alors que ce qui aurait dû être son visage est mouillé de larmes. Que va-t-il advenir de moi ? dit-il au visage qu'il tient entre ses paumes et à Johanna, toujours assise de l'autre côté du rêve, avec son regard effaré.

Mais Johann, c'est toi ?

L'avocat et le pasteur ont une mine préoccupée. Aucun d'eux ne sait ce qu'il doit faire d'un meurtrier qui pleure d'effroi et s'apitoie sur lui-même.

À la fin, le Tourment gratte le sol avec son talon, dans un mouvement d'impatience.

Prions ensemble le Seigneur tout-puissant. C'est entre Ses mains que repose notre destin.

Le 11 octobre 1821

Le procès au Schöppenstuhl de Leipzig contre le journalier et avant cela soldat d'infanterie Johann Christian Woyzeck, pour le meurtre de Johanna Christiania Woost, née Otto, veuve du chirurgien Julius Friedrich Woost, s'ouvre avec le rappel par le procureur des remarques principales contenues dans le rapport du professeur Clarus sur l'accusé et la conclusion de ce dernier, pour qui l'accusé était tout à fait sain d'esprit au moment des faits et, pour cette raison, d'un point de vue pénal, doit être considéré comme pleinement responsable de ce meurtre.

Les raisons avancées sont :

1. que l'arme du meurtre, la lame de sabre brisée, a été acquise et pourvue d'un fourreau clairement dans le but de tuer et cela bien avant l'exécution du meurtre ;

2. que l'accusé lors de l'interrogatoire de police du 4 juin se souvient parfaitement de toutes les circonstances entourant le meurtre, par exemple qui il avait rencontré, et *pas une seule fois* n'a menti ou essayé de dissimuler quelque chose ;

3. que l'accusé avant son crime a rencontré plusieurs personnes de sa connaissance à qui il a demandé si elles savaient où était Frau Woost ;

4. qu'en comprenant que la veuve Woost se trouvait en compagnie d'un rival, son esprit s'est assombri davantage, cela étant renforcé par le fait que lorsqu'il l'avait raccompagnée devant chez elle, la veuve Woost lui avait lancé les

mots suivants, ce que plusieurs témoins présents sur les lieux ont confirmé :

Mais qu'est-ce que tu me veux,
rentre chez toi !
Et si Frau Wognitz arrivait…

– et que c'est seulement à cette occasion, en comprenant que Frau Woost ne voulait pas être vue en sa compagnie, qu'il a repensé à la lame de sabre transformée en poignard et qu'il a porté les coups mortels

(dont il s'ensuit :)

5. qu'il n'y a aucune contradiction entre ce que l'accusé lui-même a répété plusieurs fois lors des interrogatoires – notamment qu'il avait oublié avoir le poignard sur lui – et le fait que de sang-froid il a commis son acte, cela donc alors que l'accusé, que l'on peut considérer au fond comme une âme simple qui est souvent la proie de ses émotions, s'est d'abord laissé submerger de joie de revoir Frau Woost, puis, quand elle n'a pas voulu de sa compagnie, a été envahi par une colère si dévorante qu'il a alors porté les coups mortels ;

6. que le premier mouvement de l'accusé lui-même après son geste ait été, comme il l'a affirmé, de retourner l'arme contre lui et de se suicider de cette manière ne peut en aucun cas constituer une preuve de folie, dans la mesure où ce genre d'impulsion apparaît nécessairement comme tout à fait naturel, la première pensée d'un criminel après l'exécution de son acte meurtrier étant d'essayer de dissimuler toutes les raisons à l'origine de son acte, donc y compris lui-même ; quand cela a échoué, puisque selon ses propres mots « il y avait trop de monde sur les lieux », l'accusé s'est contenté de jeter l'arme du crime dans l'étang avant de tenter de s'éloigner de la place, « en courant à grandes enjambées », comme lui-même l'a dit lors d'un interrogatoire ;

7. qu'à cela il convient d'ajouter qu'à l'endroit où la police présente sur les lieux l'a interpellé, on l'a entendu prononcer cette phrase : Dieu fasse qu'elle soit morte ;

8. que tout cela indique un acte prémédité qui a non seulement exigé de minutieux préparatifs mais aussi un esprit froid et calculateur ;

9. que l'accusé au moment de perpétrer son crime, à un moment donné avant celui-ci ou immédiatement après, ait pu être victime d'une agitation de l'âme au-delà de l'inclination douloureuse qui est habituelle chez les personnes de son espèce, donc des motifs cités plus haut, cet argument doit être rejeté avec la plus grande fermeté ;

10. qu'il faut de surcroît noter que l'accusé a de lui-même avoué avoir agi de la manière citée plus haut, en pleine connaissance non seulement des motifs de son crime mais aussi de ses conséquences, et a reconnu l'ensemble des informations données plus haut.

*

Question : Que l'accusé se lève !

L'accusé : ...

Question : Est-il vrai que, sous le porche de chez Frau Wognitz, vous avez donné plusieurs coups de poignard à la veuve Woost ?

L'accusé : Oui.

Question : Avez-vous porté ces coups avec le poignard que l'on a retrouvé lors de votre arrestation, qui se trouvait avant entre vos mains ?

L'accusé : Oui.

Question : D'où et vers quoi avez-vous porté ces coups ?

L'accusé : Droit devant moi, vers sa poitrine.

Question : Dans quel but avez-vous donné ces coups de poignard à Frau Woost ?

L'accusé : Elle a dû me dire quelque chose qui m'a fait voir rouge, alors je l'ai poignardée.

Question : Avez-vous porté ces coups dans l'intention de donner la mort ?

Défenseur : C'est lors d'un interrogatoire de police immédiatement après son interpellation que l'accusé a répondu que cela avait été son intention. L'accusé a reconnu entre-temps qu'il n'avait absolument pas eu cette intention et veut que la déclaration suivante soit portée au procès-verbal *[il lit]* :

« ... il faut que vous écriviez que si c'est la vérité que vous cherchez à connaître et elle seulement, je vous dirai que je n'ai jamais eu ce genre de pensées mais que j'ai seulement poignardé... »

Question : Dans quelle intention avez-vous alors gardé le poignard après l'avoir récupéré chez le tourneur sur bois ?

L'accusé : Ce doit avoir été dans l'intention de poignarder Frau Woost.

Question : Avez-vous, après votre interpellation, déclaré : Dieu, faites que la Woostska soit morte, c'est la seule chose qu'elle mérite ?

L'accusé : La phrase « Dieu, faites qu'elle soit morte » oui, j'ai dit ça – mais ai-je ajouté que « ça, elle l'a mérité », je ne saurais le dire.

Le 12 octobre 1821

La description qu'a faite le pasteur Friedrich Moritz Hänsel de sa rencontre avec le meurtrier Woyzeck, le soir même de la proclamation de la sentence :

J'ai trouvé Woyzeck abattu et plein de remords dans sa cellule. Nous avons donc cherché ensemble à puiser des forces dans la prière, sur quoi Woyzeck a déclaré : « En vérité j'ai péché. » Je lui ai demandé pourquoi il a gâché toute une vie d'homme sans mieux se tenir ou changer ses habitudes. W. a reconnu, pâle et repentant, qu'il avait été victime d'aveuglement de la part du diable de telle manière que le Seigneur n'avait pas pu le guider. Tels étaient ses propres mots. Je lui ai répondu que ce n'était pas l'affaire de Dieu de guider les pas des hommes, mais qu'il incombait à chacun de se tourner vers Dieu et de trouver de la force et une ligne de conduite auprès de Lui. À quoi Woyzeck a répondu : « En cela aussi, j'ai péché, c'est bien vrai.» Il a continué à confesser son orgueil vis-à-vis de Dieu. Il a dit avoir été pris dans les filets du diable et a parlé des démons et autres instruments aux mains de Satan. Je l'ai réprimandé et lui ai dit que, dans le monde créé par Dieu, il n'y avait pas d'autre chemin que celui qu'Il nous a montré. Woyzeck est tombé à genoux et a déclaré solennellement devant moi et le Seigneur : « Je ne tiens rien pour vrai et sacré si ce n'est l'Évangile du Seigneur et ma foi dans le Seigneur telle qu'elle s'est révélée et a été proclamée par le fils de Dieu, Jésus-Christ.» Et quand, torturé par le remords, il m'a demandé s'il y avait un salut pour lui, j'ai répondu que pour celui qui, avec sincérité et sans rien dissimuler de la vérité, confesse ses péchés et reconnaît qu'il est une âme perdue, il existe toujours l'espoir de la compassion. W. a répondu dans les termes exacts qui suivent : « Oui, je suis en vérité un homme perdu, une bête comme vous dites.»

Sur ce, nous avons de nouveau cherché tous deux dans la prière des forces dans la parole du Seigneur et l'avons prié de se montrer miséricordieux avec tous ceux qui par déraison ou folie se sont écartés de Son chemin.

Le 3 décembre 1821

La défense fait appel du jugement, affirmant que l'accusé a agi dans un état d'absence et de confusion, et ne peut par conséquent être tenu pour entièrement responsable de son acte.

L'accusé appartient à ce genre d'homme que le destin a jeté dans un pays ennemi. Il n'a ni foyer ni toit au-dessus de sa tête. Tout ce qu'il a entrepris dans le but d'obtenir une meilleure position a échoué. C'est pourquoi il n'a pas su comment subvenir à ses besoins et la vie a fini par lui être indifférente. Il a fait ouvertement la déclaration suivante :

« … J'ai longtemps essayé de me tenir le mieux possible. J'ai travaillé, mais cela ne m'a rien rapporté. Je n'ai fait que tomber toujours plus bas dans la déchéance. Aussi, qu'il m'arrive ce qui doit m'arriver, je ne peux rien y faire. Je me rends compte que cela va me coûter la tête. Je prends sur moi ce destin, comme je sais qu'il faut bien que je meure un jour. »

Ces déclarations montrent en fin de compte un état mental profondément perturbé chez l'accusé, un état qui se comprend mieux sous l'appellation « manie ».

Mai 1822

Proposition pour réclamer l'approbation de la demande en grâce, rédigée par le frère de Frédéric-Auguste Ier, futur roi Frédéric-Auguste II, selon laquelle le criminel Woyzeck, au lieu d'être exécuté comme l'ordonne la sentence, pourrait être transféré dans une prison ou un hôpital où il serait pris en charge par des médecins et des aumôniers :

« … Indépendamment des lois en vigueur dans notre pays, et en pensant à la position dans laquelle Votre Majesté m'a placé, je vois comme ma responsabilité d'exprimer mon opinion, d'autant plus que dans le cas présent il ne s'agit pas de savoir quel jugement rendre mais de savoir si une grâce peut lui être accordée, et la grâce est, comme chacun sait, quelque chose qui se situe au-dessus des lois…

Que peut-on, concernant l'État, tirer comme conclusion de ceci :

1. Que l'État a raison de prévenir par la force tous les dangers qui peuvent être dirigés contre lui, dans son ensemble ou dans une de ses parties.

2. Qu'il convient que le monde s'adapte à cette mesure qui est absolument nécessaire pour prévenir ces dangers.

Par ailleurs, il convient de considérer comme un moindre mal si cent coupables ont la vie sauve plutôt qu'un seul innocent perde la vie. Concernant l'État, la première chose est à regarder comme un accident, tandis que la deuxième ne peut être vue que comme une injustice. Est accidentel ce qui se passe à notre insu et sans intention de notre part ; une injustice au contraire est presque toujours le résultat d'une intention.

Je considère donc de ma responsabilité et de mon devoir de faire part à Votre Majesté des réticences que j'éprouve vis-à-vis du contenu de l'expertise judiciaire qui a été rendue dans cette affaire… »

III

La guerre

Une maladie n'est pas seulement la conséquence finale d'une vie vécue de manière à ce point contraire à la nature et dans des conditions aussi débridées, sur le plan mental et somatique, que l'organisme a été épuisé à force d'être stimulé. Il en résulte que la fureur du corps n'est alors que la manifestation extérieure de l'état intérieur de l'organisme.

Heinroth, 1818

(Sur les battements de cœur et les démons) [1]

1. Exposé pour Clarus. (*Note de l'auteur*.)

1. Sur les démons, je sais seulement qu'ils apparaissent sous de multiples formes, qu'ils se manifestent de manières différentes et qu'ils n'ont pas tous un visage. Ils se montrent parfois à la lisière extrême du ciel, où l'arc se colore en rouge le soir, et nous aurions tous pu voir leurs membres si nous n'avions pas été aveuglés par les rayons du soleil couchant. Même la nuit il arrive qu'ils traversent les vapeurs qui nous séparent de la sphère céleste, mais leurs corps qui sont naturellement des ténèbres sont alors obscurcis.

2. Les démons montent et descendent dans le ciel suivant des trajectoires telles celles des planètes, cependant pas nécessairement en ligne droite ou régulières et quand ils sont le plus haut dans la courbe du ciel, ce qui ne se produit pas nécessairement à midi, ils émettent un son si strident qu'aucune oreille humaine ne peut le percevoir et donc le prend pour le plus profond des silences. Il m'est arrivé plusieurs fois que toute la Terre semble retentir du cri de ces sphères, et même le geste de m'être bouché les oreilles n'a pas atténué ces sons.

3. Les démons qui se montrent dans la journée et ceux qui se montrent la nuit se distinguent de la manière suivante :

a. En pleine journée aussi, il peut m'arriver de ressentir une sorte de vacuité mentale, Monsieur le Conseiller appellerait sûrement cela de l'*indolence*, et tout de suite après je me sens comme hors de moi, au sens de « hors de mon corps ». Je sais *à quel sujet* je perçois quelque chose, mais je ne sais rien de *ce* que je sens, je n'éprouve ni douleur ni même fatigue, pas de sentiment de libération non plus, rien qu'une angoisse, puisque je sais que c'est l'œuvre des démons. Il existe des démons qui ont le pouvoir de transformer les hommes, de leur voler leur âme pendant un moment plus ou moins long, et on ne le sait jamais, on ne sait jamais où l'on est conduit, puisqu'on ne possède nul souvenir de quand on séjournait dans les cercles des démons, ni aucun moyen de savoir ce qu'on a vécu là-bas.

b. Les démons de la nuit s'approchent souvent juste au moment de plonger dans le repos du sommeil. Ils peuvent apparaître sous des formes volumineuses ou bien menaçantes, vous inciter à commettre des actions impies, comme de forniquer avec des animaux. Mais ils peuvent aussi prendre la forme la plus séduisante qui soit, avec des mains aussi douces que des plumes d'ange. S'ils vous effleurent, des ondes de volupté traversent votre corps et rien ne les arrête, même si la terre sous vos pieds gronde et tremble. Quand ils se retirent, ils laissent derrière eux, dans votre cœur, un tourment assombri et morne, et une douleur comme si vos yeux et votre cavité buccale étaient remplis de cendres.

c. Les démons de la distance déforment votre vue et vous trompent en vous faisant croire que ce qui est juste en face de vous se trouve en réalité très éloigné, et inversement. En Russie, pendant la campagne militaire de l'Empereur, j'ai souvent vécu ça.

d. Il existe même des démons capables de remplir le sommeil nocturne de roulements de tambour ou de bourrasques qui claquent sans relâche dans les voiles tendues à fond. Ils ne sont jamais visibles, comme ils ne s'arrêtent jamais – ils sont un écho – sous la terre, ils reposent tels des sons de cloches, des battements de cœur, profondément enterrés.

4. Pendant que les démons s'en donnent à cœur joie, il m'arrive souvent de prier Dieu d'éloigner ces visions et de me punir pour mes égarements. Mais même ma prière au Seigneur s'accompagne de tressaillements et de tremblements. C'est comme si quelqu'un me prenait les mots de la bouche et les roulait telles des pierres. Et quand je veux évoquer en moi la vision de la splendeur et de la paix de Dieu, même cette image est déformée et c'est comme si quelqu'un enserrait mon cœur pour en faire sortir la vie.

5. Un jour j'ai vu une maison prendre feu et s'élever vers le ciel.

6. Si tout ce qui se passe dans le monde est l'œuvre des démons, le Seigneur Jésus-Christ devrait prendre pitié.

Son père disait souvent que la famille de son côté venait de Volhynie, mais quand il demande aux autres de la compagnie où se trouve ce pays, ils secouent la tête et personne ne sait ou alors ils indiquent du bras une vague direction, vers le sud ou vers l'est ou quelque part au-delà de l'endroit incertain au milieu de la plaine polonaise que toute la colonne du Mecklenburg est en train de traverser : de la poussière et du bruit, les cris de colère des cochers quand les voitures se heurtent sur les chemins étroits, la voiture avec le matériel médical et celles avec la poudre, les balles et les vivres, les chariots de l'état-major et ceux de toute la compagnie qui transportent tentes et paquetages, le tout tiré par des chevaux et des mulets dont les dos sont déjà couverts de longues plaies dues au frottement des harnais.

C'est le mois de juin, le ciel est éclatant comme le blanc de l'œil au fond de la nuit, et l'air chaud, impur, chargé d'insectes.

Ils avancent le jour et parfois installent le camp en plein air, et ils allument des feux qui se voient loin à la ronde, comme dans un ordre inversé du rêve, où les nuits sont peuplées mais les jours déserts. Les villages qu'ils traversent sont tous abandonnés en pleine journée, hormis un vieillard assis sur un banc contre le mur de l'église ou un forgeron dont les coups de marteau réguliers résonnent dans la pénombre de sa forge, des coups de marteau qui ne s'arrêtent même pas quand ils sont noyés par le vacarme de la colonne en marche : par le hennissement des chevaux et les exclamations des cochers, par les roues des chariots, le craquement et le cliquetis des chaînes, et les nuages de poussière qui se soulèvent, sans parler des aboiements des chiens surexcités qui les accueillent dès qu'ils passent par des zones habitées et rendent nerveuses les bêtes de trait. Mais s'ils arrivent vers le soir, les routes sont souvent fort empruntées. Par une soirée chaude annonçant l'été, dans une ville dont il a oublié le nom, on aurait dit que les habitants les avaient attendus sur le bord de la route pendant plusieurs jours. Pas seulement les gamins pieds nus avec leurs petites bouilles inquiètes qui courent à côté du convoi en mendiant, mais aussi tous les adultes de la ville, hommes et femmes, des marchands à l'imposante carrure qui sourient et font des signes de la main, des petites paysannes toutes ridées avec des paniers en osier remplis d'œufs et de légumes au bras, et ils crient tous d'une seule voix *Mirakel! Mirakel!* et un petit garçon courageux saute même sur la voiture du matériel médical pour tenter d'arrêter le convoi et tous crient encore *Cudów! Cudów!* en indiquant le marché au sol pavé où, sur un pilier qui fait trois fois la taille d'un homme, trône une statue de la Sainte Mère de Dieu. Bien que sa tête soit inclinée comme il se doit, elle a l'air de leur sourire, un sourire timide mais taquin sous ses paupières bombées, un sourire qui paraît grandir et irradier de bonheur, avec presque une pointe d'insolence au fur et à mesure qu'ils s'approchent, et qui se fend en quelque chose de défectueux, d'irréel quand ils sont tout près. À cet instant seulement, ils voient que tout son visage est caché par un masque d'insectes rampants, de papillons et de noctuelles qui volettent autour de l'auréole à la feuille d'or sur la tête de la Vierge et recouvrent ses lèvres, ses yeux, ils battent des ailes, descendent jusqu'à son menton et ses joues, et c'est comme si tout son visage souriait, et en bas de cette statue se tient le pasteur de la ville dans sa tenue d'apparat, avec sa chasuble et son encensoir, lui aussi souriant gaiement, et même lui crie *Cudów! Cudów!* en chœur avec les autres.

Quand il demandait à ses camarades des renseignements sur la Volhynie, s'ils avaient mentionné des noms de villes, de villages, de rues et de marchés où ils connaissaient quelqu'un qui avait habité, ou si eux-mêmes avaient vécu là, aucun de ces noms ne lui aurait dit quoi que ce soit, à moins que ces lieux se trouvent, sans nom, dans sa mémoire. Pourtant il se souvient d'une phrase. *Cudów nie ma*, disait son père. « Il n'y a pas de miracle. » Pourtant ils existent. Cette phrase existe, et le souvenir de ce qu'elle signifie. De même que l'expression d'enthousiasme joyeux sur le visage de ceux qui la prononçaient. Ensuite, on lui a raconté qu'en ville une longue tradition voulait qu'on enduise le visage de la Mère de Dieu avec de la cire et du miel pour attirer les insectes la nuit, un miracle de Dieu le Seigneur qui faisait que les passants en restaient bouche bée, et peut-être s'arrêtaient et achetaient quelque chose de ce que la population de la ville – hommes, femmes et enfants –, qui accourait, venait proposer aux soldats fatigués du convoi, qui maintenant, pour ainsi dire à contrecœur, avaient fait halte devant la statue de la Vierge sur le marché.

Ceux qui ont de la chance et qui ont des connaissances parmi les conducteurs d'équipage sont parfois autorisés à prendre place sur l'une des voitures ; mais pour la plupart ils n'ont d'autre moyen que de suivre à pied. Par moments, la colonne en marche traverse de longues allées bordées d'arbres où le feuillage donne de l'ombre, mais le plus souvent le paysage est dégagé, vide, comme lessivé. Il marche comme il a appris à marcher au cours de ses nombreuses années d'errance : il ne mesure pas le temps en nombre de pas ou d'heures, mais à la hauteur du soleil dans le ciel et à la longueur des ombres sur le sol. Sa marche ne mène à aucune étape particulière, cela ne veut rien dire, elle se compose uniquement du poids du sac et du fusil qui entame le dos et les épaules, du goût de sel sur les lèvres, de la douleur dans les jambes qui se transforme en élancements vers le soir avant de se traduire par un engourdissement accablant dans toutes les articulations. Et tout autour et sans aucune direction, sans ordre, une cacophonie de bruits et d'odeurs : les cris des conducteurs d'équipage, les beuglements du bétail, l'odeur de la terre éventrée et du crottin, la puanteur aigre des déchets laissés par les nombreuses compagnies passées par là avant eux jusqu'à ce que l'ordre *Halt!* soit donné et que des fosses de cuisson puissent être creusées et qu'on sorte le ravitaillement et le tabac.

Au cours de la journée, il arrive que la colonne soit fortement dispersée, et lorsqu'il atteint enfin le campement il a parfois perdu ses camarades de vue ; s'il n'a pas la force de faire la tournée des feux de camp dans l'obscurité et de chercher, il s'installe là où il trouve de la place.

Quelquefois, lui par ailleurs si taciturne se sent amené à prendre la parole. Entouré d'une bonne vingtaine de jeunes hommes, certains déjà à moitié endormis, d'autres scrutant les ténèbres avec inquiétude, il raconte qu'il a déjà rencontré les Russes. Alors qu'il se battait pour les Suédois sur la côte finlandaise. Et alors, bien sûr, ils veulent tous savoir à quoi ils ressemblent, les Russes, et comme ce qu'il dit n'est pas l'exacte vérité – il ne s'est jamais retrouvé face aux Russes –, il raconte qu'ils ont dû battre en retraite, traverser la mer Baltique prise dans les glaces, avec les Russes sur leurs talons, tels des loups, dit-il, et pour la première fois de sa vie il découvre qu'on l'écoute, les yeux écarquillés, lui par ailleurs si insignifiant, et il ne peut s'empêcher d'en jouer, bombant le torse tandis qu'il parle, faisant même des pauses occasionnelles dans sa volubilité, où il se permet de renifler sa morve ou bien de regarder de côté comme pour signifier que lui-même juge tout cela profondément ennuyeux. Et ensuite, il raconte qu'ils venaient d'établir leur camp sur la glace et de se coucher pour se reposer quand un sauvage était arrivé en courant ; tout le monde avait pris ce sauvage pour un Russe et s'était jeté sur son fusil, mais que c'était à lui que ce sauvage en voulait : il avait à peine eu le temps de fixer sa baïonnette avant qu'elle ne pénètre droit dans le palais de la bête, et alors seulement il s'était rendu compte que c'était leur sergent qui était ainsi empalé. Jusqu'à aujourd'hui, poursuit-il avec éloquence, je ne comprends toujours pas comment un sous-officier vif et sain d'esprit a pu se transformer en malfaiteur rugissant, comme s'il était possédé par le diable en personne, et dès qu'il prononce ces paroles, il se rend compte que ce qu'il a dit à propos de la baïonnette fichée dans la bouche du sergent Kwast restera à jamais dans les mémoires, impossible à effacer.

À partir de ce jour, les gens commencent à s'éloigner s'il vient s'asseoir avec son morceau de bois et le couteau de taille qu'il a toujours sur lui. On raconte qu'il a tué de sang-froid l'un de ses officiers, alors s'il confond l'un d'eux avec un Russe, il pourrait tout aussi bien le poignarder avec son couteau.

Jour après jour, de plus en plus de compagnies se joignent au train des équipages et aux voitures d'officiers et lorsqu'ils passent Tilsitt et s'approchent de Poniemon et du fleuve, il règne une telle pagaille sur la grand-route qu'ils avancent au ralenti. C'est comme si le monde entier convergeait en un seul et même endroit. Par-dessus le bruit des chevaux qui s'ébrouent et des bœufs qui meuglent (un attelage s'est embourbé dans un fossé avec deux de ses quatre roues), les jurons et les cris de commandement se font entendre dans une multitude de langues plus ou moins compréhensibles, il reconnaît des mots d'allemand, de français et de polonais. Le nombre d'hommes doit se compter en dizaines de milliers et tous semblent aller dans des directions différentes – la cavalerie française *descendant* la colonne au lieu de la remonter et de la dépasser – les chariots du train des équipages sur le chemin du retour à Tilsitt, tirés par les mêmes bœufs fatigués qu'il avait vus passer la veille en se traînant.

Une armée comme celle-ci ressemble à une grosse bête, dit Johann Krupp, pensif, qui, dès qu'ils sont coincés quelque part en cours de route, au lieu de s'énerver entrelace lentement ses doigts et se met à philosopher.

Elle dévore tout sur son passage. Te voilà prévenu, Wutzig.

Et c'est certainement un étrange mélange de fascination et d'horreur qu'il ressent, et de soulagement, bien sûr, voyant que sa longue marche vers la frontière s'achève bientôt, mais il est aussi rongé d'inquiétude à la pensée de ce qui se prépare.

Lorsqu'ils atteignent enfin le camp proprement dit, situé sur une longue pente descendant vers le fleuve, le gros des forces a déjà traversé en empruntant le pont mis en place par les sapeurs français. Mais alors que la cavalerie polonaise s'apprêtait à traverser à son tour, le pont flottant s'était démantelé, disait-on; on ne sait si les pontons étaient trop bas sur l'eau ou mal fixés, toujours est-il que ses chevaux avaient commencé à déraper. Dans la panique, plusieurs officiers étaient tombés dans le fleuve avec chevaux, paquetage et tout. Néanmoins, tous les officiers tenus par le devoir avaient levé la main en guise de salut ultime à l'Empereur et lui avaient juré fidélité et obéissance, dit Krupp, car ils sont comme cela, les Polonais : des hommes d'honneur jusque dans la mort. La colline d'où l'Empereur a été témoin de tout, un endroit avec une vue dégagée sur le fleuve et le flanc de l'ennemi, est déserte désormais, Bonaparte a déjà levé le camp avec son état-major et ses aides de camp; il ne reste qu'un morceau de toile de tente flottant dans le vent ainsi que deux soldats montant la garde à côté d'un canon sur un affût.

Dans le camp, la multitude hétéroclite de drapeaux des compagnies est mélangée au linge, suspendu à des cordes, qui ressemble lui aussi à des drapeaux tendus entre les tentes. Entre ceux-ci et en dessous se meut un ramassis de gens de tout bord, savetiers, colporteurs de tabac, idiots du village et chiffonnières, certaines tellement désireuses de montrer leurs appas qu'elles marchent seins nus, faisant fi de tout honneur et de toute décence. Ici et là on voit même une poignée d'hommes de petite taille porter sur leur poitrine un nécessaire pour écrire, au cas où il prendrait l'envie à un soldat d'envoyer quelques dernières lignes à ses proches et à sa bien-aimée restés au pays.

Je suis certain qu'ils peuvent rédiger une lettre dans le dialecte de Volhynie si tu veux, dit Krupp avec bonne humeur.

W. a pensé lui aussi à écrire une lettre, mais qu'aurait-il à dire à Marie Thiessen, à Stralsund, qui l'a si piteusement trahi ? La seule à qui il pourrait imaginer adresser quelques mots, c'est Petite Chérie, mais elle ne sait pas encore lire, et peut-être a-t-il une meilleure façon de communiquer avec elle. L'image de sa jolie frimousse ne le quitte pas, ne serait-ce qu'une seconde.

Au cours des dernières semaines, qui se sont écoulées lentement, il a consacré presque tout son temps libre à fabriquer des figurines pour un jeu de société. Le plateau est déjà prêt, il peut se plier comme une table. Voilà qu'il le déplie sur le sol entre deux tentes et dispose les figurines à la lumière. D'un côté se tient l'armée de l'Empereur, de l'autre celle du Tsar. Près d'eux s'alignent des maréchaux et des généraux, et des armées entières depuis les cuirassiers jusqu'aux simples fantassins. Il a même sculpté un aumônier unijambiste. Lui, tu ferais mieux de lui passer ton couteau à travers le corps, dit Krupp qui ne manque jamais une occasion de se moquer de lui. (Pour une raison ou une autre, il a une réputation d'athée, probablement à cause de ses idées étranges.) Et ne voilà-t-il pas l'aumônier qui arrive en boitant, appuyé sur une béquille coincée sous son aisselle. Il se baisse et examine la pièce carrée, à une seule jambe, censée le représenter.

Si l'on ignore la jambe qu'il dit avoir perdue dans une explosion accidentelle, il rappelle en effet le chirurgien Woost, massif et imposant, surtout des épaules et du cou. Mais ses mains sont petites et souples, comme celles d'un enfant. Lorsqu'il soulève la figurine que W. a sculptée et la retourne dans la paume de sa main, il le fait avec douceur, presque avec tendresse, on dirait qu'il tient un petit être vivant.

Le silence règne jusqu'à ce que l'aumônier reparte en boitillant, sans mot dire, et après cela ils ont du mal à reprendre le fil de la conversation ; puis Krupp lâche le panier en osier qu'il avait sur les genoux et lui donne un coup de coude dans les côtes en plaisantant :

Ça pour sûr, il n'a pas inventé la poudre, Wutzig, mais il n'a pas mauvais fond.

Assis avec son couteau et son morceau de bois qu'il taille entre ses jambes surélevées, W. sourit d'un air stupide. Chaque fois que quelqu'un s'adresse à lui, il se sent comme un animal tiré hors de son terrier, embarrassé, souriant à la lumière trop forte. Tel un être dénudé, il devient un autre W., accessible non à lui-même mais à celui qui fait les choses en son nom. Quel est donc cet autre, tapi dans les ténèbres sans âme, celui dont les mains, avec le couteau et le morceau de bois, essaient constamment de détourner l'attention ? Il ne sait pas, et parmi ceux qui se baissent pour regarder le jeu de société sur le sol, il n'y a personne non plus qui cherche sérieusement à savoir.

Je serais l'Empereur.

Hans Wiener repousse son camarade Krupp et s'assied en tailleur derrière les pièces bleues représentant les Français.

Et pendant ce temps le fleuve coule paisiblement à travers la chaleur estivale, et la ville sur les basses terres de l'autre rive est à la fois incroyablement proche et étrangère, comme si l'excitation et le vacarme dans ce camp n'étaient qu'une sorte de spectacle absurde et irréel, un scintillement si éphémère qu'il ne le concerne pas le moins du monde.

Après avoir passé à peine une semaine dans le camp, leur compagnie reçoit l'ordre de se mettre en marche. Avant cela, ils ont dû alléger leur paquetage en ne gardant que le strict nécessaire, afin qu'il ne leur arrive pas la même chose qu'à la cavalerie polonaise dans sa tentative de franchir le pont, même si celui-ci a été renforcé et a tenu le choc sous le flot continu d'unités d'infanterie et d'artillerie qui s'y bousculent depuis les premières lueurs de l'aube. La longue pente qui descend vers le fleuve et le champ piétiné à côté sont emplis de matériels et d'ustensiles de cuisine abandonnés à la hâte. Le soleil leur brûle le cou comme des plaques de tôle chauffées à blanc, alors qu'ils se pressent les uns contre les autres, dans la puanteur de leurs corps non lavés, et grimpent sur les pontons flottants qui se balancent légèrement; de chaque côté du pont oscillant, l'eau du fleuve est verdâtre et d'un brun épais, emplie d'ombres invisibles.

Sur l'autre rive : la plaine, une forêt de feuillus clairsemée, des terres arables.

Et un silence si compact qu'ils ont l'impression de se mouvoir dans une eau épaisse et visqueuse. Ils passent devant un cadavre humain dans un fossé. Le bas de son corps est criblé de balles ou tout simplement pourri dans l'humidité, mais le haut est étrangement intact, avec les restes d'un uniforme grisâtre et des yeux fixes où s'activent des mouches bourdonnantes.

Ce corps gît, emprisonné dans sa puanteur écœurante, tandis que des milliers de pieds de fantassins passent devant lui ; la mort elle-même semble couchée là, les observant de ses yeux impassibles.

Même la ville, Poniemon, est morte et désertée quand ils la traversent un peu plus tard dans la journée ; seuls des soldats de leur avant-garde sont en faction devant l'hôtel de ville et la prison. Ils prennent la grand-route vers Kowno[1], avec pour uniques traces celles de leurs propres forces ayant déjà emprunté ce même chemin. Partout du crottin de cheval et toutes sortes d'excréments, des lambeaux d'étoffe, des déchets. Mais pas âme qui vive.

Ils font halte dans un petit village devenu tout à coup plus grand que le monde entier.

---

1. Kowno a pris le nom de Kaunas et se trouve aujourd'hui en Lituanie.

Dieu est dans l'heure morte de la mi-journée. Dans la touffeur, les crèches des étables et les stalles des écuries sont vides et abandonnées au bourdonnement indolent des mouches. Même les chiens ont disparu, eux qui partout ailleurs se précipitaient vers les chevaux et les bovins du convoi. Ils se cachent peut-être, comme le fait l'ennemi, quelque part à la lisière de la prochaine forêt ou de l'autre côté des champs qui scintillent avec des reflets d'un bleu grisâtre et aqueux sous la brume de chaleur. Au cours d'une halte d'une heure, on lui donne l'ordre, ainsi qu'à Krupp et Wiener, de fouiller deux fermes en bordure du village. Ils entrent dans une étable abandonnée et soudain deux poules surgissent en caquetant de la lumière striée d'ombre, dans un nuage de battements d'ailes blanches. Les poules doivent s'être réfugiées en haut sous les poutres du toit, à moins qu'elles n'aient été simplement oubliées quand les gens de la ferme se sont enfuis. Krupp, qui a l'habitude, leur lie les pattes et fourre les poules dans un sac. Un signe. Et lorsque tard dans la soirée ils pénètrent dans le village voisin, ils aperçoivent un cochon solitaire au milieu de la route. Il se tient là, aussi irréel qu'une divinité, sous un ciel béant qui refuse de se refermer dans l'obscurité bien qu'il soit bientôt minuit. De la lumière sans ombre, une poignée d'hommes à moitié nus s'approche, sortant de différents endroits, recroquevillés, la tête rentrée dans les épaules et les bras touchant presque terre; le cochon pousse un cri pareil à celui d'un nourrisson, mais à la lumière, aucune issue de secours ne s'offre à lui. Ils clouent l'animal mort sur la porte de l'étable et lui ouvrent le ventre pour faire sortir ses intestins lourds qui restent là, tout humides, dans la poussière de la route. Ils sont obligés de manger la viande crue car les gradés ne les autorisent pas à faire du feu. Ensuite, ils enduisent leurs corps nus du sang de la bête abattue et courent un par un dans les rues désertes du village mort et hurlent en direction du ciel trop vaste. Veulent-ils montrer leur soif de sang encore inassouvie ou simplement anéantir ce que l'avenir apportera en exorcisant à l'avance leur épouvante ? Bientôt nous serons tous accrochés là, cloués à leurs dépendances et demeures ; avec les intestins à l'air et des essaims de mouches épais comme du goudron bourdonnant autour de nos haillons ensanglantés. Pourquoi ne se montrent-ils jamais ?

À Kowno, ils attendent une partie du régiment du Mecklenburg avec un ravitaillement dans un convoi de barges venant depuis Königsberg, et le matin au rassemblement on leur distribue de nouvelles rations qui les changent de la *kapusta*[1] et du pain noir aigre qu'on leur a servi jour après jour. Quand ils se mettent en route le lendemain matin, ils passent devant un monastère juché sur une petite hauteur juste à côté de la route, qui aurait, dit-on, servi de camp de base à l'Empereur lors de son séjour ici. Partout on voit des traces du passage de la Grande Armée. Le long de cette route gisent des soldats et des chevaux morts en si grand nombre que l'air est à peine respirable. Ils font des détours, coupent à travers bois où le sol est recouvert d'une mousse aussi douce et élastique qu'un tapis. Des myrtilles poussent en si grandes quantités que le sol de la forêt est presque illuminé de noir. Leurs mains cueillent à la pelle et ils s'en fourrent plein la bouche : quand ils finissent par ressortir de la forêt, ils ont l'air de démons, la bouche et le pourtour des lèvres barbouillés de noir et de rouge à cause du jus des baies écrasées.

Ils passent Zizmory et vers le soir atteignent une ville du nom de Milenany où ils font halte pendant quelques jours. Comme dans tant d'autres petites villes de la région, les maisons sont principalement construites en simples

1. Plat polonais à base de chou.

rondins gris, calfeutrés avec de la mousse. Même l'église est en bois. Mais les habitants ont depuis longtemps fui ou été expulsés. Les seuls à être restés sont les juifs. Ils se promènent parmi la troupe qui campe sur la grand-place au centre de la ville et proposent de tout, sauf la nourriture supplémentaire dont ils auraient besoin. Après un différend avec le commandant polonais de la localité, le capitaine Wirth donne l'ordre que toutes les maisons soient fouillées. Pour une raison inconnue, un ancien forgeron répondant au nom de Lunzer s'est joint à Krupp, Wiener et lui, et ensemble ils inspectent la grande maison d'un négociant située à côté de la place. Au centre de la maison trône la cuisine équipée d'un fourneau avec, aux deux extrémités d'un long couloir, deux pièces joliment meublées dont l'une possède un long banc en bois accolé au mur, semblable à un banc des accusés dans un tribunal. Pour sa part, il entre dans la pièce du fond, un petit salon où la lumière des fenêtres basses tombe sur des meubles drapés de tissus aux motifs qu'il n'a jamais vus. La pièce devait être une chambre d'enfant. Sur le plancher, un cheval à bascule avec une vraie selle en cuir et de petits étriers en fer poli. Sur les étagères ornées de sculptures se trouvent des poupées vêtues de jolis costumes avec des têtes en porcelaine peintes, couvertes de petits fichus rouge et violet. Sur l'étagère figure aussi un petit métier à tisser, si petit même qu'il tient dans la paume d'une seule main, et une boîte à musique qui émet un tintement grêle quand il tourne la manivelle en émail légèrement incurvée. Mais ils ne trouvent rien de comestible. Pas le moindre résidu de farine, de semoule ou de sucre. Lunzer a pris place dans un fauteuil qu'il a traîné jusqu'au milieu de la pièce. Le fusil appuyé sur une épaule, il astique quelque chose avec un chiffon. Regarde un peu ça, Wutzig, dit-il. Un rouble en argent ! Autour de lui, il a rassemblé divers objets – casseroles en cuivre, couverts – qu'il a manifestement l'intention d'emporter.

Wutzig, tu ne peux pas m'aider un peu à porter ça ? dit-il en tendant à W. un samovar qui fait un demi-mètre de haut. Dans la pièce à côté, Hans Wiener défonce les chambranles et les cloisons avec sa baïonnette et la crosse de son fusil, comme si la maison était à l'intérieur d'un humain vivant qu'il ne peut pas tuer assez vite.

La nuit, voleurs et prostituées grouillent tels des rats dans le camp. Il s'accroche fermement à son paquetage, à sa gourde et à son fusil et parvient enfin à trouver le sommeil avec tous ses biens sous lui. Il rêve qu'il marche dans une forêt grande comme un royaume. Ce royaume est peuplé de ses figurines en bois qui courent de-ci de-là pendant que les cloches de l'église résonnent et emplissent l'air. L'Empereur lui-même porte un tricorne et il frappe contre une cloison avec son sabre en bois, et de l'autre main il lève une couronne impériale entourée de hautes flammes. W. pose la main sur la couronne en feu et sent la chaleur qui en émane fendre la peau de ses jointures. Alors Krupp l'éveille d'un grand coup de pied dans l'abdomen : ce ne sont pas seulement la couronne impériale en bois et le sabre qui brûlent, mais la ville tout entière qui est en flammes. Toutes les maisons en demi-cercle autour de la place où ils ont dressé leur camp se sont embrasées. Le rugissement du feu est si fort que l'on n'entend rien d'autre. Sur fond d'un mur de flammes qui fait rage, la silhouette du capitaine Wirth se détache en contours noirs. Telle une girouette, il se penche tantôt d'un côté, tantôt de l'autre, et avec ces gestes envoie au fleuve des soldats qui reviennent ensuite avec des seaux d'eau en formant de longues chaînes. Au milieu de l'océan de flammes, d'autres courent avec des seaux et des auges, et reviennent, courbés en deux, les mains devant la bouche, tandis que le feu projette sa pluie d'étincelles vers un ciel devenu encore plus noir à cause de la fumée tourbillonnante. Surgie des flammes, au cœur battant du feu, il lui semble distinguer de nouveau la couronne de l'Empereur, celle-là même dont il cherchait à se saisir dans son rêve. Tout comme dans son rêve, elle scintille et s'éteint à nouveau, scintille et s'éteint, on dirait qu'elle veut signaler quelque chose de la plus haute importance.

Oui, le monde est vraiment un endroit étrange, Petite Chérie.

Les signes mystérieux qui nous apparaissent en rêve peuvent, l'instant d'après, se dresser devant nous dans toute la splendeur de la réalité, clairement gravés dans le ciel du Seigneur Dieu.

À l'aube, pas une seule maison autour de la place n'a survécu, à l'exception de l'église, et les cloches poursuivent leur tintement monotone sous un ciel qui, même au mitan du jour, ne laisse pas passer la moindre lumière. Par la suite, il apparaîtra que l'incendie est d'origine criminelle et que si le major von Moltke n'avait pas plié bagage la veille avec son bataillon, ils auraient brûlé vifs jusqu'au dernier homme.

Au centre de ce qui reste de la place du marché, le commandant polonais lit à haute voix une liste d'inventaire tandis qu'un officier de la compagnie traduit son français en allemand. Des insignes militaires ont été retrouvés dans certaines des maisons incendiées. On ne peut exclure qu'il y ait eu certains de nos propres prisonniers ici, dit le capitaine Wirth, et il ordonne de fouiller les moindres recoins et sous-sols.

Mais il leur faut attendre le soir afin que la chaleur ait suffisamment diminué et qu'ils puissent pénétrer dans les maisons, en tenant des chiffons humides sur le visage pour se protéger de la fumée.

De la magnifique maison du négociant, il ne subsiste pas grand-chose hormis ses fondations en pierre. Avec le fourneau comme repère, il retrouve le chemin de la chambre d'enfant. Dans la cendre, il récupère les étriers du cheval de bois, encore chauds après l'incendie. Les petites têtes en porcelaine des poupées gisent éparpillées – fragiles coquilles d'œufs – et le regardent avec des yeux surpris. Il en ramasse quelques-unes et les fourre dans sa poche. Si jamais je reviens vivant de ce pays, Petite Chérie, je leur coudrai de nouveaux beaux costumes et je te les donnerai.

Jusqu'à Wilno ils peuvent tenir un bon rythme de marche mais, à partir de là, le terrain devient plus malaisé. Ils sont contraints de se rapprocher les uns des autres, en colonnes impeccablement alignées, ce qui l'empêche de marcher comme l'habitude le lui a appris, en vidant son esprit de toute pensée et en trouvant le repos dans la longueur des pas et la tiédeur sûre du mouvement. Désormais, ils rencontrent constamment de nouveaux obstacles et désagréments. Quand ce ne sont pas les insectes qui les harcèlent, ce sont la chaleur et la poussière qui s'infiltrent dans leurs yeux comme la fumée du charbon qui pique et brûle jusqu'à ce que les larmes coulent et qu'il marche à moitié à l'aveuglette. Ils bifurquent tout le temps sur de nouvelles routes qui sont plus larges au début, telles des grand-routes, pour ensuite se rétrécir ou simplement s'arrêter en bordure de l'un ou l'autre marais. Là, ils sont obligés d'attendre sous la chaleur poisseuse du soleil et les assauts des moustiques qui piquent et bourdonnent autour des yeux, de la bouche et du nez, dans l'attente qu'un nouvel ordre de marche soit donné et que la compagnie entière rebrousse chemin au pas de course.

Pour être à nouveau entravée par un marécage.

On eût dit que le paysage lui-même se liguait contre eux. Il fait semblant d'être quelqu'un alors qu'en fait il est quelqu'un d'autre. Certains n'endurent plus la soif et l'épuisement, ils trébuchent à mi-étape et se couchent en bordure de route avec tout leur paquetage sans que nul ne se retourne pour s'occuper d'eux.

Après quatre jours de chaleur intense, le ciel se couvre de nuages sombres ayant l'apparence d'un voile et il se met à pleuvoir petit à petit, d'abord sans bruit, puis de plus en plus intensivement, et comme ils n'ont pas de vêtements secs, il leur faut dormir dans ceux qu'ils portent. L'humidité s'infiltre sous leur peau et s'installe tel un autre corps à l'intérieur de leur corps, comme si leurs jambes étaient recouvertes d'une peau supplémentaire de froid. Il est incapable d'accomplir l'acte le plus simple sans que ses mains tremblent, pour ainsi dire anesthésiées. Et toutes les villes et villages où ils passent sont abandonnés, vidés de tout ou, à l'instar de Milenany, réduits en cendres. Il règne une puanteur particulière dans l'air pluvieux, mélangée à l'odeur âcre de la cendre mouillée. On ne trouve nulle part de l'eau propre. Ils sont contraints de boire celle des fossés où gisent des cadavres de chevaux ou de soldats tombés au combat. Un soldat mort à moitié enfoui dans un fossé les regarde fixement avec des yeux figés dans une expression d'horreur, comme s'il ne supportait pas d'être devenu cette créature en décomposition.

Sur un terrain désert, ils construisent des abris pour se protéger de la pluie. La terre desséchée est incapable d'absorber toute l'humidité et en l'espace d'une journée les champs sont transformés en paysage lacustre. Ils cherchent pendant des heures un endroit suffisamment surélevé pour y installer leur camp. Il pleut ensuite toute la nuit et le lendemain, à l'aube, la terre inondée atteint le ciel. Ils descendent jusqu'au marais en cherchant leur chemin, avec tout ce qu'ils peuvent porter d'écopes et de boîtes en fer-blanc. Ils puisent de l'eau à trois pieds de profondeur. Elle est d'un brun rougeâtre et grouille de petits vers rouges : elle ne peut être bue que filtrée à travers un tissu de lin fin. Ils n'ont rien de frais à manger et même le peu de provisions qui reste pourrit à cause de l'humidité. La pluie ne cesse de tomber. Il pleut sans interruption pendant plusieurs jours. Personne n'est capable de faire quoi que ce soit, pas même de remonter les tentes dont les toiles se sont écroulées par terre sous le poids des masses de pluie. La route qui les a menés jusqu'ici est submergée par la boue et bientôt n'existe plus : il reste seulement un grand champ gorgé d'eau sur lequel gisent des soldats tombés d'épuisement, à moins qu'ils ne soient déjà morts.

Lorsque la pluie cesse et que l'air commence enfin à s'éclaircir, un détachement de trente hommes part en quête de fourrage. Le capitaine Wirth est à la tête de cette troupe, secondé par un lieutenant d'une autre compagnie. Derrière eux, un fourrier mène deux chevaux par la bride, destinés à servir de chevaux de bât. Lorsque, au bout d'une demi-journée de marche, ils n'ont toujours rien trouvé, ils décident de se séparer. Le lieutenant continue vers le nord, Wirth et ses hommes vont vers l'ouest. Au crépuscule, ils atteignent ce qui semble être un bourg. La route qui y conduit est étroite, boueuse et bordée de bâtiments bas, tous construits avec les mêmes rondins nus, non peints, que partout ailleurs. Il est évident qu'ils sont attendus. Des vieux se tiennent devant les maisons et désignent leurs bouches, comme si c'étaient eux qui mouraient de faim. Le capitaine Wirth les ignore. Au bout de la route, où elle se transforme à nouveau en champ boueux, se dresse une église, elle aussi construite en bois, avec une coupole en forme de bulbe sur le dessus qui semble être faite de bardeaux.

Le court chemin qui mène de la route du village jusqu'à l'église est bordé de hauts peupliers. En contrebas de la colline de l'église, des travaux de nature indéterminée semblent en cours. Par-dessus les hautes herbes, on aperçoit des cages à lapins ou à oiseaux renversées. Une bande de corbeaux s'envole en croassant à tue-tête, décrit d'étranges motifs de roues et de cercles dans l'air avant de se percher à nouveau dans les arbres. W. les suit du regard. Il ressent un picotement dans l'estomac qui ne vient pas du jeûne enduré depuis plus d'une journée.

Le capitaine a aussi vu des mouvements dans l'herbe, il appelle une poignée d'hommes et désigne le bas de la pente. Soyez prudents, dit-il, on pourrait nous tendre une embuscade.

Les hommes s'en vont, courbés en deux, le fusil levé.

Pour sa part, le capitaine Wirth descend de cheval et marche jusqu'au portail de l'église. Il a l'air étrangement petit devant sa large porte, et plus il frappe fort, plus il semble rapetisser.

Rien.

Il appelle Lunzer, qui accourt avec des marteaux et un levier, puis se met à cogner sur les ferrures de la porte à grands coups de marteau, ce dont il est familier. W. se retourne. Les villageois qui s'étaient amassés au bord de la rue boueuse de la bourgade ont désormais un peu empiété sur la petite allée de peupliers. Ils se tiennent parfaitement immobiles, comme s'ils s'attendaient au moins à ce que leur église résiste à la violence dont ils sont maintenant victimes, ou comme si, au contraire, ils s'étaient résignés en se disant que l'on ne résiste jamais à rien.

Le portail finit par céder sous les coups de Lunzer et ils affluent tous, on dirait que l'église elle-même les aspire dans ses ténèbres. Effrayé, un cheval hennit avec ténacité. Il faut du temps avant qu'ils ne parviennent à déterminer d'où vient ce bruit. Dans le tumulte, l'un des hommes est atteint par les sabots de l'animal qui se cabre et il tombe à terre en hurlant tandis qu'un autre se cramponne frénétiquement aux rênes qui retiennent le cheval et se fait traîner dans le crottin qui s'est accumulé sur le sol.

Ce n'est pas une église, bordel, c'est une putain de stalle…!

Sans en paraître le moins du monde affecté, le capitaine s'est approché du mur du fond de l'église où des sacs de semences sont empilés. Le mur où auraient dû être accrochées les icônes et les peintures religieuses est nu. Seul flotte sous les voûtes un léger parfum d'encens, mélangé à l'odeur âcre de la pisse de cheval et de la pierre humide.

Sur la colline de l'église, on appelle le capitaine et l'un des hommes auxquels Wirth a donné l'ordre d'inspecter les cages d'animaux marche résolument vers le gradé et dit quelque chose d'un ton bouleversé. Le capitaine Wirth tourne les talons et tout le monde le suit comme un seul homme sur la colline de l'église. W. voit que les villageois restent dans l'allée des peupliers mais avec l'air d'avoir quelque chose à se reprocher. Certains se sont même cachés derrière les arbres comme s'ils craignaient le pire.

D'en bas de la pente montent des cris rauques et déchirants. Ce sont vraiment des cages à lapins, il le voit maintenant. Néanmoins, ce n'est pas autour d'elles que les hommes de troupe sont rassemblés, mais plus bas, là où la forêt reprend le dessus. Krupp se détourne brusquement avec l'avant-bras replié sur son visage et la puanteur des cadavres l'atteint lui aussi : une nausée s'élevant du sol lui-même.

Il y a trois cadavres humains. Ils sont couchés, presque enfouis dans les herbes, deux sur le ventre, un sur le dos. L'homme allongé sur le dos n'a plus d'yeux. Il pense d'abord que les corbeaux qui volent encore au-dessus des lieux ont picoré les yeux des morts. Mais en s'approchant, il constate qu'ils ont été évidés. La langue elle aussi a été prélevée. À l'emplacement de leurs bouches, on ne voit que des blessures béantes.

Le capitaine Wirth s'est accroupi près d'un mort. Le visage du capitaine a l'air enflé, sans que l'on puisse dire si c'est de colère ou de frayeur figée. Il se tourne vers les autres corps. Les mouches s'en échappent en essaims si épais qu'ils sont obligés de leur tourner le dos. Les deux autres sont eux aussi défigurés. Les cadavres sont tellement pourris après être restés à même le sol que certains traits ne sont plus reconnaissables. Sur les uniformes, galons et insignes ont été arrachés, on a aussi fait main basse sur les bottes, les pieds nus sont roides, d'un noir bleuâtre dans l'herbe.

Parmi les hommes de troupe des jurons jaillissent, d'autant plus forts chez ceux qui veulent ainsi dissimuler le malaise qu'ils éprouvent. Mais le capitaine Wirth s'est ressaisi. Le visage fermé, il remonte vers l'église, suivi par ses hommes. Les deux soldats ayant reçu l'ordre de monter la garde à la porte de l'église maintiennent à présent un prisonnier entre eux, un vieil homme en soutane avec une espèce de toque sur la tête, un pope. Quand il aperçoit le capitaine Wirth, il se dégage de la poigne hésitante des deux soldats et se précipite en tenant les pans de sa soutane dans ses mains pour ne pas trébucher sur eux.

Son visage barbu est inondé de larmes. Il crie quelque chose et geint tout en essayant sans cesse d'agripper la main du capitaine Wirth. Mais celui-ci, agacé, se dégage et réclame un interprète. Tous se regroupent autour de l'interprète et tentent de comprendre ce que les deux ont à se dire. Le capitaine Wirth veut parler des soldats français morts tandis que le pope veut parler de cette église, le lieu saint de Dieu que, selon lui, les hommes de Wirth ont profané. Il écume de colère dans sa barbe et ses yeux sont tout blancs de fureur.

Emmenez-le, dit Wirth, nous verrons bien qui profane quoi.

Au moment où ils reviennent à l'intérieur de l'église, le pope semble vouloir faire machine arrière. On dirait qu'il comprend maintenant l'ampleur de tout ce qu'il a essayé de leur dissimuler concernant les animaux et les semences. Il se saisit des pans de sa soutane comme pour s'échapper une fois encore mais les gardes l'empoignent par les épaules et le jettent sur le plancher de l'église. Sur l'ordre de Wirth, ils l'enchaînent ensuite solidement à l'anneau de fer dans le mur où le cheval était attaché auparavant.

Demandez-lui de nous raconter qui a tué les soldats, dit le capitaine à l'interprète.

Sous les voûtes de l'église, sa voix sonne creux, presque détimbrée. Comme si en fait les mots n'avaient pas été prononcés. Le pope crie quelque chose dans sa langue, les gardes lui donnent un coup de pied dans les jambes et il tombe la tête en avant, le visage directement dans le crottin de cheval.

L'interprète s'accroupit à côté de lui.

Il ne veut rien dire, explique l'interprète. Il veut que nous quittions son église.

Dans ce cas, nous le laissons là, rétorque Wirth. Il prend un petit canif dans la poche de poitrine de son uniforme. Il s'avance vers le pope, toujours suspendu à ses chaînes, et se saisit de sa tête souillée. Tenez-le bien, ordonne-t-il, et il se met ensuite à extirper les yeux du pope de leurs orbites, avec des mouvements minutieux, presque méticuleux, on eût dit qu'avec sa lame il s'adonnait à un travail de couture délicat. Les hurlements du pope font presque se lézarder les murs de l'église avant d'être étouffés dans un épais gargouillis ; Wirth lui a déjà desserré les mâchoires, et quand il relâche enfin sa prise autour de la tête du pope désormais presque sans vie, c'est pour jeter la langue coupée dans le tas d'immondices puantes sur le plancher.

Ensuite, l'ordre est donné de faire s'avancer les deux chevaux de bât et on charge les sacs. Wirth en personne fait sortir le cheval blanc qui était dans l'église, il le tient fermement par les rênes jusqu'à ce que même lui soit chargé de sacs de semences. Le cheval hésite et secoue la tête en louchant, mais cela peut tout aussi bien être dû au sang qui recouvre l'uniforme du capitaine Wirth au niveau de la poitrine.

Lorsqu'ils remontent l'allée de peupliers, les villageois sont toujours dans la même position qu'avant, sauf qu'ils ne désignent plus avec les doigts leurs bouches ouvertes. Seuls leurs yeux sont ouverts.

Ils essaient de nous affamer, c'est nous ou eux, lui dit Lunzer, le visage illuminé par un grand sourire, comme s'il voulait à tout prix lui faire dire la même chose, mais W. ne sait pas quoi répondre.

Cela résonne fort et bruyamment quand l'un d'eux dévisse le couvercle de sa gourde et boit. Par devoir : comme pour avoir quelque chose à faire.

Où sont passés tous les hommes ? demande quelqu'un tout à coup.

Entre les rangées de peupliers, la lumière jaunâtre du crépuscule derrière les villageois dessine leurs silhouettes. Mais ce sont tous des enfants et des vieillards. Même avec la meilleure volonté du monde, ils ne pourraient pas offrir la moindre résistance aux soldats étrangers.

C'est alors que la cloche de l'église se met à sonner. Les coups du battant solitaire sonnent d'abord creux, comme se contentant de marteler totalement sans rime ni raison l'enveloppe vide du ciel, mais bientôt les coups se font plus lourds, ils se donnent du poids les uns les autres, et le sol en dessous se met à trembler, comme s'ils résonnaient là aussi et voulaient rejaillir entre leurs pieds. W. n'ose pas diriger son regard ailleurs que droit devant lui. Le capitaine Wirth chevauche immédiatement devant lui, dans son uniforme ensanglanté. Il y a quelque chose de presque obscène dans sa façon de laisser son corps, son dos et ses hanches épouser l'allure tout en douceur et en balancement de la croupe du cheval. Impossible de dire s'il est parfaitement impassible ou si le tintement de la cloche le traverse lui aussi.

Le ciel au-dessus de leurs têtes est encore aussi clair qu'une lanterne, mais recouvert d'une pellicule de minces nuées, comme si Dieu voulait jeter un voile et échapper le plus vite possible à ce spectacle.

Ils tamisent ce qu'ils ont de farine, ajoutent de l'eau, font frire le pain directement au-dessus du feu et le mangent tel quel, très chaud, brûlé en surface et cru à l'intérieur. Cette étrange somnolence persiste et fait que rien n'accroche vraiment le regard. Ou plutôt : il ne sait pas exactement ce qu'il voit. Ses propres mains et celles de ses camarades qui se tendent avec avidité et culpabilité vers le pain brûlant sur la grille au-dessus des flammes, ou bien celles du capitaine Wirth qui tailladent et tailladent encore le visage du pope. Le pain cru, les cris rapidement étouffés du pope, le sang qui s'écoule dans le crottin de cheval, le plancher de l'église, la terre où résonne la cloche et les battements du cœur. Il plaque ses mains sur ses oreilles, mais il est aussi difficile de faire taire le tintement de la cloche que d'occulter la terrible lumière du ciel. Tu crois que les morts reviennent ? demande Lunzer, au moment même où il pensait à la même chose. Dans cette lumière, l'être humain ne connaîtra pas de répit.

S'ensuivent de longues journées chaudes et même brûlantes, lorsque le soleil plombe et palpite au-dessus de l'horizon plat comme à l'intérieur d'un bouillon épais, et le sol sur lequel ils marchent est si sec qu'il semble à tout moment pouvoir s'effriter et s'effondrer sous leurs pieds. Au cours de ces journées, la faim est comme un os à vif dans son corps. La faim le torture depuis son palais desséché jusqu'à son bassin et une douleur intense qui s'aggrave à chaque pas le transperce. Il se dit que l'ennemi a rassemblé une armée considérable qui attend juste qu'ils soient suffisamment affaiblis pour les attaquer par-derrière et leur couper tout chemin de retraite.

Combien de temps les Russes ont-ils l'intention de se replier sur cette terre qui n'est pas vraiment quelque chose, rien qu'un vaste terrain brûlé sans horizon ?

La colonne avec ses chariots de matériels se déplace de plus en plus lentement.

Les renforts promis en ravitaillement et en hommes n'avancent guère plus vite.

Un jour, ils rattrapent un convoi de vivres français si lourdement chargé que les bœufs qui le tirent progressent à peine. Des chevaux d'officiers font également partie de ce convoi, plusieurs d'entre eux sont attachés à la dernière voiture. Voir ces chevaux déclenche de nouvelles rumeurs. Les officiers ont-ils eux aussi perdu la vie au front ? Ou bien ont-ils réclamé des montures fraîches pour fuir ?

Ces chevaux, manifestement bien nourris, sont des animaux nerveux qui s'effarouchent et menacent de se cabrer lorsque l'infanterie du Mecklenburg essaie de se frayer un chemin pour passer devant eux sur la route étroite et boueuse, et soudain c'est comme si la nervosité gagnait aussi la foule des fantassins qui ont marché pendant plusieurs jours sans repos convenable ni vraie nourriture. Une poignée d'hommes se jettent sur la popote et les grenadiers qui gardent le train des équipages se mettent en position de tir. Cela aurait pu se terminer dans un bain de sang si le major von Moltke et deux autres officiers n'étaient pas rapidement venus à la rescousse et, après un vif échange de propos en français, n'avaient pas mis un terme à l'escarmouche.

Telles deux énormes masses de terrain, les deux colonnes se séparent, les Français sont obligés de s'écarter et les Mecklenbourgeois peinent à passer. Des jurons sont échangés et les chevaux des officiers se dérobent et dressent les oreilles, ne sachant quel comportement adopter, à l'instar des fantassins qui n'ont rien d'autre à espérer que la faim et la misère.

Cette nuit-là, certains ont entendu ouvertement parler de la possibilité de déserter. Ils nous ont déjà estampés jusqu'à nos vêtements, dit Wiener, râleur par nature. Le major est assuré de la victoire, répond Krupp en se référant au major von Moltke et, évidemment, aucun d'eux n'a la moindre preuve de ce qu'il avance. Un autre objecte que quiconque part maintenant constitue une proie facile pour les Cosaques qui ravagent les plaines. Des Cosaques, réplique Wiener, quand as-tu vu des Cosaques pour la dernière fois ? Ils essaient seulement de nous jeter de la poudre aux yeux, de nous intimider, mais pour ma part je n'ai pas l'intention de me laisser intimider.

Entre-temps, Lunzer, le forgeron, s'est assis et il astique son rouble en argent. Et si c'était cette foule déchaînée, dit-il à W., qui avait énucléé les nôtres ? Si le pope était totalement innocent ? Je veux dire, peut-être qu'il a simplement essayé de les protéger dans son église ?

Il est évident que cette pensée le travaille énormément.

Le lendemain matin, ils atteignent la ville de Bobr sur les bords de la rivière du même nom. Ses rues étroites et tortueuses manquent de pavage et elles débordent tellement d'ordures et d'excréments d'animaux qu'ils ont l'impression de patauger avec leurs chevaux et leurs chariots. Le seul endroit presque propre est la place devant l'église. Ils y établissent leur camp, et dans l'après-midi, Lunzer, lui et quelques autres hommes reçoivent l'ordre de construire des fours puisqu'un convoi avec du ravitaillement est attendu dans la soirée. Ils réalisent cette tâche avec une vigueur renouvelée car ils savent désormais que le ravitaillement est en route. Le solstice d'été est passé depuis longtemps et la lumière rouge du ciel vespéral est plus terne, avec une teinte plus sombre qui évoque le plomb ou la cendre.

La chaleur demeure toujours aussi paralysante, l'air est immobile, lourd et étouffant. Ils dorment où ils trouvent de l'espace sur la place à côté de l'église ou dans les ruelles transversales et puantes, dos à dos et serrés les uns contre les autres pour protéger les leurs et leurs biens.

Dès le crépuscule, des ombres se détachent de l'obscurité. L'une d'elles trouve son chemin vers l'écurie abandonnée à côté de laquelle Lunzer et lui dorment, dans une odeur de pisse de cheval et de déchets d'abattage. Contrairement aux putes qui suivent le convoi, celle-ci n'est pas vieille, mais elle est maigre comme un clou et manifestement folle. Quand elle parle, sa mâchoire inférieure bouge – on dirait qu'elle va dans une direction différente du reste de son visage – et dégage une haleine fétide, une forte odeur âcre d'alcool. Elle brandit une bouteille au bout d'un bras aussi long et pointu qu'un bâton, qui retombe comme sous son propre poids.

Lunzer lui prend la bouteille des mains et boit comme s'il pouvait boire les ténèbres nocturnes, toute la faim et tout le découragement en une seule gorgée, et quand il la monte ensuite, il gémit plus que d'habitude. *Donne-moi, donne-moi, donne-moi*, répète-t-il. On ne comprend pas très bien ce qu'il veut obtenir d'elle : est-ce plus d'elle-même ou plus d'alcool ?

Lorsque quelques heures plus tard le soleil incendie à nouveau le ciel, Lunzer dort sur le dos, les deux bras écartés du corps, dans un geste de capitulation, comme déjà prêt à monter au ciel. Plus loin dans les ruelles, d'autres dormeurs reposent. Des ombres lourdes se déplacent sur et entre eux au même rythme indolent que les charognards quand ils battent des ailes, un peu hébétés, avant de s'abattre sur le cadavre suivant.

Même les soldats qui ont reçu l'ordre de monter la garde ne sont pas en mesure de chasser cette meute de voleurs. L'une des sentinelles dort même, à moitié couchée, le dos contre la porte de l'église, la crosse du fusil coincée entre les jambes.

La nuit suivante, ils entendent le convoi approcher. Il se produit comme une fissure dans l'obscurité et il en jaillit un vacarme épouvantable : les cochers crient sur les animaux de trait et les fouettent pour les obliger à franchir les berges de la rivière, les roues des chariots grincent. Tout à coup, c'est comme s'ils étaient partout, ces hommes avec leurs cris et leurs vociférations, ces bœufs avec leurs meuglements. Sur la place, plusieurs soldats se sont déjà remis sur leur séant, sûrs que l'ordre de commencer à allumer les fours ne saurait tarder.

Mais tout cela n'est qu'une illusion ; une hallucination auditive due à la faim.

Le lendemain, quand le sergent fourrier se présente à l'aube, il ne peut qu'écarter les bras dans un geste d'impuissance. Aucun convoi n'est encore arrivé. On leur sert la même *kapusta* nauséabonde qu'à l'ordinaire et vers midi ils reçoivent l'ordre de se mettre en rangs et de reprendre la route.

Quelques jours plus tard, ils franchissent le Dniepr à hauteur de la ville d'Osza et continuent vers Smolensk, également abandonnée par l'armée russe lors de sa retraite. Après une autre longue journée de marche, ils arrivent dans une ville appelée Dorogobouj.

Ils ne pousseront pas plus loin à l'est que cela.

D'un jour à l'autre, le froid est venu. Comme lorsqu'on retourne une main. Comme ça, dit W. en retournant sa paume afin que seul le dos de sa main soit visible. Même Clarus, derrière son bureau, peut voir la pâle blessure qui race sur la main du prisonnier une sorte de carte que fait ressortir le noir des veines. Le froid arrive avec le vent du nord et s'installe pendant des semaines. Comme si un registre de cheminée avait été posé dans le ciel. Au sommet de la ville se dresse un château fortifié qui offre, pendant ces journées glaciales, une vue dégagée sur le paysage sur des lieues à la ronde. C'est ce château, comme les palissades près du fleuve, qu'ils ont reçu l'ordre de consolider. Depuis les garde-corps du château, W. regarde en bas le fleuve avec ses grands méandres sur lesquels jouent les reflets du soleil et les ombres des nuages, ainsi que sur le patchwork formé par les forêts et les modestes champs alentour. Plus près, il aperçoit le pont flottant qui permet d'aller dans les faubourgs en dehors de la ville où la route se sépare en deux branches. À droite, elle continue vers la ville de Tver et vers la Volga ; à gauche, elle conduit à Doukhovchtchina et rejoint la route principale vers Saint-Pétersbourg. Il règne dans les villages le long de cette route un silence irréel, comme s'ils avaient été touchés par une sorte de paralysie : pas un chat, nulle part. Rien que les cloches qui sonnent sans interruption, les églises faciles à distinguer avec leurs coupoles en forme d'oignon, quelques-unes peintes, les autres bâtiments tous construits en bois gris uniforme.

Pendant trois semaines, ils tiennent là-haut, et avec le froid vient l'obscurité qui est autre chose que l'absence de lumière. Jour après jour, il observe du haut du château le paysage se fondre dans une brume grise. Même au-dessus du fleuve s'élèvent des fumées et des brouillards.

Une rumeur affirme que Napoléon aurait quitté Moscou après que toute la ville eut été incendiée tandis que les Russes feraient route du Sud et du Nord pour tenter de couper leur retraite. Ils peuvent être là d'un moment à l'autre. On prétend aussi que leur chef de régiment est retourné à Königsberg avec une poignée d'officiers et un adjudant, en laissant le commandement au major von Moltke. Il paraît qu'ils seraient partis chercher du matériel, des provisions et des vêtements, au cas où ils seraient contraints de prendre ici leurs quartiers d'hiver. Mais personne n'y croit. Si même le commandement du *Franzose* lilliputien déserte, que va-t-il advenir de nous, dit Lunzer.

Eux-mêmes n'ont rien. Ils fourrent de la paille dans leurs bottes et à l'intérieur de leurs vêtements, et enduisent de graisse et de saindoux chaque partie du corps exposée. Lunzer s'est enveloppé dans une épaisse fourrure d'ours sur laquelle il est tombé quelque part, s'est enduit la tête, la nuque et les mains de graisse, puis s'est bandé les mains avec des chiffons de sorte que seules les extrémités de ses doigts brillent, rouges à la lueur des flammes. Ils sont tous logés simplement, dans de modestes remises à bateau et entrepôts, en contrebas, près du fleuve.

Ils jouent aux cartes et aux dés pour garder le moral, le gagnant remporte une bouteille de vodka, ainsi qu'une soupe épaisse et filandreuse avec des morceaux de gras gris dont certains disent qu'ils pourraient provenir d'un chien.

Je parie ma dernière pièce que le major général et sa suite ne reviendront jamais, dit Lunzer. Pourquoi ne pas parier plutôt ta fourrure ? C'est Papenhafer, le Saxon, qui pose cette question. Il a sur lui son thermomètre dont l'indicateur au mercure n'a pas bougé depuis la dernière fois qu'il le leur a montré, alors personne n'en veut comme gage. Pas plus que la fourrure de Lunzer. On se demande d'où elle sort. Je l'ai échangée à une canaille de manouche, dit-il en riant, comme toujours avec ce rapide regard fuyant qui révèle qu'il ment.

On dirait qu'il exerce une force d'attraction sur les choses, ce Lunzer. Tout finit inexplicablement entre ses mains. Tel ce rouble en argent qu'il ne cesse de sortir et d'astiquer, comme si tout – leur survie, oui leur présence même au bord de ce fleuve noir fumant – dépendait de l'éclat de cette pièce.

Dans la nuit, le vent se met à souffler plus fort, entraînant une pluie crépitante d'étincelles du fait des feux allumés dans la remise où les grenadiers et les mousquetaires sont logés. Quand son estomac déjà douloureux ne supporte plus l'alcool et cette soupe pourrie, et qu'il descend vers le fleuve pour se vider, la nuit au-dessus de lui paraît infinie. Comme si elle seule possédait une réelle consistance et que les jours naissaient seulement comme une brume légèrement effervescente en dessous : une lumière du jour voilée par la fumée et le feu que bientôt vient recouvrir la nuit de nouveau. Quand les armées de Napoléon l'emportèrent à Iéna, il tomba une pluie d'étincelles dans le ciel. Bien qu'à présent le ciel soit éteint comme si quelqu'un avait posé une main pour y faire de l'ombre. Quelque part là-haut, dans la brume au-dessus de la ville, flotte la citadelle où le major von Moltke et les officiers restants se sont retranchés, dans l'attente de nouvelles consignes.

Un après-midi, depuis les garde-corps de la citadelle, il voit le soleil se réduire à une moitié avant de sombrer dans une bordure nuageuse au-dessus de l'horizon, telle une louche dans une marmite. Puis il voit arriver au galop, le long de l'autre rive, une poignée de cavaliers. Loin au fond résonnent des coups de canon. Leur son est étouffé, comme si le sol était pris de tremblements continus. Impossible de dire si ces tirs baissent en intensité ou au contraire se rapprochent lentement, comme dissimulés sous leur sombre manteau sonore.

À l'aube, ordre est donné de lever le camp et maintenant (si tant est qu'on en ait douté) chacun doit admettre que les officiers les ont abandonnés à leur sort. La voiture des officiers n'est pas attelée, rien que le chariot avec les bagages, le capitaine Wirth et les autres officiers accompagnent la colonne à cheval, passant sans arrêt de l'avant à l'arrière, non pas pour augmenter la cadence, plutôt pour cacher qu'ils ne sont pas au complet.

À l'aube donc : une couche nébuleuse tachetée, recouverte de fins nuages ressemblant à des voiles, un vent glacial du nord avec de la neige granuleuse qui fouette leur visage comme une grêle cinglante. La chute de neige s'intensifie à la tombée de la nuit, mais ne sont autorisés ni halte ni repos : ils marchent toute la nuit dans la neige épaisse comme à l'intérieur d'une moufle resserrée, et quand ils atteignent Smolensk au petit jour, les murailles enneigées de sa forteresse leur paraissent complètement étrangères, comme si toute la ville avait disparu en elle-même.

Ils attendent pendant deux jours et deux nuits sous un ciel qui lentement s'éclaircit. Quand l'obscurité tombe, ils allument des feux pour guider les troupes, et avant l'aube du deuxième jour arrive la première colonne de soldats français. Comme si l'obscurité elle-même les recrachait : à la lumière des flammes, ce sont des ombres noires sur la neige blanche. L'armée avance, flanquée de cavaliers qui font sans cesse le va-et-vient entre l'avant et l'arrière de la colonne. Celle-ci est si éparpillée qu'il faut une journée entière avant que tout le monde soit réuni et que le terrain d'entraînement à l'extérieur des murailles de la ville devienne un gigantesque camp militaire.

À ce stade, plusieurs colonnes de prisonniers russes enchaînés les uns aux autres, venues grossir leurs rangs, sont aussi arrivées. La plupart n'ont plus que des loques sur le corps et pourtant semblent être dans le même état que leurs gardiens. Plusieurs d'entre eux marchent le dos raide et le regard droit devant eux, apparemment indifférents aux coups et aux insultes qui pleuvent.

Parmi les spectateurs sur le bord de la route se trouve aussi Lunzer dans son immense fourrure d'ours. Devant chaque groupe de prisonniers qui passe, il crache dans sa main et fait glisser le rouble en argent entre ses doigts.

Lorsqu'il cesse de neiger, les températures continuent de chuter. L'air devient clair et sec. Vers midi, la lumière du soleil tombe dans ce qui paraît être un puits profond dont le froid a recouvert la margelle d'un fer mordant et coupant. Car à chaque heure, le froid s'infiltre plus profondément dans les poumons. L'engourdissement gagne le visage et les mains. Dans le vent qui de nouveau fait souffler la neige vers eux, le champ de vision se rétrécit d'autant plus et la distance entre la colonne de tête et celle des prisonniers et des blessés augmente toujours plus. Quand vient l'obscurité, ils auraient tout aussi bien pu marcher seuls, lui et Lunzer empêtré dans sa fourrure qui pèse des tonnes. Il le sait d'ailleurs et se cramponne à W. avec un mélange d'ardeur et de désarroi, tel un animal.

À la tombée de la nuit du quatrième ou cinquième jour après le départ de Smolensk, ils atteignent le fleuve Odrow. Le temps s'est mis au beau pendant la nuit. Les sapeurs ont fabriqué un radeau qui tangue et a du mal à résister à la pression des masses d'eau. Les rives sablonneuses sont recouvertes de congères lisses qu'ils doivent escalader pour avancer. Avant qu'ils atteignent l'attache du pont, Lunzer tombe et glisse lentement dans l'eau. Si la lourde pelisse avait eu le temps d'être trempée, il aurait probablement coulé aussitôt. Mais W. et un autre homme de la compagnie réussissent au dernier moment à le tirer de l'eau.

Il reste là, grelottant de froid.

Lunzer, en d'autres lieux si entreprenant et plein d'idées, n'est plus qu'un gueux pitoyable qui tremble de tout son corps.

Et les voilà de nouveau à Bobr. La ville avec son entrelacs de ruelles est à peine reconnaissable dans ce froid intense et cette neige. Ses maisons en bois qui semblent s'appuyer les unes contre les autres, avec de la neige jusque sur les avant-toits, offrent un peu de protection contre le vent têtu, mais ne permettent pas d'avoir une vue d'ensemble. La ville est comme une cage où ils se retrouvent prisonniers tel un gibier sans défense. Déjà au bout d'une heure, la rumeur court qu'ils sont attaqués ; mais il s'avère que c'est la colonne de tête qui revient sur ses pas.

Ils apprennent que la route principale vers Minsk est bloquée et que les troupes du tsar se sont infiltrés dans cette partie du front.

Ils sont encerclés.

Un groupe de soldats se jettent sur les prisonniers russes. W. voit trois prisonniers se faire défoncer le crâne et le visage avant que des officiers ne parviennent à s'interposer.

Lentement la colonne se remet en mouvement. Bien que tout le monde soit mélangé maintenant. Si au départ ils marchaient en bon ordre, chaque régiment pour soi, à présent c'est comme si ce pays les avait recrachés en un bienheureux désordre. Parmi les Mecklenbourgeois se trouvent même des soldats de la ligue de Hesse et de Westphalie. Ils entendent tonner l'artillerie ennemie qui résonne de partout, à moins que ce ne soit qu'un écho qui naît quand ils traversent un paysage si gelé et désert que le son, ne rencontrant aucun obstacle, ne s'arrête nulle part.

Tôt un après-midi, alors que la faible lumière restante est déjà en train de disparaître à l'horizon, la route passe à travers une zone forestière très dense. Les pins recouverts de neige se dressent des deux côtés de la colonne, telles des sentinelles, hautes et raides.

Par prudence, les officiers envoient quelques hommes en éclaireurs. À peine ont-ils tourné au coin d'un virage qu'ils reviennent précipitamment en agitant les bras : un peu plus loin sur la route, dans ce qui semble être un terrain déboisé, ils ont aperçu des chariots renversés et des cadavres de chevaux, et un peu plus haut sur le talus, plusieurs cadavres éparpillés çà et là, tous dans des positions tordues, le sang et les entrailles répandus sur la neige. Les visages et les parties découvertes des mains sont recouverts d'une épaisse couche de poudreuse, mais les empreintes de sabots laissées par les chevaux sont encore profondes dans la neige et de longues traînées d'excréments courent sur la route.

À côté d'un traîneau à chiens dont les patins ressortent d'une congère comme des cornes de chamois, W. s'apprête à appeler Lunzer qui se tient un peu plus loin pour qu'il vienne l'aider à le dégager de la neige, quand quelqu'un près de lui pointe l'endroit où la route s'enfonce dans l'épaisse forêt.

À première vue, les cavaliers étrangers se distinguent à peine des murs massifs de pins, puis c'est comme si l'ombre des arbres lentement se dissipait d'elle-même.

Les cavaliers se dispersent sur les flancs, certains comme sournoisement penchés sur le col de leurs montures.

Juste derrière eux, le capitaine Wirth hurle ses ordres.

Il s'ensuit un vacarme terrible quand les mousquetaires font feu.

Cela ne fait que réduire un peu cette bande de Cosaques. Certains semblent battre en retraite mais font faire demi-tour à leurs chevaux et reviennent encore plus fort à la charge. L'un d'eux passe si près de W. que ce dernier croise son regard. Il a le temps de voir le pistolet avant que le coup ne parte et l'évite de justesse, il sent l'odeur de la poudre et la sueur âcre du corps chaud de l'animal, pendant que le Cosaque passe dans un grondement de sabots qui lui jettent de la neige au visage.

Un peu plus loin, Lunzer, qui peste, a déjà mordillé une cartouche et verse de la poudre dans le canon, et c'est peut-être parce qu'il a réussi et lève déjà son fusil qu'un autre des Cosaques lancés au galop vise par-dessus son épaule et fait feu. On dirait que la jambe gauche de Lunzer explose en morceaux. Des lambeaux de chair ensanglantés volent dans les airs tandis que Lunzer fait un demi-tour sur lui-même et tombe sur le côté dans la neige.

W., qui s'est fait tout petit jusqu'à ce que les tirs cessent et que les bruits de sabots aient disparu, court auprès de Lunzer recroquevillé dans la neige comme s'il avait une crampe dans la jambe tendue devant lui, suivant un angle peu naturel. Son visage est pâle, comme vidé de tout son sang. W. lui saisit les épaules et presse son visage contre les lèvres du blessé pour voir s'il respire encore. Un long gémissement sort de sa bouche. Lunzer fait une tentative pour soulever son thorax, mais la douleur l'élance à travers tout le corps et il retombe en silence sur le dos.

Dans cet état, il n'ira nulle part, crie quelqu'un.

Deux hommes arrivent, leurs pas s'enfonçant dans la neige. L'un d'eux tient sa jambe blessée en l'air tandis que l'autre la bande avec un bout de tissu. W. réussit à détacher le traîneau de la congère gelée et, ensemble, ils hissent dessus à grand-peine le corps lourd de Lunzer. Du chariot contenant le matériel, quelqu'un leur jette une corde qu'ils passent rapidement entre les patins du traîneau. Mais l'instant d'après le capitaine Wirth arrive à cheval à leur hauteur.

Lâchez, dit-il simplement.

Personne ne se résout à lui obéir, alors il détache lui-même la corde qui relie le traîneau au chariot de matériel. Dans le visage osseux de Wirth se lit la même expression de mépris et de léger dégoût que lorsqu'il se tenait devant le pope de l'église du village. Ensuite il remonte à cheval, donne l'ordre de repartir et toute la colonne, pour ainsi dire à contrecœur, se remet en mouvement et est ensuite engloutie par la forêt comme si elle n'avait jamais existé.

Ils sont peut-être une quinzaine de blessés à rester, en plus de Lunzer et de lui-même, la colonne est à présent si étirée qu'il s'écoule presque douze heures avant que les prisonniers de guerre et les autres blessés ne les rattrapent.

Entre-temps c'est le soir et des nuées de corbeaux tournoient dans l'air au-dessus des cadavres pas encore enterrés qui gisent sur le sol. Ils sont assis recroquevillés les uns contre les autres à écouter les gémissements des blessés. Puis l'obscurité tombe et aucun d'eux n'ose faire du feu de peur que les Cosaques ne reviennent. Il croit les voir se détacher des ombres massives des arbres, par vagues ils foncent, le fusil ou le sabre levé. Jamais il n'a éprouvé pareil effroi ou cru qu'il vivrait ça un jour : comme si la nuit et le froid glacial n'étaient ni la nuit ni le froid mais une créature vivante maléfique qui n'attendrait qu'une seconde de relâchement d'attention de leur part pour les déchiqueter, ou bien comme si cette mise en pièces avait déjà débuté et que la seule chose qu'ils pussent faire était de rester allongés, transis de froid, à attendre que tout s'accomplisse, mettant au moins un terme à leur souffrance.

Aux premières heures du petit matin turquoise, il les entend arriver. Il perçoit le martèlement de leurs pas et le hennissement de leurs chevaux, le cliquetis des harnais dans le froid et les grincements et frottements des roues de leurs voitures. Quelqu'un crie *Halte!* et de nouveau des hommes courent partout et essaient de s'occuper des blessés et des estropiés.

Un médecin militaire examine la blessure de Lunzer. Sur le traîneau il est allongé sur le dos, le visage tourné vers le ciel : comme si de là seulement pouvait venir le secours. Puis les patins du traîneau sont attachés à un des chevaux à l'avant et ils continuent leur progression à travers la forêt avant de retrouver les vastes étendues enneigées.

À présent l'artillerie des troupes russes s'entend distinctement. Des tirs paresseux, étouffés, dont l'écho se propage profondément sous la terre. Le tonnerre gronde, ça se rapproche de plus en plus. C'est comme s'ils n'échappaient plus à leur destin mais le tiraient derrière eux, sans cheval, ayant abandonné tout espoir.

Personne, même pas vous, Monsieur le Conseiller, ne peut imaginer le triste spectacle que notre armée allait rencontrer. Nous aurions dû nous rendre à Borissov, mais les ordres avaient été changés au dernier moment. Plus tard, nous avons compris que les Russes s'étaient déjà rendus maîtres de cette ville, qu'ils surveillaient les accès aux ponts et, avec leur artillerie, nous tiraient dessus de différentes positions le long de la route qui y menait et de là-bas. Nous avons reçu l'ordre de nous joindre à la colonne de prisonniers qui allaient vers le nord, sous la conduite d'une compagnie du Mecklenburg, mais nous avons été obligés d'attendre plusieurs fois que des cavaleries étrangères passent d'abord, et sans cesse de nouveaux blessés venaient grossir les rangs de notre colonne.

On aurait véritablement dit le jour du Jugement dernier. Tous ces malades et ces blessés. Beaucoup touchés aux jambes ou aux bras, comme Lunzer, d'autres le visage à moitié arraché. Beaucoup tirés sur des traîneaux comme celui sur lequel je tirais Lunzer, ou sur des brancards de fortune, fabriqués avec quelques planches et des branches de pin. D'autres n'avaient pas le choix, ils devaient marcher, avec le seul soutien de camarades eux-mêmes si faibles et en si piteux état qu'ils donnaient l'impression de risquer de s'effondrer à tout instant.

Sur la rive du fleuve, ils étaient déjà des dizaines de milliers à attendre pour franchir l'unique pont, mais priorité était donnée à ceux qui étaient encore en état de se battre. Sans cesse, l'officier venait nous annoncer que la prochaine fois ce serait notre tour, mais il y avait toujours quelqu'un qui devait passer avant nous. Comme Monsieur le Conseiller peut s'en rendre compte, il n'existe aucune justice au ciel. Les pauvres et les malades sont toujours les derniers à pouvoir entrer, et encore, quand on les laisse entrer. Et, comme si Dieu avait voulu montrer son caractère impitoyable juste envers nous, depuis deux jours c'était le dégel. Déjà de grandes plaques brunes apparaissaient sur la glace, signe que ce pont ne tiendrait pas longtemps avant d'être emporté par les masses d'eau. Si les Russes s'approchaient encore, nous avons compris que les nôtres préféreraient faire sauter le pont de leur côté : nous n'aurions alors d'autre issue que d'espérer que l'ennemi fasse preuve à notre égard d'une miséricorde tout à fait inexplicable.

Deux nuits et deux jours, voilà le temps que dura ce jour du Jugement dernier. La terre s'embrasa et les flammes s'élevèrent dans le ciel comme un feu vivant. Toutes les troupes amassées sur les rives du fleuve ou qui n'avaient pas pu trouver abri ailleurs essuyaient les tirs nourris des positions russes sur les hauteurs, et ceux qui n'avaient pas encore réussi à atteindre le pont se voyaient contraints de battre en retraite pour se protéger; dans cette canonnade ininterrompue, ce vacarme incessant des tirs d'artillerie, des officiers hurlant leurs ordres, des hennissements des chevaux qui s'écroulaient en entraînant dans leur chute tous les chargements des chariots, nous devions malgré tout nous approcher du fleuve et nous mettre en position à l'endroit où nos troupes étaient le plus à découvert.

Quand enfin ordre fut donné de franchir le pont, il faisait nuit depuis longtemps, mais l'incendie dans le ciel transformait la nuit en jour le plus clair qui soit. Nous faisions partie des derniers et c'était une cohue sans nom au pied du pont. Je parvins à tirer le traîneau portant Lunzer sur le dernier tronçon et je crois avoir eu déjà à ce moment-là un accès de fièvre, car soudain je m'imaginai qu'à la place de Lunzer c'était une créature monstrueuse qui luttait de toutes ses forces, et quand je me retournai, mes yeux plongèrent dans la gueule du monstre et cela rougeoyait à l'intérieur comme là-haut dans le ciel.

Je savais que je ne pouvais pas rester là ni cesser de tirer le traîneau ni lâcher des yeux un seul instant la colonne devant moi, car quoi que je fasse, tout serait alors perdu.

Pourtant un immense sommeil s'était comme lentement abattu sur moi.

La dernière chose dont je me souvienne, c'est une nuée de corbeaux noirs du genre de ceux qui se nourrissent des soldats et des bêtes de trait tombés ; et aussi une rangée de troncs de maigres bouleaux qui jetaient un éclat blanc comme des oriflammes, bien qu'entre eux n'aient régné que des ombres. C'était comme si ces bouleaux avaient une âme qui transmettait à leur écorce une lumière tout à fait singulière.

Petite Chérie, je me croyais au royaume des cieux.

À son réveil, il fait clair à nouveau, tout est gelé et silencieux comme dans une tombe. Devant lui se dresse un grand gars, qui fait plus de deux fois son ombre, avec un fusil dirigé sur eux ; à son côté se tient un homme sans visage. Tous deux portent le manteau bleu de l'uniforme de l'armée française, bien que l'homme sans visage ait une chapka russe en fourrure sur la tête. Il croit d'abord qu'il doit s'agir de dragons partis à la recherche de déserteurs et il se redresse sur sa couche de branches de pin et commence à leur expliquer : l'attaque de leur compagnie par des Cosaques, le ralliement au convoi de prisonniers, leur place parmi les derniers à franchir le fleuve, puis leur décrochage de la colonne avec les malades et leur refuge sur une colline boisée. Le grand type ne semble pas l'écouter. Il regarde le traîneau avec Lunzer couché sur le dos. Joost, dit-il en se présentant, et lui, là, c'est Dinkel. Il veut parler de l'homme sans visage. Ensuite il s'agenouille à côté du traîneau, défait les bandages ensanglantés de Lunzer et fait signe de vouloir de l'eau de la flasque de W. Ensemble, ils tentent de nettoyer la plaie qui est déjà toute noire à l'endroit où la balle est entrée. De l'autre côté, juste sous la cuisse, la jambe a tellement gonflé que l'articulation du genou ne peut plus se plier.

Ça ne sert à rien, dit Joost. Il faut un médecin.

W. ne dit rien. Les arbres qui avant gouttaient d'humidité sont de nouveau raidis par le froid. Une forêt qui tinte et vibre.

Comment est-il arrivé ici ? demande Joost. Tu l'as tiré sur le traîneau ?

W. ne dit rien. Joost regarde autour de lui. Ce qui avant était de la neige est à présent de la glace dure et crevassée.

Je ne sais pas si on peut encore tirer le traîneau sans risquer de tomber soi-même, finit-il par dire.

Pourquoi ne pas l'achever simplement d'une balle ? suggère Dinkel.

La voix de Dinkel est comme son visage : tout aussi absente. Mais il y a également une colère derrière. W. a la rapide vision d'un drap qui claque au vent mauvais. Le vent est-il cette voix rauque qui murmure ou la colère elle-même ? Il ne le sait pas.

On n'abat pas les gens comme des bêtes, se contente de répondre Joost.

Ils avancent à grand-peine sur la glace et la fine couche de neige poudreuse. Joost et lui se relaient pour tirer le traîneau portant Lunzer, sa jambe fixée à une attelle provisoire et pansée avec de nouveaux bandages. Dinkel ne tire pas, il marche un peu en avant, comme pour reconnaître le terrain. On n'entend pas un son, hormis le crissement des patins sur la glace et les longs râles gémissants de Lunzer. Si le ciel avant était un incendie dont l'intérieur échappait à tout regard, à présent il s'est transformé en un dôme étroit, si étroit que la sueur qui s'échappe de leurs corps aurait tout aussi bien pu être de la buée à l'intérieur de ce dôme. Durant tout le temps qu'ils marchent, il a la sensation que chaque arbre, chaque lisière de forêt, chaque étendue qu'ils traversent, n'est là que pour dissimuler quelque chose d'autre. Quand ils sont obligés de s'arrêter enfin, à deux doigts de s'évanouir d'épuisement, même le paysage s'interrompt. La forêt et les grandes étendues les fixent comme pour lire dans leurs pensées ce qu'ils ont l'intention de faire après.

Le froid fait son retour. Il le sent monter de la terre et de la neige. À la tombée de la nuit, tout ce qui les entoure semble respirer le froid. Néanmoins Joost refuse de faire un feu. Ils se cachent parmi les arbres, dit-il. S'ils sentent l'odeur de la fumée, ils seront là en moins de deux. Il ne dit pas qui *ils* sont. L'avant-garde de troupes russes, des Cosaques, des bandes errantes de pillards, peut-être seulement de vieux villageois qui ont pris les armes et sont partis dans la forêt ?

Dinkel prend Joost à part et lui parle sur le ton de la confidence, une main posée sur son bras. De profil, ses joues et son menton sont dissimulés par le col de son manteau, mais on voit son front haut, son nez et ses orbites dans lesquelles doivent être les yeux. Aussi une petite bouche, pâle, pour ainsi dire boudeuse. Il est impossible de dire si ses lèvres ténues sourient ou non ou s'il s'agit même de lèvres tout court et non simplement d'une fine ligne fendue où les joues se fondent dans ce qui aurait dû être le menton. W. se demande quel péché Dinkel, comme Caïn, a dû commettre pour avoir comme punition dans sa vie terrestre de ne vivre qu'avec un demi-visage. Dinkel détourne à nouveau son large dos déformé et, par-dessus son épaule, pointe le doigt dans la direction de Lunzer, on dirait que c'est la fourrure d'ours qui l'intéresse. À côté du traîneau, W. se recroqueville de peur. Ce n'est pas la même peur que quand ils traversaient les marécages et que, l'un après l'autre, ils tombaient d'épuisement. Ou quand les ombres des Cosaques se détachaient de la lisière de la forêt et que les cavaliers étrangers se précipitaient sur eux au galop. C'est une peur coriace, corrosive et constante qui lentement le concasse de l'intérieur. Comme la faim. Et comme la faim, la peur ne ronge pas seulement ses forces physiques mais aussi sa vue et son ouïe. Il sait que Dinkel pourrait l'aveugler et l'anesthésier, lui voler sa dernière pensée raisonnable, à supposer que Joost l'y autorise, et il le ferait ni vu ni connu.

Ils se relaient la nuit pour monter la garde, mais en vérité c'est surtout Joost qui s'en charge. Dinkel dort ou fait ce qu'il peut bien trouver à faire derrière son visage fantôme, et Lunzer souffre trop pour être d'une quelconque utilité. Plusieurs fois il se réveille de sa torpeur fiévreuse et donne des coups autour de lui comme pour se protéger d'assaillants invisibles, et lorsque W. se penche au-dessus de son visage, il le découvre en sueur.

Quand il fait sombre, les constellations se détachent sur le ciel comme si elles avaient été gravées sur du verre fragile, le froid est une chose dure et métallique qu'il est possible de toucher et on peut aussi sentir l'odeur de la neige : quelque chose d'âpre et d'humide dans l'air.

À l'aube, quand la lumière du jour s'infiltre sous les cimes des arbres protecteurs, la jambe de Lunzer a doublé de volume et sa plaie exhale une puanteur acide. Ils continuent encore quelques jours mais Lunzer souffre tellement qu'il ne supporte plus de rester longtemps allongé sur le traîneau. La moindre épine ou secousse le fait gémir de douleur. Ils doivent se rendre à l'évidence : ils ne pourront plus aller très loin, et Lunzer le sait aussi. Lorsqu'il est éveillé, son regard inquiet va de l'un à l'autre. À W. il adresse une supplique muette, comme si lui seul pouvait lui offrir la rédemption ou le délivrer de ses tourments.

Un matin, Joost part sur la route avec la longue-vue qu'il porte à la ceinture mais cette fois il reste longtemps planté au bord de la route, la lorgnette rivée à son œil, avant de se retourner et de faire signe à Dinkel de venir le rejoindre.

C'est une journée brumeuse où le soleil a du mal à percer, et où le brouillard froid descendant jusqu'au ras du sol noie tout le paysage et rend ses contours flous. Au début, quelque chose émerge lentement à l'horizon, il semble que ce soient des cavaliers à cheval. C'est comme s'ils surgissaient tout droit de l'éblouissement même, presque coupés en deux, le haut du corps séparé du cheval, si bien qu'il n'est pas possible de voir combien il y a de cavaliers. Mais Joost en est sûr. Il n'y en a qu'un seul. Dinkel veut aller chercher le fusil mais Joost leur fait signe de remonter dans les bois. Pas d'arme. Sur le traîneau Lunzer a lui aussi compris qu'il se passe quelque chose et tente de se redresser sur un coude. Il a de l'écume dans la barbe, ses yeux sont comme fous. Joost sort sur la route et gesticule des deux bras vers le cavalier solitaire qui s'approche lentement, se penche en avant sur sa selle puis parcourt du regard la colline boisée que Joost désigne maintenant du doigt. Pour autant qu'ils puissent voir, l'homme n'est pas armé. Joost continue de pointer la colline du doigt et finalement l'homme met pied à terre, détache une sacoche noire solidement arrimée à l'arrière de la selle et s'avance ensuite en marchant avec la sacoche dans une main et les rênes du cheval dans l'autre.

En s'approchant ils entendent Joost parler en français et l'homme le comprend manifestement car il hoche la tête et semble serrer les dents, sans toutefois paraître effrayé. Il est trapu, porte une redingote à double boutonnage et des bottes qui lui arrivent aux genoux. Son visage est presque rondelet, rasé de près mais avec de gros sourcils fortement marqués. Un médecin. À défaut d'autre chose, cela se devine à sa sacoche noire. Son visage exprime une sorte de détermination calme et patiente. Là d'où vient W., un médecin n'entreprendrait jamais sa tournée de visites aux malades sans un cabriolet à un cheval, à tout le moins. Mais ce médecin-là monte à cheval en solitaire. Quelle distance n'a-t-il pas dû parcourir sur le dos de ce bel animal !

Le médecin ôte sa toque de fourrure et dévoile un crâne singulièrement chauve.

Joost continue de lui parler. Ensemble, ils escaladent la colline boisée où Lunzer est couché sur son traîneau avec sa jambe enflée tendue devant lui comme s'il s'agissait d'un objet étranger ne lui appartenant pas.

Le médecin soulève la couverture avec laquelle Lunzer a recouvert sa jambe. Pour un peu W. verrait de quelle façon le sang bat sous la croûte noire de la blessure ; une forte odeur aigre-douce s'en dégage, qui leur donne la nausée. Le médecin dit quelque chose en français à Joost et secoue la tête. Il estime que la jambe doit être amputée et il n'a pas les instruments qu'il faut pour le faire, explique Dinkel à W. Joost est buté, il sort une poignée de pièces de monnaie de son paquetage. Le médecin fait deux ou trois pas en arrière, sourit, et écarte les bras dans un geste d'impuissance.

Dinkel se tient derrière lui, le fusil levé.

Si ça peut sauver la vie de ce pauvre homme[1], dit Joost.

1. En français dans le texte.

Ils allument un feu, font fondre de la neige dans une marmite. Le médecin trempe les chiffons dans l'eau bouillante et les retire avec la pointe de la baïonnette que Joost a dévissée et lui a donnée. Lunzer hurle comme un fou quand il comprend ce qu'ils ont l'intention de faire mais Dinkel lui enfonce un des chiffons dans la bouche et, unissant leurs efforts, W. et Dinkel soulèvent le blessé sous les bras afin que le docteur puisse accéder à toute la jambe. La baïonnette n'est pas assez aiguisée et le médecin doit faire levier et peser de tout son poids. En dépit du chiffon dans la bouche, Lunzer hurle tellement que cela s'entend loin à la ronde.

Joost prend le fusil et sort sur la route pour faire le guet. Ce n'est que lorsque le tranchant de la baïonnette atteint l'os lui-même que le silence se fait enfin : Lunzer s'est évanoui avec les doigts de Dinkel enfoncés dans la bouche.

Le médecin se met à genoux à côté du traîneau et commence à laver soigneusement la plaie en utilisant le liquide d'un flacon d'apothicaire qu'il tire de sa sacoche noire. Il sort ensuite un morceau de toile de lin propre et panse à nouveau la plaie. W. entend le bruit feutré des bottes de Joost sur la neige. Écartez-vous, dit-il en allemand. W. se retourne. Derrière lui, Joost soulève une bûche très haut au-dessus de son épaule et l'abat avec violence sur l'arrière de la tête du médecin. L'homme tombe en avant, le visage contre le sol de la forêt couvert d'aiguilles de pin. Joost se met sur lui à califourchon et continue de frapper jusqu'à ce que le crâne chauve éclate et révèle la boue collante de sang et de matière cérébrale en dessous.

Le silence règne pendant longtemps. Le seul bruit que l'on entende est celui du vent qui passe sur la cime des pins là-haut au-dessus d'eux.

Comment allons-nous remettre Lunzer sur pied maintenant ? finit par dire Dinkel.

Nous avons davantage besoin du cheval, répond Joost.

Ils ramassent quelques branches et feuilles et en recouvrent le cadavre.

Joost ouvre et examine soigneusement le contenu de la sacoche du médecin, puis l'attache solidement à l'arrière de la selle. En s'y mettant tous, ils parviennent à hisser un Lunzer encore inconscient sur le dos du cheval où ils le lient solidement et s'éloignent avec le traîneau à la remorque.

Ils n'ont progressé que de quelques verstes[1] tout au plus avant que Joost ne s'arrête à nouveau. Les deux autres se tiennent autour de lui et du cheval, tels des disciples autour d'un prophète. Il devait être en route pour quelque part, dit-il. Qui ? demande Dinkel. Ce médecin, répond Joost. Il devait avoir une visite à faire. Sur ce, Joost fait demi-tour et repart exactement dans la direction opposée, sur le même chemin qu'ils ont déjà emprunté. Dinkel proteste mais c'est Joost qui mène le cheval avec Lunzer à l'arrière et c'est lui qui a tout le nécessaire et le traîneau, aussi n'ont-ils d'autre possibilité que de le suivre.

Au bout de deux ou trois heures, le vent sec et glacial apporte l'odeur familière d'un feu de bois. Ils quittent le chemin et marchent le long d'un mur de pierre bas et en pente qui longe le bord d'un ruisseau à sec, aussi noir qu'une blessure dans le paysage blanc de neige et envahi par les saules et l'osier. Le mur, comme le ruisseau, se termine au bord d'un champ ; sur une souche, un paysan est assis, un petit sac en cuir sur le dos et les deux mains posées sur ses rotules comme deux lourds bouts de bois. À la lumière du soleil bas sur l'horizon, son visage est presque blanc et les ombres à côté de lui s'allongent. Ils restent immobiles à la lisière du champ et, bien que le cheval piaffe d'impatience et s'ébroue dans le froid, l'homme

1. Ancienne mesure de longueur utilisée en Russie, équivalant à un peu plus de un kilomètre.

ne semble pas les avoir remarqués, il continue à regarder fixement le soleil blanc qui palpite à l'horizon.

Il est peut-être sourd, dit Joost.

Ils entrent sur le terrain et s'approchent de l'homme immobile en effectuant un large mouvement circulaire. L'homme continue d'écarquiller les yeux, muet. C'est seulement lorsque Joost lance une pierre qu'il tourne la tête mais dans la direction de l'endroit où la pierre est tombée et non vers eux, bien qu'à présent ils se trouvent seulement à une dizaine de mètres de lui.

Il est aveugle, dit Joost.

Désormais leurs ombres planent sur la tête du vieil homme et il leur sourit comme si ce sourire était un message qu'ils devaient pouvoir interpréter. Joost arrache le sac que le vieux porte sur le dos et en verse le contenu dans la neige. Rien, excepté une boîte de conserve vide et un peu de tabac. L'homme marmonne quelque chose dans sa barbe. W. se penche plus près, écoute un instant puis se retourne.

Je crois qu'il demande si c'est le médecin qui est arrivé, dit-il.

Dis-lui qu'il devrait être surtout reconnaissant que quelqu'un soit venu, rétorque Joost.

W. ne sait pas quoi dire.

Mais le vieillard semble se contenter d'avoir posé cette question. Il se lève de sa souche, fait ensuite ses adieux en s'inclinant sans regarder aucun d'eux et se dirige vers l'autre côté du champ. À mi-chemin il s'arrête, reste immobile un moment sans tourner la tête, comme pour vérifier s'ils le suivent, puis reprend son chemin.

Ils se tiennent debout sans bouger, ne sachant trop quoi faire. De l'autre côté du champ, un bosquet d'arbres se profile. Au-dessus du bosquet et au-dessus du champ vole une bande de corbeaux qui croassent à tue-tête. En se rapprochant, ils aperçoivent à nouveau le mur émerger de la neige et de la boue gelée. C'est le même mur qu'avant, construit par les mêmes mains. Mais maintenant il entoure une petite maison, construite en solides rondins bruts, presque noirs de lave. Derrière la maison une étable et un appentis, et derrière ceux-ci un groupe d'autres maisons avec des toits à barbe grise et des dépendances dans un petit village, manifestement épargné par la guerre passée par là, dévastant et brûlant tout ailleurs le long de la route qu'ils ont parcourue.

Ils entrent dans la petite cour de ferme et, surgissant de nulle part, un chien se précipite sur eux. Ce chien est arrêté par la corde à laquelle il est attaché mais leur cheval devient nerveux et recule. La première pensée de W. est : Mais pourquoi le vieux n'avait-il pas ce chien avec lui ? Puis il comprend. Le vieil homme devait être assis dans le champ en attendant le médecin. De l'intérieur de la maison, une voix de femme se fait entendre, elle crie quelque chose. Le chien garde donc la maison. Sur leurs gardes, ils s'avancent un peu plus dans la cour de ferme. Le chien arrive à nouveau en courant vers eux, mais est à nouveau arrêté dans sa course par la corde. Joost verse de la poudre dans le canon puis y glisse la balle, vise et tire. Le coup de feu retentit comme un coup de tonnerre et le chien reste allongé sur le sol tel un sac vide. La maison semble vouloir s'enfoncer encore plus profondément dans le sol. Une ombre se profile à l'une des fenêtres. Joost s'approche, porte les deux mains à sa bouche et crie au vieux qu'il doit ouvrir la porte et sortir. Personne ne se montre mais au bout d'un moment la porte s'entrouvre d'elle-même. Joost saisit la poignée et fait signe aux autres d'entrer.

Une fois à l'intérieur, dans l'obscurité due à la fumée, ils distinguent d'abord une table, et tout au fond, collé contre la fenêtre, un lit. Une femme est couchée dans ce lit ; elle essaie de se lever mais tout ce qu'elle parvient à faire c'est deux ou trois pas avant de s'arrêter, une main agrippée au rebord de la table et l'autre pressée sur son gros ventre. La femme a de grands yeux ronds et son visage est inondé de sueur. Elle dit quelque chose d'une voix bouleversée à un gamin monté en graine, allongé sur un banc ou une planche au-dessus du poêle. Sans répondre, il descend de mauvaise grâce de son perchoir et reste planté sur le sol, avec un sourire béat qui s'adresse à tout le monde et à personne en particulier mais qui ne veut pas s'effacer. Un idiot.

En tout cas, le poêle chauffe, dit Dinkel en ouvrant et fermant ses mains avec de longs mouvements empreints de douceur.

Joost entre. Il a saisi Lunzer sous les aisselles et le traîne par-dessus le seuil.

Faites-lui de la place, dit-il en poussant tout le monde de côté, y compris la femme qui tombe à terre, impuissante, et commence à geindre et à se balancer les bras croisés sur son ventre.

Joost allonge Lunzer dans le lit contre la fenêtre où la femme était couchée, puis il dit à Dinkel : Sors avec lui, là, et vois s'il y a du fourrage pour le cheval. Reviens ensuite et mets de l'eau à chauffer.

Il sourit.

W. se dit que c'est la première fois qu'il voit Joost sourire. Il vient de frapper un homme à mort avec une bûche, et le voilà qui sourit.

Le vieillard s'est levé de table en entendant la voix de Joost et il s'avance maintenant à tâtons en essayant maladroitement de trouver sa main. Lorsque enfin il s'en saisit, il se lance dans force courbettes et remerciements et dit : monsieur le docteur. Tout le monde sait que ce n'est pas le médecin qui est venu, probablement ce vieil homme aussi, mais personne ne donne l'impression qu'il pourrait en être autrement.

Dinkel rentre dans la maison, sans le gamin, s'avance vers le banc et fouille parmi les plats et les casseroles. Tout se renverse sur le sol. W. remarque que les mains de Dinkel tremblent.

N'y a-t-il pas un homme, un vrai, dans cette maison ?

Il s'accroupit auprès de la femme étendue sur le dos, à même le plancher, sous son énorme ventre. Il colle son corps contre celui de la femme, son visage inexpressif à lui contre son visage à elle. Les yeux de la femme sont blancs de terreur.

Où est ton mari ? chuchote-t-il.

Tu comprends ça, hein ? dit Joost.

Et la nourriture, où as-tu caché toute la nourriture ? Où sont le saindoux, les saucisses ?

La femme crie. C'est un cri qui vient du tréfonds de son être, qu'elle a brisé quelque part et ses mains se tendent vers Dinkel qui s'est saisi d'un gros couteau qu'il a trouvé sur le plan de travail et qu'il appuie maintenant sur la gorge de la femme.

Arrête, dit Joost. Elle ne comprend toujours pas.

Mais Dinkel ne s'arrête pas. Il se met à frapper la tête et le cou de la femme avec le manche du couteau. Quand la femme qui n'arrête pas de crier roule sur elle-même et essaie de se recroqueviller autour de son ventre sans défense, il attrape ses bras et les bloque en arrière au-dessus de sa tête.

Tenez-lui solidement les mains, siffle-t-il.

Nul ne paraît l'entendre.

Alors Dinkel lâche les bras de la femme, assure à nouveau sa prise sur le couteau et le lui enfonce de toutes ses forces dans le ventre. Le cri de la femme s'étouffe et s'achève dans un sinistre gargouillis. Les mains qui se débattaient sauvagement, griffant la tête et les épaules de Dinkel, se figent soudain en l'air, comme si elles voulaient saisir quelque chose là-haut, puis retombent mollement à terre. La tête de la femme s'incline elle aussi et un flot épais de sang noir jaillit de sa bouche. Loin d'apaiser le courroux de Dinkel, la brusque apathie de la femme ne fait que l'exciter davantage.

Si tu as les moyens d'enfanter un autre rejeton de soldat, c'est que t'as assez de nourriture pour nous !

Il se dresse sur les deux genoux à côté du corps sans vie et se met à taillader et déchiqueter le ventre jusqu'à ce que les intestins sortent ainsi que les restes de l'utérus de la femme. On distingue nettement la tête du fœtus et le petit corps comme recroquevillé derrière les membranes de mucus et de sang éparpillées sur les lames sales du plancher. Dinkel a du sang jusqu'aux coudes quand il se calme enfin, sa poitrine se soulève comme s'il était pris de convulsions et les lèvres de sa petite bouche tremblent. Mais il ne dit plus rien. Il règne un tel silence dans la pièce que le seul bruit qu'on entende, à part la respiration haletante de Dinkel, est le murmure pour ainsi dire paresseux du sang qui continue à s'écouler du corps de la morte.

W. remarque qu'il est resté planté là, le sourire aux lèvres. Il ne sait pas quoi faire de sa personne ni d'où vient ce sourire. Il est aussi peu capable de contrôler ce que font sa bouche et ses lèvres que d'empêcher le sommeil qui monte en lui comme de l'eau.

Ils auraient pu demeurer là une éternité si Joost n'avait pas dit tout à coup :

Où est passé l'aveugle ?

W. se retourne, comme s'il prenait conscience seulement maintenant qu'il a un corps et deux mains dénuées de sens qui n'ont rien fait.

Mais le vieux n'est pas là. Ils sont seuls dans la pièce avec la morte.

Il s'est sûrement précipité au village. Rattrape-le.

W. ouvre la porte et sort dans la lumière du soleil, d'un blanc éclatant, avec la même sensation que s'il avait franchi le bord d'une falaise. Comme si lui-même était aveugle ou comme si le ciel l'entourait brusquement de tous côtés. Ce n'est qu'après un long moment qu'en clignant des paupières il parvient à retrouver quelque chose qui ressemble à un regard dans ses yeux.

Rênes pendantes, le cheval se tient à côté du chien mort. Un peu plus loin, près des dépendances, le garçon est couché sur le dos, la gorge tranchée telle une seconde bouche grande ouverte, ses longs bras tendus comme dans un geste de prière. Les portes de l'étable et de l'appentis sont ouvertes mais à l'intérieur il n'y a rien d'autre que des copeaux et des ombres épaisses de toiles d'araignée.

Le vieil aveugle est assis dans son terrain sur la même souche qu'avant, dans la même position, avec les mains comme deux morceaux de bois sur ses genoux serrés et le visage tourné vers le soleil qui est encore plus bas sur l'horizon maintenant. Des larmes coulent de ses yeux mais il continue de sourire.

W. se penche en avant et cherche les quelques mots russes et polonais qu'il connaît. Il doit demander où est la route principale. Il leur faut regagner la route. En ce moment précis, il n'y a rien de plus important que ça.

Il soulève le bras du vieil homme le plus délicatement possible, remonte la large manche du paletot défraîchi et dessine du bout du doigt d'abord vers l'avant-bras nu, puis dans la paume ridée du vieux : la route qu'ils ont parcourue il y a une éternité, la route qui les a menés en bordure du long lit du ruisseau à sec qui a soudain décrit comme une boucle autour de la cour et de la maison de ferme, et une fois qu'il a commencé avec son doigt sur l'avant-bras de l'homme, il continue : le cheval, le chien mort dans la cour, le garçon couché sur le dos avec les bras tendus comme s'il voulait étreindre le ciel entier, la femme morte avec son enfant mort gisant dans une mare de sang sur le plancher sale de la cuisine.

L'aveugle baisse son visage vers le bras nu puis se retourne et désigne de l'autre bras la partie la plus éloignée du terrain.

W. se relève.

On entend, venant du village voisin, des aboiements de chiens opiniâtres.

Les corbeaux décrivent des cercles de plus en plus serrés, puis tombent du ciel.

Leur cheval s'avère être plus un fardeau qu'un cadeau. Ils ne parviennent guère à avancer plus vite, car Lunzer est le seul à pouvoir s'asseoir tandis que les autres se retrouvent à devoir marcher aux côtés de l'animal. Ils doivent s'en tenir à la grand-route car les autres voies et les chemins forestiers pour traîneaux sont souvent si enneigés que leur cheval s'y enfonce ; chaque fois qu'ils essaient de prendre des raccourcis, ils ont l'impression de passer les quelques heures de lumière du jour dont ils disposent dans une lutte constante pour ne pas rester coincés dans des coulées de neige ou de boue.

Le peu de fourrage emporté de la ferme qu'ils ont pillée arrive à son terme et leur cheval s'affaiblit de plus en plus. Parfois, il grignote des brindilles sans feuilles à la lisière d'une forêt. La nuit, ils bivouaquent dans des endroits en rase campagne, dans des ravines de ruisseaux, derrière des affleurements rocheux, une fois dans un relais de poste abandonné. Ils recherchent de la farine ou des graines dans les fermes isolées qu'ils croisent sur leur passage mais la plupart ont déjà été vidées. Ils voient des empreintes de sabots et de roues de charrettes dans la neige, ainsi que des traces et des excréments d'animaux sauvages, mais n'osent pas utiliser le peu de poudre qu'il leur reste, car un coup de feu dans le silence du paysage où l'écho porte loin attirerait aussitôt l'attention sur eux. Ils n'ont pas le temps d'attendre que le petit gibier ou des oiseaux se fassent prendre dans les collets que Joost pose. Ils font de la soupe de racines et de mousse grise puis vomissent dans la neige et Joost monte la garde près du feu, son fusil sur les genoux. Quand il fait sombre, les constellations qu'on pourrait croire gravées sur du verre se détachent contre le ciel et le froid est comme quelque chose de dur et de métallique que l'on parvient presque à saisir ; il arrive aussi que l'on puisse sentir l'odeur de la neige : quelque chose de rugueux et d'humide dans l'air.

Les traces de la guerre sont visibles partout. Comme si un grand incendie dévastateur était passé par là, indifférent à tout : maisons calcinées aux murs de pignon noircis par la suie ou souches de cheminée se détachant sur le ciel bas d'hiver, carcasses pourries d'animaux et même restes humains gisant dans les fossés ou dans les champs ou au beau milieu de taillis, à moitié déchiquetés par ce qui peut rester des animaux qui les ont trouvés, et désormais recouverts d'une pellicule de givre miséricordieuse.

Mais il subsiste aussi des villages, parfois à quelques heures seulement de la grand-route, qui paraissent tout à fait intacts et où la vie continue comme s'il n'y avait pas de guerre du tout. Des femmes en jupes longues et coiffées d'épais fichus ramassent des betteraves dans des champs terreux, tandis que les hommes sur les routes conduisent des charrettes chargées à ras bord, tirées par des chevaux ou des ânes, les chiens courant autour des roues en aboyant. Alors ils chapardent ce qu'ils peuvent des betteraves tombées du plancher des charrettes, mordent comme des affamés dans les racines dures et terreuses ou encore mâchent leurs fanes qui se transforment en une boue gluante de givre, avant de chercher refuge dans les bois jusqu'à être suffisamment loin des habitations pour que les chiens aient cessé d'aboyer.

Un matin, ils se font attaquer.

Ils ont quitté la grand-route pour éviter les agglomérations et suivent une ancienne piste pour traîneaux dans la neige. Les arbres abattus forment la base d'un chemin de rondins mais la neige est mince entre les pins et le bruit des sabots conjugué aux claquements des patins du traîneau sur les rondins de bois font qu'ils n'entendent pas les bandits s'approcher avant que l'un d'eux ne surgisse et ne se suspende aux rênes de leur cheval.

W. lâche le traîneau qu'il aidait à rester en équilibre sur le bois glissant et cherche à se saisir du fusil qu'il porte dans le dos.

Il voit alors qu'il y a aussi des hommes armés jusqu'aux dents, parmi les arbres.

Bien que celui qui se trouve le plus près ne soit qu'un gamin. Peu sûr de lui. Cela se voit à la façon saccadée qu'il a de pointer le canon de son fusil tantôt sur W. et le traîneau, tantôt sur le cheval qui essaie de se débarrasser de ce corps étranger accroché aux rênes en faisant de brusques mouvements de la tête. Le garçon abaisse délibérément son arme et W. aperçoit ses yeux terrifiés avant que Joost tire et que le garçon s'effondre comme si quelqu'un avait coupé les fils invisibles qui le maintenaient debout.

Au bruit du coup de feu, leur cheval se dégage, l'homme accroché à ses rênes tombe lourdement à terre et les deux autres assaillants s'enfuient dans les bois.

C'est pire pour Lunzer.

Les cordes qui le retenaient sur le dos du cheval l'empêchent de tomber mais aussi de s'asseoir car il lui manque une jambe. Ils le voient tenter d'agripper la crinière de l'animal, mais celui-ci se cabre et Lunzer tombe d'abord en avant et se retrouve ensuite coincé dans le harnais la tête en bas, tandis que le cheval, avec des hennissements sauvages, se dresse sur ses postérieurs puis lance des ruades pour finalement se calmer d'un coup, distrait, et courber l'encolure vers le sol pour explorer la neige en bordure de chemin.

Quand Joost, Dinkel et lui-même arrivent enfin à sa hauteur, le visage de Lunzer est décomposé, couvert de sang et de boue, et son bras droit pend inerte, formant un angle anormal avec le corps comme s'il était brisé ou déboîté. Il ne reste que la bouche et les yeux dans son visage ensanglanté, tous deux grands ouverts sous l'effet de la douleur.

C'en est fini de lui, dit Joost.

Alors tue-le, réplique Dinkel, mais Joost se contente de renifler puis se détourne.

Tu ne crois pas qu'on a déjà suffisamment gaspillé de poudre ?

Alors Dinkel se penche en avant et commence à dévêtir Lunzer sans ménagement, d'abord sa pelisse et son sous-manteau, puis son pantalon et ses sous-vêtements, sans se soucier du cri épouvantable que pousse Lunzer lorsque Dinkel fait passer son bras cassé au-dessus de sa tête.

À la fin, le corps massif du forgeron gît totalement dénudé dans la neige, la peau étrangement bleuâtre, tel du lait dilué dans l'eau, sauf autour du moignon de sa jambe, enflé et rouge, qui dépasse des morceaux de tissu avec lesquels ils ont tenté de le panser.

Joost inspecte les vêtements sous toutes les coutures.

Tiens, c'est ton compagnon, dit-il en jetant le rouble en argent à W. qui le reçoit avec ce même sourire idiot ensommeillé que quand Dinkel a tué la jeune femme.

Dans le silence, seul s'entend le vent qui bruit dans les pins, très au-dessus d'eux.

W. reste sans bouger à regarder Lunzer qui le fixe avec des yeux pleins d'incompréhension et de fièvre. Joost a déjà emballé les paquets de vêtements ensanglantés dans le traîneau et remis le harnais en place. Voilà qu'il enfourche leur cheval et continue sur le chemin de rondins avec Dinkel à sa suite. Aucun d'eux ne jette un regard en arrière. W. doit courir pour les rattraper.

Le découragement s'enfonce en lui comme dans un marécage. Chaque pas se fait plus lourd, chaque pause est une prière de répit, pour pouvoir s'étendre une fois encore, pour toujours, pour ne pas avoir à se lever et faire un pas de plus. Qu'ils puissent désormais se relayer à cheval n'apporte aucun soulagement. La faim les tenaille et ronge leurs corps, tel un animal sauvage qui les aurait mordus si profondément que ses dents se seraient enfoncées jusqu'à l'os. Et, bien qu'il ait sur lui l'épaisse fourrure d'ours de Lunzer, et que chaque parcelle de peau dénudée, son visage et ses mains soient enveloppés dans d'épais chiffons, la faim semble lui avoir ôté toute protection contre le froid. De plus, le col épais de la pelisse est plein de poux qui s'éveillent à la vie à cause de la vague chaleur que diffuse encore son corps ; ceux-ci propagent des démangeaisons cuisantes dans son cou et son cuir chevelu, un fléau encore pire si c'était possible, car comment se gratter sans exposer sa peau ?

Ce ne sont plus de vrais jours. La brume grise de l'aube n'a guère le temps d'être perceptible avant que les ténèbres ne lui donnent à nouveau une teinte blême. Le plus souvent, ils ne se soucient pas de chercher des emplacements pour bivouaquer mais continuent de marcher jusqu'à tomber d'épuisement. Si Joost n'avait pas eu assez de force pour se mettre en quête de bois sec et allumer un feu, ils seraient morts de froid sur place. Que leurs feux soient visibles à plusieurs verstes de distance n'a désormais plus d'importance.

Mais souvent ils n'ont même pas le temps de faire du feu avant la tombée de la nuit. C'est comme si le soleil enfilait la cagoule d'un bourreau et que la tempête de neige surgissait sous forme d'un brouillard plein de grains de neige acérés qui cinglent le visage. Certains jours, aucun signe ne se manifeste. On n'entend toujours que le vent dans la cime des arbres au-dessus d'eux et le bruit particulier que font les troncs gelés autour d'eux quand ils commencent à craquer et à se fendre, comme si la forêt ouvrait la bouche pour leur parler.

Avec un peu de chance, ils trouvent un sapin ou un arbre déraciné pour se blottir derrière lui. Sinon, il n'y a aucune protection contre le vent et la neige mouillée, glacée, granuleuse, cinglante : c'est comme être étreint par une cécité géante. Au milieu de la tempête rugissante, W. est recroquevillé dans un minuscule coin de son crâne tandis que ce qui était son corps s'engourdit lentement et disparaît, et la seule pensée qui le traverse, c'est ce qui arrivera si jamais il retrouve ses anciens camarades. Lorsqu'ils verront à quel régiment, bataillon et compagnie il appartient, ils le fusilleront sûrement comme ils l'ont fait avec les autres traînards : ceux qui se sont enfoncés dans la boue qui engloutit tout et les marécages sur la route de Wilno[1] et n'ont pas eu la force de se relever.

Retardataires ou déserteurs, cela revient au même. Aux yeux des puissants, peu importe la raison pour laquelle vous échouez ou commettez une erreur. Vous avez seulement prouvé encore une fois que vous êtes un incapable, pas même en mesure de lutter contre les crampes et la douleur qui engourdissent lentement votre corps.

Mais peut-être n'y arriveront-ils jamais. Peut-être leur voyage prendra-t-il si longtemps que la guerre sera terminée, quand ils parviendront à destination ? Se reconnaîtra-t-il alors ? Restera-t-il quoi que ce soit de lui que quelqu'un pourra reconnaître ?

---

1. Ancien nom de Vilnius, capitale de la Lituanie.

Mais quand la fin viendra, ce ne sera pas comme il l'imaginait. Ils ont rattrapé des parties de l'arrière-garde désormais, si toutefois il est possible d'utiliser ce terme, alors que toutes les unités sont mélangées depuis belle lurette. Partout dispersés, des groupes d'hommes se joignent les uns aux autres, car ils savent qu'ils n'auraient aucune chance de se débrouiller seuls. Et tout comme eux, ils sont méfiants mais se regroupent quand même, parce que la faim est la même pour tout le monde et que personne ne peut s'empêcher de réclamer à manger. *Courage*[1] *!* crie quelqu'un. Quelqu'un d'autre appelle à l'aide. *Hilfe*[2] *!* Eux-mêmes n'osent pas répondre à ces cris. Un appel à l'aide peut être un piège tendu.

Ils sont tellement habitués à ce que Joost les protège qu'ils remarquent à peine les fois où il déroge à cette habitude. Mais après avoir rencontré les autres retardataires, Joost, par ailleurs si réfléchi, s'est mis à se comporter lui aussi de façon étrange. À certains moments, il semble oublieux et négligent, d'autres fois il fait preuve d'une agressivité jusqu'alors totalement impensable. Ainsi, un matin, après avoir échoué à attacher leurs couvertures et leurs paquetages sur leur cheval, comme tout tombe à nouveau à terre, il pousse Dinkel devant lui, la crosse de

1. En français dans le texte.
2. En allemand dans le texte.

son fusil levée comme une massue, et le frappe avec une violence inouïe, bien que Dinkel se mette sur ses genoux nus et le supplie d'arrêter.

Le restant de la journée, Joost est invisible, et il ne revient qu'à l'aube. Désormais il arrive de plus en plus souvent qu'il quitte leur campement et disparaisse. Cela peut être en milieu de journée ou tôt le matin. Ils supposent qu'il est en quête de nourriture, mais n'en sont pas sûrs, et aucun des deux n'ose dire ce que chacun craint au fond de lui : qu'ils soient devenus un fardeau pour lui, tout comme Lunzer un jour, et qu'il est sur le point de les abandonner. Ils n'osent pas le dire car ils savent qu'aucun d'eux ne pourrait faire le moindre pas sans Joost, qu'ils sont complètement perdus sans lui.

Puis, un matin, alors qu'ils avaient bivouaqué tout au bord de l'ancienne route empruntée par l'armée, un léger bruissement se fait entendre dans l'herbe gelée du champ derrière eux. Croyant que c'est Joost, Dinkel se lève pour ficeler son paquetage. Il vient de se pencher en avant vers la crinière de leur cheval quand deux hommes l'attaquent par-derrière.

W. est assis à la lisière de la forêt et voit tout ce qui se passe, mais sans le voir vraiment. Ces hommes portent d'épais bonnets en fourrure avec des oreillettes comme en avait le médecin, mais ils ont le teint trop clair pour être des Cosaques. Ce n'est que lorsqu'il entend l'un des hommes crier *Prends l'arme de l'autre !* en allemand sans accent qu'il comprend que ce sont des compatriotes. Stupéfait d'entendre parler sa propre langue, il ne sait pas comment agir : demeurer assis en bordure de route et faire semblant de ne pas être là ou bien se lever et tenter de s'interposer ? Mais le temps de prendre son fusil qu'il tient toujours sur ses genoux, il reçoit un coup violent à la tête.

Il ne saura jamais d'où est venu ce coup, mais sent, un instant plus tard, des mains rudes fouiller sous ses vêtements.

Puis un cri soudain se fait entendre. Leur cheval pousse un hennissement. Un coup de feu retentit.

Ensuite tout retombe dans le silence.

Lorsqu'il revient à lui, une barbe pleine de dents jaunes est penchée au-dessus de lui. Il lui faut un certain temps avant de se rendre compte qu'il s'agit de Joost, et que Joost lui hurle quelque chose à la figure. D'abord, il ne comprend pas si Joost fait partie de ceux qui les ont attaqués, Dinkel et lui, ou si, au contraire, il est de nouveau venu à leur secours à la dernière minute. Au bord de la nausée, cette incertitude fait tanguer les champs sous ses pieds. Ensuite Joost le saisit sous un bras et l'oblige à se tenir debout.

Le coup doit l'avoir complètement anesthésié. Quand il passe la main sur sa nuque, sa paume est pleine de sang poisseux. Sur la route, Dinkel est assis la tête dans ses bras et à côté de lui gît le cheval abattu. Le coup de feu doit l'avoir touché quelque part au niveau des reins. Il est couché avec l'arrière du corps vers les champs, comme si quelque chose de pesant l'y maintenait, tandis que sa tête, avec sa longue encolure, fait des tentatives infructueuses pour se relever.

Il faut l'achever.

Joost hurle plus qu'il ne prononce les mots – en tout cas c'est ce qu'il semble à W. encore à moitié sonné par le coup de feu. Joost montre ensuite du doigt le canon du fusil et la baguette qu'il tient à la main, tout en secouant la tête.

Il ne reste plus de balles.

Le Dinkel sans visage est assis sur la route comme s'il venait de tomber du ciel et ne savait pas comment faire pour y remonter. Il ne reste que W. et Joost pour se charger de l'abattage. Les deux bras passés autour de son encolure, W. tient fermement l'animal qui se débat tandis que Joost frappe la tête du cheval comme quand il a tué le médecin : tantôt avec la crosse du fusil, tantôt avec une lourde bûche. L'arrière du corps est toujours immobile, seuls les postérieurs tressaillent et lancent des ruades de plus en plus faibles. Mais le large poitrail continue de se soulever comme un gigantesque soufflet, les lèvres retroussées sur les dents et les yeux grands ouverts de terreur. W. étreint la crinière et l'encolure de plus en plus fort et finalement les larmes lui coulent des yeux : pleure-t-il sur lui-même ou sur leur cheval agonisant ? Lorsque la résistance de l'animal faiblit quelque peu, Joost lâche sa bûche, sort la baïonnette, fait une profonde entaille à la gorge et le sang jaillit à flots sur les jambes écartées de W.

Comme ils manquent d'ustensiles de cuisine, il leur faut manger crue la viande du cheval.

Quand ils mangent, cela fait toujours chaud au corps.

Après le repas, Joost s'éclipse à nouveau, encore une fois sans dire où il va, ni s'il a l'intention de revenir ni quand. Terrifiés, Dinkel et lui passent des heures assis dans l'herbe à côté du cadavre sanglant de leur cheval qui se roidit de plus en plus à cause du gel.

Lorsque Joost revient enfin, c'est avec un sac de sel. Aucun d'eux ne demande où il l'a trouvé. Sur l'ordre de Joost, ils coupent avec des doigts engourdis par le froid la viande du cheval en fines lanières et y ajoutent le sel. Ensuite ils font du feu.

Le feu et la puanteur suffocante de la viande grasse attirent une nuée de corbeaux. Ils planent au-dessus d'eux dans les ténèbres comme un grand bouclier noir incliné.

Après avoir mangé, ils emballent autant de viande salée qu'ils ont la force d'en emporter, et c'est dans cet état, sans charrette ni cheval de bât, en ployant sous leurs propres fardeaux, qu'ils approchent enfin de Wilno.

Il y a des hommes partout. Où qu'il tourne les yeux, il voit d'autres soldats avancer en trébuchant, juste devant ou à côté de lui. Ils marchent eux aussi machinalement, à longs pas traînants, harassés, le regard rivé droit devant ou en bas sur la neige, et autour d'eux le paysage et le ciel sont emplis de signes bizarres. Bien que ce soit déjà le milieu de la journée, le ciel est tout noir, comme si le jour allait et venait, tandis qu'une clarté étrange émane de la neige, l'éclairant de l'intérieur ou déposant toute la lumière qui reste dans le monde quelque part à hauteur du sol.

Il marche avec un tremblement constant dans le corps dont il ne sait pas s'il s'agit de frissons ou d'un poids quelque part sous terre qui se serait déplacé. Est-ce pour cela que les arbres sont penchés au-dessus de la route, comme courbés par un énorme arc de tension ? Est-ce pour cela que la lune se drape dans un manteau gris cendré et que les volées d'oiseaux dans le ciel ressemblent à de si étranges formations ? Est-ce pour cela que les corbeaux décrivent de grandes roues haut dans le ciel ? Est-ce pour cela que les charrues restent dans les champs, gelées dans la terre figée comme de gigantesques dents ?

Il pense que si tous ces événements étranges se produisent, quelqu'un devrait en témoigner. L'ordre naturel du monde est perturbé. Plus rien n'a de permanence.

Alors quelque chose semble se poser sur son épaule. Non pas comme un fardeau, plutôt comme une main fraternelle ou un visage posé contre sa joue et respirant dans son cou, puis lui parlant d'une voix chaude et murmurante. *Retourne. À. Ton. Image. Originelle. L'homme*, dit la voix. Clairement et distinctement. Juste ces mots. Mais quand il se retourne, il n'y a personne, pas de Joost, pas de Dinkel, rien que des centaines d'autres hommes, des soldats appartenant à des régiments et des bataillons qui ne peuvent plus être identifiés à ce stade, qui trébuchent en groupes puants, certains avec des béquilles ou tirés dans des charrettes ou des traîneaux du même genre que celui dans lequel il tira un jour Lunzer.

Mais d'où viennent ces respirations chaudes et douces qui lui effleurent la nuque et le dos, comme une caresse amicale ? Les mots étranges tirés d'un poème que le jeune médecin avait l'habitude de lire à voix haute lui arrivent avec une telle force qu'il voit presque son ancien maître surgir devant lui, faisant les cent pas dans sa bibliothèque avec les pages de son livre devant son visage et les deux battants de son secrétaire grands ouverts comme si le monde entier s'offrait à lui.

Ach aber unsre Seelen sind an Bücher
Geheftet und an todte Tempel. Diese
Copien des Lebendigen, mit viel
Irrthümern abgenommen ; sie,
Sie ziehen wir Gottes hohem Lehrstuhl vor.
(Supprimer le filet au-dessus)

Deshalb die Strafen, die von jener Irrung
Uns unvermerkt ereilen. Zänkereien,
Unwissenheit und Schmerz. O kehrt zurück,
Zu eurem Urbild, Menschen, und zum Glück[1].

---

1. En allemand dans le texte. Ce sont les deux dernières strophes de *Die Welt und die Bücher* [Le monde et les livres] de Johann Gottfried Herder (1820) :

Mais hélas, nos âmes sont attachées à des livres
Et à des temples morts. Ces copies
Du vivant, reprises avec de nombreuses erreurs ; ce sont elles
Que nous préférons à la haute chaire de Dieu.

Tandis qu'il marche, et que cette étrange respiration continue à souffler contre sa joue et dans sa nuque, un bruit de clochette se fait entendre. Il se retourne mais ne voit rien d'autre que les mêmes hommes qu'auparavant : une troupe trébuchante, gelée et affamée. Alors sa joue chauffe encore plus et la clochette tinte encore plus distinctement, suivie à présent d'un bruit de frottement prolongé. En se retournant de nouveau, il voit une étrange créature grise s'avancer vers lui avec des mouvements lents, comme en se dandinant. Il pense d'abord que ce doit être un monstre, peut-être une sorte de démon, car cette créature n'était pas là quand il a regardé autour de lui tout à l'heure. Celle-ci se déplace avec des mouvements brusques vers l'avant et sur le côté en même temps, tel un ours, et comme chez un ours, le corps semble couvert d'une fourrure grise ou brunâtre. Encore que cette créature ne paraisse pas avoir de pattes avant. Il ne voit pas non plus de museau. Pétrifié de terreur, il se saisit de son fusil. Mais la créature ne s'arrête pas, s'approche de plus en plus sans dévier de sa route. Il voit alors que ce qu'il avait pris pour une horrible bête est en fait une charrette pleine de vêtements et d'équipements de toutes sortes, il aperçoit des capotes d'uniforme, des shakos, des gants et des bottes à revers, empilés les uns sur les autres en plusieurs couches, et toute cette énorme charge est tirée par une seule personne : un petit homme chétif dont le crâne chauve, telle la tête d'un lézard à la peau fendillée, dépasse entre les deux brancards qu'il tient fermement. Et le visage de l'homme semble lui aussi sans âge quand il s'arrête enfin et reste planté à regarder W. avec deux petits yeux plissés et anxieux, comme ébloui lui aussi par la semi-obscurité.

D'où les châtiments qui, insensiblement, accourent
Nous arracher à cette errance. Querelles,
Ignorance et souffrance. Ô, retournez
À votre image originelle, hommes, et au bonheur.

Qu'est-ce que vous avez là ? dit W.

L'homme esquisse un sourire.

W. s'approche.

Il s'aperçoit alors qu'un bras dépasse de l'une des manches de la capote, sous le shako une tête gelée lui renvoie un regard fixe. En fait, chaque vêtement est encore empli du corps qui le portait autrefois.

Qu'est-ce que cet horrible chargement ? demande W.

Mais l'homme se contente de sourire et de plisser les yeux. Puis il lâche brusquement les brancards de la charrette et s'enfuit avec les mouvements légers et spontanés d'un enfant et tout le chargement se renverse : un peu partout sur le sol gelé gisent tous ceux qu'il reconnaît sous leurs uniformes usés, Wiener et Krupp, et Flotscher et Schmidt et Kuhfeld et Papenhafer, et même Lunzer enveloppé dans son épaisse fourrure d'ours. Ce qui est impossible, car c'est lui maintenant qui porte cette pelisse. Mais voilà que ça pique sous la pelisse comme si sa doublure était tapissée de milliers d'aiguilles et :

HALTE ! crie W.

Mais l'homme, si toutefois il s'agit bien d'une véritable créature humaine, a disparu, il ne reste que le tintement grêle de la clochette, comme accrochée hors de portée quelque part sous les cieux et s'agitant d'elle-même. Et cet horrible chargement qui s'est déversé sur la route, à perte de vue. Il avance en pataugeant au milieu de tous ces corps comme sur le fond d'une mer asséchée, et à la fin, d'épuisement, il tombe la tête la première dans la neige.

Heureusement que vous êtes en bonne santé, Wutzig. Les vêtements d'hiver sont arrivés hier. Dix-neuf traîneaux bien chargés. Allez à l'intendance et faites-vous inscrire, ainsi vous pourrez aller prendre vos vêtements.

Quelqu'un se penche en avant et lui parle. Il ne parvient pas à déterminer s'il s'agit de Dieu ou du capitaine Wirth ou éventuellement d'une tierce personne. Mais la voix évoque celle du capitaine Wirth. A-t-il donc retrouvé sa compagnie ? Cela fait mal comme frotter du gravier sous les paupières, et la lumière coupe tel un couteau directement dans le crâne. Il est allongé quelque part au milieu de ce qui semble être une grande salle aux murs blanchis à la chaux et si haute de plafond que tous les sons et toutes les voix paraissent suspendus sous les chevrons où ils cliquettent, fragiles, avant de se briser et de lui tomber dessus à n'importe quel moment. Le capitaine Wirth et Köpke, le médecin militaire, se tiennent auprès de son lit. Tous deux lui sourient derrière leurs barbes roides. Mais comment savoir si cela n'est pas aussi un rêve ? Le capitaine Wirth a un bouton de fièvre gros comme le poing sur la joue et ses deux mains sont bandées. Ainsi, il est donc toujours en vie. Comment est-ce possible ? Il sent encore le souffle chaud effleurer sa nuque et sa joue ; peau morte, mains mortes touchant les siennes encore vivantes.

Non, il ne faut pas vous emporter, Wutzig. Vu les circonstances, il s'en est bien sorti. Sortez maintenant et allez prendre vos affaires, comme ça l'adjudant pourra vous indiquer où se trouvent vos quartiers !

Il est à Wilno. Il neige. Mais la neige tombe si mollement qu'elle ressemble davantage à de petits grains de poussière tourbillonnant dans l'air. Ses jambes sont si faibles que l'adjudant est obligé de le soutenir, et la soupe aux choux qu'ils lui ont donnée lui brûle l'estomac, si bien que les vertiges le submergent à chaque pas. Ils arrivent à un entrepôt dont le portail est gardé par deux gendarmes. Mais au moment d'entrer, les jambes de W. se mettent à flageoler et refusent d'avancer. Les gardes lui crient dessus puis ils finissent par renoncer et le laissent s'asseoir dehors sur un amas de neige à côté d'un long traîneau, l'un des dix-neuf à être arrivés de Königsberg. Il reçoit ensuite des mains de l'adjudant un manteau d'hiver fourré, une paire de gants à revers fourrés, un pantalon neuf, des chaussettes en fil de laine et une casquette rembourrée à oreillettes. Il traverse la ville avec cette tenue dans les bras. Il est étrange d'entendre le bruit creux des pavés sous ses bottes. Partout des bâtiments qu'il reconnaît, bien qu'ils se détachent comme sous une autre lumière. Même les gens qui se hâtent le long des rues sont d'un autre genre. Irréels, fantomatiques : comme s'ils ne devenaient visibles qu'au moment où ils le croisent, pour ensuite disparaître et se dissoudre à nouveau dans le néant.

De l'autre côté, à travers les fenêtres basses au vitrage plombé d'une auberge, il croit apercevoir la haute stature de Joost. Est-il possible qu'il ait survécu lui aussi ? Il essaie de se remémorer quand il l'a vu pour la dernière fois, mais il a beau fouiller dans sa mémoire, plus rien ne lui revient. Il se rappelle le moment où ils ont abattu et mangé leur cheval, mais même cette fois-là il ne sait plus avec certitude si Joost était encore de leur côté ou s'il avait rejoint les rangs de ses compatriotes. Il décide d'entrer tout de même. Dans la salle d'auberge règne un vacarme si assourdissant que ses sens perdent un moment tout ancrage. Seule la cohue des corps humains serrés les uns contre les autres le maintient debout. Mais ils sont amicaux, ces corps. Il les entend crier – *C'est vous, Wutzig…? – Comment ça va, mon vieux…?* Quelqu'un a posé un verre d'eau-de-vie devant lui sur le comptoir. Il tend la main vers ce verre, mais bien qu'il voie distinctement ses doigts le saisir, c'est comme si le verre ne voulait pas bouger, il ne sent pas sa propre main le serrer. En revanche, il sent bien le goût amer de l'eau-de-vie dans sa gorge. C'est si fort que les larmes jaillissent de ses yeux et que son estomac veut à nouveau faire des siennes. Son verre est à nouveau sur le comptoir et il tente à nouveau de le saisir avec ses doigts, mais il ne se passe rien. À croire qu'une infime partie seulement de ce qui arrive autour de lui se produirait réellement. Le reste, non. Comment est-ce possible? *Joost…!* a-t-il envie de crier. *Joost…!* crie-t-il. Son cri reste accroché sous le plafond comme à l'infirmerie où tout résonnait. Il se retourne vers le comptoir, mais son verre a disparu. Et lorsqu'il pivote pour demander à quelqu'un de lui rendre son verre, Joost se tient à ses côtés et dit :

Wutzig! Ton heure est venue. Le bourreau est arrivé.

Et Joost désigne l'escalier qui mène à la rue où se tient le bourreau. C'est le même homme qui tirait la charrette pleine d'uniformes avec des soldats morts dedans : la même tête chauve et un corps de petit enfant un peu trapu et grassouillet. Le bourreau porte la tenue de W. roulée en boule sous un bras et, entre le pouce et l'index de l'autre main, il tient le rouble en argent de Lunzer.

Vous avez oublié ça, Wutzig.

Et soudain il y a des crânes de Joost et des mentons de Dinkel partout. Il n'y a jamais eu personne d'autre ici que ces deux-là. Et W. hurle d'horreur. Il hurle comme si le hurlement était quelque chose d'hostile vivant en lui qu'il ne parvient pas à faire sortir.

De près, l'exécuteur des hautes œuvres n'a pas l'air si terrible. Sa tête est chauve et, bien que ses yeux soient profondément enfoncés dans leurs orbites, il a les joues lisses d'un enfant ou d'un pasteur, et même le reste de son corps, avec les cuisses et les bras potelés, donne de lui une image étrangement enfantine.

Mais le sourire qu'il adresse à W. est celui d'un homme adulte, les dents sont dures et blanches.

Une cuve d'eau chaude est transportée dans la chambre, avec des gants de toilette et deux brocs d'eau pour se rincer. W. se déshabille et le bourreau l'aide à entrer dans la cuve, lui tend aussi un miroir et un nécessaire de rasage, mais même si, en d'autres temps, il rasait les nobles ainsi que les officiers et que ses gestes avec le rasoir et le blaireau restent toujours appréciés – ce qu'il essaie d'expliquer à cet homme dont il ignore s'il s'agit de son meurtrier ou de son bienfaiteur –, ses bras sont si faibles que les ustensiles lui glissent des mains.

Alors le bourreau doit le laver et le raser. Bientôt l'eau bouillante se trouble de crasse et la peau auparavant complètement engourdie redevient aussi fragile et délicate que celle d'un enfant quand le bourreau passe le rasoir dessus. Le lavage révèle les décolorations de son visage et de la peau aux bras et aux jambes. Il pense au corps innocent mutilé de Lunzer sur la neige blanche et au vieil homme assis sur sa souche dans le champ, attendant le médecin qui viendrait aider sa fille à accoucher.

Allez, montre-moi le chemin, avait dit W. et l'aveugle lui avait montré la route en faisant courir ses doigts le long des veines de son avant-bras, et :

Mon Dieu aidez-moi pour ce que j'ai fait...! dit-il en saisissant le baquet à deux mains avec une telle force que l'eau déborde et s'écoule sur le plancher où le bourreau, impassible, attend avec une serviette de toilette et des vêtements secs.

Ensuite, le voilà attablé dans la cuisine à manger de la soupe à la bière avec la famille du bourreau. C'est la première fois depuis de nombreux mois qu'il est assis à une vraie table. Cela semble solennel et un peu irréel, comme à l'église.

Le bourreau a cinq fils tous vêtus comme lui, en chemise et pantalons larges de bure. Ils se tiennent tous le dos bien droit à table, tandis que son épouse fait des allers-retours rapides à ses fourneaux avec du pain et des cruches de lait. C'est peut-être le cadre insolite ou le fait encore plus inhabituel d'être selon toutes apparences invité dans cette maison – un invité exigeant qui plus est, sale et mal élevé –, à moins qu'il sente qu'il doit trouver une explication à son état pitoyable, qui l'amène à parler de sa fille au bourreau : la créature la plus belle que le monde ait jamais vue, si merveilleusement belle que seuls ses pieds touchaient la surface du sol alors que sa véritable nature est au royaume des cieux, et elle s'était mariée à un prince d'un royaume étranger, de Perse, dans ses souvenirs. Il se peut que son père (W. se désigne lui-même d'une main tremblante) soit un personnage insignifiant, valant à peine le regard d'une si jolie femme, mais il est tout de même et restera pour toujours le père de sa fille, et c'est la raison pour laquelle partout où il est allé, la guerre lui a apporté des cadeaux pour elle qu'il a réunis dans l'espoir de pouvoir un jour les déposer à ses pieds, elle qu'il aime tant. La pensée du bonheur qu'il éprouverait en lui remettant tous ces cadeaux l'a aussi maintenu en vie au cours de toutes ces épreuves qu'aucun être humain normalement constitué n'aurait pu endurer. Mais les démons avaient tout fait pour lui mettre des bâtons dans les roues : ils étaient maintes et maintes fois montés au ciel, si bien que son image à elle avait fini par s'estomper. Il avait toujours su qu'elle était là-haut à le regarder et à veiller sur lui et jamais il n'avait douté, bien que les démons aient couvert le ciel de brouillard et d'épais rideaux de fumée et de nuages.

Pendant qu'ils parlent, le bourreau ne le lâche pas du regard. Ses cinq fils l'observent eux aussi : cinq paires d'yeux qui le fixent, avec des visages parfaitement immobiles.

Qu'est-il arrivé aux cadeaux qu'il avait réunis ? veut savoir le bourreau.

Et W. baisse le regard sur ses mains vides mais à la propreté irréprochable.

Tout, j'ai été obligé de tout laisser derrière moi, dit-il.

Il règne un moment de silence à table. Puis l'épouse du bourreau recommence à s'affairer avec ses plats et casseroles, là-bas près des fourneaux.

Vous êtes un homme bon, Woyzeck, dit le bourreau. Mais à présent vous devez choisir de prendre votre destin en main. Le moment venu, vous pouvez me croire, vous reverrez votre fille.

C'est une de ces journées telles qu'il peut s'en produire en janvier, avec un radoucissement de la température et un vent d'ouest à la fois soutenu et doux. La rive du fleuve est recouverte d'herbe morte, couchée après la neige et le froid mordant. Le fleuve est haut. Il y a de la glace dans l'eau. Sur la berge se tient la voiture tirée par un cheval qui les a amenés ici et, à quelque distance de là, le cheval que le bourreau a dételé et qui broute paisiblement l'herbe. À la vue de ce cheval paissant sur fond d'un large horizon d'herbe et d'un ciel gris et venteux d'hiver, il se demande si ce qui se passe maintenant est bien réel ou seulement quelque chose qu'il a déjà vu dans un rêve. Ce cheval a pourtant été blessé par un coup de feu et il se souvient parfaitement que Joost et lui l'ont abattu et mangé. Est-il possible que le cheval soit ressuscité pour son dernier jour ? Et qu'est-il arrivé à son ancienne compagnie ? A-t-elle aussi surgi de l'herbe maintenant comme par miracle et escaladé le pont flottant qui jadis les conduisit en ce pays étranger ? Il se souvient de l'histoire des cavaliers polonais qui avaient emprunté le pont de biais et étaient tombés à l'eau, les hommes et les chevaux séparés, flottant dans des directions différentes, mais aussi des officiers de cavalerie polonais, bien qu'engloutis par les tourbillons du courant, qui avaient continué à louer et à glorifier l'Empereur – *Vive l'Empereur, mort et gloire*... Mais il n'y a plus de pont. Seules subsistent les deux berges envahies par les herbes. Et le fleuve lui-même qui coule à grande vitesse, dans un bruit assourdissant, charriant des plaques de glace, des troncs d'arbres et des branches arrachées. Sur la rive, tête nue, le bourreau veille sur lui. W. se retourne et lui fait signe de la main. Son convoyeur lui répond d'un geste. Alors, il descend dans l'eau glacée. Mais après deux ou trois brasses ce n'est plus l'eau qui l'emporte, mais la berge du fleuve avec le bourreau et le cheval en train de paître qui dérivent rapidement hors de sa vue. Lorsqu'il reprend pied sur la terre ferme, ils sont partis depuis longtemps.

IV

Faiseur de lumière

Dans le cas de toute maladie mentale, il existe un risque que le corps soit affecté et, selon le degré de cette maladie, qu'il soit lui aussi gravement atteint, car l'être humain constitue toujours une seule et même vie humaine.

Heinroth, 1818

(Chante pour moi)

1. L'amour est un enfant. Il marche pieds nus ou porte des chaussettes blanches. Il ne connaît rien des seuils et des murs, et rien des fenêtres autres que celles par lesquelles la bien-aimée peut entrer.

2. L'amour a un rire qui naît dans les yeux et se termine dans l'estomac. Il ne comprend rien. Si ce n'est que la bien-aimée arrive.

(*L'amour ne peut comprendre que la bien-aimée reparte. L'amour ne peut comprendre que quelqu'un s'en aille.*)

3. Pour l'amour tout ce qui se passe – y compris ce qui s'est déjà passé et ce qui se passera – se passe maintenant et pour la toute première fois. C'est pourquoi pour l'amour seule existe la joie.

4. L'amour sait tout sur ce qui se passe, mais il est innocent de tout.

5. L'amour a des mains chaudes, douces, et des yeux qui voient les étoiles la nuit et des arbres qui ne peuvent pousser que s'ils ont le soleil dans les yeux et ne savent donc pas qu'ils poussent.

6. L'amour est ébloui et il éblouit, mais il est séduit et ne séduit pas. Il ne jette aucune ombre. Rien ne le dissimule ni ne le tient caché.

7. L'amour dit à la mort : Tu existes mais tu ne peux pas me prendre.

8. L'amour dit à la mort : Moi aussi j'ai des ténèbres. Mais les ténèbres de l'amour sont l'opposé des ténèbres de la tombe. Dans les ténèbres de l'amour, tout se recoud : toutes les coutures qui ont lâché, tous les fils qui ont été arrachés.

(*C'est ainsi que tu renais, Petite Chérie*.)

9. L'amour projette sa propre lumière sur le monde. Viens, dit-il, je t'expliquerai. Mais l'amour n'explique rien. Il montre seulement ce que vous savez déjà. Que les lèvres sont brûlantes, que le cœur bat et que le sexe est chaud ; que rien n'est consommé simplement parce que cela a été fait une fois ou des milliers de fois. Tout peut toujours être refait. Ce n'est pas le temps qui mesure le poids, la force et l'âge de l'amour, mais seulement le corps qui se souvient de ce qu'il a toujours su.

10. Dieu est heureux. Il a sur la tête un chapeau qui ressemble à une couronne.

Au début de cette année-là, donc, juste au moment où la lumière tournait, il avait pris pied sur l'autre rive de la rivière Memel. Qui était-il alors ? Quelqu'un qui ne se reconnaît plus lui-même ? Un endroit où quelqu'un d'autre s'est installé, quelqu'un qu'il ne connaît pas et devant qui il n'oserait pas en temps normal se présenter ? Mais comment se comporter pour ne pas être vu par quelqu'un que vous portez en vous ? Il ne sait pas. La seule chose qu'il comprenne, c'est qu'il doit se tenir à l'écart des autres. S'il rencontre quelqu'un sur la route, une voiture à cheval ou un passant solitaire comme lui, il se réfugie dans les bois ou bifurque dans quelque champ, et si cela ne marche pas, il garde les yeux obstinément baissés sur le sol. Chaque pas est considéré comme étant le seul pas, chaque objet observé comme étant le seul objet au monde. Avant tout, il prend soin de regarder vers le ciel. Du matin au soir, le soleil vif de la fin de l'hiver pèse sur sa nuque et ses épaules, la lumière rayonne des restes de neige dans les champs et brille comme du vif-argent dans les fossés et les cours d'eau.

Le soleil : cette boule de feu géante qui naît et se consume en même temps.

Il avait entendu Krupp dire que les francs-maçons, les *initiés*, savaient utiliser les rayons du soleil comme arme. Ils bercent ceux qu'ils veulent anéantir dans la vanité. Ils les prennent par le menton comme ceci. (Krupp le lui avait montré en saisissant son menton d'une main et en obligeant son visage à se tourner vers le ciel.) Et au même moment, les rayons jaillissant de l'œil enflammé de Dieu, telles des lames acérées, tranchent l'œil jusqu'à la couture située sous le cœur qui nous maintient attachés à la vie. Ces derniers temps, il a ressenti maintes fois à quel point cela faisait mal : c'était trop serré au niveau de la couture du cœur. Même lorsqu'il est prudent et marche les yeux rivés au sol, il ressent comme des tiraillements et des élancements dans son cœur, son pouls s'emballe et devient fébrile.

Mais le ciel brûle et continue de brûler, bouillant.

Même la nuit quand le soleil n'est pas levé, il brûle.

Il capture la lumière dont il a besoin dans d'autres réceptacles. Il va de ferme en ferme, en quête de miroirs. Partout où il peut les trouver : dans le flux rapide d'un ruisseau sur lequel la lumière est aussi vive que des écailles de poisson, ou dans une fenêtre d'étable isolée et si profondément plongée dans l'oubli du crépuscule que l'obscurité semble jaillir *de l'intérieur* des maisons, de l'intérieur de l'ombre noire et tranchante des arbres où s'entendent de temps à autre les beuglements du bétail alors que leurs corps sont fendus par de longs coups de hache.

Quand il est sûr que les gens de la ferme sont dehors dans les champs, ou bien au milieu du vacarme des bidons de lait dans l'obscurité de l'étable, il se faufile dans les maisons et se met en quête de beaux objets, n'importe quoi qui émet de la lumière ou la réfléchit, comme l'émail dans un pot à lait, le verre dans un miroir à main, ou quelques pièces de menue monnaie trouvées au fond d'un coffre à vêtements et qui sont tellement usées qu'elles semblent briller de par leur propre pouvoir. Il trouve également de petits boutons en nacre, cousus sur une robe taillée dans un beau brocart rouge cramoisi. Il coupe avec les dents les fils des boutons, les roule dans de la ouate et les fourre dans sa poche. Enveloppés dans le tissu de brocart rouge, il garde également les fragments de verre et de miroir afin de ne pas se couper quand il les prend pour les regarder.

C'est ainsi qu'il porte la lumière en lui plutôt qu'à l'extérieur. C'est comme lorsqu'on porte de l'eau dans un seau. Ce n'est pourtant jamais l'eau elle-même que l'on porte, seulement le seau, en craignant que ce qui reste invisible à l'intérieur ne se renverse.

Et c'est sous cet aspect, un Faiseur de lumière à part entière, qu'il se rend un matin à Stralsund pour revoir l'enfant qu'il a laissée derrière lui.

On est en mars 1813. Six années se sont écoulées depuis que, jeune recrue dans l'armée hollandaise, il a aidé les Français à affamer les Suédois pour leur faire quitter Stralsund, et presque trois années depuis que sa Petite Chérie est venue au monde.

Tout comme ce jour-là, le temps est doux. La neige tombe du haut des maisons, et l'eau de la neige fondue coule dans les canalisations et les gouttières, cinglant les tôles des toits et les pavés. Cela crée une sorte de musique partout autour de lui, comme s'il n'y avait pas de guerre et que toutes les distances étaient seulement quelque chose d'imaginaire ou d'inventé. Sous des auvents colorés dont les franges claquent au vent, les étals du marché sur la place devant l'hôtel de ville sont aussi rapprochés les uns des autres qu'autrefois, tandis que les marchandes s'égosillent pour se faire mieux entendre que leurs voisines. Parmi tout ce qui est poussé ou traîné dans cette boue, on aperçoit aussi l'un ou l'autre soldat suédois qu'il prend la liberté de saluer d'un geste galant même si, bien entendu, ils ne reconnaissent pas dans ce mendiant, dont il a revêtu l'apparence, un ancien frère d'armes.

Le seul qui semble le reconnaître est Henze, le vieux dompteur qui croise un instant son regard avant de continuer à charger ses cages sur une voiture qui attend. Henze lui-même s'est voûté avec l'âge, et les deux fossettes amères de ses joues sont réduites à des sillons profonds. Il ne reste plus rien du Hun qu'il était, pas trace non plus des animaux enfermés; par contre, dans une des cages déjà chargées sur la plate-forme de sa charrette, il y a un garçon à moitié nu d'à peine dix ans qui, le regard perdu, suit les roues des charrettes qui passent.

Mais il ne trouve nulle part l'étal où se tenait d'habitude Marie Thiessen, ainsi que la vieille femme et l'homme plus âgé dont il n'avait jamais retenu le nom et qui venait les chercher le soir avec sa charrette.

À peu près au même endroit, un homme à la carrure massive tient un étal de légumes. W. va vers lui avec ses habituels cercles d'approche craintifs, finit malgré tout par s'incliner poliment et demande à l'homme si le nom de Thiessen lui est familier, avant de décrire Marie et le couple âgé avec la plus grande minutie possible. L'homme a un visage légèrement rougeaud avec de gros yeux de poisson, globuleux, qui regardent droit devant lui sans le regarder, pas plus que les racines alimentaires que ses grosses mains calleuses prennent pendant ce temps, mais il étend soudain tout le bras et montre du doigt la Mühlenstrasse en disant :

Frau Wienberger est rentrée chez elle se reposer mais les enfants jouent là-bas.

Il est impossible de déterminer à partir de ce regard de poisson si l'homme a bien saisi la question ou s'il a simplement répondu ça pour avoir quelque chose à dire, mais W. va néanmoins dans la direction qu'il a désignée, du côté de la Mühlenstrasse, attiré par des coups de marteau qui résonnent, aussi opiniâtres et envoûtants que le tintement d'une cloche d'airain dans une église.

Ceux-ci proviennent d'une écurie de fortune située à l'arrière d'un des bâtiments commerciaux. Derrière la porte restée ouverte se profilent des croupes de chevaux dans des box étroits et un peu plus loin, à côté d'un établi que l'on a traîné pour qu'il bénéficie de la lumière du printemps, deux hommes maintiennent une roue de chariot contre une enclume tandis que le forgeron lui-même, un homme robuste avec un grand tablier en cuir noir autour de la taille, redresse l'axe de la roue à grands coups de maillet.

Lorsque le forgeron fait une pause et abaisse son maillet, W. aperçoit alors les deux enfants. Apparemment, ils vivent dans ce lieu aménagé en écurie, ou en tout cas ils y jouent. C'est le frère, Johann Christian, qu'il voit en premier.

Comme il a grandi, ce garçon, et il a l'air encore plus grand car ses jambes dépassent de son pantalon à bretelles qui lui arrive à peine aux mollets. Il a adopté la démarche nonchalante des garçons plus âgés et fait un peu le beau devant la petite fille qui court se cacher derrière les tables et les sièges qu'un vannier a exposés devant son échoppe. Accroupie à la manière des jeunes enfants lorsqu'ils veulent être invisibles, la fillette est cependant incapable de patienter et montre le bout de son nez pour ensuite, effrontée et avec un rire étrange à la fois fort et éclatant, bondir de sa cachette et jaillir comme une flèche dans les jambes de son frère. Son frère? Son demi-frère, plutôt. Mais ils ont la même mère, cela saute aux yeux. La petite fille a elle aussi le visage légèrement enfoncé de sa mère, tel l'intérieur d'un sabot de bois, bien qu'elle ait les joues rondes et roses d'une enfant en bonne santé, une petite bouche avec des lèvres finement dessinées et des cheveux blonds aux boucles rebelles qui tourbillonnent dans les airs quand elle saute et esquisse de petits pas de danse sur le pavé. Ce sont ses cheveux blonds à lui, son teint clair à lui, ses lèvres à lui, bien dessinées mais un peu tendres. Quiconque la verrait jouer maintenant pourrait s'en rendre compte. C'est un miracle du Seigneur qui se tient là, juste à un pas de lui. Tremblant d'excitation, il s'accroupit derrière les cages du vannier, tel un criminel, osant seulement jeter un coup d'œil de temps à autre depuis sa cachette derrière les vanneries pour s'assurer que les enfants jouent toujours dans la ruelle. Mais ils sont rapidement distraits par quelque chose et partent en courant. Le rire clair et lumineux de la petite fille reste suspendu tel un voile étincelant sous la voûte étroite du ciel dans la ruelle. C'est un rire insolite. Cela commence comme un sombre gargouillis venu du tréfonds de son estomac et il n'éclate qu'en atteignant sa bouche, comme une paire d'ailes de papillon encore humides ne se déploient qu'une fois libérées de la chrysalide et demeurent alors dans l'air, en apesanteur.

La soirée s'avançant, il cherche une taverne à proximité de Knipertor et, bien qu'il ait à peine assez d'argent pour un gîte décent, il commande généreusement à manger ainsi que de la bière et une chopine d'eau-de-vie. Le miracle qui s'est produit mérite que l'on s'y attarde dans le détail. Il est inexplicable qu'il ait revu sa fille, tout aussi inexplicable que le paradis puisse se retrouver quelque part sur une terre où sinon ne se dressent que murs et barrières. Cette eau-de-vie lui monte vite à la tête et, comme il n'a pas l'habitude de rester dans des chambres aux murs ordinaires, il tombe tout de suite à la renverse ; quand on essaie de l'aider, il devient bruyant et tient des propos d'ivrogne où il est largement question de sa fille qui est plus belle que la princesse de Perse et qui porte une couronne avec une voilette de rire perlé. Il montre ses miroirs et le tissu de brocart rouge qu'il a accroché au-dessus de sa tête, et prend des poses ; d'abord on se moque de lui, puis on l'injurie et on le flanque dehors.

Mais le bonheur de l'avoir revue, ça ils ne peuvent pas le flanquer dehors : c'est une petite flamme qu'il doit protéger entre ses mains pour qu'elle ne s'éteigne pas. Il la tient ainsi toute la nuit, et tôt le lendemain matin il est de nouveau dans les rues, et cette fois il a emporté tous ses trésors.

Il est évident qu'on le reconnaît maintenant. Le forgeron l'observe, tapi dans l'ombre de l'écurie, tout comme le vannier sorti balayer et rincer la rue pour la débarrasser de la paille et du crottin de cheval, et qui désormais, le manche du balai sous l'aisselle, le suit d'un regard méfiant. Il pose un à un les fragments de miroir. Il est important de trouver la bonne place pour eux, l'idée étant que Petite Chérie ne puisse pas voir les miroirs, mais uniquement la lumière qu'ils réfléchissent. Il lui faut donc inclure jusqu'à ses pas et ses regards dans ses calculs. Il se couvre la tête avec le tissu cramoisi afin que le soleil donne des repères lumineux sans éblouir et arpente ensuite la rue en faisant des gestes avec les bras comme un escrimeur. Pour un profane, un forgeron ou un vannier par exemple, il doit avoir l'air de quelqu'un ayant un mètre-ruban entre les chevilles et essayant de l'étirer à l'extrême. Après avoir fait un ou deux de ces longs pas de mesure, il s'accroupit pour assembler deux fragments de miroir ou en séparer certains qui ont fini trop près l'un de l'autre. Il est tellement absorbé par ces activités qu'il ne se rend pas compte de la foule qui se presse autour de lui. La plupart des badauds sont des gens comme il faut, ayant revêtu leurs habits du dimanche pour se rendre à l'église, plusieurs s'arrêtent même pour l'aider à trouver ce qu'ils croient qu'il a perdu. Mais les humains ne sont pas les seuls à être de sortie. Un bruit de sabots s'approche aussi, le grincement rythmé de roues de voiture. Soudain, quelqu'un l'attrape par-derrière et une grosse voix s'écrie *Lève les yeux espèce d'imbécile !* et quand le morceau de tissu est arraché, le forgeron est planté devant lui, jambes écartées, les deux mains agrippées au licou d'un cheval qui s'ébroue. Le cocher jure et lui expédie un crachat noir de tabac avant que l'équipage ne poursuive sa route vers l'écurie. À l'intérieur de la voiture, un voyageur terrifié se penche en avant, mais il a eu le temps de voir le miroir sous la roue de la voiture et à cet instant il aperçoit même la fillette.

Ils sont là, tous les deux, le frère et la sœur, au beau milieu de la rue, le garçon en pantalon cousu convenablement maintenant, en chemise avec gilet, et la fille dans une jolie robe à motifs bleus, avec col en dentelle et tablier blanc, et chaussettes blanches montant jusqu'aux genoux. La vue de sa Petite Chérie le met en joie, mais il ressent aussi une pointe de déception et de découragement : vêtue comme elle est, c'est à peine si elle osera chercher les miroirs, à supposer qu'elle ose bouger sous sa capuche nouée. Il a envie de lui faire un signe de la main ou bien de se faire connaître de quelque autre manière, mais la petite fille s'est retournée et a fait deux sauts en avant à pieds joints, les bras croisés sur sa poitrine, ceinte du tablier, comme pour jouer à la marelle tout en appelant son frère qui reste comme enraciné dans ses chaussures et fait des grimaces de colère et d'impatience pour qu'elle cesse de jouer.

Petite Chérie, susurre W., mais sa fille a déjà les yeux fixés sur la rue. Elle a manifestement aperçu l'un des miroirs. Il se dépêche de ramasser un autre éclat, capte le soleil et le dirige vers le fragment dans la rue en s'arrangeant pour que le reflet atteigne la petite fille en plein visage. Et le rire qui jaillit alors (tandis qu'elle porte les deux mains à ses yeux, comme pour les protéger sous une coque), ce rire-là qui vient du tréfonds de son estomac, fuse tel un cri, arrêtant la course du temps. Et l'espace d'un instant tout reste en suspens, la lumière et la fillette dans la rue et l'éblouissement dans les yeux qu'elle ouvre de nouveau lentement entre ses mains, comme s'il s'agissait d'un objet fragile et précieux.

Puis une voix sèche provenant de l'autre côté de la rue fait tout voler en éclats :

Sophie !

À guère plus de cinq longueurs de bras se tient Marie Thiessen avec un nourrisson dans les bras et, à voir son visage, on dirait que c'est lui qu'elle appelle, et non sa fille qui immédiatement court se cacher derrière les jambes de sa mère. Derrière elle, mesurant une demi-tête de plus, se trouve un vieil homme aux larges épaules, qu'il reconnaît aussitôt comme l'un de ceux qui aidaient à tenir la roue de voiture contre l'enclume tandis que le forgeron en redressait l'axe faussé, visiblement mal à l'aise dans les beaux habits dont on semble l'avoir affublé.

W. détourne le regard et tente de passer outre. Ce que voyant, Marie fait résolument un autre pas en avant. Elle a le poids de son corps sur une seule jambe qu'elle a avancée pour compenser le poids de son enfant qui désormais ne repose plus sur son bras, mais s'appuie sur sa poitrine.

Tu ne dois pas rester ici, Wutzig, tu ferais mieux de t'en aller.

Il cherche le long de la rue les miroirs qu'il a disposés, mais tout ce qu'il trouve ce sont encore des pieds et des jambes.

Ce n'est pas ton enfant, Wutzig. Tu n'as rien à faire ici.

Elle dit cela sur le même ton dur et accusateur qu'elle avait employé autrefois pour dire : C'est ton enfant, Wutzig, tu dois subvenir à ses besoins.

Pourtant tu as dit que c'était le mien, proteste-t-il.

Mais ses paroles ne sont qu'un reflet terne dans un des fragments de miroir. Ceux-ci ne lui renvoient que l'image de son impuissance. Toujours campée devant lui, Marie Thiessen, à en juger d'après ses paroles, ne ressemble en rien à la jeune femme qu'il a connue jadis.

Quoi que j'aie dit, je l'ai dit parce que j'avais besoin de quelqu'un pour me protéger, mais tu n'as jamais été rien d'autre qu'un faible sur qui on ne pouvait pas compter, qui volait, buvait et finissait en prison.

Je voulais faire de toi mon épouse, dit-il.

Qui serait assez stupide pour se marier avec un soldat? réplique-t-elle. Sa bouche osseuse est l'expression même du dédain. Elle penche la tête en avant, comme si elle voulait ainsi raccourcir le plus possible la distance entre lui et les railleries qu'elle profère.

Mais je croyais que tu voulais m'épouser, dit-il.

C'est quelque chose que j'ai dit pour que tu comprennes que j'étais quelqu'un d'honnête. À présent, j'ai rencontré un homme sensé, il s'appelle Wienberger, il est là à côté. C'est son enfant que je porte dans les bras maintenant et il a eu la bonté de prendre aussi les deux autres, et il te tuera, je n'ai qu'un mot à dire…

Elle désigne la ruelle où se tient Wienberger. Cela prend un certain temps avant que tout ne s'éclaircisse : l'homme en habits du dimanche qui donnait un coup de main à l'écurie est donc le père du bébé de Marie.

Mais au moins laisse-moi la revoir, supplie-t-il.

Non, va-t'en maintenant !

Et puis voilà que soudain tout le monde se ligue contre lui : ceux que les maisons, les ruelles et les portes cochères retenaient captifs jusque-là ont soudain le champ libre. Même le forgeron s'avance, la poitrine ceinte d'un gilet doublé de soie, et sort de son gousset une grosse montre, y jette un coup d'œil avant d'annoncer d'une voix ferme et autoritaire : Tu as une minute pour ficher le camp d'ici, sale vermine !

Puis voilà qu'arrive la première pierre, d'où vient-elle, il l'ignore, mais quelqu'un crie : *Sur lui seulement.*

La première est suivie de beaucoup d'autres : une pluie de pierres. Il replie un bras autour de sa tête pour se protéger et s'enfuit en courant.

À mi-chemin de la sortie de la ville, il entend à nouveau un bruit de sabots derrière lui, comme si ce cauchemar n'avait pas de fin. Il se retrouve sous le morceau de tissu rouge cramoisi alors que l'équipage étranger approche et essaie désespérément de lui arracher cette étoffe, mais il n'a rien sur la tête. Il se retrouve dans ce monde et son crâne et ses yeux sont nus et infiniment vulnérables.

Il s'avère que c'est seulement Henze qui passe avec sa charrette.

Dans la cage la plus à l'arrière, le dos tourné aux murs des coulisses du cirque, le garçon maigre à moitié nu qu'il a déjà vu a les mains accrochées à la grille et le regard fixé sur la poussière de la route que soulèvent les roues de la carriole.

En sortant de la ville au crépuscule, il passe devant une grande plaine. À sa lisière, le soleil se couche et la lumière est si forte que l'ombre de son corps ne s'allonge pas et ne s'approfondit pas comme elle le devrait à cette heure de la journée, mais se rétrécit et s'estompe sous lui. Il continue le long de la route à côté de son ombre qui rétrécit rapidement jusqu'à ce qu'il comprenne enfin que ce n'est pas le temps qui a cessé de s'écouler, mais le soleil qui s'est figé dans le ciel. Au lieu de continuer à sombrer, il se gonfle telle une pomme coincée dans la gorge. Et à mesure que le soleil grandit, la lumière autour de lui devient plus forte. C'est comme s'il était étouffé par toute cette lumière et il n'est pas possible de se réveiller de cette suffocation car ce que l'on a en soi, on ne le fera pas sortir.

Et parce que la lumière a repoussé tout le reste du monde, le temps n'existe plus.

Et comme le temps n'existe plus, il n'y a plus non plus ni jour ni nuit.

Ni sommeil ni réveil non plus.

Rien n'existe.

Il se couche de tout son long sur le bas-côté et hurle à corps perdu, mais son cri est comme la lumière. Il est partout, donc inaudible.

V

« Animal »

La seule chose qui puisse être proche d'une âme est une autre âme. Et s'il est vrai qu'une âme impure peut corrompre une âme pure, il est aussi vrai qu'une âme saine et fortifiée par l'esprit de Dieu est capable de guérir une âme malade.

Heinroth, 1823

Maintenant, cessez de crier, Woyzeck, sinon je vous bâillonne...!

Le visage de bois de Herr Conrad apparaît à la porte de la cellule, éclairé par la lumière vacillante d'une lanterne qu'il tient à hauteur d'épaule. Le médecin de la prison était là tout à l'heure, dit-il à la personne qui entre avec lui dans la cellule. Le pasteur doit savoir que le criminel n'a aucun problème de santé. Ce n'est que la peur de ce qui l'attend.

W. est assis sur sa paillasse, recroquevillé. Malgré le froid intense dans la cellule, la peau de son visage et de ses mains luit de sueur et il tremble de tout son corps. Des secousses continuent de l'agiter bien que l'aumônier le prenne par les épaules et s'asseye à côté de lui.

Leur dernière rencontre remonte à quelques mois seulement, mais quand le pasteur Oldrich retire son chapeau et se met à genoux devant la paillasse, une mèche blanche apparaît distinctement au milieu de son épaisse chevelure noir corbeau. Le pasteur Oldrich sort le rouble en argent de la poche de son gilet et le pose sur le bord de la table où une poignée de feuilles de papier est déjà étalée. À la lueur de la lumière de la lanterne laissée par Conrad, les murs de la cellule semblent tressaillir et se rétracter.

Woyzeck : Mon confesseur, le pasteur Hänsel, a eu la gentillesse de faire en sorte que j'aie du papier et de quoi écrire à ma disposition ici dans la cellule et il m'a enjoint d'écrire pour prendre congé et demander pardon pour la douleur que j'ai causée à tous, pour que mes pas soient légers le jour où je monterai sur l'échafaud.

Mais je ne sais pas quoi écrire, aumônier.

La seule personne à qui je pourrais écrire c'est elle, qui est la raison pour laquelle je suis ici, mais de mauvaises pensées m'assaillent tellement que je ne suis vraiment pas en mesure de le faire.

Pasteur Oldrich : Quelles sont ces pensées qui t'envahissent, Woyzeck ?

Woyzeck : J'ai rêvé que l'époux de celle que j'ai tuée m'attendait de l'autre côté.

Pasteur Oldrich : Qui ça ?

Woyzeck : C'était en rêve presque comme si c'était dans la vraie vie. Mon père adoptif et tuteur, maître Knobloch, m'avait donné comme tâche de mettre des perruques aux défunts. Sauf que là, on ne me demandait pas de pénétrer dans une pièce réservée au cadavre mais dans un grand champ de bataille où des membres lacérés et déchiquetés gisaient éparpillés partout. Du chirurgien Woost, je n'ai retrouvé qu'une main. Je savais que cette main avait été là tout le temps, attendant que je vienne dans le rêve pour la voir. Et je ne m'étais pas trompé : pendant que j'étais là, elle s'est figée, a noirci et s'est durcie, non pas comme si elle était en train de pourrir, mais comme si le feu la consumait ; et pendant que je la regardais, elle s'est transformée en un crucifix, un crucifix noir, aussi noir que s'il avait été carbonisé.

Pasteur Oldrich : Mais cher enfant…

Woyzeck : Je n'ose plus faire confiance à personne ni à rien. Où que j'aille, c'est comme si les choses se transformaient. C'est la guerre. Cela met la tête à l'envers même chez le gars le plus sensé.

Pasteur Oldrich : Il n'y a rien à craindre. Ni de quelqu'un de mort ni de quelqu'un de vivant, d'ailleurs. Dieu nous protège à chaque heure.

Woyzeck : Vous savez, une fois j'ai participé au meurtre d'une personne comme vous. D'un homme d'Église.

Pasteur Oldrich : Tu as tué un pasteur ?

Woyzeck : Le capitaine lui a crevé les yeux. Et lui a tranché la langue. Pour qu'il ne puisse plus voir ni parler. Et c'est arrivé au beau milieu de sa propre église. Dis-moi, aumônier, où était alors la main protectrice de Dieu ?

Pasteur Oldrich : Il est humain de douter, Woyzeck. En particulier quand on sent, comme toi, que la mort approche.

Woyzeck : Ce n'est pas la mort que je crains. C'est que je n'arrive plus à faire la distinction entre un visage vivant et un visage mort.

Pasteur Oldrich : Que vois-tu, Woyzeck ?

Woyzeck : Répondez-moi plutôt, aumônier. Est-ce un miracle du Seigneur ou un tour et une hallucination du diable qui, dans la main du chirurgien Woost, m'a fait voir un crucifix en train de noircir ? Et quand je reviens de la guerre et que j'ai été dépouillé de tout, qui est donc assis sur mon épaule que je ne vois pas mais qui souffle dans ma nuque et sur ma joue ? Je vais vous dire, aumônier, que les seules fois où Dieu s'est révélé à moi, avec réalité et force, c'est comme illusion et égarement.

Pasteur Oldrich : Dieu ne donne pas d'explications. La vraie divinité se révèle toujours sous la forme de la vérité. Le monde est plein de signes. Notre tâche consiste seulement à bien les interpréter.

Woyzeck : Mais les signes qui se manifestent à moi ne sont pas envoyés par Dieu. Ils sont l'œuvre des démons. Ce sont ces démons qui font que je ne parviens pas à distinguer ce qui est sacré de ce qui est seulement une image.

Le pasteur Oldrich regarde fixement droit devant lui.

Les mains de Woyzeck reposent, paumes vers le haut, sur ses genoux.

La cellule gronde.

Pasteur Oldrich : Seule la foi permet de voir clairement la différence entre ce qui est sacré et ce qui n'en est qu'une représentation. Tu devrais d'ailleurs savoir, Woyzeck, qu'il ne faut pas jouer avec les mots. Si tu as un jour prononcé le mot démon, tu as déjà ouvert la fenêtre à travers laquelle *la Bête* peut entrer. Cela est une certitude.

Woyzeck : Je vous assure que j'ai senti quelqu'un souffler dans ma nuque et sur mes épaules.

Pasteur Oldrich : C'était l'esprit protecteur de Dieu qui a soufflé sur ta joue comme chaque soir il souffle vers la voûte céleste.

Woyzeck : Que savez-vous des démons ?

Pasteur Oldrich : J'ai rencontré de nombreux criminels au cours de ma vie et beaucoup d'entre eux ont cru que même moi j'étais entre les mains des forces du mal. L'un de ceux que j'ai rencontrés croyait que j'étais la Mort incarnée et m'a craché en plein visage.

Woyzeck : Et comment avez-vous puni cet homme ?

Pasteur Oldrich : Je vais te confesser quelque chose, Woyzeck. Je ne crois pas à la punition divine. Je crois seulement en la rédemption de l'homme.

Woyzeck : Et que fait Dieu ?

Pasteur Oldrich : Il nous laisse trouver seuls le salut. Il nous en a donné le pouvoir.

Woyzeck : Et comment quelqu'un entravé aux mains et aux pieds peut-il y parvenir ?

Pasteur Oldrich : Il nous a donné le pouvoir de briser nos chaînes.

Woyzeck : Je suis un meurtrier. J'ai commis les pires actes qui soient.

Pasteur Oldrich : Cela se peut, mais devant Dieu, cela n'a aucune importance.

Woyzeck : Ça, je ne comprends pas.

Pasteur Oldrich : Tous, même le criminel le plus terrible, savent qu'il n'existe pas de droit supérieur qui autoriserait à punir. Seul existe le pouvoir de le faire.

Woyzeck : Il n'incombe donc pas à Dieu de punir ?

Pasteur Oldrich : Je ne vais pas te cacher la vérité, Woyzeck. La seule chose que tu puisses espérer est un sursis. Tôt ou tard, le procès réclame toujours son dû, tu n'y échapperas pas. Et si tu demandes pourquoi il en est ainsi, pourquoi tu seras puni, je peux te donner une réponse tout de suite : un homme sera puni parce que le roi doit toujours se montrer plus fort que le crime commis. C'est le seul arbitraire et privilège du pouvoir séculaire : en toute circonstance, en tout temps, il doit se montrer plus fort que tout, même que Dieu.

Woyzeck : Mais Dieu aussi sait que j'ai vraiment mérité ma punition.

Pasteur Oldrich : Dieu n'a pas besoin de punir, Woyzeck. Il a déjà tout pouvoir.

Woyzeck : Je crois que vous essayez de me tromper, aumônier.

Pasteur Oldrich : Je ne te trompe pas. Moi aussi, j'ai été dans une cellule comme toi.

Woyzeck : Pour quel crime, si je peux vous le demander ?

Pasteur Oldrich : Parce que dans ma jeunesse, je croyais que si l'homme à la suite de Dieu avait reçu le pouvoir de décider de sa vie, au lieu de s'en voir privé en permanence, les mauvaises actions, comme celles que tu as commises, jamais n'auraient besoin de se produire. Il n'y aurait pas eu besoin non plus d'une autre justice que celle instituée par Dieu.

Woyzeck : Mais comment savoir ce qui est juste selon la loi et ce qui est juste selon Dieu ?

Pasteur Oldrich : Il y a des signes, Woyzeck, il y a continuellement des signes indiquant que la rédemption est proche. Peut-être que l'esprit qui t'a effleuré la joue et la nuque était un tel signe. C'est de cette manière que Dieu choisit de se révéler à nous.

Woyzeck : Un jour, j'ai vu la carte du monde entier dessinée sur le bras d'un aveugle. C'était terrible.

Pasteur Oldrich : Ce n'est pas la volonté de Dieu que nous nous procurions des connaissances de cette nature. Les lettres savent-elles quoi que ce soit des livres dans lesquels elles sont écrites ? Nous autres, pauvres hommes, savons-nous quoi que ce soit sur le monde dans lequel nous avons été jetés, si ce n'est qu'il existe une forme et une volonté qui nous rassemblent ?

Woyzeck : Et quelle serait cette volonté ?

Pasteur Oldrich : L'amour de Dieu.

Woyzeck : Et c'est quoi, l'amour de Dieu ?

Pasteur Oldrich : L'amour de Dieu, Woyzeck, est le rêve qui nous tient constamment en état d'éveil. Le seul qui n'exige pas que nous ouvrions les yeux. Alors nous savons.

Le pasteur Oldrich se penche et prend la bible posée sur la table de la cellule.

Pasteur Oldrich : La raison existe. Et la loi. Mais aussi l'amour. Dans ce grand livre, il n'est pas seulement écrit comment la justice doit être pratiquée mais aussi comment Dieu se révèle aux hommes et comment le monde advient à travers tout ce qui est révélé. Peut-être qu'au lieu d'écrire pour demander pénitence et pardon, tu devrais lire un peu de ce livre, Woyzeck.

Woyzeck enfouit de nouveau son visage dans ses mains.

L'obscurité de la cellule.

À l'intérieur de l'obscurité : la cellule comme un grand cœur qui bat.

La lucarne de surveillance s'ouvre désormais à n'importe quelle heure du jour ou de la nuit et Conrad jette un coup d'œil à l'intérieur de la cellule. La lanterne qu'il tient près de l'ouverture réchauffe son visage par en dessous mais derrière la lumière, ses yeux clairs sont froids et haineux.

C'est comme s'il ne supportait pas que W. ne soit plus angoissé à sa vue, ne recule plus en l'entendant railler avec grossièreté le cadavre qu'il sera sous peu, et n'implore plus sa bienveillance. Il se contente d'être allongé, inerte, sur sa paillasse ou il reste assis devant sa table, dans la même position immobile, pendant des heures, sans même toucher la bible ni le livre de prières que le bon pasteur Hänsel lui a apportés, pas plus que le crayon ou les feuilles de papier, si ce n'est pour faire des figurines en papier.

C'est donc vrai ce qu'ils disent, c'est un simple d'esprit, un analphabète.

Conrad ne tient plus. Pendant deux ans il a fidèlement surveillé ce meurtrier. Il trouve qu'il a le droit d'obtenir quelque chose en retour.

Bientôt vous allez vous tenir devant votre Créateur, Woyzeck.

Notre-Seigneur a passé ses dernières heures en prière, mais vous, hein, qu'est-ce que vous faites ? Vous restez là à somnoler comme n'importe quelle créature ?

W. entend Conrad donner un coup de pied dans le seau qui lui sert de latrines, faire du bruit avec son trousseau de clés et frapper les gonds de la porte avec le plat de sa main. Mais il comprend la fureur de Conrad de la même façon qu'il comprend tout ce qui l'entoure : il a l'impression de nouveau d'être dans les bras d'un grand sommeil. À moins qu'il ne s'agisse de ce grand éveil dont parlait Oldrich, l'aumônier, celui qui ne peut naître qu'au plus profond du rêve.

À présent c'est comme si la cellule elle-même se transformait :

Des fissures apparaissent dans les murs, de longs sillons où brille l'humidité froide. Au bord de ces rainures pousse de la mousse : d'abord seulement comme une ligne ténue au niveau même de l'entaille, puis allant s'élargissant et s'épaississant. Il pose les mains contre le mur, sent l'humidité s'infiltrer sous la courbe de ses ongles, atteindre ses articulations et s'enrouler autour de ses poignets. Quand il porte les doigts à sa bouche, l'eau a une fraîcheur et une pureté comme il n'en a jamais goûté auparavant. Mais en même temps il y a quelque chose derrière cette salinité : une acidité dont il n'a jamais assez. Il se lèche et se suce les doigts, les bras, appuie son visage contre le mur qui, à présent, est entièrement couvert de végétation. Partout jaillissent de nouvelles pousses de la couche de mousse, telles de petites callosités. Cela adoucit, apaise, mais étouffe aussi, prend à la gorge et serre, et tout en arrière-plan de cet étranglement, il entend la voix sévère du docteur Stöhrer lui parler :

Ce n'est pas le moment de nous quitter, Woyzeck ; pas maintenant que nous touchons presque au but.

Et quelqu'un le secoue fortement par les épaules :

Allez, réveillez-vous, Woyzeck, il faut vous réveiller.

Et quand il ouvre les yeux, il ne se trouve pas dans un rêve, au contraire c'est comme si toute la réalité s'était installée chez lui, dans sa cellule. Ils se tiennent en groupe autour de la paillasse où il est allongé, comme s'ils étaient restés près de son lit pendant tout ce temps-là. Il y a Hänsel l'avocat et Hänsel le confesseur ; Richter, le directeur de la prison, ainsi qu'Oldrich, l'aumônier, dont il devine les silhouettes près de la porte. Maintenant le docteur Stöhrer se redresse après avoir essuyé la sueur provoquée sur son visage par la fièvre.

Pouvez-vous avoir l'obligeance de vous lever, Woyzeck ?

Quand il essaie sans y parvenir, le docteur le saisit fermement sous les épaules et le soulève de sa couche. Hänsel l'avocat se tient le plus loin de lui, avec une feuille de papier entre les mains et un sourire ambigu aux lèvres.

Quelqu'un semble vous avoir récompensé pour votre repentir, Woyzeck, dit-il. Le roi, dans son extrême clémence, fait savoir qu'il vous a été accordé un sursis à l'exécution de la peine, dans l'attente d'un nouvel examen de votre état mental. À notre grande joie, Monsieur le Conseiller à la Cour, le professeur Clarus, a aussi accepté de vous entendre encore une fois.

Ensuite il lit à haute voix ce que contient la missive royale, lui octroyant la grâce, qu'il tient entre les mains. Et tous baissent la tête et écoutent, c'est pour cette raison qu'ils sont tous ici rassemblés dans cette cellule à la végétation si luxuriante. Seul W. n'écoute pas. En dehors du cercle de tous ces gens-là, solitaire, la tête non baissée, Conrad le regarde.

WOYZECK : Docteur, le noir m'envahit ! *(Il s'assied.)*

MÉDECIN : Courage, Woyzeck ! Quelques jours encore et ce sera fini. Sentez, messieurs, sentez. *(Ils lui touchent les tempes, prennent le pouls et palpent la poitrine.)* À propos[1],Woyzeck, remue donc les oreilles pour ces messieurs ! Je voulais vous le montrer depuis longtemps : deux muscles sont sollicités chez lui. Allons, on y va !

WOYZECK : Oh, docteur !

MÉDECIN : Animal, tu attends que moi, je te remue les oreilles ?

Georg Büchner, *Woyzeck*

---

1. En français dans le texte.

Il faut donc tout recommencer. De nouveau, il est examiné par des médecins. Il faut contrôler sa vue et son ouïe. L'ausculter également, comme si à l'intérieur quelque chose avait grandi qui n'y était pas avant, quand en réalité il se passe tout à fait le contraire. Il a maigri, ses bras et ses jambes sont décharnés, ses joues creusées, et il perd aussi ses dents. Mais on le conduit dans la même salle d'interrogatoire qu'avant, avec le même meuble d'archives contre le mur, le même bureau en hauteur avec une chaise qui ressemble à un siège de juge à accoudoirs étroits et haut dossier ; la même écritoire et le même encrier, la même clochette d'où part un fil de fer qui court le long de la corniche au plafond et passe à travers un trou dans le mur pour arriver à une clochette identique de l'autre côté, où un garde attend à son poste qu'elle sonne – ou qu'elle ne sonne pas.

Et c'est le même Clarus :

Il est assis sur sa chaise haute et étroite comme s'il n'avait pas bougé depuis leur dernière rencontre. Trapu, le menton dans son jabot et le regard encore plus délavé, à supposer que ce fût possible. Son sourire de tortue également, avec ses petites dents grises à l'intérieur de sa bouche pincée et ridée, n'a pas changé.

Clarus : Woyzeck. Ce serait un mensonge d'affirmer que cela me fait plaisir. Je ne crois pas un seul instant que ce nouvel examen conduira à un autre résultat pour l'accusé qu'aux conclusions précédentes. En ce qui concerne ses visions, comme *ex post facto* elles sont ressorties de l'interrogatoire, il convient de ne pas y accorder trop d'importance. Comme mon vénéré collègue le professeur Heinroth l'a plusieurs fois prouvé de manière exemplaire, il n'est pas rare qu'un accusé mette lui-même en scène les maladies et les troubles dont il affirme souffrir pour ainsi échapper au jugement et empêcher que justice soit faite. Est-ce aussi l'avis de l'accusé ?

Woyzeck : Pardon, Monsieur le Conseiller... ?

Clarus : Je vais vous poser la question plus directement : êtes-vous un simulateur, Woyzeck ?

Woyzeck : Je regrette, je ne comprends pas ce que Monsieur le Conseiller veut dire.

Clarus : Vous vous défendez contre un jugement légitime de votre cas, parce que vous croyez, en faisant état de maladie, échapper à votre châtiment.

Woyzeck : Je peux vous assurer, Monsieur le Conseiller, que j'ai seulement dit la vérité telle qu'elle est et que je n'ai en aucune façon cherché à dissimuler quoi que ce soit.

Clarus : Bien. Car ce qu'on a voulu taire finit tôt ou tard par ressortir. Car la raison éclairée par l'esprit est ainsi faite qu'elle se détache de la matière non spirituelle qui brille hors des brumes qui la cachent. De cette manière, nous avons compris que vous êtes un être dépourvu d'âme, car seul un être dépourvu d'âme peut se comporter avec autant de bestialité que vous l'avez fait. Néanmoins il reste de la plus grande importance d'établir si vous avez agi dans une direction qui a dépassé vos sens ou bien si vous avez commis votre acte avec le sang-froid qui caractérise les créatures à qui toute morale chrétienne fait défaut.

Woyzeck : Je prie Monsieur le Conseiller de prendre en compte que j'ai toujours fait mon devoir.

Clarus : Et quel est votre devoir ?

Woyzeck : J'ai toujours fait ce que mes officiers m'ont ordonné et je suis un homme honnête et droit.

Clarus : Mais le devoir n'est pas une question de savoir quel genre d'homme on est, mais de quelle communauté on fait partie.

Woyzeck : Encore une fois, je prie vraiment Monsieur le Conseiller de m'excuser, mais je ne comprends pas.

Clarus : Vous relevez du règne animal, Woyzeck. Vous êtes un animal. Une bête sans âme. L'animal peut parfois se montrer retors, un mulet qui refuse de porter sa charge. Mais à la fin, il fera quand même les actions qu'il a été dressé à effectuer. Innombrables sont les histoires sur l'animal de trait qui loyalement porte sa charge jusqu'à s'écrouler. Mais l'animal s'effondre aussi intérieurement ! Il tire et use ses rênes sans comprendre que le harnais est là pour le brider et, dans certaines circonstances, il peut arriver qu'une infime étincelle de la lumière du jour s'infiltre dans ces ténèbres dépourvues d'âme et l'animal se rend compte qu'en opposant de la résistance, il peut faire fléchir son cocher et maître. Mais comme il n'existe aucune morale qui puisse châtier un tel comportement, tout ce que fait l'animal vise la destruction. Il veut que son maître s'humilie, de sorte qu'au lieu de tirer le joug il peut suivre la voie de la facilité et de la débauche générale.

Êtes-vous un simulateur, Woyzeck, est-ce seulement parce que, du fait de la compassion d'autrui à votre égard, vous croyez que les mêmes lois auxquelles nous devons tous nous soumettre ne valent pas pour un personnage aussi ignoble que vous ?

W. ne comprend pas pourquoi Clarus d'ordinaire si pédant s'énerve autant. Est-ce, comme l'a dit Hänsel l'avocat, uniquement parce qu'il a été contraint de se donner la peine de l'interroger une nouvelle fois ou bien parce qu'un autre juriste sinon s'en serait chargé, lui grillant la politesse ? Il préfère s'abstenir de tout commentaire. Clarus lui lance un long regard puis sonne la clochette. Le garde apparaît à la porte, livide comme un cierge.

Clarus : Garde, auriez-vous l'obligeance de prier l'archiviste d'apporter le dossier de l'accusé ?

W. reste debout quand le garde revient. Même Clarus se lève. Les hauts accoudoirs lui arrivent aux épaules. Quelque chose, que ce soit l'apparente indifférence de W. ou le fait que le conseiller se lève avec modestie, fait même hésiter le garde. Ils sont là tous les trois, le garde qui tend le dossier, Clarus le regard fixé sur W.

Clarus : Nous allons donc reprendre l'interrogatoire où nous l'avons laissé la dernière fois. Je prie donc l'accusé d'exposer de nouveau ce qui s'est passé le soir où il a rencontré pour la dernière fois et aussi tué Frau Johanna Woost.

Mais comment pourrait-il expliquer ce qu'il ne s'explique pas lui-même ? Que voulait-il faire de cette lame de sabre brisée, pourquoi a-t-il mendié huit groschen d'aumône pour avoir les moyens d'aller chez le tourneur sur bois et lui demander de faire une sorte de fourreau pour cette lame ? Quel genre de crime pensait-il expier par là ou commettre encore une fois ? Il devait bien y avoir quelque chose, sinon pourquoi tenait-il tant à cacher cette lame faisant désormais office de poignard ? Même pour lui-même. Pour qu'il ne pense pas une seconde qu'il l'avait sur lui avant d'apercevoir la silhouette traînante de cette femme qui traversait la Rossplatz et qu'il se retrouve face à elle, nu et les mains vides comme toujours, alors qu'elle avait eu d'autres mains, d'autres bouches et d'autres lèvres, d'autres corps d'hommes qu'elle avait chevauchés, contre lesquels elle s'était frottée, ses seins lourds au-dessus d'eux, en poussant des grognements, tandis que la seule chose qu'il ait obtenue, lui, avait été un regard glacial de son œil de loup qui louche, *Mais regarde donc, Woyzeck, il n'est bon qu'à ça, celui-là*, et comment expliquer le mélange d'excitation et de dégoût qu'il ressent quand elle dit ça, que plus elle déverse sa bile puante d'alcool sur lui, plus elle lui crie qu'il doit *ficher le camp*, plus l'urgence monte en lui, comme une certitude qui s'impose, il doit déjà y avoir quelqu'un dans sa chambre, quelqu'un l'attend là-haut, si ce n'est le garde de la ville avec qui elle sort dans les rues, alors un autre soldat, c'est pour ça qu'elle tient tellement à se débarrasser de lui. Et comment expliquer que c'est la honte et le désespoir, mais aussi l'excitation à la pensée de cet *autre* qui lui donne envie, à ce moment précis, de porter la main au fourreau de la lame de sabre – bien qu'il sache qu'évidemment il n'y a personne là-haut chez elle maintenant, qu'il n'y a qu'elle et lui ici, qu'il n'y aura jamais personne d'autre qu'elle et lui – et d'enfoncer la lame de sabre dans son ventre. Il sent la lame entrer jusqu'à la garde et le sang chaud jaillir sur le dos de sa main et son avant-bras, et il la retire et l'enfonce de nouveau, il ne saurait dire combien de fois il le fait, jusqu'à ce qu'elle cède enfin et se penche vers lui, appuyant d'abord ses deux mains, puis toute sa tête contre sa poitrine comme si elle voulait se blottir entre ses bras, avant de s'effondrer, quand un flot de sang sort d'un coup de sa bouche béante, et de rester allongée sur le sol en pierre usé, souillé de poussière et de boue, pendant que lui-même, le poignard ensanglanté visible aux yeux de tous, aussi bien ceux qui, épouvantés par son cri de mort, se sont arrêtés à l'extérieur dans la rue que ceux qui arrivent en courant des bâtiments voisins, fait ensuite quelques pas hésitants dans la vague lumière jaunâtre qui s'attarde ce soir-là, puis se dirige, le corps penché en avant, à longues enjambées pour ainsi dire étirées, vers la Rossplatz, ni trop vite ni trop lentement, d'un pas allant qu'on utilise à l'armée, pour jeter la lame ensanglantée de son poignard quand il passe devant l'étang au milieu de la place du marché, puis s'arrête, s'immobilise au beau milieu d'un pas et se laisse interpeller par les gendarmes qui se sont précipités pour le rattraper et à présent lui attachent les mains derrière le dos, tandis qu'il ne cesse de répéter, selon les déclarations de plusieurs témoins, *Dieu faites qu'elle soit morte, Dieu faites qu'elle soit morte, Dieu faites*

Woyzeck : Ce n'était pas moi.

Claru : Que dit l'accusé ?

Woyzeck : Je peux vous assurer, Monsieur le Conseiller, que je suis innocent.

Clarus : Vous êtes innocent ?

Woyzeck : Cela n'a jamais été mon intention de la tuer. C'était seulement un accident. Un malheureux concours de circonstances.

Clarus : L'accusé veut à l'instant que soit porté au procès-verbal que juste avant son acte il a entendu une voix qui disait « Poignarde-la, poignarde-la ». Est-ce que l'accusé est maintenant d'avis qu'il profère un mensonge sur ce point ?

Woyzeck : Ce n'était pas moi.

Clarus : L'accusé a donc agi sur les ordres de quelqu'un d'autre ?

Woyzeck (le visage entre les mains) : Comment ai-je pu tuer celle que j'aime ?

Clarus (sonnant la clochette jusqu'à ce que le garde apparaisse à la porte) : Si le garde veut bien avoir l'amabilité de reconduire l'accusé à sa cellule. *(Au greffier.)* L'interrogatoire reprendra demain quand l'accusé aura rassemblé ses esprits.

Cher Johann,

J'ignore où tu te trouves et si ces lignes te parviendront, mais je suis tombée l'autre jour sur une connaissance de ton frère Heinrich qui t'avait croisé à Hambourg et qui m'a raconté que tu étais en vie et en bonne santé, grâce à Dieu. Moi aussi j'aurais aimé avoir de bonnes nouvelles à t'envoyer, mais mon cher époux a été rappelé à Dieu l'an passé à la Saint-Nicolas après avoir souffert d'une fièvre contractée à l'hôpital. Il a eu droit à l'enterrement catholique qu'il souhaitait. J'avais quinze ans quand nous nous sommes mariés et comme il ne m'a laissé que des dettes, je n'avais dans mon veuvage pas grand-chose à espérer. Sinon, je ne vois pas autre chose à raconter. Le maître est mort mais ma mère continue d'habiter chez Warneck qui dirige une fonderie de laiton à Brühl. C'est un homme d'humeur gaie, mais pieux. Le jour où tu envisageras de revenir, il faut que tu saches que tu as, dans la personne soussignée, une amie proche et chère. Frau Steinbrück s'est déclarée prête à te loger si tu devais avoir un besoin de ce côté-là.

Frau J. Woost (née Otto)
Sandgasse 915
(chez Frau Wognitz)

Leipzig : un début d'après-midi en décembre où flotte dans l'air une odeur âcre de feu de bois mélangée à du crottin frais. Devant la large muraille de la forteresse et les deux tours des églises Saint-Nicolas et Saint-Thomas, le ciel est jaune soufre et les nuages noirs gorgés de neige qui n'est pas encore tombée. La Sandgasse où Johanna Woost est logée dans une pension est une ruelle discrète, bordée des deux côtés de maisons en bois décrépites et de modestes ateliers qui semblent avoir titubé dans la ruelle et y être restés, étonnés d'être encore debout. Fidèle à son habitude, il a déjà fait plusieurs fois le tour du quartier pour avoir une vue d'ensemble et voir quel genre de personnes vont et viennent par ici. Au bout d'un moment, il arrête un petit garçon qui vient de franchir la porte de la maison d'à côté et demande si une certaine Frau Woost est pensionnaire à cette adresse. Le garçonnet fait un oui prudent de la tête, comme si un pasteur lui avait posé la question. Pourrait-il alors entrer et demander si cette personne aurait l'amabilité de descendre ? Le petit garçon hoche la tête, plus par peur que par réelle volonté de lui faire plaisir. C'est pourquoi il s'enhardit à lui emboîter le pas quand ce dernier passe la porte d'entrée. La propriétaire de la pension, Frau Wognitz, attend dans la pénombre de la cage d'escalier, elle l'a certainement vu dehors discuter avec le gamin : une femme de petite taille, le crâne presque dégarni, si indignée qu'elle doit se cramponner des deux mains à la rampe d'escalier pour ne pas tomber à la renverse. *Combien de fois j'ai dit que je ne voulais voir personne entrer dans cette maison!* éructe-t-elle dès que W. s'avance. *Qu'est-ce qu'il vient faire ici? Qu'il débarrasse le plancher et vite!* Le petit garçon lui prend la main, comme pour détourner son attention des invectives de la propriétaire. Moi je sais où est Frau Woost, dit-il.

Ils marchent ensemble et passent devant la vieille muraille de la forteresse, puis longent le Brühl, et le silence règne comme c'est toujours le cas juste avant que la neige ne tombe, comme si la ville et le ciel étaient enfermés dans une bulle de verre cristallin, où chaque objet est agrandi et où chaque son résonne. Au loin s'entendent des coups de marteau, le grincement des roues d'une chaise de poste qui les dépasse, les sabots du cheval et le bruit métallique du harnais. Il voit le garçonnet courir devant lui et il repense à ce jour où sa sœur Lotte et lui marchaient sur le même chemin. Ce devait être par une après-midi d'hiver comme celle-ci, du temps où leur mère travaillait encore à la blanchisserie, le ciel était haut et clair, pour ainsi dire lavé de propre comme aujourd'hui, et il s'était soudain mis à neiger, tous les deux ils avaient levé leurs têtes pour attraper les flocons qui leur frappaient le visage, les maisons alentour avaient eu l'air si hautes et imposantes, vues sous cet angle : on aurait dit que les maisons étaient des arbres qui poussaient la tête en bas, avec les caves dans le ciel enneigé et le toit le plus près de la rue, tout était à l'envers, de sorte qu'en remettant leurs têtes à l'endroit, c'était comme si la neige soudain tourbillonnait vers le haut.

Ma sœur adorée, pense-t-il, où es-tu maintenant?

Johanna est assise sur un tabouret derrière un comptoir de taverne, les cuisses écartées et les mains sur les genoux, paumes ouvertes comme si elle tenait deux bols invisibles. Sans doute s'est-elle assoupie dans la chaleur causée par la cuisine, car son corps massif s'est quasiment effondré à partir des épaules tandis que sa tête est tombée en arrière contre le mur, et dans cette somnolence l'éclat du feu jette une lumière vacillante sur son visage mis à nu, de sorte qu'on dirait qu'il n'y a pas d'yeux ou alors comme si ses yeux n'avaient été que deux coquilles d'œuf vides, tournés vers le plafond enfumé.

Mais si elle ne le voit pas, ce n'est pas le cas des autres. (Il ne le sait pas encore mais il ne va pas tarder à apprendre à les connaître.)

Dans un coin à l'autre bout de la salle, à une grande table ronde qui leur est réservée en permanence, sont assis Kloos et Binder, les deux assistants de Warneck, le fondeur de laiton, le premier costaud, l'autre petit et fluet comme une corde ; ainsi que Potsch, le cocher qui conduit Campe, le grossiste en laine, et puis Bon, le fils du boucher, qui tient toujours une poignée de pièces qu'il fait passer d'une main à l'autre. Il y a aussi Johann Thellmann, l'apothicaire, un oiseau dépareillé dans cette assemblée, avec son profil aristocratique et ses petites lunettes rondes, toujours avec un vague sourire comme s'il était en possession d'un petit secret amer, connu de lui seul, auquel personne d'autre ne pourrait prétendre. Ce même Thellman deviendra par la suite un des témoins majeurs de la police, puisqu'il se trouvait sur la Rossplatz lorsqu'un cri terrible de femme avait déchiré la quiétude ensommeillée du soir et tout de suite après avait vu la foule toujours plus nombreuse laisser passer un homme avec un poignard ensanglanté dans la main.

Il ne tient plus que la lettre qu'elle lui a envoyée un jour, tant de fois repliée et touchée du doigt que le nom et l'adresse ont fini par être illisibles. (Mais il faut dire qu'il l'a eue avec lui pendant des mois et des années, l'a emportée quel que soit l'endroit où sa compagnie a eu l'ordre d'aller, l'a parfois sortie le soir pour la relire ou a prié quelqu'un d'autre de la lui lire à voix haute, comme il s'imagine que quelqu'un d'autre a dû écrire la lettre pour elle – il a du mal à imaginer beaucoup de ces mots sortir de sa bouche à elle, et cette écriture exagérément gracieuse peut difficilement être la sienne – et il se demande qui elle imaginait comme destinataire de ces lignes. Un jeune apprenti empoté, craignant toujours de se prendre une raclée, qui l'espionnait sur le perron au-dessus du salon de rasage de maître Knobloch, quand elle lavait ses cheveux dans une bassine de bain ? En tout cas pas cet homme de trente-huit ans, courbé, soumis, qui se tient devant elle maintenant, les mains si tremblantes qu'il peut à peine porter tasse et couverts à sa bouche, alors vous pensez, un crayon sur une feuille de papier !)

Il bredouille quelques mots, fait un pas dans la salle et Johanna ouvre alors les yeux et le fixe d'un regard incrédule mais étonnamment réveillé. Ensuite elle se lève si violemment que le tabouret se renverse et elle reste un moment face au mur, tandis qu'une main paresseuse vient arranger un peu ses longs cheveux gris emmêlés qu'elle avait vaguement attachés dans la nuque. Quand enfin elle se retourne, son visage s'est transformé et affiche un grand sourire. *Johann ?* dit-elle d'une voix beaucoup trop forte, comme si elle devait encore s'en convaincre elle-même. Lui aussi veut l'en convaincre et, pour cette raison, lui tend la lettre qu'il tient dans la main. Mais elle a déjà pris ses deux mains dans les siennes. *Johann ! Est-ce vraiment toi ?* dit-elle en jetant un regard inquiet dans la salle où les autres clients se dépêchent soudain de faire semblant de parler entre eux.

Elle saisit fermement sa main qui tient la lettre et l'entraîne à part. Ils empruntent un couloir étroit derrière la cuisine de l'auberge, grimpent quelques marches d'un escalier en bois qui craque et arrivent dans une mansarde. Un lit occupe un coin de la pièce, avec des vêtements jetés en vrac dessus, et il y a un pot de chambre et deux assiettes en bois vides.

Il continue à lui tendre la lettre comme si c'était la seule preuve qu'il est bien celui qu'elle croit qu'il est.

Mais *Johann, est-ce vraiment toi… ?* répète-t-elle et ce qui était au départ un sourire s'élargit jusqu'à devenir une grimace de douleur, et tout à coup elle émet un gémissement et son visage se décompose en sanglots.

Il s'imagine qu'elle doit se souvenir de cette autre lettre que, dans l'orgueil de sa jeunesse, il avait écrite à son époux à présent défunt, et il serre de nouveau, gêné, la lettre qu'elle lui a écrite, essaie encore de la lui tendre mais regrette son geste et veut la ranger quelque part, mais il n'a nulle part où la fourrer, alors il reste là, tout gauche, et bafouille :

Je suis désolé pour la perte de votre époux, Herr Woost, je suis vraiment désolé.

Oh Johann, ce n'est pas ça, dit-elle en l'enlaçant. Je suis seulement si heureuse de te revoir !

C'est elle et en même temps ce n'est pas elle. Ses pensées se sont ralenties et le corps s'est alourdi, au point qu'à la voir monter les marches de l'escalier menant à la chambre qu'elle loue chez Frau Steinbrück, on peut avoir l'impression que ce corps n'est pas vraiment le sien mais un fardeau inutile qu'elle doit traîner toute la journée. Bien qu'elle puisse parfois le ranger et l'oublier quand, assise sur le tabouret derrière le comptoir chez Jordan, son corps est simplement là, les jambes écartées, comme s'il vivait sa vie propre au-delà de toute intention ou pensée. Ou bien quand elle rit et que son visage entier se transforme en une seule grande ouverture avec la langue, râpeuse, au beau milieu.

Il ne saurait l'expliquer, mais d'une certaine façon elle l'effraie.

Comme si Johanna dans cet état d'oubli d'elle-même se changeait en quelque chose de beaucoup plus grand qui serait capable de le dévorer ou l'écraser par pure mégarde.

Mais il y a aussi quelque chose dans la façon qu'elle a de le regarder quand elle est bien réveillée. Il se souvient de ces yeux de loup qui louchent légèrement et de ce regard fuyant et craintif. Il y a quelque chose de calculateur et en même temps d'insaisissable dans ce regard. On dirait qu'elle ne veut pas ou n'ose pas le regarder en face. Dès qu'elle pose les yeux sur lui, sa grande bouche se fend d'un large sourire ou éclate de rire. Non pas qu'il ait un comportement particulièrement hardi, c'est plutôt qu'elle cherche à se défendre. Comme si elle portait quelque chose en elle qu'elle ne voulait pas qu'on remarque et elle met son sourire en avant pour que personne ne puisse le voir ni même le soupçonner.

Et avec ce qu'elle veut lui dire, c'est la même chose. Les mots dressent comme un mur autour d'elle. Et elle veut qu'il raconte. Qu'il lui parle de ses aventures quand il était soldat pendant la guerre. Tu dois tout raconter, dit-elle, mais en réalité elle ne veut rien savoir. Habituellement, c'est parce que les mots lui manquent qu'il ne peut rien dire. Mais maintenant c'est parce que rien ne peut traverser ce mur de rires et de mots qu'elle interpose entre eux.

Alors c'est *elle* qui raconte. Elle parle de Woost. Je ne l'ai jamais aimé, dit-elle sur un ton presque joyeux. Quand je me suis mariée avec lui, je n'avais que quinze ans. Tout ce qu'il voulait, c'était avoir quelque chose de beau à montrer. Quand nous étions ensemble avec d'autres gens, il disait que j'étais belle et racée, mais lorsque nous étions ensemble, son membre était si flasque et pitoyable entre les jambes que c'en était tout simplement risible.

(Mais ce n'est pas vrai, veut-il objecter.

Il se souvient de la colère de Woost quand maître Knobloch laissait sa belle-fille entrer dans le salon de rasage où les hommes assis en rang lui souriaient dans la mousse à raser : il avait crié, juré et l'avait frappée ensuite. Il était petit par la taille, le Woost, mais dès qu'il entrait dans une pièce, il faisait s'accroupir les autres. Il se rappelle les bruits qui filtraient de la chambre à coucher les nuits où ils dormaient au-dessus de lui : les gémissements d'amour emplis de luxure, tout ce qui était trop tendu se libérait et voulait déborder même sur lui, couché à l'étage en dessous, qui écoutait sans pouvoir même en imaginer la moitié.)

Elle dit qu'après la mort de Woost, elle n'était plus considérée comme bonne à marier. Pour la plupart, elle était quelqu'un avec qui on pouvait passer du bon temps, ça oui, mais certainement pas un parti convenable. Il n'avait laissé que des dettes, le Woost.

Mais faut pas croire qu'elle manquait de soupirants, dit-elle soudain, sur un ton tout à fait différent, presque menaçant. Et de les énumérer un par un : des noms de marchands et de commerçants de la ville dont elle sait pertinemment qu'il ne peut pas mettre un visage dessus et donc qu'elle peut les lui livrer en pâture sans courir le moindre risque. Et puis elle lui sert tout un tas de mensonges, où chaque phrase qu'elle prononce est contredite par la suivante, où l'intérieur devient l'extérieur, l'envers l'endroit. Tout est vraiment très étrange. Si elle n'avait su par ouï-dire que dans sa jeunesse il était tombé une fois dans l'escalier tant il s'était amouraché d'elle, elle ne lui aurait pas accordé un regard.

(Peut-être pensera-t-il plus tard que ce sont ces épouvantables distances qui créent ce lien apparent entre eux. Toutes les étendues de forêt et de terres glacées qu'il a parcourues lors des marches durant des jours et des semaines et au cours desquelles il a fini par perdre toute notion de temps et de pensée.

Peut-être est-ce la même chose pour elle ? Les années ont passé, mais il en reste si peu de chose.

C'est peut-être pour ça qu'elle a tant de mots mais si peu à dire et que le palais de mensonges qu'ils érigent entre eux ressemble surtout à une joute. Que dois-je te dire, s'il n'y a rien à dire ? Avec quoi te retenir si je n'ai rien de solide en moi ?)

Pourtant on dirait qu'à l'intérieur des murs de ce palais émerge progressivement comme une intimité. Avec tous ces noms de veufs riches et prospères dont elle prétend qu'ils lui ont fait des propositions, avec toutes ces épreuves qu'il a endurées et tous les insignes du mérite qu'il dit avoir obtenus, c'est comme s'ils se ménageaient de petites pièces à l'intérieur de ce grand palais : pas de somptueuses salles de vantardise mais de petits appartements de mensonge, non éclairés par une lumière extérieure fixe, qu'ils n'auraient pas pu supporter, mais seulement par l'éclat qu'ils sont eux-mêmes prêts à donner aux histoires simples qu'ils se racontent l'un à l'autre pour l'heure, et elle dit qu'il est donc un véritable aventurier, Woyzeck : ne pourraient-ils pas faire autre chose ensemble, elle et lui ?

Et puis voilà – c'est inévitable – que la question de l'argent vient sur le tapis.

À l'intérieur de son grand sourire, elle commence par dire qu'elle ne sait pas ce que Frau Steinbrück exigera pour son logement à lui, mais que les premiers temps elle paiera bien sûr pour sa chambre, elle a quelques économies, mais qu'à long terme il faudra que tous deux essaient de trouver quelque chose ; de son côté, aurait-il une idée ? Paresseusement allongé dans son appartement de mensonge dans le palais qu'ils ont construit, il lui parle du riche juif prêteur sur gages de Dessau au service duquel il était entré autrefois, il raconte aussi s'être rappelé à son souvenir par lettre lorsque son régiment a été dissous et qu'il ne savait pas où trouver du travail, et que Herr Schwalbe avait répondu qu'il n'avait plus besoin de ses services car il était tombé malade. Et voilà maintenant que Johanna se rapproche de l'appartement du mensonge. Elle veut savoir quel genre de maladie avait pu frapper ce juif et ensuite elle lui dit : Écris-lui à nouveau, Johann, écris que tu reviens chez lui, que tu fais cela par charité, alors il ne pourra pas te dire non, et reste aussi longtemps que nécessaire, alors tu pourras ensuite réclamer une part de son héritage à titre personnel.

Et maintenant ses yeux anxieux qui louchent luisent de convoitise tandis que sa bouche béante de rire révèle une langue épaisse et lourde. Son corps rit lui aussi : pour la première fois comme s'il était vraiment une partie vivante d'elle-même. Elle dit qu'il doit promettre d'écrire tout de suite à ce juif, ne pas laisser un temps précieux s'écouler, il ne faudrait pas que nous rations l'occasion.

Oui, elle a dit nous. Nous deux. Elle et lui.

Alors peut-être pourrons-nous tout de même nous permettre de trouver quelque chose ensemble.

Ensuite, elle dit qu'il peut la toucher maintenant. Elle sait bien que c'est ce qu'il a toujours voulu. C'est un homme à présent, Woyzeck. N'est-ce pas ?

Il se rend donc chez le juif de Dessau. Pour découvrir les ténèbres, comme il le dira ensuite. Il vient de s'installer chez Frau Steinbrück, où il est d'ailleurs confortablement logé, dans une chambre avec un lit pour lui, au rembourrage en paille. Pourtant il se met en route. Parce que Johanna le veut. Il essaie même de dire parce que *sa* Johanna le veut, c'est drôle comme il se sent petit quand les deux sont mentionnés dans le même souffle, petit et insignifiant, un petit bâton qu'elle peut pointer où elle veut.

Schwalbe, le juif, ne paraît pas le moins du monde surpris de le voir bien qu'il se soit écoulé une demi-vie depuis qu'il a été en service chez lui la dernière fois et qu'il lui a clairement fait savoir que ses services n'étaient plus recherchés.

Je suis venu par charité, dit alors W., et Schwalbe répond que puisqu'il a fait un aussi long voyage, il peut tout aussi bien rester, comme si c'était lui et non W. qui faisait acte de charité.

Il est difficile de dire de quelle maladie souffre Schwalbe. Il était déjà maigre quand W. était venu chez lui la première fois, il est encore plus maigre maintenant, et s'il était extrêmement réticent à se déplacer à cette époque, il reste désormais assis, totalement immobile, sur deux oreillers qu'il a emportés dans son alcôve décorée par ses soins, dans une des pièces donnant sur la rue. D'une voix aussi fluette que le fil d'une toile d'araignée, il dit que son dos s'est transformé en une colonne de souffrance et qu'au moindre changement de position, la douleur le terrasse au sol.

W. lui apporte de l'eau chaude et un gant de toilette mais Schwalbe se saisit simplement de la couverture autour de lui avec les griffes d'oiseau qui lui servent de mains. Derrière les plis et les ecchymoses de sa peau, sa veine jugulaire se dessine telle une couture finement bâtie. Parfois, le rythme s'accélère un peu à l'intérieur, comme pour montrer que les battements de son cœur sont certes épuisés mais que son corps reste tout de même en vie. W. humidifie soigneusement avec son gant le pourtour de son front fortement proéminent, tel le bord d'un casque au-dessus de ses pommettes, jusqu'à ce que le juif lui demande de l'aider à attacher les phylactères, et ensuite il exécute ses mouvements de prière avec des hochements de tête à peine perceptibles, le regard tourné vers le coin le plus éloigné de sa chambre.

Le rituel de la prière se répète au moins cinq fois par jour. Ainsi se mesurent les heures de la journée. Mais même entre les heures de prière, Schwalbe reste assis le regard fixé sur le coin le plus obscur de la pièce. Quand W. demande ce qu'il regarde, Schwalbe répond qu'il attend de revoir le Seigneur. Mais il n'y a rien là, dit W. De sa voix fluette, Schwalbe répond alors que dans la langue hébraïque que tout le monde parle en Israël, il existe deux mots pour les ténèbres. Le premier est *khoshekh*, qui signifie l'obscurité comme lorsqu'il fait nuit et qu'on ne voit rien, et le second est *araphel*, qui est l'obscurité plus épaisse à l'intérieur de laquelle Dieu apparaît. Ce fut en sortant de telles ténèbres que Dieu apparut à son peuple et Moïse dit ensuite au peuple : *Soyez sans crainte ! C'est pour vous mettre à l'épreuve que le Seigneur est intervenu ; c'est pour que sa crainte vous soit toujours présente afin que vous ne péchiez point.*

En quoi maître Schwalbe a-t-il péché ? demande W.

Mais sans répondre à cette question, le juif continue de fixer le coin vide de sa chambre où réside l'autre obscurité.

Même en bonne santé, Schwalbe avait gardé cette position. Droit comme un cierge, les jambes croisées, il restait assis derrière le rideau qui séparait l'accueil du reste de son commerce, le regard sur le miroir dans l'attente de son prochain client et de celui d'après. L'attente ne cessait jamais. Schwalbe ne bougeait pas, le rideau non plus, et personne ne savait rien des immenses pièces situées derrière le rideau. W. souhaite parfois posséder lui-même cette patience, porter une attention constante au monde et en même temps s'en éloigner : de cette façon, bien des désastres auraient été évités, mais il est de tempérament beaucoup trop agité et impatient.

Tandis que Schwalbe attend que le Seigneur lui apparaisse enfin, W. arpente les pièces situées à l'arrière de la maison. Si la maison du prêteur sur gages donne depuis la rue l'impression d'être tassée sur elle-même et inquiétante, avec une simple façade en pierre du côté de la ruelle pavée, les pièces côté cour semblent en revanche innombrables. Toutes sont reliées par des couloirs ou des demi-escaliers qui s'ouvrent les uns sur les autres comme de petites boîtes ; la plupart n'ont pas de véritable porte avec poignée, mais de simples rideaux de séparation en tissu poussiéreux. En revanche un ou plusieurs des employés de Schwalbe montent toujours la garde devant, des hommes le plus souvent âgés qui ressemblent étrangement à Schwalbe lui-même – membres noueux et lunettes humides. Aucun d'entre eux ne le salue avec un franc enthousiasme, mais ils ne l'empêchent pas non plus d'écarter les lourds rideaux et d'aller où il veut.

Les pièces sont emplies d'un fatras accumulé pendant une vie entière, tout ce qui a été laissé en gage pour tenir les créanciers à distance sans avoir jamais été racheté plus tard : coupes, services de vaisselle, miroirs que le plomb a noircis et dont la feuille d'or s'écaille, putti, montants de lit aux ornements en plâtre craquelés, livres empilés au hasard sur des étagères bancales, horloges murales et sur pied dont plusieurs encore en état de marche, comme si elles mesuraient un temps complètement différent de celui qui est en vigueur dans les pièces donnant sur la rue, ou plus généralement dans le monde mesurable, un fragment de temps arrêté, pas du temps qui passe et disparaît mais du temps oublié, du temps *restant*. Au fond, il n'est pas surpris de découvrir, dans une des pièces intérieures, le secrétaire du jeune médecin avec la fissure d'origine aussi visible que le jour de leur départ de Waldenburg, quand ce secrétaire était tombé par terre car on l'avait trop négligemment attaché. La fissure expose toujours l'intérieur du meuble qui devait pourtant rester invisible : les petits tiroirs numérotés avec leurs plaques en émail et l'intérieur des portes battantes révélant un paysage noir et rouge à l'encre de Chine avec des hommes aux yeux bridés et aux cheveux nattés et des femmes enveloppées dans d'épaisses couches de tissu. Et tout au fond, dans le tiroir où il conservait le portrait de sa mère et de lui-même enfant, le jeune médecin en personne pend comme un balancier d'horloge arrêté dans son mouvement, jambes en l'air et tête baissée, ses yeux ayant pris la forme des œufs de caille et la même couleur brunâtre que leur coquille.

Au bout de dix jours, la veine jugulaire de Schwalbe cesse de battre et il est assis complètement immobile, le regard toujours fixé sur son coin vide où rien encore n'est apparu, du moins rien que W. puisse voir. Si auparavant ils étaient seuls dans la chambre donnant sur la rue, maintenant cela grouille de gens autour du vieux prêteur sur gages. Ils affluent de toutes les pièces, de l'intérieur de la maison et de la rue. Ils ont fait des déchirures dans leurs vêtements, ce qui prouve qu'ils sont tous ses fils. Une impossibilité, naturellement : un homme célibataire, qui dans la vie ne se déplaçait pas ne serait-ce que d'une longueur de bras de l'endroit où un simple rideau de tissu sépare le monde visible de l'invisible, n'aurait pas pu donner naissance à autant de fils. Dans ce cas, où se trouvent toutes les mères ?

W. n'a pas de réponse à cette question. Des tissus sont suspendus aux fenêtres et tous les miroirs sont recouverts. Quant à lui, on le conduit à l'écart dans la cuisine tandis que le cadavre est lavé et tourné vers le mur et que les fils entonnent le Kaddish pour leur père.

Au bout de longues heures, l'un d'eux entre dans la cuisine et annonce que, dorénavant, ils n'ont plus besoin de ses services. Lorsque W. pose la question de ses gages, le petit homme qui, à présent, ressemble à son père comme deux gouttes d'eau (oui, même la voix est identique), dit qu'il peut prendre ce qu'il est venu chercher. Personne ne l'en empêchera. Mais W. ne sait pas alors ce qu'il est censé prendre ou bien il hésite trop longtemps : le fils l'a déjà quitté pour rejoindre les autres personnes en deuil dans la pièce qui, à présent, n'est plus qu'obscurité.

Si Johanna est mécontente qu'il revienne de Dessau sans un kreuzer en poche, elle ne le montre pas ou du moins le cache bien. Il y a peut-être quelque chose de raide dans le sourire qu'elle lui adresse et peut-être s'attarde-t-elle plus longtemps avec son corps pesant devant l'escalier et sur le seuil, comme pour souffler et reprendre haleine avant de se lancer dans ce qu'elle a décidé de faire maintenant, toujours avec ce regard fuyant, aux aguets, méfiant.

Cependant, elle continue de le diriger et de s'occuper de lui comme une mère.

Lorsque Frau Steinbrück augmente le loyer de la pièce non chauffée et moisie qu'elle a louée à W., Johanna convainc la veuve Knobloch de le laisser habiter dans l'une des deux chambres que la mère de Johanna loue chez Warneck, le fondeur de laiton : la même petite pièce avec un poêle et un coin lit où elle l'emmenait quand il lui rendait visite à l'auberge, et où elle-même a l'habitude de se retirer quand se reposer sur le tabouret à côté du comptoir ne suffit pas.

C'est le moins que nous puissions faire, dit-elle quand sa mère soulève des objections, Johann fréquentait cette maison, enfant, quand il était apprenti chez nous.

Alors Frau Knobloch enlève ses coffres à vêtements et Johann emménage avec son havresac et ses bottes de soldat usées, désormais ses seules possessions. La pièce ressemble à un réduit poussiéreux, malgré un poêle dans un coin.

Située perpendiculairement à l'escalier, elle est si sonore que le moindre bruit s'infiltre à travers la porte branlante, les pas pressés des bonnes dans l'escalier, le cliquetis des ustensiles montant de la cuisine de l'auberge juste en dessous, les voix rauques en bas au comptoir qui, au fil de la soirée, enflent jusqu'à devenir un concert de cris et de beuglements de bêtes en rut.

Il n'y a qu'une fenêtre et elle donne sur la fonderie de laiton dans la cour. Là pousse un orme aux dimensions si impressionnantes qu'il semble jaillir des modestes remises à outils aux toits pentus qui s'adossent contre le tronc épais dont les branches les plus extérieures s'étendent loin au-dessus du faîte des maisons autour. Au fur et à mesure que soleil progresse sur les toits de tuiles au printemps, les branches de cet arbre dessinent de gigantesques ombres chinoises sur les façades de la cour en face.

En dépit de la chaleur du poêle, il fait encore si froid qu'il est contraint de colmater le rebord de la fenêtre avec une toile de jute. Pourtant, chaque matin la fenêtre s'embue de nouveau à cause de l'humidité qui suinte des murs et chaque matin il doit à nouveau essuyer la buée et sécher l'arbre. Il le fait avec enthousiasme, branche par branche, jusqu'à ce que cet arbre entier se tienne là dans la lumière oblique du soleil comme renaissant de la brume grise de l'aube.

Afin de trouver du travail chez Warneck, le fondeur de laiton, il prépare sur les conseils de Johanna quelques croquis de ferrures pour armoires et portes, car Johanna a cru comprendre qu'il y a de la demande dans ce domaine. Mais Warneck n'a pas de temps à perdre avec les *fioritures* comme il dit lorsque W. se présente à la fonderie pour montrer ses esquisses. Rudolph Warneck ressemble à l'arbre dans la cour. Tout chez lui est puissant et bien bâti, depuis son front massif et sa mâchoire tombante comme celle des chiens jusqu'à sa poitrine et ses jambes larges glissées dans une paire de bottes à haute tige. Il détaille le nouveau venu de la tête aux pieds comme s'il examinait un animal : est-ce capable de travailler ou juste bon à être abattu ? Il ne jette pas même un coup d'œil aux croquis. *Et ça se dit soldat!* éructe-t-il ensuite, avec une toux rauque, en crachant dans le gravier.

À ses côtés, ses deux assistants Kloos et Binder l'imitent : ils se raclent la gorge et crachent dans le gravier. Kloos, le plus grand, arrive à peine à l'épaule de Warneck et Binder n'est guère plus costaud que W. Mais Binder est tout de même le pire pour ce qui est de se racler la gorge et de cracher des mots. *En voilà un qui n'atteindrait pas la mamelle, quand bien même on le soulèverait jusque-là*, dit-il en ricanant, les dents noircies par le tabac à chiquer, et il en est récompensé par Warneck qui, de sa main géante, lui allonge une tape reconnaissante sur la nuque. Sur ce, tous trois tournent les talons et regagnent la fonderie.

Mais Johanna ne perd pas de temps. Le jour même, elle s'entretient avec l'un des contremaîtres du magasin de laine de Heinrich Wilhelm Campe, le grossiste, à Hallisches Tor, qui promet de lui procurer un travail occasionnel quand quelque chose se présentera. Bien sûr, il ne saurait être question d'emploi fixe, pas pour ce genre de travail. Il doit s'inscrire sur la liste des contremaîtres chaque matin et ensuite attendre qu'on appelle son nom s'il y a un poste à pourvoir.

La lainerie est un gigantesque bâtiment de trois étages. Du petit matin jusqu'à tard après la sonnerie du soir, des hommes jeunes et vieux (cela ne fait aucune différence) se consacrent au tri de montagnes de laine apparemment interminables, déchargées chaque matin dans la cour. Cette laine est ensuite transportée à l'aide de poulies et de grues jusqu'aux différents étages où elle est nettoyée et triée selon sa variété et sa qualité, cette dernière étant proclamée en permanence par les contremaîtres – *prima, secunda, tertia, quarta!* – ce sont piétinements et cris continuels tandis que la laine est mise en balles, empaquetée dans des sacs qu'on descend jusqu'au quai de chargement à l'arrière du bâtiment où ils sont à nouveau triés et pesés sur une balance géante. Son poids est noté par un comptable et un inspecteur trônant derrière une grande table, après quoi les sacs sont chargés sur de grands chariots pour être acheminés quelque part loin dans le monde, jusqu'en Égypte ou en Chine.

Les jours où son nom est appelé, il peut travailler comme les autres journaliers soit au tri soit à l'emballage où la laine déjà triée est fourrée dans des sacs. Quel que soit le poste où il est affecté, c'est un travail pénible, éreintant. Il se fait vite piquer aux doigts par la laine grossière et la balle qui fume dans l'air fait enfler la gorge, piquer et pleurer les yeux ; respirer devient difficile et le monde entier se dissout dans une grande brume, seulement percée par les ombres vacillantes des autres journaliers, qui s'accroupissent pour porter, et par les contremaîtres qui les surveillent et les houspillent avec des voix qui n'ont plus de corps mais qui les atteignent tels de longs coups de fouet fendant l'air.

L'eau se trouve dans des seaux à l'entrée de chaque salle et de temps à autre circule une flasque. Il en accepte à chaque fois et se réconforte avec une ou plusieurs lampées ; plus tard dans l'après-midi, sa tête est de plomb. Bras et jambes privés de toute force, il reste assis par terre, le dos appuyé contre le mur dans la lumière striée, comme stratifiée à travers les hautes fenêtres sales, jusqu'à ce que l'ombre du contremaître se déplie devant lui telle une batte et le frappe, et le frappe encore jusqu'à ce qu'il finisse par se redresser, se verse de l'eau sur la tête et retourne à l'emballage où la montagne de laine triée se fait toujours plus haute au fil des heures.

Enfin le contremaître siffle la fin du travail, il fait la queue pour toucher sa paie de la journée et remonte ensuite la Nikolaigasse en vacillant sur tout le trajet jusqu'à L'Oie d'Or. Dans la cour se tient Warneck avec son tablier en cuir serré autour de la taille comme une peau d'anguille.

Espèce de salaud ! dit-il sans mettre de poids dans la voix et sans bouger ne serait-ce qu'un doigt, seuls les yeux furibonds sous les épais sourcils brillent d'un éclat bourru et gris : les globes oculaires d'un géant sur lesquels on voit sa misérable silhouette ramper comme un insecte dans la lumière trop forte, presque brûlante. Il rampe d'un côté à l'autre de la cour clôturée jusqu'à atteindre l'entrée de la cuisine de l'auberge ; là il peut se soustraire au regard de Herr Warneck et monter à la hâte les deux étroits escaliers en bois qui craquent et mènent à son petit réduit sous les combles où il vomit dans son pot de chambre et s'effondre sur son lit.

Johanna vient le voir. À travers la fente de la porte, il entend l'escalier en bois craquer, sa respiration lourde, difficile; puis il y a son odeur qu'il reconnaîtrait de loin : légèrement acide de près, mais aussi avec une âpreté plus ronde comme de la ouate ou du lin humide. Maintenant, même le fumet exquis montant de la cuisine s'infiltre par la fente de la porte. Elle lui apporte à manger bien qu'elle sache que l'aubergiste Jordan, chiche avec les portions, l'interdit.

Je sais bien qu'il n'a pas la vie facile, Johann.

Son lourd visage triangulaire dans l'embrasure de la porte avec ce regard craintif qu'elle jette constamment comme si elle craignait que Herr Warneck apparaisse à tout moment ou bien qu'il ne prenne l'envie à quelqu'un de l'appeler d'en bas, du comptoir.

Encore que personne ne l'appelle cette fois, c'est après l'heure du dîner; les rares clients ayant déjà pris place dans la salle sont assis, isolés, avec plusieurs tables entre eux.

Tu manges comme si tu n'avais encore jamais vu de nourriture, dit-elle après s'être assise sur son lit à côté de lui. On ne leur donne rien à manger, aux soldats ?

Il faut s'habituer à s'en passer longtemps, répond-il en continuant à s'empiffrer.

Et comment on s'y habitue, à s'en passer ?

Il ne sait pas.

Est-ce la même chose avec les femmes ? demande-t-elle. Est-ce qu'on s'habitue aussi à s'en passer ? Ou bien y en a-t-il en abondance le long du chemin ?

Toujours quand elle vient le voir, elle est agitée, comme si elle avait une anxiété tapie en elle, mais à présent elle veut qu'il raconte. Pas sur la Russie ou sur la guerre, mais ce qui s'est vraiment passé quand, apprenti chez un perruquier, il était tombé amoureux de la femme d'un étranger. Depuis qu'il a commis l'imprudence de le dire, c'est tout ce qu'elle veut entendre. Oui, qu'est-ce qu'un jeune homme excité mais timide a vraiment vu à travers la cage d'escalier un matin qu'on apportait de l'eau chaude et moussante dans la cuisine de maître Knobloch ? Et ses cheveux sont-ils toujours aussi beaux ? veut-elle savoir en dénouant les boucles qui les maintiennent sur le haut de la tête et en les laissant tomber sur son col et son dos. À son avis, est-ce que quelqu'un la voit comme lui l'a vue quand elle était encore jeune ? Car il a écrit à son mari, n'est-ce pas ? (Malheureusement, il lui a aussi confié cela.) Mais tu ne m'as jamais écrit, dit-elle maintenant, et il décèle un vrai reproche dans sa voix ou bien le fait-elle seulement marcher ? Tu as dû aller dans beaucoup d'endroits étranges. N'as-tu jamais eu le mal du pays ?

Que répondre à cela ? Il n'y a pas de mots pour dire ce que la guerre fait de vous, et au fond qu'importe. Tout ne fait que passer. Rien ne doit vous toucher ni vous attacher. Car ce qui attache amène toujours tôt ou tard le malheur. Regardez Lunzer. Il voulait mettre main basse sur tout. Les femmes, les fourrures, les roubles en argent, et cela a fini par peser si lourd qu'un beau jour, incapable de se lever, il s'est retrouvé dans la neige, amputé d'une jambe et aussi nu qu'un cochon de lait. Il lève les yeux et la voit assise, les cheveux épars, et peut-être le voit-elle à son expression ou alors elle perd simplement patience. Elle se tortille, mal à l'aise, secoue ses épaules et ses bras, à croire que des poux se sont glissés sous ses vêtements, et elle finit par dire qu'elle s'est trop attardée et que les clients l'attendent en bas, à l'auberge.

Elle ne peut pas s'occuper que de lui, dit-elle.

Il lui répond qu'elle doit rester auprès de lui. Encore un petit moment en tout cas, supplie-t-il en essayant de l'adoucir par un sourire. Ou bien il peut peut-être lui rendre visite après dans la Sandgasse, chez Frau Wognitz ?

Mais alors, sa bouche habituellement si humide se ferme et devient roide et sèche. Non, tu ne dois jamais aller là-bas. Frau Wognitz ne supporte pas d'entendre des hommes cavaler dans la maison, dit-elle en rassemblant ses cheveux et en les attachant avec des gestes rageurs et nerveux.

Mais ensuite elle sourit et propose, s'il veut, de remonter chez lui, tard dans la soirée, quand Herr Jordan aura fermé.

Sur ce, elle récupère l'assiette, la chope de bière, les couverts et s'en va.

Et comme elle a dit qu'elle viendrait, il attend. Il attend jusqu'à ce que le vacarme provenant de la salle en dessous se calme, que les bruits d'assiettes et d'eau de la plonge montant de la cuisine se soient tus, il attend que le domestique soit sorti avec les restes pour les cochons, que Warneck ait fermé le portail de la cour et que Jordan et sa femme soient enfin allés se coucher (il entend leurs pas dans la pièce de l'autre côté du mur). Pendant un moment, il se demande si elle viendra ou s'il doit oser allumer une bougie pour montrer qu'il est encore éveillé. Puis il entend une porte s'ouvrir et se refermer et à nouveau des bruits de pas dans l'escalier. Mais différents : moins lourds, la respiration rauque car elle essaie de retenir son souffle. La porte de sa chambre qui s'ouvre et se referme lentement, le poids soudain quand elle se tient tout près de lui et se déshabille et ensuite l'odeur de ses cheveux et de la peau sur la nuque et les épaules quand elle s'installe sur lui. Le lit grince sous le double poids de leurs corps, elle chuchote en haletant à côté de son visage qu'ils doivent faire silence maintenant pour ne pas réveiller sa mère qui dort dans la chambre d'à côté. Fais attention Johann, dit-elle en étendant un bras en arrière pour saisir son membre.

Et ils font attention, au début.

Elle se penche en avant avec la tête enfoncée comme chez un animal sous des épaules saillantes, mais elle se met bientôt à presser plus fort avec son bas-ventre en arrière et de ses lèvres serrées s'échappent de petits sons courts, semblables à un rire.

On dirait qu'un rire est en suspens quelque part au-dessus d'elle et qu'elle essaie de l'atteindre de tout son corps, mais que ce rire s'éloigne tout le temps, grimpe plus haut, et alors elle aussi doit se dresser plus haut pour l'atteindre, et finalement au rythme des mouvements, c'est son corps entier qui tangue ainsi que le bois du lit sous eux, oui c'est l'ensemble du grenier qui gîte et ploie sous ce rire, et quand il tente de lui plaquer une main sur la bouche, elle prend simplement sa main tout entière dans la bouche comme pour l'engloutir. Et puis cette chaleur incandescente qui monte en lui ne peut être refoulée longtemps. Ni le rire ni rien au monde ne peut lui résister. Elle enroule ses deux cuisses autour des siennes et passe une main entre ses fesses à lui pour qu'il la pénètre encore plus profondément jusqu'à ce que le rire se transforme en hurlement, et c'est tout le lit qui se balance, tangue et glisse sur le plancher, et voilà qu'il y a des gens dans l'escalier à l'extérieur qu'on entend crier quelque chose qui ressemble à Mais pour l'amour de Dieu vous pouvez vous taire, vous réveillez toute la maison ; mais elle ne les entend pas, elle est en train de rire, tout son corps tremble dans ce rire ; et alors elle tombe en avant sur lui de tout son poids et l'entoure avec ses bras, ses seins, ses jambes et son torse, et ce n'est que lorsqu'il dit qu'il ne peut plus respirer qu'elle roule lourdement sur le côté et s'allonge haletante à côté de lui dans l'odeur moite de son sexe béant et de la sueur âcre de ses aisselles.

Au bout d'un moment, elle étend sa main et prend son membre ratatiné, désormais presque fluet, et le tient entre le pouce et l'index :

Voyez-moi ça, Woyzeck, un petit soldat.

Vers le printemps, il trouve un emploi chez Wehner, le relieur de Volkmarsdorf, un travail qui lui convient davantage, étant donné sa constitution plus fragile. Mais les journées sont longues. Il doit se lever au point du jour, si tôt que lorsqu'il essuie la buée de la fenêtre, la cime de l'arbre dans la cour n'est même pas encore visible.

Sur la grand-route, il rencontre des paysans qui se rendent sur les marchés en ville. Ils sont assis sur le siège du cocher et somnolent tandis que leurs chevaux, par habitude, avancent dans l'obscurité, parfois avec une lanterne faiblement éclairée, suspendue au cadre du siège ou à l'essieu avant de la voiture, si bien que la lumière qui est projetée à travers les rayons des roues du chariot pendant le trajet forme d'étranges ombres déformées sur le gravier de la route où il se trouve.

Malgré son passé de fantassin, il sent sa poitrine se serrer et il se produit la même chose que sur le terrain de manœuvres devant Stralsund : il a la sensation d'une piqûre d'aiguille au niveau du cœur, et tout comme cette fois-là, il a le sentiment qu'une Volonté, une Puissance supérieure quelconque ne veut pas qu'il foule ce chemin et que le jet de lumière et la piqûre d'aiguille sont là pour l'obliger à en sortir.

Au prix d'une grande angoisse, il lui faut plusieurs heures pour se rendre à Volkmarsdorf le matin et c'est souvent la même chose pour rentrer dans l'après-midi, même si la route est plus facile à parcourir car il fait alors jour ; une fois de retour dans sa petite pièce sous les combles, il n'a presque plus aucune sensation dans les bras et il sent la fièvre monter à l'intérieur de son corps comme l'eau glacée sous eux dans les marécages à l'est de Wilno.

Sa seule consolation dans ces moments-là, ce sont les livres qu'il emporte de l'atelier de Wehner, des livres dont la reliure a besoin d'être changée ou dont le dos doit simplement être encollé.

D'aussi loin qu'il se souvienne, il a toujours entretenu cette relation singulière, presque respectueuse avec les livres. Le respect vient, bien sûr, de tout le savoir qui y est ramassé, mais ce qu'il aime surtout c'est toucher leurs reliures souples ou rigides, leurs couvertures souples en soie moirée ou rigides et imprimées en relief, feuilleter avec précaution les pages roidies par le temps, inhaler l'odeur piquante de l'encre d'imprimerie ou simplement celle de la vieille moisissure de bois qui s'en échappe. Dans les bons moments, en manipulant les livres, il retrouve le même oubli de soi agréable que seul le travail physique lui octroie quelques rares fois : le sentiment que ses mains trouvent toutes seules ce qu'elles ont à faire tandis que ses pensées peuvent vagabonder librement.

Peut-être, fait-il remarquer un jour à un Clarus méfiant, qu'il existe d'autres façons de lire que simplement avec les yeux. Peut-être n'a-t-on pas besoin d'interpréter les mots avec justesse pour savoir ce que contient un livre.

Il pense à un livre en particulier : une écriture à première vue si insignifiante, imprimée dans un format in-octavo légèrement plus grand, avec une simple reliure en cuir. La couverture représente un saint homme d'un âge avancé, le crâne presque chauve mais doté d'une barbe impressionnante. Il porte une sorte de manteau ou de robe de moine ; dans une main, il tient une clochette, et dans l'autre, un long bâton avec une croix tout au bout, en forme de lettre T.

Le nom du saint homme est Antonius et le livre raconte qu'il est né dans une famille riche, mais que ses parents meurent alors qu'il est tout jeune et qu'ils le laissent seul avec une sœur cadette qu'il aime plus que tout au monde. Cependant, lassé de la richesse du monde et de l'oisiveté, Antonius lègue tout son héritage à des œuvres de charité, laisse sa sœur dans un couvent pour qu'elle y soit élevée par des religieuses et se rend dans le désert. Pendant vingt ans, il erre à pied dans le désert, passant parfois des journées sans manger ; quand il mange, ce ne sont que du pain, du sel et de l'eau donnés par de bons paysans et bergers qui voient clairement à quoi il renonce dans sa quête de la vérité sur lui-même et sur Dieu.

Qu'une créature humaine, de cette manière et de son plein gré, abandonne tout ce que chaque être humain convoite, est bien sûr intolérable pour le diable. Il assaille donc Antonius de visions et de mirages, dans son sommeil mais aussi en plein jour. Les femmes s'offrent à lui, l'or s'entasse dans de grandes coupes, et quand pour échapper aux tentations Antonius creuse une tombe pour lui-même, la terre même se tourne contre lui, elle se change en scorpions et en serpents qui s'enroulent autour de lui, le harcèlent et n'hésitent pas à le mordre et à pénétrer dans son propre corps. Le Malin le harcèle à un point tel que lorsque les disciples qui le suivent renversent enfin la pierre sous laquelle il a rampé pour se protéger des graines du diable, tous d'abord le croient mort.

Pourtant il n'est pas mort.

En réalité, en descendant dans le royaume des morts, il a finalement réussi à repousser les méchants persécuteurs et quand il sort du tombeau, le Seigneur Jésus-Christ lui apparaît sous la forme d'une lumière rayonnante dans le ciel.

Bien sûr, on peut dire, comme le fait Clarus, que pour voir ce qu'évoquent les mots d'un livre, il faut savoir lire et écrire. Il ne suffit pas de regarder seulement les images.

W. ne nie pas avoir toujours éprouvé des difficultés à interpréter les mots écrits dans l'ordre où ils se succèdent sur une page de livre. Les mots deviennent son sujet, au sens souvent impossible à saisir. Mais avec ce livre c'était différent, Monsieur le Conseiller peut le comprendre.

Il s'est surpris plusieurs fois à lire sans bouger les yeux. On eût dit que les mots se comprenaient au moment même où ses yeux se posaient sur eux. Ou alors comme si le livre lui-même était une obscurité. Parfois, quand il regardait à travers cette obscurité, il n'y avait rien d'autre là que ce que les mots signifient habituellement. D'autres fois, on eût cru apercevoir quelque chose, là-derrière, non pas Dieu le Sauveur, qu'Antonius pensait avoir vu derrière la pierre renversée, mais un homme qui n'était plus dans sa prime jeunesse, dans un uniforme usé, les mains bandées de lambeaux de tissu, avec de la paille dans ses bottes, et qui traversait des terres ténébreuses. L'équipage s'avançait vers lui, dans un mouvement continu, mais ce n'était pas de là que venait la lumière, ni des roues des chariots qui projetaient leurs ombres sur le gravier de la route, mais des démons qui montaient au ciel et en tombaient, un par un.

Lorsque cela s'imposa à lui, il comprit tout. Ce que le livre décrivait, fût-ce sous forme déguisée, était sa propre vie.

Ce livre parlait certes d'un homme de haute naissance, cela ne saurait être contesté, le plus grand parmi les plus grands, mais il y était aussi question d'un soldat, le plus humble et le plus simple de tous. De nombreux liens de ce genre les unissaient tous les deux. Le désert où errait saint Antonius était comme la guerre, le paysage dévasté par la barbarie, la cupidité et la fornication auxquelles Antonius tournait le dos, mais c'était aussi un endroit où l'on ne pouvait se montrer sans être harcelé par les démons, car le diable (c'était écrit en toutes lettres dans le livre) pouvait tolérer beaucoup de choses chez l'homme sans lever le petit doigt, mais l'idée qu'on puisse, de son plein gré, choisir le chemin de la vertu et de la vérité lui était intolérable. Quand il eut compris cela, il comprit aussi que ce qui le tourmentait tant n'était pas une folie en lui qu'il refusait d'admettre, mais les démons qui refusaient de le laisser partir.

Et comme pour prouver la véracité de tout cela, il avait vécu à plusieurs reprises des événements qui s'étaient déjà produits, quoique, pour ainsi dire, vus à travers les ténèbres de ce livre :

Un jour, alors qu'il venait d'arrêter de lire – il ne se souvenait même pas d'avoir rangé le livre –, il s'était de nouveau retrouvé sur le grand champ de manœuvres à l'extérieur de Stralsund où, pour la première fois, il avait vu ce symbole lumineux dans le ciel. Sauf que maintenant la terre était noire, comme recouverte de cendres et emplie d'énergie magnétique, et on lui ordonnait de faire un pas, puis un autre, et à chaque pas il s'enfonçait toujours plus profondément dans la terre, et à ses côtés ce n'était pas le sergent en charge de la manœuvre qui se moquait de lui, mais le diable en personne, avec son crâne de chèvre aux yeux creux et un long menton comme Satan en a dans ce livre, où il fait avancer les chars de son armée à coups de fouet.

Dans un autre rêve qui suit immédiatement l'autre (il a du mal à cerner le laps de temps entre les deux, même s'il a conscience qu'il peut s'être écoulé plusieurs jours, voire plusieurs semaines entre les deux), il s'est enfoui lui-même dans la terre pour se protéger des apparences et des mirages du diable et s'est recouvert d'une pierre exactement comme Antonius a prié ses disciples de le faire, et au cœur de ces ténèbres qui sont celles de la tombe et de la terre, il entend tout à coup des voix lui parler :

Oh, allez, viens donc, dit l'une d'elles – *ton heure est venue…*

Ces voix parlent de tout près, on dirait que quelqu'un est étendu à ses côtés, les lèvres collées à son oreille, et en même temps, c'est comme si quelque chose fourrageait avec un objet contondant son cœur, précisément à la racine du muscle d'où émane toute la force qu'il possède dans le corps, mais qui, touché d'une manière particulière, peut aussi paralyser tout son être, et pour la première fois il se rend compte qu'il faut vaincre non seulement les francs-maçons, les fourriers en chef et leurs partisans, mais la vie elle-même, tout ce qui respire et palpite en lui, et c'est en mobilisant toutes les forces qu'il possède qu'il parviendra à renverser la pierre de côté, à se lever et à trébucher dans la lumière, dévaler ensuite l'escalier branlant jusqu'à la salle de l'auberge où Frau Jordan essuie verres et chopes, puis il se précipite dans la cour où Herr Warneck vient de fermer la porte à clé et mettre en place la traverse en bois. Il reste jusqu'à ce que Frau Warneck fasse son petit tour aux cabinets et le trouve prostré entre la clôture et le pilier du portail.

*

Rudolph Warneck, le fondeur de laiton, et son épouse ont dû certifier à nouveau cette information lors de l'audience ayant eu lieu à la reprise de l'instruction du prévenu. Devant Clarus, Frau Warneck a en outre déclaré que W. donnait une impression confuse, battait l'air de ses bras, tout en se comportant, par ailleurs, comme s'il était persécuté. On l'avait conduit à l'auberge et, après avoir bu du vin chaud et sucré, il s'était assis un moment dans le coin près du poêle et avait repris lentement ses esprits avant de parler avec calme aux aubergistes, comme il en avait l'habitude, sans montrer le moindre signe d'un esprit obscurci.

Et Johanna : peut-être remarque-t-elle que quelque chose cloche chez lui. Mais même si elle le remarque, elle n'a pas la patience de s'en préoccuper.

Il est trop faible, Woyzeck, se contente-t-elle de dire. Il se laisse trop facilement attaquer.

Allons, fais preuve d'un peu plus de courage, Woyzeck…

À moins qu'il n'ait perdu tout intérêt à ses yeux maintenant qu'il est à Volkmarsdorf tous les jours. Elle a toujours eu une attention de nature fugace.

Quand il veut l'entraîner là-haut dans sa chambre, elle lui dit sans détours que cela n'est plus possible. Cela devient trop compliqué. Sa mère qui vit dans la pièce à côté a les nerfs fragiles, et Herr Warneck ne veut pas entendre courir dans les escaliers de la maison après la fermeture de l'auberge. Si d'aventure il ose descendre lui-même certaines fois, elle lui tourne le dos et fait semblant d'avoir autre chose à faire. Elle a toujours ce sourire en coin, mais il est si large qu'il ne reste plus guère de place dans le visage, et ce regard erratique a quelque chose d'à la fois impatient et presque froid, un côté prédateur.

Assez curieusement, c'est pourtant dans ces moments où elle lui fait le plus clairement comprendre qu'elle ne veut pas entendre parler de lui qu'il la désire le plus. Quand il la voit s'avancer entre les tables en se déhanchant, de sa démarche un peu affectée et lente, c'est comme si quelque chose montait en lui dont il ignorait l'existence jusqu'ici. Comme la fois où il la vit à travers le jour de la cage d'escalier avec le haut du corps penché au-dessus de la bassine dans la cuisine, les cheveux emmêlés et humides retombant sur sa colonne vertébrale luisante, la même tension brûlante à l'intérieur de son pantalon maintenant comme alors, bien qu'au tréfonds de lui il sache ce que disent parfois à voix haute même ceux qui essaient en fanfaronnant de la mettre sur leurs genoux : qu'elle est *moche*, Johanna, large de cul comme un cabriolet royal.

Mais leurs paroles l'excitent, leurs mains épaisses sur ses hanches et ses cuisses, leurs visages qui, feignant d'être ivres, se frottent contre ses seins chaque fois qu'elle se penche au-dessus de la table avec des assiettes ou des chopes.

Dans leurs visages rougeauds et leurs mains baladeuses, il se voit lui-même.

S'il n'y avait pas ce grand sourire qui n'en est pas un, puisque la moitié de son visage est ouverte, comme s'il y manquait quelque chose.

Mais il lui court après lui aussi, comme tous les autres, jambes écartées et bas de croupion, il imite sa démarche déhanchée. Comme s'il était lui aussi, pourtant si insignifiant par la taille, un instrument du rut sans fin de l'auberge. Et dans des cacophonies de rires égrillards, il se glisse derrière elle quand elle se tourne vers le comptoir, la saisit par la taille à deux mains et se met à donner des coups de reins suggestifs.

Tout cela pour reculer, effrayé, lorsque la paume de Johanna le gifle douloureusement au visage.

Qu'est-ce qui lui prend, à ce mufle ?

Il s'imagine peut-être que je lui appartiens ?

Il peut s'écouler des jours, parfois des semaines, sans qu'elle veuille entendre parler de lui. Puis un jour elle se tient devant sa porte. Et une fois qu'elle est chez lui, on dirait qu'elle n'en a jamais assez. Rien ne l'arrête. Elle saisit tout ce qui lui tombe sous la main, ses mains à lui, ses genoux, prend son sexe dans sa bouche comme une nourriture, elle le retourne et enfonce de force la queue de W. maintenant prête au combat et mouillée entre ses larges fesses. Il se sent comme vidé, tordu dedans et dehors, un rien, un morceau de découpe, quelque chose d'abandonné, consommé à nouveau. Mais elle n'en a cure, elle griffe ses mains à lui, le retourne comme un sac et se retrouve ensuite à quatre pattes sur le lit avec lui derrière elle. Et s'il ne parvient pas à rester en elle, alors elle s'effondre dans un état d'abattement, comme si quelque chose lui avait été volé, quelque chose qu'elle venait de tenir entre ses deux mains et qui soudain n'était plus là, et elle éclate en sanglots aussi terribles et désarmés que ceux d'un enfant.

Il arrive aussi qu'elle disparaisse et s'absente plusieurs jours sans que personne ne puisse dire où elle est allée.

Alors on le trouve souvent assis dans la salle de l'auberge, solitaire et découragé, dans un coin avec un pichet de bière devant lui ou rien du tout.

À la table en laiton fondu de Warneck, où Warneck lui-même ne s'assied jamais (il dit qu'il a beaucoup trop à faire pour s'asseoir), s'installent chaque soir ses deux manœuvres, Kloos et Binder, le grand et le petit, qui contrairement à leur patron semblent avoir tout leur temps. À cette table s'asseyent aussi Thellmann, l'apothicaire, et Potsch, le charretier, et parfois même le cousin du charretier, un jeune homme maigre répondant au nom de Filemon, qui l'accompagne et s'occupe des chevaux. Cependant, le point central de leurs réunions est à l'évidence Bon, le fils du boucher, un nom prononcé à la française vu que sa mère est Française, originaire d'Alsace. Selon une histoire qui se raconte, la mère après un accouchement épuisant se serait levée sur un coude et aurait demandé de quel sexe était l'enfant. La sage-femme aurait répondu un garçon, sur quoi la mère aurait soupiré, se serait penchée en arrière en lâchant *C'est bon*[1]. Et il semble que le nom lui soit resté.

Bien qu'il ait dépassé la vingtaine, Bon se comporte encore comme un gamin grassouillet grandi trop vite. Il

1. En français dans le texte.

passe toutes ses journées dans une sorte de cage que son père a fait fabriquer tout de suite à droite de l'entrée de la boucherie. Dans cette cage, sa mère, Française au cœur sensible, a fait installer un petit canapé en velours rouge lisse sur lequel s'assied ce garçon qui l'use avec le fond de sa culotte tout en dénigrant les clients ou en comptant l'argent. En effet, l'alcôve semblable à une prison où il est assis fonctionne également comme une sorte de caisse grillagée. Le boucher ou sa femme lui donnent une poignée de petites pièces de monnaie avant de l'enfermer à clé chaque matin et si personne n'est là pour payer ou bien exiger un reçu, il occupe son temps à jongler avec les pièces, à les faire passer d'une main à l'autre jusqu'à ce qu'une ou deux d'entre elles roulent à travers les lattes et tombent sur le plancher; alors son père, bourru, toujours aussi silencieux, lâche le morceau de viande qu'il découpait, se met à quatre pattes et cherche l'argent dans les rainures du plancher, tandis que le garçon dodu, avec une agilité surprenante, presse son corps contre la grille de sa cage et crie de sa voix forte et stridente que tout le monde dans le quartier reconnaît, car bien trop grossière pour un si jeune homme :

Donne-moi l'argent…! Donne-moi l'argent…!

Il crie aussi à l'adresse des clients qui n'ont pas le choix et paient ce qu'on leur demande de payer pour leurs saucisses et leurs pieds de porc en passant leur argent à travers les barreaux de la cage pour récupérer leur monnaie de la main de Bon.

Ce dernier a toujours de la menue monnaie sur lui. Il fait passer lentement les pièces d'une main à l'autre ou les pose sur la tranche et les fait tourner sur la table, tout cela en fixant W. d'un regard où se mêle à parts égales une arrogance épouvantée et une curiosité méchante.

En voilà un qui n'a pas dû faire grand-chose d'autre que sa petite affaire, dit-il au bout d'un moment.

(Et au milieu des rires qui éclatent toujours autour de la table quand Bon est présent, ça glousse un peu mais la gêne ne demande qu'à dégénérer en gaieté exubérante.)

Il est rentré chez lui, la queue entre les jambes.

Et encore, je ne sais pas où il a bien pu la planquer sa queue, le gars.

Ou même s'il en a une… !

La tablée s'esclaffe, en détournant le visage ou en mettant les mains devant la bouche. L'apothicaire, lui, garde les yeux obstinément baissés sur la table. Bien qu'il ne puisse s'empêcher de sourire, lui aussi.

La ferme, Bon, dit quelqu'un, peut-être Potsch, le charretier, lui qui est hypocondriaque de nature et donc le seul autour de la table à représenter une forme de modération.

Mais soudain c'est comme si quelque chose s'éveillait à la vie chez W. après être resté assis là sans bouger plusieurs heures durant. Tandis que les pièces de monnaie se renversent et volent dans toutes les directions, W. arrache la chaise de Bon sous lui et le fait basculer en arrière par terre :

Ça lui apprendra à bomber le torse et à faire l'important!

Ces paroles sont prononcées d'une voix que personne (pas même lui) ne reconnaît. Forte, profonde, presque rauque. Ensuite, il soulève la chaise au-dessus de sa tête et l'abat sur Bon avec une telle force que Bon tombe à terre et la chaise se casse en deux. Il soulève l'une des moitiés de la chaise et s'en prend de nouveau à Bon, à plat sur le dos, qui essaie de se défendre avec les bras et les jambes.

W. voit Joost devant lui quand il frappe. On dirait que le morceau de chaise est une poupée en bois, et que cette poupée est Joost : une silhouette complètement finie avec un visage long, étroit et inexpressif et des yeux constamment mi-clos. Et la colère qui précède chaque coup est (c'est immédiatement clair pour lui) *l'âme* de Joost, celle qu'il n'a jamais réussi à voir auparavant. Maintenant voilà que l'âme de Joost a intégré ce corps-là. Au fur et à mesure que les coups pleuvent sur le dos et les épaules de Bon, la poupée Joost émet un son aigu, sifflant qui ne cesse que lorsque Warneck, probablement alerté par l'un de ses deux manœuvres, se saisit de W. par-derrière, ploie le bras qui frappe, vers le haut, et le traîne derrière lui jusqu'à ce que W. tombe pour ainsi dire de lui-même au sol.

On dirait alors que toute force abandonne aussi la poupée, et désormais c'est au tour de W. de s'accroupir dans un coin, les mains sur la tête. Il y reste assis jusqu'à ce que Frau Jordan s'approche à petits pas prudents et lui passe un bras autour des épaules.

Viens Johann, dit-elle, et tandis qu'elle l'aide à monter dans sa chambre, on entend W. répéter en geignant :

C'était pas moi, c'était pas moi…

Le lendemain, Jordan prend Rudolph Warneck à part et lui dit, tel quel, qu'il n'est pas possible de loger quelqu'un qui ne laisse pas les gens tranquilles la nuit, qui lève le coude et fait du grabuge avec les clients. Toutefois, il n'est pas précisé à quels clients Jordan fait allusion. En tout cas, cela ne pouvait pas être Bon, le garçon boucher, qui se remet étonnamment vite et ne semble pas le moins du monde abattu par l'attaque de W. Tandis que les autres autour de la table des habitués se mettent à genoux pour ramasser à la hâte les pièces de monnaie qu'il a laissées échapper, Bon campe au milieu de la salle de l'auberge, jambes écartées, et sourit à W. qui se terre, recroquevillé, comme on sourit quand on se trouve au milieu absolu du monde et que jamais personne, même en vous rouant de coups, ne pourra vous en déloger.

Comme il n'a pas d'argent pour payer, il passe plusieurs jours sans logement jusqu'à ce que Jordan, le patron de l'auberge, parvienne à persuader son vieil ami Johann Haase, le livreur de journaux, d'avoir pitié de lui et de lui fournir, au moins temporairement, un toit. Chez Haase aussi il lui faut vivre dans les combles. C'est le plein été maintenant et il fait une chaleur torride là-haut. Y compris la nuit : il n'y a pas la moindre fenêtre ou petite lucarne par où l'air malsain pourrait s'évacuer.

Pendant cette période, W. se comporte comme s'il voulait faire amende honorable pour tous les problèmes qu'il a causés à Jordan, à Warneck et à la veuve Knobloch. Torse nu en raison de la chaleur et avec une simple bougie à côté de lui, il est accroupi au-dessus du cartonnage que le relieur de Volkmarsdorf lui a fourni pour qu'il ait au moins un petit revenu.

À la différence de Rudolph Warneck, Johann Haase est doux et conciliant de caractère. Interrogé plus tard par le Conseiller Clarus, il certifiera que W. était fondamentalement pacifique, bienveillant envers tout et tout le monde, même s'il s'adonnait aux boissons alcoolisées et pouvait parfois donner une impression confuse. Cependant, même Haase comprend que quelque chose ne tourne pas rond chez son nouveau locataire. Dans son grenier, il conserve beaucoup de vieux journaux et autres objets inflammables. Cela l'inquiète. Comme la cadence à laquelle Woyzeck consomme les bougies. Jour après jour, son client fait de nouvelles courses en bas chez la gouvernante et en redemande. Haase finit par perdre patience et explique que les dépenses en bougies sont plus élevées que ce que rapporte son maigre travail de cartonnage et que par conséquent il ne peut pas lui donner davantage de bougies.

Alors W. continue d'accomplir ses tâches dans l'obscurité.

Cela lui est égal. Après tout, il a déjà le tour de main, toutes les longueurs des pouces et des doigts sont gravées dans sa tête, et il parvient à tracer une ligne avec une seule incision, effectuée avec l'ongle ou tout le dos de la main, et ensuite couper avec le couteau pour que cela reste parfaitement droit.

Il vit ainsi longtemps dans un espace complètement intemporel où seules existent la chaleur qui l'enveloppe dans l'obscurité et la pluie qui, s'agissant de petites averses, ressemble à un troupeau d'animaux fous essayant de traverser le toit avec leurs griffes.

Mais cela n'apporte guère de fraîcheur.

Il imagine qu'il est possible de se frotter au sommet de l'obscurité et qu'un arbre apparaîtra alors, comme l'arbre dans la cour de Warneck en hiver, émergeant de la pellicule de glace de la fenêtre. Cet arbre à ombrage étend ses branches de manière à atteindre les parties les plus reculées du grenier et parfois on dirait que W. parvient à distinguer une forme humaine derrière ses branches qui se balancent. Il entend même les lames du plancher grincer sous des pas. La silhouette, dont il ne peut déterminer si elle constituée de lumière ou n'est encore, comme le Dieu du juif Schwalbe, qu'une densification des ténèbres à l'intérieur de ce qui est déjà sombre, est accompagnée d'un vague murmure ; et à l'intérieur de ce murmure quelqu'un parle avec la même voix sourde, atone, grinçante qui sortait de sa propre bouche quand il s'en prenait à Bon dans la salle de l'auberge chez Jordan, c'est la voix de la poupée Joost :

Allez, viens maintenant… ton heure est venue…

Au même moment, la fille du fermier russe aveugle surgit derrière les branches : celle que Dinkel avait tuée. Il la distingue mal car les branches de l'arbre s'agitent maintenant avec violence, comme fouettées par un vent puissant. Elle est pieds nus et vêtue d'une chemise blanche, ses cheveux bruns sont ébouriffés et entre ses mains elle porte les restes du fœtus mort qui lui a été arraché, comme si elle voulait lui en faire présent. Le sang coule de son nez et de sa bouche, mais ses yeux le regardent, grands et suppliants, ils ne cessent de le fixer. Et ce murmure s'amplifie et ne peut être différencié de l'arbre dont les branches cinglent les murs du grenier et le toit, transformant cet endroit en une grotte, lieu de naissance qui souffre de tout ce qui est encore à l'intérieur et qui pousse et veut sortir maintenant, sortir à tout prix.

Lorsqu'il parle ensuite à Clarus de ces événements, il les décrit comme s'il ressentait une pression sur une oreille et en même temps entendait un murmure à l'intérieur. Il explique aussi que quelqu'un lui parlait d'une voix très distincte et que cette voix lui disait :

Allez, viens maintenant… ton heure est venue…

Il ne dit pas un mot de la femme éventrée.

Pourtant, il ne cesse d'être tourmenté du fait qu'elle lui apparaisse à nouveau et, en plus, prononce ces paroles. Pourquoi donc aurait-elle fait cela, si elle n'était pas une messagère, envoyée par une puissance supérieure pour l'informer qu'il est temps pour lui de descendre en enfer prendre la place réservée aux malfaiteurs, ceux que Dieu a abandonnés, et que c'est pour cette raison qu'elle porte dans ses mains son enfant qui n'a pas pu naître ? C'est un signe pour lui.

Mais il n'ose pas répondre à cet appel. Dans ce cas, où irait-il ? Alors il reste parfaitement immobile dans son lit, le corps trempé de sueur et les yeux clos, comme si cela suffisait pour chasser ses visions et atténuer le bruit dans ses oreilles. Quand rien ne se passe et que ce bruit au contraire ne fait que s'amplifier, il bondit de son lit et descend en courant jusqu'à la chambre du couple Haase où règne la nuit ou le grand jour : il ne s'en souviendra pas par la suite. Mais Haase, lui, se souvient qu'il était assis avec le corps de W. inondé de sueur sur ses genoux comme un nouveau-né et qu'il le berçait en disant Johann, Johann, Johann, qu'est-ce qui te tourmente à ce point, sans obtenir d'autre réponse que des sanglots.

Lorsque Clarus l'avait interrogé, Haase avait raconté, de manière modérée comme à son habitude, qu'il faisait chaud comme dans un four cet été-là sous les combles, ce qui expliquait sûrement pourquoi W. descendait chez eux en sueur et faisait des cauchemars. De plus, comme dans tous les greniers, c'était plein de souris qui rongeaient le plancher et la paille du matelas si bien que n'importe qui aurait pu croire que des fantômes rôdaient.

Mais le Conseiller à la Cour ne se satisfaisait pas de cette explication.

Clarus : Était-ce la parole de Dieu qu'il écoutait ou bien entendait-il des démons ?

(Mais dans le langage des voix, la différence n'est peut-être pas aussi grande que Clarus se l'imagine. Pas plus que la différence entre la lumière et les ténèbres, malgré l'importance que lui accordent juges et prélats. Peut-être devrait-on dire comme Schwalbe, le juif, qu'il existe de nombreuses ténèbres et que l'âme n'est pas aveugle dans toutes. En fait, le jour et la nuit, la lumière et les ténèbres ne sont que des membranes sur lesquelles défilent les heures de la journée comme des ombres blafardes. Derrière tout ce que nous savons et ce que nous pensons entendre et voir, une activité nous est cachée et parfois, bien que ce soit généralement le fruit du hasard ou des événements, quelque chose de tout ce prodige se fraie un chemin jusqu'à nous.

Sous forme de signe.

Nous ne le voyons pas, c'est tout.)

Plus W. se creuse la tête, plus il acquiert la certitude qu'il n'a été soumis à aucune tentation. Dans l'ensemble, il a moins la sensation que quelqu'un ou quelque chose bouge en lui ; c'est plus lui-même qui bouge, par rapport à ce qui est visible et perceptible dans le monde. Parfois, il a l'impression que Dieu se tient tout près. Il y a des moments où il éprouve un grand calme, comme cette nuit-là sur la route de Wilno. Il serait probablement tombé si à ce moment-là quelqu'un n'avait pas respiré contre sa joue et sa nuque. Parfois, il est transporté loin et alors surgit une sorte de fissure dans le temps ou dans l'espace à travers laquelle d'autres pouvoirs peuvent émerger, comme maintenant la femme qui porte son enfant, qui n'a pas pu naître, en guise de présent. Le vacarme puissant, les branches de l'arbre se balançant de-ci de-là, tout cela n'avait-il pas été aussi un signe qu'une faille s'était ouverte entre ce monde-ci et l'autre ? C'était à travers cette crevasse que le vent redoutable soufflait.

Il comprend vaguement que sur Terre il y a ceux qui sont reliés à l'autre monde et qui savent interpréter ses signes : les francs-maçons ou certains officiers, comme ce sergent sur le champ de manœuvres à Stralsund. Mais ils n'ont pas non plus le pouvoir de contrôler et de gérer ce qui s'y passe. Les démons et les anges ont leur propre ciel, ils montent et descendent selon un ordre qui leur est singulier, il n'est jamais possible de déterminer sous quel signe on sera à un moment donné. C'est comme s'il était coincé dans un engrenage géant qui le déplace selon des lois qu'aucun humain ne peut prédire ni même connaître.

La seule chose que l'on sache avec certitude, c'est que l'on se déplace constamment.

Mais il sait aussi autre chose. Ce qui lui arrive maintenant est arrivé auparavant. À d'autres, avant lui. Comme à cet Antonius, par exemple. Sauf que ce qui a été révélé à ce vieil Égyptien semblait différent. Il est obligatoire que la faille qu'il a vue s'ouvrir entre ce monde et l'autre, la crevasse de laquelle surgit l'occulte, continue à se creuser ; et le jour où personne ne pourra plus combler ce fossé, il se passera des événements terribles.

Quelque chose se prépare en lui. Quelque chose de grand et de décisif dont il ne sait rien si ce n'est que cela se prépare.

Et puis un matin il est incapable de soulever ou d'étirer ses bras ou ses jambes. Et lorsqu'il veut se retourner sur le dos il ne parvient ni à ployer le cou ni à bouger la tête. Il a une sensation de picotement, de grouillement dans toutes ses articulations, et une fièvre si forte s'empare de son corps que même ses yeux transpirent. Tout s'obscurcit et flotte autour de lui, comme dans une brume. Il pense que quelqu'un le touche avec le bout d'un long bâton ou d'une trique. Et, venant de fort loin, il entend quelqu'un chuchoter :

Prenez garde, pourvu qu'il n'ait pas attrapé la peste…

Alors il est certainement mort, si c'est ainsi qu'ils parlent de lui. Et que c'est ainsi que les morts doivent percevoir les voix des vivants : rien qu'un faible bruit, une respiration étouffée, un vent.

Curieusement, à cette pensée il se sent l'esprit plus léger. Peut-être dort-il un moment. Lorsqu'il revient à lui, il ne peut toujours remuer ni la tête ni les jambes, mais sa fièvre semble avoir baissé et il voit à nouveau clair avec ses deux yeux.

Johanna est venue et elle essaie de lui faire avaler un liquide avec une cuillère en bois dont le bord extérieur effleure ses dents.

Il a été malade, Johann. Allez, un petit effort, dit-elle.

Il détourne la tête mais elle revient à la charge avec sa cuillère et elle n'abandonne pas tant qu'il n'a pas ouvert la bouche et avalé.

Comme quand on fait manger un enfant. Puis, tout aussi mécaniquement, elle commence à se plaindre d'un homme qui est soldat et qu'elle connaît. Il semble qu'elle raconte cette histoire depuis un certain temps, sans se demander s'il était éveillé et s'il écoutait ou non.

Ou alors il a peut-être écouté sans le savoir ?

Johanna continue à plonger la cuillère dans le bol de soupe, essuie un peu le contenu contre le bord et ensuite lui met la cuillère dans la bouche.

Johanna doit prendre garde aux soldats, dit-il d'un ton bourru.

À nouveau avec cette voix qui est sortie de lui dans la salle de l'auberge le soir où il a presque frappé Bon à mort. *Ça lui apprendra à bomber le torse et à faire l'important*, avait-il dit alors. Avec la voix de la poupée Joost. Étrangère et rauque.

Et la voix qui sort de sa gorge maintenant est tout aussi étrangère et rauque.

Johanna doit prendre garde aux soldats.

On dirait qu'il est mort et que quelqu'un d'autre parle à travers lui. Mais comment peut-il être couché ici et voir et entendre ce que dit Johanna s'il est mort ? Il ne comprend pas. Manifestement, Johanna ne comprend pas non plus. Elle se penche en avant comme pour voir s'il y a quelqu'un ou quelque chose derrière ses yeux. Puis elle prend un ton enjoué et dit, bien qu'avec les yeux à demi détournés :

Et il dit ça, lui qui est soldat ?

C'est plus une affirmation qu'une question.

Il dit alors :

J'ai failli épouser quelqu'un qui courait aussi après les soldats comme toi.

Et une fois encore, les mots sortent de lui sans qu'il le sache ou qu'il puisse dire d'où ils viennent ou pourquoi. Il ne lui a jamais dit cela auparavant et l'idée ne lui serait jamais venue de dire quelque chose de tel s'il n'était pas dans cet état bizarre. Johanna semble également surprise. Elle tourne et tourne la cuillère en bois comme si elle ne savait plus quoi en faire. Puis ses yeux s'emplissent soudain de larmes. Elle se détourne mais est incapable de cacher ses pleurs, elle se recroqueville et brusquement tout son corps se met à trembler.

Elle a eu un enfant, dit la voix qui parle en lui.

Elle le regarde, les larmes ruissellent de ses yeux.

Alors il est père d'un enfant ? *Lui ?* Je n'aurais jamais pu imaginer ça !

Elle s'efforce de rire à travers ses larmes. Le rire est le seul moyen de surmonter cette improbabilité et c'est si improbable qu'elle doit en rire pour de bon, essayer de déclencher un de ces grands rires, longs et impossibles à réfréner dont elle avait l'habitude auparavant et qui lui secouaient tout le corps.

Ce n'était pas mon enfant, dit alors la voix.

Et on dirait qu'il lui enfonce un couteau dans le corps. Que ses yeux vont s'éteindre.

Je ne l'ai pas conçue. J'en ai juste pris soin.

C'était une petite fille, dit la voix.

Johanna le regarde fixement, comme pour dire (et peut-être même le dit-elle) :

Toi ? dit-elle, incrédule.

Et puis soudain voilà qu'elle se met en colère. *Vous autres...!* dit-elle. Vous êtes tous les mêmes, vous parlez beaucoup et faites les jolis cœurs, mais quand il faut passer à l'acte vous ne pouvez rien faire. Vous restez simplement allongés là, mous et morts. Regarde-moi ! *Lève-toi !* crie-t-elle.

Elle se met alors à lui donner des coups de pied. Elle le bourre de coups de pied dans la poitrine et dans les côtes avant de perdre l'équilibre et de tomber à la renverse sur lui, puis elle commence à le frapper sur le visage avec ses poings.

Mauviette ! Propre à rien !

Quand elle cesse de frapper, elle rampe sur lui, tout le poids de son corps reposant sur le sien, en pleine crise de sanglots :

Oh, pourquoi tu n'as pas joui, pourquoi tu n'as jamais joui... ?

Il voit sa main étreindre la sienne. Il ne voit que l'extérieur rugueux de la main, les phalanges et les veines rougeâtres qui se tendent et se relâchent sur le dos de la main.

À Woost et moi, dit-elle, Dieu n'a pas voulu nous donner de descendance. Woost disait que c'était parce que je ne l'aimais pas assez et il me battait si fort que même si j'avais envie d'un enfant de lui, je ne sais pas comment cela se serait passé.

Elle renifle et détourne les yeux, et lorsqu'elle le regarde à nouveau, c'est avec des yeux emplis d'une tendresse à la fois téméraire et terrifiée.

Pauvres de nous, dit-elle simplement.

Il voudrait bien s'occuper d'elle à présent, mais il ne peut toujours pas bouger un membre. Alors c'est elle qui lui prend la main et la porte, inerte, à son visage, comme pour l'embrasser. Mais une pensée l'ayant distraite avant qu'elle n'achève son geste, elle se contente de caresser maladroitement son menton avec le dos de cette main sans vie, comme pour essuyer de la morve ou des larmes. Puis elle se lève, récupère le bol de soupe et les couverts et quitte le grenier sans un mot.

Ils sont proches l'un de l'autre, mais pas vraiment. Et curieusement, c'est quand elle le laisse être auprès d'elle qu'il est le plus tourmenté par la pensée qu'elle est en réalité ailleurs, chez quelqu'un d'autre. Mais les moments où elle n'est pas chez lui sont encore pires. Alors le temps n'existe plus. Pas même le vide. Tout ce qui aurait dû être son corps, sa voix et son visage lui est arraché et à l'intérieur ne demeure qu'une grosse plaie noire et la douleur est insupportable.

Il ne sait jamais à l'avance si elle vient ou non. S'il le lui demande, son regard devient évasif. Ou bien bourru et réticent. Et elle dit qu'elle ne sait pas quand elle pourra venir le voir, qu'on la tient à l'œil désormais, que Warneck est méchant avec elle et que Jordan ne la laisse pas tranquille une seule minute.

Mais il élabore ses propres promesses à partir du peu qu'il lui a fait dire. Tandis qu'il est allongé dans le noir là-haut sous les combles chez Haase, un mot jeté au passage à un moment donné se transforme en intuition, voire en espoir qu'elle viendra tout de même. Qu'elle est peut-être déjà en chemin. Si elle reste autant dans le vague, sans s'engager, c'est pour que les autres ne s'aperçoivent de rien. Qu'elle est même déjà dans l'escalier, elle marche le plus silencieusement possible afin que personne n'entende ses pas. Et finalement il est si sûr qu'elle est déjà en chemin qu'il se lève, descend l'escalier à pas de loup et ouvre la porte que Haase a soigneusement verrouillée, c'est la dernière chose qu'il fait avant que son épouse et lui aillent se coucher.

Et si elle n'est toujours pas là, il ne peut pas remonter sous les combles en laissant la porte ouverte. Alors il se dit qu'il va juste marcher un peu dans la rue, histoire de jeter un coup d'œil. Et sans savoir comment, il se retrouve devant la maison de Frau Wognitz, dans la Sandgasse, où il a promis mille fois à Johanna de ne jamais aller.

Mais c'est une agitation fébrile qui fait qu'il ne peut pas patienter. Et, pareil à la poupée Joost, il est sauvage et rebelle. Il ne veut pas se dominer. Sous forme de poupée, on dirait quelqu'un d'autre. Grossier, étranger, il sort d'un pas immodéré sans crainte d'être vu par quelqu'un qui sait qu'il n'a pas le droit d'être dehors. Pourtant, il a conservé tellement de son ancienne débrouillardise qu'il sait exactement quel itinéraire emprunter pour déboucher subrepticement à la Sandgasse.

La pièce qu'elle loue chez Frau Wognitz doit être, selon ses calculs, une des chambres sous le toit en pente, avec une fenêtre donnant sur la rue. Parfois, il a vu de la lumière derrière le rideau et il a cru distinguer des mouvements qui étaient plus que des ombres fugaces. Mais tant que la rue demeure déserte, ce n'est que son ombre à elle qu'il croit voir et il imagine qu'elle se déplace dans sa chambre, se déshabille et se lave dans le lavabo qui doit se trouver là avec un baquet et un broc tout comme chez lui.

Jusqu'au jour où arrive ce qui arrive tout le temps, parce qu'il n'a pas été assez vigilant. Un inconnu apparaît à la porte cochère en bas, il se tient un moment jambes écartées pour remonter son pantalon, puis se dirige vers la Rossplatz. Jusque-là, W. ne sait rien avec certitude mais après quelques pas l'homme adopte la démarche déhanchée de Johanna; puis il se met à rire, se retourne et crie quelque chose et aussitôt l'ombre de la fenêtre du grenier se précise, la fenêtre s'ouvre, Johanna se penche et lui dit qu'il ferait mieux de passer son chemin, et l'homme hurle *Ferme ta gueule, espèce de sale pute…!* si fort que cela résonne dans toute la rue.

Il entend soudain le bruit d'une pièce de monnaie qui

tinte sur le pavé et lorsqu'il se retourne Bon est là avec ses yeux de cochon qui clignent dans un visage imberbe et il arbore un sourire si large que ses pommettes entières semblent remontées derrière ses oreilles.

Et les pièces de monnaie qui passent d'une paume à l'autre en tintant, comme s'il jonglait, une fois, deux fois, jusqu'à ce que l'une d'elles roule dans la rue, comme il fallait s'y attendre. On dirait que cette pièce est douée d'une volonté propre car elle se met à avancer vers la partie de la rue où il se tient.

Allez, Woyzeck, n'aie pas honte. Ramasse-la donc.

Il regarde la pièce. Bon reste là, le sourire immobile comme un disque lunaire dans la brume nocturne. En fait, il est incompréhensible que Bon puisse être ici tout simplement, car tout le monde sait que là où il se plaît le mieux, c'est dans sa cage, assis sur son canapé tel un roi, lui que l'on voit rarement aller plus loin que chez Warneck dans la Nikolaigasse et la table des habitués à L'Oie d'Or. Que fait-il ici ? À moins qu'il ne fasse lui aussi partie de ceux qui courent après les faveurs de Johanna la nuit.

Bon se tient au milieu de la rue, tentateur et pompeux, et devant ses pieds se trouve la pièce, petite, brillante et désirable.

Regarde un peu ça. Se servir, ça je sais faire. Ce serait dommage qu'il ait honte de se faire plaisir.

Allez, sers-toi. C'est Bon qui régale.

Cette pièce est devant lui, on dirait qu'elle se trouve là sans intention. Et soudain, dans la nuit presque illuminée, tout est sans intention. Comme si chaque objet, chaque homme avait été privé de ses ombres et que tout était illuminé et dénué d'exigence. Bon est là, il est généreux et il régale. Et la pièce est là, elle aussi, toute brillante. Et Johanna l'attend là-haut dans son appartement. Dans sa chambre de la Sandgasse où il n'a encore jamais été admis. Cette interdiction est levée désormais. Il n'y a plus ni murs ni obstacles ni interdiction qui tiennent.

Sauf qu'au moment où il se baisse pour ramasser la pièce, il voit Bon faire un pas en avant comme pour poser le pied dessus. Il recule. Un mouvement rapide. Sans réfléchir.

Mais aussi sans redresser son corps. Ce qui fait que le coup de pied de Bon l'atteint trop haut et ne fait qu'effleurer son épaule. Ce coup de pied mal dirigé semble lui avoir redonné des forces car soudain il est debout et prend ses jambes à son cou.

Derrière lui, Bon porte deux doigts à sa bouche et émet un puissant sifflement en direction de quelqu'un qui attend quelques pâtés de maisons plus loin. Il a le temps d'apercevoir un corps appuyé contre un mur en bois, rien que des ténèbres plus denses encore à l'intérieur de ce qui est déjà noir.

Mais cela lui suffit pour comprendre qu'ils sont plusieurs à essayer de le tenter et de le piéger. Il ne s'arrête pas pour discerner qui est la silhouette sombre, mais continue à courir comme si le diable en personne était à ses trousses. Il court jusqu'à ce que son souffle menace de faire exploser sa poitrine et que l'aiguille qui appuie sur le cœur enfonce sa pointe et atteint la couture au plus profond, là où le pouls palpite et bat – palpite et bat… et à la fin, submergé de douleur, il s'effondre comme un animal.

Même s'il sait que ceux qui disent qu'elle va avec d'autres ont raison, il refuse toujours de le croire. Ou plus exactement : livré à lui-même, il le croit. Mais dès qu'elle reste près de lui, il ne peut concevoir qu'elle ait été avec quelqu'un d'autre. Sa présence est comme ça. Elle fait aux gens ce que fait la folie : elle efface toute limite, toute différence, toute distance. Elle seule existe au monde, partout elle est aussi proche de lui.

Et s'il avait voulu lui demander, oui même s'il avait préparé sa question et l'avait retournée tant de fois dans sa tête qu'elle était devenue aussi lisse et inutilisable qu'une pierre dans le creux de la main et dont on ne sait quoi faire, il n'est pas parvenu à s'y résoudre.

Est-ce vrai ce qui se dit ? Tu aimes quelqu'un d'autre ?

C'est une question très simple à poser. Il n'a qu'à laisser les mots vite s'échapper. Johanna ne remarquera presque rien, à supposer qu'elle s'en soucie. Pourtant, les mots ne franchissent pas ses lèvres. Il mâche, tourne sa langue et écarte les lèvres mais rien ne sort.

Elle lui sourit et sa voix est aussi douce que d'habitude. Mais il voit bien dans son regard fuyant qu'elle est ailleurs, peut-être par la pensée est-elle déjà chez quelqu'un d'autre ? Toujours est-il que dans son grand sourire, franc et chaleureux, il n'y a que lui en ce moment.

Oh, comment pourrait-il croire une chose pareille à son sujet ?

Dit-elle.

Qui aurait pu lui dire quelque chose d'aussi odieux ?

Et : Viens près de moi, dit-elle.

Il n'y a qu'avec toi que je suis gentille, tu le sais bien pourtant, Johann. Tu es comme un enfant, dit-elle quand elle le touche. Elle dit qu'il a la peau douce et des cheveux duveteux comme ceux d'un enfant. Un enfant pâle, innocent, effrayé et resté éveillé trop longtemps. Ses mains à elle sont dures et calleuses à l'extérieur, mais elles sont douces tout à l'intérieur.

Et lorsqu'elle le touche, elle ne le fait qu'avec l'intérieur.

Et c'est seulement avec l'intérieur qu'il est blotti contre elle.

Tout est seulement à l'intérieur.

Et un jour il apprend le nom d'un de ceux avec qui elle va. Il s'appelle Böttcher. Un soldat de la garde de la ville.

Un dimanche après-midi de mai, il les rencontre tous les deux au Bosens Garten. Elle, il l'a déjà aperçue de loin, et, bien qu'à ses mouvements on devine qu'elle marche bras dessus bras dessous avec quelqu'un, c'est comme si ses yeux refusaient de voir une autre personne qu'elle. Johanna avance à petits pas forcés, le coude tendu, raide, et tandis qu'elle marche, elle tourne la tête dans un mouvement de pendule vers son cavalier et lui adresse chaque fois un sourire vide et factice. Les deux s'avancent face à lui, sur le même chemin de promenade, mais sans le voir. Lui-même continue sa route, étant donné qu'il ne sait pas ce qu'il aurait pu faire d'autre. S'il devait s'arrêter quelque part, ils le remarqueraient tout de suite et c'est ce qu'il veut éviter. Malgré tout l'inévitable finit par se produire. Les petits pas et les balancements de tête de Johanna se dissocient, elle trébuche et quand son cavalier la rattrape par le bras, elle lui dit quelque chose et tourne le visage vers le sol. Alors, naturellement *l'autre* l'aperçoit, *lui*. Splendide dans son uniforme bleu de parade, les épaules droites et, sous le casque, bombant le torse, le visage large et rougeaud, souriant maintenant sous une grosse moustache rousse en brosse. Et même si ce sourire ne lui est aucunement adressé, il y a malgré tout une partie de lui qui est *englobée* dans ce sourire. Exactement comme il englobe tout le reste : les arbres en fleurs, les reflets du soleil et les ombres qui jouent sur les quelques mètres du chemin de gravier qui les séparent encore.

Ce sourire est si grand et si puissant qu'il est obligé de s'arrêter et de se mettre en position, comme s'il avait reçu l'ordre d'un officier, quelque part en son for intérieur. Alors il se met au garde-à-vous tandis que Böttcher, le soldat de la garde, s'apprête à passer devant lui. Elle aussi, Johanna, les yeux toujours tournés vers le sol, elle laisse traîner son regard derrière elle jusqu'à ce qu'ils arrivent à sa hauteur et à ce moment précis elle tourne la nuque et lui adresse le sourire le plus esquissé qui soit, rapide, un peu raide et, d'une certaine façon, *miséricordieux*, comme si elle avait été une gente dame de la noblesse sortie sur son balcon pour montrer son estime vis-à-vis de ses sujets.

Et, bien qu'il se tienne à côté, le dos aussi droit que s'il avait avalé un balai, et qu'il soit naturellement invisible dans ses haillons sales de mendiant, elle ne se retourne pas une seule fois pour lui montrer que c'était à lui seul qu'elle avait adressé son sourire.

Il marche.

Il marche car il ne sait pas ce qu'il pourrait faire d'autre.

Il marche puisque la pression du monde extérieur, tout ce qui *n'est pas* elle, ne serait pas supportable sinon. S'il restait un instant immobile, la douleur le submergerait.

Alors il marche…

Le long été brûlant souffre en touchant à sa fin. La lumière macère, et pendant que la chaleur monte du sol, les nuages se gonflent et noircissent comme si le ciel avait pris des coups et était couvert de bleus.

Il marche pendant des heures sous un ciel d'orage, le long des routes de campagne où les graviers et la boue durcie ont des éclats d'ivoire sous la voûte du ciel assombrie. Un souffle froid envahit la moiteur de l'air et l'orage éclate avec de violents coups de tonnerre. Et, comme si on renversait une auge gigantesque, des trombes d'eau arrivent sur lui, sur ses cheveux, son visage, se faufilent sous son col et ses manches, le sol devient glissant, avec des trous, ses bottes s'enfoncent si profondément dans la boue qu'il a du mal à soulever ses jambes.

Il se réfugie sous un pont, se recroqueville sous l'arche en pierre, telle une bête traquée.

Le temps passe et les heures défilent sans rien d'autre que la pluie qui, dans la pénombre, au-delà de l'arche du pont, dresse comme un mur autour de lui.

Sans comprendre comment il a fait, il se retrouve de nouveau dans la cage d'escalier de la Sandgasse. Dehors dans la rue, la pluie continue de tomber. La même pluie. Les crépitements sur le toit et les murs résonnent faiblement jusqu'à cet escalier étroit où la logeuse de Johanna, Frau Wognitz, se tient en chemise mais sans bonnet de nuit, révélant sa tête chauve. La lueur de la lampe qu'elle tient à la main vacille encore plus sous l'effet de sa colère :

... mais vous vous prenez pour qui, Frau Woost n'est pas...

Il lui arrache la lampe des mains et voit l'ombre de son propre corps projetée sur les murs blanchis à la chaux, comme si un autre le précédait dans l'escalier. Il ouvre une porte au hasard et pénètre dans une chambre qui est remplie de son odeur. Et Johanna est là, bien sûr. La lueur de la lampe capte immédiatement l'éclat de ses yeux au léger strabisme. Et, comme un animal sur lequel on tire, elle roule sur le côté. Une tête d'homme apparaît qu'elle presse contre son épaule, à moitié cachée par ses cheveux striés de gris qui sont si longs qu'ils pendent hors du lit et touchent presque le sol. Et dans le creux du lit, il voit deux grosses mains qui empoignent ses cuisses dénudées. Son corps tressaille, secoué par cette étreinte patiente, et elle pousse ces sons rauques du fond de la gorge qu'il connaît si bien. Mais le sourire de loup, le regard de ses yeux si particuliers lui est à présent adressé.

Eh bien regarde donc, Woyzeck, rince-toi l'œil,
tu n'es bon qu'à ça...!

Aussitôt leur étreinte s'interrompt et la tête d'un homme se tourne dans sa direction et il voit que c'est le même soldat de la garde municipale devant qui il s'est mis au garde-à-vous dans le Bösens Garten. Böttcher. Il reconnaît les yeux bleu pâle, la moustache rousse en brosse, le nez droit ; il n'y a que ses cheveux, cachés par le casque, qu'il n'a pas vus : eux aussi en brosse. Il n'a pas le temps d'en voir davantage : Johanna, avec une rapidité inattendue, a baissé sa chemise sur ses jambes. De son corps, elle cache celui de l'homme et refuse de bouger malgré les efforts de W. qui essaie de la pousser. Entre-temps, Böttcher a rassemblé ses vêtements et réussi à atteindre la porte. Quand W. veut lui courir après, Frau Wognitz lui barre la route en criant quelque chose, mais il n'entend pas ce qu'elle dit car Johanna est juste derrière et crie à son tour :

Chassez l'intrus Frau Wognitz
Chassez ce pauvre type borné...

Il fait une tentative pour retourner dans leur chambre, comme s'il voulait s'y cacher, quand il reçoit un violent coup sur la tête. Ça s'est passé si brusquement qu'il ne comprend pas d'où ça vient, avant de voir Frau Wognitz arriver en tenant le balai entre ses petits poings serrés. *Allez, qu'il débarrasse le plancher, ce coureur de putes !* crie-t-elle et elle lui assène un gros coup de balai, et elle remet encore ça, comme quand on essaie de tuer un rat ou un autre nuisible. Il s'accroupit sous les coups qui s'abattent et descend l'escalier à reculons, en rampant. Alors elle prend le balai par l'autre extrémité, et réussit à lui asséner avec le manche quelques sérieux coups dans le cou et la poitrine. Il s'enfuit en courant et retrouve la rue, la pluie qui tambourine si fort autour de lui sur les toits en goudron et en bois que les gouttes qui touchent les pavés rebondissent dans l'air. Une fenêtre s'ouvre tout à coup, la même fenêtre où il l'avait vue la nuit où il était tombé sur Bon, à l'extérieur. Mais cette fois elle ne cherche nullement à se cacher : au contraire, elle penche tout le haut du corps et il y a de l'exaltation dans sa voix vulgaire :

Je ne t'appartiens pas, Johann, crie-t-elle et elle rit comme elle seule sait le faire. Ce rire étrange qui naît dans le ventre et petit à petit prend possession de tout son corps.

Je n'appartiens à personne !

La fenêtre se referme violemment mais s'ouvre à nouveau et, comme si la gaieté n'avait pas de fin :

Rentre chez toi maintenant, Johann ; adieu, adieu...!

Cette nuit-là, la dernière dans le grenier chez Haase, celui qui s'est fait doublement rejeter boit comme un trou de l'alcool bon marché. Il ne boit plus pour anesthésier quelque chose en lui. Il boit pour éradiquer tout ce qui reste d'elle en lui.

À la fin, il a tant bu que seule son enveloppe extérieure reste droite, et encore, pas vraiment…

Il a le souvenir de s'effondrer au pied de l'escalier du grenier, que Haase et sa femme essaient de l'aider à remonter les marches et que, pendant la montée, des parties de lui se détachent et tombent. Différentes parties de son corps. Ses mains. Ses bras. Sa tête. Que Haase et son épouse doivent sans arrêt retourner sur leurs pas pour récupérer les parties du corps qui gisent dans l'escalier. Et quand ils l'ont reconstitué en entier et l'ont traîné en haut, il reste encore des morceaux de lui par terre qui se tordent de douleur et, même Haase si placide finit par en avoir assez et dit *Maintenant il faut qu'il se ressaisisse, Johann, sinon nous serons obligés d'appeler la police*.

S'il comprend que la partie est perdue ou qu'il continue à geindre et gémir toute la nuit, il ne s'en souvient plus. Il sait seulement que le lendemain il quitte la chambre du grenier avec une dette de trois mois de couvert et de logis.

Il nous a quittés, dira plus tard Haase à Clarus, de son propre gré. Il nous a dit qu'il ne supportait pas la honte.

C'est donc à cette époque que vous vous êtes procuré l'arme du meurtre ? dit Clarus. L'accusé peut-il en relater les circonstances ?

Woyzeck : Je regrette vraiment, Monsieur le Conseiller à la Cour. La seule chose dont je me souvienne de cette époque après avoir quitté Haase, c'est que j'ai demandé à devenir soldat dans la garde municipale.

Clarus : Soldat dans la garde municipale ? C'est la chose la plus absurde que…

Woyzeck : Ce n'est pas moi, c'était un ancien officier de la garnison du nom de Pfeiffer qui disait que je pouvais postuler. Soldat un jour, soldat toujours.

Clarus : Et quand cela a-t-il eu lieu ?

Oui, quand cela a-t-il eu lieu ? Il ne le sait plus exactement, mais il était retourné chez le relieur Wehner de Volkmarsdorf qui avait eu pitié de lui et l'avait repris dans son atelier, bien qu'il n'y eût guère de travail et qu'il pût difficilement en tirer un revenu. Il a bien essayé de trouver une place dans ses anciens métiers comme domestique ou coiffeur. Mais il ne peut rien montrer. La lettre de recommandation qu'il possédait autrefois s'est égarée depuis longtemps. Ses vêtements ne font pas vraiment bonne impression, c'est le moins qu'on puisse dire. Il a l'air d'un vagabond, avec sa chemise sale, son manteau déchiré et ses vieilles bottes de soldat dont les coutures ont depuis longtemps cédé. Il ne possède même pas un col.

Le lieutenant Pfeiffer avait également insisté sur ce dernier point :

Si l'on veut être soldat, il faut aussi apprendre à s'habiller en soldat.

Ils se sont mis à converser dans une taverne, W. ne se rappelle plus laquelle, et Pfeiffer venait de lui raconter comment il s'était fait enrôler dans l'armée saxonne pour faire campagne avec Napoléon contre les Russes. Ceux-ci s'étaient dirigés vers le sud et avaient été exterminés jusqu'au dernier. *Jusqu'au dernier*. Est-ce que Woyzeck comprenait ça ? À son retour, il avait obtenu un poste à l'intendance. S'il y avait bien une chose qu'il avait apprise là-bas, c'était de faire attention à ses affaires.

Mais W. ne l'écoute pas.

S'il est dans la garnison, peut-être connaît-il un certain Böttcher ? Est-ce que le nom lui dit quelque chose ?

Et Pfeiffer opine du bonnet. Oui, Böttcher, il le connaît. Il sert dans la garde, un type gonflé d'importance. Il nomme d'autres personnes aussi. Il paraît connaître tout le monde et n'avoir guère d'estime pour ces gens-là. C'est alors que W. dit qu'il veut devenir soldat de la garde.

Pfeiffer baisse la tête vers la table et l'examine en quelque sorte par en dessous, d'un regard intense ; certes il a pas mal bu, mais il a encore les idées claires et sa voix est ferme quand il dit que W. doit écouter sa vision des choses : les soldats de la garde, ce n'est que de la *racaille*, ils ne pensent qu'à se soûler et chapardent dès qu'ils en ont la possibilité, mais si vraiment il insiste *en y mettant le paquet*, il ne voit pas, honnêtement, ce qui pourrait se mettre en travers de son projet.

Étant donné tout le mal que vous vous êtes donné et ce que vous avez accompli au cours de votre vie… !

Oui, à écouter Pfeiffer parler comme ça, on aurait pu s'imaginer que c'était l'homme en question qui prenait la parole devant W. stupéfait, mais malgré l'ivresse, on dirait que Pfeiffer pense et croit ce qu'il dit.

Vous devez bien avoir un livret militaire ? dit Pfeiffer.

W. n'en a pas, mais Pfeiffer repousse l'idée d'un geste assez brusque.

Je suis copain avec les officiers, alors ça devrait s'arranger, vous allez voir.

En attendant, vous pouvez habiter chez moi.

Dès que cette décision est prise, un sentiment de clarté gagne W. Il ne le dit pas à Clarus – comment se comporter pour dire une telle chose ? – mais plus que toute arme, plus que toute intention de faire du mal ou de punir, c'est cette *clarté* fraîchement acquise qui contribue à ce qui se produira par la suite. Il n'y a naturellement aucune honte à avoir de s'être mis au garde-à-vous devant un supérieur au Bosens Garten. La honte est dans le terrible *sourire méprisant* que Johanna lui a adressé après. Comme on sourit à quelqu'un qui fait partie des démunis. Avec compassion et condescendance à la fois. Si seulement il montait en grade et pouvait porter des vêtements corrects, plus personne ne pourrait le toiser avec mépris.

Il est donc autorisé à habiter provisoirement chez Pfeiffer, le temps que sa situation s'arrange. Et, bien que Pfeiffer se comporte comme si W. était son domestique et s'attende à ce qu'il soit à son service dès l'aube jusque tard dans la nuit, il n'y a aucune honte. Ni que Pfeiffer s'attende à ce que W. le distraie en permanence. Si W. n'a rien d'amusant à raconter, Pfeiffer bâille d'ennui et le regarde comme un rustre. Mais Pfeiffer tient parole. Il aide W. à rédiger une demande au commandement de la ville pour être intégré à la garde, et dans l'attente d'être admis à ce poste, W. entre à titre hautement passager dans les services de l'intendance comme assistant aux provisions ou, devrait-on plutôt dire, comme assistant de l'assistant aux provisions, puisque c'est justement Pfeiffer, l'assistant aux provisions, et qu'on ne peut pas être deux à porter le même titre.

Celui qui règne sur l'intendance s'appelle Bogeschdorfer : un géant dont on dit qu'il a servi dans la cavalerie et était promis à un brillant avenir, mais qui a été dégradé au service de l'état-major à cause d'une infraction si honteuse que même Pfeiffer n'ose pas la mentionner. Est-ce à cause de cette ignominie, ou simplement à cause de sa corpulence considérable qu'avec les années il a réussi à acquérir, toujours est-il que Bogeschdorfer affiche un certain flegme, ce qui fait que ses yeux se déplacent du bureau au milieu du local à provisions derrière lequel on le voit parfois dormir si profondément qu'il ne semble plus être de ce monde.

Mais son sommeil n'est qu'un voile fin derrière lequel veille un œil de poisson d'un blanc luisant. Il suffit que quelqu'un essaie de passer avec une barre de fer ou des menottes pour qu'on entende crier *Wallentini…!* derrière le bureau et un caporal maigre au visage livide surgit à ses côtés.

Le caporal Wallentini est le bras droit et la volonté renforcée de Bogeschdorfer qui passe toutes ses journées à veiller sur le sommeil de son supérieur. Chaque fois qu'une bande de soldats de la garde arrive à grand bruit dans la pièce, il se précipite vers eux avec un doigt devant la bouche et murmure *Chut… le sergent dort!* avec une telle emphase que même le plus écervelé s'arrête net.

L'intendance est un monde étrange de longs couloirs aux murs blanchis à la chaux et de grandes portes en bois massif, dotées de grosses serrures et de verrous en fer. Une partie des portes mène à de grandes salles surveillées par des militaires d'un certain âge qui bougent aussi peu de leurs chaises que Bogeschdorfer. Dans les longues ombres qui se profilent derrière eux, des uniformes, des casques sont accrochés, des rangées de calots vont jusqu'au plafond et, protégées par des portes verrouillées et grillagées, se trouvent de longues rangées de fusils et de baïonnettes. D'autres pièces sont aussi étroites que des celliers. Dans l'une d'elles, les étendards et les lances sont rangés debout ou les drapeaux soigneusement repliés dans de larges tiroirs. Ce sont ces lances que Vitzthun, le camarade avec qui il partage un lit, voit quand les militaires défilent le dimanche. Vitzthun lui a même montré les instruments que la fanfare joue, les trompettes et tubas au laiton astiqué, et la grosse caisse où les armes et le sceau de la ville sont accrochés au-dessus de la peau tendue.

Que ce soit au-dessus du chambranle des portes de chaque pièce ou au-dessus de la serrure de chaque meuble et chaque tiroir, il y avait une plaque émaillée numérotée, et toutes les clés, de la plus petite finement ouvragée jusqu'à la plus grossièrement forgée, portaient sur leurs anneaux le même code d'identification.

Il est étrange que W., bien qu'il ait si peu de connaissances en lecture et en calcul, trouve si vite ses marques dans ce monde réglé comme du papier à musique, où tout est ramené à des chiffres et des lettres. Peut-être est-ce parce que la vie de soldat, qu'après toutes ces années il connaît aussi intimement qu'une main connaît les coutures d'un gant, est ici libérée de tout ce qui ailleurs trouble les sens, libérée de la puanteur, de la moisissure, des affres de la faim et de la misère.

Mais c'est le même monde : les mêmes règles et les mêmes cadres.

Il incombe à W. de s'occuper des biens restitués : de retrouver la demande d'origine et de cocher dans un registre spécial chaque objet confié et rendu, avec le temps et la date indiqués dans la colonne le plus près de la marge. Si un objet est perdu, il faut écrire un rapport. Et si quelque chose est laissé endommagé ou inutilisable, il faut s'occuper de la réparation, mais seulement après avoir rédigé un rapport décrivant précisément la cause du dégât (si elle peut être établie), et même ce rapport doit être certifié par Bogeschdorfer ou par un des officiers qu'il a habilités, avant que l'objet soit envoyé en réparation. Et pendant que Wallentini l'oblige à courir ici et là avec des papiers et des biens (tandis que Pfeiffer passe le plus clair de son temps à discuter avec les jeunes recrues), il se rend compte que même si l'armée est l'avant-poste ultime de l'ordre divin sur la terre, et que rien ne peut passer en douce devant l'œil de poisson de Bogeschdorfer, il y aura toujours de petites choses qui s'égarent, un vêtement qui reste sur les bras, et des objets dont on se demande bien à quoi ils peuvent servir, et à la fin W. a rassemblé une collection tout à fait hétéroclite : un casque bosselé, une aigrette, des brandebourgs, une boucle de ceinturon, un bout de cartouchière et quelques boutons disparates, de formes et de couleurs variées. Tout cela, il le garde dans un petit tiroir tout en bas d'une des pièces de l'intendance.

Il y aurait dans ce tiroir juste assez de place pour quelques pantalons, mais il a soigneusement mis une petite plaque avec un numéro qui, lui aussi, semble s'être perdu quelque part, qui indique *3.1.80* – ce doit être un signe ! – sa date de naissance. Mais où est la plaque correspondante qui indiquerait à qui appartient ce tiroir avec tous les trésors ?

C'est de cette manière qu'il tombe un jour sur la lame de sabre brisée.

Elle est au fond d'un tiroir avec des biens refusés dont on lui a demandé de s'occuper en les consignant. Il s'agit seulement de la partie extérieure de la lame, cassée en deux avec une coupure nette, qui fait à peu près la longueur de son avant-bras.

Comment faire pour réparer une lame de sabre brisée ?

Sous la supervision de Wallentini, il consacre un moment à passer en revue les manches de sabre à leur disposition. Mais en apparence seulement. Dans ses pensées, il réfléchit déjà à l'attitude à avoir pour que cette lame de sabre rejoigne ses trésors, mais elle est trop longue pour entrer dans son petit tiroir.

Comment expliquer cela à Clarus ?

Ce serait comme avouer un vol.

Et comment expliquer qu'il passe ses soirées à la tête du lit qu'il partage avec le soldat de garnison Vitzthun et qu'il coud les chutes de tissu abîmé qu'il récupère à l'intendance avec l'idée d'en faire un fourreau pour la lame de sabre brisée, mais qui de plus en plus ressemble à un étui ou peut-être à une housse, puisqu'il doit doubler l'intérieur avec des bouts de cuir pour que la lame ne traverse pas l'étoffe ?

Et comment expliquer que par la suite, chaque jour, il porte la lame de sabre brisée sur lui, dans son fourreau ?

Son camarade de chambre Vitzthun aussi passe ses soirées à coudre, et pendant qu'ils s'adonnent paisiblement à leur ouvrage, chacun à une extrémité du lit, Vitzthun raconte que les fins de semaine et les jours fériés il tape sur la grosse caisse dans la fanfare de la garde, et il dit que

W. doit passer les voir et regarder la parade un jour. C'est un spectacle splendide.

Et comment expliquer à Clarus qu'un dimanche, il se trouve effectivement parmi des centaines d'autres sur la Marktplatz à regarder passer la fanfare avec flûtes, cuivres et Vitzthun lui adresse un clin d'œil, lui qui ferme la marche avec la grosse caisse fixée à la poitrine, *boum-boum-boum* ; mais tous les regards (y compris celui de W.) sont tournés vers le tambour-major en tête du cortège, qui lève les genoux le plus haut et, avec sa démarche étrangement rythmée, brandit sa longue baguette de tambour-major et la fait passer entre ses doigts, le plus facilement du monde, comme si c'était un vulgaire bâton.

Même si le tambour-major ne ressemble pas du tout à Böttcher (il est beaucoup plus âgé et plus trapu), W. pense que ce doit quand même être Böttcher, en tout cas Böttcher sous une autre apparence ; par la suite Vitzthun explique que le tambour-major, à l'aide d'une banale baguette en bois, donne des indications aux musiciens en la tenant à l'extrémité ou en la pointant droit devant. Dans cette dernière position, cela montre la direction de la marche, et dirigée vers le haut, cela indique que les musiciens doivent suivre la cadence.

Étrange, pense W., que le monde entier se tienne rassemblé uniquement avec un mouvement de cette baguette.

Mais avant tout il est fasciné par l'épée de parade que porte le tambour-major à sa bélière, et comme Vitzthun garde les clés de la pièce avec l'équipement de la fanfare, W. demande un jour s'il peut la voir de près. Vitzthun répond qu'il n'y a rien de plus facile, à condition de faire attention ; et avec un grand geste qui engage tout le corps (la tête, les bras et les épaules), W. tire lentement la longue épée de son fourreau et tient le tranchant brillant à la lumière qui s'attarde, pâle, à la fenêtre de leur logement, et il répète les mouvements tant de fois qu'il a l'impression de tenir encore l'épée longtemps après que Vitzthun l'a rapportée dans le local où il garde l'équipement de la fanfare. À Vitzthun, il dit qu'il sait qu'il est bon à quelque chose. Et l'autre lui demande d'une voix ténue à quoi il est bon, Woyzeck? Et il répond : Dieu ne me l'a pas encore montré clairement jusqu'ici, mais ce quelque chose existe, j'en suis sûr, et il s'allonge au pied du lit et raconte à Vitzthun tous les signes étranges qu'il a vus, des traits sur la voûte céleste qu'il croyait auparavant être des signes francs-maçons, mais à présent il pense que Dieu là-haut tient une baguette de tambour-major à la main avec laquelle il tape de toutes ses forces jusqu'à ce que le fond du ciel se mette à saigner, et que la lumière qui en jaillit est le sang de Dieu, et que quand une journée s'achève et qu'une autre suit, c'est en réalité le propre sang de Dieu qui tombe du ciel sous forme de lumière.

Et ainsi la marche continue : jour après jour, Dieu lève ou baisse sa baguette, vers l'avant et sur le côté, et la pluie de sang ne s'interrompt jamais… Jusqu'à ce que des ronflements sourds en provenance de la tête du lit l'informent que Vitzthun s'est endormi.

Et comment expliquer à Clarus que, lorsqu'il reçoit la réponse négative du commandant de la ville, ce n'est pas un refus comme les autres ? Le porte-drapeau qui lui remet la lettre dit que c'est un refus avec *applaudissements*. Lui-même se trouve en personne avec quelques-uns de ses hommes pour assister à la scène quand W. reçoit son refus, et, bien que cette lettre soit déjà décachetée, ouverte et lue, plusieurs fois même, il doit faire semblant d'ouvrir ce qui est déjà ouvert, devant ces hommes qui ricanent, et sortir cette feuille et…

Eh bien, lisez donc, l'encourage le porte-drapeau.

Mais là est le problème : W. est incapable de lire, pas seulement parce que les mots et leur sens sur le papier se mélangent sous ses yeux hagards, mais parce que ses mains tremblent tellement qu'il parvient à peine à tenir la feuille devant son visage. Le porte-drapeau la lui arrache donc des mains, mais au lieu de la lire à haute voix (ce à quoi tous s'attendent dans la salle de l'intendance, y compris l'œil de poisson de Bogeschdorfer), il claque des talons, se redresse et déclame :

Il a été porté à notre connaissance que Woyzeck a postulé pour entrer dans la garde de la ville. Il prétend avoir servi dans l'armée prussienne et celle du Mecklenburg, mais n'a pas pu montrer le moindre document pour indiquer son départ de l'armée, puisque cela ne lui a jamais été accordé. Toute sa vie, il n'a fait que déserter, se sauver et s'enfuir lâchement. S'il a cru trouver un dernier refuge ici, il s'est lourdement trompé.

Sur ce, je m'en vais, dit le porte-drapeau qui froisse cette lettre et la jette loin de lui comme si elle avait été contaminée.

Il a désormais la journée pour rassembler ses affaires et quitter les lieux.

Il va rendre visite à Johanna dans ce qui lui reste de vêtements qu'on ne lui a pas volés. Avec son casque bosselé sur la tête, ses aigrettes sur les épaules et sa lame de sabre brisée se balançant dans son fourreau en tissu. Il se garde bien d'en parler à Clarus. Car comment parler de ce sabre quand, dans cette circonstance, il n'a pas servi ? J'avais la lame sur moi déjà à ce moment-là, mais je ne savais pas que je l'avais.

Quelle stupidité, dirait Clarus.

Ce qu'il dit toujours dès que W. ne donne pas la réponse attendue à ses questions.

Le soir est tombé. Il règne une étrange lumière d'une clarté sans ombre, couleur vert bouteille. S'il avait eu une cotte de mailles ou un plastron, sa poitrine aurait brillé comme si elle avait été plaquée d'argent. Dans ce demi-jour sans ombre, c'est à peine si on le remarque à la porte de la fonderie Warneck. De jeunes garçons passent près de lui en courant sans le voir, un coche s'arrête devant le porche d'à côté. De l'auberge sort une poignée d'hommes qui titubent, mais quand bien même l'un d'eux le reconnaît sûrement, personne ne s'arrête pour lui adresser quelques mots.

Il reste immobile telle la sentinelle du destin qu'il a décidé d'être.

Puis le vacarme dans l'auberge s'apaise, les éclats de voix sont remplacés par les bruits de vaisselle en porcelaine, la porte vers la cour s'ouvre en grand et Johanna sort avec une corbeille remplie d'assiettes et de couverts qu'elle porte contre sa hanche. Elle ne le voit pas, mais lui tourne le dos et crie d'une voix rauque quelque chose à quelqu'un dans le restaurant, avant de se mettre en mouvement vers le puits sous le grand frêne.

Puis elle s'arrête. Il se rend compte qu'il doit lui faire le même effet que Bon, l'adjoint du magasin, lui a fait en surgissant au beau milieu de la rue avec ses pièces de monnaie sonnantes et trébuchantes. Comme un mirage ou un fantôme.

Toi...? dit-elle simplement.

Puis elle éclate de rire. Un rire d'abord incrédule, puis de plus en plus creux et étouffé.

Qu'est-ce que tu fous là ? Je croyais t'avoir dit de ficher le camp.

Et son regard qui le fixe exprime l'incrédulité et le ridicule de la situation. Pour échapper à ce regard – ou du moins se mettre hors de sa portée –, il tend les bras vers l'avant et réussit à lui toucher l'épaule. Elle fait deux pas sur le côté et tombe, son dos heurte le mur qui sépare l'arrière-cour des latrines, en face de la porcherie, elle lâche son panier et la porcelaine se brise par terre. Il se penche, plein de remords, pour ramasser les débris, mais là elle se dresse au-dessus de lui, le regard enfiévré au milieu de sa grosse tête.

Qu'est-ce que tu fais là, homme répugnant...!
T'ai-je pas dit de ficher le camp...?

Comme s'il était un parfait inconnu. Comme si elle ne savait pas pourquoi il s'était ainsi habillé pour venir la voir, pourquoi il ne cesserait de revenir, chaque jour, tant qu'il en aurait la force.

Pourtant il a le pouvoir.

Il le sait.

Et si le pouvoir était comme une ivresse, un étourdissement sans limites ?

Quand il se redresse, son corps est dur et froid sous son uniforme. Un des morceaux coupants lui est rentré dans la chair de la paume. Il sent le sang se coller entre ses doigts quand il saisit les débris de porcelaine, et pour la première fois il lit, dans les yeux fendus de Johanna, de la peur.

Voyez-moi ça, Woyzeck, un petit soldat.

Bien qu'elle n'ose pas dire cela maintenant. Elle si forte en gueule tout à l'heure a soudain perdu sa langue et s'écarte de lui, pressant les mains et le dos contre le mur. Comme un insecte, pense-t-il. Comme un insecte laisse tomber derrière lui ce qui reste d'un corps abîmé pour se sauver.

Seul son regard est là. C'est lui qu'il faut faire partir.

Il vise les yeux de Johanna avec le morceau de porcelaine, l'entend crier et porter les mains à son visage. Du sang entre ses doigts : difficile de dire si c'est le sien ou celui de Johanna.

Ensuite quelqu'un lui saisit la nuque par-derrière et la voix rauque de Warneck lui souffle dans le cou :

Je croyais t'avoir dit de foutre le camp, sale vermine !

En même temps, il se prend un coup violent dans l'entrejambe (un genou ou un coude) et Johanna est tout près de lui. D'abord elle le frappe avec les deux bras dans la poitrine et la taille, puis, quand il réussit à s'écarter d'elle, elle lui donne un autre coup de pied dans le tibia et le basventre.

Et il est allongé sur le sol, avec Warneck au-dessus de lui.

Il reste sous son armure, mais son casque est trop serré. Et de son membre-épée, il ne subsiste qu'un petit bâton qui se ratatine entre ses jambes, dans la crainte du prochain coup de pied.

Il aurait dû s'en sortir avec des amendes pour harcèlement, s'il n'y avait pas eu de sang versé, ce qui lui valut huit semaines aux arrêts. Au fond, ce n'était pas plus mal, puisqu'il n'avait plus de toit sur la tête.

Mais c'est une période de grande angoisse.

Il ne cesse de s'interroger sur cette colère étrangère qui s'est emparée de lui et l'a aveuglé au point de ne voir que ses yeux à elle. Il aurait certainement arraché les yeux de son crâne si Warneck n'était pas intervenu au dernier moment. Le fondeur en laiton doit être contrarié et lui en vouloir, mais il lui est quand même reconnaissant. Comme envers tous ceux qui ont voulu le meilleur pour lui : la veuve Knobloch qui lui a laissé une chambre; Haase, le livreur de journaux, et sa femme; le lieutenant Pfeiffer. Et chaque fois, chez eux, il s'est rendu impossible. N'y a-t-il donc aucune place sur terre où il puisse trouver la paix sans qu'une agitation terrible s'empare de lui et l'entraîne?

Puis il est relâché. Curieusement, il récupère tous les objets qu'il a volés : le casque, le galon, l'aigrette et le ceinturon, même la lame de sabre enveloppée dans son fourreau de tissu. Avec ces colifichets, il traîne en ville, donnant l'image d'un mendiant qui se déplace dans un bruit de casserole. Ici ou là, on lui fait l'aumône ou on lui prête un peu d'argent. Mais nulle part il ne trouve logis ou couvert, et il doit se contenter de dormir à la belle étoile. Un jour pourtant, le sort lui sourit. Il voit qu'on propose un lit à louer chez une Frau Wittig dans la Ritterstrasse.

Il frappe à la porte et demande à être reçu. Par malchance, il s'avère que la propriétaire, Frau Wittig, est à l'article de la mort. Sa fille loue un lit dans la chambre de la mourante pour se procurer l'argent de l'enterrement. Elle-même ne peut pas veiller sa mère puisqu'elle doit travailler pour gagner de quoi vivre et se loger, et comme il n'y a qu'une pièce, s'il veut avoir un endroit où dormir, il devra accepter de partager la chambre de la mourante.

Frau Wittig gît comme si elle reposait déjà dans son cercueil : sur le dos dans un lit beaucoup trop étroit avec de hauts montants. Les premiers jours, elle ne donne guère signe de vie, mais une nuit, il l'entend parler d'une voix forte qui ne peut pas être la sienne : une *autre* voix, de la même nature que celle qui sortait de sa gorge dans le grenier chez Haase, le livreur de journaux, et qui l'avait laissé comme paralysé après jusqu'à ce que Johanna vienne enfin.

Pendant plusieurs heures, la vieille femme continue à discourir. Sa voix est claire et distincte, avec des mots bien formés mais dont la signification lui échappe, comme si elle s'exprimait dans une langue qui lui est complètement étrangère. Quand, à l'aube, il ose s'approcher du lit de la mourante, il voit que son visage est en sueur, mais elle ne bouge pas et ses yeux sont fermés comme si elle était plongée dans un profond repos. Seules ses mâchoires et sa bouche remuent, presque involontairement, pour bégayer quelques syllabes incompréhensibles.

Au bout de quelques heures, ce monologue s'interrompt. Mais, comme si réellement quelque chose d'étranger s'était peu à peu installé, une mauvaise odeur s'est répandue dans la pièce. Une odeur déjà de cadavre et d'autre chose aussi : quelque chose d'âcre, de piquant, comme une brûlure dans la gorge. Quand la fille de Frau Wittig vient en visite vers midi, W. raconte ce qui a eu lieu pendant la nuit, et la fille dit qu'il ne doit plus y en avoir pour longtemps. Mais quand il dit ne pas être capable de rester davantage dans la chambre de la mourante, la fille lui réclame l'argent pour les autres nuits où ils avaient convenu qu'il occuperait la chambre, et alors il finit par céder.

Encore deux jours se passent. Ensuite un homme âgé en manteau noir se trouve dans la pièce et W. comprend petit à petit qu'il s'agit d'un médecin que la jeune Frau Wittig a fait venir. Le médecin se penche un court instant au-dessus du lit, s'éloigne ensuite sans avoir ouvert sa mallette ou adressé un seul mot à W. qui de nouveau est seul avec la mourante.

Cette nuit, la vieille femme est silencieuse, en revanche lui rêve intensément. Pour la première fois depuis très longtemps, il revoit sa sœur en rêve. Elle arrive à cheval par la rive herbeuse du Memel et, bien qu'elle soit une petite fille dont les pieds n'atteignent même pas les étriers, elle a réussi à se procurer une tête majestueuse : grande et sage comme une tête de reine avec les cheveux recouverts d'une couronne et d'un voile de gaze le plus fin qui soit. Et : *Le Cheval*, lui crie-t-elle à travers le rêve. C'est comme si elle croyait qu'il ne peut pas la voir distinctement, puisqu'il rêve. Comme pour lui montrer l'animal, elle tire sur une rêne pour que le cheval se retourne. Et il reconnaît clairement ces terres rondes à l'éclat brillant. C'est le Cheval, le Cheval mort et ressuscité, famélique et rongé jusqu'à l'os et pourtant ressuscité entier et intact. Sa sœur lâche les rênes et le Cheval baisse la tête vers le sol pour brouter tandis que l'eau du fleuve s'écoule à une vitesse vertigineuse, à croire que le courant a l'intention d'emporter non seulement les rives herbeuses mais encore les arbres, les champs et les terres alentour, et il veut aussi entraîner le ciel avec son soleil fatigué. W. presse ses deux mains contre le matelas et soulève avec peine son corps dans le tumulte assourdissant de tout ce qui est charrié au loin.

Est-ce vraiment possible ? pense-t-il.

Seulement en étant *en dehors de moi*, je suis libre.

Quand il se réveille, la lumière pénètre par la fenêtre dont les rideaux ont été tirés et dans cette clarté il voit que la jeune Frau Wittig se trouve déjà dans la pièce.

Également le médecin vêtu de noir est là et tous deux se tournent vers lui et confirment ce qu'il a déjà compris : la vieille Frau Wittig est morte. Herr Woyzeck est maintenant libre de s'en aller, dit sa fille.

Cela se produit au printemps. De nouveau il erre dans la ville sans trouver ni travail ni logis. L'odeur fétide de la mort le suit partout. Impossible de s'en débarrasser. À moins de se retrouver sur un chemin de campagne ou dans de vastes prairies, mais dès qu'il est enfermé dans une pièce, l'odeur est là. Tout comme la voix rauque. À présent, il ne sait plus à qui est cette voix ou avec quels mots elle parle en lui : si elle vient de Frau Wittig, bien qu'elle soit morte, ou si elle vient de lui-même. Dans son désespoir, il s'adresse à nouveau à Haase qui, ému par son état pitoyable, lui permet de passer encore quelques nuits dans la chambre sous les combles.

C'est alors qu'il se produit un miracle : Johanna revient vers lui.

Son sourire est le même. Les mouvements de son corps aussi, ses mains qui le touchent. La seule différence, c'est désormais cette odeur de mort qui règne dans la pièce.

Il y a aussi une sorte de mort chez Johanna. On dirait que tout le sang s'est retiré de son visage. Tout le côté rugueux de son teint a également disparu : elle a l'air fraîchement lavée et propre. Même dans ses yeux, il y a une espèce de clarté. Elle ne détourne plus le regard.

Quand elle ouvre la bouche pour lui parler, son discours est blême, ténébreux, mais distinct. Elle dit qu'elle est désolée de l'avoir maltraité et qu'elle aurait agi différemment si ce n'avait été pour sa mère, la veuve Knobloch et le colérique Warneck, et Jordan bien sûr. Tous l'avaient en effet mise en garde contre lui. Aujourd'hui elle sait qu'il n'a jamais voulu faire de mal à qui que ce soit, même s'il a parfois agi avec colère. Elle dit qu'elle a pensé bien des fois à cette petite fille qui n'était pas de sa semence mais qu'il chérissait tout de même comme si c'était la sienne.

C'est un homme bon, Woyzeck.

Lorsqu'elle dit cela, il sent que, à son corps défendant, un sourire en coin monte en lui.

Il déplace rapidement son torse tantôt à droite, tantôt à gauche, comme s'il ne parvenait pas à décider quelle position adopter pour lui faire bonne impression, tout en paraissant humble et digne.

Elle le touche, puis déclare avoir entendu dire qu'il voulait être soldat dans la garnison de la ville. Il ne la reconnaît pas dans le sourire mort qu'elle lui adresse. Et voilà qu'elle lui confie ce qu'elle a toujours eu sur le cœur, du moins c'est ce qu'il comprend maintenant :

Est-ce qu'à la caserne il était tombé sur un soldat du nom de Böttcher ?

Quelqu'un qu'elle a fréquenté dans le passé, mais qui à présent raconte des choses malveillantes sur elle.

Il faut qu'il lui rapporte ce que cet homme a pu dire sur elle.

Le sentiment de vouloir se montrer digne de ses attentions a disparu. Elle est soudain beaucoup trop près de lui et il veut la repousser.

Mais elle refuse de se laisser repousser et continue à le toucher et à le regarder avec son sourire froid. Et il y a quelque chose de figé, de dur et d'impitoyable dans ce que ses mains à elle veulent à ce moment. Le reste de son corps le veut aussi, une fois que ses mains ont atteint l'endroit qu'elles voulaient toucher. Un désir, qui lui aussi est totalement froid car c'est la terreur qui lui donne une volonté et un visage. Elle est impatiente, elle ne peut ni se retenir ni attendre, de crainte que la terreur ne la rattrape. Et peut-être que la terreur lui donne aussi un corps, rigide d'abord comme une armure. Mais ses mains n'ont plus de face intérieure, il n'y a plus de regard, plus de lèvres ; rien que le halètement d'un gros animal tandis que l'odeur acide du sexe prend à la gorge, âcre comme de la sueur. Et quand à la fin toute cette raideur se brise, elle s'effondre sur le sol et reste étendue, le blanc de ses yeux mis à nu, à fixer droit devant elle, comme celui d'une bête, le visage baigné de larmes.

Il reste assis, enfermé et misérable dans son impuissance.

À la fin, elle se lève. Elle ne veut pas croiser son regard mais son sourire froid est revenu. Et les mots, tout aussi froids :

Si vraiment tu veux me revoir, nous pouvons convenir d'un rendez-vous samedi.

Si la trahison avait eu une langue pour s'exprimer, cela aurait été celle qui vient de parler.

Comment raconte-t-on une vie ? Sous la forme d'un mouvement à l'origine inconnue vers une fin de plus en plus prévisible et qui se dessine au fur et à mesure ? Mais sa vie ne peut pas être dépeinte de cette façon. Elle n'est jamais allée de l'avant dans une seule direction. Elle semble plutôt avoir progressé par à-coups, pour ensuite se replier sur elle-même, comme lorsqu'on plie un morceau de tissu : un lé sur l'autre, bord à bord, couture contre couture. La seule chose qui se passe, et qui se passe maintenant, c'est qu'une fois encore il répète à Johann August Clarus, le Conseiller à la Cour, ce qu'il a déjà dit tant de fois. Mais Clarus n'est pas intéressé par ce qui se répète ou constitue des schémas. Il veut des messages limpides et des événements présentés dans un ordre clair et précis, si je puis me permettre. Il s'est bien procuré cette lame de sabre quelque part ? Et comme le prévenu, d'après ce qu'il avait déclaré lui-même, n'avait pas un seul groschen en poche, il devait avoir reçu ou échangé la lame d'une manière ou d'une autre. À moins qu'il ne l'ait volée ? Dans ce cas, par qui ou à qui et quand cela se serait-il produit ? De plus, cette lame avait été brisée, raison pour laquelle il avait été obligé de lui fixer un manche, de quelle façon cela s'était-il passé et comment avait-il pu se le permettre ? Voilà maintenant que W. hésite. Il y avait un tourneur sur bois qu'il connaissait, mais cet homme était méfiant et en outre radin : il ne l'aurait pas fait gratuitement, même s'il lui avait apporté le manche.

Il aurait pu demander à Warneck, non ? suggère Clarus.

Ah non, qu'aurait-il pensé s'il lui avait demandé ça !

Même si la vérité doit sortir, ce jour-là il n'avait pas songé un seul instant à cette lame de sabre. Monsieur le Conseiller devait le croire sur parole. Son esprit était aussi léger et paisible que les minces nuages dans le ciel. Oui, pour être honnête, cela avait été une des très rares journées où il n'y avait pas pensé du tout. La promesse qu'elle lui avait faite tenait toujours. Ils n'avaient pas dit quand, seulement que cela se passerait à Funkenburg, près du restaurant du jardin, où ils avaient l'habitude d'aller danser le samedi. Encore que cela aurait été mieux s'ils avaient pu tomber d'accord sur quelque chose de plus précis. Alors, le matin, à tout hasard, il fait ses rondes en descendant vers la fonderie de laiton et L'Oie d'Or, comme à son habitude, pour se trouver à proximité sans manifester sa présence. Il ne tarde pas à se rendre compte qu'elle n'est pas là. De l'auberge, on n'entend que le bruit étrangement apaisant des enfants qui jouent en riant et des femmes qui lavent : les brosses à récurer qui frottent contre le bois ou l'émail et le clapotis de l'eau qu'on verse dans des auges profondes. Il passe devant les acheteurs et les vendeurs sur la Marktplatz et continue en descendant la Petergasse. Partout il y a des gens dehors, y compris des soldats de la garde dans leur uniforme rouge et blanc. Il évite leurs regards, s'écarte de la route, se glisse derrière les étals du marché et suit un peu les ruelles, traverse Brühl et monte pour passer devant l'église Saint-Thomas et ensuite s'engage dans la Burggasse, le long des hauts remparts de la forteresse de Pleissenburg qui projettent encore de longues ombres sur les pavés. Arrivé dans la Sandgasse, il ralentit délibérément son allure. Il n'ose pas entrer sous la porte cochère par crainte de se faire de nouveau aboyer dessus par la logeuse, Frau Wognitz, et rien qu'en regardant la fenêtre sous le faîte du toit, il n'est pas possible de voir si Johanna est chez elle. Ne sachant trop quoi faire, il arpente les allées du Bosens Garten. Ils se sont déjà rencontrés là, elle et lui. Il croise ses mains dans le dos, essayant de donner l'impression qu'il est sur une affaire d'importance.

Il pense à ce Böttcher, se dit qu'il est un simple soldat ayant revêtu un uniforme de parade. Si seulement il avait eu la lame ce jour-là, c'en serait déjà fini de cette farce et de ramper devant lui. Il se rengorge tout en marchant, mais quand il imagine comment il aurait dû se comporter envers ce Böttcher, tout devient clair dans sa tête. Cela étant, il est trop tôt dans la journée pour que l'on puisse apercevoir des couples se promener sous les arbres. Dans l'une des allées du jardin, une fille et un garçon jouent à la marelle, des enfants de riches, cela se voit de loin, à leurs beaux vêtements et aux bottines avec une languette et de vrais lacets. Une femme âgée qui doit être leur gouvernante a posé à côté d'elle sur le banc un panier rempli de bobines de fil et de vêtements à repriser. Il s'assied sur un banc non loin de là, le visage tourné vers le soleil. Pendant un long moment, il ne pense à rien. Puis l'idée lui vient brusquement qu'elle est peut-être déjà partie à Funkenburg. Il n'est pas trop tôt pour s'y rendre. La lumière brûle, même si l'ombre est encore profonde. Elle brûle sur son cuir chevelu, tout en haut, où ses cheveux sont les plus fins. Son duvet, ses cheveux de petit enfant comme elle les appelait. Il s'imagine que son âme aussi a son attache extérieure à cet endroit-là : juste dans son cuir chevelu, dans la ligne de jointure qui sépare d'un côté le monde chaotique et tremblant à l'extérieur, et de l'autre, la brume des rêves incompréhensibles et des ombres fantomatiques qu'il porte en lui. Les hommes qui possèdent une âme devraient par définition être bons, car l'âme n'est-elle pas un don de Dieu ? À moins que les hommes ne soient tombés entre les mains de quelque créature satanique. Mais Johanna lui a assuré qu'il est un homme bon et honorable. Elle pensait certainement à l'enfant qu'il a eu avec Frau Thiessen à Stralsund, cette petite fille qui certes n'était pas de sa chair et de son sang mais à laquelle il s'était malgré tout tant attaché. Il pense à la façon dont les yeux de Johanna se sont emplis de larmes quand il lui a raconté cela. Tout au fond de toi, tu es quelqu'un de bon et d'honnête, Johann, lui répète-t-elle et dès que ces mots sont prononcés, ce pauvre fantassin qu'était Johann Christian Woyzeck, avec son casque trop serré et son membre minuscule, se transforme en roi Woyzeck le Noble qui traverse le parc à un rythme tranquille avec un sourire de convenance pour tous ceux qu'il rencontre. Il parcourt ensuite le long chemin jusqu'à Funkenburg à vive allure. Bien sûr, il est encore trop tôt dans la journée, aucun orchestre ne s'est encore installé, les chaises et les tables sont recouvertes d'une pellicule de pollen gluant que le vent a fait tomber des tilleuls bordant l'allée. Mais ici et là, au stand de tir à l'extérieur du restaurant, et près de l'escalier qui mène à l'ancienne brasserie, des hommes ont commencé à se rassembler. Ce sont les timides, ceux qui ne peuvent pas travailler qui, en parlant le plus fort possible, tentent de cacher qu'ils n'ont rien à faire. Il entend leurs voix résonner derrière la membrane souple de la lumière du soleil, le scintillement des feuilles et de l'ombre. Gottschling, le maître brasseur, est là, et de L'Oie d'Or, Kloos et Binder, les deux hommes de Warneck, sont arrivés eux aussi, et Bon, bien sûr. Ses pièces de monnaie passent d'une paume à l'autre... *On dirait qu'il cherche une certaine dame, Woyzeck...* de gros rires restent en suspens dans l'air avant qu'une nouvelle salve de voix ne gonfle et n'éclate derrière lui... *Ce ne serait pas cette Johanna après laquelle il soupire...* et dans une autre vague de rires en cascade... *Cette catin n'est pas ici, et elle court ailleurs...* Est-ce que c'est à ce moment-là que ça s'est produit, ce qu'il racontera plus tard aux deux policiers (et même à Clarus), qu'il a eu la sensation qu'une main de géant étreignait sa poitrine et le jetait en l'air ? Ce n'est pas tout à fait exact, rectifie-t-il maintenant. C'était plus comme si le sol disparaissait simplement et que je flottais dans ce que je croyais être le vide et qui n'était pas de l'air mais une substance d'une autre nature. Cela ne dura que le temps d'un clin d'œil, pourtant cela m'a paru une éternité. Vous comprenez, Monsieur le Conseiller ? Et lorsque je suis revenu à moi, on aurait dit que rien ne s'était passé. Le scintillement des ombres que la cime des arbres en se balançant lentement projetait sur les tables et les allées gravillonnées entre l'auberge et l'ancienne brasserie était le même, ainsi que les mouvements rapides des oiseaux dans le feuillage. Bon et les autres hommes rassemblés dans la pénombre à côté de l'escalier de la brasserie ont tourné le dos, indifférents à celui dont ils venaient de se moquer. Il n'y a que l'étreinte convulsive autour de sa poitrine, là, ce vertige quand le sol s'est dérobé sous ses pieds et une voix qui disait (à ce moment ou seulement plus tard ?) : *Cela doit prendre fin maintenant*, et lui (a-t-il dit cela à voix haute ou bien l'a-t-il seulement pensé ?) : *Non*, et la voix à nouveau : *Cela ne peut pas continuer comme ça, c'est tout*, et lui : *Non*, et la voix à nouveau : *Poignarde-les, tu n'as qu'à les poignarder, tu peux le faire*, et il lui était venu comme un afflux de sang, le sentiment d'une urgence désormais. Il fallait qu'il la retrouve, qu'il la retrouve et la *sauve* avant qu'il ne soit trop tard, avant qu'il ne se passe quelque chose contre quoi ils ne pourraient rien faire. Si quelqu'un, maintenant ou plus tard, lui avait demandé s'il était conscient de ce qu'il faisait à cet instant précis, il n'aurait pas su répondre ou il aurait dit qu'il s'apprêtait à mettre en œuvre une résolution arrêtée depuis longtemps et qu'il ne pouvait pas davantage changer que si cela avait été dans le passé. Il garde un vague souvenir qu'elle a dit à quatre heures. Mais quand a-t-elle dit ça ? Elle n'a sans doute rien dit d'aussi précis. Elle n'a sans doute même pas dit qu'ils *allaient* se voir, mais seulement qu'ils pourraient se voir, s'il le souhaitait. Une promesse vague, voire une demi-promesse, en tout cas rien qui l'engage, elle, et qui soit de nature à lui donner un conseil sur la direction à suivre. Mais il lui faut savoir à présent. Il lui faut la trouver. Cette urgence n'existait pas auparavant dans la journée qu'il a passée dans un état d'esprit émoussé qu'il juge désormais d'une faiblesse et d'une paresse inouïes. Soudain, tout autour de lui s'est doté d'angles vifs qui le repoussent : les bâtiments, les gens que, tel un chien, il fuit avant même qu'ils ne se rapprochent. Ainsi il sort involontairement de l'ombre que projettent les arbres et les murs des maisons pour marcher sous le soleil brûlant de midi. On dirait qu'il a une cloche autour du crâne, et à l'intérieur de cette cloche, la lumière résonne sans interruption. Il se prend la tête à deux mains pour empêcher la lumière de s'infiltrer dans le fin duvet de son cuir chevelu et de couper son crâne comme un rasoir, faisant surgir à l'air libre tout ce qui fait rage en lui. C'est comme si quelqu'un versait une louche d'eau en cascade sur sa tête surchauffée. La surchauffe cesse. Il se tient dans la pénombre de la voûte en pierre qui mène à l'atelier de Weprich, le tourneur sur bois. Donc ses pas l'ont conduit *ici* en tout cas. Comme il l'a déjà mentionné à Clarus, l'atelier de Weprich a tout le temps été le but de sa marche. Sauf qu'il ne s'est pas rendu compte que l'heure était si avancée. C'est déjà l'après-midi, un silence comme à l'heure de fermeture de la journée. On dirait que la lumière du soleil s'incline vers tous les objets, les longs contreforts de lumière à l'intérieur desquels des essaims de petits insectes tressaillent et errent. Autour des latrines, le chant obstiné des grillons dans l'herbe qui, dans leur profusion, sont presque d'un noir bleuté. La porte de l'atelier du tourneur sur bois est un trou qui s'ouvre dans la lumière et s'enfonce dans le néant. Il entend un cheval s'ébrouer quelque part, cependant il n'y a ni chevaux ni carrioles dans ce jardin. Dans l'atelier proprement dit, Weprich mange dans la cuisine. Il entend des bruits d'assiette, un épais bourdonnement de mouches autour de la fenêtre ouverte qui s'interrompt tout à coup, pour reprendre tout aussi brusquement : le raclement des pieds de la chaise repoussée en arrière, des pas sur le plancher grinçant. Mais aucune voix. Un chien à longs poils rêches sort de son coin à l'ombre et s'avance vers lui en se dandinant lorsqu'il s'approche de la porte cochère, avant de reculer, comme frappé par une soudaine lassitude. Il reste sur le perron sans oser s'avancer, jusqu'à ce qu'il entende de nouveau le tourneur sur bois se lever dans la cuisine et crier *Ne reste pas planté là – Entre donc!* Bien qu'il ne puisse pas parler de tout cela à Clarus, naturellement. Ensuite, c'est comme s'il avait délibérément cherché le tourneur sur bois. Non, c'était le tourneur sur bois en personne qui lui avait arraché des mains le morceau de tissu enveloppant la lame, *Qu'est-ce que tu as là… ?* tandis que deux fillettes, qu'il n'avait pas vues auparavant, couraient devant lui pour sortir dans la cour, suivies de ce cabot hirsute qui soudain reprenait vie, *Ah tu as besoin d'un manche*, et sur ce, le tourneur sur bois et lui sortent dans la cour derrière les enfants. Weprich s'accroupit sous les solives de son atelier, tâtonne dans l'obscurité, en quête de différents manches, trouve quelque chose dans une boîte, fixe la lame à une enclume sur le tour et se met à taper avec un maillet en bois pour faire entrer la lame dans le bois, et tandis que les coups de maillet résonnent sourdement, mais en rythme, dans la cour et la rue, désormais plongée dans l'ombre du soleil de l'autre côté de la voûte en pierre, les deux petites filles du tourneur sur bois jouent à chat dans l'herbe épaisse devant les latrines. Elles portent de beaux vêtements bien que l'on soit seulement samedi, avec des chapeaux à rubans sur la tête, de jolis cols en dentelle et de petites jupes soigneusement ourlées, avec le tablier assorti. Il les regarde disparaître dans le jardin jusqu'à ce que seules leurs têtes dépassent de l'herbe. *C'est jour de fête, Woyzeck; ne va-t-il pas rester un moment et prendre un petit verre...?* Il bredouille quelque chose pour remercier poliment, non ce n'est pas possible, il a rendez-vous avec quelqu'un d'autre. Mais sur le chemin du retour, il entre dans un bistrot et commande un grand verre d'eau-de-vie. À l'abri des regards grâce au plateau de la table, il sort la lame de la pièce de tissu et essaie d'en saisir le manche. Celui-ci est taillé dans un morceau de chêne brut finement poli aux reflets presque noirs par contraste avec cette lame claire. Ce n'est pas lourd mais cela reste un peu rugueux au toucher quand il l'attrape avec la main. Pas du tout comme il imaginait une poignée de dague. Mais mieux encore, avait dit Weprich, comme ça, tu as une prise plus ferme. Il noue ses doigts autour du manche. Tu as des mains si fines, avait dit Johanna la première fois qu'il l'avait vue pour de vrai, dans la boutique du barbier chez maître Knobloch. Comme les mains d'un enfant ou d'une jeune fille. Maintenant, ces mêmes mains sont noueuses et tordues, avec des endroits morts où le gel a laissé ses morsures, et des ongles durs et fissurés. Mais il garde quelque chose d'enfantin, de lisse et de vulnérable dans le réseau de rides au creux de sa paume. Tout son toucher, tout son désir et sa douleur sont encore là, ses caresses blotties comme de petits animaux attendant d'être réveillées par une autre main, et il suffit de caresser légèrement avec le doigt les articulations ou l'intérieur du poignet pour que les spasmes musculaires se relâchent, comme lorsqu'un rempart s'écroule. On ne le sait jamais à l'avance, nul ne sait si ce qui commence par une caresse ne va pas se terminer par un coup ou si un coup ne va pas se transformer en caresse. La paume de sa main et l'intérieur crevassé de ses doigts, soit précisément la partie de la main qui serre le plus fort ce manche, est aussi la plus nue et la plus vulnérable. Il ferme et relâche sa main, il la voit se serrer et se relâcher comme si elle était douée d'une volonté propre ; pareille à un cœur qui bat ou comme le pouls qu'il sentait battre tout au fond de son ventre quand il se frayait un chemin en elle : on eût dit là aussi une petite main d'enfant qui s'ouvrait et se refermait. Pendant tout un hiver, ces mêmes mains qui se crispent maintenant autour du manche de la lame de sabre avaient transformé une pièce de bois de tremble, lisse et souple, en corps d'oiseau, elles avaient poli son long cou mince et ensuite passé la peinture couche par couche jusqu'à ce que tout son corps en bois brille. C'était à Barneck, quand il était au service de Hornig, le Conseiller de la Chambre. Le plus bel oiseau qu'un œil humain ait jamais vu, orné de plumes en bois peintes qu'il avait collées l'une après l'autre jusqu'à ce qu'elles forment une enveloppe de plumes réaliste, même la queue en forme de panache pouvait se déplier si on tirait sur l'anneau de corde qui en faisait partie. Il y avait alors plein d'enfants dans la cour, immobiles, dispersés, avec la haute herbe noire montant jusqu'à la taille des plus petits. Et à l'ombre de l'allée de tilleuls, les serviteurs, les yeux écarquillés, et les femmes avec les coins des tabliers relevés sur la poitrine attendaient impatiemment que Fräulein Schindel sorte sur les marches de la maison de Richter, le fontainier, et reçoive le fameux présent. Et voilà qu'elle se tient dans l'embrasure de la porte, Schindel la salope, souriant à tout le monde sauf à lui qui dit *Prends-le, touche-le, il est joli*, et elle (mais avant qu'elle puisse le dire, il lui arrache ces mots de la bouche) : *MAIS CE N'EST PAS UN OISEAU*, dit-il en prenant sa voix à elle et en donnant un coup violent sur la table avec le dos de la main, *VOILÀ CE QUE J'EN FAIS DE VOTRE OISEAU!* si bien que les vieillards installés quelques tables plus loin se recroquevillent, apeurés, sur leurs bancs, et le maître des lieux, derrière son comptoir, tourne un visage furieux dans sa direction. Il faut qu'il se ressaisisse. Ne pas laisser l'alcool lui monter à la tête. Maintenant il possède quelque chose de précieux, il ne doit pas le laisser filer entre ses doigts. Il rit un peu de lui-même et saisit à nouveau le manche, le serre et le relâche ; et lorsqu'il ressort dans la rue, la légère griserie a fait place à une clarté encore plus grande. L'après-midi a également bénéficié d'un espace plus grand, les ombres sont plus profondes et les voix des gens, le claquement des sabots et le grincement des roues de calèche sur le pavé, tout cela se prolonge dans un écho amplifié. Même lui se meut à l'intérieur d'un grand étirement du temps. Il n'a pas besoin de penser ou de ressentir où il va. Ses pas savent où le porter comme si cet itinéraire était lui aussi fixé d'avance depuis longtemps. Il repasse d'abord devant chez Warneck pour voir si elle est revenue à l'auberge. Mais dans la cour, devant l'atelier du forgeron, toute activité a cessé, seules les poules de l'autre côté des latrines caquettent à tue-tête comme si elles avaient conscience de quelque chose. Dans la Sandgasse, la fenêtre sous le faîte du toit est fermée, elle aussi, et derrière les rideaux on ne discerne aucun mouvement. Et si elle n'avait pas passé la nuit chez elle ? Elle ne peut pas être allée chez sa mère, car il ne l'a aperçue ni dans l'escalier de l'auberge ni dans la cour de Warneck. L'inquiétude qui le ronge conduit ses pas à nouveau vers Funkenburg. Désormais, beaucoup de gens se pressent dans cette direction : de jeunes couples en habits de fête, des bandes de jeunes hommes déjà éméchés. Il est venu ici plus tôt dans la journée et se sent obligé de saluer quelques passants. Il le fait avec de trop grands gestes, comme pour montrer qu'il est lui aussi venu s'amuser, il s'installe même à une longue table et commande un autre verre d'eau-de-vie. Des hommes bruyants passent devant lui. Ici et là, des groupes de jeunes femmes font semblant d'être en grande conversation alors qu'elles jettent un coup d'œil par-dessus leur épaule pour voir qui arrive et qui s'en va. Puis c'est la nuit noire. Les rangs des gens et les ombres s'épaississent autour de lui. L'obscurité devient comme le corps : chaude à l'extérieur, douce à l'intérieur. Sur scène, les musiciens récupèrent leurs instruments. La main droite serrant une ribambelle de chopes à bière, une robuste serveuse se fraie un chemin entre les tables tout en faisant signe de sa main libre à quelqu'un à l'autre bout du restaurant. Puis la musique éclate à pleine puissance et des couples s'élancent sur la piste de danse dans des étreintes où ils transpirent. Cohue. Dents noires et grises découvertes, blanc des yeux blanc. À l'avant, le plus proche de la balustrade basse en bois qui sépare le restaurant de l'estrade où jouent ses collègues musiciens, le violoniste se contorsionne de tous les côtés comme une girouette d'église et force sur le bras qui tient l'archet comme s'il voulait désarticuler le monde entier. Une partie de lui est plus grande que tout cela, plus grande que la nuit tombante, que le vacarme et toutes les ombres qui s'épaississent. Une partie de lui regarde alentour avec vigilance, à l'affût du moindre détail qui révélerait sa présence à elle : une manière non voulue mais marquée de tenir sa tête haute et pourtant un peu inclinée, le sourire qui semble toujours venir d'en bas, comme si elle essayait de se montrer soumise ou domptée, avant que tout son visage ne soit plus qu'une seule grande bouche ; tandis que son regard, jailli des yeux qui louchent, ne change jamais et affiche cet état de vigilance apeurée et d'anxiété. Mais plus la danse se poursuit, plus il comprend qu'elle ne viendra pas, qu'elle n'a même jamais eu l'intention de venir. Sinon elle aurait dû être là depuis longtemps. Mais elle a peut-être été retenue, ce qui peut-être (la pensée ne peut plus être rejetée) l'a empêchée de rentrer chez elle ce matin ou de se rendre à l'auberge où on l'attendait sûrement en vain.

Il sent que le sentiment d'insouciance et de liberté qui l'animait plus tôt dans la journée, quand n'importe quelle promesse aurait pu être tenue, se durcit et se transforme en détermination. Il lui faut parler sérieusement avec elle. Il lui faut expliquer qu'elle va trop loin, que si cela continue ainsi, l'un d'eux tombera irrémédiablement dans le précipice. Il ignore quel précipice, seulement qu'il existe un précipice quelque part, un gouffre dont aucun d'eux ne doit s'approcher. Bien qu'il ne se sente pas le moins du monde ivre, il fait maintenant attention à l'endroit où il met les pieds, ce qui a naturellement pour conséquence qu'il se heurte de front à des gens qui contrairement à lui ne font pas du tout attention. *Regarde où tu vas, espèce d'idiot!* crie quelqu'un en le tirant par le bras. *C'est lui, c'est Woyzeck!* C'est la voix de Bon. *Un petit toutou qui flaire la chatte...!* Quelqu'un lui donne un coup de pied dans le tibia. Il pense d'abord être capable de rester debout mais il est tiré en arrière dans la cohue et tombe la tête la première sur le plancher sale. On entend partout la menue monnaie de Bon tinter et cliqueter. Quelqu'un trébuche sur lui et il s'ensuit un coup de botte rageur. Ce n'est qu'au prix d'un effort extrême, en se traînant à quatre pattes, qu'il finit par réussir à se remettre sur pied et à se frayer un chemin à travers la foule. Bien qu'il ait nettement senti sa lame de sabre coincée entre ses jambes, d'abord quand il est tombé, puis à nouveau quand il s'est relevé, le plus curieux c'est qu'il ne l'a pas eue une seule fois à l'esprit. Ce qu'il a essayé ensuite, patiemment, d'expliquer aux deux policiers qui l'interrogeaient, puis à Clarus. Comme si c'en était désormais fini de toutes les pensées de se faire remarquer par Johanna, d'attirer son attention ou même de la punir. Il s'agit à présent de les sauver tous les deux. Il voit Clarus froncer le visage d'antipathie et de dégoût.

De quoi ? dit-il. Pensez-vous que, pour vous, il y ait un quelconque salut ? Vous êtes un pauvre hère, Woyzeck ! Une créature vulgaire ! Vous êtes en outre un lâche qui ne fait que se dérober et tergiverser. Et que vous ne trouviez pas de mots pour décrire l'acte odieux que vous aviez si soigneusement projeté d'accomplir fournit une preuve supplémentaire de votre comportement sournois.

Mais où et quand a-t-il jamais fait preuve de sournoiserie? Si lui-même, devant les gendarmes qui l'interrogeaient, ou devant Clarus, avait utilisé des mots pour décrire ce qu'il avait ressenti à l'époque, il aurait pu dire que quelque chose d'irrémédiable était en train de lui échapper, d'échapper à tous les deux, à Johanna et à lui. Comme lorsqu'un regard ou une expression du visage disparaît du corps d'un mourant. Il ignorait ce qui s'échappait de cette manière, seulement, si cela continuait, aucun d'entre eux ne pourrait le saisir à nouveau. C'est au moment précis où il est près d'abandonner qu'il la voit à nouveau. Comme la chose la plus naturelle du monde, elle marche au milieu d'une foule de gens allant de la Nikolaigasse à la Rossplatz, comme si tous poursuivaient le même but. Elle marche la tête légèrement tournée sur le côté, on dirait qu'elle a peur de faire un faux pas, et de temps à autre elle étend un bras comme pour s'arc-bouter ou prendre appui sur quelque chose. Par cette tiède soirée de samedi, il doit y avoir des centaines de gens sur la place. Mais quand il la voit, il n'y a plus qu'elle, comme si le reste de la foule se fondait déjà dans la grisaille du crépuscule. Tout en elle apparaît d'une clarté irréelle : ses cheveux gris, les restes d'un chignon défait depuis belle lurette, sa poitrine qui se soulève d'essoufflement, ses jambes qui ont manifestement des difficultés à suivre le rythme régulier du reste de son corps et son bras qu'elle étend comme pour saisir ou repousser des obstacles invisibles, à moins qu'elle ne soit soûle comme une grive et ne doive s'appuyer pour marcher droit. Mais bien qu'elle dirige ses pas vers l'autre côté de la place où il se tient, elle ne le voit pas. Pas même quand elle passe près de lui et qu'il se voit obligé malgré lui de dire son nom à voix haute. *Johanna!* Même alors elle ne s'arrête pas. Ou plutôt : elle sursaute entre deux pas, probablement parce qu'elle a entendu quelqu'un prononcer son nom. Mais elle ne le voit pas. Cela ne change rien qu'il entre dans son champ de vision. *On avait pourtant dit à quatre heures!*

Elle le dévisage en écarquillant les yeux sous sa frange, continue ensuite à marcher avec son bras tendu qui se balance tantôt ici, tantôt là. Il court après elle et l'attrape comme s'il s'agissait d'un objet qu'elle avait perdu et qu'il voulait lui rendre. Elle se roidit au milieu du mouvement puis, sans modifier la longueur de ses pas ni sa direction, continue d'avancer avec juste un peu plus de maladresse maintenant qu'elle doit le traîner. *Mais j'ai attendu, toute la journée j'ai attendu, à Funkenburg*. Voilà qu'elle s'arrête vraiment. C'est peut-être parce qu'elle s'obstine à fixer son regard quelque part au-dessus de sa tête qu'il sent sa petite taille, elle fait bien une demi-tête de plus que lui. Combien de fois t'ai-je dit de ne pas me coller aux basques tout le temps, dit-elle, et elle reprend son bras en repoussant la main de W. Il reste planté là. Maintenant, quelque chose aurait pu arriver. Il aurait pu l'appeler ou elle aurait pu se retourner et peut-être se moquer de lui, faire comme elle en avait l'habitude : le tourner en ridicule. Mais l'espace autour d'eux n'est plus assez grand pour servir de cadre à un tel jeu qui l'aurait désarmé. Elle a parcouru un long chemin, d'autres gens, rentrant chez eux, se trouvent à nouveau entre elle et lui, et le poids de toute l'attente qu'il a déjà endurée est de telle nature qu'il ne peut rester debout sans être tout à fait anéanti. Il se repent alors de son indécision et se dépêche d'y remédier. *Laisse-moi au moins te raccompagner chez toi*, dit-il d'une voix qui se veut la preuve d'une plus grande détermination, et il reprend son bras pendant. Elle ne résiste pas cette fois non plus. Ils ont traversé la place du marché et bifurqué dans la Sandgasse. Puis elle s'arrête brusquement, comme rattrapée par quelque chose. *Lâche-moi, espèce d'imbécile, tout ramollo, espèce de*..., dit-elle d'une voix si perçante qu'elle résonne dans toute la rue. La seule chose qu'il puisse faire est de l'implorer. Johanna... ? Mais elle s'est déjà engagée sous la porte cochère et se défend par des gestes brusques contre sa tentative de la ressaisir. Dans la rue, des gens se retournent. Certains s'attardent pour regarder le spectacle. Comme si elle sentait pointer une soudaine faiblesse chez cet homme, elle s'en prend brusquement à lui. Pas seulement avec ses poings, qu'il essaie maintenant en vain de bloquer avec les siens, mais avec ses coudes et sa tête, elle lui donne des coups de pied dans les tibias et des coups de genou dans l'entrejambe. Et s'il a agrippé le manche de la lame de sabre, c'était parce qu'elle était trop près de lui pour qu'il puisse se défendre, avec son visage, sa bouche d'où émanait une horrible puanteur d'alcool et un relent aigre de vomi. Je vous assure, Herr Clarus, il y a eu aussi un moment où tout ce vacarme a presque cessé, quand elle s'est tournée vers moi, a posé ses deux mains sur mes épaules et appuyé sa tête contre ma poitrine, comme si elle voulait me presser contre elle, je vous assure, Herr Clarus, j'étais convaincu qu'elle s'en voulait maintenant, et que se tourner vers moi était un geste d'amour, c'était avant que tout cet horrible sang chaud ne sorte de sa bouche, ne se déverse sur ma poitrine, mon visage et mes bras avec lesquels je la soutenais ;

je vous assure, Herr Clarus, que je n'ai jamais voulu ça,
que la dernière chose que je voulais
était de tuer celle que j'aimais,
celle que par-dessus tout
j'aimais

W.

LORS DE L'EXAMEN DE L'ACCUSÉ (3)

Extrait d'une lettre de Clarus, Conseiller à la Cour, à l'éditeur (conclusion)

Pour étayer ma conclusion qu'au moment des faits ce criminel était parfaitement sain d'esprit, bien que d'une froideur et d'une insensibilité extrêmes, on peut mentionner ce qui suit :

1. celui-ci, en dépit de son emprisonnement de plus de trois ans, au cours duquel a) il a été constamment placé sous la surveillance la plus stricte de son confesseur, le frère de son avocat, b) a été la proie des émotions les plus violentes, c) a enduré un été exceptionnellement chaud et un hiver au moins aussi rigoureux, et enfin d) que l'emprisonnement a eu un effet néfaste sur sa santé (ainsi, par exemple, lors du dernier examen, ses gencives se sont avérées sévèrement attaquées par le scorbut), que pendant ce temps il ne semble avoir à aucun moment été harcelé par les visions et les hallucinations dont il prétendait souffrir auparavant ;

2. que jusqu'aux tout derniers jours, apparemment indifférent, il a été occupé à son cartonnage, à la distribution des aumônes, reçues ces jours-là, à ses proches, à son ancienne fiancée, à leurs enfants communs et leurs précepteurs, il a

participé aux pratiques religieuses coutumières dans ces circonstances, pas à contrecœur mais sans faire preuve non plus de grande empathie, il a écrit lui-même la prière qu'il dirait sur l'échafaud et qu'il a continué à mémoriser le matin même de son exécution, que ce même matin il a encore une fois commandé un petit déjeuner sous forme d'une cuisse d'oie qu'il a avalée de bon appétit mais en objectant qu'elle était légèrement trop grosse pour lui, ensuite il est monté sur l'échafaud comme s'il montait dans une calèche. Il faut en chercher d'une part la raison dans sa conviction que l'âme après la mort monte directement au paradis, dont il s'est fait une conception très matérielle, d'autre part dans l'ultime espoir d'être gracié qu'il a nourri jusqu'à la dernière minute, ce qui explique pourquoi il a délibérément essayé le plus longtemps possible de tirer en longueur la prière qu'il avait lui-même conçue, qu'il a récitée d'une voix forte et avec force gestes manquant de naturel. De plus, il se peut qu'un certain *honneur de soldat*, un mépris de la mort, et un dégoût de sa propre façon de se comporter pendant tout ce spectacle aient également exercé une influence sur lui.

Sa cellule : elle ressemble de plus en plus à la pièce qu'il porte en lui. Ses murs lézardés, son sol usé et sale, sa lumière grisâtre, monotone, qui erre de mur en mur et parfois prend suffisamment d'ampleur pour atteindre la paillasse où il est allongé, mais sans jamais parvenir à éclairer quoi que ce soit. Un jeu de lumière indistinct seulement : une horloge de soleil et d'obscurité qui ne mesure pas les heures de la journée et le cours des saisons, mais le temps pendant lequel sa vie dévastée s'estompe lentement, à chaque battement de pouls. Les premiers temps dans cette cellule, quand il explorait la moindre fissure et éraflure laissée par ceux qui l'y avaient précédé, il trouvait que ses murs ressemblaient à un paysage : avec des vallées, des collines et des champs. Maintenant il s'aperçoit qu'ils forment un visage. Bien que, pour s'en rendre compte, il faille sortir de cette cellule. Ce qui relève de l'impossible, du moins pour lui. Parfois il pense que c'est son propre visage qui apparaît sur l'un des murs. Il lui arrive d'imaginer que c'est Dieu qui le regarde de l'intérieur de lui-même.

Quand, l'après-midi du 30 juillet, ils viennent lui annoncer que son recours en grâce a été rejeté, il n'en est ni consterné ni même particulièrement angoissé. Ce qui arrive maintenant est déjà arrivé. Mille fois, ils sont venus dans sa cellule pour lire ou citer des extraits d'un quelconque procès-verbal ou pour lui demander de se mettre debout, de se tourner, d'ouvrir la bouche en grand ou de regarder à droite ou à gauche, et il a appris depuis longtemps à les reconnaître à leurs pas ou à leurs voix dans le couloir. En plus de Richter le directeur de la prison, de Hänsel l'avocat, de Grüber l'aumônier, de Stöhrer le médecin et de son confesseur, le pasteur Hänsel, le diacre de l'église Saint-Thomas, le révérend Goldhorn, est même venu pour l'accompagner lors de son tout dernier voyage. Le procureur adjoint fait un signe de tête au greffier, dont le regard va de l'un à l'autre ; celui-ci, d'un grand mouvement où il tend le cou et se racle longuement la gorge, déplie le document qu'il tenait et lit à voix haute :

Décret de Son Altesse Royale le roi Frédéric-Auguste Ier concernant le prévenu Woyzeck :

Pillnitz, le 26 juin 1824

La condamnation à mort est maintenue : « … avec la décision rendue par la Cour suprême après les deux recours en grâce présentés à Sa Majesté Royale en date du 10 août 1822 et du 10 janvier 1824, l'affaire suit son cours. Il appartient au gouvernement national de prendre d'autres mesures.»

Une fois que le greffier a fini de lire, ils le regardent comme si c'était maintenant à son tour de dire ou de faire quelque chose d'aussi solennel. Comme il ne trouve pas de mots suffisamment forts, il écarte les bras, sourit servilement et avec une honte exagérée, comme on sourit lorsqu'on se retrouve dans une situation dont on ne sait pas comment sortir. La délégation semble déçue, ils s'étaient attendus à autre chose ; le diacre et le directeur de la prison lui ont déjà tourné le dos, alors le greffier les suit. Les pas s'éloignent à nouveau dans le couloir et, bien qu'il reste encore de nombreuses heures avant que le soleil ne finisse sa course le long du mur, on dirait que, dès ce moment, toute la lumière s'est éteinte dans sa cellule.

Ce n'est pas un mince travail que de préparer quelqu'un dont l'âme se séparera bientôt de son fardeau charnel. Le révérend Hänsel a apporté une grande serviette d'où il sort une série de documents dont il récite le contenu à haute voix et sur un ton monocorde.

Révérend Hänsel : Lorsque votre temps sera venu, après qu'on aura consenti à vos dernières volontés, vous serez conduit à la salle d'audience où les accusations portées contre vous seront à nouveau lues. Ces accusations seront entendues sans interruption par vous ou toute autre partie. Après quoi, vous reconnaîtrez votre culpabilité d'une voix ferme et claire, mais aussi humble, sur quoi le juge brisera le bâton au-dessus de sa tête et informera le tribunal que la sentence sera exécutée.

Avez-vous compris cela, Woyzeck ?

(Il répond qu'il comprend ce que le révérend Hänsel lui a dit.)

Révérend Hänsel : Vous serez ensuite conduit dans une pièce séparée où vous serez revêtu d'un vêtement blanc et on vous nouera un foulard autour du cou. Ce foulard, vous l'enlèverez vous-même quand vous serez sur l'échafaud, vous devrez donc faire très attention à la façon dont le foulard sera attaché, afin de pouvoir ensuite le dénouer vous-même sans peine. Après ces derniers préparatifs, nous vous escorterons, moi à votre gauche et le diacre à votre droite, et lorsque nous arriverons au pied de l'échafaud, vous devrez nous dire au revoir à tous les deux. Vous ferez cela dans le calme et la dignité. Vous vous agenouillerez et recevrez ma bénédiction. Ensuite vous monterez sur l'échafaud en suivant les trois bourreaux. L'un d'eux tiendra son épée dans son dos, avez-vous saisi cela, Woyzeck ?

(Il répond qu'il a compris aussi cela.)

Révérend Hänsel : Quand vous monterez sur l'échafaud, il est important que vous le fassiez également avec dignité. N'oubliez pas que c'est la dernière fois que votre regard se posera sur les personnes qui vous ont jugé. C'est aussi la dernière fois qu'ils peuvent à leur tour se faire une opinion sur vous. Il vous faut donner une impression résolue, tout en faisant preuve d'humilité. Montez à l'échafaud d'un pas ferme, mais non précipité, pour ne pas donner l'impression d'être arrogant. Croyez-moi, Woyzeck, ils sont nombreux à être tombés dans ce piège. Ils se sont crus forts au moment crucial et leur démarche était souple mais ils n'ont donné qu'une impression d'arrogance et de frivolité. C'est un équilibre difficile à trouver, Woyzeck. Seuls les plus habiles le maîtrisent. Et quand vous vous tiendrez là-haut, vous devrez réciter votre dernière prière à voix haute et intelligible, mais aussi de telle façon que l'on comprenne que vous êtes repentant. Il ne doit pas y avoir de fausse note. Pour en être sûr, je vais maintenant vous aider à trouver vos derniers mots. Il est important qu'ils viennent vraiment de votre cœur.

Le pasteur fouille à nouveau dans sa serviette, en tire une plume, de l'encre et un encrier. Il dépose le tout sur le bureau.

Révérend Hänsel : Il est maintenant temps pour vous d'écrire vos dernières volontés et les autres confessions que vous aimeriez faire devant le tribunal, votre confesseur et les autorités de la ville. Pesez bien vos mots, Woyzeck. Jamais fardeau plus lourd n'a reposé sur les épaules d'un homme qu'au moment où il doit rédiger ses dernières volontés, d'ultimes volontés qui survivront plus longtemps que le souvenir de ses actes. Mais cela peut aussi représenter un soulagement pour une âme en détresse qui, dans une poursuite sincère de pénitence, tourne son visage vers Dieu et demande humblement à être libérée de ses fardeaux.

Il ne sait que faire de toutes ces feuilles blanches. À qui écrire ? À Johanna ? Au défunt Herr Woost ? Il regarde sa main. Il se rappelle ce jour à Wilno où il avait voulu saisir un verre, mais sa main ne lui avait plus obéi. Comment est-il possible qu'un être humain puisse, à un moment donné, utiliser pleinement ses facultés sensorielles et l'instant suivant ne rien percevoir du tout ? Comment le sang qui coule maintenant dans ses veines sera-t-il répandu comme celui d'un animal de boucherie lorsque le bourreau lui tranchera la tête ? Dans la mare de sang qui s'infiltrera dans le bois de l'échafaud, peut-être pourra-t-on lire l'écriture de Dieu ?

Il commence au hasard à plier les coins de deux ou trois feuilles, puis, sans vraiment savoir cette fois non plus ce que fait sa main, il en plie encore quelques-unes, et bientôt les feuilles de papier se transforment en un échafaud.

À moins qu'il ne s'agisse d'un théâtre ?

Au fond, quelle différence ? Toujours est-il qu'un gradin, sous forme de trois feuilles de papier assemblées, se dresse devant une scène avec des décors représentant le ciel et des rideaux de coulisses des deux côtés. Des personnages peuvent entrer en scène. Il y a un roi ou un évêque qui joue aussi le rôle du bourreau, la mitre qu'il porte sur la tête pouvant tout aussi bien être une cagoule de bourreau. Voici une silhouette légèrement plus petite ressemblant à un ange dont les ailes sont attachées dans le dos avec une réglette. En déplaçant de haut en bas la languette en carton sur le dos de la figurine d'ange, il peut faire lever et abaisser ses ailes.

Dans sa cellule, la lumière a depuis longtemps disparu. Mais depuis que Haase, le livreur de journaux, lui a un jour interdit d'avoir une bougie allumée quand il était là-haut sous les combles avec ses cartonnages, il travaille tout aussi bien dans le noir. Il n'a même plus besoin de le faire en cachette. Dans l'obscurité, les murs grattés, griffés disparaissent et ses mains atteignent l'univers tout entier, jusqu'aux ultimes étoiles et planètes en orbite autour d'elles. Il fabrique des chaussures d'ange pour Petite Chérie. Il faut qu'elles soient douces et légères, si elle doit monter au ciel à la seule force de ses petits pas sautillants.

Il reçoit une lettre de Marie Thiessen, désormais épouse Wienberger, à Stralsund. Dans son courrier, elle ne l'appelle plus Johann, ni même Wutzig. Pas Woyzeck non plus. Mais Wutzek. *Très cher Herr Wutzek*, écrit-elle. Ça sonne bizarre. On dirait qu'elle s'adresse à une tierce personne dont seul le nom est approchant.

Elle raconte à ce *Wutzek* qu'en février, elle a reçu la visite de la police qui avait des questions à lui poser sur son comportement quand il était en sa compagnie, ainsi d'ailleurs que sur ses agissements en ville lors de son séjour là-bas. Cette visite l'a mise très en colère. Surtout qu'elle est une femme respectable et respectée et que des visites de ce genre peuvent nuire à sa réputation et à celle de sa famille. Mais aussi, elle s'est rendu compte dans quel pétrin il s'était fourré. Alors et plusieurs fois par la suite, elle s'est dit qu'elle aurait pu prévoir que cela se terminerait ainsi, qu'elle avait vu le mal qu'il portait en lui. S'il lui faut maintenant endurer le pire châtiment pour ses actes, que Dieu daigne se montrer tout de même compatissant envers lui quand sa dernière heure sera venue et fasse au moins que son tourment soit bref.

Elle veut ensuite ajouter quelques mots sur sa fille, qui va à l'école maintenant, une faveur qui ne lui a jamais été accordée à elle-même et pour laquelle elle doit remercier son époux, le bon Herr Wienberger. Comme elle sait que Wutzek s'était attaché à cette petite, le peu de temps qu'il avait eu pour la voir, elle veut juste dire que s'il laisse quelques moyens, elle apprécierait qu'il n'oublie pas la fillette.

Peut-être Dieu verra-t-il alors ses nombreux méfaits d'un œil moins sévère. Et elle joint l'adresse à laquelle elle souhaite que l'argent soit envoyé.

Toutes les églises de la ville prient pour lui. Chaque soir, assis sur sa paillasse, il écoute le lourd tintement des cloches d'airain qui, lentement, s'éteint avec les dernières lueurs du jour. Ensuite, c'est le silence complet dans le couloir des cellules et les salles de détention plus loin. La chaleur lourde et suffocante du mois d'août perdure dans sa cellule, comme si elle suintait des murs eux-mêmes, et il règne partout un silence pesant, oppressant et inquiétant, comme si la prison entière retenait son souffle.

Un soir, longtemps après que la nuit a déjà englouti toute sa cellule, des bruits de pas légers dans le couloir le sortent d'un rêve agité. La lucarne s'ouvre mais à l'endroit où le visage de Conrad se détachait, éclairé par la lanterne à main, rien n'est à présent visible. Pas de visage, pas d'obscurité. Il se lève, crie, effrayé : Qui est là ? Puis il entend la clé grincer dans la serrure et la porte se refermer.

Soudain, il sait de qui il s'agit.

À travers les murs massifs, le fleuve Memel gronde à nouveau, l'air est empli du bruit des lourdes masses d'eau se déplaçant à une vitesse qu'aucun humain n'est capable de concevoir.

Le père Oldrich a vieilli. Quand il ôte son chapeau, W. voit que les cheveux jadis noir corbeau sont presque tout blancs.

Serait-ce la mort venue à lui sous les traits d'un aumônier ? Mais cette main qui sort de l'obscurité et touche sa nuque et sa tête est douce et chaude, comme si elle ne voulait rien d'autre que le sortir des ténèbres et de la confusion. Et même chose pour cette voix quand elle lui parle : on dirait qu'elle veut seulement écouter sa respiration, le battement de son cœur, s'assurer qu'il est encore en vie, et, sans que le père Oldrich l'ait exigé, voilà qu'ils s'agenouillent ensemble à côté de sa paillasse.

Aux côtés de cet aumônier prématurément vieilli, W. baisse son front sur ses doigts serrés et récite les paroles de la seule prière qu'il connaisse.

Moi, humble pécheur, misérable va-nu-pieds,
Je vous remercie et je chante vos louanges
Du fond du cœur,
Vous si miséricordieux.

L'obscurité est encore plus dense maintenant. Agenouillé dans sa cellule sombre, il distingue à peine le corps de l'aumônier à côté de lui, il sait seulement qu'il est là, tout comme le fleuve qui bouillonne et continue de couler en suivant son cours juste derrière les murs gribouillés de sa cellule.

Pasteur Oldrich : Tu sais, Woyzeck, depuis la dernière fois que nous nous sommes vus, j'ai beaucoup réfléchi à la vision que tu m'as dit avoir eue quand tu étais à la guerre. Tu as déclaré avoir vu la main de ton rival noircir jusqu'à devenir un crucifix sur le champ de bataille. T'en souviens-tu ?

Woyzeck : Oui.

Pasteur Oldrich : Et te rappelles-tu aussi avoir confessé ton angoisse de ne plus réussir à faire une distinction claire entre ce qui est l'œuvre des démons et ce qui est le miracle du salut du Seigneur ?

Woyzeck : Oui !

Pasteur Oldrich : Approche-toi, je vais te raconter une histoire.

On raconte que l'archevêque du Mexique, ce qui n'est pas rien, chaque matin avant d'entrer dans la sacristie, avait pour habitude de s'agenouiller, comme nous le faisons maintenant toi et moi, devant le corps du Christ et de lui embrasser les pieds. Le pays connaissait alors des temps troublés et l'archevêque avait de nombreux ennemis. L'un d'entre eux se faufila dans l'église avant que l'archevêque n'arrive et répandit du poison sur les pieds du Christ ; l'archevêque serait sûrement mort si, à son arrivée quelques heures plus tard, il n'avait pas vu le corps et tout le visage du Christ noircis sous l'effet de ce poison.

Cela s'est produit il y a de nombreuses années, cette histoire a été racontée maintes fois et chaque fois on a insisté sur le fait que le Christ, pour épargner une mort certaine à l'archevêque si ce matin-là comme tous les autres matins il lui avait embrassé les pieds, avait lui-même absorbé le poison. L'archevêque a ensuite vécu et poursuivi son œuvre pendant encore de nombreuses décennies. Ainsi, le Christ a maintenu l'ordre du monde par un miracle.

Mais cela ne s'est peut-être pas passé du tout ainsi. Peut-être que le Christ n'a pas absorbé le poison pour sauver l'archevêque mais plutôt pour empêcher le meurtrier de commettre son forfait.

Le Christ a vu *le meurtrier*.

Tu sais, Woyzeck, il est beaucoup question parmi les pasteurs et les lettrés de l'importance de faire de bonnes actions, et d'être bénis en retour, comme si, en faisant le bien et en agissant conformément à la loi de Dieu, notre rédemption était assurée. Mais on ne parle jamais beaucoup du pardon, et sais-tu pourquoi, Woyzeck ? Parce que, avec le pardon, on n'a plus aucune assurance pour l'avenir. Celui qui est prêt à pardonner, il lui faut être prêt à tout risquer. Celui qui pardonne ne prend pas seulement sur lui la faute d'autrui, mais il prend aussi sur lui les mauvaises actions de celui-ci. C'est ce que le Christ a montré à cet archevêque et à toute cette communauté, mais personne n'a compris.

Pourtant, le pardon est la seule chose réelle.

À la même époque – et c'est à cette histoire que je voulais en réalité en venir, Woyzeck –, dans le lointain Mexique vivaient deux frères, tous deux ayant la qualité d'enfants de Dieu, égaux l'un à l'autre, tout comme toi et moi, Woyzeck, tout comme nous sommes tous égaux devant notre Créateur.

Or, voilà que l'un des deux frères commit un crime épouvantable. Nul ne sait pourquoi, ni à quoi cet acte aurait servi, toujours est-il qu'il avait été commis, il ne pouvait être défait et il fallait que le coupable en porte le poids pour l'éternité. Chaque jour, le fardeau de cet acte qu'il avait commis lui apparaissait de plus en plus lourd et, finalement, il allait tomber à terre, croulant sous ce poids, incapable de bouger : seul ce fardeau existerait et non pas celui qui le portait.

Mais au dernier moment, on découvrit quelque chose.

Il y avait eu erreur sur la personne.

C'était en réalité *l'autre* frère qui avait commis ce crime horrible. Celui qui en avait supporté le poids avait souffert injustement.

Disons, Woyzeck, que si c'était toi qui avais été contraint de porter ce fardeau, est-ce que tu serais alors prêt à pardonner à ton frère qui aurait dû porter ce poids ?

Ainsi est le pardon de Dieu, Woyzeck. Dieu prend en charge le fardeau et non celui qui le porte ; pour lui nous sommes tous frères et jamais aucune charge que nous portons n'est trop pesante pour qu'il ne puisse la porter à notre place.

Sois-en assuré, Woyzeck :

À l'instant où tu es prêt à pardonner, tu seras aussi à ton tour pardonné.

La dernière nuit, il rêve qu'il traverse un vaste paysage étranger. Partout ce ne sont que roches et falaises, et il fait clair comme en plein jour bien qu'il n'y ait pas de soleil dans le ciel et d'ailleurs pas de ciel du tout. Les falaises qui font plus que la taille d'un homme se dressent serrées les unes contre les autres, et toutes ont des formes extrêmement irrégulières avec des bords durs, tranchants, de sorte qu'il est impossible de les escalader ou de se faufiler entre elles. Il ignore combien de temps il est resté là. Dans son rêve, le temps n'existe pas. Il pose la main sur un des blocs rocheux et remarque que cette pierre est mouillée et chaude aussi. Il se penche en avant pour essayer de trouver ce qui fait suinter la pierre mais la lumière qui l'entoure est à la fois trop diffuse et trop forte pour qu'il puisse distinguer quoi que ce soit. Il est frappé par le fait que ce paysage n'est pas quelque chose qu'il traverse dans sa fuite, mais que le paysage est *la fuite* elle-même, tout ce qu'il a fui et veut laisser derrière lui. C'est donc ainsi que Dieu voit sa vie. Il se réveille abattu et angoissé, avec un gros poids sur le cœur.

Quelques heures plus tard, quand ils viennent le chercher, sa cellule a cessé d'être une cellule et tout n'est que bousculade, cris et objets qu'on déplace. Mais il n'a qu'à fermer les yeux pour voir les murs suinter d'humidité comme ils l'ont fait dans son rêve sur la pierre et il lui vient à l'idée que cette humidité est la sueur qui coulait sur le visage de Dieu quand Il a vu le gâchis, l'annihilation, le vide de sa vie.

La sueur ruisselle aussi sur le visage du révérend Hänsel quand celui-ci se penche en avant et chuchote avec une haleine que l'acétone rend épaisse et âcre :

Vous vous souvenez bien de tout ce que vous avez appris, Woyzeck. La prière! Vous devez vous en souvenir mot pour mot! Et que vous devez avoir l'intelligence de bien vous comporter maintenant que ce sont vos derniers instants?

Songez au souvenir que l'on gardera de vous.

Le révérend Hänsel lui appuie fortement la main sur l'épaule, la paume fermée et les jointures tournées vers l'extérieur comme pour lui insuffler force et courage. Mais ce mouvement ne fait que renforcer l'envie d'uriner qu'il a déjà du mal à réfréner. Conrad, au visage en bois, qui n'a pas quitté W. des yeux depuis un moment, perçoit clairement sa détresse et se précipite avec le seau des latrines qui venait d'être vidé par souci de décence.

Je n'ai pas droit à quelque nourriture ? dit-il pour détourner tous ces regards qui continuent à le fixer bien qu'il soit maintenant à califourchon sur le seau, pantalon baissé.

C'est apparemment une heureuse répartie, car tout le monde rit.

Nous vous avons préparé un copieux petit déjeuner, Woyzeck. Et une tierce personne fait maintenant son entrée dans sa cellule, un serveur à en juger par sa tenue, qui apporte une cuisse d'oie sur un large plateau. Une table est dressée, avec serviette et couverts, et de la bière.

Ceci est votre dernier repas, Woyzeck. Savourez-le bien.

Il sait, et ceux qui regardent le savent, que presque toutes ses dents ont pourri dans sa bouche et qu'il lui sera donc impossible de consommer cette nourriture. Donc il dit : Ma foi, voilà une cuisse d'oie bien dodue, vous n'avez rien trouvé d'encore plus gros ?

Ce qui fait la joie de ceux qui l'entourent. Les rires fusent presque de bon cœur.

Plateau, nappe et assiette sont retirés et le docteur Stöhrer s'avance. Il lui est ordonné de se mettre torse nu. Mais voilà que ses mains ne sont pas capables d'exécuter cet ordre. Il essaie de donner l'impression que les tremblements qui se sont propagés jusqu'à ses épaules ne sont en réalité dus qu'à un éclat de rire, et il dit qu'il ne parvient pas à déboutonner sa chemise parce que ses mains sont pleines de graisse à cause de la cuisse d'oie. Il les lève pour montrer qu'il dit vrai. Encore une fois, on apprécie en riant à ses propos.

Quel clown ! lance quelqu'un.

Mais déjà Conrad, constamment sur le qui-vive, a commencé à lui déboutonner sa chemise. On la lui enlève en la faisant passer par-dessus la tête et Stöhrer, le médecin, s'approche avec son appareil d'auscultation, écoute le cœur et le pouls et annonce haut et fort à l'intention du greffier, qui s'est faufilé devant, que le prévenu est en parfaite santé. On apporte de nouveaux vêtements. Ce sont les habits blancs, pantalon et chemise, avec des passepoils noirs, dont le révérend Hänsel lui a parlé auparavant.

Il n'est plus question qu'il fasse quoi que ce soit seul. Partout des mains secourables l'aident à mettre ses jambes dans le pantalon, ses bras dans les manches et attachent fermement le cordon à sa ceinture. Par-derrière, quelqu'un lui passe un foulard autour du cou et le noue.

Puis on le pousse dans le dos et il est extrait de la cellule où il a passé ses dernières années, conduit dans le long couloir où il n'a jusqu'ici entendu résonner que les bruits de pas, mais dont il ne se souvient pas d'avoir jamais foulé le sol, et est amené au milieu de la foule. Il ne se souvient plus de rien. C'est comme s'il parcourait à rebours sa vie et débouchait dans quelque chose qui lui est parfaitement étranger.

Il règne un vacarme, une fébrilité, dans la salle d'audience ce matin-là. Les gens se bousculent pour approcher le condamné le plus près possible, pour tenter d'effleurer son corps ou son visage, comme si un contact avec cet homme ayant fait le mal protégeait de façon magique contre ce même mal, ou comme si ce contact remplissait éventuellement une autre fonction : construire une passerelle un tant soit peu fragile entre les vivants et celui qui d'ici peu (oui, le temps est compté) va rejoindre le royaume des morts.

On a raconté par la suite, parmi ceux qui ont réussi à voir le condamné à l'entrée de la salle d'audience ou qui, depuis un endroit plus reculé dans la salle, ont pu assister aux dernières heures de sa vie, qu'il a donné l'impression d'être quelqu'un ni dénué de courage ni résigné, mais fortement troublé. On fut contraint de le conduire dans cette salle. Et chaque fois que les gardes, à cause de la foule considérable qui se pressait de toutes parts, étaient obligés de lâcher son bras, il restait planté là, interdit, comme s'il n'avait pas la moindre idée de l'endroit où il se trouvait ou de ce qu'il était censé faire l'instant suivant. Même dans le box des accusés, où l'on avait finalement réussi à le conduire, il demeura muet, assis flanqué de son avocat à sa gauche et de son confesseur de l'autre côté. Puis le tribunal a déclaré la séance ouverte et Deutrich, le juge, a fait son entrée dans le prétoire en grande tenue. Sans hésiter, il a aussitôt demandé à l'un des huissiers d'amener l'accusé à la barre.

W. se tient alors devant son juge. Dans la salle, les voix se sont tues, laissant place à un silence assourdissant, plus grand que la grande salle qui les accueille et où le jugement doit à présent être rendu.

Juge Deutrich : Johann Christian Woyzeck ! Devant cette Cour, je vous le demande : le 2 juin 1821, de votre propre main et avec un instrument ressemblant à un poignard que vous portiez sur vous, reconnaissez-vous avoir donné la mort à Frau Johanna Christiana Woost, de plusieurs coups à la poitrine ?

W. (après que l'huissier lui a donné un grand coup de coude dans les côtes) : Oui !

Juge Deutrich : Reconnaissez-vous avoir commis ce crime ?

W. : Oui !

Juge Deutrich : Veuillez donc écouter votre sentence :

Attendu que vous, Johann Christian Woyzeck, avez reconnu devant cette Cour avoir, le 2 juin 1821, avec un instrument ressemblant à un poignard que vous portiez sur vous, de plusieurs coups à la poitrine donné la mort à Frau Johanna Christiana Woost ; en conséquence je déclare, moi, Christian Adolph Deutrich, en tant que juge pénal par intérim de la ville de Leipzig, que ce verdict est conforme à la loi et que, pour le meurtre de Johanna Christiana Woost, que vous avez désormais reconnu, vous êtes condamné à périr par l'épée.

Deutrich se lève, soulève le bâton de juge au-dessus de sa tête et le brise.

Le bâton est brisé !
Huissier, faites venir le bourreau !

Un huissier se précipite vers la haute porte, l'entrouvre et chuchote quelque chose à quelqu'un de l'autre côté, et aussitôt, comme si elles n'attendaient que ce léger chuchotement, la salle s'emplit à nouveau du lourd tintement d'airain des cloches de l'église.

Elles sonnent ce matin pour la troisième fois.

Il est étrange que tout le reste soit si visible alors même que les ténèbres l'enveloppent toujours davantage. Le couloir en pierre par lequel il est conduit est bordé de part et d'autre de mains et de visages qui veulent manifester leur haine, leur compassion, leur consternation. Il passe devant Hänsel l'avocat, qui fait un pas en avant et prend sa main entre les siennes. Un moment de confusion embarrassante survient, car Hänsel avait seulement l'intention de lui serrer la main pour lui dire au revoir tandis que W. pensait que l'avocat lui tendait la main à la dernière minute pour le sauver. Et quand W., toujours incapable de comprendre ce que le moment exige de lui, refuse de le lâcher et s'accroche même encore plus à la main de l'avocat, les gardes doivent se hâter de les séparer. Le portail étant déjà grand ouvert, un pas suffit et il se retrouve plongé dans la lumière éblouissante – et le tintement de la cloche n'est que le précipité de la lumière : la même lumière qui emplit ses yeux emplit aussi les couloirs de son crâne d'une douleur de plomb. Une haie de cuirassiers s'ouvre devant lui, rangée après rangée, des soldats en grande tenue, avec casques empanachés et cuirasses rutilantes. Derrière se tient une foule impatiente qui vocifère, étirant le cou et inclinant le corps dans toutes les directions possibles afin de l'apercevoir une dernière fois, et quand la lumière éblouissante baisse, il voit même des gens accrochés par grappes aux balcons et à toutes les fenêtres des maisons autour de la place du marché. À la vue de cette foule grouillante, c'est comme si une grande brèche s'ouvrait en lui, un vertige, un gouffre. Jamais de sa vie il n'aurait imaginé que tant de gens puissent se masser ainsi juste pour lui. Et s'il ralentit involontairement le pas, c'est pour essayer de tout saisir avec ses sens. Mais ce n'est ni le bon moment ni le bon endroit pour chercher à comprendre ou à se rappeler quelque chose. On le pousse dans le dos, quelqu'un dans la foule lance des jurons, les cuirassiers font un pas en avant et, sans même qu'il s'en rende compte, deux hommes se sont joints à lui, à sa gauche le procureur, à sa droite un personnage grave en habits liturgiques. Ce doit être le révérend Goldhorn. Il se demande où se trouve l'aumônier de la prison et s'il les accompagne plus à l'arrière dans le cortège. Mais il n'a même pas le droit de se retourner ou de tourner la tête, on le pousse dans le dos et les épaules avec davantage d'insistance, et les acclamations des spectateurs montent de plus en plus haut, jusqu'à atteindre finalement le niveau du tintement incessant des cloches qui avait mis pour ainsi dire le ciel entier sous un couvercle de fer. À moins que quelqu'un ne lui ait enfoncé quelque chose dans les oreilles. Encore une fois il ne comprend pas pourquoi tout doit être si visible. L'échafaud : les marches qui lui permettront de monter au ciel. Et les pavés tout autour et sous lui saupoudrés de sable fin, comme pour absorber son sang avant même qu'il n'ait commencé à couler. Et tous ces gens sans voix ni visage qui crient bien qu'il ne soit pas encore mort. Bien qu'il ne soit pas évident du tout qu'il va mourir. Quelqu'un lui tendra peut-être au dernier moment la main pour le sauver. La main de Hänsel ou celle de quelqu'un d'autre. Petite Chérie. Le voilà à présent au pied de l'échafaud et les cuirassiers ont reculé de quelques pas. Il veut que ses genoux se plient pour pouvoir s'étendre sur le sol, mais il s'aperçoit qu'il monte seul les marches de l'échafaud et la foule remarque qu'il marche sans soutien et commence à se réjouir. Il entrevoit rapidement les visages autour de l'échafaud, comme si une multitude de bouches béantes et d'yeux fixes étaient jetés au hasard au-dessus de tous ces corps entassés. Les trois bourreaux montent les marches à sa suite. Leurs pas sont si lourds qu'ils font tanguer tout l'échafaud. Mais il n'est pas capable d'aller plus vite ni de lever les yeux. Il fait un geste audacieux d'une main comme pour dire quelque chose avant de perdre simplement l'équilibre et il faut à nouveau le soutenir. Ce n'est pas ce que veut ou souhaite le public. Il sent que la foule s'impatiente. Les gens s'agitent. Il s'agenouille devant la chaise et récite sa prière comme le pasteur Hänsel lui a dit de le faire. Il s'efforce en particulier de mettre l'accent sur certains mots afin qu'il ne soit pas possible de se méprendre sur leur sens. La vague de mécontentement gronde une nouvelle fois, mais s'apaise dès qu'il se relève. Une main ferme se pose sur son épaule et le conduit devant la chaise. Dans la cavité tout en haut dans le ciel, les oiseaux de proie tournoient déjà. Il règne un grand silence. Il voit qu'il y a une trappe sous la chaise. Est-il vraiment censé tomber là-dedans ? La même main ferme qui l'a aidé à s'asseoir sur la chaise dénoue son foulard et lui met un bandeau sur les yeux. Derrière le bandeau, ses yeux nus fixent le ciel. La clarté est absolue là-haut, une lumière froide, d'un éclat glacial qu'il ne reconnaît pas. À l'intérieur de cette lumière, les oiseaux décrivent des cercles de plus en plus étroits. *Seigneur, aide-moi !* Ils foncent sur lui.

Les dernières paroles de Woyzeck (prière de recueillement qu'il a conçue et proclamée lui-même)

Père, me voici ! Oui, mon Père céleste, Tu m'appelles, que Ta sainte volonté soit faite, je Te rends grâce de tout mon cœur, loué sois-Tu et grâces Te soient rendues, ô Toi le Miséricordieux, car j'ai beaucoup péché mais Tu as daigné poser Ton regard plein d'amour sur moi et Tu me gardes encore en Toi, je Te rends grâce, après toute la souffrance que j'ai endurée, d'essuyer les larmes que j'ai tant de fois versées en Ton nom. Père ! Entre Tes mains je remets mon esprit ! Pour Toi je vis, pour Toi je meurs et pour Toi je ressusciterai à la vie. Amen !

Seigneur, viens à mon aide ! Seigneur, je m'en remets à Toi en toute chose !

(Que la nuit soit nuit, la lumière du jour brille encore partout.)

Clarus, le Conseiller à la Cour, s'est réservé une place d'où il a une vue imprenable sur ce qui se déroule sur l'échafaud, tout comme plus tard dans la journée, lorsque le corps est conduit à la salle d'anatomie, il parviendra à se ménager une place assise assez proche pour bien suivre le prélèvement de chaque organe du condamné. C'est une journée ensoleillée, Clarus a chaud sous son manteau épais et son chapeau. Dieu merci, tout se passe dans les temps. À onze heures précises le bâton est brisé sur la tête de l'accusé et les cloches de toutes les églises de la ville sonnent à la volée. Hänsel, l'avocat, et Goldhorn, le diacre, s'avancent entre les haies de cuirassiers avec à leur suite le condamné encadré par deux gardes. À la vue du prisonnier, une rumeur s'élève de la foule. Clarus regarde la mer de spectateurs qui sont partout, aux fenêtres, sur les toits, aux balcons. Et naturellement cette vue le met en joie, car c'est en grande partie son œuvre. Mais cette satisfaction est voilée par un vague déplaisir. Qu'il ait prouvé la culpabilité du prévenu est un fait indiscutable, mais peut-être de peu de valeur aux yeux de ces gens en colère. La foule aspire à la justice, pas nécessairement à la clarté. Et même si le conseiller ne se l'avouerait jamais, il est conscient que les deux concepts sont parfois inconciliables. Voilà que le cortège entier est arrivé et que le prisonnier monte à l'échafaud. Goldhorn, le diacre, et le révérend Hänsel restent au pied de l'escalier, de même que Hänsel l'avocat et son assistant. Là-haut, la chaise est déjà installée et les trois bourreaux se placent derrière elle. Si le prisonnier ne semble guère avoir conscience de l'endroit où il se trouve, il accomplit néanmoins les gestes qu'on attend de lui, mais avec une lenteur qui, après des entretiens sur plusieurs années, insupporte toujours autant Clarus. Enfin, le foulard est dénoué et l'un des trois bourreaux fait un pas en avant. Il lève son épée et tranche la tête de W. d'un seul coup. Une procédure d'une rapidité étonnante. Un vague murmure de surprise, peut-être de consternation, parcourt la foule qui s'était éventuellement attendue à davantage. Le corps de W. sans tête demeure assis un court instant, comme si même lui s'étonnait de la rapidité avec laquelle tout a eu lieu, ensuite la trappe s'ouvre et la chaise et le corps de W. disparaissent de la vue.

Aussitôt, les cuirassiers s'en vont, la foule se disperse et on commence à démonter l'échafaud.

LORS DE L'EXAMEN DE L'ACCUSÉ (4)

Extrait d'un écrit de Clarus, Conseiller à la Cour, à l'éditeur (conclusion)

Lors de l'autopsie menée par le docteur Bock, tous les organes situés dans la tête, la poitrine et l'abdomen étaient en *parfait état*, hormis *le cœur* qui était entouré d'une quantité singulièrement importante de graisse. Quand la tête a été séparée du corps, seul un très faible flux de sang est remonté de l'artère carotide, sans doute une conséquence du sang du cœur en raison d'une force de propulsion amoindrie de l'organe. Je crois me souvenir avoir lu dans les revues que quelque chose de semblable est arrivé lors de l'exécution de Karl Ludwig Sand, qui selon les examens semble avoir souffert d'empyème.

Le cœur retiré du corps du criminel présente des particularités étranges. Si étranges qu'on l'a déposé dans une cuvette et qu'on l'a fait passer dans l'assistance des experts en médecine et en droit qui se sont rassemblés dans la salle d'autopsie. Encore des années après, l'image de ce cœur attaqué par la graisse ne laisserait pas Clarus en paix. Cette couche de graisse provenait-elle des années d'incarcération et de la mauvaise nourriture qu'on y servait ? Ou bien son état était-il présent chez l'accusé dès le début, et le cœur, après qu'il eut commencé sa trajectoire criminelle, n'avait-il fait que s'enfoncer encore davantage dans ce tissu adipeux, le contraignant, à la fin, lorsque les battements ne le traversaient presque plus, à ces derniers actes infâmes de violence ? Cette couche adipeuse autour du cœur serait-elle au fond la seule et simple explication à l'état émotionnel du criminel qu'il aurait si longtemps cherchée en vain ? Clarus préféra ne pas approfondir davantage cette pensée. Il trouvait que l'évaluation qu'il avait faite et la sentence qui s'ensuivit avaient malgré tout leur légitimité. Probablement le sang qui avait jailli de la carotide de W. avait-il dû apporter un soulagement puisque, en fin de compte, cela avait libéré ce cœur du poids incommensurable qui pesait sur lui.

Ce livre existe grâce au travail de toute une équipe.

Communication : Caroline Babulle, Sandrine Perrier-Replein, Typhaine Maison, Adélaïde Yvert.

Coordination éditoriale et administrative : Céline Poiteaux, Martine Rivierre.

Studio : Pascaline Bressan, Barbara Cassouto-Lhenry, Joël Renaudat.

Fabrication : Muriel Le Ménez, Céline Ducournau, Bernadette Cristini, Sophia Paroussoglou, Phousa Chantharath, Isabelle Goulhot, Émilie Lapan (Canada).

Correction : Emmanuelle Coppeaux, Valérie Gautheron.

Commercial, relation libraires et marketing : Laetitia Beauvillain, Alexandra Profizi, Élise Iwasinta, Morgane Rissel, Aurélie Scart, Clément Vekeman.

Cessions de droits : Isabelle Votier, Benita Edzard, Lucile Besse, Sonia Guerreiro.

Gestion : Sophie Veisseyre, Chloé Hocquet, Isabelle Déxès, Camille Douin.

Service auteurs : Viviane Ouadenni, Jean-François Rechtman, Catherine Reimbold.

Ressources humaines : Mylène Bourreau.

Juridique : Laëtitia Doré, Anaïs Rebouh, Valérie Robe, Jean-Benoît Vassogne, Julia Crosnier.

Diffusion : Aurélia Spalacci (directrice des ventes), Nadine Eugénie, Céline Pitt, Arnaud Weill, Hervé Adamczyk, Annie Bourgade, Éric Charpentier, Gilles Couillard, Sandrine Ducrocq, Élisabeth Ehlinger, Guillaume Loras, Jean-Philippe Pilloux, Philippe Maulnier, Gilles Torché, Élisabeth Gastaldo, Jean-Pierre Stephany (Belgique), Olivier Béguin (Suisse), Jean Bouchard et Marie-Ève Provost (Canada), Emmanuelle Cadot, Virginie Godet et Caroline Pan.

Avec le soutien des équipes d'Interforum et d'Editis qui participent à la création, la diffusion et la distribution de ce livre.

Canoros Vehit Canentes

La photocomposition de cet ouvrage
a été réalisée par
GRAPHIC HAINAUT
30, rue Pierre Mathieu
59410 Anzin

MIXTE
Papier
FSC FSC® C003309

L'éditeur de cet ouvrage s'engage dans une démarche
de certification FSC® qui contribue à la préservation
des forêts pour les générations futures.

Pour en savoir plus :
www.editis.com/engagement-rse/

Imprimé en France par CPI
en décembre 2021

N° d'édition : 63287/01 – N° d'impression : 3046355

STEFAN BOLLMANN

Zeit der Verwandlung

München 1900 oder
Die Neuerfindung des Lebens

Klett-Cotta

FSC
www.fsc.org
MIX
Papier | Fördert gute Waldnutzung
FSC® C014889

Klett-Cotta
www.klett-cotta.de

Gesetzt von Dörlemann Satz, Lemförde
Gedruckt und gebunden von Friedrich Pustet GmbH & Co. KG, Regensburg
ISBN 978-3-608-98677-8
E-Book ISBN 978-3-608-12242-8

Bibliografische Information der Deutschen Nationalbibliothek
Die Deutsche Nationalbibliothek verzeichnet diese Publikation in der Deutschen Nationalbibliografie; detaillierte bibliografische Daten sind im Internet über http://dnb.d-nb.de abrufbar.

Der Wandel war unaufhörlich, und vielleicht würde die Verwandlung nie aufhören. Hohe Zinnen des Denkens, Gewohnheiten, die so dauerhaft wie Stein gewirkt hatten, verschwanden bei der Berührung mit einem anderen Geist wie Schatten und hinterließen einen nackten Himmel, an dem neue Sterne funkelten.

Virginia Woolf, *Orlando*

Inhalt

Die Hauptpersonen in der Reihenfolge ihres Auftretens:

Franziska zu Reventlow, verarmte Gräfin und Bohemienne aus Berufung – *the woman who did.*

Hedwig Pringsheim, Bohemienne des Geistes und Schwiegermutter in spe von Thomas Mann – führt täglich Tagebuch.

Anita Augspurg, Fotografin, Frauenrechtlerin, Juristin – gründet zusammen mit Sophia Goudstikker das Atelier Elvira.

Sophia Goudstikker, Fotografin, Feministin, Geschäftsfrau – gründet zusammen mit Anita Augspurg das Atelier Elvira.

Frank Wedekind, der Mann mit der Gitarre, Stückeschreiber und Schauspieler, Mitbegründer der *Simplicissimus,* Star der *Elf Scharfrichter* – hat viele Talente und Probleme mit der Liebe.

Albert Langen, Verleger aus Leidenschaft – bringt mit dem von ihm gegründeten *Simplicissimus* viel Leben in die Münchner Bude.

Lou Andreas-Salomé, seelenoffene Russin – lässt Wedekind abblitzen, verhilft aber Rilke zu Erfahrungen.

Thomas Mann, Gründer einer Schülerzeitschrift, ein Sprachzauberer – hält sich abseits der Boheme, hat ebenfalls Probleme mit der Liebe.

Ludwig Klages, Philosoph und Seelenflüsterer mit Größenwahn – ist nicht nur in Liebesdingen ein Oberkontrolleur.

Stefan George, Poet, Prophet, Knaben-Liebhaber und Mittelpunkt eines nach ihm benannten Kreises – an dem »Meister« scheiden sich die Geister.

Hermann Obrist, Zeichner, Bildhauer, Designer – verwandelt ein biederes Alpenveilchen in einen knallenden Peitschenhieb und begründet so den deutschen Jugendstil.

Rainer Maria Rilke, der Mann, den die Frauen lieben – sendet erst Franziska zu Reventlow und später Lou Andreas-Salomé jeden Tag ein Gedicht.

Marianne von Werefkin, Tochter eines russischen Generals, eine pompöse Erscheinung, selbstbewusst, herrisch – sucht nach der emotionalen Kunst.

Gabriele Münter, quirlig, tanzbesessen, faschingsverrückt – fotografiert in Amerika, bevor sie in München zu malen und zu lieben beginnt.

Katia Pringsheim, Abiturientin, Studentin, Radfahrerin – willigt reichlich zögerlich in die Ehe mit Thomas Mann ein.

Otto Gross, einer der ersten Schüler Freuds, Anarchist und Antipsychiater der ersten Stunde – analysiert halb Schwabing.

Regina Ullmann, eine Dichterin, so still wie unterschätzt – lässt sich von Otto Gross »den Genius freimachen«.

Alexander Sacharoff, erst Bildhauer, dann Tänzer, der heimliche Held dieses Buches – entzieht sich allen gängigen Grenzen, auch den geschlechtlichen.

Prolog

Es ist ein Abend Ende November, als sie in Ascona ankommt. Die Wolken hängen so tief, dass man sie mit den Händen zu berühren meint, und die dunkelgrünen, beinahe schwarzen Wassermassen des Sees erwecken den Eindruck, als würden sie mit ungeheurem Gewicht auf dem Talboden lasten. Wenig ist zu bemerken von der besonderen Atmosphäre dieser Landschaft, von der Erich Mühsam ihr vorgeschwärmt hat – von dem Höhensee, der wie von unterirdischen Fingern emporgehoben scheine, und dass Norden und Süden des Kontinents hier einander begegneten. Eher fühlt sie sich zurückversetzt an das Meer ihrer Kindheit und Jugend mit seiner beinahe unendlichen Palette von Grautönen und seinen wechselnden Winden.

Mit der Droschke legen Mutter und Sohn die letzte Strecke vom Bahnhof Locarno zu ihrem Ziel zurück: dem malerisch am Ufer des Lago Maggiore gelegenen Ort, der irgendwo zwischen Fischerdorf und Touristendestination stecken geblieben scheint. Die Ankunft hat etwas Unheimliches; alles ist stockfinster, und die erste Herberge im Ristorante al Lago stellt sich als derart unzumutbar heraus, dass die beiden im Dunkeln weiterziehen und schließlich das Albergo Quattrini entdecken, welches ihnen dann durchaus annehmbar erscheint.

Schon am nächsten Morgen aber weicht die düstere Stimmung des Ankunftsabends freudiger Überraschung. Gleich nach dem Frühstück machen sich Mutter und Sohn auf, ihren künftigen Wohnsitz zu erkunden. Als erstes steigen sie zum Monte Verità hinauf, »wo die Vegetarier hausen«, wie Franziska zu Reventlow am Abend Franz Hessel in Paris mitteilt. Von dem oberhalb von Ascona gelegenen Hügel aus hat man einen traumhaften Blick, der von den schneebedeckten Gipfeln der Alpen bis tief in den Süden reicht, in deren Fernen sich der langgestreckte See zu verlieren scheint. Auf dem ehemaligen, von der Reblaus kahl gefressenen Weinberg haben sich seit der Jahrhundertwende Lebensreformer angesiedelt. Ein Teil von ihnen hat ein Sanatorium gegründet, das sie Monte Verità, Berg der Wahrheit, nennen, andere leben in kleinen Grüppchen verstreut meist in ehemaligen, zum Teil nur notdürftig hergerichteten Weinberghäuschen. Auch davon hat Erich Mühsam sie unterrichtet, der bereits vor einigen Jahren hier Zuflucht gefunden hat, noch bevor er schließlich nach München übersiedelte. Er hat sogar eine kleine Schrift über Ascona veröffentlicht - halb Eloge, halb Abrechnung. Dort witzelt er über den Vegetarismus als untauglichen Versuch, die bürgerliche Welt aus den Angeln zu heben. Wie will man, so denkt die Gräfin, aus einer Haltung heraus, die ihr wie Lebensfeindlichkeit vorkommt, die Kraft beziehen, sich gegen die Zumutungen des Daseins aufzulehnen?

Und doch ist es alles andere als Zufall, dass die Gräfin Reventlow Ascona als Zufluchtsort wählt, als für sie die Lebensumstände in Schwabing, nicht zuletzt unter dem Druck finanzieller Desaster, aber auch immer längerer Krankenhausaufenthalte, zusehends unzumutbarer werden. Längst hat die Schwabinger Boheme, zu der sie sich lange Zeit stolz rechnete, Ascona als preiswerte Sommerfrische entdeckt. Aussteiger, Anarchisten, Auswanderer wie Weltenbummler auf Durchreise tummeln sich hier. Bald werden die Malerinnern, die Tänzerinnen, die Dadaisten das Nest im Tessin auf halbem Wege von den Alpen nach Italien für sich entdecken. Wo Platz für Vegetarier und Anarchisten ist, dort ist auch Platz für Menschen wie sie, die sich nirgendwo mehr zugehörig fühlen, Expatriierte der Seele, denkt sie. Wenn sie eigentlich auch zwecks einer Heirat hierhergekommen ist.

Erst einmal aber spaziert sie zusammen mit dem dreizehnjährigen Rolf auf dem Hügel herum, den die Einheimischen, von den Siedlern unbeeindruckt, immer noch Monte Monescia nennen. Die erste Begegnung mit den Vegetariern verläuft angenehm, sogar vielversprechend. Ein alter Russe, der berlinerisch spricht, in einem Glashaus wohnt und für seine beiden Novembergäste Pfefferminztee kocht, »orientiert« sie über Wohnungen; ein anderer, ein »Bergesalter«, wie sie ihn nennt, bietet sich gleich an, eine Behausung für sie zu suchen. »Wahrscheinlich bekommen wir ein Häuschen für uns, und ich habe das Gefühl, daß es sich hier sehr nett bleiben läßt.« Propheten seien im Winter fast keine da, stellt sie erleichtert fest. Vor ihnen graust es der Gräfin seit ihrer Verwicklung in den Kreis um Klages und George, an deren Ende sie sich nicht schlafen legte, ohne eine Pistole in greifbarer Nähe zu wissen.

Nachdem sie zusammen mit Rolf die ersten Monate in einer kleinen möblierten Wohnung verbracht hat, findet sie etwas außerhalb des Dorfes einen alten Vogelstellerturm. Er diente einst dazu, die Reben vor Vögeln und Dieben zu schützen. Des Sommers hauste dort ein Arbeiter, der im Bedarfsfall gehörigen Lärm mit Holzrätschen schlug. Nun nutzen die beiden die drei übereinanderliegenden, mit Leitern und Luken verbundenen Räume des Turms für ihre Belange: »Im unteren Raume wird gekocht, im mittleren arbeite ich und im oberen treibt Bubi sein Wesen«, beschreibt Franziska zu Reventlow die Aufteilung. Ein in der Nähe ansässiger Vegetarier, jüdisch-polnischer Herkunft, zimmert ihnen aus alten Brettern einige Regale für Bücher und Vorräte. Beheizbar sind die Turmzimmer nicht, und auch Wasser muss aus einem benachbarten Anwesen geholt werden. Zum Schlafen dient deshalb ein fußläufig erreichbares möbliertes Zimmer am Rand des Dorfes. Jeden Morgen sieht man nun Mutter und Sohn, beladen mit den tagsüber notwendigen Dingen, zu ihrem Turm am Fuße des Monte Verità ziehen.

Rolf, den seine Mutter weiterhin selbst unterrichtet, wird bald eine Fotografenlehre bei Samuele Pisoni, dem einzigen in Ascona ansässigen Fotografen antreten. Er fotografiert auch den damals mitten in einem Weinberg gelegenen Turm. Ein besonders stimmungsvolles Foto zeigt die über eingewachsene Steinstufen erreichbare Holztür, durch die man den Turm betritt. Rolf nimmt sie im flirrenden Licht eines Sommertags auf. Im dichten Blattwerk des Lorbeerstrauchs vor der grellweißen Mauer des Turms bündeln sich die Sonnenstrahlen zu Lichtkugeln, die durch die heiße Luft zu schweben scheinen.

Unterhalb der Stufen steht eine alte Kastanie und in ihrem Schatten ein nach Tessiner Art behauener Steintisch, an dem Franziska zu Reventlow nun in den langen und heißen Sommern zuerst wieder Übersetzungen anfertigt, um Geld zu verdienen, zunehmend aber auch an eigenen literarischen Manuskripten arbeitet. Weit davon entfernt, Memoiren im konventionellen Sinne zu sein, kreist ihr Schreiben zumindest anfangs um die Vergangenheit - um die Erfahrungen und Begebenheiten der Schwabinger Zeit. »Die ganze fremdartige und intensiv bewegte Atmosphäre dieses Stadtteils mit ihren Rätseln, Geheimnissen und, ich möchte wohl sagen, auch Erleuchtungen umfängt mich immer noch - ja, eigentlich immer mehr - wie ein Traum«, schreibt sie. Anfangs sehnt sie sich nur nach Klarheit, nach Verstehen und Begreifen, konsultiert dafür mit Paul Stern eigens einen Philosophen aus dem Kreis um Stefan George und Ludwig Klages, dessen Geliebte sie eine Zeitlang war.

Schon bald aber merkt sie, dass es mit dem Begreifen allein nicht getan ist. Die Atmosphäre, notiert sie, müsse innerlich erlebt, vielleicht sogar geträumt werden. Manchmal tue es ihr förmlich weh, wenn die wache Stimme des Philosophen an ihr Ohr klinge. »Er weiß mir alles zu erklären - man könnte sagen: er beherrscht das Material vollkommen, aber er findet es nicht gut und nicht tauglich, um etwas Rechtes daraus zu bilden.« Die Menschen, mit denen sie in Schwabing verkehrt hat, nennt er »Romantiker, die allen Erkenntnissen der klaren Vernunft die instinktive Weisheit

»Schwabing ist kein Ort, sondern ein Zustand«: Franziska Gräfin zu Reventlow, fotografiert von Philipp Kester, München 1905.

früherer Völker entgegenstellen und sich an dem Pathos dieser Dinge und an ihrem eignen Pathos berauschen. Und logisch muß ich ihm oft recht geben, aber mein Empfinden und meine Sehnsucht neigen sich doch immer wieder ihnen zu …«

KAPITEL 1

Das Ziel der Befreiten

1887–1890

Das sind die Jahre, in denen sich in München der große Aufbruch vorbereitet. Hedwig Pringsheim, Thomas Manns Schwiegermutter in spe, führt einen Oppositions-Schwarm an, ein lesbisches Paar gründet ein Foto-Atelier und zwei Langhaarige demonstrieren mit Kunst und Wolle für völlige Seelenfreiheit. Überhaupt ist viel von Seele die Rede, eine »Psychologische Gesellschaft« wird gegründet und ein junger Arzt beginnt das therapeutische Potenzial der neumodischen Seelenflüsterei zu ahnen. Aber erst der junge Frank Wedekind ermisst die Abgründe, die das Seelen- und das Sexualleben gleichermaßen trennen wie miteinander verbinden, und schlägt daraus literarische Funken. Und warum passiert das alles ausgerechnet in München und nicht in der Reichshauptstadt Berlin? Auch das erfahren wir von Hedwig Pringsheim.

Der Oppositions-Schwarm

Auf dem Eis

Geistesgegenwärtig weicht die junge Frau den ihr entgegenkommenden Läufern aus, während sie schwungvoll ihre schlängelnden Bahnen auf dem Eis zieht. Sie trägt einen wadenlangen dunklen Rock und dazu eine passende taillierte Jacke mit einem Pelzkragen, der sich um ihren Hals schmiegt. Ihr rötlich-blondes, am Hinterkopf zu einem Knoten zusammengefasstes Haar ist kaum von dem kunstvoll drapierten schwarzen Filzhut zu bändigen, und das, obwohl sie ihn wegen der schneidenden Kälte tief ins Gesicht gezogen hat.

Hedwig Pringsheim, bemerkenswert hübsch und nie um eine geistreiche Antwort verlegen, liebt das Schlittschuhlaufen. Während andere Anstrengungen sie rasch ermüden, scheint diese ihrem Körper immer neue Schwungkraft zu verleihen. Beinahe täglich dreht sie in den kalten Januartagen ihre Runden auf der glitzernden Eisfläche des Kleinhesseloher Sees im Englischen Garten, vorwärts wie rückwärts gleitend ist sie gleichermaßen eine elegante Erscheinung. Nur wenn sie aus lauter Übermut allzu viel Tempo aufnimmt und dabei die kaum sichtbaren Unebenheiten im Eis ignoriert, kann es hin und wieder zu Stürzen kommen. Aber auch dann ist sie immer wieder schnell auf den Beinen und setzt ihre flotte Fahrt fort, als sei nichts geschehen.

Begleitet wird die Anfang Dreißigjährige von dem inzwischen neunjährigen Erik, dem Ältesten der fünfköpfigen Kinderschar, deren stolze Mutter sie ist, und der, wie sie sich eingestehen muss, auch ihr Liebling ist. Die anderen, darunter die gerade einmal dreijährigen Zwillinge Klaus und Katia, weiß sie in der Zwischenzeit gut vom Kindermädchen betreut, seit kurzem eine französische Bonne.

Oft trifft sie am See auf eine größere Gesellschaft, Freunde und Bekannte, darunter die beinahe unvermeidliche Begegnung mit Albert Schaeuffelen, Sohn des berühmten Papierfabrikanten. Dann tönen die Kaskaden perlenden Gelächters, mit denen sie ihre Rufe und Kommentare begleitet, weit über das Eis und ziehen die Aufmerksamkeit der Läuferinnen und Läufer auf sich, von denen der See bei schönem Wetter dicht bevölkert ist. So auch heute, an einem Januartag des Jahres 1887, an dem es besonders lustig zugeht – man spielt »Schwarzer Mann«. »Wer fürchtet sich vorm Schwarzen Mann?«, ruft Hedwig gerade, abseits der anderen Mitspieler stehend. »Niemand«, schallt es ihr wie aus einer Kehle entgegen, und jetzt entsteht ein wüstes Gedränge und Gewusel. Während beide Seiten aufeinander zulaufen, um die Plätze zu tauschen, versucht Hedwig, wie es das Spiel will, durch deren Abfangen möglichst viele ihrer Gegner ebenfalls zu »Schwarzen Männern« zu machen. Schaeuffelen, der bis über beide Ohren in sie verliebt ist, legt es geradezu darauf an, von ihr erwischt und ausgezählt zu werden. Der kleine flinke Erik hingegen behauptet sich bis zuletzt tapfer gegen ihre Versuche, auch ihn einzuschwärzen. Da hält sie plötzlich inne: »Das darf doch nicht wahr sein!«

Männer in dunklen Anzügen, augenscheinlich Bedienstete, eilen in einer konzertierten Aktion aufs Eis und stecken den Teil ab, auf dem sich am besten Schlittschuhlaufen lässt. Unmissverständlich verscheuchen sie alle, die sich bislang hier getummelt haben, auch die Schar um Hedwig Pringsheim, die mittlerweile auf über zehn Mitspieler angewachsen ist. Rasch wird klar, worum es geht. Vom Seehaus her dringt eine kleine Gruppe von Damen und Herren auf die Eisfläche vor. Ihre Kleidung, die Distinguiertheit ihres Auftretens und die betonte Steifheit ihrer Bewegungen gibt sie als Aristokraten zu erkennen, wahrscheinlich Leute vom Hof. Man hat wohl im Restaurant des Seehauses gespeist und will jetzt, nach

Eine Bohemienne des Geistes: Hedwig Pringsheim, fotografiert vom Atelier Elvira, 1887.

Tisch, ungestört vom gewöhnlichen Volk seine Kreise ziehen. Das arrogante, herrschaftliche Gebaren ruft auf dem Eis einen Entrüstungssturm hervor. »Das lassen wir uns nicht gefallen«, ist auch die einhellige Meinung der Schar um Hedwig Pringsheim.

Anfangs überwiegen Einzelaktionen. Als würde es sich um ein Versehen handeln, dringen Hedwig, Albert Schaeuffelen und die anderen immer wieder ins verbotene Terrain ein, versuchen sich dort an einem Sprung oder drehen eine Pirouette, um danach feixend oder eine Grimasse schneidend - sichtbar nur für die Außenstehenden - wieder abzudrehen. Dann werden sie mutiger und bilden einen »Oppositions-Schwarm«, wie Hedwig das nennt. Dicht an dicht, in chaotischer Formation stoßen sie auf das verbotene Terrain vor, und artikulieren dabei zuweilen lauthals Schlachtrufe. Das macht schon mehr Wirkung, ruft zumindest die Bediensteten wieder auf den Plan, die erneut das Repertoire ihrer Verscheuchungsgesten einsetzen und sogar mit der Gendarmerie drohen. Doch so leicht lässt sich die bürgerliche Widerstandsgruppe heute nicht einschüchtern. Ihre Kampfeslust wächst, und immer dreister und unberechenbarer werden die Vorstöße ins annektierte Gebiet. Zufrieden stellt Hedwig Pringsheim fest, dass der zur Schau gestellte Gleichmut der Besetzer zunehmend sichtbarer Frustration weicht. Schließlich löst die einbrechende Dunkelheit den Konflikt auf ihre Weise. Aber der Vorfall ist ihr wichtig genug, dass sie ihn in ihrem Tagebuch notiert, das sie gewissenhaft führt.

Hedwig Pringsheim

Hedwig Pringsheim ist seit 1878 mit dem fünf Jahre älteren Multimillionärssohn Alfred Pringsheim verheiratet, der seit kurzem eine außerordentliche Professur für Mathematik an der Universität München innehat. Die beiden leben zusammen mit ihren Kindern in einer sehr großzügigen Etagenwohnung in der Münchner Sophienstraße, direkt gegenüber dem Glasplast im Alten Botanischen Garten, tragen sich aber mit Umzugsgedanken. Alfred Pringsheim, ein kleiner, eher unscheinbarer Mann, Kettenraucher mit einer Vorliebe für sarkastische, zuweilen auch ins Kalauerhafte abgleitende Bemerkungen, ist der erstgeborene Sohn des oberschlesischen Eisenbahn- und Bergbauunternehmers Rudolf Pringsheim, eines so erfolgreichen wie schwerreichen Aufsteigers, und für die Bestreitung seines Lebensstandards nicht auf sein Professorengehalt angewiesen. Soweit seine Erinnerungen zurückreichen, schwimmt er in einem beständig fließenden Geldstrom, dessen unversiegbare Quelle der ungeheure väterliche Reichtum ist. Keineswegs ist er nur der Zahlenmensch, den man in einem Mathematikprofessor vermuten könnte. Mindestens ebenso sehr ist er »Notenfax« – glühender Verehrer der Musik Richard Wagners; er hat mit dem Meister persönlich korrespondiert und seine Opern für vierhändiges Klavierspiel bearbeitet, zu deren Darbietung er nun gerne zu sich einlädt. Obendrein ist er Sammler, mit durchaus monomanischen Zügen, wie ihm seine Frau bescheinigt. Seine Sammlung von Renaissance-Majoliken ist auf dem besten Wege, die weltweit bedeutendste Privatsammlung auf diesem Gebiet zu werden.

Hedwig Pringsheim, schlank und zierlich wie ihr Mann, ist

die Tochter der bekannten Berliner Schriftstellerin und Frauenrechtlerin Hedwig Dohm. Ihr Weg nach München hat über die Schauspielerei geführt. Vor ihrer Ehe ist sie Mitglied des Ensembles des Meininger Hoftheaters gewesen, des damals führenden deutschen Regie- und Tourneetheaters - wichtig für die Durchsetzung des Naturalismus und moderner Frauenrollen, beherrscht von einem Patriarchen, dem regierenden Herzog Georg II. von Sachsen-Meininigen, Intendant, Regisseur und Kostümbildner in Personalunion. Die junge Hedwig Dohm ist in dem Metier durchaus erfolgreich gewesen. Aber auch nicht so erfolgreich, dass sich darauf eine Bühnenkarriere hätte gründen lassen. Lampenfieber und Nervosität hat sie bis zuletzt nicht abgelegt. Dennoch betrachtet sie das Engagement am Theater keineswegs als verlorene Zeit, vielmehr als Lehrjahre. Schauspielerinnen, so spürt sie, verkörpern das neue Menschenbild, das sich in dieser Zeit im Bürgertum durchsetzt. Sie verstehen es, in verschiedenen Rollen zu brillieren, zeigen sich als anpassungsfähig und flexibel, finden sich in alle möglichen Lebenslagen ein.

Die Eheleute Pringsheim sind beide jüdischer Herkunft, doch dieser Aspekt spielt weder in ihrem Leben noch in ihrem Selbstverständnis eine Rolle. Hedwig ist bereits evangelisch getauft und auch so erzogen worden - und gibt das von der Taufe bis zur Konfirmation auch an ihre Kinder weiter. Eigentlich aber steht sie allen Religionen gleichermaßen fern; Kirchen werden besichtigt, nicht zum Gottesdienst aufgesucht. Auch Alfred ist höchstens kunstreligiös, er selbst bezeichnet sich als »confessionslos«. Das ändert nichts daran, dass die Pringsheims in den Augen der anderen als typische Angehörige der gutbetuchten jüdischen Mittelschicht gelten. Typisch dafür ist, was Thomas Mann nach seinem ersten Besuch bei der Familie Pringsheim an seinen Bruder Heinrich schreiben wird: »Kein Gedanke an Judenthum kommt auf, diesen Leuten gegenüber; man spürt nichts als Kultur.« Mag die Assimilation der Pringsheims durch Kunst, Musik und Wissenschaft noch so vollständig sein - dass sie »jüdisch« sind, muss dann doch noch einmal gesagt werden, und sei es ex negativo. Es sind die anderen, die einem zum Juden machen.

Alfred Pringsheim hat seine Frau gerade in dem Augenblick kennengelernt, als diese sich nicht länger der Einsicht verschließen konnte, dass ihr keine große Karriere als Schauspielerin beschieden sein würde. In den ersten fünf Ehejahren hat sie dann gleich ihre fünf Kinder zur Welt gebracht. In ihrem Tagebuch ist danach viel von gesundheitlichen Problemen die Rede. Damit hängen wohl auch ihre plötzlichen Ohnmachtsanfälle zusammen, die mancher vergnügten Abendgesellschaft ein jähes Ende bereiten. Womöglich trägt dazu aber auch das Korsett bei, das damals noch zur eleganten Abendtoilette getragen und dann besonders stark geschnürt wurde. Die hinzugezogenen Ärzte raten ihr zu Verzicht auf Alkohol und zu »viel Bewegung«. Nicht zuletzt deshalb geht sie regelmäßig aufs Eis. Später nimmt sie Reitstunden, schließlich entdeckt sie das Fahrradfahren. Mit Alfred und Freunden, künftig mit der ganzen Familie, unternimmt sie in den Ferien sogar durchaus strapaziöse Wanderungen im Voralpenland.

Darüber hinaus hat die junge Frau den Rollenwechsel von der umherziehenden Aktrice zur sesshaften Mutter allem Anschein nach aber gut gemeistert. In »Kinderbüchlein« notiert sie akribisch alle Fortschritte in der Entwicklung des Nachwuchses und schildert auch dessen individuelle Eigenheiten – mit dem Alltag der Kinderversorgung vom Essenkochen übers Wäschewaschen bis hin zum Unterrichten ist sie hingegen weniger befasst. Nicht, dass sie keine Zeit für ihre vier Söhne und die eine Tochter hätte – sie geht mit ihnen spazieren, nimmt sie, sobald sie alt genug sind, im Winter fast täglich zum Schlittschuhlaufen mit, liest ihnen, insbesondere am Sonntag, vor, begleitet sie zu Ärzten und fühlt sich auch für ihre Erziehung zuständig – aber daneben führt sie doch ein von der Mutterrolle weitgehend unabhängiges Leben. Hedwig Pringsheim hat einen großen Freundeskreis, besucht Gesellschaften und Bälle, hat am Donnerstag regelmäßig ihren »jour fixe«, an dem sie ihre Bekannten empfängt (willkommen ist, wer gerade vorbeikommt), veranstaltet diverse »Tees«, wovon es zum Beispiel den Damen-Tee, den Musik-Tee und den Tanz-Tee gibt, geht ins Theater und in die Oper, besucht Kunstausstellungen, schreibt täglich Briefe und liest viel, nicht selten mehrere Bücher parallel – insbesondere französische und italienische Literatur im Original, daneben aber auch wissenschaftliche Texte und Sachbücher.

Mit schöner Regelmäßigkeit unternimmt Hedwig Pringsheim, was man in den besseren Kreisen »Kommissionen« nennt: Sie geht in die Stadt auf Shoppingtour, meistens begleitet von einer Freundin, manchmal auch von Albert Schaeuffelen, der zugleich der Ehemann ihrer besten Freundin Eugenie, genannt Eu, ist. Konsum und Luxus sind überhaupt nicht zu überschätzende Teile von Hedwigs Leben. Sie tragen maßgeblich dazu bei, es angenehm zu machen. Die Schwärmerei ihres Mannes für andere Frauen setzt ihr zu, doch ist sie bereit darüber hinwegzusehen, selbst wenn ihr klar ist, dass es sich um mehr handelt als um bloßes Anhimmeln. Hedwig Pringsheim führt ein Leben auch außerhalb von Ehe und Familie, leidet nicht unter einem Mangel an gesellschaftlicher Anerkennung und erlebt sich selbst als Mutter von fünf Kindern als begehrte Frau. Ihre Mutter nennt sie einmal eine »Bohemienne des Geistes« und dürfte damit ziemlich genau getroffen haben, was ihre Tochter über sich selbst denkt.

Geisterklopferei

Der Streit um die Seele

Seit Anfang des Jahres 1887 scheint es auf den Jours, Tees und Festivitäten der Münchner Society nur noch ein Thema zu geben – Spiritismus. Das hat viel mit den Aktivitäten einer Gesellschaft zu tun, die sich im Sommer zuvor in einer Weinstube der Münchner Altstadt gegründet hat. Inspiriert von der wenige Jahre zuvor in London gegründeten *Society for Psychical Research*, der so illustre Geister wie die Philosophen Henry Sidgwik und William James angehören, trägt sie den schlichten Namen *Psychologische Gesellschaft*. Ihr Gründer ist Carl du Prel, ein kleiner, drahtiger, so schneidiger wie umtriebiger Mann Ende 40, einer von der Sorte, die man leicht unterschätzt, der aber gelernt hat, sich genau diese Fehleinschätzung bei der Verfolgung seiner Interessen zunutze zu machen. Als ehemaliger Soldat versteht er strategisch zu denken – und diese Stärke ist ihm geblieben, als er nach seiner Promotion über die Philosophie des Traums die militärische Laufbahn nicht zuletzt aus gesundheitlichen Gründen für seine wissenschaftlichen und publizistischen Interessen aufgegeben hat: Stets hat er die intellektuelle Gefechtsordnung im Blick und versucht sie zu seinen Gunsten zu beeinflussen. Und die sieht momentan seiner Einschätzung nach so aus:

Um die Seele des Menschen ist ein erbitterter Streit entbrannt. Auf der einen Seite stehen die Materialisten, die das Seelenleben des Menschen – wie alles andere, was ihn ausmacht – organisch erklären wollen. Für sie ist die Psychologie ein bloßer Anhang der Physiologie; die Seele als selbständige Substanz wird von ihnen aufgegeben. Diese Ansicht wird vor allem von der institutionalisierten Wissenschaft vertreten, von Ordinarien, Forschungsgruppen und Klinikdirektoren wie dem verstorbenen Bernhard von Gudden, der im Frühsommer 1886 zusammen mit dem bayerischen König Ludwig II. im Starnberger See ertrunken ist.

Die Gegner der Materialisten sind eine bunte, stark heterogene, streitbare Schar: Groß von sich reden machen die Spiritisten, die ernsthaft an eine Geisterwelt glauben und über speziell dafür befähigte Medien in Kontakt mit dem Jenseits zu treten versuchen. Eng mit ihnen verbunden, obgleich nicht mit ihnen identisch, ist die okkultistische Bewegung. Sie geht davon aus, dass es paranormale, verborgene Seelenkräfte gebe, die sich beispielsweise im hypnotischen Zustand zeigen und auf unbewusste seelische Energien zurückgehen, welche noch der Erforschung harren. Selbst die

Juristen zeigen sich zunehmend an der Frage interessiert, ob die von einem zurechnungsfähigen Menschen begangenen Taten unter allen Umständen ihm zur Last gelegt werden können, oder ob man nicht auch mit Fremdbestimmung, einem Handeln etwa unter Hypnose, rechnen muss. Und schließlich gibt es die Künstler, die vom Unbewussten als Quelle ihrer Kreativität zu schwärmen beginnen oder, so der neueste Trend, die menschliche Seele mit ihren verborgenen Anteilen als Sujet der Malerei entdecken. Immer häufiger kommt es vor, dass Maler und Literaten an hypnotischen Sitzungen oder spiritistischen Séancen teilnehmen - nicht unbedingt, weil sie von der Existenz des Übersinnlichen überzeugt wären, sondern angezogen von den ästhetischen Aspekten dieser bizarren Veranstaltungen.

Du Prel selbst ist eher ein spekulativer Kopf, ein Philosoph auf dem Absprung zum Mystiker. Andererseits ist er Realist genug, um zu wissen, dass der Kampf um die Seele gegen die materialistische Wissenschaft nur zu gewinnen ist, wenn deren bunte Gegnerschar sich organisiert. Glaube oder Überzeugungen reichen hier nicht, die transzendentale Seelenlehre, wie er sie nennt, muss selbst Wissenschaft werden und sich zur Experimentalpsychologie weiterentwickeln, um gegenüber der Naturwissenschaft und deren Vorwurf der Scharlatanerie, ja der Betrügerei bestehen zu können. So hat er es im Programm der *Psychologischen Gesellschaft* festgehalten, das er den Einladungsschreiben zusammen mit der Vereinssatzung gleich beigelegt hat. Du Prel überlässt nur ungerne etwas dem Zufall. Den Posten des Sekretärs der Gesellschaft hat er dem jungen Albert von Schrenck-Notzing in Aussicht gestellt, ein begabter Mediziner und induktiver Geist; ihm traut er zu, der Psychologie in Deutschland energisch jenen Aufschwung zu verschaffen, den bisher noch jeder Wissenszweig nahm, sobald er experimentell wurde.

Du Prel hat der neu gegründeten Gesellschaft auch gleich eine konkrete Forschungsagenda für die nächste Zeit verordnet. In der Londoner Gesellschaft interessiert man sich aktuell stark für die

Gedankenübertragung – ein Phänomen, das auch für die Hypnose konstitutiv ist. Dort hat man für die auf den ersten Blick unerklärliche Fähigkeit, Gedanken oder Gefühle per Fernwirkung auf eine andere Person zu übertragen, jüngst den Terminus »Telepathie« vorgeschlagen und sie damit in eine Reihe mit modernsten Techniken wie der Telegrafie und Telefonie gestellt. Als du Prel nun vorschlägt, die Gesellschaft solle ihre Arbeit mit Experimenten zur Telepathie aufnehmen und in diesem Zusammenhang auch den Namen des neuen Sekretärs der Gesellschaft nennt, ist Schrenck sofort Feuer und Flamme. Der junge Arzt liebt den gesellschaftlichen Auftritt und tut vieles dafür, um als Darling der Münchner Society zu gelten. Und die interessiert sich nun mal weit weniger für den wissenschaftlichen Aspekt der Seelenexperimente als für die übersinnlichen Erscheinungen, die mit ihnen womöglich verbunden sind, angefangen von der Gedankenübertragung über Geistererscheinungen bis hin zu Botschaften aus dem Jenseits.

Schaudernd unter lauter Narren

Völlig hingerissen, geradezu besessen von diesen Phänomenen ist Hedwig Pringsheims Freundin Eugenie Schaueffelen. Gleich nach der Gründung ist sie in die *Psychologische Gesellschaft* eingetreten und dort auf viele Gleichgesinnte gestoßen. Bei ihrem Mann hingegen haben die beinahe täglich unternommenen Überredungsversuche, die sich regelmäßig zu Vorhaltungen steigern, bislang nichts gefruchtet; standhaft weigert er sich, Mitglied zu werden. Alfred wird den Verdacht nicht los, dass die ganze »Geisterklopferei« eine Folge der Neurasthenie ist, diesem modernen Syndrom der Überforderung, das sich einstellt, wenn die Nerven den Ansprüchen der Wirklichkeit nicht mehr standhalten. Etwas, das er von seiner Frau zur Genüge kennt.

Am 8. Januar 1887 haben Schaeuffelens abends zu einer Spiritisten-Gesellschaft eingeladen. Außer Pringsheims und dem Kunstphilosophen und Sammler Konrad Fiedler und seiner Frau sind fast nur Eingeweihte zugegen – Personen, die sich mit den Gepflogenheiten solcher Veranstaltungen auskennen. Hedwig und Alfred Pringsheim tun das erklärtermaßen nicht, ihnen ist diese Welt bislang nur vom Hörensagen bekannt. Wohl hat sich Hedwig Pringsheim in den letzten Tagen redlich bemüht, ihrem Unwissen ein wenig abzuhelfen, indem sie *Die Philosophie der Mystik* zu lesen begonnen hat – Carl du Prels einschlägiges 500-Seiten-Werk. Es wartet gleich zu Anfang mit der Behauptung auf, das menschliche Ich sei mehr als sein Selbstbewusstsein – in vielen Belangen werde es vom Unbewussten bestimmt, was sich nicht nur an der Hypnose, sondern Nacht für Nacht im Traumleben zeige. Doch der Abend verläuft unspektakulär. In den Ecken wird zwar viel geflüstert, aber es ereignet sich nichts, Tische und Lampen bleiben dort stehen, wo sie hingehören, und beginnen auch nicht zu wackeln oder zu schweben. »Kein geringster ›Spirit‹«, wie Hedwig Pringsheim beinahe achselzuckend in ihrem Tagebuch notiert. Oder schwingt da doch Enttäuschung mit?

Kein Wunder jedenfalls, dass sich die Hoffnung der Beteiligten auf William Eglinton richtet. Bereits an besagtem Abend ist viel davon die Rede, dass das berühmte Londoner Medium in den nächsten Tagen in München zu erwarten ist. Am 21. Januar ist es dann endlich so weit: Eglinton ist am Vorabend in München eingetroffen, und im Hause Schaeuffelen steigt die lang erwartete Séance. Hedwig geht ohne Alfred hin, der sich weigert; er hat von dem ersten Abend genug. Auch der junge Schrenck ist anwesend: Er hypnotisiert Eglinton, der auf Hedwig zunächst einen passablen Eindruck macht und bald in Zuckungen verfällt. Die Anwesenden haben rund um einen großen Tisch Platz genommen, die Hände auf die Tischplatte gelegt, und berühren einander mit den Fingerspitzen. Hedwig ist zufällig direkt neben Eglinton zum Sitzen gekommen, sozusagen Fuß an Fuß mit dem Medium. Als in der gespannten Stille dann Klopfgeräusche zu vernehmen sind, erkennt sie sofort deren Quelle: Niemand anderer als der pumpend vor- und zurückstoßende, keuchende Eglinton selbst ist der Verursacher. »Erbärmlicher Schwindel!«, entfährt es ihr. Der Londoner streitet die Vorwürfe natürlich ab, versucht die peinliche Situation mit Komplimenten zu überspielen. Er spüre es, schwärmt er Hedwig an, auch sie sei mediumistisch veranlagt, »yes, I feel powers«, ihr Schutzgeist heiße – Heine! Alles das wird mit heiligstem Ernst verhandelt, Hedwig fühlt sich zusehends »schaudernd unter lauter Narren«, wie sie ihrem Tagebuch anvertraut, und klammert sich, sehr zu dessen Freude, an den Gastgeber »als einzige fühlende Brust«. Alfred gesteht ihr später, alle Anwesenden hätten Eglinton sofort durchschaut, hätten nur Komödie gespielt. Sie aber traut der Sache nicht. Ihre Freundin kommt ihr viel zu aufgeregt vor, und auch »den armen dummen Schrenck«, wie sie ihn nennt, hält sie mit seinen endlosen Fragen für »gläubig«. Um den Abend zu retten, schlägt Schrenck schließlich vor, sie, Hedwig Pringsheim, zu hypnotisieren, schließlich habe der Londoner Gast ihre Veranlagung dazu erkannt. Aber nicht einmal das gelingt: Statt in Trance, findet sie sich in einen sehr unangenehmen, körperlich regungslosen Zustand versetzt, aus dem sie nur schwer wieder zu sich selbst kommt. Der Wille des Hypnotiseurs und die von ihm verwendete Technik scheinen nicht allein ausschlaggebend dafür zu sein, dass sich die erwünschte Suggestibilität einstellt. Hedwig Pringsheim hat jedenfalls erst einmal genug von dem ganzen Seelenzirkus. Bereits um 23 Uhr geht sie, die ansonsten eher zu den Letzten gehört, heim.

Alfred – der Freund, nicht ihr Mann – besucht sie am nächsten Tag, um zu berichten, nach der Séance hätten sämtliche Beteiligten ein Protokoll unterzeichnet, in dem Eglinton als Schwindler entlarvt werde. »Tant mieux!«, »Umso besser!«, lautet Hedwigs knapper Kommentar. Doch wie sie einen weiteren Tag danach feststellen muss, als sie bei Eu vorbeischaut, hat ihr Gespür sie nicht getrogen: Weit davon entfernt, Eglinton und die Geisterklopferei aufzugeben, hat Eu nach Gesprächen mit zwei Freundinnen und dann zusätzlich noch mit Schrenck einen »Rückfall« erlitten; soeben befindet sie sich in einer intensiven Unterredung mit Eglinton, niemand sei der Zutritt gestattet.

Abermals einen Tag später, dem legendären Tag des Oppositions-Schwarms auf dem Eis, kommt auch Eu selbst wieder zu Besuch, »scheinbar kuriert, vernünftig und versöhnt«, aber nach wie vor hypersensibel, was das Thema betrifft; Hedwig erscheint ihre Freundin »partiell krank«, sogar im Theater glaubt sie Berührungen irgendwelcher Geister zu spüren. Langsam wird es Hedwigs Mann zu bunt, und als die beiden Schaeuffelens in den nächsten Tagen wieder einmal bei ihnen dinieren, knöpft er sie sich vor.

Alfred Pringsheim will keineswegs abstreiten, dass es bei den Sitzungen mit einem Medium, denen Eu beigewohnt hat, zuweilen zu so außergewöhnlichen wie faszinierenden Erscheinungen kommt. Das sei, so meint er, gerade in profanen Zeiten wie unseren Seelenbalsam. Für ihn gehe diese Wirkung von Wagner aus; seine Passion für dessen Musik sei ja hinlänglich bekannt. Doch habe sich Eu schon einmal gefragt, was hinter den spiritistischen Phänomenen stecke? Die Anhänger dieses Glaubens gingen davon aus, dass es sich um Manifestationen der Geister verstorbener Mitmenschen handele. Doch welche Bedeutung hätten die Erscheinungen gerade unter dieser Annahme? Welche Vorstellung müssten wir uns von dem Zustand der verstorbenen Mitmenschen machen, wenn die spiritistische Anschauung richtig sei? Was in den automatischen Niederschriften von sich gegeben werde, sei doch kaum mehr als Blödsinn zu nennen. Und noch nicht einmal höherer, nein inhaltsleerer, völlig banaler Blödsinn. Richtig, der Spiritismus, ja der gesamte Okkultismus wolle dem Materialismus der Gegenwart entgegenwirken. Aber indem er ein solch jämmerliches, mit Verlaub barbarisches Bild unserer Seele zeichne, die uns doch gerade über die Niederungen der Existenz erheben solle?

Alfred habe der Freundin »ihren spiritistischen Kopf gehörig«

gewaschen, notiert Hedwig in ihrem Tagebuch. Tatsächlich ist sie mächtig stolz auf ihn. Zuweilen ist dieser süße kleine Mann ein richtig großer Kopf.

Das Ziel der Befreiten

Stadt im Umbruch

Während die Münchner Gesellschaft noch erregt über die Geistererscheinungen debattiert, starten hier zwei zugereiste junge Frauen eine für die damalige Zeit beispiellose Karriere. Anita Augspurg, achtundzwanzig Jahre alt, und die sieben Jahre jüngere Sophia Goudstikker haben sich in Dresden kennen- und lieben gelernt und im Sommer 1886 den Entschluss gefasst, sich gemeinsam beruflich selbständig machen. Für die Entscheidung, dafür in die bayerische Kapitale zu gehen, spricht aus damaliger Sicht sehr viel. München ist eine Stadt im Umbruch und Aufbruch, sie wächst und strahlt Lebendigkeit aus. Allein in dem Jahrzehnt zwischen 1880 und 1890 nimmt die Zahl ihrer Einwohner um 50 Prozent zu, bis 1900 dann klettert sie auf eine halbe Million. Es entstehen neue Stadtviertel, wie das proletarisch geprägte Münchner Westend; in anderen, etwa dem Lehel, wo gerade noch die Flößer angelegt und Wäscherinnen die Wiesen am Isarufer als Trockenplätze genutzt haben, entstehen nun Mietshäuser für gehobene Ansprüche. Die Baustoffe Eisen und Glas halten Einzug ins Stadtbild: Bereits in den Fünfzigerjahren sind mit der Getreidehalle am Viktualienmarkt und dem riesigen Glaspalast im Alten Botanischen Garten repräsentative, moderne Bauten entstanden, Gusseisen-Glas-Konstruktionen, die völlig auf tragendes Mauerwerk verzichten.

Neben Industrie- und Technikausstellungen werden im Glaspalast bald auch internationale Kunstausstellungen und -messen veranstaltet, die stark zu Münchens Ruf als Kunst- und Kulturstadt beitragen. Nicht minder tut das die Reproduktionsindustrie, die es den Künstlern ermöglicht, nicht nur am Verkauf der Originale, sondern auch an ihrer Verbreitung in Reproduktionen zu verdienen: München ist hier mit Franz Hanfstaengl weltweit führend. In den Achtzigerjahren entstehen auch die großen Abfahrtshallen aus Eisen und Glas des Hauptbahnhofs; beliebte Ziele im Voralpenland werden an das Bahnnetz angeschlossen, der Alpentourismus wird zum Wirtschaftsfaktor. Das von König Max II. Mitte des 19. Jahrhunderts kreierte bayerische »National-Costüm« – Dirndl für die Damen, Lederhose, Leinenhemd und Haferlschuhe für die Herren – können die Sommerfrischler schon zu Hause, etwa im Berliner Kaufhaus Wertheim erwerben; in Tegernsee oder Garmisch steigen sie dann perfekt gekleidet aus dem Zug.

Exemplarisch für den Aufschwung, den der Gewerbestandort München nimmt, ist die stark umkämpfte Konzentration vieler kleiner Brauereien auf wenige Großbetriebe, mit dem Effekt, dass sich der Bierausstoß verdoppelt und die Qualität des Münchner Bieres steigt, das zunehmend zum Exportartikel und zum Synonym für die Lebensqualität in dieser Stadt wird. Die Verbindung von Moderne mit Lebenskultur, mit Wohlsein und Behaglichkeit wird zum Markenzeichen Münchens.

Die Impulse dieser und zahlreicher weiterer Veränderungen gehen schon lange von der städtischen Bürgerschaft und nicht mehr vom Königshaus aus: Nicht in der Residenz, sondern im Rathaus am Marienplatz werden die Weichenstellungen der Stadtentwicklung vorgenommen und laufen die Fäden zusammen. Prinzregent Luitpold, seit dem Tod Ludwigs II. im Starnberger See an der Macht, tritt lediglich als Repräsentant und Gönner, nicht jedoch als Bauherr oder politischer Gestalter in Erscheinung. In den ersten Jahren wenig beliebt, vielen als »Königsmörder« verhasst, hat sich Luitpold mit der Zeit Beliebtheit durch die Zurschaustellung all dessen verschafft, was Ludwig II. abgegangen ist, insbesondere

Volkstümlichkeit und Bürgernähe. Seine Leidenschaft gilt der Jagd, dem Ringen, Festen im Freien, seinen Hunden. So berühmt wie gefürchtet sind seine unangekündigten, überfallartigen Besuche von Künstlerateliers zur Unzeit der frühen Morgenstunden, stets begleitet von Medienleuten. Die Angewohnheit trägt ihm den Spitznamen »Atelierwanze« ein.

Den stärksten politischen Einfluss in München besitzen die Liberalen; die Sozialdemokraten befinden sich in Lauerstellung, vorerst noch ausgebremst durch das Mehrheitswahlrecht. Der nördliche Vorort Schwabing, kurz zuvor noch zur selbständigen Stadt erhoben, wird eingemeindet; hier, in den ursprünglich dörflichen Strukturen, die nun nachverdichtet werden, siedelt sich zunehmend eine Boheme an, die sich den Anspruch Münchens, Kunststadt zu sein, zunutze macht: Kunst kommt eben nicht nur von können, sondern auch von dürfen. Selbst wenn die gesellschaftlichen Rahmenbedingungen weiterhin die eines Obrigkeitsstaats sind – Schwabing entwickelt sich in diesen Jahren zu einem einzigartigen Versuchslabor, in dem unablässig getestet wird, wie weit sich die sozialen, moralischen und sogar anthropologischen Grenzen in Richtung Freiheit verrücken lassen. Kurzum, München mutiert binnen weniger Jahrzehnte von einer behäbigen Residenzstadt zu einer modernen Metropole.

Anita Augspurg und Sophia Goudstikker

Dementsprechend hoch sind die Erwartungen, die viele, insbesondere junge Leute im Gepäck haben, die Ende der 1880er Jahre und verstärkt dann im Jahrzehnt darauf in die bayerische Landeshauptstadt kommen. Darunter sind sehr viele junge Frauen. »Von allen Großstädten erschien München als die geistig freieste, wenigstens vorurteilsfreieste Stadt«, meint Anita Augspurg im Rückblick. Gabriele Reuter, die einige Jahre später nach München übersiedelt und hier den Grundstein für ihre Karriere als damals viel gelesene Schriftstellerin legt, sekundiert ihr: München nennt sie in ihren Erinnerungen das »Ziel der Befreiten«. Schon der Aufbruch nach München gewinnt da den Charakter der Befreiung: Wer hierhin geht, tut das in der Zuversicht, die Zwänge und Versagungen der bisherigen Existenz abzustreifen und ein Leben führen zu können, das den eigenen Wünschen und Vorstellungen entspricht.

Anita Augspurg und Sophia Goudstikker stammen beide aus wohlhabenden, bildungsnahen Familien. Anita hat mit 21 das kleine niedersächsische Verden an der Aller verlassen, in dem sie als jüngstes von fünf Kindern aufgewachsen ist, und ist nach Berlin gezogen, um eine Ausbildung zur Lehrerin zu machen. Das war ein Kompromiss, um sich nicht mit den Eltern zu überwerfen; denn eigentlich wäre sie gerne Schauspielerin geworden. Das holt sie nach, als sie durch ein großmütterliches Legat finanziell auf eigenen Beinen steht. Nach der Ausbildung durch eine Hofschauspielerin folgen mühsame, mit vielen Ortswechseln verbundene Jahre des Engagements an verschiedenen Bühnen, zunächst dem Meininger Hoftheater. Der jungen Hedwig Dohm begegnet sie da nicht, die hat sich zu diesem Zeitpunkt bereits in die Ehe mit Alfred Pringsheim verabschiedet. Nach fünf Jahren des Tingelns aber ist der Traum vom Schauspielerinnendasein ausgeträumt. Die Eltern sind inzwischen gestorben.

Vorübergehend kommt sie in Dresden bei ihrer Schwester Amalia unter, die dort eine private Malschule leitet. Noch immer ist Frauen der Zugang zu den staatlichen Kunstakademien verwehrt. Wer Malerei lernen will, geht auf eine der kostenpflichtigen Privatschulen, die jetzt überall aufmachen. Die einundzwanzigjährige Sophia Goudstikker ist kürzlich als Schülerin eingetreten. Noch im Jahr ihrer Geburt ist die Familie von Amsterdam nach Hamburg, vor sieben Jahren dann nach Dresden übergesiedelt. Der Vater, ein Kunsthändler, hat die Familie gerade in Richtung Paris für immer verlassen.

Atelier Elvira

Die beiden Frauen verlieben sich und beschließen, eine gemeinsame Zukunft aufzubauen. Das Geld dazu, so ihre Idee, wollen sie als Fotografinnen verdienen. Das ist zu der Zeit noch ein junger Beruf, der sich relativ leicht erlernen lässt, ohne eine vorgeschriebene Ausbildung zu durchlaufen, und die Berufsbezeichnung ist auch nicht geschützt. Selbst die Investitionen sind überschaubar: alles gute Voraussetzungen, um als Frau beruflich zu reüssieren. Hinzu kommt, dass immer mehr Leute ein Fotoatelier aufsuchen, um Bilder von sich machen zu lassen; das ist weniger aufwendig und preiswerter, als einem Maler Porträt zu sitzen. Außerdem ist das Ergebnis absehbarer und, ebenfalls nicht zu verachten, es lässt sich reproduzieren. Obendrein ist die Fotografie, so sehen es die jungen Frauen, beiden Metiers, die sie jeweils aus eigener Erfahrung kennen, ein wenig verwandt: Sie ist eine neue, moderne Art, Bilder zu machen, und das Posieren und Sich-Verkleiden, um auf den Fotos gut auszusehen, hat etwas von Schauspielerei. Und schließlich sind auch Anita Augspurgs Kontakte ins Theatermilieu nicht zu verachten; Schauspielerinnen und Schauspieler brauchen ständig Porträts – um auf sich aufmerksam zu machen, um sich für eine Rolle oder ein Engagement zu bewerben und schließlich für ihre Fans. Zuletzt haben sie noch eine Idee: Wie wäre es mit Fotos von Kindern, des properen Nachwuchses wohlhabender, stolzer Eltern? Solche Aufnahmen sind gefragt, aber kaum ein Fotograf bringt die Geduld auf, die temperamentvollen Kleinen für die damals noch langen Belichtungszeiten ruhig zu halten.

Im November 1886 kommen Anita Augspurg und Sophia Goudstikker nach München. Als sichtbares Zeichen des Neuanfangs haben sie sich ihr Haar kurz schneiden lassen, lange bevor die weibliche Kurzhaarfrisur in den 1920er Jahren unter dem Namen »Bubikopf« populär wird. Von Tituskopf spricht man in den 1890er Jahren und bezeichnet damit recht unspezifisch alle weiblichen Frisuren, die nicht übers Kinn hinausgehen. Die bei-

Der Männerwelt die Stirn bieten: Sophia Goudstikker, Gründerin des Ateliers Elvira und Initiatorin der Münchner Frauenbewegung.

den jungen Frauen tragen ihr Haar für damalige Verhältnisse sogar extrem kurz, Sophia nach hinten gebürstet mit ausrasiertem Nacken. Sie verzichten auf alles Verspielte wie etwa nach vorn drapierte Locken, wie sie dann später unter dem Namen »Herrenwinker« berühmt werden. Das verleiht ihren Gesichtszügen etwas Strenges, aber auch wild Entschlossenes. Dass sie dadurch aus der Menge herausstechen, ist ihnen nur recht: Vor allem Frauen, die Frauen lieben, bevorzugen damals den Tituskopf. Doch kommt es ihnen darüber hinaus so vor, als würden sie mit ihrem kurzen Haar der Welt die Stirn bieten und zugleich auf der bloßen Stirn ihre Gedanken frei und offen tragen.

Anfangs wohnen die beiden jungen Frauen bei Bekannten. Über den Winter absolvieren sie eine Ausbildung in einem photographischen Atelier. Und bereits in den Wochen, da der Frühling mit Macht dem Sommer zudrängt, haben sie nahe der Ludwigstraße, die von der Innenstadt Richtung Schwabing führt und die der soeben in München promovierende Kunsthistoriker Heinrich Wölfflin die »monumentalste Straße Europas« nennt, ein Atelier gefunden – nahe dem Englischen Garten gelegen und bequem zu

Fuß von Altstadt und Maxvorstadt erreichbar, mit einer Wohnung für sie beide darüber im ersten Stock. Die Frauen haben mit den seinerzeit üblichen Schwierigkeiten zu kämpfen: Der Vermieter möchte den Vertrag mit dem Ehemann abschließen und erkundigt sich nach dessen Einwilligung. Und auch auf der Bank verlangt man die Unterschrift des Mannes, als Anita Augspurg dort das eigene Geld abheben will. In beiden Fällen bedarf es großer Hartnäckigkeit und Frustrationstoleranz, um klarzumachen, dass der geforderte Ehemann gar nicht existiert und auch nicht vorgesehen ist, sondern hier zwei junge Frauen im eigenen Namen agieren und als seriöse Geschäftspartnerinnen ernstgenommen werden wollen. Kaum ist der Sommer dann tatsächlich gekommen, erscheint in den *Münchner Neuesten Nachrichten* vom 13. Juli 1887 eine Anzeige:

> Neu eröffnet
> **Atelier Elvira**
> **Photographische Anstalt**
> Anita Augspurg & Sophie Goudstikker
> München, v.d. Tannstrasse 15
> parterre.
> Aufnahmen täglich von 8–6 Uhr.
> Specialität: Kinderaufnahmen.

Noch im Gründungsjahr des Ateliers Elvira lässt sich der berühmte Schauspieler Richard Stury dort als Goethes junger Dichter Tasso fotografieren. Schon bald gibt sich im Atelier Elvira die Theaterprominenz die Klinke in die Hand. Für ein Starfoto der Primadonna Milka Ternina als Walküre schaffen Sophia Goudstikker und Anita Augspurg sogar ein echtes Pferd ins Atelier. Beliebt sind dramatische Posen, der Blick verzückt gen Himmel gerichtet. Die gewählte Attitüde muss gar nicht unbedingt zur jeweiligen Rolle passen, sie orientiert sich am Geschmack des Publikums, das nach irdischer Entrückung lechzt. Eine wesentliche Funktion kommt dabei auch den gemalten Hintergrundprospekten zu. Das können ein Landschaftsausblick, gerne auch mit Architekturfragment, ein Wolkenhimmel oder ein kleines Podest sein, das sich imaginär in eine nach oben führende Treppe fortsetzt. Die nicht zuletzt durch die Porträts aus dem Theatermilieu angelockten Kundinnen und Kunden des Besitz- und Bildungsbürgertums bevorzugen hingegen das Brustbild vor neutralem Hintergrund. Das fotografische Können bemisst sich nicht nur daran, die Frauen möglichst attraktiv und die Männer möglichst charakterstark zu zeigen, sondern ihnen auch die gewünschte Aura zu verschaffen: Der Übergang von Boden und Wand wird verschleiert, gegebenenfalls beim Ausbelichten des Glasplattennegativs wie in Nebel getaucht.

Zu den frühen Kundinnen des Ateliers Elvira zählt auch Hedwig Pringsheim. Dass die beiden Inhaberinnen des Fotostudios das Haar kurz tragen und keinen Hehl daraus machen, ein Paar zu sein, dass sie sich für Frauenrechte engagieren, Sport treiben, unter anderem im Englischen Garten ausreiten – das alles schreckt sie keineswegs, erhöht im Gegenteil die Neugier, sich dort fotografieren zu lassen. Angetan von der angenehmen Atmosphäre des Ateliers, auch von der Gründlichkeit und Professionalität, mit der dort gearbeitet wird, nimmt sie später auch ihren Mann mit, probiert die Spezialität des Ateliers aus und lässt ihre Kinder fotografieren.

Die Kundschaft wird in einem gemütlichen Salon empfangen. Während der Wartezeit kann man dort an den Wänden und in den ausliegenden Mappen die Porträts der Prominenz betrachten, die die Dienste des Ateliers bereits in Anspruch genommen hat. Welch ein aufregendes Spektakel der Selbstinszenierung; hier kann man sich für einen Augenblick in eine andere Identität hinüberträumen.

Im Atelier selbst dann geht es eher handfest zu. Auf der einen Seite die voluminöse, auf ein schweres Stativ montierte Studiokamera; dahinter, während der Aufnahme unter einem schwarzen Vorhang verborgen, die Fotografin. Und gegenüber, für die Sekunden der Belichtung in Bewegungslosigkeit verharrend, man selbst. Ein Sessel mit Kopfhalter hilft einem dabei, sich nicht zu rühren. Die Gefahr ist, dass man vor lauter Starre auf dem Foto das Aussehen einer Leiche annimmt. Das zu vermeiden, ist Teil der Kunstfertigkeit, mit der im Atelier Elvira fotografiert wird.

Doch es gibt noch einen dritten Raum, den man als Kundin nie zu Gesicht bekommt: die Dunkelkammer, wo die Glasplatten für die Aufnahmen vorbereitet und später entwickelt werden. Manchmal öffnet sich die Tür, die dorthin führt, für einen kleinen Moment. Dann steigen einem die Dämpfe in die Nase, die von den dort verwendeten Chemikalien ausgehen; sie sollen giftig sein. Nicht nur deswegen erinnert Hedwig Pringsheim das Atelier an eine Hexenküche – ein Laboratorium der Identitätssuche, wo man sich den möglichen Bildern seiner selbst stellt.

Ein Seelenflüsterer

Alfred Schrenck-Notzing

Im Sommer 1889 ist die *Psychologische Gesellschaft* München beinahe schon wieder Geschichte – jedenfalls in der Gestalt, wie sie Carl du Prel etablieren wollte. Du Prel, der Stratege, hat Schrenck-Notzing, den Jungspund, den er zum Sekretär gemacht hat, unterschätzt, und zwar so gründlich wie folgenreich. Der junge Mediziner, seit einem halben Jahr promoviert, ist keineswegs nur der gutaussehende junge Mann mit einer speziellen Wirkung auf Frauen, für den ihn die meisten auf den ersten Blick halten. Schon sein durchdringender Blick sollte sie eigentlich eines Besseren belehren. Noch als Student hat er seine Begabung entdeckt, Menschen in Hypnose zu versetzen, und ist nun berauscht von seinem Erfolg, anderen seinen Willen aufzuzwingen, und der Bewunderung, die ihm das einträgt.

Schnell beginnt er das therapeutische wie auch das monetäre Potenzial seiner Fähigkeit zu ahnen. Lassen sich mit ihrer Hilfe nicht der Wille und das Verhalten eines Menschen verändern, sozusagen umprogrammieren? In Frankreich hat man der Methode, seelische Störungen per Hypnose zu korrigieren, auch schon einen Namen gegeben: Suggestionstherapie.

Im Januar 1889 erläutert Schrenck im Münchener Kunstgewerbehaus vor einem dreihundertköpfigen Auditorium aus Wissenschaftlern, Künstlern und Ärzten, darunter vielen Direktoren und Präsidenten, die Grundlagen und Möglichkeiten der neuen Methode. Der erste Teil der gut besuchten Veranstaltung, ein fast zweistündiger, staubtrockener akademischer Vortrag des jungen Mediziners, enttäuscht mehr, als dass er die hohen Erwartungen befriedigen kann. Wie sich im Publikum zeigt, kann man nicht nur unter Hypnose, sondern auch aus Langeweile in Schlaf verfallen. Nach der Pause dann aber sind Demonstrationen angekündigt, und jetzt kann Schrenck sein Talent nicht nur als Hypnotiseur, sondern auch als witziger Conférencier unter Beweis stellen. Es beginnt eher unspektakulär: Eine von ihm hypnotisierte Frau verfällt auf seine Anordnung hin in Gliederstarre. Dann eine zweite und eine dritte. Jeder Fall etwas anders gelagert, aber im Erscheinungsbild ähnlich. Höflicher Beifall.

Doch das Programm ist auf Steigerung hin angelegt. Nun tritt ein junger Maler auf, der in Trance erst eine Madonna im Stil Raffaels malt und dann einen Afrikareisenden mimt. Währenddessen hat Schrenck bereits einen zweiten Mann hypnotisiert, der im somnambulen Zustand einen Schimmel verkauft, der gar nicht existiert. Im Alltagsleben sei der Mann eher schüchtern und zurückhaltend, erläutert Schrenck. Eine hochkomische Szene, das Publikum lacht und klatscht schon vernehmlicher.

Dann aber betritt Baron von Poissl die Bühne, ein Endvierziger mit Gehbeschwerden – Kriegsverletzung. Er wurde 1870 in der Schlacht bei Sedan verwundet und ist seither zudem *autosomnambul*: Der Baron kann sich selbst in Hypnose versetzen. Das tut er sogleich, nachdem er in einem Lehnsessel Platz genommen hat, und bekommt von Schrenck prompt den Auftrag, er sei Fürst Bismarck. Daraufhin hält er im somnambulen Zustand eine pathetische und zugleich ausgebuffte Rede über Kolonialpolitik, ganz im Stil des in Bayern häufig verspotteten Reichskanzlers. Das Publikum biegt sich nun vor Lachen.

Doch Schrenck hat noch ein weiteres As im Ärmel. Er fordert von Poissl auf, er möge doch darstellen, wie er bei Sedan verwundet wurde. Es ist, als habe der Baron im Schlaf ein Horn vernommen. Er springt aus dem Sessel auf, bereit zum letzten Gefecht: »Die Gräben! Die Gräben besetzen!«, ruft er: »Ob wir jetzt sterben oder später, das ist ganz gleich. Jetzt gilt's für's Vaterland! Hurra!« Und stürzt wie mit hoch erhobenem Säbel zur Rampe. Dort bricht er mit einem markerschütternden Schrei zusammen, als sei er getroffen. Schrenck eilt herbei, richtet ihn auf, schleppt ihn zurück zu seinem Sessel - eine Szene wie aus einem Schlachtengemälde. Das Publikum ist hingerissen, klatscht wie verrückt, trampelt mit den Füßen. »Betroffen und in Verwunderung über eine packende Naturwahrheit verließen die tieferregten Zuhörer das Haus«, berichtet am nächsten Tag die *München-Augsburger Abendzeitung*, die sich das Recht, Schrencks Vortrag abzudrucken, bereits im Vorfeld der Veranstaltung gesichert hat.

Feindliche Übernahme

Während der sechs Jahre ältere Sigmund Freud noch ein unbeschriebenes Blatt ist und seine Wiener Privatpraxis allenfalls spärlichen Zulauf hat - obwohl auch er seine unter seelischen Beschwerden leidenden Privatpatienten mit Hypnose behandelt -, ist der junge Schrenck in München auf dem besten Wege, ein stadtbekannter Mann zu werden, dem man zutraut, die Seelenkunde und Seelentherapie zu revolutionieren. Der Andrang zu seiner soeben eröffneten Praxis ist enorm.

Das hat nicht zuletzt damit zu tun, dass er in dem Ruf steht, selbst hartnäckige seelische Störungen mit der von ihm propagierten Suggestionstherapie erfolgreich kurieren zu können. So etwa auch die »konträre Sexualempfindung«, wie man die Homosexualität seit kurzem nennt, nachdem selbst Mediziner lange Zeit davon ausgegangen waren, es handle sich um eine Folge von Verführung, sexueller Übersättigung oder Degeneration. In einer Zeit, in der homosexueller Verkehr als Straftat gilt, ist diese Anerkennung der konstitutionellen Bedeutung der Homosexualität schon einmal ein Fortschritt, um den Preis allerdings ihrer fortgesetzten Stigmatisierung. Nun aber will Schrenck-Notzing sogar einen Weg gefunden haben, die »abnorme« Veranlagung zu behandeln. Sein berühmter Grazer Kollege Richard von Krafft-Ebbing, Autor des Standardwerks *Psychopathia sexualis*, ist den ersten Schritt in diese Richtung gegangen, indem er einem Patienten die konträre Sexualempfindung mittels Hypnose sozusagen absuggeriert hat. Mit dem Ergebnis, dass dieser nun unempfindlich gegen jeden sexuellen Reiz ist, ganz egal, ob konträr oder konform.

Schrenck-Notzings Ehrgeiz geht weiter: Er will die völlige Verlagerung des Sexualempfindens auf das andere Geschlecht erreichen. Als ihn dann tatsächlich ein »Konträrsexueller« in seiner Praxis aufsucht, macht er sich zügig ans Werk. Herr R., achtundzwanzig Jahre alt, trägt sich mit Suizidgedanken, entpuppt sich jedoch als gelehriger Patient: Schon nach fünf Hypnosesitzungen nimmt er im somnambulen Zustand Aufträge entgegen. Zwei Sitzungen später ordnet Schrenck seinem Patienten unter Hypnose zum ersten Mal den geschlechtlichen Verkehr mit einer weiblichen Person an und stellt dabei sicheres Gelingen in Aussicht. Und tatsächlich, noch am selben Abend schläft R. in einem Bordell zum ersten Mal mit einer Frau. »Von jetzt an wird der Geschlechtsverkehr R's suggestiv geregelt«, berichtet Schrenck auf seine zupackende Art. Das bleibt auch dann so, als es zu einem »Rückfall« kommt. Dieser wird zuerst mit »energischen Gegenvorstellungen in der Hypnose« und dann auch im Bett bekämpft: R. schläft mit einer Frau, während der von ihm begehrte Mann dabei zusehen darf. Sodann wird die nächste Eskalationsstufe der sexuellen Umerziehung gezündet: Der Patient geht nun auf Brautschau, nicht zuletzt auch deshalb, weil beim käuflichen Sex die »Befriedigung des ästhetischen Bedürfnisses« zu kurz kommt und R. diese nur in einer glücklichen Ehe finden zu können glaubt. Im Mai 1889, nach insgesamt 45 Sitzungen, ist die Therapie des Patienten dann abgeschlossen: R. verlobt sich und wird bald heiraten. Schrenck setzt darauf, dass er »den sexuellen Anforderungen einer Hochzeitsreise« genügen kann und entlässt ihn als gebessert. Sollte »ungünstigen Falles ein Rückfall eintreten«, bleibe noch immer »die Wiederholung des Verfahrens«. Mit dieser frohgemuten Aussicht beschließt der Seelenflüsterer seinen Aufsatz »Ueber Suggestionstherapie bei konträrer Sexualempfindung« in der *Internationalen Klinischen Rundschau.*

Die öffentlichen und die therapeutischen Erfolge geben Schrencks Selbstbewusstsein mächtigen Auftrieb. Noch ist du Prel der große Wortführer innerhalb der *Psychologischen Gesellschaft*. Dessen metaphysische Auffassung von der Seele und dem Unbewussten ist dem Seelenflüsterer und seiner wachsenden Anhängerschar aber zunehmend ein Dorn im Auge. Als sich dann die Gelegenheit bietet, Max Dessoir zum Vortrag nach München einzuladen, greift Schrenck sofort zu. Keiner ist besser informiert über die aktuelle Hypnoseforschung als dieser blutjunge Berliner Psychologe und Philosoph. Zudem ist Dessoir für seine ablehnende Haltung gegenüber okkultistischen Theorien bekannt. Und richtig: Rasch kommt der Gast aus Berlin auf das gefährliche Erbe der Hypnose zu sprechen. Ein Jahrhundert hindurch seien die hypnotischen Erscheinungen so eng »mit unbeweisbaren Theorien« verquickt gewesen, dass es noch jetzt schwerfalle, sie davon zu lösen. Noch ärger aber sei »die heillose Sucht nach metaphysischen Deutungen«. Wer »Glaubensbedürfnisse« befriedigen will, könne ja ein Conventikel gründen – in psychologischen Gesellschaften habe er jedenfalls nichts zu suchen. Selbst wenn Dessoir an dieser Stelle seines Vortrags keine Namen nennt, können sich alle im Saal denken, wovon und von wem die Rede ist. Unter den Zuhörern kommt es zum Tumult, du Prel springt auf, gestikuliert wild mit Händen und Füßen.

Gleich im Anschluss an den Vortrag wird eine Vorstandssitzung einberufen. Zuerst müssen sich Dessoir und Schrenck schwere Vorwürfe anhören. Dessoir habe das Gastrecht missbraucht, du Prel schwer beleidigt - doch je länger die Aussprache andauert, desto deutlicher wendet sich die Stimmung zugunsten der beiden. Am Ende tritt der gesamte bisherige Vorstand zurück, du Prel aber verlässt die Psychologische Gesellschaft und gründet die alternative *Gesellschaft für Experimentalpsychologie*, die sich ganz auf die Erforschung mystischer und okkulter Erscheinungen fokussiert. Schrenck hat sein Ziel erreicht: Die *Psychologische Gesellschaft* München tanzt fortan nach seiner Pfeife. Er wird seine Karriere als Therapeut und Forscher darauf gründen.

Durch die Wolle zur Seele

Karl Wilhelm Diefenbach

Nur mit einem kurzen Mantel bekleidet, ansonsten nackt, barhäuptig, barfüßig, barbeinig - durch sein außergewöhnliches Erscheinungsbild sorgt der Künstler Karl Wilhelm Diefenbach in der Münchner Innenstadt regelmäßig für die Ansammlung von Menschenmengen. Seine öffentlichen Vorträge im Ballsaal der Münchner Zentralsäle, etwa »Über die Quellen des menschlichen Elends, Krankheit, Armut und Verbrechen und deren Beseitigung durch naturgemäße Lebensweise«, rufen Polizei und Staatsgewalt auf den Plan. Diefenbach agitiert gegen Fleischkost und den Genuss von Tabak und Alkohol, gegen Prostitution, aber auch gegen die Benachteiligung unehelicher Kinder, gegen die Taufe und den

Impfzwang – eine auch nach damaligen Maßstäben querdenkerische Mischung. Vollends eine stadtbekannte Erscheinung aber wird er durch den ersten Nudistenprozess der Geschichte, der im Herbst 1888 vor dem Landgericht München II verhandelt wird. Diefenbach hat keine Geister beschworen, er hat in den Augen der damaligen guten Gesellschaft etwas sehr viel Unanständigeres getan: Er hat sich ausgezogen und nackt in die Sonne gelegt. Und nicht nur er selbst, sondern vor allem auch sein minderjähriger Sohn namens Helios: An drei näher bezeichneten Tagen soll er ihn laut Zeugenaussage eines Wachtmeisters dazu gebracht haben, auf der »Terrasse« seines Wohnsitzes, der ehemaligen Arbeiterunterkunft in dem aufgelassenen Steinbruch von Höllriegelskreuth im Isartal, unbekleidet herumzutoben. Auch sein gerade zwanzigjähriger Schüler Hugo Höppener frönt der Freikörperkultur, betont allerdings stets, dabei nicht etwa faul in der Sonne zu liegen, sondern kreativ zu arbeiten, sprich Kunstwerke zu schaffen. Die Strafe fällt milde aus. Der Legende nach sitzt sie der Schüler für den Meister ab; denn Diefenbach ist, wie er wortreich erläutert und mit Attesten belegt, krank und aufgrund seines Leidens gar nicht erst zur Verhandlung erschienen. Für diesen Gunsterweis wird Hugo Höppener in einer feierlichen Zeremonie der »Klostername« Fidus, der Treue, verliehen.

1851 in Hadamar im ehemaligen Herzogtum Nassau geboren, ist Diefenbach bereits mit Anfang 20 nach München gekommen, im gleichen Alter wie sein späterer Schüler Fidus. Er gehört zu den ersten, die über das junge Medium Fotografie zur bildenden Kunst finden; in seinem Fall unfreiwillig, weil sein Vater einen Schlaganfall erlitten hatte und der Sohn die Eltern finanziell unterstützen musste. In München dann ist er zuerst bei einem prominenten Hoffotografen angestellt, später fertigt er Fotoretuschen für das Unternehmen von Franz Hanfstaengl an. Zugleich aber schreibt er sich für die Antikenklasse an der Münchner Akademie der Bildenden Künste ein. Allerdings soll er von den sieben belegten Studienjahren kaum sieben Monate in der Akademie zugebracht haben; seinen Lebensunterhalt bestreitet er mit Aufträgen für konventionelle Porträts im Stil der Zeit, die ihm ein Freund vermittelt. Vor allem aber ist er andauernd erkrankt; früh hat er sich mit Syphilis angesteckt, hinzukommt eine Typhusinfektion, die ihn beinahe das Leben kostet. Nur seine »lebensstarke Seele« habe ihn sehr zum Staunen der behandelnden Ärzte diese Gefahren überstehen lassen, meint er rückblickend. Aber auch danach ist er regelmäßig kränkelnd – Diefenbach leidet unter habituellen Kopfschmerzen, Krampfanfällen, Hämorrhoiden und dergleichen mehr. Zunehmend gerät er in den Kreis der Lebensreformer, die Alternativmediziner seiner Zeit. Auch die Eheschließung mit der fürsorglichen Magdalene Atzinger, die er während einer seiner vielen Kuraufenthalte kennlernt und die 1880 den gemeinsamen Sohn Helios zur Welt bringt, scheint vor allem eine therapeutische Maßnahme zu sein. Unmittelbar nach der Trauung macht Diefenbach sich zu einer Einpersonenhochzeitsreise auf den im Alpenvorland gelegenen, gerade einmal tausend Meter Hohenpeißenberg auf und datiert fortan auf den dort erlebten Aufgang der Sonne hinter den schneebedeckten Bergen seine endgültige Bekehrung zum Menschheitsretter. Im wollenen Gewand steigt er von seinem Berg der Wahrheit wieder ins Flachland herab, um daraufhin mit langem Haar und barfuß durch München zu wandeln und mit großformatigen symbolistischen Gemälden, die Titel tragen wie »Der Rettung entgegen«, »Du sollst nicht töten«, »Der Prophet« oder »Frage an die Sterne«, die Kunst zum Medium der Erlösung zu erheben. Im Lokal der Wandelheimer Milchkuranstalt in München gründet er 1882 den Verein Menschheit. Drei Jahre später, als er der Großstadt den Rücken kehrt und mit seiner wachsenden Familie und einigen Jüngern in die Höllriegelskreuther Einöde übersiedelt, geht daraus die Kommune Humanitas. Werkstätte für Religion, Kunst und Wissenschaft hervor.

Diefenbach ist keineswegs der Einzige, der sich in diesen Jahren in wollene Gewänder hüllt und sich davon wie auch von der Umstellung der Ernährung auf fleischlose Kost und den Verzicht auf

Nervengifte Heilung von Beschwerden, seelisches Wohlbefinden und ein gutes Leben erhofft. Insbesondere das Tragen von Bekleidung, manchmal auch nur Unterbekleidung aus tierischer Wolle statt Pflanzenfasern ist ein grassierendes Modephänomen, zu dem sich etwa auch der junge Gerhart Hauptmann oder der kaum rückschrittlich zu nennende Ingenieur Robert Bosch bekennen. Man spricht von Jäger'scher »Normalkleidung«, so genannt nach ihrem Erfinder und Propagator, dem Zoologen Gustav Jäger, der sie auch gleich von einer Stuttgarter Wirkwarenfabrik schneidern und fertigen lässt und durch die Tantiemen zum mehrfachen Millionär wird. Die Verbreitung der modischen Alternativbekleidung macht noch nicht einmal an den Grenzen des deutschen Kaiserreiches halt. Oscar Wilde propagiert sie in England, wo etwa auch George Bernard Shaw zum eifrigen Lobredner ihrer Vorzüge wird. In Großbritannien ist das 1884 gegründete Bekleidungsunternehmen »Jaeger Fashion« eine bis heute bekannte Modemarke mit zahlreichen Shops im ganzen Land.

Jäger ist der Überzeugung, dass das Tragen rein wollener Wäsche oder Kleidung direkt auf der Haut deren Atmung und unsere olfaktorische Ausstrahlung positiv beeinflusst. Wolle wirkt laut Jäger desodorierend, dynamisierend und präventiv. Oder wie ein Zeitgenosse reimt:

Das Fett zerschmilzt im Jägerrocke,
indess der Fuß in woll'ner Socke
Ermüdung nie verspüren lässt;
Man schwitzt vergnügt aus allen Poren
Und fühlt sich stets wie neugeboren
Und bleibt gesund und seuchenfest!

Der Zoologe Jäger liefert die Theorie dazu gleich mit: Jedes Lebewesen, von der Pflanze bis zum Menschen, lässt sich danach als Ausdünstungssystem beschreiben, in dem Lust- und Unluststoffe wechselwirken. Während die Luststoffe angenehm riechen und auf andere anziehend wirken, bringen Angst, Stress und andere Unlustfaktoren die Absonderung übler Gerüche mit sich, die andere abstoßen. Das hat natürlich auch eminente Auswirkungen auf die sexuelle Attraktivität. Jäger spricht von »Geschlechtsdüften«, wo die Wissenschaft heute, unwissentlich in den Fußstapfen seiner vergessenen Duftchemie schreitend, von Sexualduftstoffen oder sogenannten Pheromonen redet; sie seien im höchsten Maße »nervenaufregend«, konstatiert er. Letztlich glaubt Jäger, in den Lust- und Unluststoffen dem chemischen Ursprung der Seele auf die Spur gekommen zu sein.

Der Meister und sein Fidus

Auch Diefenbachs Schüler Hugo Höppener, Sohn eines Lübecker Konditormeisters, trägt schon die Jäger'sche Wollkleidung, als er Ostern 1887 nach München kommt. »Jesses, a Diefenbacher«, schallt es ihm entgegen, als er im Jäger-Anzug und mit langen Haaren die Münchner Kunstakademie betritt, um die Aufnahmeprüfung zu absolvieren. Abgestoßen von dem Getue der Kommilitonen, tritt er, kaum hat der Sommer begonnen, die Reise zu Diefenbachs abgelegenem Refugium an: mit der Eisenbahn bis zur Großhesseloher Hochbrücke, dann zu Fuß über das Dorf Pullach den bewaldeten Isarhang hinunter zu dem riesigen Steinbruch mit den himmelhohen Wänden. Er findet Diefenbachs selbstgebackenes Schrotbrot und das angebotene frische Quellwasser köstlich, den Meister, der ihm »dekorative Groß-Entwürfe zukunftsreligiösen Charakters« zeigt, bedeutend und bittet darum, sein Schüler werden zu dürfen. Rasch wird Diefenbach klar, welches künstlerische Talent es da zu ihm ins Isartal verschlagen hat, und er bedient sich der erstaunlichen Fertigkeiten des jungen Fidus, um die bislang nur grob aufs Papier geworfenen musizierenden und tanzenden Kindergestalten zu dem so monumentalen wie verspielten und große Leichtigkeit ausstrahlenden, am Ende 68 Meter langen

Durch die Wolle zur Kinderseele: Karl Wilhelm Diefenbach, Gemälde Nr. 21 aus dem Fries »Per Aspera ad Astra«, 1888.

Silhouettenfries weiterzuentwickeln, der unter dem Titel »Per Aspera ad Astra« – Durch das Raue zu den Sternen – Diefenbachs populärstes Werk wird.

Zusammen mit einem anderen Schüler richtet Fidus dem schon wieder kränkelnden Diefenbach im Frühjahr 1889 eine Ausstellung in München aus. Dort wird die *Kindermusik* gezeigt, eine Vorstufe des großen Schattenfrieses, wesentlich kleiner als das spätere Riesenwerk. Aber auch die für Diefenbach typischen »Gesinnungswerke«, wie Fidus sie nennt, sind hier zu sehen, viele davon noch im Entwurfsstadium. Ganz München gibt sich ein Stelldichein, die Künstler und Literaten sowieso, aber auch die bessere Gesellschaft. Hedwig Pringsheim besucht die Ausstellung gleich zweimal, zuerst flüchtig mit einer Freundin, eine Woche später kommt sie mit ihrem Mann wieder. Frank Wedekind, von dem wir noch hören werden, nennt das dort gezeigte Phantasiestück *Höllriegelsgreut* in seinem Tagebuch »ein bedeutendes Bild«. Es zeigt den Meister selbst als einsamen Helden und betenden Dulder im tosenden nächtlichen Sturm, während ihm gegenüber, im Herzen der Finsternis, in einem Strudel aus Licht ein gekreuzigter Heilbringer mit einem Astralleib erscheint. »Da ist Wucht und Pathos«, meint auch der Schriftsteller Otto Julius Bierbaum, der Diefenbach ansonsten eher für einen zwanghaften Selbstdarsteller hält.

Auf der Ausstellung selbst wird zwar nichts verkauft, doch immerhin kommen Eintrittsgelder in Höhe von 3000 Reichsmark zusammen. Als es dann jedoch um die Frage der Verwendung des eingenommenen Geldes geht, ist es mit der Eintracht zwischen Meister und Schüler schnell vorbei. Statt, wofür Fidus plädiert, nun sorglos die künstlerische Arbeit fortzusetzen, will Diefenbach sich endlich von seiner ihm inzwischen verhassten Frau scheiden lassen, die Behörden, die ihn verfolgt haben, verklagen und in Höllriegelskreuth eine große Ausstellungshalle bauen. Widerspruch duldet der sich zusehends in der Rolle eines neuen Messias gefallende Diefenbach nicht. So wird aus Fidus schnell ein Infidus.

Am 1. Juni 1889 verlässt Hugo Höppener die Diefenbach'sche Kommune und kehrt nach München zurück, wo er nach den Erfahrungen mit der Lebensreform nun im Dunstkreis der von du Prel soeben gegründeten *Gesellschaft für Experimentalpsychologie* Bekanntschaft mit der Theosophie und dem Spiritismus macht. Das von ihm geschaffene Bild, das dieser modischen intellektuellen Gemengelage entspringt und sie zugleich versinnbildlicht, trägt den Titel »Lichtgebet«. Es zeigt die Rückenansicht eines nackten, schlanken Jünglings mit androgyner Anmutung. Auf einem Felsen erhebt er sich auf die Zehenspitzen, reißt dabei emphatisch die Arme empor, dem Licht der Sonne entgegen. Der Blick geht gen Himmel, der Wind spielt mit seinem langen blonden Haar. Das zigtausendfach reproduzierte Motiv wird zur Ikone schlechthin der Aussteiger dieser Jahrzehnte.

»Mein neuer Hut«

Berlin, diese Riesen-Nervenfolter

»Diefenbach und sein Schüler, die in München unbehelligt ihr härenes Gewand zeigen und ihr Wesen treiben, wären in Berlin unmöglich. Dort kann Niemand nach seiner eigenen Facon selig werden«. Das ist die Meinung von Hedwig Pringsheim, kundgetan am 9. August 1889 in den *Münchner Neuesten Nachrichten*. Die in Berlin geborene und aufgewachsene Wahlmünchnerin muss es wissen: Auch jetzt ist sie noch regelmäßig zu längeren Aufenthalten in der deutschen Hauptstadt, um ihre Eltern oder die Schwiegereltern zu besuchen. Neben ihrem kolossalen Palais auf der Wilhelmstraße besitzen die alten Pringsheims mit Gut Haselhorst zudem noch ein großzügiges Feriendomizil in Spandau.

»Mein neuer Hut« heißt das Feuilleton, in dem Hedwig Pringsheim ihre Einsichten und Ansichten über den Unterschied zwischen Berlin und München öffentlich mitteilt. Anlass ist der im Titel genannte Hut, mit dem sie Spandau verlässt, um in die Berliner Innenstadt, ins Tiergartenviertel zu fahren, wahrscheinlich um ihre berühmten Kommissionen zu machen. »Ein schöner, neuer Hut: großer Deckel von durchbrochenem braunem Stroh, mit einem wahren Garten von rothen Mohnblumen übersäet, wie es die Mode des heutigen Sommers bei uns vorschreibt«, charakterisiert sie ihre Neuerwerbung. »Reizend!« hätten ihre Kinder gerufen, als sie ihn aufsetzte, zumindest »sehr nett« ihre Schwiegermutter. Gewiss ein auffälliges Accessoire, aber doch keines, das irgendwie Anstoß erregen sollte, zumindest nicht in einer Weltstadt, wie Berlin sie sein möchte. Als die vorbeimarschierenden Soldaten, denen sie auf dem Weg zum Spandauer Bahnhof begegnet, die Köpfe zusammenstecken, tuscheln und kichern, sogar wie auf Kommando ein lautstarkes »Hoch« ausstoßen, denkt sich Hedwig Pringsheim noch nichts Böses, nur dass sie mit dem Hut wohl starkes Aufsehen erregt, etwas zu stark für ihren Geschmack.

Doch was in Spandau noch einigermaßen harmlos begonnen hat, setzt sich in der Berliner Innenstadt in aufdringlicher, die Grenzen von Respekt und Anstand verletzender Manier fort: Frauen blicken sie mit frecher Miene an und brechen in »kreischendes, brutales Gelächter« aus, ein Kutscher ruft ihr nach, das sei doch hier nicht Mode, ob sie denn ins Innere von Afrika wolle, und erntet von den Umstehenden gellendes Gelächter. Die Menschen, denen sie begegnet, ob Frauen, ob Männer, ob jung, ob alt, scheinen sich in ihrem grausamen, um die Zustimmung der Umstehenden buhlenden Witz überbieten zu wollen: »Phantasie-Rieke« oder »Gemüsehändler« sind noch die harmloseren Bezeichnungen, die sie sich gefallen lassen muss, ein Dritter brüllt, sie solle doch Achtung geben, dass nicht eine Kuh auf sie aufmerksam werde. Wem nichts Witziges einfällt, beteiligt sich an dem Bashing zumindest mit Rufen und Gröhlen.

Hedwig Pringsheim reagiert auf das Spießrutenlaufen erst mit Scham; starr richtet sie die Augen auf ihre Stiefelspitzen, als könnte sie es so vermeiden, gesehen zu werden. Dann steigt Zorn in ihr auf - »der Zorn der Entrüstung gegen dies intolerante, anmaßende, dies brutale und uniforme Berlin«. Als sie endlich wieder glücklich im Pringsheim'schen Domizil in Spandau angelangt ist, begrüßt ihre Schwiegermutter sie mit der Frage, wie es denn in Berlin gewesen sei. »Oh recht hübsch«, so ihre Antwort, nur habe sie den Eindruck, »als sei diese großartige, herrliche Stadt recht kleinstädtisch und recht zopfig geblieben in der Gesinnung: boshaft gegen Neues, spöttisch gegen Fremdes, hochnäsig gegen Alles, was auch nur ein wenig anders ist«. Angesichts des Erlebten scheint das noch einigermaßen diplomatisch formuliert. Im Umkehrschluss soll es allerdings auch heißen, dass alles dies in München, in ihrer »lieben süddeutschen Residenz«, wie sie sagt, anders, sprich besser ist.

»Berlin wird Weltstadt - ja wohl«, beginnt Hedwig Pringsheim ihr Feuilleton. Doch gleich folgt das Aber: Die »innere Entwicklung« habe mit dem »äußeren Ausbau« hier nicht Schritt gehalten.

Berlin ist eine Stadt der zwei Geschwindigkeiten; das äußere Erscheinungsbild der Stadt, das den Willen ausstrahlt, Metropole zu sein, weckt Erwartungen, die die Menschen auf der Straße mit ihrer schamlosen Zudringlichkeit, Taktlosigkeit und Derbheit gründlich enttäuschen. Hedwig Pringsheim ist keineswegs die Einzige, die in diesen Jahren mit Berlin ins Gericht geht und demgegenüber die Weltoffenheit, Sinnenfroheit und Sorglosigkeit Münchens preist. In seinem viel gelesenen Buch *Berlin – ein Stadtschicksal* bestätigt der Kunstkritiker Karl Scheffler noch zwanzig Jahre später Hedwig Pringsheims Beobachtungen: Der Berliner will durchaus Großstädter scheinen und ist im Wesentlichen doch Provinzler. Die allgemeine Jagd auf die Frau gehöre, so Scheffler, »zu den deutlichsten Zeichen roher Kulturlosigkeit« auf Berlins Straßen. Am schönsten schimpfen über Berlin aber kann Frank Wedekind, und das liegt nicht zuletzt daran, dass er überhaupt einer der größten und geistreichsten Krawallbrüder der deutschen Literatur ist: »Berlin, diese Riesen-Nervenfolter ... Berlin ist keine Stadt, in der man selig werden kann. Hat Gott den Menschen geschaffen, damit er ein halbes Leben auf der Stadtbahn sitzt? Welchen Sinn hat das Leben eines Menschen, der keine Zeit hat? Berlin ist eben keine Stadt, sondern ein trauriger Notbehelf, Berlin ist ein Konglomerat von Kalamitäten.«

Selig werden, das kann man hingegen in München, und dazu noch nach der eigenen Façon. Henrik Ibsen, der seit 1875 mit Unterbrechungen hier lebt, bringt es auf den Punkt: »Hier läßt man jeden leben wie er will. Vollkommene persönliche Freiheit – welch ein Vorzug.« Und in der Tat: »Hier gab es nicht mehr die mir verhaßte Frage, was die Leute dazu sagen würden; hier konnte man sich auswachsen, konnte verbummeln, konnte unter die Räder kommen; aber eines wie das andre im Gefühl schrankenloser Unabhängigkeit«, fasst der Philosoph Ludwig Klages das Lebensgefühl der jungen Leute zusammen, die in den 1890er Jahren in großer Zahl nach München kommen. München ist in diesen Jahren das ideale Pflaster für junge Menschen mit Erfahrungshunger.

Und viele von ihnen sind sich darin einig, dass die Stadt am äußeren Ende des Deutschen Reiches gerade deshalb dazu prädestiniert ist, ihn zu stillen, weil sie nicht vor lauter Anspruch, die modernste Stadt Deutschlands zu werden, beinahe durchdreht. Berlin ist schnell und hektisch, München dagegen entspannt und müßiggängerisch. In Berlin wird durchgegriffen, in München ist man stolz auf sein Laisser-faire. Berlin ist uniform, München divers – auch das eine Erfahrung, die viele Neuankömmlinge machen, denen es hier gelingt, ihre sexuelle Orientierung relativ frei auszuleben. »Und doch konnte all das nur in München sein«, hat der Knaben liebende Stefan George rückblickend gemeint, »in Berlin wäre man eingesteckt worden« – im Sinne von in die Tasche gesteckt oder untergegangen.

Ende der 1880er, Anfang der 1890er Jahre zieht man nicht von München nach Berlin, sondern umgekehrt, von der Haupt- und Millionenstadt ins eher noch ländlich anmutende München. Erst später wird sich das wieder umkehren. Sicher, die bayerische Hauptstadt, die ihr Kunststadt-Image der Bautätigkeit und dem Mäzenatentum vor allem den Vorgängern Ludwigs II. auf dem bayerischen Königsthron verdankt, ist auch ein Hort der Tradition, der Etablierten, der abgesteckten Claims, der Künstlerfürsten mit ihren nach aristokratischem Vorbild designten Häusern. Selbst noch in den Karneval regieren sie hinein. Jenseits dessen aber entwickelt sich München nach dem Tod Ludwigs II. insbesondere mit seinen Stadtteilen Maxvorstadt und Schwabing zu einer riesigen, ständig sich ausdehnenden Künstlerkolonie. Die Zahl der »Zugereisten« geht in die Tausende. Damals sei München noch »die Kunstzentrale Deutschlands« gewesen, erinnert sich der Maler Hermann Ebers: »der einzige Ort, an dem der Künstler frei atmen, sich frei bewegen und unbehelligt schaffen konnte«.

Damals habe es noch geheißen: »Nur in Paris, in Rom und in München kann man als Künstler leben.« Wer hierhin komme, ermuntere andere, ihm nachzufolgen, berichtet denn auch der russische Maler Igor Grabar, der spätere Direktor der Moskauer

Tretjakow-Galerie, an seine Freunde Marianne von Werefkin und Alexej Jawlensky. Und auch er vergisst nicht die hier wehende frische Luft zu erwähnen, was ganz wörtlich gemeint ist, aber auch zum Symbol für die Freiheit des Geistes wird, die in München herrscht: »Alle Künstlerwohnungen, Ateliers und die Akademie befinden sich in einem Stadtteil. Rundum Bäume, genau wie auf einer Datscha. Aus meinem Fenster schaue ich auf ein Feld. Die Luft ist frisch und gesund. Überhaupt ist es hier so schön, dass man, wenn die Mittel es erlauben, mit Freude lernen möchte.«

Anders als die bekannten Künstlerkolonien wie Barbizon, Pont Aven oder Capri, wohin sich etwa Diefenbach schließlich zurückzieht, sind Maxvorstadt und Schwabing weit mehr als Sommerfrische oder Überwinterungsquartier - vielmehr ein rebellisches Ganzjahresbiotop mit ungeheurer kreativer Dichte. Es liegt nicht abseits, sondern mittendrin im urbanen Leben, unweit eines riesigen, sich an der Isar erstreckenden Landschaftsparks und von einer prächtigen Natur umgeben, die den ansässigen Künstlern und Literaten zur Seelenlandschaft wird. Hier entwickeln sich Verkehrs- und Umgangsformen, wie sie ansonsten nur in Ausnahmesituationen fernab des bürgerlichen, von Arbeit und Familie bestimmten Lebens zu beobachten sind. München in den Jahren vor 1900 ist eine Stadt der beinahe unbegrenzten Möglichkeiten. Sie steht für eine Offenheit, für eine Überschreitung der Milieus, für eine Vielfalt an Lebenschancen und Lebenskreisen, wie sie in Europa zu dieser Zeit höchstens noch Paris bietet. Und die Kraft, die das alles zusammenhält, ist die Kunst - ein in erster Linie ästhetisches Verhältnis zur Welt, wie es auch Hedwig Pringsheim mit ihrem modischen Mohnblumenhut verkörpert.

Für seine Sammlungen und seine siebenköpfige, stets von einer Anzahl Dienstboten umschwirrte Familie, nicht zuletzt aber auch für die großen Gesellschaften, die er und seine Frau geben, baut Alfred Pringsheim in den Jahren 1888 bis 1890 ein repräsentatives Anwesen. Außen bekommt es eine Neo-Renaissance-Fassade, innen ist es ausgestattet mit allem erdenklichen Luxus und Komfort, immerhin aber um einiges weniger pompös und angeberisch als der von Theodor Fontane als »Kakel-Architektur« verspottete, hemmungslos Reichtum und Luxus zur Schau stellende Palast seines Vaters in der Berliner Wilhelmstraße.

Der neue Wohnsitz der Pringsheims befindet sich in unmittelbarer Nähe nicht nur zu Glyptothek und Propyläen, sondern auch zu der bereits im Jahr zuvor errichteten Villa des Münchner Künstlerfürsten Franz Lenbach. Auch die Gemäldegalerie des Grafen Adolf Friedrich von Schack mit dem Atelier des Historienmalers Carl Theodor von Piloty und die ebenfalls im Stil der Neo-Renaissance gebaute Villa des Dichters Paul Heyse, der vormals mit königlicher und inzwischen mit prinzregentlicher Protektion noch zur alten literarischen Garde Münchens zählt, sind fußläufig erreichbar. Schon die Lage ist also ein Statement: Das Pringsheim-Palais soll ein Haus der Kunst sein und nach dem Willen des Hausherrn in der gleichen Liga spielen wie die Villen der prominenten Künstlerfürsten in der allernächsten Umgebung. Das zeigt auch seine Innendekoration: Der Maler Hans Thoma, der gerade eine große Ausstellung in München hat, erhält den Auftrag, für das 65 Quadratmeter große Musikzimmer, den geselligen Mittelpunkt des Hauses, einen alle vier Wände umlaufenden Fries zu schaffen: die laut Thomas Mann, dem späteren Schwiegersohn, »unsäglich schöne« Darstellung »einer paradiesischen Landschaft, in der sich glückliche Menschen in zeitlosen Gewändern oder freier Nacktheit bewegten«. Die Flöte spielenden unbekleideten Jünglinge, das Trio von Lautespielern, der Rundtanz von sieben buntgewandeten Mädchen vor einer offenen Tempelhalle, schließlich der an Orpheus gemahnende Leierspieler, dem die Menschen und Tiere in seiner Umgebung andächtig lauschen – sie alle weisen auf die Macht der Musik, die die Brücke schlägt zwischen Mensch und Natur. Während Lenbachhaus und Schack-Galerie die bildende Kunst repräsentieren, die Heyse-Villa hingegen für die Literatur steht, verschafft der Wagner-Enthusiast Alfred Pringsheim in seinem neu erbauten Palais der Musik eine Heimstatt und erinnert daran, dass München nicht nur Kunst-, sondern seit Wagner auch Musikstadt ist, mit glanzvollen Opernaufführungen, berühmten Dirigenten wie dem späteren Generalmusikdirektor Hermann Levi und Weltstars wie der Sopranistin Milka Ternina.

Ende September 1890 ist es dann soweit. Unmittelbar nach den Sommerferien, die Hedwig Pringsheim mit den Kindern am Tegernsee verbracht hat, wird das neue Haus in Besitz genommen. »Einzug in's neue Haus! Alles wunderschön, nichts fertig, Chaos, Verzweiflung, dumpfe Ergebenheit! Gepackt, geräumt so viel wie möglich. Im Kinderzimmer Quartier aufgeschlagen«, heißt es in Hedwig Pringsheims Tagebuch. Der chaotische Übergangszustand zieht sich noch eine ganze Weile hin. Im Frühjahr 1891 aber ist dann auch der Fries im Musikzimmer fertiggestellt, und der erste große Ball im neuen Haus kann gefeiert werden.

»Gräßliches Durcheinander – Londiener, Tapezier, Elektriker, Schreiner«, notiert Hedwig Pringsheim am 7. März 1891 – da sind wir noch am Morgen des großen, lang erwarteten Tages. Hedwig hilft Tische decken, macht noch einige Kommissionen, deckt weiter, arrangiert Schalen. Nachmittags dann gibt es »zalreiche Absagen«, so dass die Zahl der Gäste von 110 auf 100 sinkt. Punkt acht »erster Gast – das Haus in strahlendem Glanze, wundervoll reich, schön, glänzend, überraschend. Dies allgemeiner Eindruck«. Auch die Kinder, mittlerweile zwischen sieben und elf Jahre alt, sind einbezogen: Sie »empfingen mit, amüsirten sich, tobten«. Der Abend beginnt mit Musik. Dann Souper: »sehr gut, reichlich, tadellos servirt, Sekt in Strömen«. Währenddessen die obligatorische Gästerede, Alfred erwidert, schließlich »flott getanzt. Schluß gegen ½ 3. Ein ›gelungenes Fest‹, aber wirklich.«

Der goldene Mittelweg

Frank Wedekind

Franklin Wedekind, wie er sich da noch nennt, sitzt im Zug von Berlin nach München. Zur Feier des Tages trägt er zum grauen Gehrock gelb karierte Pepitahosen, was seiner Erscheinung etwas leicht Exzentrisches verleiht. Den Schlapphut, der ihr etwas Verwegenes hinzufügt, hat er für die lange Fahrt abgelegt, ebenso den modischen ärmellosen Übermantel, einen Havelock, den er schätzt, weil er seinen Armen Bewegungsfreiheit verschafft. Der temperamentvolle junge Mann, der schnell auf Hundertachtzig ist, kann gar nicht anders, als beim Reden wild mit den Armen in der Luft herumzurudern: Hier ficht einer nicht mit dem Degen, wozu der Havelock einst erfunden wurde, sondern mit Worten, die er wie eine Präzisionswaffe zu handhaben versteht.

Vor wenigen Wochen erst von Zürich in Berlin angekommen, musste Wedekind seine Sachen schon wieder packen. Der Grund: unzureichende Ausweispapiere – er habe Deutschlands Hauptstadt binnen vierzehn Tagen zu verlassen, so der polizeiliche Bescheid. Wedekind ist, wie er jedem auch ungefragt auf die Nase bindet, amerikanischer Staatsbürger. Sein eigentlicher Name ist Benjamin Franklin Wedekind, so benannt nach dem Gründervater der Vereinigten Staaten, der auch ein Wissenschaftler und Erfinder war und, nicht zuletzt, ein Gegner der Sklaverei – *jeder* Form von Sklaverei, wie der Träger des berühmten Namens nicht müde wird zu betonen. Wedekinds Vater ist nach der gescheiterten bürgerlich-demokratischen Revolution von 1848 nach San

Francisco ausgewandert und dort in den Zeiten des Goldrausches mit Grundstücksspekulationen zu Reichtum gelangt. In Amerika hat er im Alter von 46 Jahren auch seine Frau kennengelernt, eine Tingeltangelsängerin ebenfalls deutscher Herkunft, halb so alt wie er selbst. Armin Francis, das erste der gemeinsamen sechs Kinder des Paars, ist noch in San Francisco zur Welt gekommen, Franklin und weitere drei Geschwister dann in Hannover, nach der Rückkehr der Familie nach Deutschland, die jüngste Tochter schließlich schon in der Schweiz, in Schloss Lenzburg, das der Vater als Wohnsitz der großen Familie gekauft hat. Aus Opposition gegen das neu gegründete preußisch-deutsche Reich ist der republikanisch gesinnte Forty-Eighter 1872 noch einmal emigriert.

Überhaupt, Berlin, die Hauptstadt: Frank Wedekind findet sie »geistig und körperlich totschlagend«. München, wo er studiert hat, sei das »reine Phäakennest dagegen«, schreibt er seinem Bruder Armin. Der junge Mann mit dem abgebrochenen Jurastudium, kürzlich noch in Personalunion Chef sowie erster und einziger Mitarbeiter der im Aufbau befindlichen Reklameabteilung der Zürcher Suppenwürfelfirma Maggi, verfügt über klassische Bildung. Das Land der Phäaken ist in Homers *Odyssee* die letzte Station der Irrfahrt, bevor es für den Helden wieder nach Hause geht, und bekannt für ein so unbeschwertes wie üppiges Leben. Auf nach München also.

Die letzte Stunde im Zug kann Wedekind vor Ungeduld kaum sitzen. Endlich, kurz hinter Freising, tauchen die Türme von München auf. Auf den ersten Blick kommt ihm die Stadt »wie das reine Buxtehude« vor: »Die Straßen schmutzig und eng. In einem Zigarrengeschäft sehe ich noch die nämliche Auslage stehen, die ich vor 3 Jahren dort gesehen«. Doch schon am Abend stellt sich Behagen ein. Im Hacker-Keller trifft er alte Bekannte, darunter eine Freundin Ibsens aus dem Literatenkreis »Das Krokodil«. »Das Gespräch ist sehr animiert, und ich fühle mich über die Maßen wohl, wozu der herrliche Abend, die freie Aussicht und die angenehme Luft nicht wenig beitragen«, notiert er in seinem Tagebuch. »Gegen Berlin der reine Landaufenthalt.« Wedekind gefällt an München das Ländliche, Rückständige, Bierselige. Das wird nach ihm noch vielen so gehen, die hier ihren Wohnsitz nehmen. Für alle Welt sichtbar wird das bis heute auf dem Oktoberfest, einem ländlichen Fest mitten in der Stadt, für dessen Besuch sich schon um 1890 die Städter als Landleute verkleiden. Auch der Englische Garten, ein weitläufiger Landschaftspark, der sich nahezu von der Stadtmitte dem Isarufer entlang bis weit über die Stadtgrenze hinaus nach Norden erstreckt, ist schon damals für alle zugänglich und an Wochenenden überlaufen. Seit den Anfängen des 19. Jahrhunderts plätschert dort am Zusammenfluss von Schwabinger Bach und Eisbach ein künstlich angelegter Wasserfall, der von dem eines Gebirgsbaches im Voralpenland nicht zu unterscheiden ist. Und wer den 1836 aufgeschütteten Monopteros-Hügel besteigt, erblickt die Silhouette der Stadt mit Frauenkirche und Altem Peter, als würde er sie vom Land aus in greifbarer Nähe liegen sehen. Die Dynamik, die die Stadt erfasst hat, überall Baustellen, Kahlschlag und die Gentrifizierung ganzer Stadtviertel, nimmt Wedekind hingegen nicht wahr. Oder will sie gar nicht erst wahrnehmen. Zumindest noch.

Der zweite Tag und auch alle folgenden von Wedekinds Münchner Dasein verlaufen ein wenig wie der Ankunftstag. Nachdem er in seiner Bude in der Adalbertstraße vorzüglich geschlafen hat, macht er einen Besuch bei einem Privatdozenten für deutsche Literaturgeschichte. Schon auf dem Weg dorthin verspürt Wedekind das lebhafteste Verlangen nach Bier. Obwohl er den hochtrabenden Philologen durch seine Auskunft, er schreibe an einem Lustspiel, einigermaßen in Verlegenheit bringt, verabredet man sich für den nächsten Abend im Hofbräuhaus. Anschließend geht Wedekind in die Engelsburg zum Essen (und wohl auch zum Trinken), ersteht sodann eine Pfeife samt Tabak und begibt sich schnurstracks wieder nach Hause, wo er bald einschläft und wild träumt. Pünktlich zum Abendessen ist er wieder wach. Das wird im Hofbräuhaus eingenommen samt einer Maß. In sein Tagebuch notiert er in weiser Voraussicht: »Ich fürchte beinahe, daß ich vor lauter Gemütlichkeit nicht werde arbeiten können.«

Und in der Tat: Nur vier Tage später, am 10. Juli 1889, ist Wedekinds täglicher Bierkonsum »bis auf 3 ½ Maß gestiegen«. Kein Wunder, dass es da mit dem Lustspiel nur schleppend vorangeht. In den letzten Augusttagen revidiert er die erste Hälfte des ersten von vier geplanten Akten. Immerhin. Am 30. August trägt er in sein Tagebuch ein: »Damit fertig geworden. Gebummelt.« Und am Tag darauf nur noch: »Gebummelt.«

Dafür wird der Inhalt seiner Träume, gerade auch seiner Tagträume, zunehmend expliziter. In seiner Phantasie verbindet sich ein erotischer Vers Goethes mit einer Episode aus der *Psychopathia sexualis* von Richard von Krafft-Ebing, in der der Psychiater den sexuellen Verkehr einer Pariser Kokotte mit einer Bulldogge schildert, wie sie schon bald, ganz in Rot, auf dem Titelbild des Münchner Satiremagazins *Simplicissimus* prangen wird. Wedekinds entfesselte Einbildungskraft steuert noch die Vorstellung bei, dass sich das Mädchen durch Affen entkleiden lässt. Die junge Frau wohne und schlafe mit einer Hündin zusammen »wegen des Seelenduftes«. Gustav Jaeger lässt grüßen.

Ganz offensichtlich fehlt dem jungen Mann, der dieser Tage fünfundzwanzig wird, eine Freundin. Seinen Geburtstag verbringt er allein. Vergebens wartet er bis zum Abend auf Nachrichten von der Familie. Dann geht er ins Münchner Kindl, einen Tingeltangel, wie er ihn schon von Berlin her kennt. Dort amüsiert er sich »leidlich«, hauptsächlich deshalb, weil man hier die Beine der Darstellerinnen besser sieht als in vergleichbaren Etablissements. Besonders »Frl. Scholz« hat es ihm angetan, die mal in einem weißen Kleid mit langen Tressen, mal ganz in Schwarz gekleidet, dann wieder im kurzen »Backfischkostüm mit roter Schärpe, roten langen Strümpfen und roter Capotte« auftritt. Das bringt seine Phantasie auf Hochtouren.

Wedekinds Schreib- und Lebenstempo beschleunigt sich immer dann dramatisch, wenn er sich von dem Anspruch befreit, Gerhart Hauptmann auf seinem angestammten Feld, dem naturalistischen Drama, zu überbieten. Auch hieran ist Frl. Scholz nicht ganz unbeteiligt. Er schreibt nämlich ein Couplet für sie. Die ersten Verse entstehen abends im Bett; am nächsten Tag dann, als er an der Isar spazieren geht und das schlechte Wetter ihn in eine Kirche treibt, zieht er sein Notizbuch hervor und schreibt unbeobachtet in einem Seitenschiff an dem Lied weiter.

Die Mutter sprach in ernstem Ton:
Du zählst nun sechzehn Jahre schon
Drum, Herzblatt, nimm dich stets in acht,
Besonders bei der Nacht.
Verlier dich von dem Lebenspfad
Nie seitwärts ins Geheg.
Geh immer artig kerzengrad
Den goldenen Mittelweg

»Pulvermüllers Heinrich« will die Sechzehnjährige küssen, und als sie sich das verbittet, weil die Mutter es sehen könnte, gleich heiraten. Als sie auch das verweigert, wählt er, so unerwartet wie für beide Seiten angenehm, den »goldenen Mittelweg« – das Wort hat nun das Mädchen:

Und wenn ich nun zur Ruh mich leg,
Mir träumt vom goldenen Mittelweg;
Mein Spielzeug macht mir kein Pläsier,
Ich gäb es gern dafür,
Gäb meine Schuh, mein Röcklein fein,
Weiß Gott, ich gäb noch mehr;
Hätt nie geglaubt, daß ich solch ein
Gehorsam Mägdlein wär.

In ausgesucht höflichen Worten übersendet Wedekind das Couplet an Frl. Scholz. Und siehe da, als er nur wenige Abende später mit einem Freund das Münchner Kindl aufsucht, ruft das Publikum, das andere Stücke nur mit mäßigem Applaus bedenkt, bereits nach dem »goldenen Mittelweg«. Die Forderung erklingt erst schüchtern aus entlegenen Winkeln, um sich dann rasch über die trampelnde und johlende Menge zu verbreiten. »Die ganze Bewegung hat etwas Elementares, wenn ich offen sein wollte, Tierisches.« Auch der Freund, den er nicht eingeweiht hat, meint, das müsse »etwas Gepfeffertes« sein. Und natürlich trägt Frl. Scholz das Lied, ganz wie vom Autor ersehnt, in ihrem Backfischkostüm vor. Hauserschütternder Beifall.

Frauen und Narren

Das Lustspiel schreibt Wedekind dann doch. Schlussendlich bekommt es den Titel »Kinder und Narren«. Es geht um eine Gruppe junger Frauen, die es sich zur »Lebensaufgabe« machen, dass Mädchen in Zukunft eine Erziehung und Ausbildung erhalten, die denen der Jungen in nichts nachsteht und ihnen die gleichen Lebenschancen eröffnet. Die Mitglieder der Gruppe geben sich das Wort, »sich nicht eher zu verheiraten als bis sie ihre Aufgabe erfüllt: 1. Um sich durch keinerlei Rücksichten – Kochen, Kinderwarten – in der Verfolgung ihrer Ziele beeinträchtigt zu sehen. – 2. Um die jungen Männer ihrer Umgebung dadurch zu zwingen, ihnen zur Lösung ihrer Aufgabe behülflich zu sein.«

Doch wie die Frauen feststellen müssen, geben die Männer nicht so leicht ihre angestammte Position im strahlenden Mittelpunkt des sozialen Universums auf, um den sich Frauen und Kinder planetengleich drehen. Wedekind liest für sein Stück nicht nur einschlägige Traktate über Liebe und Ehe, sondern auch die emanzipatorische Literatur seiner Zeit. Dabei geht er so weit, seinen Protagonistinnen ganze Passagen aus diesen Schriften in den

Mund zu legen. Sie tragen Titel wie »Das Frauenstudium«, »Das Recht der Frauen« oder »Die Gleichstellung der Geschlechter und die Reform der Jugend-Erziehung«.

Trotz aller guten Argumente und Ideen scheitern die Frauen in Wedekinds Stück bei der Umsetzung ihrer Lebensaufgabe auf ganzer Linie. Anita Augspurg und Sophia Goudstikker wissen schon, warum sie ihre private Rebellion mit der Aufnahme einer Erwerbstätigkeit verbinden. Die Frauen in *Kinder und Narren* aber sind allesamt nicht berufstätig und verspüren auch keine Ambitionen in dieser Hinsicht. Das Scheitern hat aber noch einen anderen, nicht minder wichtigen Grund. Es ist eben nicht so, wie in dem Stück der Dichter Meier, auch er ein Anhänger Jäger'scher Wollkleidung, behauptet, in der Liebe sei die Seele das Wesentliche, die moderne Ehe sei eigentlich eine »Vereinigung der Seelen«. Es gibt noch etwas anderes zwischen Frau und Mann. Und das ist die Sexualität.

Der junge Wedekind ist das lebende Beispiel eines schüchternen Machos, wie man heute sagen könnte. Schüchtern der Seele nach, ein Macho hingegen in seiner sexuellen Triebhaftigkeit – eine explosive Mischung. Der Blick seiner hellen blaugrauen Augen ist von Natur aus eher sanft verträumt, aber Wedekind gibt sich redliche Mühe, sein Gegenüber damit herausfordernd und stechend anzusehen. Hinzu kommt, dass sein an sich fein geschnittener Mund schon früh durch ein künstliches, schlecht sitzendes Gebiss entstellt wird. Wedekind leidet seit Jugendtagen an Zahngeschwüren, die er durch das Auflegen von Feigen oder in Selbstoperationen behandelt, mit dem Ergebnis, dass er seit kurzen ein Gebiss trägt. Um es an den rechten Platz zu bringen, hat er sich angewöhnt, seinen Mund minütlich in die Breite zu ziehen und auch mit der Zungenspitze nachzuhelfen. Die dabei entstehende Grimasse versucht er durch ein lästerliches Grinsen und dadurch zu verbergen, dass er sich dabei »frivol die Lippen wie ein blutrünstiger Tiger der Erotik« leckt, wie es einem Zeitgenossen auffällt. Im Englischem Garten und auf Münchens Straßen stellt er jungen Frauen nach, stets mit eindeutigen Absichten, doch im entscheidenden Moment traut er sich nicht, sie anzusprechen, geschweige denn zu erobern. Dabei kleidet er sich extrem auffällig. Mit seinen gelb karierten Pepitahosen zum grauen Gehrock, ebenfalls gelben Glacéhandschuhen zum schwarz glänzenden Zylinder, den langen, zweigeteilten Koteletten und einer verwegenen Barttracht ähnelt er eher einem Gaukler oder Gecken als dem unwiderstehlichen Verführer, als den er sich gerne sähe. Bei einer Frau würde man sein Erscheinungsbild aufreizend nennen. Parallel zu dem politisch korrekten Lustspiel *Kinder und Narren* entwirft er eine schockierende Gesellschaftsordnung namens »Eden«, die auf der freien Liebe basiert. Dort ist das Kinderkriegen vollständig sozialisiert; die Säuglinge werden ihren Müttern weggenommen und in Anstalten aufgezogen. Auf jährlich abgehaltenen Frühlingsfesten und Herbstsaturnalien mündet der öffentlich abgehaltene Geschlechtsverkehr in Gewaltorgien, die an Grausamkeit den Fantasien Marquis de Sades in nichts nachstehen.

Liebe ist Wedekinds Verständnis nach stets mit Formen von Machtausübung verbunden. Sein Gewährsmann in dieser Hinsicht ist Krafft-Ebing, der Mann und Frau als polare Sexualcharaktere sieht: Beim Mann dominieren danach aggressiv-sadistische Anteile, bei der Frau hingegen der Wunsch nach Unterwerfung. Die Frauenrechtlerinnen seiner Zeit hingegen umschiffen das gefährliche Thema in ihren Schriften zumeist. Wenn sie überhaupt darauf zu sprechen kommen, dann setzen sie auf Entsagung oder fordern wie Anita Augspurg einen Ehe-Boykott, entwerfen jedenfalls kein anderes, frauenfreundliches Bild der Sexualität.

Frühlings Erwachen

Wedekinds Laufbahn als Schriftsteller mit Zukunft beginnt in dem Moment, da er die Sphären des Seelischen und des Sexuellen in Kontakt bringt und daraus literarische Funken schlägt. Noch bevor er 1891 München in Richtung Paris verlässt, entsteht *Frühlings Erwachen,* das Theaterstück, mit dem die Literatur das Erwachen der jugendlichen Sexualität und die damit verbundenen seelischen Nöte als Thema entdeckt. Das Stück wird den Autor in ganz Deutschland berühmt machen, obwohl oder gerade weil die Verlage es als pornographisch ablehnen und Wedekind es anfangs auf eigene Kosten in einem Zürcher Verlag drucken lassen muss (immerhin mit einem Cover von Franz Stuck, dem aufgehenden Stern am Münchner Künstlerhimmel). Erst über fünfzehn Jahre später gelangt *Frühlings Erwachen* durch Max Reinhardt in Berlin zur Uraufführung.

In vielerlei Hinsicht übertrifft *Frühlings Erwachen* an Naturtreue die Elaborate von Wedekinds Berliner und Münchner Schriftstellerkollegen, die sich explizit Naturalisten nennen. Er hat das ganze Stück nämlich aus eigenen Erlebnissen und denen von ehemaligen Schulkameraden montiert. Das reicht bis in die Wortwahl hinein. Laut eigener Auskunft hat er sich dabei sogar zurückgehalten, eher noch untertrieben. Seinerzeit hatte es in dem von Wedekind besuchten Schweizer Gymnasium eine regelrechte Selbstmordepidemie gegeben. Zwei Tote wie im Stück hätten da nicht ausgereicht. Aufs Konto des Schriftstellers Wedekind geht hingegen neben der bezwingenden Dramaturgie des Stücks die zum Teil derbe Komik, mit der die einzelnen Szenen durchwirkt sind. Das Ganze erinnert mehr an Commedia dell'arte als an ein bürgerliches Trauer- oder Lustspiel.

Beide Stücke, *Kinder und Narren* wie auch *Frühlings Erwachen*, schickt Wedekind 1891 an Anita Augspurg, das Letztere sogar noch in Manuskriptform. Die beiden kennen sich seit 1889 und treffen sich auf Veranstaltungen der seit Ende 1890 existierenden *Gesellschaft für modernes Leben*, einem Literatur- und Theaterverein, zu dessen Gründungsmitgliedern Michael Georg Conrad gehört, eine Zentralfigur der Münchner naturalistischen Bewegung. Wedekind ist bei diesen Veranstaltungen eher Zaungast, Anita Augsgpurg hingegen tritt zuweilen als Rezitatorin auf. Die Verbindungen zwischen Literaturszene und Frauenbewegung sind in diesen Jahren in München so eng, dass sie fast als zwei Seiten einer Medaille erscheinen. Das hängt auch damit zusammen, dass beide Gruppierungen für sich in Anspruch nehmen, »modern« zu sein und von diesem Schlagwort reichlich Gebrauch machen. Der Schriftsteller Max Halbe, ein Freund Wedekinds, aber höchstens halb so radikal »modern« wie er, hat rückblickend für diese Zeit das Auftauchen eines neuen Paartypus konstatiert: »die Emanzipierte und der Intellektuelle: ein Paar, das sich gesucht und gefunden« habe. Der »buntseidenen Modeweste« auf der männlichen habe »in einer bemerkenswerten Umkehrung der Geschlechtsmerkmale das schmucklose, puritanische Hängekleid« auf der weiblichen Seite entsprochen. »Hier Vermännlichung, dort Verweiblichung«. Halbe selbst sieht das kritisch. »Gehirn- und Zwitterwesen vom Schlage einer Anita Augspurg« hätten den Ton angegeben, polemisiert er.

Wedekind mag zwar im Grunde seines Herzens ein Macho sein, Berührungsängste aber kennt er nicht. Mit der Übersendung seiner Stücke an Anita Augspurg verbindet er durchaus die Erwartung, die Kontakte der ehemaligen Schauspielerin zu Theaterkreisen könnten ihm dabei behilflich sein, eine Bühne zur Aufführung zu gewinnen. Genauso interessiert ihn aber auch, was die mittlerweile stadtbekannte Feministin zu seiner provokanten Dramatisierung der Frauenfrage und des jugendlichen Sexuallebens zu sagen hat. Ausgspurgs Reaktion muss ihn enttäuschen, denn sie fällt, gelinde gesagt, verhalten aus. Dass Wedekind das ihr überlassene Exemplar von *Kinder und Narren* sogar mit einer persönlichen Widmung versehen hat, entdeckt sie erst, als sie es schon wieder zurücksenden will. Höflich nennt sie »das kleine Werk ... sehr hübsch«, *Frühlings Erwachen* hingegen immerhin »interessant-bedeutend«. Es enthalte »wirklich eine Fülle von Originalität und feiner Psychologie«. Begeisterung findet andere Worte. So endet Wedekinds Anbändeln mit der Frauenbewegung so ähnlich wie seine Versuche der Kontaktanbahnung auf Münchens Straßen: Es kommt nichts Rechtes dabei heraus.

KAPITEL 2

Frühlingsstürme

1891–1893

Es geht los: Der dänische Dandy Willy Gretor kommt nach München, auf der Suche nach neuen Geldgeberinnen und frischen Sexualpartnerinnen für die Künstler-WG, die er in Paris nach den Ideen Nietzsches gegründet hat. Unter seinen dortigen Einfluss geraten auch Albert Langen, der zukünftige Verleger des Münchner Simplicissimus, *und Frank Wedekind, der sich erstmal einen Korb von Lou Andreas-Salomé einhandelt. Derweil entwickelt sich in München die weltweit erste Secession, Vorbild aller nachfolgenden Abspaltungen am Beginn der künstlerischen Moderne. Lovis Corinth malt im Alleingang Schornsteine und Schlachthäuser, während die nach München zum Malen gekommene Franziska zu Reventlow Loslösung nicht nur in der Kunst, sondern auch in der Liebe als das Gebot der Stunde entdeckt. Alle eint die Empfindung »gärender Frühlingsstürme«, wie die junge, zunehmend verarmende Comtesse es ausdrückt. Da will auch der junge Thomas Mann nicht abseitsstehen.*

Besuch aus Paris

Willy Gretor

Der junge Mann, der im August 1891 im Bayerischen Hof absteigt, erregt Aufsehen schon durch seinen ständigen Begleiter, eine getigerte dänische Dogge mit einem Tritt so leise wie eine Gazelle, aber unverkennbar wild und bissig. Die Angestellten des Münchner Nobelhotels verbeugen sich besonders tief vor ihm, nicht nur aus Angst vor der schönen Bestie, die auf den Namen »Wolf« hört, sondern auch weil sie von der edlen Rasse des Hundes auf die Vornehmheit und vor allem das Vermögen seines Herrn schließen. Dieser ist elegant, mit einem Stich ins Dandyhafte gekleidet, worauf auch der leichte Spazierstock aus Lapislazuli hinweist, der daneben jedoch unverkennbar einem praktischen Zweck dient: Willy Gretor zieht ein Bein nach, versucht die Behinderung jedoch nicht zu verbergen, sondern hat aus der Schwäche eine distinguierte, mit Eleganz betonte Absonderlichkeit gemacht. So flaniert der Besucher aus Paris durch die Straßen der Maxvorstadt und zieht mit seinem riesigen Hund, der stets frei herumlaufen darf, überall die Aufmerksamkeit der Passanten auf sich.

Willy Gretor heißt mit bürgerlichem Namen eigentlich Julius Rudolph Wilhelm Petersen und ist gebürtiger Däne. Will man ihn gegen sich aufbringen, so reicht es, ihn als »Herrn Petersen« anzusprechen. Gretor hasst diesen Namen, der auf seine Herkunft verweist. Das selbstgewählte Pseudonym hingegen lässt sich kaum einer Nation oder Landsmannschaft zuordnen; in Paris schreibt er Gretor in der Regel mit Akzent (Grétor oder Grètor), gefällt sich aber darin, für einen Russen gehalten zu werden, über den sogar das Gerücht umgeht, ein leiblicher Sohn des vorletzten Zaren zu sein.

Gretor ist wegen Rosa Pfäffinger nach München gekommen. Gleich nach seiner Ankunft im Bayerischen Hof hat er der jungen Frau durch einen Dienstmann einen Brief geschickt, mit der Bitte, ihn dort zu besuchen. Während sie sich schon für den Besuch umkleidet, betritt ihre Lebensgefährtin Marie von Geyso das Zimmer. »Was fällt dir ein! Sowas gehört sich doch nicht!«, schnaubt sie. »Es ist doch an dem jungen Mann, als erster zu dir zu kommen! Seine unglaubliche Zumutung beweist, daß er dir noch mehr zumuten wird! Paß doch auf! Sei klug!« Also schickt Rosa Gretor ihrerseits eine Nachricht, zu welcher Stunde sie in ihrer Wohnung anzutreffen sei. Zuvor muss sie ihrer Freundin aber noch schwören, jede Geldforderung radikal zurückzuweisen.

Rosa Pfäffinger verfügt seit drei Jahren über ein beträchtliches Vermögen. Nach dem Tod ihrer Schwester ist ihr zusammen mit deren Erbe auch der väterliche Erbteil ausgezahlt worden. Gleichzeitig hat sie in München neben Marie von Geyso auch Maria Schorer kennengelernt, eine Apothekertochter aus Lübeck, die zuvor schon in Berlin Malerei studiert hat. Die jungen Frauen, alle drei Anfang zwanzig, besuchen die private Malschule von Alois Erdelt. Als die Schule im Jahr darauf schließt, wechseln sie gemeinsam an die sogenannte Damenakademie des Münchner Künstlerinnenvereins. Dort studiert zu dieser Zeit auch eine gewisse Käthe Schmidt, die später unter ihrem Ehenamen Kollwitz Berühmtheit erlangt.

Maria Schorer hingegen muss den Kreis schon Ende 1889 vor allem aus finanziellen Gründen wieder verlassen und geht nach Lübeck zurück. Dort erreicht sie in den ersten Monaten des Jahres 1890 ein Brief, in dem Rosa Pfäffinger ihr anbietet, ihr finanziell unter die Arme zu greifen. Ins Rollen gebracht hat das Käthe Schmidt, die sich als Sozialistin versteht und es für die Aufgabe der Kunst hält, das Leben umzuformen. Unter ihrem Einfluss erwägt Rosa Pfäffinger eine Zeitlang sogar, Mitglied der SPD zu werden und der Partei ihr Vermögen zur Verfügung zu stellen. Schließlich aber überwiegen die Zweifel an einer Organisation, die den anderen zumindest darin gleicht, dass in der Regel Männer das Sagen haben. »Wird nicht auch im Sozialismus der Wille zur Macht, dieser patriarchalische Pferdefuß, zum Vorschein kommen?«, fasst sie ihre Bedenken zusammen. Stattdessen beschließt sie, mit ihrem Geld Maria Schorer die Fortsetzung ihrer Ausbildung als Malerin zu ermöglichen. Diese nimmt das Anerbieten auch prompt an, enttäuscht die edle Spenderin aber zugleich mit der Mitteilung, nicht nach München zurückkehren zu wollen. In Lübeck habe sie einen »phänomenal begabten dänischen Maler« kennenglernt, dem sie nach Paris folgen wolle. Geld schickt ihr Rosa trotzdem postwendend, verbunden mit der Ankündigung, weiteres werde folgen.

Als die drei Frauen im Sommer einige Wochen gemeinsam auf Rügen verbringen, noch vor Maria Schorers Abreise nach Paris, hat diese ein Foto von Willy Gretor dabei. Marie von Geyso findet ihn arg jung – Petersen ist zu diesem Zeitpunkt in der Tat erst 21, zwei Jahre jünger als die drei Frauen. Rosa hingegen ist von seiner Erscheinung ebenso eingenommen wie Maria. Und Maria hat noch mehr im Gepäck – ein Exemplar von Nietzsches *Zarathustra*, das ihr Gretor in Lübeck gegeben hat und aus dem sie nun am Strand vorzulesen beginnt. Erneut rümpft Marie von Geyso ihre freifräuliche Nase – »das Buch sei affektiert und Nietzsche ein neuer gefährlicher Widersacher der Frau, ein Narr, der viele Narren machen werde ...« Maria widerspricht vehement: Nein, Zarathustra sei nicht geschrieben worden für die gemeine Masse, es sei vielmehr ein Buch für »Menschen des neuen Adels« – so hat es der dänische Kulturkritiker Georg Brandes in seinen Vorlesungen über Nietzsche verkündet, die den Philosophen auch in Deutschland bekannt gemacht haben. Unter seinen Zuhörern war auch der Kopenhagener Kunststudent Willy Gretor, der in diesem Moment den Entschluss gefasst hat, zu diesen Menschen zu gehören. Die drei Frauen streiten noch stundenlang im Angesicht des Meeres über Nietzsche und liefern sich mit steigernder Erbitterung einen Kampf, in dem persönliche Gefühle und Prinzipien einander gegenüberstehen und der in diesen und den folgenden Jahren in allen intellektuellen Kreisen Deutschlands geführt wird. Nietzsche wird zum umstrittenen Modephilosophen, der ebenso sendungsbewusste Anhänger wie erbitterte Gegner hat.

Und noch etwas Drittes hat Maria Schorer mitgebracht: einen Brief von Gretor, den er ihr im Januar 1890 geschrieben hat, um sie davon zu überzeugen, zu ihm nach Paris zu kommen. Darin ist viel von »Seele« die Rede – dass er ihre studiert habe und aus der Vereinigung ihrer beider Seelen Großes erwachsen könne: »Aber liebe freundin, fort müssen sie, nach Paris. Sie sind viel zu gut, viel zu ernst und viel viel zu talentvoll um im filiströsen sehr veralteten und krankhaften deutschland zu bleiben.«

Er kenne beides, Deutschland und Paris, und er müsse sagen, »es ist nichts für freie seelen, tiefe herzen und ernste schöne naturen in deutschland«. Das Land Goethes, Heines, Kants und Schopenhauers werde von Engherzigkeit, patriotischer und moralischer Dummheit sowie militaristischer Rohheit »in Ketten gelegt«. Paris hingegen sei »der hauptsamlungslatz der grösstzen und modernen inteligens der welt.«

Trotz Gretors hanebüchener Rechtschreibung – sein beschwörender Ruf verklingt nicht ungehört. Aus Paris aber erreichen Rosa Pfäffinger seitdem immer dreistere Geldforderungen, so etwa im Februar 1891 in einem sechzehnseitigen Brief der Freundin: Gretor habe sich nun vollständig mit seinem Vater überworfen, außerdem sei einer seiner dänischen Freunde, ein begabter Bildhauer, dem seine einsichtslose Mutter ebenfalls das Geld für den nötigen Paris-Aufenthalt versage, ohne Existenzmittel. Ob sie nicht diesen beiden begabten Menschen ...

Was die großzügige Geberin, deren Geld bald in Strömen von München nach Paris fließt, allerdings nicht weiß, ist, dass ihre Freundin bereits schwanger ist – von Gretor, der in Paris auch noch weitere Liebesbeziehungen unterhält. Im August 1891 kommt der werdende Kindsvater dann persönlich nach München – auf Bitten Marias, die langsam der Entbindung entgegensieht, und mit der Absicht, noch mehr Geld aus Rosa Pfäffinger herauszuholen, wie sie und Marie von Geyso ganz richtig mutmaßen.

Eine Künstler-WG

Rosas erster Eindruck von Willy Gretor ist pure Enttäuschung: Der Mann, der ihr da gegenübersteht, kommt ihr wie ein reines Nervenbündel vor. Er gleicht mehr einem gramgebeugten, zittrigen, auf einen Stock gestützten Alten als jenem Übermenschen, von dem Maria ihr vorgeschwärmt und den sie erwartet hat. Und so fällt es ihr auch nicht schwer, ihm seine Bitte um mehr Geld abzuschlagen, ganz wie sie es sich vorgenommen hat. Doch im Verlauf ihrer Begegnung geht allmählich eine Verwandlung mit ihrem Gegenüber vor sich: Gretor scheint von Minute zu Minute jünger und vitaler zu werden, das Bettlergehabe fällt von ihm ab und zum Vorschein kommt ein trotz seiner Gehbehinderung gutaussehender, attraktiver Mann, von dem Frank Wedekind meinen wird, er sei Champagner für seine Stimmung. Und obwohl Rosa Pfäffinger die List durchschaut, dass er es mit seinem anfangs bettlerhaften Auftreten nur auf ihr Gewissen und auf ihr Geld abgesehen hat, verliebt sie sich in ihn.

Und lässt sich deshalb auf ein weiteres Treffen ein, das nun doch bei ihm im Hotel stattfindet. Dabei erfährt sie von Marias Schwangerschaft und kann mit diesem Wissen gar nicht mehr anders, als die Zahlungen fortzusetzen – eine Entscheidung, die sogar Marie von Geysos Zustimmung findet. Zudem macht es ihr großen Spaß, sich mit dem pariserisch aussehenden Dandy auf den Münchner Straßen sehen zulassen, auf denen sie ansonsten nur »als häßliches Malweib im Schlepptau anderer solcher Malweiber« unterwegs ist, wie sie schreibt. Zwar durchlebt sie ein Wechselbad der Gefühle, ist hin- und hergerissen zwischen der zunehmenden Anziehung, die Gretor auf sie ausübt, und den Skrupeln, die sie gegenüber dem aufkommenden Wunsch empfindet, ein Verhältnis mit ihm einzugehen. Es wäre das erste Mal, dass sie mit einem Mann schlafen würde. Als es dann in ihren Augen beinahe schicksalhaft geschieht, muss sie sich trotzdem von ihm sagen lassen, er habe ihr den Sieg leicht gemacht – zu leicht. Unterdessen schickt Gretor fleißig Briefe nach Paris, in denen er die hochschwangere Maria Schorer detailliert über die Fortschritte seiner Beziehung zu ihrer gemeinsamen Gönnerin und den Stand der beiderseitigen Gefühle unterrichtet.

So wird der München-Besuch zum vollen Erfolg: Statt lediglich frisches Geld mitzubringen, um den durchaus mondänen Lebensstil fortsetzen zu können, den sich Gretor angewöhnt hat, hat er gleich die sprudelnde Finanzquelle selbst im Schlepptau. Als er und Rosa Pfäffinger in Paris eintreffen, liegt die werdende Mutter gerade in den Wehen. Zusammen mit einer weiteren Geliebten Gretors, ebenfalls einer Münchner Maler-Bekanntschaft, und dem unterstützungswürdigen dänischen Bildhauer beziehen Maria Schorer mit Baby, und Rosa Pfäffinger, noch ohne Baby (das stellt sich später ein), eine großzügige Sechszimmerwohnung am Boulevard Malsherbes, die natürlich ebenfalls aus dem Erbe bezahlt wird, neben jeweils einem eigenen Atelier für die hier wohnenden Künstlerinnen und Künstler. Die deutsch-dänische Wohn- und Lebensgemeinschaft ist der erste uns bekannte Zirkel – nicht nur in Paris, sondern überhaupt –, in dem die Ideen Nietzsches mit Leben erfüllt werden und ein neues, freies Zusammenleben jenseits von Familie und Konventionen, jenseits aber auch von Gut und Böse erprobt wird. »Unsere Gemeinschaft stellte ein Laboratorium dar, in dem die Zukunft Experimente mit neuen Lebensformen machte, mit einer neuen Moral«, beschreibt das recht geschwollen die Finanzierende des Unternehmens, die nachträglich darüber einen autobiographischen Roman geschrieben hat. Es sei der Versuch gewesen, »das überlebte, starre, aber affektbetonte, subjektivistische Haus-, Familien- und Ehesystem zu sprengen. Der Einzelne sollte künftig mehr als bisher Individuum sein dürfen, zugleich aber auch systematischer als bisher der Gesellschaft dienen.«

Schöne Worte. Doch die Wirklichkeit sieht anders aus: Tatsächlich dienen alle Gretors hemmungslosem Hedonismus, der für sich in Anspruch nimmt, die Frauen befreit zu haben. In Wahrheit aber beherrscht er sie, vor allem damit, dass er sie permanent einem Wechselbad von Komplimenten, Zuwendung und Anerkennung auf der einen und Demütigung, Erniedrigung sowie seelischen Verletzungen auf der anderen Seite aussetzt. Stets bleibt er unberechenbar und wechselt souverän zwischen Charmeoffensive und Herabsetzung, *love bombing* und Liebesentzug, was bei Rosa Pfäffinger und auch den anderen Frauen das Gefühl hervorruft, zu einer Null zu schrumpfen.

Leben sei »wesentlich Aneignung, Verletzung, Überwältigung« hat Nietzsche in *Jenseits von Gut und Böse* geschrieben. Jene Spielart der Boheme, zu der sich Gretor zählt, nimmt das wörtlich. Egoismus und Habgier sind ihr Markenzeichen, als gelte es den kapitalistischen Feind mit den eigenen Waffen zu schlagen. Das betrifft nicht nur die amourösen Beziehungen, sondern auch das Geld, soweit es in den Händen von Leuten ist, die aus der Sicht des Bohemien damit nichts Rechtes anzufangen verstehen. Neben dem Bildungs- gibt es für sie auch den Geldphilister, der sich weigert, Besitz in Genuss zu verwandeln und dem der Bohemien hilft, sich von dem vielen in seiner Sicht bei ihm schlecht aufgehobenen Geld zu befreien. Er selbst kann es nämlich gut gebrauchen für einen Lebensstil, den er sich aus eigenem Vermögen gar nicht leisten könnte. Freigesetzte Bürgertöchter und Bürgersöhne, die im Konflikt mit ihren wohlhabenden Herkunftsfamilien leben, von ihnen dennoch per Erbe oder Unterhaltszahlungen gut gestellt sind, passen perfekt ins Beuteschema von Männern wie Gretor, die sich als Vertreter einer ausgezeichneten, überlegenen Menschenklasse verstehen.

Allerdings dauert es nicht lange, da bricht die Pariser Künstler-WG auseinander. Grund dafür sind die zunehmend unerträglichen seelischen Spannungen, die vor allem Gretors diktatorisches Gebaren mit sich bringt. Der dänische Bildhauer, der unter Depressionen leidet, stirbt an einem Suizidversuch. Rosa Pfäffinger hingegen geht schlicht das Geld aus, das Erbe ist schneller durchgebracht, als alle erwartet haben, einschließlich die Erbin selbst. Das hat auch damit zu tun, dass sich Gretor in dieser Zeit vom Maler erst zum Kunstsammler und später zum Kunsthändler entwickelt und Rosa Pfäffinger, die sogar seine Ehefrau wird, auch das finanziert. Dabei beweist er jedoch zunehmend Geschick und Kennerschaft, erwirbt neben alten Meistern, bei deren Zuschreibung er beide Augen zudrückt und die er gegebenenfalls etwas auffrischt, schon frühzeitig und sehr preiswert Bilder van Goghs, Gauguins und Cézannes, deren Wert sich in den nächsten Jahrzehnten beträchtlich steigert.

In all dem seelischen und häuslichen Chaos, mitsamt zwei Babys, die versorgt werden wollen, kreuzt 1892 als Retter Albert Langen, der spätere Münchner Verleger des *Simplicissimus* und einer internationalen Autorenriege, auf. Der reiche, verwöhnte Kölner Industriellensohn hat seine kaufmännische Lehre abgebrochen und will sich in Paris zum Maler ausbilden lassen. Er und Gretor sollen sich im Casino von Monte Carlo kennengelernt haben, als Langen eine Pechsträhne im Roulette hatte und von dem Dänen in ein geistreiches Gespräch verwickelt wurde. Vermögen zieht Gretor magisch an. Auch dem jungen Langen gegenüber wendet er seine mittlerweile bewährte Herrschaftsstrategie an: erst dem anderen dessen Bedeutungslosigkeit vor Augen führen und ihn dann im Glanz des Lichtes, das durch Gretor auf ihn fällt, wiedererstehen lassen. Langen übernimmt die sich leerende Wohnung am Boulevard Malesherbes, und Gretor stattet sie üppig und natürlich gegen Geld mit Bildern aus seinem Besitz aus. Gerüchte besagen, es habe sich bei den Bildern ausschließlich um Fälschungen gehandelt, aber zumindest das »ausschließlich« ist wohl nicht richtig. Schnell erregt Langen mit seinem erlesenen Kunstgeschmack die Aufmerksamkeit prominenter Besucher, die zumeist Gretor ihm zuführt. Darunter befindet sich auch der norwegische Schriftsteller Knut Hamsum, ein späterer Nobelpreisträger. Mit seinem neuen Manuskript *Mysterien* ist er gerade auf Verlagssuche, weil sein Hausverlag Samuel Fischer es abgelehnt hat. Der hilfreiche Langen hat erst die Idee, den Druck finanziell zu unterstützen. Aber als man ihm vorrechnet, dass er mit der Hälfte der veranschlagten Summe den Roman gleich selbst unter eigenem Namen veröffentlichen könne, ist die Sache entschieden und Langen gründet Ende 1893 in Paris den *Albert Langen Buch & Kunst Verlag*. Boulevard Malesherbes 112 lautet dann auch die erste Verlagsadresse.

August Strindberg, der sich gerade ebenfalls in Paris aufhält, gibt Langen dagegen einen Korb, als er ihn – nun schon professionell auf Autorensuche – unter Vertrag nehmen will. Dafür heuert dessen zweite Frau Frida Uhl, die sich von dem notorisch eifersüchtigen Frauenhasser gerade schon wieder trennt, als *literary-social secretary* bei Langen an. Sie hatte sich in den Kopf gesetzt, den 23 Jahre älteren, berühmten Strindberg, der stets verschuldet ist, unter Schreibblockaden leidet, paranoide Anfälle hat und sich regelmäßig betrinkt, vor sich selbst zu retten. So etwas kann nur schiefgehen. Als Autor gewinnen kann Langen dagegen den seinerzeit nicht minder populären Bjørnstjerne Bjørnson, Autor der norwegischen Nationalhymne und von *Über die Kraft,* einem vielgespielten religionskritischen Stück. Und nicht nur das, bei einem Antrittsbesuch in Tirol, wo die Familie Bjørnsons zur Sommerfrische weilt, akquiriert er auch gleich noch Dagny, die jüngste Tochter. Die beiden werden ein Paar und heiraten im Münchner Wunderjahr 1896.

Doch jetzt kehrt erst einmal Frank Wedekind aus London nach Paris zurück. Bei seinem ersten Aufenthalt in der französischen Metropole hat er sich prächtig ausgelebt, in der Regel bezahlten Sex mit diversen Bekanntschaften in allen möglichen Formen, Stellungen und Verhältnissen gehabt, dabei aber auch die ersten vier Akte seines nach *Frühlings Erwachen* berühmtesten Dramas verfasst. Es heißt da noch in der für Wedekind typischen Bildungsbeflissenheit *Die Büchse der Pandora* und setzt den steilen gesellschaftlichen Aufstieg sowie den nicht weniger rapiden Abstieg eines Mädchens von der Straße in Szene, das zur Projektionsfläche der Phantasien ihrer Liebhaber wird. Sie selbst tut bis zuletzt eigentlich nichts anderes als das, was sie auf der Straße gelernt hat: unter Einsatz ihres Körpers, ihres einzigen Kapitals, um ihr Überleben zu kämpfen. Die zahlreichen Katastrophen, die von Akt zu Akt zum Tod ihrer Liebhaber führen, ereignen sich immer dann, wenn das Bild, das sich die Männer von Lulu machen, an der Realität ihrer Existenz zerbricht. »I never found a more beautiful girl in the street«, bemerkt noch der Prostituiertenmörder Jack the Ripper, der im letzten Akt der Schauertragödie auf sie wartet. Nach London ist Wedekind nicht zuletzt deshalb aufgebrochen, um für diesen Schluss atmosphärische Eindrücke zu sammeln. Jack the Ripper, dem Aufschlitzer, werden zu dieser Zeit mindestens fünf der insgesamt elf Frauenmorde zugerechnet, die sich zwischen 1888 und 1891 in Whitechapel und angrenzenden Stadteilen ereignet haben.

Mit dem letzten Akt der *Büchse der Pandora* im Gepäck ist Wedekind von London gerade zu der Zeit wieder zurück in Paris, als die ersten Bücher aus dem Verlag von Albert Langen das Licht der Öffentlichkeit erblicken. Noch von London aus hat er bei dem Jungverleger wegen einer französischen Ausgabe von *Frühlings Erwachen* angeklopft. Nun lesen Langen und auch Gretor die neue »Monstertragödie«, wie Wedekind sie auch nennt. Das Stück hat selbst etwas von einem Monster: Es ist teilweise auf Französisch und Englisch geschrieben und viel zu lang: Die Aufführung würde geschätzt mindestens so viel Zeit in Anspruch nehmen wie die von Wagners Bühnenweihfestspiel *Parsifal*, bei dessen Bayreuther Premiere Alfred Pringsheim zugegen war. Nur dass der »tumbe Tor«, an den sich die Erlösungswünsche der Menschen richten, hier eine Frau und zumal eine Prosituierte ist.

Wedekind beginnt noch in Paris, das Stück umzuarbeiten und teilweise neu zu schreiben, er führt neue Figuren ein und verfasst einen zusätzlichen Akt, mit dem Ergebnis, dass es an Umfang noch weiter zunimmt. Kurzerhand entschließt er sich zu einer Zweiteilung. Der erste Teil, der den Titel »Erdgeist. Tragödie in vier Aufzügen« erhält, endet nun mit Lulus Ermordung ihres Gönners Dr. Schön, der sie bereits im Alter von sieben Jahren als barfüßiges Blumenmädchen von der Straße aufgelesen hat. Zuvor hat er versucht, sein Geschöpf zur Selbsttötung zu zwingen. Aber es gibt Grenzen der Manipulierbarkeit. 1895 erscheint das Drama im Verlag Albert Langen. Jack the Ripper hingegen muss auf seinen Auftritt bis zum zweiten Teil warten, den Wedekind erst einige Jahre später unter dem ursprünglichen Titel »Die Büchse der Pandora« fertigstellt. Erst 1913 führt er dann beide Teile wieder zu einem Stück zusammen, das nun endlich so heißt wie seine weibliche Hauptfigur, nämlich schlicht und einfach »Lulu«.

Da kreuzt die vier Jahre ältere Lou Andreas-Salomé Wedekinds Pariser Flanierrevier. Schon wegen ihres Vornamens, einer Abkürzung von Louise, erregt die gebürtige Russin sein Interesse - hat er die weibliche Hauptfigur seines Monsterstücks doch nicht nur wegen der Lalllaute Lulu genannt, sondern auch nach der Frau, die Nietzsche abblitzen ließ und mit der alle Männer dieser Zeit ins Bett wollen - oder sagen wir, fast alle. Allgemein bekannt ist, dass Lous Ehe mit dem fünfzehn Jahre älteren Orientalisten Carl Andreas zwar irgendwie unverbrüchlich, aber auch nur eine platonische Partnerschaft ist. Jedenfalls kommt es nach einem ersten Kennenlernen auf einer Gesellschaft, an die sich ein zwangloses

Die Frau, die Nietzsche einen Korb gab: Lou Andreas-Salomé, fotografiert vom Atelier Elvira, 1897.

Zusammensein mit Zwiebelsuppe und Austern im Chien qui fume unmittelbar an den Markthallen bis zum Morgengrauen anschließt, zu einem »Wedekindschen Missverständnis«, wie das Lou Andreas-Salomé in ihrem Lebensrückblick so schön nennt. Auch in der einige Jahre später entstandenen Erzählung »Fenitschka« berichtet sie davon.

Mit ihrem Begleiter ins Gespräch vertieft, durchstreift dort ihr Alter Ego die frühmorgendlichen Straßen von Paris auf dem Weg zum Hotel. »Eigentümlich seelenoffen« wird die junge Frau genannt. Man redet über die Vor- und Nachteile von Studium und Bildung für das Leben und die Emanzipation der Frau. Wedekind macht keinen Hehl aus seiner Verachtung der Wissenschaft; für ihn führt sie an der Wirklichkeit des Lebens, mit all seinen Farben, seiner Fülle, seiner widerspruchsvollen Mannigfaltigkeit, völlig vorbei. Lou, die als Zwanzigjährige an der Universität Zürich Vorlesungen in Philosophie und Theologie belegt hat, ist da ganz anderer Meinung: »Für uns Frauen, – für uns, die wir erst seit so kurzem studieren dürfen, ist es durchaus nicht so, wie Sie da sagen«, widerspricht sie; »für uns bedeutet es keine Askese und keine Schreibtischexistenz. Wie sollte das auch möglich sein! Wir treten ja damit nun grade mitten in den Kampf hinein, – um unsre Freiheit, um unsre Rechte, – mitten hinein in das Leben!«

Wedekind kontert, das beweise doch wohl nur die Rückständigkeit der Frauen. Sie holten lediglich nach, was die Männer bereits vor Jahrhunderten getan hätten, als man für wissenschaftliche Erkenntnis noch auf dem Scheiterhaufen landete oder zumindest öffentlichen Verruf in Kauf zu nehmen hatte. Damals habe die Wissenschaft in der Tat noch etwas Heroisches gehabt. Heute hingegen kreise sie in erster Linie um sich selbst. Ähnlich weltfremd sei die Gegenwartsliteratur. Sie kranke daran, dass die Schriftsteller keine anderen Fragen und Probleme mehr erkennen würden als jene, die unter ihresgleichen und unter Wissenschaftlern und Intellektuellen verhandelt werden. Es sei der Fluch der jungen deutschen Literatur, dass sie viel zu literarisch sei: Literaturliteratur eben. »Um wieder auf die Fährte einer großen gewaltigen Kunst zu gelangen, müssten wir uns möglichst viel unter Menschen bewegen, die nie in ihrem Leben ein Buch gelesen haben, denen die einfachsten animalischen Instinkte bei ihren Handlungen maßgebend sind.« In seinem neuen Schauspiel habe er dem Schriftsteller Alwa dieses sein Credo in den Mund gelegt.

Währenddessen hat Wedekind ihrer beider Schritte zu seinem statt zu Lous Hotel gelenkt, ohne dass sie dieses Manöver bemerkt hat. Er bittet sie noch auf einen Kaffee in die große helle Hinterstube, direkt neben dem noch nicht geöffneten Speisesaal. Dort beugt er sich vor Erregung zitternd plötzlich über sie und will sie mit beiden Armen umfassen. Sie zuckt zurück und wendet sich schnell zur Tür. »Wie schade«, sagt sie dabei. Wedekind hingegen steht erst einen Augenblick verdutzt da, bevor er wie toll geworden an ihr vorbei zur Tür stürzt, den Schlüssel von innen im Schloss herumdreht und in seine Tasche steckt.

Was wie das Ende einer Beziehung aussieht, noch ehe sie begonnen hat, wird im Gegenteil zum Auftakt einer wunderbaren Freundschaft. Denn die Verachtung, die Wedekind in Lous Blick bemerkt, bringt ihn zur Besinnung. Eine Entschuldigung murmelnd rückt er den Schlüssel heraus und begleitet Lou noch zur Droschke. Während der Gaul schon anzieht, bitten sich die beiden gegenseitig um Verzeihung – er für seine unbeherrschte wahnsinnige Dummheit, sie für die Unbedarftheit, mit der sie ihm gefolgt ist und falsche Erwartungen geweckt hat. Am nächsten Tag sucht er Lou noch einmal auf, »in feierlichster Kleidung«, und entschuldigt sich erneut. Wedekind habe »wahre Schlächterhände« gehabt, erinnert sich Lou Andreas-Salomé, »aber noch mehr ebenso zarte und überzarte Eigenschaften«.

Ein Malerfürst

Franz Lenbach

Es darf aufgeatmet werden: Wir sind zurück im gemütlichen München. Dort ist im Frühsommer 1892 Otto Fürst von Bismarck zu Besuch. Gut zwei Jahre nach seiner Entlassung durch Wilhelm II. ist er von seinem Friedrichsruher Herrenhaus nach Wien zur Hochzeit seines ältesten Sohnes gefahren. Die Reise entwickelt sich zu einem Triumphzug, als gelte es einen Popstar zu bejubeln. Überall, wo der Reichskanzler a. D. Halt macht, begrüßt ihn eine frenetische Menge bereits an seinem Eisenbahnwaggon. So ist es auch in München, wo Bismarck noch kurz Station macht, bevor er sich zur Kur nach Bad Kissingen begibt. Prinzregent Luitpold hat sich diskret in seine geliebten Berge zurückgezogen, denn offiziell, seitens des preußischen Königshauses, ist der Besuch unerwünscht, die Stadtverwaltung muss sich über den amtlichen Boykott hinwegsetzen.

Daran, dass Bismarck nicht gleich von Wien nach Kissingen weitergefahren ist, hat Franz Lenbach entscheidenden Anteil. Der Münchner »Malerfürst«, wie er gerne genannt wird, ist seit ihrer ersten Begegnung im Jahr 1873 so etwas wie der Hofmaler Bismarcks. Am Schluss werden es annähernd achtzig Porträts sein, die er von ihm gemalt hat, mehr als je zuvor ein Maler einem Einzelnen widmete, ganz zu schweigen von Bergen von Skizzen und Studien. Über zwei Jahrzehnte hinweg ist er stets zu Weihnachten und zum Geburtstag, erst in Varzin und dann in Friedrichsruh, bei Bismarck zu Gast, um ihn zu malen.

Nun aber ist Lenbach der Gastgeber. In der repräsentativen Villa direkt gegenüber den Propyläen, die er sich hat bauen lassen, beherbergt er sein prominentes Modell, mit dem ihm endgültig der Durchbruch zum anerkannten und bestbezahlten Bildnismaler seiner Zeit gelungen ist. Die Mächtigen und Schönen der Zeit bestellen ihr Porträt bei Lenbach, um sich das Image einer historisch bedeutsamen Persönlichkeit zu verschaffen. Denn genau das ist Lenbachs Markenzeichen, für das er berühmt, aber auch verschrien ist – das Gegenüber so zu malen, dass sein Erscheinungsbild dem Wechsel der Moden und den Unbilden der Zeit trotzt, den Rang einer Gestalt der Geschichte erhält. Nach einer Frühphase, in der der Maurermeistersohn aus dem ländlichen Schrobenhausen die Erwartung auf sich zog, einer der Vorreiter eines deutschen Impressionismus zu werden, hat sich Lenbach mit ungeheurer Disziplin und großem Ehrgeiz eine radikale Transformation seines Malstils verordnet. Er hat die alten Meister wie Tizian, Rubens, Rembrandt oder Velázquez erst analysiert und dann kopiert und sich dabei einen durch und durch historistischen Porträtstil angeeignet, der sich Neuerungen konsequent verweigert. Während die einen witzeln, Lenbach würde alle und alles mit der braunen Soße Rembrandts übergießen, feiern ihn andere als »Seelenbeschwörer«; als Psychologen im Gewand eines Altmeisters.

Wie so viele seiner Zeitgenossen ist Lenbach eine janusköpfige Gestalt: den Blick fest rückwärts in die Vergangenheit gerichtet, dabei zugleich mit gehöriger Bodenhaftung und Verankerung in der Gegenwart in Richtung Zukunft stürmend. Konsequent bedient er sich bereits seit den 1860er Jahren der neuen Technik der Fotografie, um seine Porträts zu schaffen, bis schließlich bei jeder Porträtsitzung ein Berufsfotograf anwesend ist. Das macht den Malvorgang selbst unabhängig von der Anwesenheit des Modells: Wer sich von Lenbach malen lässt, darf sich dafür mit einem oder zwei Besuchen in seinem Atelier begnügen, die weniger Zeit in Anspruch nehmen als die Sitzung bei einem Fotografen. Und Lenbach sorgt dafür, dass sie sogar noch entspannter ausfallen: Die Kunden dürfen in Bewegung bleiben, er plaudert ungezwungen mit ihnen, zuweilen setzt er sich ans Harmonium, um eine gelöste Atmosphäre zu schaffen. Währenddessen geht der Fotograf, hinter einem schwarzen Vorhang verborgen, seinem Geschäft nach und stellt jene Vorlagen her, nach denen dann das Gemälde entsteht. Nur wer sehr aufmerksam ist, hört zuweilen das Knipsgeräusch, wenn der Verschluss ausgelöst wird.

Den Ateliertrakt seiner Villa hat Lenbach so gestaltet, dass Besucher und Kunden zwei mit vergoldeten Gewölbedecken überspannte Räume durchschreiten müssen, um in die »Werkstatt« zu gelangen. In diesen »Showrooms« inszeniert Lenbach seine Bilderwelt: Nach Art von fürstlichen Wunderkammern sind sie mit antiken Statuen, Bronzen und Vasen, Orientteppichen und Gobelins, Kirchenstühlen und alten Möbeln, naturkundlichen Objekten und Fundstücken ausstaffiert, die Wände sind überladen mit alten und neuen Meistern, bei vielen davon handelt es sich um Kopien, es sind aber auch zwei echte Tizians und zahlreiche Porträts von eigener Hand darunter. Ein dämmriges Halbdunkel sorgt für eine geheimnisvolle Stimmung. Ein Zeitgenosse berichtet von der »Verführungsatmosphäre ohne Vergleich«, die von diesen Räumlichkeiten ausgehe. Andere sehen das kritischer. Als der junge Weltreisende und Kunstkenner Harry Graf Kessler, bald schon treibende Kraft hinter der Jugendstilzeitschrift *Pan*, Lenbach in seiner Villa besucht, fallen ihm neben den Marmorpilastern und Imperatorensesseln auch »die falschen Marmorfußböden aus Linoleum« auf. In seinem Tagebuch nennt er das Ganze »die allerübelste Sorte von Meiningerei«, in Anspielung auf das historistische Ausstattungstheater, für das das Meininger Hoftheater berühmt war, dessen Bretter für Hedwig Pringsheim wie für Anita Augspurg einmal die Welt bedeutet haben. Das ganze Haus sei von Lenbach, diesem »einfachen Mann mit dem biederen oberbayerischen Dialekt«, mit dem einzigen Ziel gebaut und eingerichtet worden, sich in Szene zu setzen, lautet sein harsches Urteil.

Lenbach empfängt Kessler im Atelier, das ähnlich eingerichtet ist wie die beiden Vorräume; auch der Fotograf ist anwesend. Der Raum ist sehr dunkel und Kessler fällt auf, dass Lenbach bei elektrischem Licht malt. Kohlenbogenlampen, hinter japanischen Perlenvorhängen versteckt, tauchten die Räume in ein schummriges, diffuses Licht, wie es Lenbach und seine Zeitgenossen lieben. Auch ansonsten bietet seine im Stil der italienischen Renaissance erbaute Villa allen erdenklichen Komfort auf dem neuesten Stand der Technik - Dampfheizung, Bäder mit fließendem Wasser und natürlich ein Fotoatelier. Doch die Harmonisierung des Gegensätzlichen gelingt immer weniger, wie sich schon bald zeigen wird, wenn die Secessionisten die Bühne betreten, die Fenster sperrangelweit aufreißen, Licht und Luft hereinlassen und die dämmrige Atmosphäre vertreiben.

Der große Bahnhof, den Lenbach für den entlassenen Reichskanzler veranstaltet, nimmt sich da wie ein letzter Versuch aus, die Größe, die ihm in München zugewachsen ist, noch einmal im Schulterschluss mit seinem prominentesten Auftraggeber zu demonstrieren. Ein Empfang der Künstlergesellschaft *Allotria*, deren Präsident natürlich Lenbach ist, steht ebenso auf dem Programm wie die Besichtigung der Internationalen Kunstausstellung im Glaspalast, die das Beiwort »international« immer weniger verdient und mehr und mehr zu einer Leistungsschau stromlinienförmiger kommerzieller Münchner Malerei wird, und natürlich mit einer Sonderausstellung »Lenbach« aufwarten kann.

Zu den Gästen des Bismarck-Besuchs zählt auch Hedwig Pringsheim. Seit die Pringsheims ihr eigenes Palais in der Arcisstraße bezogen haben, sind sie und die Lenbachs sozusagen Nachbarn, getrennt nur durch den weitläufigen Königsplatz mit seinem klassizistischen Ensemble von Propyläen, Glyptothek und Antikensammlung. Das intensiviert die Beziehungen noch einmal. So stammt das riesenlange, breite, altmodische Bett, in dem Bismarck in der Lenbach'schen Villa nächtigt, aus einem der Gästezimmer im Pringsheim'schen Palais. Im ganzen Haus, so wird erzählt, war nämlich kein Bett aufzutreiben, das lang und breit genug gewesen wäre, um den großen Mann aufzunehmen. Lenbach wusste sich keinen Rat und bat Pringsheim, den er da schon in die *Allotria* eingeführt hat, um Nachbarschaftshilfe, die dieser dann auch bereitwillig leistete.

Gleich am Ankunftstag wohnt Hedwig Pringsheim vor Lenbachs Haus den »Bismarck-Ovationen« bei, ist auch am Abend in den Garten geladen, um den Fackelzug anzusehen. Trotz seiner Popularität ist Bismarck unverkennbar ein Mann von gestern. Wer genau hinschaut wie der Bildhauer Adolf von Hildebrand, der auch zu den Gästen zählt, kann das bereits an seinem äußeren Erscheinungsbild ablesen. An seinen Freund Konrad Fiedler, den ebenfalls in München lebenden Kunsttheoretiker, schreibt er, so spöttisch wie anschaulich:

> »Über die Bismarckfete hast du in den Zeitungen ausführliche Berichte gehabt. Ich war in der Allotria und einen Abend im Garten bei Lenbach und sah ihn da recht nahe. Er ist alt; hält sich schwer auf den Beinen und seine Bewegungen sind eckig und automatisch. Hinter ihm stand Schweninger [Bismarcks Leibarzt und der spätere Ehemann von Lenbachs erster Frau], der ihm sagte, was er tun und lassen soll – von Minute zu Minute, als wäre Bismarck ein Troddel. Abends hielt Lenbach rechts und Schweninger links die Lampe in die Höhe, damit er gesehn werde – und

dann wurde er wahrscheinlich wieder eingepackt, in die Kiste wie die großen Schlangen, die bei Hagenbeck gezeigt wurden.«

Später dringt Hedwig Pringsheim durch die Menge noch in Lenbachs Atelier vor, wo Bismarck mittlerweile »die historische lange Pfeife« raucht. Um halb elf aber verlässt sie zusammen mit Schaeuffelens und Adolf von Hildebrand die »illüstre Versammlung« und begibt sich mit ihnen auf die heimische Terrasse, wo schon ihr Mann zusammen mit der Sopranistin Milka Ternina sitzt und Champagner schlürft. Die gefeierte Münchner Sängerin ist eine gute Freundin des Ehepaars Pringsheim und gerüchteweise Alfreds Geliebte. In Wirklichkeit ist sie jedoch mit einer Frau liiert. Angeregt plaudert man bis halb eins. Hildebrands Brief lässt erahnen, wovon und in welchem Ton. »Herrliche Nacht«, notiert die Hausherrin.

Secession

»Ent-Lenbachen«

Nicht zuletzt im Wettbewerb mit Friedrich August von Kaulbach, seit 1886 Direktor der Kunstakademie, der mit seinen so dekorativen wie schwärmerischen, immer leicht erotisch aufgeladenen Frauenporträts sehr erfolgreich ist, wirft sich auch Lenbach auf dieses lukrative Genre der Malerei. »Ganz plötzlich und ganz schleunig« will er die attraktive Hedwig Pringsheim »malen, am liebsten »noch schnell für die Ausstellung, die Freitag eröffnet wird«. So kommt man sich näher: »Er probierte Stellungen mit mir, sprach sich vorteilhaft über mich aus. Bestellte mich für Donnerstag zur Sitzung.« Zwar wird »das berühmte Ölgemälde« dann doch erst zwei Jahre später fertig. Aber seitdem gibt es für Lenbach kein Halten mehr. Er schickt das Bild nicht nur zur Probe, sondern kommt auch persönlich vorbei, besieht sich voll Interesse die Wohnräume und findet für das Porträt der Hausherrin einen Platz in ihrem Zimmer. Damit nicht genug, nimmt er gleich wieder ein neues Bild von ihr in Angriff und lässt auch ihre sechsjährige Tochter Katia fotografieren. »Was soll das werden?«, fragt sich Hedwig Pringsheim. »Ein reizendes Köpfchen« von Katia ist binnen zehn Tagen fertig, aber nun findet es Lenbach notwendig, zur Vervollkommnung von Hedwigs Zimmer auch Alfred zu malen. »Was denkt sich der Mann?« Zum nächsten Atelierbesuch kommt man zu dritt: Lenbach macht ein Gruppenbild des Ehepaars, fotografiert die beiden »bis zur Erschlaffung«, setzt all seine Pläne betreffs Hedwigs Zimmer durch und behandelt auf Alfreds verlegene Anfrage die Preisfrage sehr großartig: »Spielt gar keine Rolle; geben Sie, was Sie wollen; für alles zusammen 6000 Mark.«

Lenbach entscheidet sich schließlich, ein Bild von Mutter und Tochter und ein weiteres von Alfred mit den vier Buben zu malen. Aber er setzt auch seine Versuche fort, Einfluss auf die Gestaltung der Pringsheim'schen Wohnräume zu nehmen, und zwar massiv und sehr zur Verärgerung des Hausherrn, den diese Pläne verwirren und verstimmen. »Langer Besuch von Lenbach, der mein Zimmer durchaus mit lauter Bildern von sich einrichten, alles andere herausschmeißen will, uns in die tödlichste Verlegenheit bringend«, notiert die Hausherrin. Schließlich geben die Pringsheims nach: »Mein Zimmer nach Lenbachs Vorschrift, der um 12 kam, gerichtet.« Lenbach aber scheint noch immer nicht am Ziel seiner Wünsche zu sein: »Nach dem Thee zu Lenbach, dem ich in Alfreds Auftrag mein Zimmer nun endgültig überlieferte, da er, völlig gebrochen, keine Kraft mehr zum Widerstand habe.« Als Hedwig Pringsheim dann nach einem längeren Berlin-Aufenthalt wieder nach Hause kommt, findet sie in ihrer Abwesenheit ihr Zimmer von Lenbach »gänzlich auf den Kopf gestellt. War starr über seine – Kühnheit.« Nun endlich beginnt sie Widerstand zu leisten, zumindest ansatzweise: »Mein Zimmer ein wenig ›entlenbacht‹«, notiert sie zwei Tage später, beinahe stolz, auch über die

Wortschöpfung. Doch die Rebellion währt nicht lange. Drei Monate später heißt es resigniert: »Nachtisch Lenbach, der die wieder aufgehängten Bilder besichtigte.«

Farbe, Licht und Luft

Mag sich Lenbach im Pringsheim'schen Palais mit seinen Vorstellungen von Kunst und Salonhängung einstweilen noch durchsetzen – in München kündigt sich derweilen eine »Entlenbachung« großen Stils an. Es gärt in der vom Malerfürsten beinahe diktatorisch geleiteten *Münchner Künstlergenossenschaft*, der offiziellen Künstlervereinigung der Stadt. Bereits einige Monate vor dem pompös inszenierten Bismarck-Besuch hat eine Gruppe von Malern, darunter der noch junge Franz Stuck, der zunehmend in die Rolle des Herausforderers des eine Generation älteren Franz Lenbach hineinwächst, ihre Trennung von der *Künstlergenossenschaft* bekannt gegeben. Anfang April dann haben gut hundert Münchner Künstler im Kunstgewerbehaus ihren eigenen, von der offiziellen Genossenschaft unabhängigen Verein, den *Verein bildender Künstler Münchens* gegründet. Und gerade einmal drei Tage vor Bismarcks Ankunft ist in den *Münchner Neusten Nachrichten* ein Memorandum eben dieses Vereins erschienen, in dem es heißt, die Mehrzahl der Münchner Künstler seien auf dem Niveau der 1860er Jahre stehen geblieben und hätten den Anschluss an die internationale Strömung der »verjüngten, Licht und Luft atmenden Kunst« verpasst. Amerika sei das Land, von dessen Museen und großen Privatsammlungen die Wertschätzung der neuen Kunst, insbesondere des Impressionismus ausgehe. Seitdem habe der Export französischer Bilder den deutscher überholt, zuletzt habe er sich sogar verzehnfacht. Schuld daran seien neben einem provinziellen Lokalpatriotismus auch eine verfehlte Ausstellungspolitik, die auf Masse statt auf Klasse setze und der Mittelmäßigkeit Vorschub leiste. »Wir, die Künstler, wollen uns nicht länger von malenden Juristen und Parlamentariern bevormunden lassen«, heißt es unmissverständlich im Memorandum.

Das sitzt, und der Enthusiasmus der Bevölkerung, der Bismarck und mit ihm seinem Gastgeber entgegenschlägt, kann Lenbach nur kurzzeitig über die fundamentale Kritik an seinem kunstpolitischen Wirken hinwegtrösten, die ihm da aus den eigenen Reihen entgegenschlägt. Die Bewegung bekommt schon bald einen Namen, »Secession«, Abspaltung wird sie genannt. Das ist sie in der Tat, und zwar gleich im doppelten Sinne: Abspaltung von der alten Garde, aber auch von staatlicher, politischer, jeder nichtkünstlerischen Bevormundung. In die Rolle ihres Pressesprechers wächst der Verleger Georg Hirth hinein, der die *Münchner Neusten Nachrichten* herausgibt und bald schon die Zeitschrift *Jugend* lanciert, Namensgeber jener Bewegung, die schließlich die Münchner Antwort auf den Impressionismus und Symbolismus darstellen wird. Die 1892er Rebellion der Münchner Künstler gegen die verkrusteten, auf die Bereicherung einiger weniger Lokalmatadore abgestellten Strukturen des Kunstbetriebs katapultiert die schon abgehängt geglaubte Stadt plötzlich wieder an die Spitze der Kunsterneuerung: Sezessionen ähnlicher Art wird es dann auch 1897 in Wien, ein Jahr später in Berlin und 1903 in Weimar geben, wo sich mit dem von Harry Graf Kessler geleiteten *Deutschen Künstlerbund* eine Art Dachverband der deutschen Sezessionen gründet. Dies alles beginnt am 21. Juni 1892 mit dem Memorandum der Münchner Künstler, dessen Kernsatz lautet: »Im Fortschritt allein ist lebendige Kunst.«

Anfänglich verläuft der Fortschritt allerdings zäh, und es fehlt nicht viel, da hätte er sich aus München, wo ihm der Widerstand des Königshauses und des von Lenbach verkörperten Kunstbetriebes entgegenschlägt, in der Tat in eine andere Stadt verlagert. Frankfurt, Berlin und sogar Dresden machen verlockende Angebote und sagen den Münchner Secessionisten die gewünschte Ausstellung ohne Umschweife zu, während die bayerische Staatsregierung und die Heimatstadt eine Art Blockadepolitik betreiben und Lenbach dekretiert: »Die Secession wird ihre verheerenden Wirkungen noch zeigen.« Die Abwanderungsgedanken, verbunden mit der Tatsache, dass beinahe täglich Aufnahmeanträge aus dem In- wie Ausland beim *Verein bildender Künstler Münchens* eingehen, bewirken aber geradezu das Gegenteil. Es bilden sich private Initiativen zur Förderung der Secessionisten, Georg Hirths *Münchner Neuste Nachrichten* trommeln mächtig und am Schluss können Staatsregierung und Münchner Magistrat gar nicht anders als einzulenken. Im April 1893 ist der Bau eines neuen, provisorischen Ausstellungsgebäudes auf der Prinzregentenstraße, gegenüber dem heutigen Haus der Kunst und unweit vom Atelier Elvira, beschlossene Sache. Das Haus wird in Windeseile, in gerade einmal zwei Monaten hochgezogen. Möglich wird das durch eine ultramoderne Leichtbauweise – nur das Fundament ist in Ziegelbauwerk, die Wände hingegen in Holzkonstruktion mit Gipsfüllung und der Dachstuhl als Eisenkonstruktion ausgeführt. Ergebnis ist ein Gebäude mit einer klar gegliederten Fassade und einem oktogonalen Kuppelraum, von dem die zwölf lichtdurchfluteten, ganz in weiß gehaltenen Ausstellungsäle abgehen. Parallel dazu werden in fieberhafter Eile annähernd 900 Werke von fast 300 Künstlern herbeigeschafft; Arnold Böcklin, Lovis Corinth, Gustave Courbet und Max Liebermann sind mit Bildern vertreten. Der Redakteur der *Deutschen Illustrierten Zeitung* ist zu einer Vorbesichtigung geladen und zeigt sich begeistert: »Alles ist neu, frisch, modern, alles blinkt und blankt in weißlichem Stuck, in lichten, klaren Tönen. Licht ist die Losung der jungen Kunst!«

Gleich am ersten Ausstellungstag stürmen 4000 Besucherinnen und Besucher das neue Gebäude. Die meisten von ihnen drängen sich vor einem Gemälde von Franz Stuck. Dieser hat für die Ausstellung das erste Pin-up-Girl der Kunstgeschichte geschaffen: eine weißhäutige Frau mit entblößten, wohlgeformten Brüsten, einem verhangenen Blick und schier endlos langen Haaren; sie wird von dem Riesenring einer Schlange umwunden. Im katholischen München kann ein solches Bild selbstverständlich nur

»Schön! – Verführerisch! – Seelenschmutzig! – Naiv!«: Franz von Stuck, Die Sünde, 1893, Neue Pinakothek München.

»Die Sünde« heißen. Zwar lässt sich Stucks Pin-up nicht einfach wie ein Kalenderblatt abreißen und zu Hause an die Wand heften. Aber der Künstler ist Geschäftsmann genug, um die rasch entstehende Nachfrage zu befriedigen. Allein vierzehn großformatige Ausführungen des Bildes sind überliefert, zusätzlich noch mehrere kleine. Und im Jahr vor der Ausstellung hat Stuck die Bildrechte an allen Sünden bereits an den Kunstverlag von Franz Hanfstaengl verkauft, der den Markt in den folgenden Jahren mit fotografischen Reproduktionen überschwemmt. In der Nutzung der neuen Medien und Techniken, um für die Verbreitung seiner Bilder und seines Namens zu sorgen, steht der zweite Franz dem ersten in nichts nach.

Inmitten der staunenden Menge befindet sich auch der Schriftsteller Oskar Panizza, der gerade an seiner religionsfeindlichen Satire *Das Liebeskonzil* schreibt und noch nicht weiß, dass er diese Sünde mit Haft und Exil wird büßen müssen. Panizza hat ursprünglich als Psychiater gearbeitet, hatte sogar eine der begehrten Assistentenstellen bei Bernhard von Gudden inne, dem ehemaligen Direktor der Oberbayerischen Kreisirrenanstalt München, der zusammen mit Ludwig II. dann im Starnberger See ertrunken ist. Aus Angst, durch den täglichen Umgang mit Verrückten irgendwann selbst verrückt zu werden, hat Panizza aber bereits vor dem schrecklichen Unfall gekündigt. Die Schriftstellerei, der er sich danach zugewendet hat, hält er zugleich für die beste Therapie der eigenen Anwandlungen von Seelenpathologie. Auf Stucks Gemälde sieht Panizza »ein verlockendes Weib, um deren üppigen Busen sich eine gleißende Schlange windet, und die mit beschattetem Antlitz uns hinüber lockt in die Zwielichtregion des Alles-Erlaubten.«

Ein ganzer Katalog von Eigenschaften kommt ihm in den Sinn, mit denen Männer Frauen bedenken, deren Verführungskraft ihnen Rätsel aufgibt. Besonders die Neuschöpfung »seelenschmutzig« hat es ihm angetan. Als er sie dann notiert, um sie in seinem Drama dem Teufel in den Mund zu legen, versieht er sie allesamt mit einem Ausrufezeichen und vielen Gedankenstrichen: »Schön! – Verführerisch! – Sinnlich! – Giftig! – Hirn und Adern verbrennend! – Ahnungslos! – Tollpatschig! – Grausam! – Berechnungslos! – Seelenschmutzig! – Naiv! –«

Bei seinem ersten Besuch aber verweilt er vor der Sünde nicht allzu lang. Zu intensiv ist der Eindruck von Leichtigkeit, Lichtfülle und Unbeschwertheit, die die Architektur des Gebäudes und die Mehrzahl der ausgestellten Bilder hinterlässt. Der Historismus ist selbst auf den Schutthalden der Geschichte gelandet, eine neue Zeit bricht an – »eine Zeit des Lichts, der Freiheit, der Freude, der Farbe«, wie es in der Besprechung heißt, die er für Michael Georg Conrads Zeitschrift *Die Gesellschaft* schreibt. Die Ausstellung wirke auf ihn wie ein erfrischendes, kräftigendes Bad: »Keine Spur von Ermüdung. Keine Erschlaffung vom Betrachten eines unübersehbaren Mittelguts von Kunstwerken.« Wie die meisten Besucher fasziniert Panizza die Farbenlust der ausgestellten Bilder, die sich zuweilen zu einem Farbenrausch steigert. Man muss sich das vor Augen führen: Die Welt des zu Ende gehenden 19. Jahrhunderts, selbst die dynamische, dichtbevölkerte städtische Welt, ist eine Tristesse in Grau und Braun. Von Farbigkeit, gar von Buntheit keine Spur: keine farbigen Hausanstriche, die Fensterrahmen braun, schwarz oder ockergelb, keine Leuchtreklamen, keine Plakate, keine Farbfotos, noch nicht einmal Verkehrsampeln. In diese Eintönigkeit hinein knallen nun die ganz auf die Wirkung der Farbe vertrauenden Bilder der Secessionisten und versetzen ihre Betrachter in ein Farbdelirium. Je »suggestibler« aber unsere Seele für »Farbenfülle und Farbennüancen« werde, so prophezeit Panizzas Schriftstellerkollege Otto Julius Bierbaum, auch er ein schreibender Besucher der *Secession*, um so reicher werde sie auch »an innerem Empfindungsgehalt«. Die moderne Malerei mache uns suggestibler für die Welt der Farbe. Vor allem aus diesem Grund ist sie für den hellsichtigen Bierbaum Seelenkunst. Diese Analyse aus dem Jahr 1893 wird noch zwanzig Jahre später gelten, wenn in München der *Blaue Reiter* auftaucht. Da können Pferde und ihre Reiter plötzlich blau und Rehe gelb sein, von roten und grünen Kühen ganz zu schweigen. Und häufig ist auf dem Bild die äußere Welt gar nicht mehr, sondern gleich nur noch die innere zu sehen, in Gestalt abstrakter Formen. Mehr »Entlenbachung« ist kaum denkbar. Auch diese Entwicklung nimmt an diesem 16. Juli 1893 ihren Lauf.

Das Fleisch der Welt

Lovis Corinth

Kaum hat Lovis Corinth am 1. Oktober 1891 Wohnung und Atelier in der Schwabinger Giselastraße 7 bezogen, beginnt er den Blick aus seinem Atelierfenster zu malen. Das erste Bild, ein Hochformat, entsteht noch im Herbst - sichtbar schon an den bunt gefärbten Laubbäumen. Die lichten, sanften Gelb-, Ocker- und Rottöne durchziehen das gesamte Gemälde, angefangen vom abblätternden Putz der Hausecke am vorderen linken Rand. Sie finden ihr Echo in einem freistehenden Haus im Mittelgrund des Bildes und kehren sogar als Farbflecken am blau-weißen Himmel wieder. Was da aus dem Fenster zu sehen ist, ist als Sujet völlig unbedeutend, hinterlässt aber den Eindruck einer einheitlich gestalteten Symphonie aus warmen Farbtönen. Wie ländlich Schwabing damals noch war!

Einige Wochen später hat sich nicht nur der Ausschnitt verändert. Auch der Winter ist in die Stadtlandschaft eingezogen. Reste von Schnee liegen auf den weiten Gartenfeldern und Wiesenflächen, über die der Blick aus dem Atelier führt. Sie nehmen fast die Hälfte des nun querformatigen Bildes ein. Dahinter ist eine dichter bebaute Zone zu erkennen. Sie hat aber wenig Urbanes, könnte auch ein Dorf sein. Die Stadt zeichnet sich erst in der Ferne als Silhouette ab, besteht dann aber neben Kirchtürmen auch aus rauchenden Schloten, deren Ausstoß den winterlichem

Himmel verdüstert. Hier malt ein ganz in der Gegenwart lebender Künstler ein München, wie es nicht im Baedeker steht und das die Mehrzahl der hier zusammen mit ihm lebenden Zugereisten so gar nicht wahrnimmt: eine Stadt, die trotz vieler Freiflächen und hübschen Ecken gerade in der Moderne ankommt.

Lovis Corinth ist ein Maler des unbestechlichen Blicks. Man mag seine Malweise naturalistisch nennen, aber das trifft es nur bedingt. »Ismen« sind sowieso Corinths Sache nicht. Er nimmt sich von den modischen Strömungen und den etablierten Traditionen, was er gerade gebrauchen kann, und verwandelt es in pure Malerei, die nicht unbedingt schön, aber wahr sein will. Da lässt sich einer nichts vormachen und schon gar nicht von irgendwelchen malereifremden Idealen leiten. »Hier steht einer, dem die Welt nicht Modell, sondern Schlachtfeld, Spielfeld, Feld für das Erlebnis ist«, wird der große Julius Meier-Graefe in seiner *Entwicklungsgeschichte der modernen Kunst* über Corinth sagen.

Und Fleisch. Die Welt ist Fleisch. Keiner von den modernen Malern ist so fleischbesessen wie Corinth. Das geht auch aus dem Gemälde hervor, mit dem sich er sich bei seiner Ankunft in der Münchner Kunstszene einen Namen machen will. Als junger Mann hat er hier gelernt, beeinflusst von Wilhelm Leibl und Wilhelm Trübner, und ist dann einige Jahre durch Europa gezogen: Antwerpen, Paris, Königsberg, Berlin. Nun kehrt er an den Schauplatz seiner Anfänge zurück und stellt im Glaspalst einen fast vier Quadratmeter großen *Diogenes* aus. Das Bild zeigt den Außenseiter unter den antiken Philosophen, wie er mit seiner Laterne am helllichten Tag unter der Athener Bevölkerung nach einem guten Menschen sucht und dafür verhöhnt und ausgelacht wird. Alles jedoch, was er findet, ist Fleisch – Fleisch von seinem Fleisch. Schon das, die drastische Weise, mit der hier Nacktheit dargestellt wird, bringt die Kritik auf. Noch mehr aber, dass »die gewandlosen Körperstellen bläulich angelaufen« seien, »so dass es aussieht, als wären sie alle schon halb erfroren. Ist das die neueste deutsche Kunst?«, fragt ein Münchner Kritiker.

Enttäuscht von dem Misserfolg in den traditionellen Künstlerzirkeln der Stadt, wendet sich Corinth zuerst der *Secession* zu, um auch dort aber gleich wieder anzuecken. Mit einer Schar Unzufriedener gründet er Anfang 1893, noch bevor die *Secession* sich etablieren kann, die *Freie Vereinigung*, gewissermaßen die erste Sezession der *Secession*. Es kommt zum Eklat, das Vorhaben scheitert, und die Separatisten werden aus der Secession ausgeschlossen.

Was aber würde der Kritiker erst sagen, könnte er einen Blick auf die Schlachtbilder werfen, die Corinth 1893 zu malen beginnt und die er nur ausgewählten Besuchern seines Ateliers zeigt. Das Schlachten gehört zu den Kindheitserfahrungen des Sohnes eines ostpreußischen Gerbers. Doch das allein erklärt noch nicht die mimetische Kraft, mit der Corinth diesen drastischen Vorgang an der Grenze zwischen Leben und Tod in seinem Bild *Im Schlachthaus* nachvollzieht. Tier und Mensch, Opfer und Täter sind in einem sie übergreifenden Ritual vereint, das Licht scheint von dem in der Bildmitte aufgehängten, aufgebrochenen Tierleib selbst auszugehen. Ein Bild wie mit Blut gemalt. Der Schreck, der sich bei seinem Betrachten einstellt, hat auch mit dem Gefühl zu tun, dass der dargestellte Vorgang ins Zentrum von Corinths Kunst führt. Wiederum Meier-Graefe hat das auf den Punkt gebracht. Corinth »schlachtete, während er malte«, schreibt er.

Frühlingsstürme

Thomas Mann

Unter den Literaten, Künstlern und Bohemiens, die es in diesen Jahren nach München zieht, stammen auffallend viele aus Lübeck: neben dem Diefenbach-Schüler Fidus und Marie Schorer, die sich als gefeierte Malerin dann Maria Slavona nennt, auch der Literat und Anarchist Erich Mühsam, allesamt bemerkenswerterweise zudem noch Apothekerkinder. Daneben einigermaßen Unbekannte wie der Bildhauer Erich Behn oder Korfiz Holm, der spätere Lektor von Albert Langen. Und natürlich: Heinrich und Thomas Mann, der große und der kleine Bruder. Aus Lübeck nach München zieht in diesen Jahren auch Franziska zu Reventlow. Sie stammt zwar nicht aus der Hansestadt, sondern ist in Husum auf einem Schloss aufgewachsen, ihre prägenden Jahre als Heranwachsende und junge Frau aber hat sie in Lübeck verbracht. Ist Lübeck der Talentschuppen von München und seiner Boheme? Als die Gräfin und Erich Mühsam sich im Münchner Café Luitpold zum ersten Mal begegnen, erzählt sie ihm, dass der Lübecker Bürgermeister »ob dieser traurigen Bilanz bekümmert den Kopf geschüttelt« und gemeint haben soll: »Daß die auch gerade alle aus Lübeck sein müssen – was sollen bloß die Leute im Reich von uns denken!«

Verweilen wir kurz bei Thomas Mann: Das Einzige, was den Sechzehnjährigen im Jahr 1893 noch von seiner Übersiedlung nach München trennt, ist das Bestehen der Untersekunda, der sechsten Klasse des Gymnasiums. Danach kann der schlechte, da verträumte und faule Schüler die Schule zwar vorzeitig, aber immerhin mit einem Abschluss, dem sogenannten Einjährigen, in der Tasche beenden. Leider sind die Noten des Heranwachsenden so schlecht, dass er die Klasse wiederholen muss. Seine verwitwete Mutter beschließt deshalb, zusammen mit den drei jüngeren Geschwistern die Hansestadt schon einmal ohne ihn Richtung München zu verlassen. Der sitzen gebliebene Thomas soll im nächsten Frühjahr nachkommen, wenn der Abschluss geschafft ist. Einstweilen wird er zu einem Oberlehrer in Pension gegeben.

Rasch wird dem in Lübeck zurückgebliebenen Thomas klar, dass der erzwungene Aufschub vor allem Vorteile hat, denn er bedeutet Abnabelung, Freiheit und die Gelegenheit zum Experimentieren, bevor er endgültig den Schritt aus der engen Welt der kleinen Hansestadt wagt. Noch der Fünfzigjährige erinnert sich »des etwas schimpflichen, aber humoristischen, angenehm verwahrlosten Zustandes, dessen er genossen hatte«, als er »in Untersekunda sitzengeblieben« war. Neben genialen Einfällen und dem intensiven Austausch mit anderen ideenreichen Menschen gehört wohl auch dieser Zustand angenehmer Verwahrlosung zu den Voraussetzungen dafür, dass Kreativität entsteht. Ja, man kann wohl sagen, dass Thomas Mann ohne dieses Moratorium und die Bekanntschaft mit der Verantwortungslosigkeit und Nichtzugehörigkeit, die er dadurch machte, nicht der weltberühmte Schriftsteller und Nobelpreisträger geworden wäre, als der er in die Literaturgeschichte eingegangen ist.

An die Wand seiner Bude bei Oberlehrer Dr. Timpe hat der Untersekundaner ein entzückendes Bild gepinnt, das er aus einer Illustrierten ausgeschnitten hat. Es stammt von dem Münchner Maler Friedrich August Kaulbach und zeigt fünf schwarz gelockte Kinder in beinahe identischen Pierrotkostümen, vier davon Buben, die ausgelassen und selbstbewusst, ja beinahe spitzbübisch dreinschauen, und links von ihnen das einzige Mädchen, eine etwas pummelige Erscheinung, die eine eher schüchterne Miene aufgesetzt hat. Es sind, was ihm da noch nichts sagt, die Pringsheim-Kinder, die Kaulbach 1889 gemalt hat. So hat der Sitzenbleiber, wenn er über den leidigen Latein- und Mathematikaufgaben in Tagträumereien verfällt, schon einmal seine zukünftige Ehefrau vor Augen. Manche haben darin so etwas wie eine Vorbestimmung dieser Ehe sehen wollen. Dabei ist keineswegs gesagt, ob der Blick des jungen Mannes nicht eher bei den vier reizenden Brüdern verweilt, etwa bei Katias Zwillingsbruder Klaus, der direkt neben ihr sitzt, mit so verschmitztem wie kokettem Blick und sich an den Bruder Erik, den Ältesten, anlehnt.

Wenn er nicht für die Schule lernt oder träumt, treibt der junge Thomas Mann schon jetzt, was er dann später sein ganzes Leben lang jeden Tag treiben wird: er schreibt. Noch sind es Gedichte und Prosaskizzen. Als die Feuilleton-Redaktion der Lübecker Lokalzeitung eines seiner Schülerprodukte mit dem Hinweis ablehnt: »Wenn Sie öfters solche Einfälle haben, sollten Sie wirklich etwas

Die fünf Pringsheim-Kinder, verkleidet als Pierrots, ganz links Klein-Katia: Friedrich August von Kaulbach, Kinderkarneval, 1889.

dagegen tun«, gründet er kurzerhand zusammen mit einem Freund und einigen Schülern der Oberstufe eine eigene literarische Zeitschrift. Wohlgemerkt keine Schülerzeitung im engeren Sinne, sondern eine jugendeigene Zeitung – die erste dieser Art zumal, die sich in Deutschland belegen lässt. Sie trägt den bezeichnenden Titel *Frühlingssturm*, und in der ersten Ausgabe, die pünktlich zum Zeitpunkt des Weggangs der Mutter aus Lübeck im Mai 1893 erscheint, erklärt der angehende Schriftsteller die Wahl dieses Titels mit einer kleinen autobiographischen Geschichte. Diese beginnt damit, dass der Schüler Thomas Mann nach dem Unterricht noch keine Lust hat, nach Hause zu gehen, und stattdessen »völlig gedankenlos« und »ins Ungewisse hinein« durch die Straßen bis hinaus vors Stadttor schlendert. Irgendwann findet er sich auf einer Bank wieder, es ist Mittag, ein merkwürdig warmer Frühlingstag. Die Luft steht förmlich, die Pflanzen scheinen, gerade erst aufgeblüht, schon zu vertrocknen und über allem liegt eine dicke Schicht Staub, erstarrt in dumpfer Leblosigkeit. Doch plötzlich beginnt in der Ferne ein Rauschen laut zu werden, anfangs eigentlich nur ein Säuseln, aber es kommt immer näher, und schließlich fährt der Wind krachend und brausend durch Bäume und Buschwerk, der Staub wird meterhoch aufgewirbelt – Frühlingssturm! Und der zwar sitzen gebliebene, aber sich gerade in einen Schriftsteller verwandelnde Schüler liefert die Deutung des Erlebnisses gleich mit: »Ja, wie der Frühlingssturm in die verstaubte Natur, so wollen wir hineinfahren mit Worten und Gedanken in die Fülle von Gehirnverstaubtheit und Ignoranz und bornierten, aufgeblasenen Philistertums, die sich uns entgegenstellt. Das will unser Blatt, das will ›Der Frühlingssturm‹!«

Das ist, wenige Wochen vor der großen und weltbewegenden Sezession in München, die kleine, literarische Sezession eines jungen Mannes, der sichtlich noch nach seiner Identität sucht. Keine zwei Jahre später malt der nachmalige Lieblingsmaler Thomas Manns, der Symbolist Ludwig von Hofmann, in Rom das Bild einer Dreiergruppe junger Menschen am Meer und nennt es so wie Thomas Mann seine Zeitschrift, mit der er zum ersten Mal als Schriftsteller an die Öffentlichkeit tritt. Hofmanns Bild *Der Frühlingssturm* wird zur Allegorie des Aufbruchs der Jugend aus den Zwängen der wilhelminischen Gesellschaft und des zu Ende gehenden 19. Jahrhunderts und zu einer Ikone des aufkommenden Jugendstils.

Franziska zu Reventlow

Während Thomas Mann also die Untersekunda wiederholt, bekommt die vier Jahre ältere Franziska zu Reventlow in Lübeck einen Brief aus Paris. Absender ist Willy Gretor, dem gerade die Haushälterin seiner Pariser WG abhandengekommen ist. Er hat die junge Comtesse bei einem seiner Besuche in Lübeck kennengelernt und mit seinem dandyhaften Sendungsbewusstsein und seiner Vorstellung von Künstlertum großen Eindruck auf sie gemacht. Pathetisch beschreibt sie die Wirkung, die von Gretors Gedankenwelt und Lebensentwurf ausgeht: »Die alte morsche Welt mit ihrer Gesellschaft und ihrem Christentum fiel in Trümmer und die neue Welt, das waren sie selbst mit ihrer Jugend, ihrer Kraft, mit allem, was sie schaffen und ausrichten wollten. Es war wie ein gärender Frühlingssturm in ihnen, jeder träumte von einem ungeheuren Lebenswerk, und sie hätten sich jeden Tag für Lebensrecht und ihre Überzeugung hinschlachten lassen ...« Da ist er wieder, der Frühlingssturm, den Thomas Mann in seiner Jugendzeitschrift beschwört.

Mit großen Worten bietet Gretor in seinem Brief Franziska nun sein Haus in Paris an, mit der erklärten Absicht, ihr einen Ausweg aus der Misere zu bieten, in der sie sich befinde. Wie er von Marie Schorer weiß, hat sich die einundzwanzigjährige Comtesse nämlich in deren Bruder Karl verliebt. Karl und Marie Schorer kommen aus einem liberalen Elternhaus, der Vater ist Inhaber der renommierten Lübecker Löwenapotheke. Franziskas so autoritäre wie prüde Eltern hingegen halten ein eigenes Leben und die Selbstbestimmung von Heranwachsenden für eine verrückte Idee, insbesondere wenn diese weiblich sind. So bleibt ihr nichts anderes übrig, als die Freundschaft mit Karl wie auch schon die davor mit dem Sohn einer angesehenen Lübecker Patrizierfamilie geheim zu halten. Da geschieht es, dass ihre Mutter zufällig einen Brief Karl Schorers findet, woraufhin die Eltern den Schreibtisch ihrer Tochter aufbrechen und auf ihre Korrespondenz mit beiden Freunden stoßen. Sie stecken ihre Tochter erst einmal in ein Pfarrhaus in der Nähe von Flensburg. In dieser Situation erreicht sie Gretors Brief, mit dem Vorschlag, nach Paris zu kommen und bei ihm und Marie zu wohnen. Das ist auf den ersten Blick ein verlockendes Angebot: mehr Abweichung vom Pfad der Tugend und Wohlanständigkeit, auf den die Eltern ihre Tochter mit aller Macht zurückführen wollen, zudem eine stärkere Abnabelung von der Familie wären auf den ersten Blick kaum vorstellbar.

Es gibt allerdings Freunde, die ihr vehement davon abraten, auf das Angebot einzugehen, so der Schwager ihrer in Wandsbek lebenden Freundin Marie. Die in Paris mit Gretor zusammenlebenden Mädchen bildeten sich bloß ein, ihre Freiheit gefunden zu haben, warnt er sie, während sie in Wirklichkeit »Haremsodalisken W. Petersens« seien, »nach, neben und vor dutzenden von Anderen«, und er beschwört sie: »Sie dürfen das nicht thun, wenn Sie bei Ihrer heißen Lust zum Leben nicht die äußerste Gefahr laufen wollen sich selbst zu verlieren.« Nicht zuletzt dieser Brief dürfte dazu geführt haben, dass sich Franziska Paris und Gretor vorerst aus dem Kopf schlägt.

Als der Vater dann stirbt, und ihr der Zugang zum Elternhaus dennoch verwehrt wird, flüchtet Franziska sich in die Arme eines gutsituierten Mannes, der ihr beides verspricht: ein eigenes Leben und ein neues Gefühl von Sicherheit. Doch Walter Lübke ist nur die eine, sozusagen die offizielle Seite der Lösung. Von der anderen erzählt sie zum ersten Mal in einem Text, der unter dem Titel »Ein Bekenntnis« 1894 in der Zeitschrift *Die Gesellschaft* erscheint. Zu dem Herausgeber Georg Michael Conrad nimmt sie gleich nach ihrer Ankunft in München im Sommer 1893 Kontakt auf. Später flicht sie die Episode in ihren autobiographischen Roman *Ellen Olestjerne* ein: Um sich zu erholen, reist sie im Sommer nach Büsum an der Nordsee, wo sie sich einer zusammengewürfelten, lustigen Gesellschaft von Urlaubern anschließt, die sich wie das Gegenbild zum restriktiven Regime ihrer Familie ausnimmt. Dazu gehört auch ein junger Mann aus dem Rheinland, von dem sie sich bereitwillig verführen lässt. »Nur heute, nur heute noch, – laß morgen morgen sein«, bittet er sie immer wieder. Zurück in Wandsbek dann verlobt sie sich mit Walter Lübke. Sie nimmt sich vor, die leidenschaftliche Liebesnacht am Meer zu vergessen, doch sobald sie in lustiger Gesellschaft ist, kehrt die Erinnerung daran »plötzlich und gewaltsam« zurück.

Auf ihr Drängen hin erfüllt der Verlobte Franziska den Wunsch, sich zur Malerin ausbilden zu lassen. Als geeigneter Ort dafür wird München gewählt – es ist zu dieser Zeit nicht nur die bekannteste Kunststadt in Deutschland, sondern hier haben auch Franziskas Bekannte und Freundinnen bereits durch den Besuch von Malschulen oder Damenakademien das Terrain sondiert. Ende August 1893 kommt sie hier an in der erklärten Absicht, Künstlerin zu werden, vor allem aber mit einem ungestillten Hunger nach Erfahrung. »Die Luft hat beinah etwas Südliches in diesen heißen Tagen, die Straßen ganz weiß von dem flimmernden Kalkstaub«, notiert sie und jubelt innerlich: »den ganzen Tag sein eigner Herr sein, keinen Moment des Tages sich nach anderen richten zu müssen! So habe ich mir's geträumt, das ist endlich die Luft, in der ich leben kann.«

Karneval

In der Malschule

Die erst seit zwei Jahren existierende Malschule von Anton Ažbé hat sich rasch den Ruf erworben, Münchens avancierteste Ausbildungsstätte für Malerinnen und Maler zu sein. Hier steht sogar die ansonsten selbst an Privatschulen übliche geschlechtergetrennte Ausbildung nur auf dem Papier: Schülerinnen wie Schüler füllen das hohe, geräumige Atelier mit seinem Riesenfenster an der Georgenstraße und tummeln sich auch im Garten. Nicht nur zwischen den Geschlechtern, auch zwischen den Nationalitäten ist die Atmosphäre liberal, ungezwungen, tolerant. Die Studierenden stammen aus Deutschland, Frankreich, Amerika und den skandinavischen Ländern, vor allem aber aus dem slawischen Sprachraum: Russen, Polen, Tschechen, Slowaken, Serben, Kroaten und Slowenen sind darunter. Auch aristokratische Kreise, ja selbst königliche Familien vertrauen ihren künstlerisch ambitionierten Nachwuchs dem gebürtigen Slowenen an und heben auf diese Weise das Prestige der Schule beträchtlich. Ab 1896 werden die Schule auch Wassily Kandinsky, Alexej Jawlensky und Marianne von Werefkin besuchen. »Eine wahre Arche Noah oder ein Babylon von Männern, Frauen, Typen, Figuren, Sprachen und Rassen«, beschreibt eine serbische Malerin das internationale Flair in der ehemaligen Villa eines russischen Diplomaten, die Ažbé von ihrem neuen Eigentümer, dem Architekten Emmanuel Seidl, angemietet hat.

Eine eigenwillige Erscheinung ist auch der Gründer der Malschule selbst. Igor Grabar beschreibt ihn als »ein kleines, buckliges Männchen«. In der linken Hand hält er zumeist eine lange, dünne Zigarre mit Strohhalm, eine Virginia, während er sich mit der rechten auf einen Spazierstock stützt. Während er erzählt oder die Arbeiten seiner Schülerinnen und Schüler betrachtet und kritisiert, gestikuliert er mit seiner Zigarre und lacht den Umstehenden zu. Ažbé ist nach dem Zeugnis vieler ein begnadeter Pädagoge, hat ein großes Herz, ist aber auch ein versierter Techniker und zuweilen ein unerbittlicher Kritiker der in seiner Schule entstehenden Arbeiten. »Bei euch ist alles zu zufällig, zu sehr kopiert, es gibt aber doch Gesetze, die man kennen muss«, ist ein oft aus seinem Mund gehörter Satz. Dabei ist er ein bekennender Anhänger der *Secession*, davon überzeugt, dass die Zukunft der Malerei im Farbempfinden liege.

In diese Schule tritt Franziska zu Reventlow kurz nach ihrer Ankunft in München ein. Als sichtbares Zeichen des Neuanfangs hat sie sich das Haar kurz schneiden lassen. Deshalb gilt sie in München, wie Anita Augspurg und Sophia Goudstikker, als »freies Weib«, als »Emanze«. Das verneint sie zwar vehement – mit der Frauenrechtsbewegung wird sie ihr Leben lang hadern. Dennoch liegen ihre neuen Bekannten und Freundinnen mit ihrer Verwunderung darüber, dass sie verlobt sei, gar nicht so falsch: Denn eigentlich weiß Franziska längst, wo nach den bitteren Erfahrungen der Jugend ihr zukünftiger Platz ist: eben nicht dort, wo die Sicherheit des Versorgtseins und der Konventionen herrscht, sondern auf der Seite der Freiheit, verbunden mit aller Unsicherheit und Ungewissheit, die das mit sich bringt. Diese Künstler-Boheme-Existenz sei das Beste von ihrem ganzen bisherigen Leben gewesen, schreibt sie Ende 1893 – da ist sie gerade einmal gut zwei Monate in München – an Michael Georg Conrad, den einflussreichen Herausgeber der *Gesellschaft*: »Es ist wenigstens frei, ganz frei und man sieht hinter den Kulissen ungleich viel wahrer, und an den Menschen lernt man in der Not viel Gutes kennen, an das man sonst nur als Kind glaubt.«

Und so kommt es, wie es unter diesen Umständen kaum anders kommen kann: Sie verliebt sich in einen von Ažbés Meisterschülern, den zwei Jahre älteren Polen Adolf Eduard Hernstein. Dass Hernstein wegen anarchistischer Umtriebe von der Polizei bespitzelt wird, erhöht in den Augen der jungen Frau nur seine Attraktivität. Die beiden beginnen eine leidenschaftliche Affäre. Bislang hat sich Franziska die ersehnte Befreiung stets von der Kunst erwartet. Wenn sie ganz im künstlerischen Tun aufgehen und womöglich Meisterwerke schaffen würde, so dachte sie, würde sich alles andere von selbst ergeben. Das übrige Leben würde sozusagen mitgerissen von dem Schaffensrausch und daraus wie neugeboren hervorgehen. Nun erlebt sie die körperliche, die sexuelle Liebe als die eigentlich verwandelnde Macht im Leben. Die Seele lebt in einem Körper, und erst wenn dieser aufblüht, ist auch das Seelenleben erfüllt von jener Intensität, die der Kreativität Flügel verleiht.

Nie hat man so viel Seele wie im Karneval

München ist bekannt für seinen exzessiven Karneval. »Nach Weihnachten erschienen die ersten Masken auf der Straße«, erinnert sich der Schriftsteller Kasimir Edschmid. Später dann, um die

Faschingszeit herum, schien München abends in Gänze aus Verkleideten zu bestehen. Die Karnevalslust grassierte keineswegs nur in der Gesellschaft, unter den Fremden, den Künstlern und den Studenten. Sie ergriff genauso die Dienstmägde und das Küchenpersonal, die Verkäuferinnen, die Bürgermädchen aus der Au und die kaufmännischen Angestellten. Die großen, Tausende von Menschen fassenden Keller des Löwenbräu, des Mathäser und des Hofbräu seien von einer Armee von wundervollen jungen Menschen gefüllt gewesen, »die zwischen den Tannengirlanden und den Maßkrügen eine Orgie des Tanzes und des Geschreis losließen, die barbarisch schön war. Der Rauch, der Geruch der Körper und die Kaskaden einer wildgewordenen Musik machten diese Räume gigantisch.«

Am Morgen dann aber, nach den Bällen, habe man sehen können, wie die phantastischsten Gruppen von verkleideten jungen Leuten durch den Englischen Garten stürmten, ein Bild, das zwischen den Büschen und Teichen des Parks so natürlich gewirkt habe, »als sei ein Zeitalter wieder zurückgekehrt, wie die Maler es malten, wenn sie die Unbefangenheit und das Glück darstellen wollten« - Arkadien in München.

Gleich bei ihrem ersten Aufenthalt lässt sich Franziska in das ausgelassene Treiben hineinziehen. Da in ihrem Kreis niemand Geld hat, kommen die Künstlerfeste und Redouten nicht in Frage, auf denen sich etwa Pringsheims amüsieren. Und der Schwabinger Bauernball, auf dem die Boheme feiert, wird erst im Jahr darauf aus der Taufe gehoben. So geht man eines Nachts ins Café Luitpold, den 1888 eröffneten mondänen Treffpunkt der Münchner Künstler und Intellektuellen, wo Wedekind und die Literaten rund um die *Gesellschaft für modernes Leben* genauso verkehren wie später die intellektuelle Schickeria um Stefan George. Franziska hat sich für den Abend ein Pierrotkostüm geliehen; statt wie Thomas Mann Bilder zu betrachten, auf denen die Kinder anderer Leute verkleidet sind, verwandelt sie sich selbst in die Karnevalskultfigur schlechthin ihrer Zeit. Auch eine andere Ažbé-Schülerin ist maskiert, die meisten aber tragen ihre gewöhnlichen Kleider. Für Franziska ist das alles ganz neu, nichts hält sie an dem gemeinsamen Tisch, wo einmal mehr über Kunst debattiert wird. Hals über Kopf stürzt sie sich in den Trubel, spricht dem Alkohol zu, ist kaum noch zu bändigen. Hernstein ist gar nicht erst mitgekommen, und auch die anderen geben zu erkennen, dass sie den Karneval »abscheulich« finden. »Gehen wir heim zu mir und machen Tee. Will ich euch Hamlet lesen«, verkündet der Anführer der Gruppe, wahrscheinlich Ažbé selbst. »Wie falsch«, befindet Franziska zu Reventlow in ihren Schwabinger Aufzeichnungen: »Nie hat man so viel Seele wie im Karneval.«

Franziska will gerade erklären, dass sie dann eben alleine dableiben werde, als eine Horde weißer Pierrots sie umringt und mit sich fortzieht. Einer von ihnen sieht sie aufmerksam an: »Hab ich doch gleich gesagt, dass ein Mädel drin steckt«, ruft er. Die Aufbrechenden wollen Franziska zurückhalten, sie aber will sich nicht behüten lassen, steigt auf den Tisch und fliegt schon in die Arme des Fremden. Gegenüber hat sich ein Trupp Italiener niedergelassen, mit Gitarren und Mandolinen, es ist ein ohrenbetäubender Lärm. Franziska tanzt mit ihrem Pierrot um die Tische und dann weiter auf dem Billard zwischen den dort abgestellten Kaffeetassen, bis der Kellner kommt und sie vertreibt. Der Fremde zieht sie an seinen Tisch, betrachtet ihr kurzes Haar: »Seht mal, was ich da gefangen hab' – ist das nun ein Bub oder ein Mädel?« Der Karneval mit seinen Maskeraden, den Alkoholexzessen und wilden Tänzen ist ein seelisch-körperlicher Ausnahmezustand, gerade auch von der »normalen«, der binären Erotik. Später wird sich Franziska zur Münchner Faschingszeit gerne als Hermaphrodit, als mannweibliches Wesen verkleiden. Doch ein geliehenes Pierrotkostüm in Verbindung mit einem Kurzhaarschnitt tut es auch, wie sie bei ihrem ersten Karneval erfährt. Noch ist die junge Frau einigermaßen verdutzt, welche Reaktionen sie mit ihrem Auftreten auslöst. Später sinniert sie in ihrem Tagebuch, dass »die Beschränkung der Erotik auf das eine oder andere Geschlecht überhaupt eine unerhörte Einseitigkeit« sei. Der vollkommene Mensch trage doch beide Geschlechter in sich, und sie fügt selbstbewusst hinzu: »ich zum Beispiel«.

Mit ihren neuen Bekannten bleibt Franziska bis in den Morgen hinein im Café Luitpold, trinkt »Sekt und Freude«, wie sie schreibt. Der Fremde entpuppt sich als der Maler Friedrich Fehr. Mit zwei Freunden betreibt auch er eine renommierte private Malschule; zu seinen Schülern zählen immerhin Emil Nolde, Alfred Kubin und Clara Westhoff, die spätere Frau von Rilke. Wenn Franziska 1895 nach München zurückkommt, dieses Mal, um zu bleiben, werden die beiden eine Liebesbeziehung eingehen.

Eheleben

Die Zeit von Franziskas erstem München-Aufenthalt läuft viel zu rasch ab – ein halbes Jahr hat sie mit ihrem Verlobten ausgemacht, der auf Rückkehr und Heirat drängt. Da kommt es zu der beinahe erwartbaren »Katastrophe«: Die junge Frau wird von Hernstein schwanger, mit der ebenfalls erwartbaren Folge, dass ihr Liebhaber auf Rückzug sinnt. So ernst war es ihm dann doch wieder nicht. Beide Ereignisse – die Nachricht der Schwangerschaft und Franziskas bevorstehende Abreise – trennen nur wenige Tage. Hernstein wählt den für ihn bequemsten Weg: Er überredet Franziska, den Verlobten trotz ihrer Schwangerschaft zu heiraten, mit dem Hintergedanken, dass es so womöglich gar nicht weiter auffällt, wenn sie das Kind austrägt. Die Hochzeit ist immerhin schon für Mai geplant. Und Franziska, beseelt von dem Gedanken an das Kind, lässt sich auf dieses Manöver ein.

Wenige Wochen nach der Hochzeit dann verliert sie das Ungeborene. Die seelische Not ist beinahe von Tag zu Tag größer geworden. Schon bei der Hochzeit scheint es ihr fast undenkbar, dass niemand ihr Geheimnis erraten soll, zumal sie unter einer Vielzahl von Schwangerschaftssymptomen leidet: Abgeschlagenheit, Schwindel, Übelkeit, Erbrechen. Und der Bauch wächst. Wir wissen nicht, ob es sich um einen gewollten Schwangerschaftsabbruch oder eine Fehlgeburt handelt. »Als sie wußte, daß der Arzt schweigen würde, kam zum erstenmal eine tiefe dumpfe Ruhe über sie«, heißt es in *Ellen Olestjerne*, dem später geschriebenen autobiographischen Roman. Das lässt beide Möglichkeiten offen.

Franziska bleibt danach noch fast ein Jahr in Hamburg bei ihrem Mann. Doch mit jedem Tag an seiner Seite wächst das Verlangen, nach München zurückzukehren. Unter dem Datum des 20. Februar 1895 entwirft sie einen Lebensplan bis zum dreißigsten Jahr: »Dann muß ich etwas können und ein Kind haben. Bis dahin jährlich ein halbes Jahr in M. Wenn das Kind 1–2 Jahre alt ist, ein Jahr nach Paris.«

KAPITEL 3

Der große Aufbruch

1894–1896

Synchron formieren sich in München eine weibliche und eine männliche Gegenkultur: die weibliche rund um das Atelier Elvira, die männliche mit Stefan George und Ludwig Klages als Polen, die sich erst anziehen, zunehmend jedoch abstoßen. Vor allem aber sind es zwei Zeitschriftengründungen, die aus München im Wunderjahr 1896 plötzlich den Nabel der kulturellen Welt machen: Jugend *und* Simplicissimus. *Während die* Jugend *ein neues Lebensgefühl kreiert, aus dem mit dem Jugendstil gleich eine ganze Epoche hervorgeht, verbünden sich in Albert Langens* Simplicissimus *Kunst und Satire und bringen die starren gesellschaftlichen Verhältnisse zum Tanzen. Da ist es kein Wunder, dass die Frequenz der Skandalstücke und Prozesse, der Vernissagen und »Nebenregierungen« stark ansteigt. Die Jugend rückt von allen und auf allen Seiten vor. In all dem Lärm und Wirrwarr fällt kaum auf, dass mit Rilke aus Prag sowie mit Marianne von Werefkin und Alexej von Jawlensky aus dem fernen Russland die ästhetische Zukunft in München Einzug hält. In der Kunststadt wird es langsam voll.*

Eine weibliche Gegenkultur …

Studentinnenleben

»Es war zum Tollwerden schön«, berichtet die Schriftstellerin und Frauenrechtlerin Käthe Schirmacher an ihre Mutter, als sie 1893 auf dem Weg nach Zürich in München haltmacht. Sie habe es hier so gut, dass sie gleich am liebsten bliebe. »Vom ersten Augenblick wo ich Frl. Augspurgs Haus betrat, war ich zu Hause. Es ist eine gemütliche Studentenbude.« Anita führt sie in der Stadt herum, zeigt ihr die Ausstellung der *Secession*, spät abends dann wandert man am Englischen Garten entlang. Es seien »gute Gesellen« dabei gewesen, schreibt sie: »Dieser freie studentische Ton, das gemütliche Heim, das lockte, die Musik, die man machte … Babett serviert die bairischen Humpen, die eine liegt auf dem Divan, die andere auf der Erde, jetzt lacht, dann schweigt man, wer rauchen will, verkräuselt sein Cigarettchen im Nebenzimmer – eine Freiheit der Frauenentwicklung, wie man sie in Deutschland für unmöglich hält.«

Der »freie studentische Ton«, bislang eine Domäne junger Männer, hält in diesen Jahren auch unter den jungen Frauen Einzug. Käthe Schirmacher studiert Romanistik in Zürich, an der einzigen deutschsprachigen Universität, an der sich Frauen offiziell immatrikulieren und promovieren können. Und auch Anita Augspurg hat dort ein Jurastudium aufgenommen. Die beiden gehören zu den ersten deutschen Studentinnen, die einen Doktortitel erwerben. Anita gilt sogar als erste promovierte Juristin im Wilhelminischen Kaiserreich. Sie hat sich in den letzten Jahren zu einer engagierten Frauenrechtlerin entwickelt und arbeitet für

Die erste promovierte Juristin im Wilhelminischen Kaiserreich: Dr. jur. Anita Augspurg, fotografiert vom Atelier Elvira, um 1895.

den in Weimar gegründeten Verein *Frauenbildungsreform*. Dafür hat sie ihre Tätigkeit im Atelier Elvira weitgehend aufgegeben, das nun von Sophia Goudstikker allein weitergeführt wird. Im Café Isarlust, dem traditionellen Versammlungsort der *Gesellschaft für modernes Leben*, wirbt Anita Augspurg mehrfach öffentlich für eine Petition an den Deutschen Reichstag, in der die Zulassung von Frauen an deutschen Universitäten gefordert wird. Neben Mitgliedern der Gesellschaft befinden sich unter den Zuhörerinnen auch eine Reihe Münchner Schriftstellerinnen, die gerade öffentliche Aufmerksamkeit auf sich ziehen, weil sie in ihren Romanen und Theaterstücken für die Sache der Frau eintreten, für ihre Unabhängigkeit und Selbstbestimmung. Dazu zählen Carry Brachvogel, Emma Merk, Marie Haushofer und die mit Hedwig Pringsheim befreundete Elsa Bernstein, die unter dem Pseudonym Ernst Rosmer publiziert. Auch die Münchner Polizei ist schon auf die Umtriebe aufmerksam geworden. Wie in den meisten Ländern des Deutschen Reiches ist auch in Bayern Frauen die Mitgliedschaft in politischen Vereinigungen untersagt. Anita Augspurg wird vorgeladen; stattdessen erscheint ihre Freundin Sophia Goudstikker bei der Polizeibehörde. »Verein?«, fragt sie mit Unschuldsmiene. Da müsse es sich um ein Missverständnis handeln. Es seien halt lauter Leute erschienen, die sich für Frauenreformen interessierten, rein privat natürlich. Zwei Jahre später aber greift die Münchner Polizeidirektion durch und erlässt ein Verbot des Münchner Ablegers des Vereins *Frauenbildungsreform.*

Eine Stadt der Frauen

Als sich dann im Mai 1894 in München die *Gesellschaft zur Förderung geistiger Interessen der Frau* gründet, sind Vereinsname und -zweck so auffällig harmlos gewählt, dass jeder aufkommende Verdacht, es handle sich um eine politische Gruppierung, umgehend zurückgewiesen werden kann. Anita Augspurgs Jurastudium beginnt sich schon jetzt auszuzahlen. Wie auch Sophia Goudstikker gehört sie zu den Initiatorinnen der Neugründung, die Geschäfte der Gesellschaft aber werden von Ika Freudenberg geführt. Zusammen mit ihrer Freundin ist die ausgebildete Klavierlehrerin gerade nach München gezogen und hat ihre Zelte ganz in der Nähe der Wohnung von Sophia Goudstikker und Anita Augspurg aufschlagen. Und während die beiden Gründerinnen des Ateliers Elvira sich langsam auseinanderleben, werden die Beziehungen der 1894 zur »Hofphotographin« ernannten Sophia Goudstikker zu Ika Freudenberg immer enger.

In der Öffentlichkeit wird die *Gesellschaft zur Förderung geistiger Interessen der Frau* rasch durch ihre Abendveranstaltungen bekannt. Dort referieren Vereinsmitglieder genauso wie Gäste, Frauen genauso wie Männer, über die großen Fragen der Zeit, zumeist solche, die in direktem Zusammenhang mit der Frauenbewegung stehen. Thema ist etwa die drohende Zersplitterung der Frauenbewegung in Konservative und Radikale, Bürgerliche und Sozialisten. Kann Vielfalt, richtig verstanden, aber nicht sogar eine Stärke sein? Bereits im Gründungsjahr 1894 besucht Hedwig Pringsheim eine Abendveranstaltung, auf der Max Haushofer, Professor der Nationalökonomie, Vorsitzender der Münchner national-liberalen Partei und zusammen mit seinem Bruder Gründer des *Deutschen Alpenvereins*, über die Ehe vorträgt. »Namenlos flacher Vortrag von Haushofer«, notiert Hedwig in ihrem Tagebuch, lobt hingegen die »sehr gute Rede der Präsidentin Frl. Freudenberg«. Obwohl er der Frauenbewegung gegenüber durchaus aufgeschlossen ist, macht der auf die Sechzig zugehende Haushofer keinen Hehl aus seinen sehr konservativen Ansichten über die unterschiedlichen Rollen von Mann und Frau, die für ihn von Natur aus vorgegeben sind.

Den Vortrag zum Thema »Kann die Frau philosophieren?« (mit Diskussion) hält Ika Freudenberg deshalb lieber gleich selbst. Im Publikum sitzt dieses Mal Thomas Mann, der inzwischen den Schulabschluss geschafft hat und nach einem halbjährigen Volontariat in der Feuerversicherungsanstalt des Freundes seiner Mutter nun in München als Schriftsteller Fuß zu fassen versucht. »Es war ein wild bewegter Abend«, will Mann Jahre später der Schriftstellerin Gabriele Reuter erzählt haben – sogar ein Universitätsprofessor habe eingegriffen, »und das Ergebnis war die sieghafte Bejahung der Frage, ob Frauen philosophieren können«. Übrigens sei man ja genau zu diesem Ende zusammengekommen. »Ein bleicher und leidenschaftlicher Herr, der sich aufstellte und das Resultat anzweifeln zu müssen glaubte, ward niedergemacht; der Universitätsprofessor streckte ihn zu Boden.«

Er aber, Thomas Mann, habe die Frage gestellt: »was soll das Ganze! Wenn eine Frau ›philosophieren‹ kann, so möge sie sich doch hinsetzen und es tun!« Niemand werde sie daran hindern. Er selbst sei sogar bereit, sie zu heiraten, wenn sie ihm sonst gefalle. »Aber wozu sich zusammenrotten?« Und er berichtet, Gabriele Reuter habe ihm daraufhin »ihr kluges und diskretes Gesicht« zugewandt und »mit einem nachsichtigen Lächeln«, das sowohl ihm als auch der Frauenversammlung zu gelten schien, gesagt: »Sie müssen bedenken, daß es gleichsam Kinder sind, die sich verabreden, sich Mut machen müssen …« Ist das nun Überheblichkeit oder schon Weltfremdheit? Wie soll man philosophieren, wenn einem die Befähigung dazu abgesprochen wird und der Zugang zum Studium verwehrt ist? Thomas Mann jedenfalls scheint weder die Frauen noch die Philosophie ernstnehmen zu wollen. Und nicht nur er, sondern auch Gabriele Reuter, die »Dichterin der weiblichen Seele«, wie sie genannt wird, überschätzt die Kraft des auf sich selbst gestellten Einzelnen, was die Durchsetzung neuer Denk- und Verhaltensformen betrifft.

Nicht zuletzt durch die öffentlichen Vortragsveranstaltungen gelingt es der Gesellschaft, bereits im ersten Jahr ihres Bestehens an die 150 Mitglieder zu gewinnen. Mit jedem Jahr erhöht sich deren Zahl. Auch Hedwig Pringsheim tritt ein. Ganz entgegen ihrem sonstigen unpolitischen Naturell lässt sie sich zur Mitarbeit an einer Resolution zum Bürgerlichen Gesetzbuch anwerben und sammelt dafür auch Unterschriften bei befreundeten Familien. Von »Agitation« spricht sie selbst kämpferisch. Das ist hartes Brot, gerade bei den alteingesessenen Münchner Familien stößt sie häufig auf Unverständnis und Ablehnung.

Pringsheims unterstützen die Frauenbewegung aber auch finanziell. In Berlin lernt Hedwig bei einem Vortrag eine junge Mitarbeiterin der Zeitschrift *Die Frauenfrage* kennen. Lily Braun ist eine engagierte Sozialdemokratin und Frauenrechtlerin. Als sie in Geldnöten steckt und die Pringsheims um ein Darlehen ersucht, überweisen sie ihr, ohne zu zögern, völlig unbürokratisch 5000 Mark, was heute etwa 30 000 Euro entspricht.

Während sich die von Männern dominierte *Gesellschaft für modernes Leben* 1893 bereits wieder auflöst, verankert sich die *Gesellschaft zur Förderung geistiger Interessen der Frau* im Münchner gesellschaftlichen Leben und entfaltet dort eine beträchtliche Wirkung. Das hat nicht zuletzt mit der Offenheit ihrer Gründerinnen und ihrer Leiterin zu tun: Sie agieren weitgehend unideologisch, sind intellektuell neugierig und experimentierfreudig, bemühen sich, auch unbequeme Personen ins Boot zu holen, nehmen die konkreten Interessen, Erfahrungen und Probleme der Frauen ernst. Ein Unikum unter den deutschen Frauenvereinen ist die beträchtliche Zahl von männlichen Mitgliedern in der *Gesellschaft*. Das ändert nach Ansicht ihrer Gründerinnen und ihrer neuen Leiterin allerdings nichts an der Tatsache, dass sich die Emanzipation der Frau nur mit Organisationen erkämpfen lässt, die von den Frauen selbst verwaltet werden und in jeder Hinsicht, also auch konfessionell, unabhängig und parteilos sind.

Anita Augspurg orientiert sich zusehends nach Berlin, wo in diesen Jahren die großen frauenpolitischen Schlachten um die Neufassung des Bürgerlichen Gesetzbuches und das Wahlrecht geschlagen werden. Sophia Goudstikker wandelt sich derweil in München zur erfolgreichen, gesellschaftlich anerkannten Unternehmerin. Sie beweist, dass Frauen auch unter widrigen, ihnen keineswegs entgegenkommenden Verhältnissen Karriere machen können - und wird gerade als Selfmade-Woman zum Vorbild für andere. Passionierte Netzwerkerinnen wie Sophia Goudstikker und Ika Freudenberg machen aus München eine Stadt der Frauen - unverwechselbar gerade durch die Atmosphäre und die Beziehungskultur, die die von ihnen mit Leben erfüllten Einrichtungen schaffen. So wichtig die dezidiert politischen Vereine der Frauenbewegung auch für die Bewusstseins- und Willensbildung und damit für Aktionen und Kampagnen sind - um zu einer sozialen Bewegung aus der Mitte der Gesellschaft heraus zu werden, bedarf es eines informellen Netzwerks von Beziehungen, Freundschaften und sozialen Räumen, kurz einer lebendigen Gegenkultur mit allen Merkmalen einer Szene. Gertrud Bäumer, eine der führenden Gestalten der bürgerlichen Frauenbewegung und mit Ika Freudenberg und Sophia Goudstikker eng befreundet, hat den Münchner Kreis rund um das Atelier Elvira und die Gesellschaft für Fraueninteressen als den »farbigsten, schwungvollsten und freiesten Lebensring« beschrieben, »zu dem irgendwo die Frauenbewegung zusammenwuchs ... Starke Temperamente, künstlerische Naturen, warme leidenschaftliche Herzen, feurige Seelen – eine lebendige bewegte Aufbruchsstimmung von Kraft, Humor, Geist und Geschmack. Eine temperamentvolle Emanzipation voll Herzensanteil, ein tapferes und zugleich frohes Erschaffen neuer Lebensformen.«

… und eine männliche

Ludwig Klages

Und was ist mit den Männern? Während die *Psychologische Gesellschaft* mit Schrenck-Notzing als Frontmann weiterhin Jagd auf die Seele macht, die sie teils im Unbewussten, teils im Übersinnlichen vermutet, entsteht – ohne jede personelle Überschneidung – ein weiterer Münchner Kreis passionierter Seelensucher, der noch höher hinaus beziehungsweise tiefer hinab will – und es dabei gleich mit dem ganzen Kosmos aufnimmt (weshalb er auch als Kosmikerkreis in die Geschichte eingegangen ist).

Alles beginnt, wie so häufig in diesen Zeiten, in einer Pension, in diesem Fall der Schwabinger Pension Fuchs an der Ecke Heß- und Luisenstraße. In solchen Pensionen seien die verrücktesten Leute abgestiegen, hat Stefan George rückblickend gemeint: »Wer nicht schon ein bisschen verrückt ist, kommt in so eine Pension gar nicht hin.« Zu den Logiergästen, die sich hier am Mittagstisch versammeln, zählen im Jahr 1893 der noch weithin unbekannte, vierundzwanzigjährige George selbst und der noch einmal um drei Jahre jüngere Ludwig Klages, der zufällig sein Tischnachbar ist. Beide haben sich gerade zur Fortführung des Studiums an der Ludwig-Maximilians-Universität eingeschrieben, und so kommt man ins Gespräch – der angehende Dichter mit dem sphinxhaft-dämonischen Antlitz und der künftige Philosoph mit der klangvoll auf- und absteigenden Stimme, dessen Vortrag, wenn er sich

Tarzan-Philosoph und Seelenflüsterer, der alle mitreißt. Aber wohin? Ludwig Klages, 1900.

zu Bekennertum und Prophetie verleiten lässt, etwas von der Gewalt eines reißenden Flusses bekommt.

Noch aber studiert der gebürtige Hannoveraner Ludwig Klages Chemie, was allein schon zu Nachfragen oder geistreichen Bemerkungen einlädt. In München wird gerade die moderne chemische Forschung erfunden – von der Entwicklung technisch umsetzbarer Synthesen in universitätseigenen Laboratorien, woran auch der Student Klages beteiligt ist, bis zur kurz vor der Jahrhundertwende einsetzenden Industrieforschung. Den Entschluss zum Chemiestudium hat Ludwig Klages im Nachhinein als »tollhäuslerisch« bezeichnet. Er habe ihn vor allem deshalb getroffen, um sich nicht nur aus Büchern, sondern auch experimentell im Laboratorium mit den »seelenfeindlichen Mächten« vertraut zu machen: »Ich muss den Feind kennen, um ihn zu schlagen mit seinen eigenen Waffen; ich muß erproben, durch welche Art analytischen Denkens man zu der Behauptung gelangt ist, daß die Welt aus Atomen bestehe«.

Dass diese »Behauptung« nicht bloß eine Weltanschauung, sondern eine begründete Tatsache ist, will einem wie Klages nicht in den Kopf. Für ihn bedeuten Erleben, Stimmungen und Ausdrucksverlangen den Schlüssel zur Welt. Folgerichtig stürzt er sich nach Aufgabe des Chemiestudiums auf die Graphologie, die Seele und Charakter eines Menschen aus seiner Handschrift zu ergründen sucht. Dahinter steckt auch die Notwendigkeit, sich nach einem Broterwerb umzusehen, was ihm durch Gutachten, nicht zuletzt für die in Zeitungen beliebten »Graphologischen Briefkästen«, sogar gelingt. Auf diese Weise findet der Philosoph Klages aber auch zu seinem Lebensthema: der Seele, ihrer Magie und mystischen Tiefe. Zusehends sieht er sie als Antipoden zu allem, was mit analytischem Denken, mit Rationalität und Wissenschaft, ja mit Geist zu tun hat.

Stefan George

Als einen Mann der Seele inszeniert sich auch der Dichter Stefan George. Wer ihn das erste Mal sieht, der glaubt indessen in ein erloschenes Antlitz zu schauen: Das liegt an den tief liegenden, verschatteten Augenhöhlen unterhalb der felsigen, weit vorspringenden Stirn, den hohlen Wangen, dem bitteren schmallippigen Mund und nicht zuletzt seiner wächsernen Gesichtsfarbe, die je nach Tageszeit einen olivgrünen Schimmer annimmt. Der Körper, eher feingliedrig, bekommt durch den dicht über den Schultern sitzenden Schädel etwas Gravitätisches, zumal George beim Gehen den Oberkörper leicht zurücklegt und sich mit dem Becken nach vorne schiebt.

Anders als Klages ist der Vierundzwanzigjährige bereits ein wenig in der Welt herumgekommen, ist in Berlin und Paris gewesen, hat die Schweiz und Italien bereist, in Berlin und Wien studiert. Auf dem Rückweg von Wien ins heimatliche Bingen am Rhein hat er im Jahr zuvor einige Wandertage in Oberbayern eingelegt. Aus einer »dunklen Neigung« zu Ludwig II. besuchte er Schloss Linderhof mit seiner künstlichen Grotte und litt nach der Besichtigung, wie er nach Hause schrieb, »an heftigem seelenkatarrh«. Vermutlich gerade deswegen macht sein neuer Gedichtzyklus *Algabal*, der in suggestiven Versen eine vollkommen artifizielle Welt von ornamentaler, bizarrer Schönheit ohne jede Moral entwirft, plötzlich eminente Fortschritte. Er widmet ihn dem »Gedächtnis Ludwigs des Zweiten«, den er den »verhöhnten Dulderkönig« nennt. Der König mit dem Knacks und die Künstler mit den großen Prätentionen, die sich von der Kunst nichts weniger als eine Erneuerung der Welt erhoffen – das ist eine Beziehung ganz besonderer Art.

Seit 1892 erscheint die von George gegründete Zeitschrift *Blätter für die Kunst*. Programmatisch richtet sie sich gegen alle Versuche der Zeit, eine engagierte Kunst zu begründen, vom Naturalismus bis zu den Gesinnungswerken Diefenbachs. Auch Klages wird bald nach seiner Bekanntschaft mit George von diesem für würdig befunden, in den *Blättern* zu veröffentlichen. »Aus einer Seelenlehre des Künstlers«, so der Titel des Essays, der dort 1896 erscheint, signalisiert Vorläufigkeit und Bescheidenheit. Im Grunde aber will Klages die gesamte Ästhetik neu denken und sie durch eine Psychologie des Künstlers ablösen. Gegenüber dem Leben könne die Kunst allemal nur eine sekundäre, abgeleitete Bedeutung haben, so seine Behauptung: »Es sei in Wahrheit gleichgültig, ob ein Werk ›künstlerisch‹ vollendet sei, es käme lediglich darauf an, ob aus ihm das Leben glühe. Von der Kunst sei daher für das Leben auch nichts zu hoffen, sondern alles müsse vom Leben selbst kommen.«

Das ist geradezu darauf angelegt, den Widerspruch des Dichters herauszufordern. Für George charakterisieren den Künstler nicht nur »lebensdurst und grosse selbstgefühle«, sondern genauso die Befähigung, die seelischen Kräfte zu bändigen und zu gestalten. Erst das mache schließlich aus rauschhafter Erlebnistiefe Kunst. Kunst müsse zwar nicht unbedingt Erkenntnis sein, sie sei aber auch nicht bloß eine Art Urschrei. Mit einer gehörigen Portion Größenwahn ausgestattet, beanspruchen beide, der Apologet der Kunst wie der Apologet des Lebens, für sich die Führungsrolle. Eine Zeitlang geht von diesem Konkurrenzkampf ein großer Reiz aus, auf Dauer aber kann das kaum gut gehen.

Alfred Schuler

Klages hat sich im Nachhinein viele Gedanken darüber gemacht, was ihn, den verschlossenen Norddeutschen, an München so angezogen hat. Dabei kommt er auf Eigentümlichkeiten der Stadt zu sprechen, die auch vielen anderen Zugereisten an München auffielen und gefielen: »die schönschreitenden Frauen«, »die lässig und beinah schlendernd sich bewegenden Männer«, die bukolische Szenerie des Englischen Gartens und generell der Biergärten mit ihren mütterlichen Kellnerinnen und ihrer betont egalitären Atmosphäre, »wo auf langen Bänken am gleichen Tisch beieinander saßen Barone, Handelsherren, Studenten, Barbiere, Künstler, Faßbinder, Pillendreher, Holzfäller, Gelehrte«. Und nicht zuletzt die verschwenderische Pracht, mit der Kunst und Kultur über die Stadt ausgestreut sind. Laut Klages aber reicht das alles nicht, um den eigentümlichen Charakter Münchens zu erfassen, das, was er die »Ortsseele« nennt. Dazu müsse man noch andere, versteckte Plätze der Stadt aufsuchen, sich dorthin begeben, wo keine Touristen hingelangen, sondern das zu finden sei, was wir heute Subkultur nennen würden. Dort aber stoße man auf – Alfred Schuler.

Vieles von dem, was München in Klages' nach Transzendenz dürstender Seele auslöst, souffliert ihm ein Mann, der zu den geheimnisvollsten Gestalten der Münchner Jahrhundertwende zählt – neben dem Seelendoktor Schrenck-Notzing, der in den besten Kreisen der Stadt verkehrt, ein zweiter, nicht minder einflussreicher Seelenflüsterer, der in den geheimen Winkeln der Altstadt, im Gedränge der Bierfeste und Jahrmärkte, im Dunst der Kneipen und Jahrmarktsbuden zu Hause ist. Alfred Schuler ist um einige Jahre älter als Klages, eine markante, auf den ersten Blick nicht sonderlich einnehmende Erscheinung: ein »kleines dickliches Männchen mit einem großen kürbisartig ansteigenden, schon leicht glatzigen Kopf und einem glattrasierten, breiten fetten Gesicht mit Neigung zum Doppelkinn und sehr großen blauen, leicht herausquellenden Augen« – so hat ihn beinahe schon karikierend der Archäologe Ludwig Curtius beschrieben. Stets ist er ganz in Schwarz gekleidet, das Jackett mit dem umgeschlagenen Kragen zugeknöpft bis zum Hals; es betont den Bauch, statt ihn zu kaschieren. In diesem Auftritt erinnert Schuler an einen Abbé des 18. Jahrhunderts, jene Mischung aus Priester und Gelehrter, die so stilbildend gewesen ist für die europäische Geistesgeschichte. Doch dieser Pater hier ist kein Aufklärer, er ist ein Eingeweihter, ein Mystagoge. Klages nennt ihn den »weitaus

Wissendsten um die Geheimnisse des Altertums«. Faktisch ist er immer noch Student der Archäologie, wird an der Universität aber nie einen formellen Abschluss erreichen. An seinem Wissen von der Antike haftet der Staub der Gelehrsamkeit. In Rom, dem Fixpunkt seiner Sehnsüchte und Spekulationen, ist er ein einziges Mal gewesen, rundheraus enttäuscht von dem, was er dort zu sehen bekam.

Allerdings versteht Schuler seine profunden Kenntnisse mit großer Suggestivkraft zu vergegenwärtigen. Schlendert man mit ihm durch die Gassen der Altstadt oder über eine Dult, wie die rund um die Namenstage von Heiligen veranstalteten Jahrmärkte mit Volksfestcharakter in München seit altersher heißen und wo es sehr bodenständig zugeht, so macht er mit mitreißenden Worten seine Begleiter auf alles aufmerksam, was ihm Zeuge einer großen, auf die römische Antike verweisenden Zeit zu sein scheint. Das können verfallene Ziehbrunnen, altertümliche Tore oder von Grünspan zerfressene kupferne Gerätschaften sein – alles wird ihm zu Spuren einer vormals mächtigen Gegenwart, die in seiner Seele weiterlebt. Er selbst fühlt sich als Spätling römischer Zeiten, den nur ein Regiefehler der Natur statt ins Zeitalter der Cäsaren in die gegenwärtige, seines Erachtens blasse, seelenlose Epoche versetzt haben kann.

Das alles hat etwas von einer Gymnasiastenphilosophie, was auch Klages' Faszination erklärt. Mit Verlassen des humanistischen Gymnasiums bekommen junge Intellektuelle wie er die Diskrepanz zwischen der Herrlichkeit und Lebensfülle der Antike, wie sie ihnen im Latein- und Griechischunterricht nahegebracht worden ist, und der Prosa der alltäglichen Lebensverhältnisse in der modernen Welt mit ihren Verpflichtungen und Versagungen nachdrücklich zu spüren. Die Flucht in die Vorväterzeit ist eine intellektuelle Droge, um das harte Auftreffen auf dem Boden der Realität der Gegenwart möglichst lange hinauszuzögern. Schuler wirkt jedenfalls gewaltig auf Ludwig Klages. Der junge Philosoph macht aus den Ahnungen und Gedankenfetzen des schwadronierenden Mysterienforschers ein metaphysisches System, in dem sich die in die Tiefe der Zeiten hinabreichende Seele als hartnäckiger Kontrahent der Rationalität erweist, die in Gestalt der modernen Wissenschaft und Technik den Menschen angeblich unterjocht und von seiner Bestimmung entfernt. *Der Geist als Widersacher der Seele* wird der Titel seines philosophischen Hauptwerks lauten. Wie schon Nietzsche vermutet Klages hinter dem Sieg des Verstandes über die Seele den langen Arm des jüdisch-christlichen Denkens und seiner lebensfeindlichen Moral. Erst ihr Sturz würde den Menschen wieder die volle Erfahrung des »offenen Lebens« ermöglichen, wie Schuler das nennt.

Vorerst aber ist das nur einigen wenigen Erwählten vergönnt, zu denen Schuler natürlich sich selbst und auch seine Anhänger rechnet. Geheimnisvoll raunend spricht er in diesem Zusammenhang von »Blutleuchte«. Das Blut jener Menschen, von denen er in Zeiten des Niedergangs die allgemeine Wiedergeburt erwartet, sei, so munkelt er, mit einem Leuchtstoff durchdrungen, einer fluoreszierenden Substanz. So verbindet sich die Feier der Seele mit der des Blutes – eine so archaische wie zukunftsträchtige Synthese. Klages, der auch diesen Aspekt von Schulers Lehre begeistert übernimmt, nennt diese Menschen »die Enormen« – eine Bezeichnung, die sich rasch auch im George-Kreis einbürgert. Enorm sind laut Klages jene Menschen, in denen die Glut der kosmischen Seele noch leuchtet. Das können Dichter sein wie Stefan George. Aber auch die Liebe kann die Blutleuchte entzünden. Der homosexuelle Schuler denkt in diesem Zusammenhang vor allem an Mysterien phallischer Art; Klages dagegen setzt auf die Frauen. Während das Trachten der Männer »naturgemäß dahinziele, ihre hergebrachten aber ganz lebensfeindlichen Ziele zu erhalten« und sie dazu vor allem »die Fesseln der Ehe« benutzen würden, seien die Frauen leichter »aus dem Dunstkreis der überkommenen Spießermoral« zu lösen. Das ist doch immerhin eine Aussicht.

1895 kommt der junge Theodor Lessing nach München. Auch er will dort sein Studium, in diesem Fall das der Medizin, weiterführen. Vor allem jedoch freut er sich darauf, die Herzensfreundschaft, die ihn mit Ludwig Klages seit Schülertagen verbindet, unter den zwanglosen Voraussetzungen des Studentenlebens fortzuführen, hier in München, wo alles möglich scheint und man morgen gerne morgen sein lässt. Lessing ist ein philosophischer Kopf genau wie Klages, und auch er wird sein Studium schließlich an den Nagel hängen und sich als Publizist durchschlagen.

Als sie sich wiedertreffen, bekommt ihre Freundschaft jedoch einen Riss. Denn Lessing muss feststellen, dass sein Freund nun auch einem anderen ebenso zugetan ist wie zuvor nur ihm und er den Freund mit diesem anderen teilen soll. Es ist Stefan George. Und obwohl man anfangs in derselben Pension wohnt und sich beinahe unweigerlich über den Weg läuft, stemmt sich Lessing mit großer Kraft gegen die Zumutung, den Unbekannten kennenzulernen, und nutzt jede Gelegenheit, Georges Dichtung und dessen Person vor dem Freund herunterzumachen. Die von Stefan George zelebrierte intellektuelle und poetische Hohepriesterschaft reizt den jungen Rebellen Lessing unwiderstehlich, den »Rüpel«, den »Wald- oder Wiesen-Faun« herauszukehren. Wie Klages liebt er das Leben über alles, im Unterschied zu ihm ist seine Liebe aber keineswegs vor allem metaphysischer Natur. Lessing gehört zu der Sorte junger Männer, die keine Chance auf ein sexuelles Abenteuer ungenutzt lassen, was auf Seiten des schüchternen Klages zu Neid und Minderwertigkeitsgefühlen führt.

Nach einigen Monaten des gezielten Aneinandervorbeilaufens kommt es dann doch zur unausweichlichen Begegnung von Lessing und George, an einem Ort, der für Begegnungen aller Art, gerade auch für die unerwarteten und unerwünschten, wie geschaffen ist. Lessing sitzt bereits zeitschriftlesend im Café Luitpold, als George durch den Säulengang in der Mitte stolziert, begleitet wie stets von seinem unzertrennlichen Schatten Karl Wolfskehl, dem wohlhabenden Spross einer jüdischen Kaufmannsfamilie und unverzichtbaren Mitarbeiter bei den *Blättern für die Kunst*. Und es dauert nicht lange, da storcht auch Klages durch die Halle. Lessing sieht ihm sofort das Missbehagen darüber an, dass die beiden einander abstoßenden Pole seiner Freundschaft an benachbarten Tischen Platz genommen haben. Einige Jahre später wird Lenin, der sich da noch Herr Meyer nennt, während seines Münchner Aufenthalts seine berühmte Schrift *Was tun?* verfassen. Lessing und Klages aber stellen sich die Frage schon jetzt.

Klages macht den Anfang: »Komm mit zu den andern«, begrüßt er den Freund. Der reagiert abweisend: »Ihr könnt ja auch an meinen Tisch kommen.« Wenig später erscheint Karl Wolfskehl als Friedensbote und wiederholt die Einladung. Doch Lessing bleibt unnachgiebig: »Der Weg von Herrn George zu mir ist nicht weiter als der von mir zu Herrn George.« »Herr George« aber hält die Zumutung, den Tisch zu wechseln, für geschmacklos, ja frech. Mit der Folge, dass der arme Klages mit einer zerrissenen Seele zwischen den beiden eifersüchtigen Hohepriestern hin- und herpendelt und den alten Freund beschwört: »Mensch, lass doch mir zuliebe nicht das Schönste scheitern an deiner Albernheit.« Lessing aber begehrt auf, das sei keine Albernheit, das sei Symbol. Da erhebt sich Wolfskehl ein zweites Mal und belehrt Lessing, unter Symbolen verstehe man etwas anderes. Derweil weiß Klages immer noch nicht, wo und ob er sich überhaupt setzen soll.

Schließlich vereinbart man, dass weder George noch Lessing sich fügen müssen, sondern beide gleichzeitig aufstehen, einander bis zur Mitte des Säulengangs entgegengehen und dann alle vier an einem größeren Tisch Platz nehmen. Und so geschieht es. »Schwerernst, mit der Feierlichkeit der großen Geschichtsereignisse«, wie Lessing resümiert. Man schüttelt einander die Hände und presst sich ein »Sehr erfreut« ab. Dann nimmt man am dritten Tisch Platz, George neben Wolfskehl, Lessing neben Klages.

Das nun einigermaßen schleppend verlaufende Gespräch dreht

sich bald um das Verhältnis von Dichtung und Leben, ein Lieblingsthema aller Beteiligten. Der Dichter müsse sein Werk selber sein, behauptet Lessing. Es sei widerwärtig, von »Löwenjagden, Wüstenstürmen, Wikingerfahrten, brennenden Städten, Morden und Triumphen« zu singen, während man, »den Griffel in bleicher Hand«, sich im Ohrensessel zurücklehne oder auf dem Gartenstuhl herumlungere. Das richtet sich natürlich gegen George, der genau dies in seinen Dichtungen zu tun pflegt. Der aber lehnt sich gelassen zurück und sagt mit seiner geduldig feierlichen Stimme: »Ein Dichter, merken Sie, kann auch im Luitpold auf Löwenjagd gehn.«

Aufs Rad

Das Emanzipationsgefährt

Während die in den Cafés sitzenden Männer Löwenchimären hinterherjagen, besuchen die Frauen in diesen Jahren nicht nur Versammlungen und tun etwas für ihre »geistigen Interessen«, sondern legen auch in anderer Hinsicht an Mobilität zu: sie steigen aufs Rad. Das hat auch mit einer Innovation zu tun. Sie besteht darin, die Gummireifen des Fahrrads mit Luft zu befüllen und mit einem Ventil auszustatten. Das macht das Radfahren nicht nur wesentlich komfortabler, sondern auch schneller.

Doch die technische Neuerung erklärt nicht allein, weshalb am Ende des 19. Jahrhunderts die Frauen das Fahrrad zu ihrem bevorzugten Fortbewegungsmittel machen. Das Rad ist seitdem das Emanzipationsgefährt schlechthin. Es taugt kaum zum Repräsentieren oder zum Angeben, und es ist auch kein geschützter Raum mit Motor wie das parallel aufkommende Auto. Es ist relativ preiswert – ein Fahrrad kann sich auch leisten, wer wie die meisten Frauen zu dieser Zeit über kein eigenes Gehalt oder

Bankkonto verfügt. Und vor allem ist es universell einsetzbar. Die Frau mit Rad kann selbst über die Zeiten des Aufbruchs und die zurückzulegenden Wege bestimmen, und nicht zuletzt auch über das Tempo, in dem dies geschieht. Vom entspannten Nebeneinanderherfahren, verbunden mit einem netten Plausch, bis zum jähen Davonstürzen, wenn Eile geboten ist, oder rasanter Fahrt aus Spaß an der Geschwindigkeit, von Sonntagsausflügen in die nähere Umgebung über heimliche Rendezvous bis zu regelrechten Radtouren in den Ferien – das Rad ist ein Fortbewegungsmittel, das sich ganz nach den Bedürfnissen seiner Nutzerinnen und Nutzer richtet. *Räder des Glücks* lautet bezeichnenderweise der Titel eines Romans, den H.G. Wells 1896 über die Karriere des Fahrradfahrens verfasst. Es bringt den Frauen eine Befreiung aus häuslicher Gebundenheit und ständigem Begleitschutz. Und das Schönste dabei ist, dass dies aus eigener Kraft, ohne fremde Hilfe geschieht.

Der Erfolg des Velocipedfahrens, wie es offiziell heißt, ist umso bemerkenswerter, als das Besteigen des Sattels für Frauen zu Beginn alles andere als selbstverständlich und unkompliziert ist. Vor den Spaß und die Freiheit hat der Gesetzgeber die Verpflichtung gesetzt, Radfahrstunden zu nehmen und eine zweiteilige Prüfung zu absolvieren – theoretisch wie praktisch. In der Schwabinger Kaulbachstraße gibt es die erste Radfahrschule Deutschlands. Dort kann man das von der Polizei verlangte Zertifikat erwerben. Und wie dann später auch beim PKW-Führerschein haben es hier diejenigen schwerer, die dafür als weniger geeignet angesehen werden oder denen die Fertigkeit dazu sogar rundweg abgesprochen wird. Frauen und Fahrrad, das passt für traditionell denkende Männer weder mit ihrem Bild vom zarten Geschlecht noch mit ihren Schönheitsvorstellungen zusammen. Ein Kölner Arzt meint sogar, gewisse Hirnteile würden durch das Radfahren so gehemmt, dass die Wahrnehmung unscharf werde und zu einer Art Betäubung führe – ausnahmslos bei Frauen natürlich: »Wenn das zarte Geschlecht absolut das Bedürfnis zur Betätigung seiner

Strampelkraft fühlt, so kann es dieses ebenso gut an der Nähmaschine efektuieren«, lautet sein unmissverständlicher Rat. So wird das Fahrradfahren auch zur Nagelprobe der Emanzipation.

Hedwig Pringsheim besteht sie. Bei ihr geht die aufkommende Begeisterung fürs Rad mit nachlassendem Interesse am Reiten einher – auch das ist kein Einzelfall. Das Jahrhundert der Pferde geht langsam zu Ende. Das Auto ersetzt die von Pferden gezogene Kutsche – und das Fahrradfahren tritt an die Stelle des traditionellen Ausreitens. Das hat schon Karl Drais so gesehen, der die von ihm 1817 entwickelte Laufmaschine, den Vorläufer des Fahrrads, ausdrücklich als »Fahrmaschine ohne Pferd« beschrieb.

Im November 1894 nimmt Hedwig ihre erste Velociped-Stunde. Sie findet in eigens dafür vorgesehenen Hallen statt. Zu Weihnachten dann schenkt ihr Alfred ein eigenes Rad. Wochenlang bereitet Hedwig sich auf die Prüfung vor. Ende März 1895 ist es so weit. Mit ihrem Mann fährt sie zur polizeilichen Prüfung, eskortiert von ihren beiden älteren Söhnen auf dem Rad. Zusammen mit ihr haben sich dort an die zweihundert Männer eingefunden, deren »große Angst und Aufregung« sie so bemerkenswert findet, dass sie sie in ihrem Tagebuch notiert. Sie selbst findet die Prüfung »höchst einfach« und fährt anschließend gleich mit dem Ältesten aus. Die beiden besuchen Lenbach in seiner Villa, sie selbst in der speziellen Radlerinnenkleidung, zu der eine nur wadenlange Pumphose gehört. Sie gilt vielen als anstößig, da hier erstmals die Waden der Frau in der Öffentlichkeit gezeigt werden. Wie für viele radbegeisterte Frauen ist auch für Hedwig Pringsheim die neue Leidenschaft ein guter Anlass, sich der bewegungshemmenden Panzerung des Schnürkorsetts zumindest zeitweise zu entledigen.

Es schließt sich eine Spazierfahrt durch Schelling- und Ludwigstraße an: »Ging ganz gut«, notiert die stolze Neu-Velocipedistin. Kopfsteinpflaster und Schotterpisten sowie die noch schwergängigen Fahrräder machen das Spurhalten schwierig und aus dem Lenken einen Kraftakt. Besonders bergab kommt es immer wieder zu teilweise heftigen Stürzen. Den Rädern fehlt in der Regel noch eine Freilaufnabe; bei Straßengefälle gilt es die Füße vor den sich wild drehenden Pedalen in Sicherheit zu bringen. Und auch die Bremsen versagen häufig ihren Dienst. Die Folge sind aufgeschreckte Hunde, drohende Fußgänger, unfreiwillige Bäder in Teich oder Bach. Bei einem Ausflug stößt Hedwig Pringsheim mit einem Bierwagen zusammen: »infolgedessen mein Rad zertrümmert, ich heil«. Der Sohn fährt eine Droschke holen, während sie das nicht mehr fahrbare Rad einige Kilometer der erwarteten Droschke entgegenschiebt, »das allgemeine Mitleid der zahlreichen Velocipedisten erregend«.

Ein Skandal

Oskar Panizza

Manche Bücher beziehen ihre Bekanntheit aus dem Umstand, dass sie gar nicht erst gelesen werden. Denn man glaubt bereits zu wissen, was in ihnen steht. Für ihre Kritiker kann es sich nur um Schlechtes, Unmoralisches, Verdammungswürdiges handeln. Schon sie nur in die Hand zu nehmen, kann da als Vergehen gelten, bei dem man sich auf keinen Fall ertappt wissen möchte.

Oskar Panizzas satirisch-groteskes Skandalstück *Das Liebeskonzil* ist so ein Fall. Das in der Schweiz verlegte Buch ist im Deutschen Reich so wenig verbreitet, dass es der Staatsanwaltschaft anfangs schwerfällt, überhaupt jemanden ausfindig zu machen, der willens ist, gegen seinen Verfasser Klage zu erheben. Schließlich findet der Münchner Staatsanwalt Freiherr von Sartor auf dem Weg der Amtshilfe in einem Leipziger Polizeirat eine Person, die bereit ist, an dem Buch Anstoß zu nehmen. Zwar lediglich »i.A.«, im Auftrag, wie es in dem betreffenden Dokument heißt, aber das reicht von Sartor, gegen Panizza und sein Werk vorzugehen, ganz wie er es sich vorgenommen hat.

Über 90 blasphemische Stellen listet die Anklageschrift auf; fast die Hälfte davon bezieht sich auf die im katholischen Bayern besonders verehrte Gottesmutter. In Panizzas Stück wird sie als eine eitle und durchtriebene Person dargestellt, die mit dem Teufel im Bunde ist. Beide gehören dem titelgebenden »Liebeskonzil« an, das Gott Vater, ein übellauniger, gebrechlicher Greis, im Himmel einberuft. Auch seinen schwächlichen, ständig hüstelnden Sohn befiehlt er dazu. Anlass ist das unzüchtige Treiben am päpstlichen Hofe, wo zur Osterwoche obszöne Liebeskämpfe und regelrechte Orgien abgehalten werden. Gott Vater, Mutter und Sohn bitten den Teufel, etwas zu erfinden, das »unflätig, und liebenswürdig und giftig zu gleicher Zeit« sei, um den Exzessen Einhalt zu gebieten - einen Stachel im Fleisch, der die Menschen nicht völlig zerstöre, sondern sie »erlösungsbedürftig« mache. Daraufhin zeugt der Teufel mit Salome, die Panizzas Zeitgenossen als die Verkörperung schlechthin der erotischen, aber auch grausamen Frau gilt, eine so wunderschöne wie stumme Tochter. Alle, die sie berühren, infizieren sich mit Syphilis, erst der Borgia-Papst Alexander, dann die Geistlichen und schließlich das »übrige Menschenpack«. Rasch verbreitet sich die sexuell übertragbare Erkrankung in ganz Europa.

Die Idee, dass die Syphilis eine Strafe Gottes für menschliche Unzucht sei, stammt aus der Zeit, in der Panizza sein Stück spielen lässt, die Wende vom 15. zum 16. Jahrhundert. Und sie ist natürlich nicht Panizzas eigene Überzeugung; der versteht sein Stück vielmehr als satirische Kritik solcher Annahmen, die zeigen soll, wie ambivalent die Beziehung der Kirche zur menschlichen Sexualität ist. Eine Diagnose, die im Prinzip noch heute gilt.

Nach dem Nudistenprozess gegen Diefenbach ist der am 30. April 1895 eröffnete Gotteslästerungsprozess gegen Panizza das zweite exemplarische juristische Verfahren, mit dem die staatliche Ordnungsmacht in München gegen die rebellischen Tendenzen vorgeht, die ihren Ursprung in der dortigen Boheme haben. Panizza ist naiverweise davon ausgegangen, dass die Religion in seiner Zeit zunehmend an Bedeutung verliere. Und sprach nicht einiges dafür? Die gebildeten Kreise, aber auch die unteren Schichten der Bevölkerung würden sich mehr und mehr vom christlichen Glauben abwenden, bringt er vor Gericht zu seiner Verteidigung vor. Nur um den Gedanken des unwiderruflichen Alterungsprozesses der Religion darzustellen, habe er »Gott Vater selbst als einen gebrechlichen Greis« geschildert. Genau besehen habe er in seiner »Himmelstragödie« lediglich ein Gottesbild karikiert, von dem er überzeugt sei, dass es der Vergangenheit angehöre oder doch angehören sollte. Aber Panizza muss erfahren, dass die durch den Staatsanwalt repräsentierte Obrigkeit in diesem Punkt keinen Spaß versteht. Zu sehr sind Religion und Politik, Herrschaft und Religion, Staat und Glaube zu seiner Zeit noch miteinander verknüpft, zumal im katholischen Bayern.

Staatsanwalt von Sartor jedenfalls geht es darum, ein Exempel zu statuieren. In seinem Schlussplädoyer wendet er sich an die »Herren Geschworenen«: »Ich bitte Sie nicht, ich verlange von Ihnen, zeigen Sie durch ein rasches Urteil den Herren Modernen, daß wir in Deutschland noch Gesetze haben, die verbieten, Gott, die Religion und die heiligsten Gefühle so zu behandeln, wie es der Angeklagte gethan. Wenn die Herren Modernen Schmutz brauen wollen, so sollen sie das allein thun innerhalb ihrer vier Wände. So weit sind wir Gott sei Dank noch nicht, daß wir durch solche Werke Gott, unseren Glauben und unsere Religion besudeln lassen müssen.«

Eine ähnliche Position hat schon Thomas Mann vertreten, in diesem Fall nicht gegenüber den »Herren«, sondern den »Frauen Modernen«: Wenn schon Rebellion, dann nur in den eigenen vier Wänden. Und bitte kein Aufheben davon machen und schon gar nicht an die Öffentlichkeit gehen. Auch Thomas Mann nimmt Panizzas Stück nur aus der Zeitung zur Kenntnis. Aber er besteht darauf, dass das Gericht andere Interessen zu vertreten habe als die künstlerischen – »praktischere Interessen«, wie er sie nennt und womit eigentlich nur die Bewahrung der bestehenden Moral und des guten Geschmacks gemeint sein können. Seien diejenigen, die – wie er – von der Kunst noch immer »ein bischen guten Geschmack« verlangten, so fragt Thomas Mann mit Unschuldsmine, tatsächlich »nichts als zurückgebliebene Banausen«?

Am guten Geschmack aber ist jemand wie Panizza am allerwenigsten interessiert. Die ganze Boheme, zu der er sich rechnen darf, ist ein Aufstand gegen den guten Geschmack und dessen Dominanz in Kunst und Literatur. Noch am ersten Prozesstag wird Panizza von den zwölf Geschworenen des »Vergehens wider die Religion durch die Presse« schuldig gesprochen und zu einem Jahr Haft verurteilt. »Wann der Hund in Niederbayern verhandelt worden wär, der kam net lebendig vom Platz!«, äußert sich einer der Geschworenen ganz offen. Da »Fluchtgefahr« bestehe, wird Panizza unmittelbar nach Ergehen des Urteils in die Münchner Fronfeste am Anger eingeliefert. Am 8. August dann tritt er seine reguläre Haft in der Gefangenenanstalt Amberg an. Ein Gnadengesuch an den Prinzregenten Luitpold scheitert. Sein Verteidiger begründet es damit, dass der Inhalt des *Liebeskonzils* sofort »Zweifel an der geistigen Freiheit des Verfassers« erwecke. Dieser Ansicht schließt sich sogar Michael Georg Conrad an. Panizza ist auf dem Weg zum Outcast.

»Ein Jahr Gefängnis!«, notiert Theodor Lessing in seiner Verteidigungsrede *Der Fall Panizza*. »Welch ein Abgrund von Bitterkeiten steckt in dem Worte. Diebe und Gauner pflegen mit milderen Strafen bedacht zu werden.« Und dies widerfahre zudem noch einem »Jünger der Kunst« – der Kunst, die doch vom Leben lebe, im Schauen und Leben bestehe – »da wird solch ein Mann nun in einer Gefängniszelle, einem sechsflächigen Sarge, lebend interniert.« Und warum? »Hat er in die Rechte seiner Mitmenschen hemmend eingegriffen?« Nein! Lessings Resümee nach vielen langen Seiten der Rechtfertigung der künstlerischen Freiheit: »In der modernen Welt, die durch die riesenhaften Fortschritte der Wissenschaften, die Verfeinerungen der Technik, der Industrie, der politischen und soziologischen Bildung aufgebaut ist, ragen noch aller Orten die morschen Stützpfeiler, die hinderlichen Tragbalken der Vergangenheit, angehörend einer andern Vorstellungswelt, anderen Bedürfnissen und Instinkten, anderen Hoffnungen und anderen Menschen, durch nichts mehr befestigt, denn durch die Macht der trägen Gewohnheit und des besitzsicheren Eigennutzes.« Aber bei leisester Erschütterung des Bodens, so seine Prophezeiung, drohten sie auseinander zu krachen.

»Die Jugend rückt auf allen Seiten vor«

Eine neue Zeitschrift für ein neues Lebensgefühl

Als es dann gleich im nächsten Jahr zu der von Lessing angekündigten Erschütterung kommt, sind es aber gerade nicht die zusammenkrachenden Stützpfeiler, die die Aufmerksamkeit des Publikums auf sich ziehen. Im Gegenteil, die neuen Dinge kommen als Bereicherung, als flotte Abwechslung und vergnügliche Zerstreuung daher. Die Zeitschrift *Jugend,* deren erste Ausgabe direkt am 1. Januar 1896 erscheint, behauptet von sich, »ein lustiges Blatt an der Wende des Jahrhunderts« schaffen zu wollen, »das uns den Uebergang in das Neue zu einem Vergnügen machen« soll.

Schaut man genauer hin, so steckt dahinter aber doch ein Lebensgefühl, das das Zeug hat, die soziale Ordnung zu erschüttern. Der Titel der Zeitschrift ist Programm. Ausgerechnet das Fin de Siècle, das wir mit Weltschmerz, Abschiedsklage und Untergangsstimmung verbinden, entdeckt die Jugend neu, als einen »mit Ereignissen und Entwicklungsmöglichkeiten prall gefüllten Lebensraum«, wie ein Anthropologe das genannt hat - einen Ausnahmezustand vom Kind- wie vom Erwachsenendasein. Plötzlich gilt die Jugend als die entscheidende Lebensphase, in der wir durch Auflehnung gegen die konventionellen Rollen die Chance haben, uns selbst und das Leben kennenzulernen - oder diese Chance durch Angepasstheit vertun. Doch dabei bleibt es nicht. Schon bald wird das Prinzip »Jugend« auch von den anderen Lebensaltern übernommen, als Quelle der Selbsterneuerung, als Aufbruchsstimmung und Hingabe an die Gegenwart. Das in München erscheinende Magazin verkündet es und macht es vor: »Jugend ist Daseinsfreude, Genußfähigkeit, Hoffnung und Liebe, Glaube an die Menschen, Jugend ist Leben, Jugend ist Farbe, ist Form und Licht.« Das klingt, als ginge es darum, die Bewegung der *Secession*, die seit einigen Jahren erfolgreich das Münchner Kunstleben durcheinanderwirbelt, nun auf die Gestaltung des Lebens zu übertragen.

Gleich der gereimte »Gruss an die JUGEND« auf Seite 3 des ersten Heftes spricht von der »Jugend, die niemals veraltet, die aus der Seele stammt, der Jugend jeden Alters!« Jugend sei halt »kein Vorrecht der Leute bis zu dreissig oder fünfunddreissig Jahren«, heißt es dementsprechend auch im Editorial auf der Folgeseite: »Dem Jüngsten kann sie fehlen, der Aelteste kann sie haben!« Das ist auch dem Verleger Georg Hirth, der die neue Zeitschrift auf den Markt bringt, aus dem Herzen gesprochen; denn Hirth, ein energiegeladener Medienunternehmer, der das erste Telefon in München gehabt hat, sich für die elektrische Straßenbeleuchtung engagiert und auch ansonsten mit der Zeit geht, ist zu diesem Zeitpunkt immerhin schon Mitte 50. Und auch sein Mitstreiter Fritz von Ostini, leitender Redakteur der »Münchner illustrierten Wochenschrift für Kunst und Leben«, wie die *Jugend* im Untertitel heißt, geht bereits auf die 50 zu.

Die plakativen, farbig gedruckten Titelbilder machen jede Ausgabe der wöchentlich erscheinenden *Jugend* zu einem Blickfang und Statement – in einer Zeit, in der an den Plakatsäulen und vereinzelten Zeitungsständen nur Schwarz-Weiß zu sehen ist. Häufig sind zwei oder drei Farben in Flächen über die Zeichnung auf dem Titel gedruckt, was die Wahrnehmbarkeit der Zeitschrift merklich erhöht. Auf dem Cover der ersten Ausgabe ist ein Schlittschuhläufer zu sehen, der in der rechten Hand einen Birkenzweig und in der linken eine Fackel trägt, deren lodernde Flammen den Titel der Zeitschrift formen. Den Schriftzug »Jugend« in die Illustration einzubinden, ist von da an Teil der Gestaltungsidee.

Zunehmend aber dominieren junge Frauen die Titelblätter des Magazins. Zum ersten Mal auf der Ausgabe vom 7. März ist eine junge Frau im Profil mit einem Kranz im langen braunen Haar zu sehen. Sie sitzt auf einer Waldlichtung und liest in einem großformatigen Buch, erkennbar ein Textband. Das orangefarbene, sehr weite Kleid ist mit einem breiten, grauweißen Band gebunden, aus dem sich unten auf der Seite der Schriftzug »Jugend« formt. Rasche Berühmtheit hat das Covermotiv der Nummer 12/1896 erlangt: Es zeigt zwei junge Frauen, die mit wehenden Kleidern einen Wiesenabhang hinunterlaufen und dabei einen vergreisten Spießer mit sich reißen. Sie haben ihn in ihre Mitte genommen, packen ihn fest an seinen mageren Ärmchen und spielen mit ihm das beliebte Kinderspiel »Engelchen flieg«. Die Beziehung der Geschlechter und der Altersstufen hat sich umgekehrt: Aus dem lüsternen Greis, der den jungen Frauen nachstellt, ist ein Kind geworden, das sich von ihnen mitreißen lässt. Dieses Motiv gibt es auch als Werbeplakat für die Zeitschrift – ebenfalls in echten, knallenden Farben auf einer lithographischen Schnellpresse gedruckt, wie sie in diesen Jahren ihren Siegeszug im Druckereigewerbe antritt.

So wird das neue Lebenskonzept »Jugend« den Leserinnen und Lesern der Zeitschrift vor allem in seiner weiblichen Gestalt vorgeführt. Anfangs noch unentschieden und vieles ausprobierend entwickelt sich die Zeitschrift mit dem programmatischen Titel bald zu einer Illustrierten, die insbesondere den Bedürfnissen einer weiblichen Leserschaft entgegenkommt. Und das, obwohl sie beinahe ausschließlich von Männern redigiert, gestaltet und illustriert wird. Georg Hirth, der eine Spürnase für Marktnischen mit Entwicklungspotenzial hat, gelingt es, die berühmtesten und beliebtesten Künstler seiner Zeit – von Böcklin bis Corinth, von Charles Shannon bis Jan Toorop – als Beiträger zu gewinnen. Zu-

Wenn die jungen Frauen mit den alten Männern »Engelchen flieg« spielen: Das Cover der Frühlingsanfangsausgabe der Zeitschrift »Jugend« im 1. Jahrgang.

gleich versammelt er eine Gruppe junger Talente um sich, die sich durch ihren so unverbrauchten wie kessen Stil der Illustration und Typographie gerade erst einen Namen machen. Und auch in den Texten findet sich diese Frische und Leichtigkeit: Der Humor ist niemals verletzend, dabei aber durchaus hintergründig, und vor allem zeichnen sie sich durch die Kunst aus, Gewichtiges mit Beiläufigem zu verbinden. So entführen sie ihre Leserschaft, bei voller Wachheit der Sinne, in die Sonne des Vergnügens. Um die Jahrhundertwende kann Hirth von seinem Magazin pro Ausgabe immerhin an die 50 000 Exemplare drucken - eine für diese Zeit beachtliche Auflage, die nur noch von der des ebenfalls in München erscheinenden *Simplicissimus* übertroffen wird.

Der Peitschenhieb

Hermann Obrist

Bevor es auf dem Münchner Zeitschriftenmarkt mit dem *Simplicissimus* zur zweiten Neugründung im Wunderjahr 1896 kommt, geht es im März erst einmal mit einer Epoche machenden Ausstellung weiter: Im Kunst-Salon Littauer am Münchner Odeonsplatz vis-à-vis der Feldherrnhalle werden vier Tage lang, vom 12. bis zum 16. März, Seidenstickereien gezeigt. Das ist schon damals ein Handwerk mit dem Beigeschmack des Althergebrachten, wenn nicht Altjüngferlichen. Was aber machen der junge Designer Hermann Obrist und die für die Ausführung der Stickereiarbeit zuständige Berthe Ruchet daraus? Die Mehrzahl der Objekte sind tischtuchgroß; eines davon, mit goldfarbener Stickerei auf türkisfarbenem Grund, trägt den Titel »Cyklamen« - der botanische Name des Alpenveilchens. Sieht man genau hin, kann man Blüte und Wurzel der Pflanze mit dem eher biederen Ruf durchaus erkennen. Alles andere aber ist pure Dynamik. Obrist, der ursprünglich Medizin und Naturwissenschaften studiert hat, bevor er zu Kunst und Handwerk fand, hat das Veilchen stark stilisiert, dabei seinen Stiel so in die Länge gezogen und dessen gekrümmten Verlauf derart in jubelnde Schwingungen versetzt, dass die

»rasende Bewegung« den Betrachtern »wie die jähen, gewaltsamen Windungen der Schnur beim Knallen eines Peitschenhiebes« erscheint. Als erster bemerkt das der Dramaturg Georg Fuchs, und seitdem heißt das gestickte Veilchen nur noch »der Peitschenhieb«.

In den herrschaftlichen Räumen des Kunst-Salons drängen sich zur Vernissage an die 300 Gäste. Obrist hat die Einladungen persönlich ausgesprochen und die Karten zum Teil direkt in den betreffenden Häusern vorbeigebracht – so etwa bei Hedwig Pringsheim, deren Tee er im Oktober des vergangenen Jahres erstmals besucht hat und bei der er seitdem regelmäßig zu Gast ist. Die Ausstellung sei der Versuch, »auf dem Gebiet der künstlerischen Stickerei etwas Frisches, Neues zu schaffen«, hat Obrist auf die Einladungen drucken lassen. Zusammen mit Berthe Ruchet, der ehemaligen Gesellschafterin seiner Mutter, ist er vor zwei Jahren von Florenz nach München übergesiedelt und hat sich hier bestens in die Gesellschaft eingeführt. Während seine Mitstreiterin im Haus von Sophia Goudstikker wohnt, wo auch das Stickereiatelier untergebracht ist, hat sich der vermögende Hermann Obrist auf der Karl-August-Straße, vis-à-vis der noch unbebauten Muffatwiese, von August Exter und Alfred Pinagel eine Villa bauen lassen. Die Entwürfe dazu stammen von ihm selbst, wie er stets betont, während er sich sonst eher mit Brunnen, Büsten, Grabmälern und eben Stickereien befasst. Mit seinem runden Turm, dem Erker und den bogenförmigen Fenstern erinnert das Haus, dessen Inneres von drei Ateliers dominiert wird – eines davon sogar über zwei Stockwerke – an eine Burg. Aber es hat auch eine überdachte Terrasse, die an italienische Villen denken lässt – eine eigenwillige, durchaus exzentrische Stilmischung, wie sie nicht wenige der in diesen Jahren entstehenden Münchner Privathäuser auszeichnet. Später wird man den eklektizistischen Bau, der mit Möbeln nach eigenen Entwürfen sowie von Bernhard Pankok und Richard Riemerschmid ausgestattet ist, als das erste Ensemble des Münchner Jugendstils erkennen. Noch aber wird er von der Münchner Gesellschaft eher als Kuriosität verspottet, so exzentrisch wie der Bauherr, der sich bei seinen biomorphen Gestaltungsideen von Fotografien außergewöhnlicher Naturphänomene inspirieren lässt: erodierten Felsformationen, die an Muschelwerk erinnern, gewaltig aufschäumenden Wellen und rauchenden Vulkanlandschaften, Schneckenhausspiralen und den Lichtströmen der Sonne. Seine Einfälle, so notiert er, stammten »aus dem, was überall schwingt. Rhythmus, Schwingungen, Vibrationen finden sich überall, in den Wellen, in den Federwolken, in den Tages- und Jahreszeiten, im Rauschen der Bäume, im Winde, in jedem Wasserfalle, in jedem Geysir, in jeder Liane, in jedem Marsche, in jedem Tanze, in jeder Musik«.

Obrists Mutter ist eine schottische Adlige; Alice Jane Grant Duff of Eden, so ihr bezaubernder Name. Auf ihre Anregung hin hat er im Alter von 25 Jahren England und Schottland besucht und dort das *Arts and Crafts Movement* kennengelernt. Besonders William Morris mit seiner Ornamentästhetik, die Gestalten der Natur in dynamische Formen übersetzt, hat ihn tief beeindruckt.

Der junge Designer denkt in großem Stil – Hedwig Pringsheim kommt er zuweilen »größenwahnsinnig« vor, wie sie in ihrem Tagebuch notiert. Da hat sie gerade einen Vortrag von ihm besucht, den er auf Einladung von Sophia Goudstikker vor den Mitgliedern der *Gesellschaft für die geistigen Interessen der Frau* hält. Obrist sieht sich selbst als Teil einer Revolution, als deren Vordenker, Sprachrohr und ja, Tatführer. Nur dass er statt von Revolution von »Reaktion« spricht – Widerstand gegen den Historismus und Akademismus, wie er immer noch weite Teile nicht nur der Kunstszene, sondern auch der Alltagsästhetik, sichtbar etwa an der Einrichtung von Häusern wie dem Pringsheim'schen, bestimmt. Kein Wunder, dass die Hausherrin und er in diesen Belangen zuweilen aneinandergeraten. Wobei »aneinandergeraten« das falsche Wort ist. Hedwig Pringsheims sichtbare Reaktion auf die von Obrist verkündete große Umwälzbewegung besteht in der Regel lediglich darin, dass um ihre Lippen ein spöttisches, ja maliziöses Lächeln spielt – was ihren Gast gleichermaßen ärgert, wie er es charmant findet. Er selbst hingegen sieht in den von ihm entwickelten Gestaltungsprinzipien nichts weniger als den Keim der neuen freien Kunst der Zukunft, die eine Regeneration der ganzen Gesellschaft herbeiführen soll. Darunter macht er es nicht, und darin folgen ihm schon bald Künstler wie Wassily Kandinsky, die in Obrist einen visionären Vordenker verehren.

Neben der genauen Naturbeobachtung schöpft die neue Kunst nach Ansicht von Obrist aber auch aus okkulten Quellen. Die Seele des Menschen besitze Fühler, die in archaische Tiefen hinabreichen: Es sei, als wirke »ein kosmischer Urgeist« in ihm, »ohne jede Beziehung zu irgendeinem Stile«; als arbeite er »160 000 Jahre vor Christi Geburt«, so beschreibt Obrist sein eigenes schöpferisches Tun. Vor 160 000 Jahren – da machte sich zeitgenössischen Annahmen zufolge gerade Homo sapiens auf seinen langen Weg der Menschwerdung. (Heute wissen wir, dass er sogar noch früher aufgebrochen sein muss.) Doch wohin hat ihn sein Weg geführt? Laut Obrist in mit Samt ausgeschlagene Wohnhöhlen, in denen alles auf die Bequemlichkeit des Menschen abgestellt ist, seine schöpferische Seele aber verkümmert. Deshalb gilt ihnen Obrists ganze Verachtung. Dabei schwadroniert er nicht von irgendwelchen Blutleuchten und ist auch kein Anhänger des Cäsarentums. Aber zurück zu den Quellen, zur Unschuld der Anfänge und der ungebrochenen Kraft, kurz, zurück zu einer idealisierten Vergangenheit will auch er, und in seinem Fall ist das die Jugend der Menschheit.

Zum Totlachen

Im Frühjahr 1896 kommt auch Frank Wedekind wieder aus Paris nach München. Seit seinem letzten Aufenthalt hat er sein Erscheinungsbild grundlegendend verändert: Statt Schlapphut und

Havelock, dem ärmellosen Umhang, trägt er nun Zylinder und Paletot nach Pariser Mode, beides am liebsten in Grau. Doch damit nicht genug: Neben seiner Kleidung, die an einen Zirkusdirektor denken lässt, fällt er durch die Vielzahl an Bärten auf, als bemühe er sich, alle existierenden Bartformen in seinem Gesicht zu vereinigen – Schnurrbart, Schnäuzer, Knebelbart, Koteletten ... Sieben verschiedene Bärte will Max Halbe gezählt haben, was Wedekind den Spitznamen »Die Bartsammlung« einträgt.

Im Gepäck hat er neben seiner Monster-Tragödie den ersten Akt eines Stückes, in dem er der Welt seinen Begriff von Liebe und Sexualität auseinandersetzt. Wedekind ist nämlich der Meinung, dass Ehe und Sexualität nicht zusammenpassen. Die Institution, die geschaffen wurde, um den menschlichen Sexualtrieb zu kanalisieren, führe dazu, dass die Partner ihre Sinnlichkeit unterdrücken, aus Angst, deren Ausleben könnte die Fesseln der Verbindung sprengen. Denn der menschliche Sexualtrieb, so glaubt Wedekind zu wissen, ist von Natur aus nicht monogam, sondern promiskuitiv – weder auf langfristige Bindung aus, noch auf Dauer mit einem Sexualpartner zufrieden. Und das gilt seiner Ansicht nach nicht nur für den Mann, sondern in besonderer Weise auch für die Frau, deren Sexualtrieb ihm unerschöpflich erscheint, eigentlich gar nicht zu befriedigen. Einmal erwacht, ist er kaum noch zu bändigen.

Das Stück ist eine unerbittliche Idylle – Idylle, weil Wedekind partout zeigen will, dass sich Prostitution so organisieren lässt, dass sie für alle Beteiligten, auch die Frauen, zu einer befriedigenden Lösung des Sexualproblems führt. Und unerbittlich, weil er seinen Figuren und auch sich selbst dabei Gewalt antut. Erst ganz am Ende des nicht über den ersten Akt hinausgekommenen Stückes wird der Preis sichtbar, der für die perfekte Organisation der Sexualität zu zahlen ist: Es ist eine Welt ohne Liebe.

Noch im Frühjahr trägt Wedekind auf Einladung der »Nebenregierung« im Kaffee Minerva gegenüber der Kunstakademie aus seinem Stück vor. Die »Nebenregierung« ist ein typisches Produkt der in München ausgebrochenen Sezessionslust. Die Hauptregierung, das sind nach Ansicht der sich hier versammelnden Schriftsteller und Künstler die Literaten um Michael Georg Conrad und seine allerdings zu diesem Zeitpunkt schon stark an Einfluss verlierende *Gesellschaft für modernes Leben*. Und natürlich die tonangebenden gesellschaftlichen Kreise um Lenbach, Kaulbach, Seidl und den Großschriftsteller Paul Heyse, allesamt stolze Besitzer von repräsentativen Palais und mit gutem Kontakt zum Hof. Initiator der »Nebenregierung« hingegen ist der Schriftsteller Josef Ruederer. Auch der Sohn des Direktors der Bayerischen Handelsbank, dessen Mutter aus einer reichen Bierbrauerfamilie stammt, ist nicht gerade unvermögend; die standesgemäße Villa wird er sich aber erst später bauen lassen. Derweil ist er in der Schwabinger Giselastraße noch Wohnungsnachbar von Lovis Corinth, der die Wedekind-Lesung ebenfalls miterlebt.

Es ist ein denkwürdiges Spektakel, an dessen Ende der Vortragende wutentbrannt das Manuskript auf den Tisch wirft und sich mit Götz von Berlichingen empfiehlt. Wedekind hat die Angewohnheit, seine Texte mit großem Pathos vorzutragen, sie geradezu zu deklamieren, als ob es sich um Schiller-Verse handelte. Es ist ihm ungeheuer Ernst mit seiner Botschaft, dass die Sexualität alle gesellschaftlichen Fesseln sprengt; für ihn hat es etwas Heiliges, an das zu rühren er für ein Wagnis hält. Es einzugehen, verleiht ihm eine gehörige Portion Sendungsbewusstsein.

Das aber steht in merkwürdigen Kontrast zu der Banalität, immer wieder auch Schlüpfrigkeit der Dialoge, die er seinen Figuren in den Mund legt. Nicht lange, so prasseln Lachsalven durch die Rauchschwaden des Lokals, wie Max Halbe, ein Zeuge des Abends, zu berichten weiß. Die Zuhörenden wissen nicht, ob Wedekind sich einen Jux mit ihnen machen will oder ob sich hinter der Steifheit seines Vortrags eine höhere Absicht verbirgt. Als er dann noch ein sentimentales Lied über den Verlust der Keuschheit anstimmt, das die »Mädchen« in seinem Stück singen, geraten die Versammelten vollends außer Rand und Band. Besonders

Lovis Corinth, der gerne ein Glas zu viel trinkt, tut sich unter den wiehernden, brüllenden, hopsenden Zuhörern hervor: Er liegt halb unter dem Tisch und platzt beinahe vor Lachen.

Abgang Wedekind.

Und Auftritt Corinth.

Der malt in seinem Atelier nämlich gerade an seinem ersten Selbstporträt. Mit Sex, der Wedekind'schen Obsession, hat das nicht viel zu tun, mit dem Materialismus, den dieser verkündet, hingegen schon. Nur dass Corinth jegliches Pathos abgeht. Vielmehr legt er es mittlerweile darauf an, dieses seinen Bildern auszutreiben.

»Lovis Corinth. 38 J(ahre). a(nno) 1896«, lautet die Signatur. Corinth hat sie am oberen rechten Bildrand platziert und mit einem Pfeil versehen, der auf ihn selbst deutet. Der Maler steht in schwerer Statur, mit feistem Gesicht und schütterem Haar, vor dem Fenster seines Ateliers. Im Hintergrund ist wieder die Silhouette Münchens zu sehen, die rauchenden Schornsteine haben an Zahl und Präsenz gegenüber dem vor fünf Jahren entstandenen »Blick aus dem Atelier« sogar noch zugelegt. Und links neben dem Maler ist ein Skelett zu sehen, das an einem Ständer aufgehängt ist: ein anatomisches Lehrmodell.

Corinths »Selbstporträt mit Skelett« ist eine Replik auf Arnold Böcklins »Selbstbildnis mit fiedelndem Tod«, das erstmals 1872 im Münchner Kunstverein ausgestellt wurde und Böcklins Ruf in der Kunststadt begründete. Auf Böcklins Selbstbildnis erscheint der Tod als Freund der Musen; dargestellt ist ein Augenblick der Inspiration. Man muss aber das »Vorbild« gar nicht kennen, um zu verstehen, dass das Skelett neben dem wahrlich nicht geschönten Selbstporträt Corinths genau das nicht ist: ein Förderer des schöpferischen Lebens. Es ist lediglich das, was vom Menschen übrigbleibt, wenn das Fleisch von ihm abfällt, das bei dem Maler wahrlich üppig vorhanden ist. Die Häupter von Leben und Tod befinden sich in Corinths Bild auf einer Linie: gleichberechtigte Komplizen ebenso sehr wie Widersacher. Dem Grinsen des anatomischen Schädels korrespondiert die skeptische, beinahe schon mürrische Miene des Malers. Nicht feierliche Ergriffenheit, sondern Ernüchterung ist sein Lebenselement. Hier malt einer, um sich selbst zu behaupten in dieser Welt.

Von allen männlichen Seelensuchern, die München in diesen Jahren bevölkern, ist Corinth der entschiedenste Nicht-Idealist. Viel stärker noch als Wedekind, der das gerne wäre und dem ebenfalls nichts heilig ist, ausgenommen die Sexualität, der er dafür fast den Rang einer transzendenten Macht zuspricht. Das käme Corinth nicht in den Sinn. Für so etwas hat er nur schallendes Gelächter übrig.

Simplicissimus

Die Zeitschrift mit der Bulldogge

Schon seit dem Spätsommer 1893 ist Albert Langen mit seinem Verlag und seiner zukünftigen Ehefrau Dagny Björnston in München und gleich Stadtgespräch. Der Lübecker Korfiz Holm, ein Schulkamerad von Thomas Mann, berichtet von einem Abend im Herbst 1893 im Hause Pringsheim, bei dem er mit seiner Mutter, der Lyrikerin Mia Holm, zugegen ist. Das Gespräch bestreitet vor allem der Schriftsteller und Theatermann Ernst von Wolzogen, von dem wir noch hören werden. Er ist 1892 von Berlin nach München übergesiedelt, weil er sich hier einen größeren Wirkungskreis erhofft, vor allem aber, um näher am Puls der Zeit zu sein. Von Albert Langen weiß er nur das Beste zu berichten: »Er sei noch ziemlich jung, klug, liebenswürdig, voll Temperament und Unternehmungsgeist und hätte als ein Sohn aus reicher rheinischer Familie sicherlich die Mittel, seine interessanten Pläne auch erfolgreich durchzuführen ... Ganz besonders das geplante Blatt verspreche allerhand. Kurzum, es sei erfreulich, dass sich hier in München ein so frisches und modernes Unternehmen sesshaft mache, das bestimmt ›viel Leben in die Bude‹ bringen werde.«

Das »geplante Blatt« ist der *Simplicissimus*, die zweite Münchner Zeitschriftengründung im Wunderjahr 1896. Reichlich Leben in die Bude bringt sie in der Tat, und das nicht nur in die Münchner lokale, sondern in die deutsche Bude insgesamt – auch mit dieser Prophezeiung behält von Wolzogen recht. Langen hat die Idee dazu aus Paris mitgebracht, wo satirische Blätter wie der seit 1885 erscheinende *Gil Blas* mit ihrer wöchentlich wechselnden ganzseitigen Illustration auf dem Titelblatt einen neuen Stil populärer Magazine prägen. Benannt ist das französische Vorbild nach dem Anfang des 18. Jahrhunderts erschienenen satirischen Roman *Gil Blas* von Alain-René Lesage. Da liegt es nahe, für den Titel des deutschen Ablegers auf den hierzulande nicht minder berühmten Schelmenroman *Der Abenteuerliche Simplicissimus* von Johann Jacob Christoph von Grimmelshausen zurückzugreifen, eine abgründige Moralsatire über den Dreißigjährigen Krieg. Auch die Helden beider Abenteuerromane ähneln einander: naive, zugleich gewitzte Menschen, die die Verhältnisse ihrer Zeit durchschauen und mit Spott überziehen.

Im Detail ausgeheckt hat Langen die Zeitschriftenidee dann mit Gretor, Strindberg und Wedekind. München hat er als neuen Verlagsort nicht zuletzt deshalb gewählt, weil er hier jene Illustratoren und Literaten um sich zu scharen hofft, auf die er bei diesem Unternehmen angewiesen ist. Immerhin gibt es in München seinerzeit an die sechzig Satirezeitschriften. Und Langens Hoffnungen trügen ihn nicht: Rasch ergreifen zahlreiche junge Münchner Künstler die Chance, sich zusammen mit dem neuen Blatt einen Namen zu machen und einen innovativen Stil der Illustration zu prägen: eine Gesellschaftskritik mit künstlerischen Mitteln, farbig, markant, bissig, voll origineller intellektueller und zeichnerischer Ideen. Insbesondere Thomas Theodor Heine, der bereits farbige Buchumschläge für Langen entworfen hat, tut sich hervor und zeichnet ein so auffallendes wie einprägsames Werbeplakat.

Schwungvoll umfasst dort ein schwarzer Teufel die Taille einer modisch gekleideten Malerin. In der linken Hand hält sie eine Palette, von der schwarze Farbe tropft. Mit der rechten aber packt sie den Schwanz des Teufels und benutzt ihn als Pinsel, mit dem sie gerade den letzten Buchstaben des Titels »Simplicissimus« schreibt. Der Teufel wiederum ist in die Lektüre des anscheinend teuflisch spannenden Blatts mit diesem Namen vertieft. In der neuen Zeitschrift verbünden sich Kunst und Satire und bringen die Verhältnisse zum Tanzen.

Von Thomas Theodor Heine stammt auch die rote Bulldogge, die mit der Zeit zum zähnefletschenden Wappentier des *Simplicissimus* wird. Zum ersten Mal taucht sie bereits im Mai 1896 in Heft 5 auf: Dort zerstört sie ein trügerisches Idyll, in dem zwei Kinder Monarchie spielen - mit dressierten Gänsen als Hofstaat. Als die Bulldogge sich von der Kette losreißt, flattern die Gänse voller Schrecken davon; die kleine Königin stürzt zu Boden und dem fliehenden kleinen König gleitet gerade die Krone vom Kopf. Im Maul trägt die Dogge ein Stück von seinem Hosenfutter. Drei Ausgaben später pinkelt sie auf dem Titelblatt der Obrigkeit ans Bein. Da ist der *Simplicissimus* in Österreich bereits konfisziert worden. Das Titelblatt von Nummer 8 zeigt, wie die österreichische Gendarmerie mit ihren Säbeln ein Werbeplakat für die Zeitschrift traktiert und es von der Litfaßsäule abkratzt. Überschrift: »Vom Kriegsschauplatz in Wien«.

Ganz in Rot vor schwarzem Hintergrund mit dem weißen Schriftzug »Simplicissimus 10 Pf« wird die Bulldogge dann bereits im ersten Jahr zum alleinigen Motiv des zweiten Werbeplakats von Heine für die neue Satirezeitschrift. Breitbeinig, massig und angriffslustig steht sie dem Betrachter gegenüber, jeden Augenblick bereit, sich auf ihn zu stürzen. Langen, der Verleger, der sie von der Kette gelassen hat, plakatiert damit flächendeckend die Mauern und Litfaßsäulen der Stadt. Durch den roten Hund der Satire, der die puritanische Tugendhaftigkeit des wilhelminischen Deutschland genauso attackiert wie dessen kulturelle und

Von der Kette gelassen: Thomas Theodor Heine, Die Simplicissimus-Bulldogge, 1896, Lenbachhaus München.

politische Selbstherrlichkeit, ist München auf dem besten Weg, Deutschlands Satirehauptstadt zu werden – unheimlich nicht nur der bayerischen Justiz und Obrigkeit, sondern auch den höchsten Staatsorganen in Berlin.

Albert Langen

Frank Wedekind steuert gleich die Titelerzählung der ersten, im April 1896 erscheinenden Ausgabe bei: »Die Fürstin Rusalka«. In beinahe elegischem Ton erzählt er davon, wie die junge Fürstin Sozialistin geworden ist. Ihre erste, standesgemäße Ehe bleibt kinderlos – ein Umstand, der sie aus den Illusionen reißt, die sie über Ehe, Kinderkriegen und Sexualität hat. Unter dem Einfluss einer Kusine, die Ibsen, Tolstoi, Zola, Dostojewski und Nietzsche liest (Wedekind nennt sie »eine wandelnde Leihbibliothek«), wird aus der zuvor gläubigen Katholikin eine ebenso »fanatische Atheistin« und Emanze: »Mich beseelte ein Feuereifer für alles Moderne. Ich schnitt mein schönes Haar ab, trug kein Korsett mehr, ging in Männerkleidern auf den Künstlerinnenball und schrieb über die Frauenfrage. Ehe ein Jahr verging, trat ich in öffentlichen Versammlungen auf.« Ende gut, alles gut: Durch die Verbindung mit einem Sozialistenführer, den sie in der Premiere von *Hedda Gabler* kennenlernt, bekommt sie sogar noch das ersehnte Kind.

Anders als Georg Hirths *Jugend*, die sich in erster Linie für die schönen Seiten des Lebens interessiert und alle gesellschaftlichen Bruchstellen auf einen ästhetischen Nenner bringt, verknüpft Langens Magazin Privatleben und Politik: Nichts ist nur privat oder persönlich, immer scheint der gesellschaftliche Hintergrund durch. Dabei will Langen ausdrücklich kein politisches Magazin verlegen, das sich auf die Seite einer der existierenden gesellschaftlichen Gruppierungen und Parteien des Kaiserreichs schlägt, und seien es die Sozialdemokraten. Programm ist die Opposition zur bestehenden Gesellschaft mit künstlerischen Mitteln: durch plakative Bilder mit witzigen Kommentaren, durch engagierte literarische Texte und durch ein Blatt, dessen einzelne Ausgaben jeweils als ein kleines Gesamtkunstwerk komponiert sind.

Langen, ein vor Ideen sprühender, seine Umgebung durch das Tempo seiner Entscheidungen beeindruckender, quecksilbriger Geist, ist inmitten des wachsenden Stabes seiner Verlagsmitarbeiter mehr Impresario als Chef alter Provenienz. Durch die Redaktion, die sich im gleichen Haus befindet, in dem auch Sophia Goudstikker und Anita Ausgpurg wohnen und Berthe Ruchet ihr Stickereiatelier hat – Kaulbachstraße 51a – weht Boheme-Luft. Dazu passt, dass die Finanzierungsfrage keineswegs gelöst ist. Langen kalkuliert anfangs mit einer viel zu hohen Auflage und verkauft bei weitem nicht genügend Exemplare, als dass sich der Zehnpfennigpreis pro Heft rentieren könnte. Er gilt zwar als Millionär, hat jedoch in Paris viel Geld verloren und ist auf Kredite seiner Geschwister und Lieferanten angewiesen. Korfiz Holm berichtet, dass jeder Wechsel, dessen Einlösungsdatum drohend näherrückte, seine Schatten tagelang voraus warf. So konnte es passieren, dass die gesamte Redaktionsmannschaft am Tag der Fälligkeit am Fester auf den Geldbriefträger lauerte. Und allwöchentlich erörtert Langen mit seinen Vertrauten die Frage, ob man die nächste Nummer überhaupt noch bringen könne.

Obwohl Wedekind die prekäre finanzielle Lage des *Simplicissimus* durchaus bewusst ist, nehmen die Auseinandersetzungen, die er mit Langen um die Höhe seiner Honorare führt, von Mal zu Mal an Schärfe zu. Der Literat ist der Überzeugung, dass er im Vergleich mit den Illustratoren der Zeitschrift schlicht unterbezahlt wird. Er liebt aber auch die dramatischen Auftritte, mit sich selbst als gewieftem Selbstdarsteller. Als er wieder einmal ein politisches Gedicht abliefert, das der *Simplicissimus* unter Pseudonym bringen wird, beobachtet Korfiz Holm, wie er Langen aus dem Augenwinkel einen bösen Blick zuwirft: »Glauben Sie, daß es mir Vergnügen machen kann, den geistesarmen Elaboraten Ihrer Zeichner, die Sie phantastisch honorieren, durch meine Verse überhaupt erst Wert und Resonanz zu geben«, wendet er sich in seinem getragenen Ton, aber mit durchaus schneidender Stimme an den Verleger.

»Na, Sie haben das bisher ganz gern getan«, lautet dessen Erwiderung. Und in dem für ihn charakteristischen blitzschnellen Stakkato fährt Langen fort: »Wenn das auf einmal unter Ihrer Würde ist, dann müssen Sie es eben lassen – nicht?«

»Die Überlegenheit des Geldsacks!«, höhnt Wedekind. »Wollten Sie mir die ernsten Werke, die ich schreibe, nach Gebühr bezahlen, dann kriegten mich zu solcher Schusterarbeit nicht zehn Pferde.«

»Haben Sie schon einmal nicht Ihr ausgemachtes Honorar bekommen?«, erwidert Langen, mit gespielter Empörung. Und auf die bereits gezahlten, aber noch nicht realisierten Vorschüsse anspielend, fährt er fort: »Und bin ich Ihnen etwas schuldig, oder verhält es sich nicht doch umgekehrt?«

Wedekind aber lässt nicht locker. Um endlich Ruhe zu haben, legt Langen ihm mit spitzen Fingern schließlich ein Zehnmarkstück in die aufgehaltene Rechte: »Wenn Ihnen damit für den Augenblick gedient ist – bitte sehr! Mehr geht für heute wirklich nicht.«

»Das wagen Sie mir anzubieten!«, brüllt daraufhin Wedekind. »Der Teufel soll mich gleich vom Fleck weg holen, wenn ich jemals wieder über diese Schwelle trete.« Spricht es, knallt sich den Zylinder aufs Haupt und gleich darauf die Türe hinter sich ins Schloss.

Doch Langen, der seinen Autor kennt, bleibt gelassen: »Bis übermorgen also! Wiedersehen!«, soll er ihm lächelnd nachgerufen haben.

Schriftstellerin wider Willen

Früh schon stößt auch Franziska zu Reventlow zum Mitarbeiterkreis des *Simplicissimus*. Seit Mai 1895 ist sie wieder in München, um ihre Ausbildung zur Malerin fortzusetzen. Doch die ersten eineinhalb Jahre an ihrem Sehnsuchtsort sind alles andere als unbeschwert. Als sie Adolf Hernstein aufsucht, muss sie feststellen, dass er mit einem seiner Modelle zusammenlebt und mit der Frau sogar ein Kind hat – während er sie damals, als sie von ihm schwanger war, nicht schnell genug loswerden konnte. Trost sucht sie in einem sexuellen Abenteuer mit einem Unbekannten und schreibt in ihrem Tagebuch so offen wie niemals zuvor und niemals danach über »eine Nacht in Glück und Wonne und Rausch und Vergessen«: »Und dann hat er alles dunkel gemacht und ist zu mir ins Bett gekommen, und unsere Körper, die sich vorher nie gesehen hatten, umschlangen sich, daß die Flammen zusammenschlugen und die Lust in wilden Funken sprühte. Am Morgen sind wir aufgewacht und haben uns gesehn, und dann neue Lust, frische, kräftige, morgenfrühe Lust. – Und dann noch eine Nacht.«

Umso dringlicher wird das Gefühl, ihrem Mann endlich die Wahrheit sagen und reinen Tisch machen zu müssen. Schweigen erscheint ihr plötzlich nicht mehr als Stärke, sondern als Schwäche. Doch wie und was ihm sagen? Dass Liebe und Erotik für sie nicht zusammen gehen? Dass sie das Leben als herrlich und intensiv empfindet, wenn sie viele Liebhaber hat? Kein Mensch würde sie verstehen, wenn sie ihm alles sagte, notiert sie in ihrem Tagebuch. Und insbesondere ihr Mann würde sie »als Abschaum der Menschheit« empfinden.

So zögert sie den Tag des Geständnisses immer weiter hinaus. Sie weiß, dass sie damit endgültig mit ihrem bisherigen Leben und allen damit verbundenen Vorstellungen von Glück und Zufriedenheit bricht. Was sie nicht voraussieht, ist die Unerbittlichkeit, mit der ihr Mann, der doch behauptet, sie aus Liebe geheiratet zu haben, sie verfolgt und zu vernichten droht, nachdem es Monate später endlich heraus ist. Nicht nur dass er umgehend einen Scheidungsprozess einleitet, den sie verliert. Zudem verlangt er eine gerichtliche Untersuchung wegen des Verdachts auf »Verbrechen wider das keimende Leben«.

Dennoch gelingt es Franziska zu Reventlow während dieser Zeit, in München Fuß zu fassen – zwar nicht als Malerin, wovon sie immer geträumt hat, aber als Schriftstellerin, die sie eigentlich gar nicht sein will. Nachdem sie zuerst der *Jugend* ein Titelbild und auch Texte angeboten hat – ohne Erfolg –, druckt der *Simplicissimus* gleich in seinem fünften Heft ihre autobiographische Prosaskizze »Vater«. Dort beschreibt sie, wie ihr von der eigenen Familie nach dem Zerwürfnis verwehrt wird, an das Sterbebett des Vaters zu treten. Erst als er schon tot ist, darf sie seine Leiche noch einmal sehen. »Und ich kniete davor und wußte nur, daß er es nicht mehr war, daß es für alle Zeiten zu spät war.«

Gleich drei Hefte später bringt Langen sogar eine Titelgeschichte von »F. Gräfin zu Reventlow«, wie die Verfasserangabe lautet. »Wahnsinn«, so ihr so schlichter wie aufregender Titel. Die Coverillustration zeigt einen Mann, der sich des Nachts über die steinerne Brüstung eines weitläufigen Balkons lehnt. Unter ihm liegt ein von Gaslaternen spärlich beleuchteter Platz, der in eine Straße mündet. Die Hände des Mannes verkrampfen sich, und er scheint von einem Sog erfasst zu werden, der ihn unwiderstehlich fortzieht. Auf dem Bild dargestellt ist dieser Sog in Gestalt einer weißen Springsäule, in der sich ein nackter Frauenkörper abzeichnet.

Die Geschichte selbst erzählt von dem Konflikt zwischen Kunst und Sexualität. Der unter ihm leidet, ist dort Bildhauer; er strebt danach, in seiner Kunst völlig aufzugehen und ein absolutes Kunstwerk zu schaffen. Doch stets kommt ihm das sexuelle Begehren dazwischen: Die jungen Frauen, die er sich als Modelle sucht, lassen ihm keine Ruhe, bis er mit ihnen geschlafen hat – und das sicher nicht in einer einvernehmlichen Beziehung. Das Kunstwerk hingegen, das er schaffen will, bleibt Fragment – zuletzt zerstört er es mit den eigenen Händen, so wie er auch das Leben der jungen Frauen zerstört. Letztlich kennt Franziska diesen Konflikt aus eigener Erfahrung: Auch sie hat die Transzendenz in der Kunst gesucht, und die Verwandlung des Lebens in der sexuellen Liebe gefunden.

Ihren ganz großen Auftritt als satirische Schriftstellerin erlebt Franziska dann in den Nummern 41 und 49 des ersten Jahrgangs. »Das Jüngste Gericht« heißt der erste der beiden Texte, dem acht Ausgaben später »Das allerjüngste Gericht« folgt. Im Himmel ist Gerichtstag, und um den modernen Erwartungen an Rechtsprechung zu genügen, wird ein Staatsanwalt mit dem sprechenden Namen Donnerschlag als Vertreter der Anklage eigens aus dem Fegefeuer geholt. Donnerschlag aber bringt den göttlichen Heilsplan systematisch durcheinander. Entsetzt muss der liebe Gott zusehen, wie der forsche Ankläger im Namen des Staates »ihm sein bestes Himmelsmaterial mit Hilfe dieses entsetzlichen Strafgesetzbuches zur Höllenware« stempelt.

Petrus zieht daraufhin einen renommierten Nervenarzt und Suggestionsexperten zu Rate – augenscheinlich ist hier Schrenck-Notzing gemeint. Daraufhin vollzieht die Rechtsprechung des Jüngsten Gerichts eine Wende um 180 Grad: Nun werden auch Dunkelgestalten wie der Brudermörder Kain und die Rotte Korah freigesprochen, die zuvor noch ein »dröhnendes Hoch auf das Proletariat der Zukunft« ausbringt. Schließlich bleibt Gottvater und Petrus nichts anderes übrig, als das Jüngste Gericht »unlösbarer Schwierigkeiten wegen« einstweilen zu vertagen. An diesem Punkt der Erzählung fährt der Rechtspraktikant Guido Kusbohrer mit einem lauten Schrei des Schreckens aus dem Schlaf empor. Es ist der Tag seiner ersten Verteidigung, und das Ganze war nur ein Alptraum.

Trotz dieser Finte wird die gesamte Auflage der *Simplicissimus*-Ausgabe konfisziert und der Verleger Albert Langen wegen Gotteslästerung angeklagt. Doch viel Feind, viel Publicity: Das Durchgreifen der Obrigkeit lässt die Verkaufsauflage des *Simplicissimus* sprunghaft in die Höhe schnellen, und Langen nimmt den Ärger dementsprechend gelassen hin.

Energiezentrale Stefanie

Was tut die Boheme, wenn sie nicht gerade den nächsten Konflikt mit der Obrigkeit vorbereitet, sprich: Satiren verfasst, unter Pseudonym geschriebene politische Gedichte in der Redaktion des *Simplicissimus* abliefert, mit spitzer Feder und knalligen Farben die bürgerlichen Gepflogenheiten aufs Korn nimmt oder sich kurz vor Reaktionsschluss darin überbietet, die witzigste, die treffendste, die verletzendste Bildunterschrift zu finden? Dann ist sie, seit dem Jahr 1896 jedenfalls, im Café Stefanie an der Ecke Amalien-/Theresienstraße zu finden, wo man nicht nur stundenlag vor einem Café au lait sitzen und notfalls anschreiben lassen kann, wenn man gerade knapp bei Kasse ist – und das ist man eigentlich immer –, sondern wo es selbst an kalten Herbst-, Winter- und Frühlingstagen schön warm ist, man stets auf Gleichgesinnte trifft und auch die Öffnungszeiten nachtschwärmertauglich sind – bis 3 Uhr morgens nämlich.

Der Schriftsteller Leonard Frank, der wie so viele, die es in diesen Jahren nach München zieht, ursprünglich Maler werden will, dann aber doch entdeckt, dass sein eigentliches Talent woanders liegt, lernt das Café Stefanie in einer Phase kennen, in der es schon in die Jahre gekommen ist und einen eigentümlichen Geruch angenommen hat. Aber eigentlich geht es von Anfang an dort so zu, wie er es in der Erinnerung schildert:

> »Das Bohème-Café Stefanie bestand aus einem Nebenraum, an dessen Fensternischen Münchener Berühmtheiten jeden Nachmittag Schach spielten vor zuschauenden Straßenpassanten, und dem größeren Hauptraum mit einem glühenden Kohlenofen, versessenen, stark nach Moder riechenden Polsterbänken, roter Plüsch, und dem Kellner Artur, der in ein zerschlissenes Büchlein, notdürftig zusammengehalten von einem Gummiband, die Pfennigsummen notierte, die seine Gäste ihm schuldig blieben. Der überfüllte Hauptraum hatte seinen eigenen warmen Geruch, eine spezielle Mischung aus Kaffee- und dumpfem Moderduft und dickstem Zigarettenrauch. Wer hier eintrat, war daheim.«

Frank hat auch die elektrisierende Atmosphäre des Cafés beschrieben, die alle, die hier eintreten, über kurz oder lang erfasst und sie zu einem Kollektiv zusammenschweißt, jedenfalls solange sie an den dort kreisenden Inspirationsstrom angeschlossen sind. »Irgendwo im Haus oder im Himmel mußte ein Elektrizitätswerk sein. Die Gäste, angeschlossen an den Starkstrom, zuckten unter elektrischen Schlägen gestikulierend nach links und nach rechts und vor und von den Polsterbänken hoch, fielen ermattet zurück und schnellten mitten im Satz wieder hoch, die Augen aufgerissen im Kampf der Meinungen über Kunst.«

Doch nicht nur das knappe Gut Inspiration kreist im Café Stefanie, so dass alle etwas davon abbekommen – auch das mindestens so knappe Geld zirkuliert unter seinen so geldhungrigen wie freigebigen Gästen, mit dem schönen Effekt, dass an seinen Früchten alle teilhaben können. Keine und keiner hier, die oder der nicht auf Pump lebt – doch ist ein Pump gelungen, ist man keineswegs knauserig, sondern gibt jedem, der einen anspricht, bevor das Geld schon wieder weg ist: »Das gepumpte Geld, weitergepumpt, zirkulierte durch die Gäste des Café Stefanie und floß, so sicher wie das Blut durchs Herz, zum Kellner Artur, der ein paar Zahlen im Schuldenbüchlein ausstrich und den folgenden Tag das Geld in Form von Eiern im Glas und Kaffee wieder durch die Gäste zirkulieren ließ.«

Das Café Stefanie ist ein sogenannter »dritter Ort«, in Abgrenzung vom ersten Ort, dem Zuhause, und vom zweiten, dem Arbeitsplatz. Während das Leben der gewöhnlichen Menschen sich immer stärker ausschließlich zwischen diesen beiden Orten abspielt, sind Bohemiens, deren Zuhause armselig ist und die keinen festen Arbeitsplatz haben, dort anzutreffen, wo der Boden neutral, Konversation erwünscht, das soziale Profil niedrig und die Stimmung spielerisch ist. Dritte Orte liegen im öffentlichen Bereich, haben aber zugleich privaten Charakter, sie sind leicht zu erreichen und bieten genau jene Mischung aus Freunden und Fremden, Kontinuität und Abwechslung, die der Kreativität förderlich ist. Ein Zeitgenosse, selbst Bohemien, hat das so ausgedrückt: »In unseren vier Wänden leben, denken, trinken und essen, zu Hause sterben, wir finden das langweilig und unbequem. Wir brauchen Öffentlichkeit, Publikum, die Straße, das Cabaret ...« Und das Café.

»Jetzt kann es beginnen – das Leben«

Rainer Maria Rilke

Der junge Mann aus Prag hat seinen Aufbruch nach München gut vorbereitet. Als er Ende September 1896 in der Stadt ankommt, sind gerade erst wenige Wochen zuvor Texte von ihm in den beiden Zeitschriftenneugründungen des Münchner Wunderjahres erschienen: die Prosaskizze »Sonntag« am 12. September in der *Jugend*, und das Gedicht »Stelldichein« eine Woche zuvor im *Simplicissimus*.

Das Prosastück, das die *Jugend* bringt, schildert einen Morgengang durch Wald und Dorf an der Ostsee. Der Schritt des Dichters verklingt »auf dem weichen, habitbraunen Waldboden«, die Straße ist »schimmerkiesig« und die Dorfmädchen schneiden Rosen, um sich damit zu schmücken. Am Schluss steht der Sonntagsspaziergänger am Meer, schaut hinaus »in die schimmernde Pracht« und schüttelt einem braungebrannten alten Fischer die »schwielenharte Hand«, dass es ihn schmerzt. Dieser Dichter hat ein Faible für gesuchte Adjektive.

Ob der gerade Zwanzigjährige wohl erwartet, sich mit diesen beiden Veröffentlichungen im literarischen München bereits einen Namen gemacht zu haben? Ehrgeiz jedenfalls ist dem jungen René Maria Rilke keineswegs fremd. Seine Texte schickt er an zahlreiche Zeitschriften im gesamten deutschen Sprachraum; immerhin annähernd zwanzig drucken 1895 und im Folgejahr seine Texte. Zu Weihnachten 1895 hat er seine Gedichte gratis in Armen- und Krankenhäusern verteilt und in dem dazu verfassten Geleitwort der Hoffnung Ausdruck verliehen, dass seine Lieder womöglich »zu höherem Leben in der Seele des Volkes« aufwachen.

Was hat er, der junge Dichter, überhaupt aus eigener Kraft zu bieten? Neben seinen Versen, von denen er selbst nur allzu gut weiß, dass sie häufig noch unbeholfen, modisch und ein Firlefanz sind, vor allem seine Jugend – und das ist vielleicht der tiefere Grund dafür, dass er von Prag aus nach München geht, und nicht etwa in das ein wenig näher gelegene Berlin oder Wien. Denn München in diesen Jahren ist so etwas wie die Hauptstadt der Jugend. Im Mai 1896 hat Rilke in einem Brief an Láska van Oestéren seiner Überzeugung in dieser Hinsicht vehement Ausdruck verliehen: »Aber allenthalben wenn auch die alten Herren mürrisch und ungläubig den Kopf schütteln, und die *innerlich Alten* ein höhnisches Lächeln in den Mundwinkeln tragen, die Jugend rückt auf allen Seiten mit fliegenden Fahnen vor, und sie wird siegen! Ihr jauchzender Uebermuth ist doch viel schöner, als das vergrämte Brummen jener Blasierten war, die immer noch meinten es sei ein Abendroth, in das sie hineinzögen – während es die schlafrothe Wange des erwachenden Morgens war! Heil dem Morgen!«

Das ist die poetisch aufgeladene Fassung jenes Bekenntnisses zur Jugend, das im ersten Heft der gleichnamigen Münchner Wochenschrift zu lesen war, und es ist sicher kein Zufall, dass Rilke in demselben Brief über die beiden Münchner Zeitschriftenneugründungen regelrecht ins Schwärmen gerät.

Der dichtende und fleißig literarische Neuerscheinungen rezensierende Student wohnt anfangs in der Briennerstraße, ganz in der Nähe des Café Luitpold. Studentenzimmer sind damals in München keine Mangelware und relativ billig. Die zahlreichen Logisangebote sind Zetteln zu entnehmen, die an der Hauswand oder dem Regenablauf befestigt sind. Man hat schnell eine Wohnung gefunden, zieht aber genauso rasch wieder aus, da man immer noch etwas Besseres zu finden hofft. Es sei denn, man ist wie Franziska zu Reventlow ständig zahlungsunfähig; dann wird der wiederholte Wohnungswechsel zum Zwang, sobald man einmal mehr mit der Miete im Rückstand ist. Rilke jedenfalls schläft in seiner neuen Bleibe erst einmal vierzehn Stunden lang und vergisst vor lauter Erschöpfung sogar das Träumen, auf das er sonst so viel gibt. Erquickt steht er am nächsten Morgen auf und notiert in sein Notizbuch, das er stets mit sich führt: »Und jetzt kann es beginnen – das Leben«.

Der junge Rilke ist keineswegs der ungesellige Zeitgenosse,

als den er sich zu stilisieren liebt. Er geht nicht nur in die Kaffeehäuser, wo man inmitten der Menge gut alleine bleiben kann, sondern ist »bald ein ständiger Gast auf vielen literarischen Jours«, wie sich Wilhelm von Scholz erinnert, ebenfalls Dichter und Sohn des späteren preußischen Finanzministers. Rilke lernt ihn an der Universität kennen. Scholz promoviert dort gerade über Annette von Droste-Hülshoff und kann die literarischen Kreise, in denen sich sein neuer Freund tummelt, »wegen ihrer Leerheit und des literarischen Gestus der meisten Teilnehmer« nicht leiden. Seinen eigenen literarischen Gestus erläutert er, als die beiden gerade wieder einmal im Luitpold sitzen: »Wir brauchen eine Höhenkunst, lieber Freund, so etwas über Tausende hin. Zeichen, die auf allen Bergen flammen von Land zu Land – eine Kunst wie ein Aufruf, eine Signalkunst ...« Stefan George und sein Kreis sind mit ihrem Elitedenken und ihren hochgesteckten Erwartungen an die Kunst damals keineswegs allein auf weiter Flur.

»Quatsch«, sagt da jemand hinter ihnen, und Rilke erinnert sich, dass dieses »Quatsch« wie »nasser Mörtel auf die glänzende Beredsamkeit des Dichters« Wilhelm von Scholz fällt und sie zudeckt. Es kommt von Jakob Wassermann, der zu dieser Zeit als Redakteur im Verlag von Albert Langen arbeitet und auf gutem Wege ist, einer der meistgelesenen Romanciers seiner Zeit zu werden. Er vertritt eine gänzlich andere Auffassung von Schriftstellerei: »Wenn Sie wollen, daß ich mich zu Ihnen stelle, so oder so, müssen Sie sich erst einmal die großen Worte abgewöhnen, die großen Worte; die will ich nicht«, fordert er, wenn wir Rilke glauben wollen, den jungen Dichter heraus. Jedenfalls kann der dieses lächerliche »Quatsch« nicht vergessen, das sich so schwer und breit auf die Begeisterung des Propheten senkt. Das ist auch Rilke, der seine Neigung zu großen und wolkigen Worten ständig bekämpft und dem daraufhin noch mehr große und wolkige Worte einfallen, die er wiederum niederringt, und aus diesem steten Bekämpfen und Niederringen der großen wolkigen Worte entstehen dann in Zukunft seine schönsten Gedichte.

Die Russen kommen

Marianne von Werefkin

Aus Russland meldet sich Marianne von Werefkin. Zusammen mit ihrem Lebensgefährten, dem Maler Alexej Jawlensky ist sie gerade auf dem Weg nach München, wo sie innerhalb weniger Jahre gemeinsam mit ihrem Landsmann Wassily Kandinsky, mit Gabriele Münter und Franz Marc die Kunst revolutionieren wird.

Es ist erst wenige Jahre her, dass der jungen Malerin, einer Schülerin des berühmten Ilja Repin, Schreckliches widerfahren ist. Bei einem Jagdausflug in der Nähe des litauischen Landguts der Familie, auf dem sie ein eigenes Atelierhaus bewohnte, hat sie sich in die Hand geschossen, und zwar in die rechte, die Malerhand. Alle hatten den Eindruck, dass hier eine so hoffnungsvoll begonnene Künstlerkarriere schon in jungen Jahren vor dem Aus stünde.

Marianne von Werefkin stammt aus den obersten Kreisen der russischen Gesellschaft. Als ihr Vater, ein hoher Militärbeamter, zum Kommandanten der Peter-und-Paul-Festung in St. Petersburg berufen wurde, hatte er die Tochter gebeten, ebenfalls nach St. Petersbug überzusiedeln, nicht zuletzt, um in die Fußstapfen ihrer kürzlich verstorbenen Mutter zu treten. Und diese waren der Tochter keineswegs zu groß: Aus repräsentativen Verpflichtungen hat sie stadtbekannte gesellschaftlich Ereignisse gemacht. Da traf es sich gut, dass auch Repin seinen Wohnsitz vor kurzem von Moskau nach St. Petersburg verlegt hatte. In der Festung versammelten sich von nun an die Künstler. Die Namen von Manet, Monet, Renoir, Degas und Whistler hallten durch die hohen Räume des barocken Palastes.

Marianne von Werefkin ist eine ungeheuer impulsive, temperamentvolle Persönlichkeit, die wilde Gesten und große Worte liebt. Wo sie auftaucht, entfacht sie schöpferischen Wirbel. Alles Laue und Ängstliche ist ihr verhasst. In ihrer Gegenwart ist es nie langweilig, geht es aber auch nie ruhig zu. Zeitgenossen berichten von den »fast physisch spürbaren Kräftewellen«, die von ihr ausgehen.

Am liebsten ist sie draußen, streift in der freien Natur umher; sie tanzt mit der Landbevölkerung bis zum Morgengrauen, übernachtet in Scheunen direkt neben den Pferden. Vor allem aber gilt ihre Leidenschaft der Jagd. Sie ist eine mutige Reiterin und hervorragende Schützin. Nichts wünscht sie sich sehnlicher als ein Waldhorn.

Und dann passiert das Unglück. Wie es dazu kommt, dass sich der Schuss löst, bleibt ihr selbst schleierhaft. Die Kugel jedenfalls zerschmettert ihre rechte Hand.

Ein Foto aus der Zeit zeigt Marianne von Werefkin, wie sie den rechten, von den Fingerspitzen bis über den Ellbogen hinaus verbundenen Arm in einer Schlinge trägt und ihn mit der linken Hand noch abstützt. Der einst so selbstsichere, herausfordernde Blick ist einer in sich gekehrten Leidensmiene gewichen, aus der stumme Verzweiflung spricht. So hat Ilja Repin die Freundin und Schülerin auch gemalt.

Die Wunde infiziert sich. Statt allmählich abzuklingen, nehmen die Schmerzen noch zu: pochend, stechend, hämmernd. Von drohender Amputation ist die Rede. Entwarnung gibt erst der berühmte Chirurg Ewgenij Pawlow, den sie schließlich aufsucht. Repin hat auch ihn gemalt, im Jahr des Unglücks, im Begriff, im Operationssaal einem Patienten das rechte Bein abzunehmen. Der Rest seines Körpers ist durch die Traube von weißen Kitteln der vielen Ärzte und Helfer verdeckt, die den mit Hammer und Meißel hantierenden Chirurgen umschwirren.

Die Verletzung verheilt allmählich, doch die Gelenke von Daumen und Zeigefinger bleiben steif. Daran ändert auch die verordnete Elektrotherapie nichts, bei der ihr äußerst schmerzhafte Stromstöße durch die kaputte Hand gejagt werden – eine Tortur. Versuche, mit links zu malen, gibt Marianne von Werefkin schnell wieder auf. Stattdessen lässt sie sich eine mechanische Halterung anfertigen, mit der es ihr gelingt, den Stift oder Pinsel über die

Malfläche zu führen. Die sich darunter bildende Hornhaut entfernt sie regelmäßig mit einem Messer. Nie mehr in ihrem Leben wird Marianne von Werefkin ohne Schmerzen malen können.

Alexej von Jawlensky

Als dann der ebenfalls malende Offizier Alexej Jawlensky in ihr Leben tritt, entdeckt sie für sich eine neue Aufgabe. Jawlensky ist arm, gesellschaftlich unbeholfen, ihr nicht nur intellektuell, sondern auch in seinen malerischen Fertigkeiten unterlegen, zudem fünf Jahre jünger. Aber sie bewundert seinen Leichtsinn, seinen Erfolg bei Frauen, seine Selbstgefälligkeit und beschließt, ihn an sich zu binden, indem sie ihm alles vermittelt, was ihm fehlt, vom Schliff der Umgangsformen bis hin zur Beherrschung der modernen Maltechniken. Im Gegenzug will sie von ihm geliebt werden, mit ihm ein geteiltes Künstlerleben führen, in dem sie, so ihre stillschweigende Voraussetzung, tonangebend bleibt. Denn nur sie verfügt über die Mittel, ein Leben zu finanzieren, das ihnen beiden ermöglicht, als freie Künstler zu existieren. Immerhin beträgt ihre Jahrespension schätzungsweise das Doppelte dessen, was ein Münchner Oberbürgermeister zu diesem Zeitpunkt verdient.

Für den siebenundzwanzigjährigen Jawlensky ist die Begegnung mit Marianne von Werefkin die Chance seines Lebens – und er ergreift sie. Mit der »klugen, genial begabten Frau«, wie er sagt, kann er im Schnellverfahren sozial aufsteigen, den ungeliebten Brotberuf des Militärs an den Nagel hängen und sich ganz der Malerei widmen, der sein eigentliches Interesse gilt. Er spürt, dass sie seine Liebe will und bereit ist, sich das einiges kosten zu lassen. Während Marianne von Werefkin in allen anderen Belangen des Lebens die Nase vorn hat und ihn das auch merken lässt – in der Liebe ist er es, der ihr einiges voraushat; er weiß, wie man eine Frau verführt und ihr sexuellen Genuss verschafft.

Ende Oktober 1896 kommt das Paar in München an, nur wenige Wochen vor Wassily Kandinsky, der zusammen mit seiner Ehefrau, seiner Kusine Anna Tschimiakin, ebenfalls von Russland nach München zieht. Werefkin und Jawlensky finden eine standesgemäße Wohnung auf der Giselastraße, unweit des Hauses, in dem Lovis Corinth und Josef Ruederer wohnen. Marianne Werefkin lässt die beiden nebeneinanderliegenden, hochherrschaftlichen Atelierwohnungen, die sie und ihr Lebensgefährte zusammen mit der Bediensteten Helene Nesnakomoff und einer Köchin beziehen, in Russisch-Altrosa streichen. Das bringt den geselligen Runden, die sie hier bald etabliert, nicht nur den Namen »Rosa Salon« ein, die eigenwillige Farbgebung wird in München auch stilbildend für andere Empfangsräume, etwa die der 1899 gegründeten Zeitschrift *Die Insel,* aus der der gleichnamige Verlag hervorgeht.

In Erinnerung an die sogenannten Lukasgilden, zunftartige Bruderschaften von Malern und Bildschnitzern, die sich seit dem 15. Jahrhundert in Italien, am Niederrhein und in den Niederlanden bildeten und nach dem Evangelisten Lukas, dem Schutzpatron der Maler, nannten, tauft Marianne von Werefkin die Zusammenkünfte »Bruderschaft von Sankt Lukas«, und das, obwohl mit ihr zumindest eine weibliche Person daran teilnimmt. Aber sie selbst malt ja nicht mehr, wächst stattdessen in die Rolle einer Vordenkerin der Malerei der Zukunft hinein, die sie in enthusiastischen Worten verkündet: »Das Ganze ist so jung, so inbrünstig, der strahlende Sonnenaufgang eines bald gealterten Jahrhunderts«, notiert sie in ihrem Tagebuch. »Es ist nicht die Kunst der Griechen, noch die heitere der Renaissance, noch die unverfälschte der Niederlande, noch die großartige Spaniens, noch die abgelebte Kunst unserer Tage. Es ist die Abwesenheit der Kunst, es ist das Herz, das sich der Pinsel bemächtigt ... Die Kunst der Zukunft ist die emotionale Kunst.«

Schon seit längerer Zeit ahnt Marianne Werefekin allerdings, dass Jawlenskys Liebe zu ihr nur Mittel zum Zweck ist, um ge-

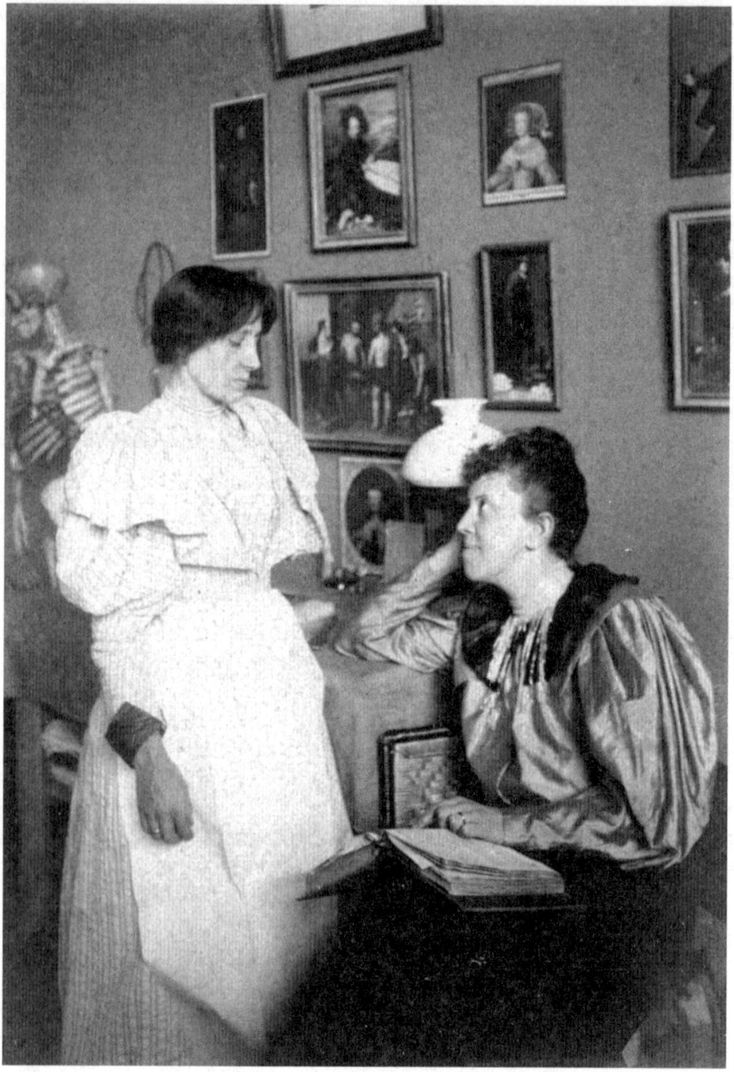

Aus solchen Konstellationen sind Tragödien gemacht: Marianne von Werefkin (sitzend) mit ihrer langjährigen Bediensteten Helene Nesnakomoff, die zudem Modell, Geliebte und später Ehefrau von Alexej Jawlensky ist.

sellschaftlich aufzusteigen und als freier Künstler existieren zu können. Statt sich von ihm zu trennen, beschließt sie jedoch, aus ihm jenen genialen Künstler zu machen, der sie selbst gerne wäre, aber nach ihrer Vorstellung als »schwaches Weib«, zumal mit der deformierten Hand, nicht sein kann. »Ich befreite ihn vom Militärdienst, gab ihm ein Atelier und die Möglichkeit, ohne Sorge zu arbeiten, pflegte seine Gesundheit, machte ihn frei von der Routine der Akademie, formte seinen Geschmack, gab ihm die Möglichkeit, großzügig und sorglos Farben, Leinwand und Modelle zu verwenden«, notiert sie in ihrem Tagebuch. Von ihren, allein von ihren Gnaden soll Alexej ein großer Maler sein. Und was tut er? Kaum lässt sie ihn einmal für längere Zeit allein, schwängert der Schürzenjäger ihre Bedienstete. Aus solchen Konstellationen sind große private Tragödien gemacht.

KAPITEL 4

Neue Geschlechter

1897–1900

Es ist der »Summer of Love«: Franziska zu Reventlow will ihr Kind, Rilke hingegen Lou Andreas-Salomé ganz für sich allein. Doch das Leben geht weiter. Die Kunststadt München erlebt nach der ersten eine zweite Sezession: Auf einmal wollen die Maler keine Künstler mehr sein, sondern Designer. Einer von ihnen erschafft auf der Fassade des neugebauten Ateliers Elvira das »Überornament«; es ist nicht zuletzt eine Hommage an die neue Frau. Um die neue Frau und was daraus folgt geht es auch in dem Schlüsselroman Das dritte Geschlecht, *der den modernen »Gender Trouble« schildert. Ist die neue Frau nun eher Mannweib oder (alleinerziehende) Mutter? Oder doch irgendwie Hetäre? Während diese Fragen noch der Beantwortung harren, wandert die Redaktion des* Simplicissimus *wegen Majestätsbeleidigung ins Exil oder gleich ins Gefängnis. Auch Wedekind sitzt ein; in seinem neuen Stück schildert er München als Stadt der Zukunft. Franziska zu Reventlow lernt gerade noch mit Ludwig Klages fliegen und immer mehr Lebensreformer wandern ins Tessin aus, da bereitet schon ein Ohnmachtsanfall aller Lust ein jähes Ende. So schließt das Jahrhundert.*

Lebenswende

Neujahrsnacht einer Unglücklichen

In der Silvesternacht auf das Jahr 1897 kommt Franziska zu Reventlow um 10 Uhr abends allein nach Hause. Die Comtesse hat sich für den Abend in Schale geworfen. Zu dem langen dunklen Rock aus knisternder Seide trägt sie eine reich verzierte weiße Bluse. Sie ist zwar an einigen Stellen geflickt, das bemerkt aber außer ihr niemand. Ihr gefallen die Rüschen am Kragen und an den Ärmeln, vor allem aber der kunstvoll in Falten gelegte Volant, der ihre Schultern breiter erscheinen lässt, als sie eigentlich sind. Wer sie so sieht, dem geht die Anrede »Gräfin« leicht über die Lippen.

Die Realität aber, in die sie nun zurückkehrt, sieht dann doch eher nach Boheme aus. Ihre bescheidene Wohnung ist dunkel und kalt, seit Monaten ist Franziska zu Reventlow mit der Miete im Rückstand, Natili, der Hauswirt, droht von Tag zu Tag mit Kündigung und Rauswurf. Die warmen Federdecken hat sie bereits ins Pfandhaus getragen, das Bett wird bald folgen. Als Schlafstatt bleibt ihr das abgewetzte Sofa, das sie scherzhaft »Divan der Schreckliche« nennt. Sie sucht nach Streichhölzern, macht Licht, zündet das Feuer an. Da sitzt sie nun, eingehüllt in ihr knielanges Cape, und denkt daran, wie sie als Kind *Die Neujahrsnacht eines Unglücklichen* von Jean Paul gelesen und schon damals »mit Entsetzen« daran gedacht hat, wie es wäre, wenn es ihr so erginge wie dem Protagonisten dieser Geschichte, der nichts aus seinem ganzen Leben mitbringt als »Irrtümer, Sünden und Krankheit, einen verheerten Körper, eine verödete Seele, die Brust voll Gift und ein Alter voll Reue«. Denn im entscheidenden Augenblick hat er am Scheideweg des Lebens, statt die »Sonnenbahn der Tugend« zu wählen, sich in »die Maulwurfsgänge des Lasters« hinabziehen lassen. Sie greift nach Federhalter und Tagebuch. »Und es kommt mir vor als ob es jetzt so weit mit mir wär«, notiert sie in ihrer rasch aufs Papier hingeworfenen, schwer lesbaren Handschrift, »alles vorbei und keine Hoffnungen mehr«.

Unbemerkt verstreicht die Mitternachtsstunde, während sie die leeren Blätter Zeile um Zeile füllt. Es ist eine Bilanz ihres bisherigen Lebens, sie fällt, gelinde gesagt, gemischt aus. »Und ich bin noch so jung, ich könnte noch so glücklich sein und glücklich machen«, beginnt sie gleich mit dem Resümee. »Aber ich suche eigentlich nur noch den Mut zu sterben. Und ich bin 25 Jahre alt.«

Schon ihren ersten Sommer in München hat Franziska zu Reventlow überwiegend im Krankenhaus verbracht. Seitdem sie ihr erstes Kind verloren hat, leidet sie immer wieder an Unterleibsschmerzen. Die Ärzte haben eine Entzündung der Gebärmutter und des Bauchfells diagnostiziert, Letzteres eine lebensbedrohliche Krankheit. Ganz sicher scheinen sie sich aber nicht zu sein, denn sie »suchen immerfort an mir herum«, wie Franziska notiert. Wiederholt wird sie operiert. Als sie im vergangenen Herbst nach einem weiteren längeren Klinikaufenthalt »entsetzlich blaß und klapperig« in der Redaktion des *Simplicissimus* erschienen ist, hat sie sich, wie es ihre Art ist, über den eigenen beklagenswerten Zustand lustig gemacht. Sie habe sich im Krankenhaus wie im Urlaub gefühlt, die Alltagssorgen seien ganz verdrängt worden, denn »zu halben Leichen wäre alle Welt sehr nett, und die Gerichtsvollzieher hätten keinen Zutritt in dies Friedensland«, soll sie nach der Erinnerung von Korfiz Holm geschwärmt haben, um dann noch makabrer fortzufahren: »Ein bißchen monoton sei allerdings die ewige Leibaufschneiderei und immer wieder das Zusammennähen. Sie habe deshalb ihren Arzt ersucht, die Wunde mit Druckknöpfen zu montieren, weil er sich dann beim nächsten Mal viel leichter täte.«

Erstaunlicherweise tut die immer wiederkehrende Erkrankung

samt den damit verbundenen Eingriffen Franziskas Lust an der körperlichen Liebe keinen Abbruch. Kaum ist sie der Klinik entronnen und einigermaßen genesen, nimmt sie ihr promiskuitives Liebesleben wieder auf: »Gott was hab ich in der kurzen Zeit alles erlebt - einen nach dem andern. - Warum fühle ich das Leben so herrlich und intensiv wenn ich viele habe, immer das Gefühl, eigentlich gehöre ich allen«, notiert sie in der Neujahrsnacht in ihrem Tagebuch. Sie erinnert sich an das Entsetzen ihres Ehemannes, als sie ihm endlich die Wahrheit über ihr Sexualleben gestand. Dazu gehört auch, dass sie zeitweilig in einem Bordell arbeitet - auch, aber nicht ausschließlich, um ihre kargen Finanzen aufzubessern. Es ist ein gehobenes Etablissement, besucht von freigebigen, betuchten Männern mit Manieren, ein wenig, als wäre es den Phantasien Wedekinds entsprungen. Franziska schätzt die ungezwungene, frivole Atmosphäre, auch die »Glanzgewänder«, in die sie sich dort hüllen darf, selbst wenn sie ihr nicht gehören, sondern immer als Pfand bei Madame X, wie sie die Bordellbesitzerin in ihrem Tagebuch nennt, verbleiben müssen. Sie sei dort »wie in einem anderen Leben«, schreibt sie: »Man weiß auch nicht wer ich bin und mit meinen Bekannten komm ich auf diesen Wegen nicht zusammen.«

Dennoch: ein Leben als (Edel-)Prostituierte zu führen, wie ihr von Madame X nahegelegt wird, kommt für Franziska nicht in Frage. Dann hätte sie zwar »ein bessres Dasein«, aber um den Preis ihrer Unabhängigkeit, an der ihr, wie sie in der Neujahrsnacht erkennt, am allermeisten liegt. Eigentlich sei sie ja »ein großes Schaf«, ein solches Angebot auszuschlagen; »aber ich hätte dann alles andre nicht, meine absolute Freiheit und mein Leben für mich, das ganz von dem andern getrennt ist«.

Glücklich ist Franziska mit Armut und Alleinsein dennoch nicht, schwankt im Gegenteil zwischen Euphorie und Verzweiflung. Kurze Phasen, in denen sie sich vorbehaltlos amüsiert, wechseln mit anderen, längeren, in denen sie von alledem nichts wissen mag und in ihrem schäbigen Atelier herumliegt: »Ich bin in letzter Zeit wieder so elend, so ganz kaput, krank, u. mir ist als ob es bald alles aus wäre.«

Im Januar 1897 dann sind die Gefühle des Krankseins und der Mattigkeit jedoch Vorboten einer Wende, die das Leben der gräflichen Bohemienne radikal verändern wird. Obwohl die Ärzte prognostiziert haben, dass eine Schwangerschaft in ihrem Zustand so gut wie unmöglich sei, ist sie sich mehr und mehr sicher, dass das vermeintlich Unmögliche eingetreten ist und lässt sich untersuchen. Und in der Tat: »Es ist jetzt kein Zweifel mehr. Und denke nichts andres mehr. Ein Kind. Ein Kind, mein Gott.«

Doch schon wird sie mit neuen Vorbehalten und schlechten Prognosen konfrontiert. Selbst wenn sie das Kind lebendig zur Welt bringen sollte, woran die Ärzte zweifeln, die vielmehr um Gesundheit und Leben der Schwangeren fürchten – selbst dann besteht, so die einhellige Meinung ihrer Umgebung, kaum Anlass zur Freude. Alfred Friess, Rechtsanwalt und einer ihrer Liebhaber, den sie an einem Winterabend zufällig kennengelernt und mit dem sie dann gleich den Weihnachtsabend verbracht hat, bringt es auf den Punkt: »Ja, was wollen Sie denn mit einem Kind anfangen?«, fragt er sie bei einem seiner nächtlichen Besuche.

Und Franziska muss lachen: Im Grunde weiß sie tatsächlich nicht, wie es mit dem Kind werden soll. So ist sie hin- und hergerissen zwischen neuer Lebenshoffnung und alter Verzweiflung. Einerseits fängt sie wieder an sich lebendig zu fühlen, mit einer Freude, die sie nicht mehr für möglich gehalten hätte. »Mein Kind, mein Kind, wenn ich nur am Leben bleibe und es behalte«, vertraut sie ihrem Tagebuch an.

Andererseits empfindet sie so stark wie nie zuvor die Ausweglosigkeit ihrer Situation – die Schäbigkeit ihrer Behausung, ihre finanzielle Misere. Was ihr Exmann beisteuert, reicht nicht einmal für das Leben allein, geschweige denn künftig für zwei.

Das Etablissement von Madame X ist für sie nun keine Option mehr. Aber sie verbringt dort noch einen Abschiedsabend mit Kolleginnen und Kunden. Man trinkt Sekt und sie erzählt von dem Kind, auch davon, dass sie »nun vorläufig aus der Welt verschwinden wollte«. Erst hält die versammelte Runde das für einen Witz, dann lassen die Anwesenden sie und das Kind hochleben. Leutnant M., einer ihrer Liebhaber, steckt ihr ein Kuvert mit 200 Mark zu. Bisher hat sie sich im Bordell für eine verheiratete Frau aus Nürnberg ausgegeben. Nun gesteht sie M., dass der Name, unter dem er sie kenne, ein Pseudonym sei, verschweigt ihm aber weiterhin ihren richtigen.

Mit dem frischen Geld kann sie wenigstens die Schulden vom vergangenen Jahr bedienen. Um ihre Finanzen aufzubessern, schreibt sie »alles mögliche Zeug« zusammen, wie sie es nennt, aber es bringt kaum etwas ein. Auch bei ihren häufigen Besuchen im Café Stefanie ergibt sich keine Bekanntschaft, die sich in irgendeiner Weise zu Geld machen ließe. In ihrer Not geht sie zu Langen, der sie als Autorin schätzt, und verkündet ihm, sie würde von ihm jede Arbeit annehmen, wenn sie nur einen Vorschuss bekäme. Und Langen greift zu: gibt ihr 200 Mark und verpflichtet sie zum Übersetzen. Damit bestreitet sie zukünftig hauptsächlich ihren Lebensunterhalt. An die vierzig französische Unterhaltungsromane wird sie schließlich für den Verlag Albert Langen ins Deutsche übertragen, die meisten davon von Marcel Prévost, mit dessen gut gehenden Büchern Langen sein Geld verdient. Sie tragen Titel wie »Die junge Frau«, »Französinnen«, »Auf Liebeswogen«, »Eine Pariser Ehe«, »Unter uns Mädchen« oder »Starke Frauen«. Es ist eine Literatur, die sich vor allem an Frauen wendet, deren Bedürfnisse nach Glück, Eigenständigkeit und Sinnlichkeit im Ehealltag zu kurz kommen. Franziska arbeitet stets unter

Zeitdruck, manchmal halbe Nächte durch. Um das Übersetzungstempo im vom Verleger gewünschten Maß zu steigern, entwickelt sie mit der Zeit ihr eigenes System: sie kürzt die französischen Originale um ihr langweilig erscheinende Passagen, geht überhaupt mit der Vorlage sehr frei um. Dazu gehöre »eine lange Gewohnheit und Kenntnis von Langens Geschmack«, beschreibt sie ihr Vorgehen.

Im April 1897 jedoch spitzt sich die Situation erst einmal zu: »Ein Krach nach dem andren die ganze Zeit, Rechnungen regnen und der Hausherr will mich exmittieren«, heißt es in ihrem Tagebuch. Und in der Tat: Am 13. April dringt Natili in ihre Wohnung ein und befördert ihre Siebensachen auf die Straße. Franziska holt die Polizei. Aber ihr Vermieter klagt – eine letzte Zahlungsfrist endet in acht Tagen. Entweder muss sie 100 Mark auftreiben – oder verschwinden. »Was hätte mir das früher für Spaß gemacht«, notiert sie: Da wäre sie einfach abgehauen, hätte die nächste Bleibe angemietet und dort das gleiche Spiel gespielt – so lange nicht gezahlt, bis man sie erneut rausgeworfen hätte. Aber »jetzt mag ich nicht mehr, ich möchte Ruhe um mich haben und keine ewigen Unbequemlichkeiten. Es geht alles über meine Kräfte«. Die Schwangerschaft ist dabei, die Boheme-Perspektive aufs Leben zu verändern.

Da trifft es sich gut, dass Rilke ein Auge auf Franziska zu Reventlow geworfen hat. Jeden Morgen, so teilt uns ihr Tagebuch mit, findet sie ein Gedicht von ihm im Briefkasten vor – »das gefällt mir. Ueberhaupt Poesie genug, mit der wir uns alle das Leben verklären – es ist auch not.« Die beiden haben sich in einem der Cafés kennengelernt, die sie regelmäßig aufsuchen. Rilke ist auf der Suche nach einer Frau mit Erfahrung, die ihn lehrt, was Liebe heißen kann. Und um sie zu verführen, tut er, was er am besten kann: er dichtet.

An Franziska fasziniert den jungen Dichter nicht zuletzt ihre adlige Herkunft. Immer wieder muss sie ihm von Husum und von dem am nordischen Meer gelegenen Schloss ihrer Kindheit erzählen. Überhaupt sind Kinder und Kindheit ein großes Thema sowohl für den jungen Dichter als auch die werdende Mutter. Und gewissermaßen als Kontrapunkt noch ein weiteres Thema: »O mein Kind. Wenn ich es nur erlebe. Denke viel an den Tod«, notiert Franziska in ihrem Tagebuch.

Rilke ist es auch, der der auf der Straße gestrandeten Schwangeren eine erste Zuflucht bietet. Auf Einladung seines Freundes Wilhelm Scholz verbringt er die Ostertage bei dessen Eltern in Konstanz. Franziska und er verabreden, dass auch sie an den Bodensee reist; sie nimmt Quartier in Kurzrickenbach, unweit des Scholz'schen Besitzes, aber schon auf der Schweizer Seite, und die beiden spazieren »zusammen in der Frühlingswelt herum«, wie Franziska notiert. Aus »Konstanz« betitelten, F. R. gewidmeten Versen Rilkes in Jugendstilmanier geht hervor, wovon wohl hauptsächlich die Rede war.

Dem Tag ist so todesweh.
Müd gießt er aus goldenen Kelchen
Wein in den Bergesschnee,

heißt es darin. Und Rilke fährt fort:

Hoch schüchtert, scheu wie ein Reh,
ein Stern überm Uferschleh,
und ziere, zitternde Wellchen
gittern den Abendsee.

Doch der Stern, der den beiden Spaziergängern am nächtlichen Seeufer leuchtet, ist wohl in der Tat scheu und schüchtern. Franziskas Todesgedanken jedenfalls werden angesichts von Wasser, Wellen, Weite und dem Weiß der fernen Berge noch drängender. Wenn sie allein auf den See hinausrudert, einmal sogar viele Stunden lang, wird sie den Gedanken nicht mehr los, was wäre, wenn sie sich nun einfach ins Wasser stürzte. Dann wäre Ruhe. Und wäre das nicht besser für sie und ihr Kind?

Rilke hingegen nimmt aus ihrer Begegnung ein anderes Bild von Franziska zu Reventlow mit. Es ist das einer junge Frau, die über ein beinahe unbegrenztes Anpassungsvermögen verfügt und deren eigentliche Domäne die Leichtigkeit, »das fortwährende Vergnügen« ist. »Aus dem nichts entsteht«, wie er leicht indigniert hinzufügt. Für ihn sind zunehmend nur diejenigen Erlebnisse von Bedeutung, aus denen sich Literatur machen lässt, während er es hier mit einem Lebensentwurf zu tun bekommt, dem es nur um das Lebendigsein selbst geht – und sonst nichts. Das aber ist ihm zu wenig. Wie auch ihr seine Verse zu nichtssagend sind – kein wirklicher Trost in einer Zeit trostloser Schwermut.

Amour Lou

»Summer of Love«

Rilke ist im Frühjahr 1897 nicht nur auf der Suche nach Liebesleidenschaft, sondern auch nach dem, was er »Wirklichkeit« nennt. Ist das aber nicht dasselbe? Bei Jakob Wassermann – seit dessen »Quatsch!« sein neues Vorbild in Sachen Eroberung der Wirklichkeit – lernt der Anfang Zwanzigjährige die Mitte Dreißigjährige Lou Andreas-Salomé kennen, die ihm nicht nur an Alter, sondern auch an Erfahrung, Selbstbewusstsein, Gewandtheit und Ausstrahlung weit überlegen ist. Rilke verliebt sich sofort in die attraktive Frau mit den blonden Haaren, den sinnlichen Lippen und dem schmelzenden Blick, von der er längst gehört hat, die er aber auch als unabhängige, eigenwillige Schriftstellerin schätzt. Besonders ihr Aufsatz mit dem Titel »Jesus, der Jude« hat ihn stark beeindruckt, weil er dort seine eigenen Gedanken einer »negativen Gotteserfahrung« wiederfindet, wie Lou das nennen wird.

Lou ist zusammen mit ihrer Freundin Frieda von Bülow nach

München gekommen, um hier und im Voralpenland den Sommer zu verbringen. Die ehemalige Geliebte des durch seine Grausamkeit zu zweifelhaften Ehren gekommenen Kolonialpolitikers Carl Peters, dem sie als Abgesandte des Deutschnationalen Frauenbundes nach Afrika gefolgt war, betätigt sich ebenfalls als Schriftstellerin. In ihren Erzählungen und Romanen treten Frauen auf, die Sätze sagen wie:

> »Ich kann nicht das Leben hinnehmen, wie es zufällig kommt; mir selbst schaffen will ich es – gestalten nach meinem Bedarfe. Was ich dazu brauche, muss ich mir nehmen dürfen. So ist es herrlich! Meine Eltern wissen, dass ich nicht anders leben kann und mag, und sie lassen mich tun, was ich will. Opposition würde ihnen auch nichts helfen, denn ich bin so fest entschlossen, mich nicht einengen zu lassen, daß ich, wollte man Zwang anwenden, morden würde.«

Das ist nicht nur Franziska Reventlow, sondern auch Lou Andreas-Salomé aus der Seele gesprochen. Nicht einig sind die beiden Freundinnen sich allerdings darin, was aus dieser Unabhängigkeitserklärung der Frau für ihre Rolle als Schriftstellerin folgt. Frieda von Bülow gehört zu denen, die sich vehement dagegen aussprechen, männliche Maßstäbe an weibliche Literatur anzulegen. Für sie hat Frauenliteratur ein eigenes Recht: Sie muss aus sich selbst heraus beurteilt werden, fernab der traditionellen Kunstkriterien. Mit nicht geringerer Vehemenz vertritt Lou Andreas-Salomé die entgegengesetzte Position. Für sie gibt es nur *eine* Literatur, und auch nur *eine* Kunst oder Philosophie, unabhängig davon, ob es ein Mann oder eine Frau ist, die sie hervorbringt. Anderenfalls, so ihr Urteil, handelt es sich lediglich um Dokumente. Selbst wenn sie recht »interessante Berichte über das Weib« erstatten, seien sie ihren innersten Motiven nach doch »unkünstlerisch« – ein Verdikt, unter das für sie der Großteil der damals publizierten Frauenliteratur fällt, etwa auch die viel gelesenen Romane Gabriele Reuters.

Ansonsten aber verstehen die beiden Frauen sich prächtig. Daran ändert auch der Umstand nichts, dass Lou zunehmend von Rilke umworben wird, der sich als Mischung aus schülerhafter Verschämtheit und rechtem Draufgängertum entpuppt – eine unwiderstehliche Mischung für eine Frau wie Lou, die entgegen der von ihr ausstrahlenden Freizügigkeit in sexuellen Dingen befangen und abwehrend ist. Virile, attraktive Männer wie etwa Wedekind flößen ihr Angst ein. In die Ehe mit dem Orientalisten Carl Andreas hat sie nur unter der Bedingung eingewilligt, dass Sex tabu ist – woran sich beide auch halten.

Der Auslöser von Lous beinahe instinktiver Abwehr der Sexualität ist ihre Beziehung zu dem protestantischen Geistlichen Hendrik Gillot gewesen, ihrem philosophischen Mentor, den sie wie einen Gottvater verehrt hat. Dennoch machte er ihr plötzlich einen Heiratsantrag und hielt sein sexuelles Begehren nicht länger zurück. Da brach für die Siebzehnjährige eine Welt zusammen. Lou kam zu der Überzeugung, dass sich Selbstbestimmung und sexuelle Beziehungen ausschließen, sofern letztere immer in Abhängigkeit münden, jedenfalls bei einer Frau.

Diese Vorstellung, dass die Frau ein eigenständiges Leben nur über die Abwehr der sexuellen Ansprüche des Mannes verwirklichen kann, ist das genaue Gegenteil jenes Lebensentwurfs, den Franziska zu Reventlow in diesen Jahren entwickelt: Hier ist es gerade die selbstbestimmte, promiskuitive Sexualität, die die Unabhängigkeit der Frau herbeiführen und auch nach außen signalisieren soll. Und vermutlich ist es genau das, was Rilke an der Bohemienne letztlich gestört hat – nur einer unter vielen zu sein. Rilke, so viel ist klar, will der Einzige sein.

Wie schon Franziska zu Reventlow schickt Rilke auch seiner neuen Flamme nun täglich ein Gedicht, dieses Mal anonym. Aber auch so errät Lou sofort, von wem die Verse stammen. Wenn sie sich begegnen, etwa bei Ausstellungs- oder Theaterbesuchen, hat dieser junge Dichter in seinem hochgeschlossenen Rock mit der schüchternen Miene nur Augen für sie. Und obwohl sie sich angesichts von so viel Aufmerksamkeit geschmeichelt fühlt, kann Lou nicht leugnen, dass der artifizielle Überschwang von Rilkes Versen sie eher belustigt, zuweilen sogar abstößt. Aber eine innere Stimme sagt ihr, dass in dieser Puppe ein Schmetterling heranwächst, dessen Befreiung aus dem Kokon, in den er noch eingesponnen ist, womöglich ihre Aufgabe sein könnte. Und diese Stimme sagt ihr auch, dass darin womöglich die Lösung ihrer eigenen Probleme mit der Liebe steckt.

Als Lou und ihre Freundin einen Ausflug an der Isar entlang nach Wolfratshausen unternehmen, ist Rilke jedenfalls dabei. Die beiden Frauen mieten sich dort ein Häuschen am Berghang, das gerade einmal zwei Stuben im Erdgeschoss hat. Rilke findet eine Unterkunft in der Nachbarschaft, ist aber häufig zu Besuch. Die »Lutzvilla«, wie das Häuschen einigermaßen hochtrabend nach seinem Besitzer genannt wird, besitzt Fensterläden aus Holz mit einem ausgesägten Stern. Als Lou und er einander immer näherkommen, verlässt Frieda während seiner Aufenthalte das gemeinsame Quartier und unternimmt lange Spaziergänge an der Loisach. Rilke schließt stets die Fensterläden, wenn sie sich lieben, um Vorübergehenden den Einblick zu verwehren. Tageslicht scheint dann nur noch durch den kleinen ausgesparten Stern in ihr Zimmer – beiden wird das zum Symbol ihrer Liebe.

Lou hat ihrem jugendlichen Liebhaber im Nachhinein ein »zartes« Temperament bescheinigt, das sich »haltlos ausgibt«. Sie liebt sein blondes Haar, seinen sinnlichen Mund, seine »prachtvolle Stirnpartie«, aber auch seinen feingliedrigen, schlanken Körper. Er hingegen ist wie verzaubert von dem weichen Fleisch ihrer weiblichen Rundungen, ihrem »schönen Schoß«. So werden sich beide zur »*erstmaligen Wirklichkeit,* Leib und Mensch ununterscheidbar eins«, wie Lou im Nachhinein in Worten schreibt, die an Deutlichkeit nichts zu wünschen übriglassen. Wortwörtlich habe sie ihm bekennen können, was er als sein Liebesbekenntnis

Ein zartes Temperament, das sich haltlos ausgibt: René Maria Rilke, der sich seit der Liebesbeziehung mit Lou Andreas-Salomé »Rainer« nennt, in einer Laube in Wolfratshausen, 1897.

formuliert habe: »Du allein bist wirklich«. Mit dem ihr nicht nur an Jahren unterlegenen Rilke, der eben keiner dieser starken Männer ist, die Unterwerfung einfordern, kann Lou Andreas-Salomé endlich realisieren, wonach sie sich insgeheim doch sehnt – eine erfüllte sexuelle Liebesbeziehung. Ihr, der die Schlächterhände Wedekinds aufgefallen sind, entgehen auch die feinen, überzarten kleinen Hände Rilkes nicht, die so rasch ins Zittern geraten, die aber auch zu sanften Liebkosungen fähig sind.

Die mit beiden Beinen mitten im Leben stehende Lou zeigt ihrem jugendlichen Liebhaber eine Welt, die dieser bislang so nicht kennt. Man unternimmt lange Spaziergänge in die Natur. Lou lehrt ihn die Namen der Blumen und Pflanzen, beobachtet mit ihm die Tiere im Morgengrauen und bringt dem übersensiblen, ein wenig blasierten Stadtkind die Genüsse des einfachen Lebens nahe. Man kleidet sich schlicht und zweckmäßig – Lou bevorzugt weite bequeme russische Bauernblusen –, man isst vorzugsweise vegetarisch, wandert barfuß durch die betauten Wiesen oder badet nackt in der Loisach, jedenfalls solange man sich unbeobachtet wähnt. Der Zweiundzwanzigjährige beginnt sich zu verändern.

Unter dem Einfluss seiner Geliebten legt Rilke sich einen neuen Namen und eine neue Handschrift zu. Lou schätzt den zweideutigen Vornamen René nicht, den die Mutter ihrem Söhnchen verpasste, das sie in den ersten Lebensjahren aufzog, als sei er die ersehnte Tochter. Rainer nennt sie ihn stattdessen, und Rilke macht sich diese Neubenennung zu Eigen. Und auch seine eilig und schräg über das Papier huschende Allerweltsschrift, so konventionell und nichtssagend wie viele seiner bisherigen Gedichte, verändert sich in diesen Wochen auffällig, gleicht sich zunehmend der seiner Geliebten an – wird eleganter, gelöster, aufrechter, ausgeprägter, »leichtsinniger«, wie Lou meint. Auswirkungen hat das alles auch auf seine Art zu dichten. Viele seiner bisherigen Elaborate vernichtet Rilke unter Lous Einfluss. Rückblickend spricht er selbst von seiner »vor-wolfratshausenschen Exaltiertheit«. Vor allem aber findet er eine neue poetische Sprache, die die Dinge der

Welt zum Sprechen bringt, die das Explizite nicht scheut, es aber poetisiert und die sich ihrer Sache zunehmend sicher fühlt:

Aus allem Schönen gehst Du mir entgegen,
mein Frühlingswind Du, Du mein Sommerregen,
Du meine Juninacht mit tausend Wegen,
auf denen kein Geweihter schritt vor mir:
ich bin in Dir!

Friedas Abreise in das holländische Seebad Scheveningen bedeutet einen Einschnitt in dem ländlichen Idyll. Für eine Woche kehrt man nach München zurück. Dann aber sind die beiden Liebenden wieder in Wolfratshausen anzutreffen, vertauschen nun die Lutzvilla mit einem an den Berg gebauten Bauernhaus. »Loufried« nennen sie ihr neues Quartier. Doch kaum zwei Tage später kündigt sich Besuch an. Der »Loumann« Carl Andreas kommt. Und Rilke und Lou müssen ihre Liebe nun noch stärker im Verborgenen leben als bisher ohnehin schon.

August Endell

Zu den Besuchern im Wolfratshausener Liebesnest zählt auch der junge August Endell, der zu dieser Zeit noch Philosophie und Psychologie an der Münchner Universität bei Theodor Lipps studiert, dem Begründer einer psychologischen Ästhetik. Lipps lehrt, dass »Einfühlung« oder »Beseelung«, wie man damals auch sagte, der Ursprung nicht nur aller Ästhetik, sondern auch unseres Weltverhältnisses sei. Er beeinflusst eine ganze Generation von Münchner Künstlern in ihrer Entwicklung hin zur Abstraktion, angefangen von den Kunstgewerblern des Jugendstils, zu denen bald auch schon August Endell zählt, bis zu Wassily Kandinsky und Paul Klee. »Kunst gibt verstärkte Empfindungen. Kunst ist gesteigertes Leben«, lautet das Credo der neuen, von den Gedanken Theodor Lipps inspirierten Kunst. »Wenn wir unserem Gefühle nur vertrauensvoll nachgeben und besonnen und subtil zugleich nachdenken wollten, so würden wir finden, dass überall dieses Wesentliche alles Künstlerischen sich wiederfinden lässt.« Das ist Wasser auch auf die Mühlen von Marianne von Werefkin und ihrem Traum von einer »emotionalen Kunst«.

Der junge Endell befindet sich gerade in einer Krise. Nicht nur dass seine Ehe, kaum geschlossen, wieder zerbricht. Auch beruflich sucht er nach Orientierung. Anfangs glaubt er noch, wissenschaftlich-philosophische Forschung und kreatives Ausdrucksbedürfnis, akademische Laufbahn und freies Künstlertum, Theorie und Praxis miteinander verbinden zu können. Aber die bei Theodor Lipps begonnene Dissertation über »Gefühlskonstruktion« will keine rechten Fortschritte machen. Schließlich wirft er hin. Der Kunstschriftsteller Karl Scheffler, der als Redakteur der in München erscheinenden Zeitschrift *Dekorative Kunst* zu dieser Zeit in der Stadt weilt, beobachtet, wie der »dem Studium der Philosophie Entlaufene mit seiner endlos langen, schlanken Gestalt unter den Kollegen in München umherging und Diskutiergelegenheiten erspähte ...«. Sein Vertrauen zu gewinnen, sei fast unmöglich gewesen.

Das ist mit Rilke und Lou anders: In ihrem Kreis herrscht eine ernste, aber vertrauensvolle Atmosphäre – rasch geht es um die im Leben wirklich wichtigen Dinge. Und es gibt Gelegenheit, sich kreativ zu betätigen: Von Endell entworfene Decken, Kissen, Gefäße und Leuchter schmücken bald die drei spartanischen, ineinander übergehenden Kammern. Auch die Fahne, die über dem gemeinsamen Domizil in Wolfratshausen weht, stammt von ihm. »Loufried« steht handgroß in schwarzen Lettern auf dem groben Leinen.

Anfang August hat Endell für einige Tage auch Hermann Obrist im Schlepptau, dessen Stickereien er rückhaltlos bewundert. Sie sind für ihn Ausgangspunkt eines neuen, revolutionären Konzepts von Gestaltung: Statt wie damals üblich den Dingen den Stil vergangener Epochen aufzupfropfen, greift sie auf die Formenvielfalt der Natur zurück. Aber nicht etwa, um sie nachzuahmen, sondern mit dem Ziel, neue, bislang nicht gesehene Formen hervorzubringen, die so dynamisch, so vielfältig sind wie die Natur selbst. Die Kunst soll zum Katalysator einer umfassenden Lebensreform werden, die neben der Kleidung, der Ernährung und den Gewohnheiten auch die gestaltete Umgebung erfasst. Das ist Diefenbach ohne dessen Verschrobenheit und Erlöserhabitus. Endell hat Obrist auf einem Vortrag kennengelernt, den er im März 1896 in der *Gesellschaft zur Förderung geistiger Interessen der Frau* über seine Stickereien gehalten hat. Sie seien »das Reifste und Herrlichste, was die Kunst seit dem Rokoko aufzuweisen« habe, schwärmt er. Kein Erzeugnis der modernen Malerei könne sich annähernd damit messen.

Endell versteht die Kunst als eine Schule des Sehens – sie vermag uns die Augen für die Schönheiten dieser Welt zu öffnen und lehrt uns die Wirkung von Formen und Farben auf unsere Gefühle und Stimmungen. Rilke zieht daraus den naheliegenden Schluss, die Kunst aus den Ausstellungen und Schaufenstern zu holen und sie in unsere nähere und gewohnte Umgebung zu verpflanzen, damit sie dort ihre Wirkung entfalten kann. So steht es jedenfalls in seinem 1897 geschriebenen, zu Lebzeiten nicht veröffentlichten »Münchner Kunstbrief«. Die Gestaltung der Dinge des Lebens soll wieder zur Sache der Künstler werden.

Die Kunststadt München erlebt in diesen Jahren eine kleine Revolution: Eine Reihe von jungen Malern verlässt ihr angestammtes Terrain und propagiert einen erweiterten Kunstbegriff, der auch Alltagsgegenstände und die gestaltete Umwelt umfasst. Sie werden Kunstgewerbler, wie man damals sagt. Heute würden wir sie Designer nennen. Am spektakulärsten ist der Fall Otto Eckmann, der seine Gemälde in einem Auktionshaus versteigern lässt und dazu eine Begleitschrift verfasst, die ironisch mit einem »herzlichen Lebewohl auf Nimmerwiedersehen« an die Malerei endet. Von da an entwirft er Keramik, Schmuck, Metall- und Silberarbeiten, Möbel, Damenbekleidung, Farbholzschnitte.

Wenn sich dann im Sommer 1897 *Kunstverein* und *Secession* erstmals zusammentun, um die »VII. Internationale Kunstausstellung im Königlichen Glaspalaste« auszurichten, sind dort zwei, wenn auch zugegebenermaßen kleine Räume ausschließlich den neuen Abtrünnigen vorbehalten, gewissermaßen den Sezessionisten der *Secession*, deren Kunstwollen rasch unter der Bezeichnung »Jugendstil« bekannt wird. »Endlich ein Umschwung«, titelt die Zeitschrift *Deutsche Kunst und Dekoration* und nimmt die beiden Räume zum Anlass für eine erste Standortbestimmung der neuen Lust am Kunstgewerbe. »Wäre es in München auf die Vertreter der ›hohen‹ Kunst allein angekommen, so hätte man die Sache abermals totgeschwiegen«, lautet das Fazit.

Kuratiert hat den einen der beiden Räume – jenen, der in die Designgeschichte eingegangen ist – der Architekt und Leiter des Münchner Stadterweiterungsbüros Theodor Fischer, der in diesen Jahren maßgeblich das neue Gesicht der Stadt in den Stadtteilen Schwabing, Bogenhausen und Gern mitprägt. August Endell hat für den Raum einen Relieffries unter der Decke eingezogen und einen bestickten Türvorhang geschaffen. Dazwischen hängt das von Richard Riemerschmid, dem späteren Direktor der Münchner Kunstgewerbeschule, geschaffene Bild *Wolkengeister*. Die darauf zu sehenden Figuren, die sich vor dem Hintergrund von Sonne, Himmel und Wolken im Flug verdichten und wieder auflösen, erscheinen durch Endells abstrakte Ornamente noch einmal irrealer, sphärischer.

Riemerschmid hat für die Ausstellung aber auch ein Buffet aus Ebenholz mit Türen aus amerikanischem Ahorn entworfen. Statt sich an historischen Vorbildern zu orientieren, wagt er den Versuch, Funktion und Gestalt in Einklang zu bringen. Obrist steuert eine Eichenholztruhe, Eckmann neben Hänge- und Wandlampen schmiedeeiserne Tischleuchter in Stängel- und Blütenform bei. Die Stühle im Zimmer stammen von Bernhard Pankok, einem ausgebildeten Maler, aber auch Sohn eines Schreiners. Sie stehen wie üblich auf vier Beinen. Pankok entwirft aber auch Stühle, die hinten statt der konventionellen zwei nur ein Bein haben, was direkt die Kritiker auf den Plan ruft, die davon sprechen, dass ein solcher Stuhl bei der geringsten Seitenwendung des darauf Sitzenden umfallen müsse und mithin lebensgefährlich sei. Das Wort von den »Stühlen, auf denen man nicht sitzen, Schränken, in die man nichts hineintun, Gläsern, aus denen man nicht trinken, Löffeln, mit denen man nicht essen kann«, macht die Runde. Dieses Verdikt, angeführt von jenen, die auf ihre Gewohnheiten pochen, selbst wenn diese sich als dysfunktional herausstellen, wird das neue Kunsthandwerk von nun ständig begleiten.

Aus der Ausstellung gehen die *Vereinigten Werkstätten für Kunst im Handwerk* hervor, die wie die *Gesellschaft zur Förderung geistiger Interessen der Frau* noch heute existieren. München ist ab 1897 Deutschlands Hauptstadt nicht nur der bildenden Kunst, sondern auch des Kunstgewerbes – »die erste Stadt, wo die moderne angewandte Kunst in Deutschland eine Betriebsform erhielt«, wie Joseph Lux 1908 feststellen wird. Im ersten Jahrzehnt ihres Bestehens steigt die Zahl der Angestellten der Vereinigten Werkstätten von 50 im Gründungsjahr auf 600 im Jahr 1907. Programm bei der Gestaltung von Gebrauchsgütern ist neben der Loslösung von historischen Vorbildern eine neue Schlichtheit, in der Funktion und Gestalt eine Symbiose eingehen – konstruktive Klarheit, Materialtreue, Einfachheit der Form. Das sind Maximen, die weit über den Jugendstil hinausreichen, der wegen seiner Vorliebe fürs Ornament schon bald seinerseits von der Avantgarde der Designer als überholt erklärt werden wird.

Ein Mutter-Gottes-Kind

Die Todesangst verlässt sie nicht, bis zuletzt. »Vielleicht sind das die letzten Worte, die ich jemals schreibe«, heißt es in Franziska zu Reventlows Tagebuch unter dem Datum des 31. August. Da liegt sie schon längst in den Wehen, hat seit Tagen heftige Schmerzen und verliert Blut.

Am Tag darauf kommt das ersehnte Kind endlich zur Welt. Es ist eine schwere Geburt. Als die Schmerzen zu heftig werden, betäubt man sie bei Durchtritt des Kindskopfes mit Chloroform, so die damals gängige Praxis. Das Neugeborene bekommt sie erst zu Gesicht, als sie am nächsten Morgen wieder aus der Narkose erwacht. Sie sieht, dass es lebt. Und sie selbst lebt auch.

Erst nach drei Wochen werden sie und das Baby aus dem Krankenhaus entlassen. Immer noch schwach liegt sie im häuslichen Wohnzimmer, sieht »grüne Bäume und Sonne« und hat endlich ihr Kind für sich: »Alles hängt an ihm, all meine Liebe und all mein Leben und die Welt ist wieder herrlich für mich geworden«. In der ersten Nacht zu Hause aber kommt sie sich noch hilfloser vor als das kleine, immerfort schreiende Geschöpf. »Schließlich saß ich auf dem Bettrand und weinte auch und kam mir vor, als ob wir beide so verlassen wären und zu Grund gehen müßten«.

Am Tag darauf erhält sie Besuch von ihrem Arzt, eine Freundin sieht nach dem Kleinen, und Rolf von Brockdorff, ein Verwandter, der Ingenieur geworden und ebenfalls nach München gezogen ist, kommt vorbei. Ihn hat sie zum Paten gewählt und nach ihm erhält das Kind den Namen Rolf. Doch so ruft sie ihn selten. An einer Stelle ihres Tagebuchs listet sie die Kosenamen auf, die ihr für den Kleinen einfallen: »das Mäusli, die Mise, das Misel, das Miselinchen ..., der Hoppel, der Hippel-Happel, der Hoppedattel, das Hoppelchen«. Und später, als er langsam größer wird: »die Maus, die Misemaus, Fettmaus, Dickmaus, Herzemaus, Springmaus, Gassimaus«. Ferner: »die Mi-Mi- die Mau-Mau-Mimihazzi, *der* Maus«. Man werde selbst wieder ganz kindisch, sinniert sie.

Mitte Oktober, da ist Rolf gerade sechs Wochen alt, geht sie mit ihm zum Fotografen, sogar noch bevor sie ihn beim Standesamt anmeldet. Ganz bewusst wählt sie nicht das Fotoatelier Elvira, sondern mit Georg Düll einen Fotografen, der für seine konventionellen, nie sonderlich originellen Porträts bekannt ist. Vielleicht fürchtet sie auch die mitleidigen, ein wenig spöttischen Mienen, die die emanzipierten Frauen machen würden, wenn sie das Trara mitbekämen, das sie um das Bübchen macht. Vor allem aber will sie ein bestimmtes Motiv: Sie selbst mit dem Baby im Arm – wie sie den göttlichen Knaben liebevoll anblickt: eine Mutter-Kind-Fotografie ganz in der Tradition der Gottesmutterbilder, die sie seit Kindestagen kennt und liebt. Das prächtige weiße Nachtgewand mit dem großen Kragen, das sie auf dem Foto trägt, hat sie sich bereits während der Schwangerschaft nach eigenem Entwurf schneidern lassen. Ob sie damals schon jenen Augenblick herbeigesehnt hat, da sie nun im Atelier vor der Kamera steht? Das süße Kind fast vollständig eingewickelt in kunstvoll drapierte Tücher, ebenfalls ganz in Weiß, nur das Köpfchen und die beiden kleinen Hände schauen heraus. Was auf dem von ihr schließlich ausgewählten Foto nicht mehr zu sehen ist: die Anstrengung, die es gekostet hat, das Kind in der fremden Umgebung zu beruhigen. Ständig nörgelte es und zuckte mit dem Köpfchen. »Halten Sie doch still, bitte nicht bewegen!« – die rasch genervte Stimme des Fotografen ist ihr noch lange danach im Ohr.

Drei Wochen nach dem Fototermin lässt sie Rolf taufen, »nur aus praktischen Gründen, damit er später ev. einen legitimen Taufschein hat für Schule od. so«, wie sie in ihrem Tagebuch vermerkt. Und sie fügt hinzu: »Aber recht dumm kams mir doch vor.« Die Taufzeremonie gerät zu einer skurrilen Komödie. Um »die heilige Handlung« bezahlen zu können, bittet Franziska den großen Rolf, der auch als Taufpate engagiert ist, ein paar Tage vorher ihr Tafelsilber zu versetzen. Doch der Elende brennt damit durch und lässt sich nicht mehr blicken, weil er sich dafür schämt. Glücklicherweise trifft genau am Tag der Taufe ein Brief von Oskar Panizza aus Zürich ein. Nach Abbüßen der Haftstrafe, die ihm der Prozess gegen das *Liebeskonzil* eingebracht hat, hat er die Entlassung aus der Bayerischen Staatsangehörigkeit beantragt und ist in die Schweiz emigriert, wo er nun eine Zeitschrift, die *Zürcher Diskuszjonen. Flugblätter aus dem Gesamtgebiet des modernen Lebens* herausgibt.

Bei Franziska zu Reventlow, die er noch aus seiner Münchner Zeit kennt, hat er einen Beitrag zur Frauenfrage bestellt, der unter dem Titel »Das Männerphantom der Frau« im Jahr darauf erscheinen wird. Die 20 Schweizer Franken, die dem Brief beiliegen, sind wohl der Vorschuss, den sich die stets klamme Autorin auserbeten hat.

Als Rolf immer noch nicht kommt, bittet Franziska Frau Güttner, ihre ehemalige Vermieterin und Freundin, die Patenrolle zu übernehmen. Bevor sie mit dem Kind die Wohnung verlässt, schreibt sie noch mit Kreide auf die Tür: »Rolf komme sofort in die Kirche!« Zufällig treffen sie den Ausreißer unterwegs, in der Türkenstraße. Der große Rolf versucht noch zu entfliehen, aber vergebens, er muss mit. Endlich in der Kirche angelangt, empfängt sie der Küster mit Vorwürfen, schließlich sind sie eine ganze Stunde zu spät. Derweil ist die kleine Taufgesellschaft in bester Stimmung, bricht immer wieder in Gelächter aus. Der Pastor, darüber ganz verlegen, verwechselt alles: hält Rolf für den Vater, Frau Güttner für die Hebamme, was die Heiterkeit noch steigert. Schließlich steckt der Täufling noch die Zunge heraus und sagt dabei »lä«, ausgerechnet in dem Moment, als der Geistliche auf die Erbsünde zu sprechen kommt. Spätestens da entschließt er sich, die Sache möglichst rasch hinter sich zu bringen, um den Lachsalven ein Ende zu bereiten. Als er zum Schluss noch Gottes Segen wünscht, »sind wir ganz verloren«, wie es in Franziskas Tagebuch heißt.

Aber die komische Episode hat noch ein Nachspiel. Auf dem Heimweg trifft Franziska auf ihren »Bereiter«, wie sie sich - plötzlich in ein anderes Sprachregister wechselnd - ausdrückt; er verlässt gerade eine Bäckerei. Sie schickt Rolf in den Laden, um sich nach seinem Namen zu erkundigen. Er gefalle ihr jetzt wieder und sie habe ihm den »reizenden Käfer« verziehen, lesen wir in ihrem Tagebuch. So scheint es, als habe sie den Namen des Vaters des kleinen Rolf erst am Tag von dessen Taufe erfahren. Ihrem Sohn gegenüber wird sie stets hartnäckig schweigen, anderen gegenüber nur von einer »flüchtigen Begegnung« oder einem »fremden Herrn«

sprechen. Womöglich fehlt es aber auch ihr selbst an letzter Gewissheit. Alle Versuche des kleinen Rolf jedenfalls, mehr über seine Herkunft und seinen Vater zu erfahren, enden mit dem Verweis auf das Foto, das ihn, sechs Wochen alt, im Arm seiner Mutter zeigt – ein Bild der inszenierten Unschuld, als habe es sich um eine unbefleckte Empfängnis gehandelt. Seine Mutter aber notiert am Tag der Taufe im Tagebuch: »Es scheint die Bestie in mir erwacht wieder nach langem Schlummer …«

Das Über-Ornament

Ende 1897 erhält August Endell von Sophia Goudstikker, mit der er gut bekannt ist, den Auftrag, den Neubau des Ateliers Elvira samt Inneneinrichtung zu gestalten. Sofort steht ihm ein überdimensionales Flächenornament vor Augen, das die gesamte Fassade überdecken soll. Lediglich über dem Eingang und im Erdgeschoss weist das nach Süden ausgerichtete Gebäude kleine Fenster auf – mit annähernd 15 Meter in der Breite und 7 Meter in der Höhe also Platz genug für ein markantes schmückendes Motiv. Endells Absicht ist es, Obrist und seinen Peitschenhieb von 1896 noch zu übertreffen und diesen wirklich zum Knallen zu bringen. Nicht nur die Schallmauer der Konvention, sondern auch die der Natur soll sein Ornament durchbrechen – eine Kunst schaffen, »die der Menschen Seelen aufwühlt allein durch Formen, die nichts Bekanntem gleichen«, wie er schreibt.

Man kann darüber streiten, ob ihm das mit dem übergroßen, stark farbigen Ornament gelingt, das seit dem Herbst 1898 die Fassade des Ateliergebäudes an der Von-der-Tann-Straße ziert, bis die Nationalsozialisten es 1937 abtragen lassen, um den Weg zum neu gebauten Haus der Kunst von »feministischen Spinnereien« und von der Erinnerung an die Jahre des großen Aufbruchs im München vor dem Ersten Weltkrieg zu reinigen. Was man aber sagen

Seepferdchen, Jugendstildrache oder neue Venus? August Endell, Fassadenornament des Ateliers Elvira, 1898, zerstört von den Nationalsozialisten 1937.

kann: Endell schafft mit dem Fassadenornament, das anfangs auf hellgrünem Grund in den Farben Zyklam-Violett und Türkisgrün strahlt, die Sensation des damaligen Münchens, das repräsentativste Werk des neuen Stils – das Wahrzeichen schlechthin für die Neuerfindung von Kunst und Leben in der Stadt der Befreiten.

Was aber soll es darstellen? Darüber gehen die Meinungen von Anfang an auseinander. Von einem großformatigen Seepferdchen sprechen die einen, andere wie der junge Bildhauer Josef Hartwig, der für die Ausführung zuständig ist, reden von einem Jugendstildrachen. August Endell selbst ergeht sich in Andeutungen – erklärt einigermaßen geheimnisvoll die Formen und Strukturen des schließlich 90 Quadratmeter umfassenden Ornaments als »Beziehungen zur Natur, zum Pfirsichkern, zu flatternden Bändern oder Meereswellen, die sich am Strand kräuseln«.

Kurz nach Fertigstellung des Gebäudes erscheint in einer Kneipenzeitung des Münchner Architektenvereins ein Manifest, das den Eindruck erweckt, als stamme es von Endell persönlich. Er selbst wird in einer beigefügten Karikatur als langes, schlangenförmiges Elend dargestellt. »Seht, Freunde, ich lehre Euch das Überornament: das Ornament ist etwas, das überwunden werden soll«, heißt es gleich zu Beginn des Textes, und in diesem Stil, einer Parodie des hohen Tons, in dem Nietzsches Zarathustra seine Lehre vom Übermenschen verkündet, geht es weiter, bis zu einem furiosen Schlussakkord: »Fühlt ihr nicht ... die nackte Begier des Meeres: wie sie sich hebt, gesaugt u. geküßt mit tausend Brüsten will sie sein von meiner lachenden brausenden Seele ... Also ist das Überornament!«

Empört zeigt Endell seiner Auftraggeberin Sophia Goudstikker und ihren Mitstreiterinnen vom Atelier Elvira das Machwerk, wie er es nennt, in dem sein Fassadenbild von der Architektenschaft zum in Gänze willkürlichen Werk eines Amateurs erklärt wird. Doch zu seinem Erstaunen können die Frauen dem Text sogar etwas abgewinnen. Ist es bloßer Zufall, so fragen sie, dass sich zum Schluss des Textes lauter Bilder häufen, die einen weiblichen Hintergrund des »Überornaments« anklingen lassen? Für sie ist das vieldeutige Fassadenbild nämlich in erster Linie ein Symbol für die Frauenbewegung, der sie sich zugehörig fühlen. Lesbar womöglich als eine stark abstrahierte weibliche Figur mit wehenden Haaren, die von einer muschelförmigen Schale auf einer vorwärts brausenden Meereswoge getragen wird. Wenn man so will, Botticellis Geburt der Venus stilisiert zu einem abstrakten Jugendstil-Ornament.

Der Eklat

Verse mit Folgen

Wir sind zurück in der Männerwelt. Als am 30. Juli 1898 Bismarck stirbt, reagiert der sich zusehends politisierende *Simplicissimus* darauf mit einer Zeichnung Thomas Theodor Heines, die den Titel »Die alte Eiche« trägt. Im Hintergrund ist ein entwurzelter, knorriger alter Eichenbaum zu sehen, im Vordergrund wiegt sich ein zartes junges Eichenstämmchen im Wind. Es trägt den preußischen Adler im Wipfel. Die Bildunterschrift lautet: »Die mächtige alte Eiche liegt entwurzelt. Der Adler, der so sicher in ihrem Wipfel wohnte, horstet nun in den Zweigen eines jungen Stämmchens, das die Sommerwinde bald hierhin bewegen und bald dorthin, und mit Bangen sieht er den Herbststürmen entgegen. – Fürchte nichts, oh Adler! Der alte Stamm war knorrig und mit Narben und Rissen bedeckt, doch der junge ist ach! So schön grün!«

Mit dem im Wind schwankenden Grünling ist der junge Wilhelm II. gemeint, der 1888, im Alter von nicht einmal 30 Jahren, auf den Thron Preußens und des Deutschen Reiches gelangt ist. Sein unreifer Regierungsstil, der jede Zurückhaltung vermissen lässt und oft von pointierten Worten und schrillen Tönen begleitet ist, fordert zur Kritik heraus und polarisiert die öffentliche Debatte.

Dabei ist Wilhelm II. aufgrund seines Amtes gegen Angriffe rechtlich besonders geschützt. Denn im deutschen Strafgesetzbuch gibt es zu dieser Zeit Paragraphen, die die Beleidigung des Kaisers mit Gefängnis bedrohen. Dieses Majestätsbeleidigungsgesetz ist gerade auch unter Juristen schon deshalb umstritten, weil es nicht definiert, welche Taten strafrechtlich eine Beleidigung darstellen. Eng ausgelegt kann es durchaus vorkommen, dass allein schon die *Möglichkeit*, ein Text oder eine Zeichnung *könne* so verstanden werden, dass dadurch der Monarch lächerlich gemacht *werde*, ausreicht, um den Straftatbestand der Majestätsbeleidigung zu erfüllen. Auf Absicht oder Bewusstsein des »Täters« kommt es dann gar nicht mehr an. Die Zahl der nach dem Majestätsbeleidigungsgesetz Verurteilten beträgt immerhin zwischen 500 und 600 pro Jahr. Darunter sind auch bekannte Autoren, etwa die Publizisten Johannes Trojahn und Maximilian Harden, letzterer ein Freund von Hedwig Pringsheim, beide zwar kritische Stimmen, aber sicher ohne umstürzlerische Absicht.

Initiativen, das Majestätsbeleidigungsgesetz einzuschränken, es sogar vollständig aufzuheben, wie die Sozialdemokraten fordern, werden vom Deutschen Reichstag 1897 abgelehnt. Selbst der Antrag auf Verweisung an eine Kommission findet keine Mehrheit. »*Götter* verlangen *Anbetung*; *Menschen* müssen sich *Beurteilung* gefallen lassen«, beantwortet der Münchner Rechtsanwalt Max Bernstein dagegen eine Umfrage »über die Zufälligkeit und die Grenzen der Majestätsbeleidigung als Strafbegriff im modernen Staatsleben«, die der Journalist Leo Berg, angeregt durch die Reichstagsdebatte, unter Intellektuellen, Professoren und Politikern veranstaltet. Und Bernstein fügt hinzu: »Je mehr Einer gewiß ist, Achtung zu verdienen, desto mehr Freiheit wird er dem Urteil gewähren.« Zusammen mit seiner Frau Elsa, die unter dem Pseudonym Ernst Rosmer Romane und vielgespielte Theaterstücke schreibt, unterhält Max Bernstein in der Brienner Straße einen der bedeutendsten Salons der Stadt.

Derweil verschärft sich die Kritik an Wilhelm II. im *Simplicissimus*. Eine Titelzeichnung Heines zeigt König und Königin auf dem Thron, zu ihren Füßen der Narr, im Hintergrund ist eine Flotte zu sehen. Der König grübelt: »Mich wandelt ein Zweifel an. Bin ich wirklich der König oder bin ich bloß vom Größenwahn befallen?« Darauf der Narr: »Vielleicht beides, Sire!«

Regelmäßig finden sich im *Simplicissimus* nun auch politische Verse von Frank Wedekind. Sein erster Text in diesem Genre erscheint in der Ausgabe vom 24. Juli 1897. Der Titel »Ein politisch Lied« ist Programm. Wedekind veröffentlicht seine politischen Gedichte und Lieder unter wechselnden Pseudonymen, die wie

Hieronymus Jobsius Politicus leicht als solche erkennbar sind. Die Resonanz der Leserschaft ist positiv, die Behörden hingegen sind zunehmend beunruhigt und dementsprechend aufmerksam. Auf den Berliner Bahnhöfen etwa wird der Verkauf der Ausgaben mit Wedekinds Liedern rasch verboten.

Dann bricht Wilhelm II. im Oktober 1898 mit großem Gefolge in den Orient auf. Die von gewaltigem Medienrummel begleitete Reise, deren Stationen unter anderem Konstantinopel, Haifa, Jerusalem, Beirut und Athen sind, dient deutschen Wirtschafts- und Machtinteressen, darunter dem Waffen- und Kapitalexport in die Türkei, aber auch der Zurückdrängung des französischen Protektorats über die Katholiken im Orient. Inszeniert wird sie jedoch als Missions- und Pilgerfahrt zu den Ursprungstätten des Christentums – eine Art moderner Kreuzzug mit der Weihe der deutschen evangelischen Erlöserkirche in Jerusalem als dramatischem Höhepunkt.

Der *Simplicissimus* behandelt die kaiserliche Fahrt in seiner Ausgabe vom 29. Oktober 1898 – dem Tag vor dem Einzug Wilhelms II. in Jerusalem. Das wiederum von Thomas Theodor Heine gezeichnete Titelblatt zeigt vor einer orientalischen Stadtkulisse Kaiser Friedrich I., genannt Barbarossa, den legendären Kreuzfahrer. Er hält den Tropenhelm Wilhelms II. in der Hand und krümmt sich vor Lachen. Dem neben ihm stehenden Kreuzritter Gottfried von Bouillon sind die Worte in den Mund gelegt: »Lach' nicht so dreckig, Barbarossa! *Unsere* Kreuzzüge hatten doch eigentlich auch keinen Zweck.«

Die Verspottung der Palästina-Reise Wilhelms II. setzt sich im Innern des Heftes mit dem eine ganze Seite einnehmenden Gedicht »Im heiligen Land« fort, als dessen Autor Hieronymos angegeben ist. Wedekind hat die Strophen seines politischen Liedes dem König David in den Mund gelegt. »Willkommen, Fürst, in meines Landes Grenzen«, begrüßt er Wilhelm II.:

Willkommen mit dem holden Eh'gemahl,
Mit Geistlichkeit, Lakaien, Exzellenzen
Und Polizeibeamten ohne Zahl.
Es freuen rings sich die histor'schen Orte
Seit vielen Wochen schon auf deine Worte,
Und es vergrößert ihre Sehnsuchtspein
Der heiße Wunsch, photographiert zu sein.

Wilhelm II., so spotten die Verse, habe »die Schmach vom Heil'gen Land genommen«, bisher noch nicht von ihm besucht worden zu sein:

Mit Stolz erfüllst du Millionen Christen;
Wie wird von nun an Golgatha sich brüsten,
Das einst vernahm das letzte Wort vom Kreuz
Und heute nun das erste deinerseits.

Da der *Simplicissimus* zwar in München redigiert, in Leipzig aber gedruckt wird, liegt die Zuständigkeit der juristischen Überprüfung bei den sächsischen Behörden. Und diese reagieren unmittelbar: Gegen den verantwortlichen Redakteur Albert Langen, gegen den Zeichner Thomas Theodor Heine sowie gegen »Hieronymos« wird Anklage wegen Majestätsbeleidigung erhoben. Darüber hinaus wird die folgende Ausgabe des *Simplicissimus* gleich am Druckort Leipzig beschlagnahmt, bevor sie überhaupt in den Handel gelangt. Auch sie hätte wieder ein Gedicht von Hieronymos zur Kaiserfahrt enthalten, das mit dem leisen Seufzer des Staatsministers geschlossen hätte: »Es ist eine Schraube los.« Dabei bleibt offen, ob die Schraube des kaiserlichen Schiffs oder des kaiserlichen Gehirns gemeint ist.

Langen entzieht sich der drohenden Verhaftung durch Flucht in die Schweiz. Neben familiären Gründen spielen bei dieser Entscheidung vor allem geschäftliche Erwägungen eine Rolle. Ständig auftretende Liquiditätsengpässe zwingen den Verleger immer wieder zur kurzfristigen Beschaffung von Darlehen. Darin kann ihn kein anderer vertreten.

Andererseits führt der Majestätsbeleidigungsskandal dazu, dass der *Simplicissimus* seine Auflage beinahe verdoppelt – selbst das ehrgeizige Ziel von 100 000 verkauften Exemplaren pro Ausgabe scheint in greifbare Nähe gerückt. Bei Langen löst das zunehmend Bedauern aus. Was hätte er selbst nicht aus dieser Situation gemacht! Aber er wird den Eindruck nicht los, dass der Schlag gegen ihn von langer Hand vorbereitet war. Womöglich wäre er aus dem Gefängnis gar nicht mehr herausgekommen. »Jetzt sollte ich tot gemacht werden«, schreibt er an seinen Schwiegervater Björnson.

Thomas Theodor Heine gelingt es, durch Hinterlegung einer Kaution aus der Untersuchungshaft entlassen zu werden, nachdem er sich der sächsischen Gerichtsbarkeit gestellt hat. Für das Titelblatt der Ausgabe vom 19. November 1898 zeichnet er sich selbst: In Sträflingskleidung und an Füßen wie Händen in Ketten gelegt, bringt er, von Pickelhauben umringt, an einem Pult das Wahrzeichen des *Simplicissimus*, die Bulldogge, aufs Papier. Der ihm direkt gegenüberstehende Polizist weist ihn mit gezücktem Säbel und erhobenem Zeigefinger an, was die Zeichnung zeigen darf und was nicht, ein anderer Polizist führt seine Hand. Und der hinter ihm stehende Staatsanwalt hält ihn in fester, eisiger Umklammerung. Heine versucht vor Gericht, die Schuld auf Langen zu schieben, indem er behauptet, das inkriminierte Titelbild mit der Barbarossa-Zeichnung hätten sie gemeinsam ausgeheckt. Dennoch wird er zu sechs Monaten Haft verurteilt. Später wird seine Strafe in Festungshaft umgewandelt, die anders als Gefängnisstrafe nicht als ehrenrührig gilt.

Wer aber steckt hinter Hieronymos? Alle Welt scheint es zu wissen, nur die ermittelnde Staatsanwaltschaft nicht. Die aber benötigt natürlich auch Beweise. Eine Durchsuchung der Büroräume des Verlages Albert Langen in der Kaulbachstraße fördert sie zu Tage. Denn dort hat man versäumt, das Originalmanuskript in der Handschrift Wedekinds zu vernichten. So wird er überführt, und

Wedekind ist seitdem davon überzeugt, Langen habe ihn nicht nur miserabel honoriert, sondern förmlich ans Messer geliefert. Zumindest von Nachlässigkeit muss man sprechen, selbst wenn man die sich überschlagenden Ereignisse nach der Konfiszierung der Palästina-Nummer in Betracht zieht.

Wedekind hat im Moment aber erst einmal andere Sorgen. Denn am 29. Oktober 1898 hat der *Erdgeist* Münchner Erstaufführung im Schauspielhaus. Mit dessen Direktor Georg Stollberg hat sich der so eigensinnige wie streitbare Autor inzwischen überworfen. So steht er nicht nur in der Rolle des Dr. Schön auf der Bühne, sondern führt auch gleich selbst Regie. Keine leichte Aufgabe, denn die Schauspieler wissen mit seiner eigenwilligen Dialogführung, in der alle aneinander vorbeireden, wenig anzufangen. Zudem hat ausgerechnet die Darstellerin der Lulu, der Inkarnation des sinnlichen, ewig lustbereiten Weiblichen, einen Sprachfehler. Die Aufführung gerät jedenfalls zum Fiasko: Das Publikum lacht an den unpassenden Stellen, Hohnrufe werden laut. Einzig Wedekinds Dr. Schön lässt erahnen, dass hier womöglich etwas Bedeutendes geschieht.

Während der Vorstellung suchen zwei Polizisten den Intendanten Stollberg auf und wollen Wedekind am liebsten gleich von der Bühne weg verhaften. Korfiz Holm, Langens Prokurist, hat für Wedekind nicht nur 200 Mark Reisespesen, sondern gleich auch eine Fahrkarte für den Sechs-Uhr-Frühzug nach Zürich in der Tasche. Lieber ein durchgebrannter Majestätsbeleidiger als ein durchgefallener Autor, denkt sich Wedekind und findet langsam Gefallen an dem ihm aufgenötigten Fluchtplan.

Doch bevor er den Zug besteigt, zecht er noch die Nacht durch. Mit von der Partie ist Frida Uhl, die mittlerweile nicht nur die Ex-Frau von Strindberg ist, sondern auch kurz davorsteht, die Ex-Freundin von Wedekind zu sein. Auch aus der Liaison mit ihm ist ihr ein Kind geblieben. Wedekind vertraut ihr an diesem Abend ein Konvolut von Manuskripten an, die er unter Verschluss hält und nicht mit ins Exil nehmen will, weil sie dort womöglich verloren gehen oder, schlimmer noch, in die Hände von Polizei und Zensur gelangen. Es sind seine freizügigen Tagebuchaufzeichnungen aus den ersten Münchner und den sich anschließenden Pariser Jahren und vor allem sein pornographischer Gesellschaftsentwurf »Eden«. Als Frida Uhl Ende des Jahres München verlässt, vertraut sie die Wedekind-Manuskripte ihrer neuen Freundin Franziska zu Reventlow an. Dort bleiben sie die nächsten Jahre liegen, bis sie der Gräfin einige Jahre später bei einem ihrer zahlreichen Umzüge wieder in die Hände fallen und sie das Konvolut mit Wedekind-Manuskripten zu Geld macht. So gerät es einstweilen in die Hände eines manischen Sammlers …

In Zürich, das Wedekind öde und langweilig vorkommt, erwartet ihn nicht nur sein Verleger, dem er das Logis im Baur au Lac von Herzen missgönnt, während er selbst mit einer Pension vorliebnehmen muss. Dort trifft er auch auf Oskar Panizza, der hier sein bevorzugter Umgang wird. Dem aber droht schon der nächste Ärger: Ausweisung. Angeblich soll er eine minderjährige Prostituierte nackt fotografiert haben. Panizza rettet sich nach Paris. Und Wedekind folgt ihm alsbald nach.

Dort ergeht es ihm jedoch nicht besser. Selbst Paris hat für ihn allen Reiz verloren. Daran ändert auch die Tatsache nichts, dass nun auch sein Verleger mit Frau, Kind und Kegel nach Paris kommt. Langen, der sich schon bald von seiner Frau trennt, wird dort mehr als vier Jahre bleiben und so gut es geht den Verlag von Frankreich aus leiten. Erst im Frühjahr 1903 ist sein Gesuch, das Verfahren einzustellen, gegen Zahlung eines Bezeigungsquantums in Höhe von 20000 Mark erfolgreich, und Langen kann wieder deutschen Boden betreten.

Anfang Juni 1899 hält Wedekind es in Paris nicht mehr aus. Er reist nach Leipzig und stellt sich dort den Behörden. Zuvor veröffentlicht er im *Simplicissimus* noch ein Klagelied, das in dem Vorschlag gipfelt, den »Reichstags-Kasten« in ein »Majestäts-Beleidigungs-Gefängnis« umzuwandeln. Die erste Strophe lautet:

Schwer ist's heute, ein Gedicht zu machen,
Darum läßt man es am besten sein;
Wenn die Menschen wirklich drüber lachen,
Sperrt man den Verfasser meistens ein;
Wenn sie sich jedoch in Tränen winden,
Dann verhungert schließlich der Poet,
Deshalb wird man es begreiflich finden,
Daß die Poesie zugrunde geht.

Gender Trouble

Heirate oder heirate nicht

»Mach doch das Buch zu, Claire! – Das geht entschieden nicht so weiter. Ich muss Dich ernstlich bitten – heirate mich!« – Also sprach der Privatdozent Doktor Josef Reithmeyer, wohnhaft zu München in der Blütenstrasse in einem Rückgebäude über eine Stiege, zu seiner schönen Freundin Claire de Fries, in Zürich, gebürtig aus Groningen in Friesland, Studentin der Medizin derzeit zu Besuch in der Blütenstrasse im Rückgebäude über eine Stiege.

So beginnt ein Bestseller des Jahres 1899. Im Jahr darauf geht *Das dritte Geschlecht. Roman von Ernst Wolzogen* bereits in die zweite Auflage, 1901 dann sind über 100 000 Exemplare verkauft. Das Buch ist auch im Ausland ein Erfolg, wird sogar ins Japanische übersetzt. Das liegt nicht nur (aber auch) an Buchschmuck, Aufmachung und Marketing. Der Roman ist durchgehend im neuen Stil illustriert, die Zeichnungen sind spielerisch, witzig, leichtfertig, zuweilen kokett. Die Titelzeichnung der Erstausgabe zeigt eine unbekleidete junge Frau mit einer Lanze vor einem geöffneten Verließ, zu ihren Füßen ein erlegter Drache. Das ist die neue Frau, um die es in dem Roman geht. »Backfischen nicht in die Hand geben«, rät ein Aufkleber auf dem Einband. Als Scherzübersetzung von »Baccalaureus«, dem untersten akademischen Grad, meint das noch bis in die 1960er Jahre gebräuchliche »Backfisch« ursprünglich Studentinnen, später dann auch generell Mädchen ab der Pubertät.

Bezeichnend für Wolzogens Roman und die darin verhandelten Dinge ist die Lektüre, hinter der sich Claire de Fries in der Anfangsszene vor dem immer drängenderen Heiratswunsch ihres Freundes versteckt. Es handelt sich nicht, wie man annehmen könnte, um einen Roman, und schon gar nicht um einen Liebesroman, es ist vielmehr ein »dickes Lehrbuch der Pathologie«. Claire, nicht nur gutaussehend, sondern auch klar und hell im Kopf, lebt nämlich in Zürich aus dem einfachen Grund, dass man dort als Frau im Jahr 1899 studieren kann, in ihrem Fall Medizin. Berufsziel Ärztin. Und ihr Freund, der Privatdozent Dr. Reithmeyer, den sie immer neckisch Seppl nennt, wäre es wohl auch zufrieden, den Gang zum Standesamt noch aufzuschieben, wenn, ja wenn er nicht Bedenken hinsichtlich ihrer beider Karriere hätte, genauer besehen vor allem seiner. Denn er steht kurz vor der Professur, und da ist es hinderlich, durch die wilde Ehe, die man führt, weiterhin Anlass zu »öffentlichem Ärgernis« zu geben. Wie soll das werden, zumal wenn Nachwuchs sich einstellt? Als »königlicher Universitäts-Professor« dürfe er »allenfalls ein heimliches Liebesverhältnis, keinesfalls aber ein öffentliches Kind aus diesem Verhältnis haben«, argumentiert er, und dass sie, da sie erklärtermaßen zusammenbleiben wollten, ja auch gleich heiraten könnten. Sie dagegen möchte wenigstens Zeit haben, erst einmal ihre Staatsprüfung zu bestehen und dann ein halbes Jahr nach Paris zu gehen, um in den dortigen Krankenhäusern zu hospitieren. (Inwiefern es genau dieser Plan ist, der dem Privatdozenten ein wenig Angst macht und seine Heiratslust motiviert, wird im Roman nicht behandelt.) Immerhin aber muss er ihren Spott aushalten: Es sei doch wirklich komisch, meint sie: »Verkehrte Welt! Bisher waren es die Mädchen, die den treulosen Liebhaber anflehten: lass mich nicht sitzen ... und jetzt verfällst Du auf solche Sprüche. *Der neue Mann!* Darf man da nicht ein bisschen lachen?«

Der neue Mann entpuppt sich allerdings schon im nächsten Augenblick als der alte, indem er der freiheitsliebenden Studentin das in ihren Augen höchst zweifelhafte Kompliment macht, trotz ihrer Gescheitheit, ihrem wissenschaftlichen Eifer und ihrer respektablen Energie doch »so ganz Weib« zu sein. Genau deshalb würde er sie so lieben und könne nicht ohne sie leben. Sie hingegen wittert darin »Eitelkeit und Eigennutz«. Er gönne sie einfach keinem anderen, entgegnet sie – *»nicht einmal mir selber«*.

Das ist, wie der Fortgang ihrer Auseinandersetzung zeigt, der entscheidende Punkt: Sie möchte sich selbst angehören, mit allem, was dazu zählt: eigener Lebensweg, eigener Beruf, eigenes Zimmer ... und hat den kaum abweisbaren Eindruck, das werde ihr unter den gegebenen Verhältnissen durch die Einwilligung in die Heirat genommen.

Er jedoch, »fast grimmig«: *»Wozu brauchst Du Dich denn auch selber?«* Geben sei doch seliger als nehmen.

»Offen gestanden – nein«, lautet ihre Antwort, »ein wenig nachdenklich«, wie ausdrücklich betont wird. So sehr Weib, wie er zu ihrer Schande annehme, sei sie denn wohl doch nicht.

Da langt es ihm. Sie wolle sich doch wohl nicht auf eine Stufe stellen »mit der Grötzinger, der Haider, der Stummer, der Wiesbeck, der Gierl, der Echdeler usw.«, poltert er. Und damit kommt Wolzogens Roman nun zu seinem im Titel angesprochenen Thema. Das seien doch überhaupt keine Weiber: »Die gehören zum dritten Geschlecht. Das sind Neutra mit den äusseren Kennzeichen der Weiblichkeit, die sich durch krampfhafte Anstrengungen allmählich ihr weibliches Empfinden abgewöhnt und dafür so eine Art verkrüppelter Manns-Psyche eingetauscht haben.«

Nun endlich braust auch Claire auf: »Lass Dir sagen, lieber Freund, dass das ganz ungerechtes und nichtiges Zeug ist, was Du da von den andern behauptet hast.« Wenn die zum dritten Geschlecht gehören, dann rechne sie es sich zur Ehre an, ebenfalls dazuzugehören.

Das dritte Geschlecht

Das Wort vom »dritten Geschlecht« lag damals in der Luft. Es beginnt damit, dass den männlichen Homosexuellen, ansonsten auch »Urninge«, später »Uranisten« genannt, ein eigenes Geschlecht zugesprochen wird. Das steht im Widerspruch zu der von Psychotherapeuten wie Schrenck-Notzing vertretenen Auffassung, wonach es sich um eine etwa per Suggestion heilbare »konträre Sexualempfindung« handele. Wer vom dritten Geschlecht spricht, meint damals wie heute eine Identität, die sich nicht dem binären Schema fügt, also etwa der heterosexuellen Beziehung als Norm oder der Zuordnung bestimmter Eigenschaften, Gefühle oder Verhaltensmuster zum jeweiligen biologischen, sprich männlichen oder weiblichen Geschlecht.

Angefangen mit der Rede von einem dritten Geschlecht, unabhängig von der sexuellen Orientierung, hat im Jahr vor dem Erscheinen von Wolzogens Roman Elsa Asenijeff, die Geliebte von Max Klinger. *Aufruhr der Weiber und das dritte Geschlecht,* heißt ihr Pamphlet. Das dritte Geschlecht sind für Asenijeff jene Frauen, die den Mann zum Maßstab ihrer Existenz und ihrer Entwicklung machen. Unzufrieden mit der herrschenden Ungleichheit, ihrer sozialen und beruflichen Benachteiligung, ihrer Unfreiheit, wollen sie werden wie die Männer – gesellschaftlich tonangebend, beruflich erfolgsorientiert, kompetitiv und machtbewusst, möglichst frei in ihren Entscheidungen –, und sind dafür bereit, ihre spezifisch weiblichen Züge preiszugeben, worunter auf jeden Fall die Mutterschaft zu verstehen ist. Häufig sei das sogar mit der völligen Aufgabe ihrer geschlechtlichen Existenz verbunden. Zu einer Zeit, in der Verhütung noch keineswegs sicher ist, ist Sex stets mit dem Risiko der Schwangerschaft verbunden, weshalb einige

Frauenrechtlerinnen empfehlen, auf sexuelle Beziehungen völlig zu verzichten, nicht zuletzt auch, weil sich darin die Dominanz des Mannes von der für die Frau unangenehmsten, sie erniedrigenden Weise zeigen kann.

Anders als im Fall der Homosexualität ist das von Asenijeff fundamental abgelehnte und von Wolzogen zum Romanthema erkorene dritte Geschlecht ein polemischer Begriff. Das zeigt sich schon daran, wie es von dem ehewilligen Privatdozenten Reithmeyer in den Roman eingeführt wird: Seine Vertreterinnen seien »Neutra«, lediglich mit den biologischen Merkmalen des weiblichen Geschlechts, die aber alles dafür täten, ihre weibliche Psyche loszuwerden und gegen eine defizitäre männliche einzutauschen. Denn gänzlich gelingen, so seine Ansicht, kann der Tausch nie und nimmer; dazu sind das soziale Geschlecht und die Geschlechtsidentität, also das, was wir heute *gender* nennen, zu stark in der Persönlichkeit verankert.

Wolzogen kennt sich in der damaligen Münchner Szene, auch der Szene der Frauenbewegung bestens aus. Er ist nicht nur Mitglied der *Gesellschaft zur Förderung geistiger Interessen der Frau* und nimmt an vielen ihrer Veranstaltungen teil, er ist auch mit den Gründerinnen und der späteren Vorsitzenden befreundet. Sie alle tauchen in seinem Buch unter anderen Namen auf: Anita Augspurg ist das Fräulein Doktor Babette Gierl, »eine der beredsten und scharfsinnigsten Verteidigerinnen der modernen Emanzipationsbestrebungen«, »für die der Mann keine Rolle mehr spielt«. Die Schwestern Mathilda und Sophia Goudstikker sind Martha und Hildegard Haider; Letztere trägt im Buch den Spitznamen Box und tritt vehement für die »Abhärtung der Weiber«, also für Kaltwasserbäder, Bewegung und Sport ein. Die Haider-Schwestern betreiben allerdings kein Fotoatelier, sondern sind als Bankiers tätig, was als Hinweis auf ihre jüdische Herkunft verstanden werden darf. Die Vorsitzende Ika Freudenberg hingegen begegnet uns im Roman als Agathe Echtler, »eine stattliche, schlanke Erscheinung, so gegen Ende der Dreissiger, von sicherem Auftreten und höchst intelligentem und dabei liebenswürdigem Gesichtsausdruck«. Auch die *Gesellschaft zur Förderung geistiger Interessen der Frau* selbst spielt im Buch eine wichtige Rolle, nur dass sie dort »Agitationskomitee für die Evolution der femininen Psyche« heißt, verbunden mit der Zusatzinformation, dass sie in Wirklichkeit zwar »einen etwas gemeinverständlicheren Namen« trägt, aber die Damen unter sich sie so zu bezeichnen pflegen.

Wolzogen macht auch bei der Beschreibung der Figuren, die zum engeren Kreis des dritten Geschlechts zählen, keinen Hehl daraus, dass er unterhalten will; er scheut auch die plumpe, spöttische Charakterisierung nicht. Herabsetzend aber, geschweige denn desavouierend sind seine Schilderungen nicht. So darf man denn die Definitionen des dritten Geschlechts, die der Heiratskandidat Reithmeyer oder, noch schlimmer, der Liebhaber von Martha Haider, der verheiratete Arnulf Rau, vom Stapel lassen, keineswegs umstandslos mit der Meinung des Autors gleichsetzen. Keinem der Männer, sondern Box, also Hildegard Haider (alias Sophia Goudstikker), obliegt es, gegen Schluss eine Art Bilanz der sich in viele Einzelgeschichten aufspaltenden Romanhandlung zu ziehen:

> »Es ist doch merkwürdig, was für interessante Frauentypen gerade unser eigener engster Kreis darbietet. Da ist Frau Katja Rau, das ewig zitternde Eheweib, das es in der geistvollen Heuchelei zur Meisterschaft gebracht hat; da ist Frau Claire Reithmeyer, das Weib mit der grossen wissenschaftlichen Begabung, aber doch von starker Sinnlichkeit, das die Liebe für ihr seelisches Gleichgewicht braucht; da sind die starken Intelligenzen ohne Sinnlichkeit, für die der Mann gar keine Rolle mehr spielt, Babette Gierl, die ein richtiger Mann, Meta Echdeler, die eine vollkommene Dame ist; da ist meine liebe arme Schwester, die süsse Pflanz', noch ganz Weibchen alten Stils, die lockende Augen macht und ihre Angeln auswirft und doch nichts fängt, weil die Männer,

die sie gern haben möchte, das neue Weib begehren und ihr eigener Geschmack die Männer nicht mag, die mit dem alten zufrieden wären. Ja, ja, das ist ein moderner Konflikt! Und ... mich rechnen sie alle zum dritten Geschlecht, weil ich so fest auf meinen zwei Beinen stehe wie nur irgend ein Mannsbild und mir von keinem ein X für ein U machen lasse. Ich glaube, die Herren haben Angst vor mir.«

So steht das Etikett des dritten Geschlechts im Titel des Romans am ehesten noch für den Trouble, der sich zunehmend aus der Zuschreibung und Vervielfältigung der Geschlechter ergibt; danach gäbe es nicht ein einziges, sondern gleichsam n dritte Geschlechter, sozusagen für jeden ein eigenes. Die Beziehung zwischen dem biologischen Geschlecht, der Geschlechtsidentität, der sexuellen Praxis und dem Begehren scheint jedenfalls nicht länger eindeutig definiert zu sein, wenn sie es denn je war. Auch dafür steht München um die Jahrhundertwende.

Die Revolution der Tanten

Ernst von Wolzogen und sein Illustrator Walter Caspari haben *Das dritte Geschlecht* einer der darin vorkommenden Frauenfiguren zugeeignet: »Der reizenden kleinen Frau von Robiceck«, steht auf dem Widmungsblatt. Als sie das erste Mal im Roman auftaucht, ist die junge Frau in der Abteilung für Altdeutsche Malerei der Alten Pinakothek anzutreffen, wo sie sich soeben redlich abmüht, die so friedlich wie einfältig dreinblickende Madonna mit dem Kinde eines biederen alten Meisters abzumalen. Gerade als sie der einigermaßen missglückten, seltsam verquollenen Nase der Frau eine »madonnenmögliche Façon« zu geben versucht, wird sie durch einen Herrn gestört, der sich als Baron vorstellt und ihr das Bild auch prompt zu einem völlig überzogenen Preis abkauft.

Lilly von Robiceck leidet unter einem Selbstmissverständnis:

Sie möchte gerne Malerin sein, aber dazu fehlen ihr letztlich Talent und Ausdauer. Künstlerin ist sie trotzdem, aber ihr wahres Kunstwerk ist ihr eigenes Leben. »Du hast ein Meisterwerk geschaffen und das bist du selber«, erklärt ihr einer ihrer vielen Liebhaber. Folgerichtig vertauscht sie – wie Otto Eckmann und andere Männer zu dieser Zeit – den Malerkittel gegen das Outfit des Kunstgewerblers, in ihrem Fall »reizenden Gewändern«, die sie alle selbst entworfen hat. Mit dem Kapital ihrer Liebhaber eröffnet sie »modes et robes«, einen Designerladen, der fortan die Ehefrauen derselben Liebhaber einkleidet und baut sich so eine selbständige Existenz auf. Darin unterscheidet sich die Lilly des Romans von Franziska zu Reventlow, die ansonsten das Modell für die heimliche Hauptfigur von *Das dritte Geschlecht* liefert. Andererseits bekommt auch Lilly ein Kind und verschweigt standhaft, welcher ihrer Liebhaber der Vater ist. »Ich sehe nicht ein, warum eine Dame wie ich, die ganz auf eigenen Füssen steht, nicht auch ein Kind ganz allein für sich haben soll, über das niemand mitzureden hat«, erläutert sie ihren neugierigen Kundinnen den Sachverhalt.

Das »neue Kind« und der eingeschlagene »Weg zur Selbstbefreiung durch die Arbeit« verschaffen Lilly Respekt sogar bei den emanzipierten Frauen des »Agitationskomitees zur Evolution der femininen Psyche«, während die Beziehung zuvor eher durch gegenseitiges Misstrauen geprägt war. Das geht so weit, dass Box zum Ende des Romans hin eine Eloge auf Lilly anstimmt: Es gebe Frauen, meint sie, »die in der Tat den Mann nicht brauchen und dabei doch vom stärksten weiblichen Instinkt beherrscht werden« – der Mutterliebe. »Der Fortschritt scheint mir darin zu liegen, dass *diese* Art Frauen nicht mehr zum völligen Verzicht auf alle Selbständigkeit und Lebensfreude gezwungen werden. Früher mussten sie irgendwo in der Familie unterkriechen und mehr oder minder Gnadenbrot als Tanten essen ... Wenn sich die riesige Armee der Tanten zur Selbständigkeit durchränge, welche ungeheure Macht könnte sie entwickeln!«

Und so endet Wolzogens Roman, der mit der Verdammung des dritten Geschlechts aus reaktionärem Männermund begonnen hat, mit dessen Erklärung zum Subjekt einer gesellschaftlichen Revolution aus progressivem Frauenmunde.

Die Rutschbahn

Wie schon Thomas Theodor Heine versucht auch Wedekind vor Gericht alle Schuld auf den Verleger zu schieben: Wer sonst denn habe ihn zu den inkriminierten Gedichten überredet, geradezu gedrängt, ja gegen seine Überzeugung gezwungen? Als Langen davon in Paris erfährt, setzt er den monatlichen Wechsel seines Autors aus, den er ihm trotz aller Verlegerbeleidigung immer noch zahlt. Wedekind aber nützt diese Argumentation so wenig wie Heine: Sieben Monate lautet das Urteil in seinem Fall. Aber nachdem er sechs Wochen davon abgesessen hat, wird auch er zu Festungshaft begnadigt.

Auf Festung Königstein bei Dresden trifft Wedekind dann auf seinen »Mittäter«. Heine sitzt in der Nebenzelle, wird aber bereits nach ein paar Tagen entlassen. Zeit genug, dass Wedekind ihm mit großer Drastik jenes Thema erläutert, das ihn am meisten umtreibt: die Sexualität. Dabei geht es einmal so heftig zu, dass ihm das Gebiss aus dem Mund fällt und zerbricht. Peinlich berührt versucht Wedekind, die Hartgummiteile mit Nadel und Garn wieder zusammenzuflicken. Da klopft es an der Tür, und der Festungskommandant kommt zur Inspizierung – Heine hat später die Szene berichtet. Wedekind schiebt das zusammengeschusterte Gebiss rasch wieder in den Mund, versäumt aber in der Eile, die Nadel herauszuziehen. So steht er nun stramm da, während ihm ein Faden aus dem Mund hängt und die daran befestigte Nadel ihm beim Sprechen auf der Brust tanzt. Erschrocken über diesen Anblick, legt der Kommandant den Rückwärtsgang ein und stammelt beim Hinausgehen: »Wenn Sie etwas zu nähen haben, lassen Sie es doch von der Ordonnanz machen.«

In den verbleibenden Monaten der Festungshaft ist Wedekinds Hauptbeschäftigung die gleiche, die ihn bereits in Zürich und dann in Paris gequält hat. Er arbeitet an einem neuen Drama, das nach dem Desaster des *Erdgeist* nun endlich unter Beweis stellen soll, dass er in der Lage ist, bühnentaugliche Stücke abzuliefern, die das Zeug zum Publikumserfolg haben. Er selbst betrachtet es als seinen letzten Versuch in dieser Richtung und leidet unter dem Stress, den dieses Vorhaben bei ihm auslöst – hin- und hergerissen zwischen Erfolgsdruck und dem eigenen Anspruch, eine neue Theatersprache der kunstvollen Wirklichkeitsverfremdung zu entwickeln.

Das Stück, das erst »Der Genussmensch«, dann »Der gefallene Teufel« und schließlich »Marquis von Keith« heißt, zeigt ein München, das die Literatur dieser Tage ansonsten nicht bietet: weder die gemütliche, bierselige Stadt mit verrauchten Schänken, lärmiger Wies'n und urigen Jahrmärkten, noch das München der Boheme mit Mansarden, Ateliers und Cafés, in dem sich Gestalten wie Franziska zu Reventlow und auch Wedekind selbst munter tummeln. Obwohl das Stück mit dem schließlich titelgebenden Marquis von Keith eine Hauptfigur besitzt, die unverkennbar der Boheme entstammt, spielt es in einem München der Erfolgreichen und Wohlhabenden. Anders als die hergebrachte bessere Gesellschaft der Honoratioren, Professoren und Altvorderen, zu der Reiche mit Reputation wie die Len- und Kaulbachs und in vieler Hinsicht auch noch die Pringsheims gehören, handelt es sich um eine sich formierende Clique von Neureichen, Kapitalisten und Investoren – die menschliche Entsprechung zu jenen Schornsteinen und modernen Gewerbegebäuden, die in Corinths Stadtsilhouetten auftauchen. Hinter dem München, das sie im Sinn haben, zeichnet sich schon die heutige Stadt ab, die in weiten Teilen von Immobilienspekulanten beherrscht wird.

Der Marquis von Keith, dem Wedekind viele Züge des Kunsthändlers, Betrügers und Frauenverbrauchers Willy Gretor geliehen hat, will in der Kunststadt München das ganz große Rad drehen. Das Projekt nennt sich »Feenpalast« – »eine Kunststätte, in der alle Kunstgattungen der Welt ihr gastliches Heim finden sollen«, wie er selbst erläutert. Dazu gehören ein großer Konzertsaal, der auch als Ausstellungspalast dienen kann, und ein kleinerer Bühnensaal, »halb Tanzboden und halb Totenkammer«, für die »allermodernste Kunstgattung«. Von Disco würden wir heute sprechen. Multifunktionalität und Flexibilität lauten schon damals die Zauberworte. Eine Etage des Riesengebäudes, dem ein ganzer Häuserblock weichen muss, soll ausschließlich der Erlebnisgastronomie dienen – ein Fresstempel mit diversen Bars, Restaurants und verschwiegenen Ecken für intime Vergnügungen.

Um Investoren für sein Projekt zu finden, um sie zu überzeugen, sie bei der Stange zu halten und ihnen das Geld aus der Tasche zu ziehen, ist Keith jedes Mittel recht: Er veranstaltet Partys und lässt prächtige Feuerwerke abbrennen; er verspricht das Blaue vom Himmel, scheut aber auch vor Erpressung nicht zurück. Wedekind nennt seinen Helden einen »Feuerkopf« und meint damit seinen extrem gesteigerten Antrieb, sein enthemmtes Verhalten und die enorme Selbstüberschätzung – allesamt Kennzeichen von Manie. Die Pointe des Stückes ist jedoch, dass er dabei zur heimlichen Leitfigur des sich langsam entfesselnden und alle traditionellen Gepflogenheiten abstreifenden Kapitalismus wird. Er agiert rücksichtlos, ohne jede Moral. Was frühere Generationen einmal »Sünde« nannten, ist für ihn lediglich »eine mythologische Bezeichnung für schlechte Geschäfte«. Alles im Leben, selbst die Liebe und selbst das Unglück, klopft er auf die Möglichkeit ab, daraus einen Deal zu machen. »Ein Unglück ist für mich eine günstige Gelegenheit wie jede andere«, behauptet er. »Unglück kann jeder Esel haben; die Kunst besteht darin, daß man es richtig auszubeuten versteht.«

Bei Wedekind scheitert der Marquis letztlich – an der eigenen Unzulänglichkeit. Lebensgenuss ist ihm wichtiger als ordnungsgemäße Buchführung - Hedonismus und kurzfristig denkender Egoismus haben schon manchen Spekulanten hinter Schloss und Riegel gebracht. Mit dem Konsul Casimir, einem Großkaufmann mit Münchner Wurzeln, wird das Projekt von einem Profi übernommen, der die Gepflogenheiten des Geschäfts und der Umgebung besser einzuschätzen weiß.

Dem Marquis hingegen wird von seinem Nachfolger in der Direktion der Feenpalastgesellschaft dringend nahegelegt, den nächsten Zug zu nehmen und »im Interesse einer gedeihlichen Entwicklung unseres Unternehmens sich so bald nicht wieder in München blicken zu lassen«. 10 000 Mark Handgeld sollen ihm die Entscheidung erleichtern. Unschlüssig betrachtet er in der letzten Szene eine Zeitlang abwechselnd das zugesteckte Geld in der einen Hand und den Revolver, den er aus einem vorausgehenden Handgemenge noch in der anderen hält. Dann legt er den Revolver grinsend hinter sich und spricht die berühmt gewordenen letzten Worte des Stücks: »Das Leben ist eine Rutschbahn.«

Fliegen können

Oder doch nicht? Vielleicht gleicht es doch eher einem Flug ins Ungewisse?

Auf einmal findet sich Franziska zu Reventlow, die junge Mutter, in einem ganzen Wirbel von »Aventuiren« wieder, wie sie das in ihrem Tagebuch unter dem Datum des 7. Juli 1899 nennt. Und sie ergänzt ihre Beobachtung durch den bemerkenswerten Satz: »Ach wie ist es gut, wenn einem der moralische Halt so gänzlich fehlt.«

Drei Tage später wird Franziska konkreter. »Wie ein Verhängnis« sei es, notiert sie. Kaum, dass sie »etwas nützliches in amore« inszenieren wolle, komme ein anderer, in den sie sich verliebe, und »die Kreise sind wieder gestört«. Das »Nützliche in amore« trägt zu dieser Zeit einen Namen und heißt Schrenck-Notzing. Franziska zieht die beiden Namenbestandteile gerne zu einem zusammen: von »Schnotzing« spricht sie dann. Ach Gott, sei das ein Typ »mit seinen Verführungskünsten«. Könnte man nur »den heillosen Degout loswerden«, aber das sei halt ihre schwache Seite.

Schrenck-Notzing, der Pionier auf dem Gebiet der Heilung seelischer Krankheiten, ist inzwischen ein gemachter Mann. Die Suggestionstherapie ist das ganz große Ding dieser Jahre in der Wachstumsbranche der Psychotherapie. Die 1892 erfolgte Heirat Schrencks mit der Großindustriellentochter Gabriele Siegle hat ihn zudem in die obersten Ränge der Gesellschaft katapultiert. Zeitgenossen beschreiben ihn als eine Großstadterscheinung durch und durch: »Schöner Mann mit durchdringendem Blick, zu Zeiten blasiert, zu Zeiten stahlhart, ein ganz moderner Mensch«. Und der Psychologe Max Dessoir ergänzt: »Genießerisch verschluckt er die Frauen wie Austern.«

Bekanntschaft mit dem Freiherrn hat Franziska zu Reventlow schon im letzten Dezember gemacht. Einer seiner Tricks, an Austernmahlzeiten zu kommen, besteht darin, junge, mittellose Frauen für Übersetzungsarbeiten, häufig sexualwissenschaftlichen Inhalts, zu rekrutieren. Das Honorar ist großzügig bemessen und doch lediglich als Anzahlung gedacht – auf Liebesdienste, die er von seinen Übersetzerinnen erwartet und für die er dann noch etwas drauflegt. Aufgrund seiner Hypnosekünste ist er es gewohnt, dass er anderen seinen Willen aufzwingen kann, zumal jungen Frauen in Geldverlegenheit, die eine leichte Beute sind. Die Reventlow hat schon damals eine Abneigung gegen ihn verspürt. Als sie aber irgendwann nur noch 17 Pfennige in der Tasche hat, ist auch sie bereit, seinen Wünschen entgegenzukommen.

Nun will er sie gar »übernehmen«, wie er sich auszudrücken pflegt. Das heißt konkret: ihr eine neue Wohnungseinrichtung spendieren, um den Sex mit ihr in einer Umgebung zu vollziehen, die seinen Ansprüchen an Ästhetik und Luxus genügt. Wahrscheinlich dürfe sie dann nur auf dem Sofa liegen, Nägel polieren und mit Herzklopfen auf sein Kommen warten, spottet sie. Als

Gegenleistung für die schöne Einrichtung aber soll sie ihren Sohn in Pension geben. Denn dessen Anwesenheit stört natürlich die geplanten Schäferstündchen. »Nein mein Freund, so haben wir nicht gewettet«, schreibt die Reventlow in ihr Tagebuch.

Zwei Monate später dann will er sie gar mit nach Algier nehmen. »Aber was soll ich da mit dem Kerl ohne Bubi«?, denkt sie. Um ihn loszuwerden, setzt sie ihre Freundin Frida Uhl auf ihn an. Frida hat ihre beiden Kinder – die Tochter aus der kurzen Ehe mit dem unter Wahnvorstellungen leidenden August Strindberg und den Sohn aus der Liaison mit Frank Wedekind – tatsächlich in Pension gegeben: zu ihrer Mutter und den Großeltern nach Dornach. Noch einmal will sie keinesfalls zum Opfer der Folgen männlicher Verführungskünste werden, und so hecken die beiden Frauen einen Plan aus, für den sie auch Donald Wedekind, den jüngeren Bruder von Frank, gewinnen können. Am Ende soll nicht Frida, sondern der »arme dumme Schrenck«, wie Hedwig Pringsheim ihn nennt, als der Gelackmeierte dastehen.

Als Frida Uhl sich der Avancen Schnotzings kaum noch erwehren kann, tut sie so, als habe sie ihn endlich erhört, und lädt ihn zum Tee ein. Der Freiherr erscheint in freudiger Erwartung mit einem großen Blumenstrauß in der Hand. Kurz nachdem er Platz genommen hat, ertönt die Klingel, und Donald Wedekind steht im Flur, lautstark Einlass begehrend. »Gehen Sie schnell auf die Toilette, dass er Sie nicht sieht«, flüstert Frida ihrem Gast zu. Kaum hat der Freiherr die Tür verriegelt, da klingelt es erneut, und Franziska zu Reventlow begehrt Einlass. Ob sie mal schnell die Toilette benutzen dürfe, es sei dringend. Dem Freiherrn, der sich selbst eingesperrt hat, wird heiß. Und noch heißer, als immer neue Besucher erscheinen, bald der eine, bald die andere auf die Toilette möchten, als sei dies die einzige Einrichtung dieser Art in ganz München, dabei an der Tür rütteln und fluchen. Bis sich schließlich Frida Uhl erbarmt und den in Angst und Schrecken versetzten Freiherrn entwischen lässt.

Ihr Fazit der Erlebnisse mit Schrenck-Notzing zieht Franziska unmittelbar nach diesem Streich: Recht besehen, sei mit dem Schnotzing nichts anzufangen, heißt es im Tagebuch. Entweder sie richte sein Leben nach seiner Methode ein und das werde dann ziemlich grauenhaft und langweilig, außerdem sei er, näher besehen, auch noch knickerig. Oder sie mache »in dem jetzigen Geleise weiter«. Die Entscheidung fällt ihr nicht schwer.

Mutterschaft und freie Liebe

Zumal sie mittlerweile Bekanntschaft mit einem Kreis junger Männer gemacht hat, die so ganz anders sind als die Schrenck-Notzings dieser Welt. An einem Sommersonntag Anfang August 1899 geht sie mit ihrem Sohn in den Isarauen spazieren, da trifft sie den ihr bereits bekannten Studenten Fritz Huch in Begleitung zweier Freunde. Man kommt ins Plaudern, findet sich sympathisch und interessant und beschließt daraufhin, in Fritz Huchs Stammlokal, der Schwabinger Brauerei, den Tag ausklingen zu lassen. Der Abend wird lang. Insbesondere zu dem einen der beiden, so gut aussehend wie eloquent, fühlt sie sich sofort hingezogen – es ist Ludwig Klages. »Klages ist die Hauptsache«, notiert sie in ihr Tagebuch. Die Hauptsache selbst sieht das genauso und weiß gar nicht zu sagen, was an der jungen Frau ihn mehr anzieht – ihre Augen, in denen Klages zu ertrinken glaubt, ihr silberhelles Lachen oder der melodische Klang ihrer Stimme. »Ihr Sprechen klang wie ein beständiges Lied«, wird er sich später erinnern, »nah und fern zugleich wie von einer rätselhaften Ferne durchtönt. Nichts dem Ähnliches ist mir begegnet. Dazu ein Lachen, ein strahlendes wie das Himmelsblau eines Frühlingsmorgens umfangendes Lachen, den, der es vernahm, zurückversetzend in die sorgloseste Gegenwärtigkeit des Kindesalters«.

Keiner hat je schwärmerischer und näher am Mütterlichen beschrieben, worin der wunderbare wie auch zuweilen gefährliche Reiz Franziskas liegt, dem die Männer scharenweise verfallen. Alles, was er zuvor von Frauen gesehen und erlebt habe, sei dagegen verblasst, erinnert sich Klages – »und hier nun warf meine Seele Anker«.

»O Gott, das ist endlich etwas ganz anderes, wie aus einer neuen aber längst bekannten u. vertrauen Welt«, beschreibt wiederum Franziska ihr Erlebnis. Sie fühlt sich in die Jugendtage zurückversetzt, als sie im Lübecker Ibsen-Club eine Gemeinschaft Gleichgesinnter fand, die ihr Selbstbewusstsein aus dem Gefühl zogen, Außenseiter und Rebellen gegen das Establishment zu sein. Man verabredet sich gleich für den folgenden Abend, danach besucht Klages, mal allein, mal in Begleitung seiner Freunde, die Gräfin in ihrer jetzigen Wohnung, die den Vorzug hat, dass zu ihr ein kleiner Garten gehört. Auch gemeinsame Ausflüge werden unternommen, zu dritt, zu viert, zu fünft, etwa nach Dachau, wo man stundenlang am Moor sitzt und plaudert.

Am liebsten aber ist Franziska mit Klages allein, es sei dann »so etwas Lichtes«, schildert sie ihre Stimmung. Schnell wird das Verhältnis vertraulich. »Ein wundervoller Abend mit Klages«, heißt es in ihrem Tagebuch unter dem Datum des 19. September 1899. »Ich erzählte ihm fast mein ganzes Leben ...« Es sei das erste Mal gewesen, dass sie so zu einem Menschen reden konnte. »Ich sehnte mich ja immer nach einem Menschen der fliegen konnte und ich glaube er kanns. Wohl mir dass ich ihn gefunden habe.« Das ist die Initialzündung zu dem autobiographischen Roman *Ellen Olestjerne*, den Franziska im Jahr darauf unter starker Anteilnahme von Klages zu schreiben beginnt.

Klages akzeptiert Franziskas Mutterschaft nicht nur, sondern macht sie zum Bestandteil seiner Gefühlswelt. Das unterscheidet ihn von den Männern, mit denen sie ansonsten umgeht; diese betrachten das kleine Kind, das ihr ein und alles ist, in der Regel als Hindernis, gar als Störfaktor, insbesondere wenn es sich um eine sexuelle Beziehung handelt. Das muss nicht einmal mit Eifersucht zu tun haben; es reicht schon, dass sie nicht immer und nicht in der gewünschten Weise verfügbar ist.

Klages ist da anders. Ihm ist schon bei ihrer ersten Begegnung der Zauber anzumerken, der für ihn von Franziskas Erscheinung ausgeht, wenn sie den kleinen Sohn an der Hand oder auf dem Arm hält: Mutter und Sohn in liebevoller Symbiose, Madonna mit dem Kind, wie aus einem Gemälde herausgetreten, den christlichen Kontext hinter sich lassend, ganz ins Irdische der grünen Wiese am wilden Fluss versetzt.

Ganz so spontan, wie es den Anschein hat, ist Klages Haltung allerdings nicht. Der junge Philosoph und seine Freunde lesen nämlich gerade *Das Mutterrecht* des Basler Gelehrten Johann Jakob Bachofen, eine bereits 1861 erschienene Schrift, die ihnen eine Vorstellung davon gibt, wie es in der Vorzeit zuging, von deren Wiederherstellung, zumindest Nachempfindung sie sich das Heil erhoffen. Klages hat sich sogar fünf Wochen vollständig zurückgezogen, um in die von Bachofen beschworene gynaikokratische, wir würde heute sagen: matriarchalische Welt einzutauchen. Sie soll der patriarchalischen vorausgegangen sein und zum ersten Mal »inmitten eines gewalterfüllten Lebens« ethische Maßstäbe gesetzt, Werte wie Liebe, Einigkeit und Frieden zu Leitprinzipien gemacht haben. Bachofen beschwört den »Zauber des Muttertums« als Nachklang und Vorschein einer besseren, nicht von der Rationalität, sondern vom Gefühl geleiteten Welt. Zu Lebzeiten kaum wahrgenommen – nicht einmal Nietzsche, der doch häufig bei ihm zu Gast war, erwähnt seine Gedanken mit einem Wort –, steht Bachofens große Zeit noch bevor. In der gerade aufkommenden Frauenbewegung wird der beinahe schon vergessene Gelehrte zum Kronzeugen dafür, dass das Patriarchat längst nicht so sakrosankt ist, wie es scheint und wie die Männer behaupten. Denn wenn es stimmt, dass es erst mit der Rebellion der Männer gegen die mutterrechtliche Gesellschaft etabliert wurde – warum soll es dann nicht eines Tages auf dem Weg einer neuen Rebellion auch wieder entmachtet werden? Zumal, wie Bachofen nahelegt, die Herrschaft des Mannes weder gottgegeben ist noch auch der menschlichen Natur entspricht.

Franziska wird Bachofen nie lesen – es ist Klages, der ihr dessen Gedanken auf seine spezielle, die Zukunft in der Vergangenheit suchende Weise souffliert. Seine Pointe dabei ist, das Matriarchat mit der Rolle der Frau als Hetäre zu verknüpfen. Das steht so bei Bachofen nicht. Vom »Mutter- und Hetärenthema« spricht Franziska in ihrem Tagebuch.

Bereits im Jahr zuvor hat Franziska dazu einen Aufsatz in Panizzas *Zürcher Diskuszjonen* veröffentlicht. Dort ging es ihr vor allem darum, die unter emanzipierten Frauen geläufige These zu bestreiten, dass ausschließlich Frauen Frauen verstehen und ihre Sache vertreten können. Nein, es verhalte sich genau umgekehrt, behauptet sie schlankweg. Der Mann ist in ihren Augen keineswegs ein Wesen, das überwunden werden muss, eine Art Fehlkonstruktion der Natur, wie das Äußerungen von Frauenrechtlerinnen nahelegen. Vielmehr bleibt er in seinem Anderssein und seiner Attraktivität für die Frau eine ständige Herausforderung. Franziska zu Reventlow denkt auch hier nicht moralisch, sondern in Polaritäten. Es sei auch nicht so, dass eine Frau, die viel mit Männern zu tun gehabt habe, dadurch ihre Weiblichkeit einbüße – im Gegenteil. Überhaupt: Statt ständig von *den* Frauen und *den* Männern zu sprechen, solle man besser »einfach den gegenseitigen sexuellen Standpunkt praktisch zur Geltung bringen«, meint die Comtesse.

In »Viragines oder Hetären«, einem zweiten Aufsatz, der ebenfalls in Panizzas Postille erscheint, geht sie noch einen Schritt weiter. Jetzt ist es ihre Absicht, den »sexuellen Standpunkt« der Frauen genauer zu umreißen. »Viragines« oder auf gut deutsch »Mannweiber« sind für die Reventlow Frauen, bei denen die Emanzipation auf Kosten ihrer gelebten Sexualität geht – jene Frauen also, für die Asenijeff den Begriff »drittes Geschlecht« gewählt hat.

»Hetäre« dagegen ist in ihrem Aufsatz eine Chiffre für die freie, autarke Frau – finanziell und geistig unabhängig, verfügt sie selbstbestimmt über ihren Körper, sie ist sexuell aktiv und weiß, was ihr guttut, und hat zu ihren Kindern ein von ihren jeweiligen Partnerschaften unabhängiges, durch Liebe und Verantwortung gekennzeichnetes Verhältnis. »Vielleicht entsteht noch einmal eine Frauenbewegung in diesem Sinn, die das Weib als Geschlechtswesen befreit, es fordern lehrt, was es zu fordern berechtigt ist, volle geschlechtliche Freiheit, das ist, freie Verfügung über seinen Körper, die uns das Hetärentum wiederbringt.«

Und beschwörend fügt sie hinzu: »Bitte, keinen Entrüstungsschrei!« Die Hetären des Altertums seien freie, hochgebildete und geachtete Frauen gewesen. Das Christentum habe stattdessen die Einehe und die Prostitution geschaffen. Nun aber sei es an der Zeit, »die alten Gesetzes-Tafeln zu zerbrechen«. Warum sollte »das moderne Heidentum« den Frauen nicht auch »den Mut zur freien Liebe vor aller Welt« wiedergeben?

Jahrhundertwende

Monte Verità

Wir sind schon im Sommer des Jahres 1900, da kommen in Schwabing sechs junge Leute zusammen. Von den anderen Neuankömmlingen unterscheidet sie allein schon der Wille, nicht zu bleiben, sondern möglichst rasch wieder aufzubrechen. Die wenigen Monate, die die Schwestern Ida und Jenny Hofmann, eine Klavierlehrerin und eine Sängerin, bereits in Schwabing sind, haben ihnen völlig gereicht, um ihnen die Boheme-Welt zu verleiden. Zugige Mansarden, verrauchte Cafés, durchzechte Nächte, erotische Avancen – das ist nicht das Leben, das sie führen wollen. Bei einem Aufenthalt im Sanatorium des Schweizer Naturarztes Arnold Rikli hat Ida Hofmann im Jahr zuvor ein anderes, ein in ihren Augen viel gesünderes und besseres Leben kennengelernt: abseits der Großstadt, dort, wo es auf dem Land am schönsten ist, möglichst viel an der frischen Luft, in permanentem Austausch mit der Natur, ohne Alkohol und bei vegetarischer Kost: Ida ist eine überzeugte Lebensreformerin, die die gesellschaftliche Entwicklung hin zu Verstädterung, Wachstumszwang und Umweltverschmutzung aufhalten, möglichst umkehren möchte. Insbesondere die industrielle Produktion von Lebensmitteln und die damit einhergehende Zunahme des Fleischkonsums hält sie für einen Irrweg, der der menschlichen Natur widerspricht und die Menschen krankmacht. Und sie ist eine überzeugte Feministin, die die Freiheit der Frau dort am besten gesichert findet, wo sie sich in einer kleinen Lebensgemeinschaft selbst versorgen kann und nicht, wie im städtischen Leben, ihre Arbeitskraft verkauft und als Sexualobjekt gilt.

In der Heilanstalt Arnold Riklis hat Ida zwei Menschen kennengerlernt, die ganz ähnlich denken wie sie: den wohlhabenden Antwerpener Unternehmersohn Henri Oedenkoven und den demissionierten k.u.k. Offizier Karl Graeser. Dieser hat zu dem Schwabinger Treffen gleich noch seinen jüngeren Bruder Gusto mitgebracht, einen Maler mit ausgeprägtem Sendungsbewusstsein. Wer sich angesichts seines Aussehens und seines Habitus an Diefenbach erinnert fühlt, der seine Zeit in München und in diesem Buch schon früher gehabt hat, liegt genau richtig. Gusto hat sich nämlich zwei Jahre zuvor Diefenbachs Kommune »Humanitas« angeschlossen, die der ewige Aussteiger am Himmelhof in Ober-St.-Veit in Wien gegründet hat. Während Diefenbach sexuelle Beziehungen zu mehreren Frauen gleichzeitig und, wie man munkelt, auch zu den jüngsten Männern in seiner Kommune unterhalten haben soll, verlangte er von seinen Anhängern Keuschheit und Gehorsam, kontrollierte sogar ihre Post. Noch bevor die Himmelhof-Kommune 1899 Bankrott ging und Diefenbach auf die Insel Capri flüchtete, ist Gusto Graeser die ständige Gängelei leid geworden und hat sich auf und davon gemacht, auf der Suche nach neuen Gelegenheiten zum Ausstieg aus der Lebensroutine und dem Zwangssystem der Gesellschaft.

Hier nun scheint er genau richtig zu sein. Denn das Sechser-Pack, zu der noch die junge Lotte Hattemer gehört, die kürzlich aus ihrem autoritären Elternhaus weggelaufen ist, hat genau das vor: sich über die Alpen auf und davon zu machen und irgendwo im Süden, vorzugsweise an den oberitalienischen Seen oder im Tessin, das damals noch relativ abgeschieden und vor allem preiswert ist, eine Aussteigerkolonie zu gründen, die so ganz anders funktionieren soll als die von Diefenbach: basisdemokratisch, zwanglos, auf die Individualität ihrer Mitglieder zugeschnitten. Dass ihr Exodus aus der Stadt und der bürgerlichen Gesellschaft ins erste Jahr eines neuen Jahrhunderts fällt, kommt den jungen Leuten wie eine Bestätigung ihres Aufbruchs vor, der in ihren Augen beispielgebenden Charakter besitzt: eine zukunftsweisende Mission. Mit schweren Rucksäcken bepackt, in einfacher und luftiger Kleidung, die wallenden langen Haare von Stirnbändern zurückgehalten, die Männer mit Bärten, die Frauen ungeschminkt, an den Füßen keine schweren Schuhe, sondern lediglich Sandalen, um möglichst viel Erdberührung zu haben (eigentlich propagieren sie das Barfußlaufen), macht sich die kleine Schar im Herbst 1900 von München auf. Ihre erste Station ist Oberammergau, nur wenige Tagesmärsche von München entfernt. Dort finden gerade Passionsspiele statt und prompt hält man die sechs Wanderer für Aposteldarsteller und bittet sie um Autogramme. Insbesondere Gusto, der sowieso gerne predigt und stets Postkarten mit selbstverfertigten Sinngedichten bei sich trägt, die er freigebig verteilt, ist da in seinem Element.

Nach einigen Umwegen, freiwilligen wie unfreiwilligen Abenteuern finden die Sechs den gesuchten Ort schließlich am Lago Maggiore, oberhalb von Ascona, das damals noch ein Fischerdorf ist, auf der Kuppe eines verlassenen Weinbergs. Monte Verità nennen sie ihre Siedlung, die schon bald Aussteiger aus ganz Europa anzieht und insbesondere in den Sommern zum gefragten Regenerationsort für die vom stressigen Bohemeleben ausgebrannten Neumünchner wird.

Das neue Jahrhundert

Bei Pringsheim wird der Übergang ins neue Jahrhundert erst an Sylvester 1900 gefeiert. Der dreiundzwanzigjährige Rudolf Borchardt, der an einer Dissertation über Gattungen der griechischen Lyrik arbeitet, ist zu Gast. Heinz, Hedwigs Drittgeborener, der in Göttingen Archäologie studiert, hat ihn dort kennengelernt. »Mit den Kindern u. Rudolf recht lustig bei Punsch u. Pfannkuchen«, heißt es im Tagebuch der Hedwig Pringsheim. »Bis um ½ 12 plötzlich onmächtig wurde, was aller Lust ein jähes Ende bereitete. So schloß das Jahrhundert.«

KAPITEL 5

Wahnmoching

1901–1904

»Wahnmoching« nennt Franziska zu Reventlow jenen Teil der Schwabinger Boheme, der die Welt von allen möglichen Übeln erlösen will, nicht zuletzt indem er ihr den jüdischen Geist austreibt. Dagegen hilft nur das scharfe Gericht bissiger Satire, dessen Rezeptur die Bohemienne von den Elf Scharfrichtern und seinem Star Frank Wedekind lernt. Was wäre aus Schwabing geworden, wenn die erotische Gräfin und der Bahnbrecher der modernen Literatur ein Paar geworden wären? Man mag sich das kaum vorstellen. Das Gebot der Stunde sind gegenläufige Bewegungen: Stefan George betreibt fleißig seine Apotheose, Thomas Mann hingegen befreit sich von allerlei irreführenden Vorstellungen, was ein Künstler zu sein habe. Zur selben Zeit, da Lovis Corinth München schon wieder Adieu sagt, fasst Gabriele Münter hier gerade Fuß und beginnt gleich eine heimliche Liebesgeschichte mit Wassily Kandinsky. Die Zukunft der Kunst kommt, aber auf Freiersfüßen. Und mit dem Ausdruckstanz: Auf einmal entdeckt ganz München das Tanzen als Mittel der Selbstbefreiung.

»Wir richten scharf und herzlich«

Exekutionen im Hinterhof

Elf Opferkerzen, deren lodernde Flammen sich zu einem grellrot wabernden, bedrohlich wirkenden Ornament vereinigen, sind auf dem Plakat zu sehen. Hinge es nicht an der dunklen Mauer des Gasthofs Goldener Hirsch in der Türkenstraße als sichtbarer Hinweis darauf, dass hier Münchens neues Kabarett zu finden ist, würde man an der Toreinfahrt womöglich achtlos vorübergehen. Der Weg zu den Elf Scharfrichtern führt durch einen Hinterhof, wie es ihn in der Maxvorstadt zu Dutzenden gibt. Schmutzige Fässer liegen am Boden, einige sind auch an der Hauswand aufgestellt. Vorbei an einer Holzstiege erreicht man den schmalen, unbeleuchteten Eingang im Rückgebäude.

Der Zuschauerraum soll ursprünglich ein Stall, später ein Fechtboden und schließlich eine Studentenkneipe gewesen sein. Die Verhältnisse sind extrem beengt. Auf gerade einmal 65 Quadratmetern müssen in den Anfangszeiten bis zu 150 Zuschauende Platz finden – »ähnlich einem Aufenthalt auf einer Trambahnplattform während eines Platzregens«, wie die *Münchner Neuesten Nachrichten* spotten. Gut sichtbar steht der berüchtigte Schandpfahl in einer Ecke des Raumes. Auf diesem finden sich die neuesten Zensurbescheide und andere obrigkeitsstaatliche Verordnungen angenagelt. Darüber ein mit Zopf und Perücke bedeckter Schädel, in dem das Beil des Henkers steckt. »Der Mensch wird hingerichtet, oder er wird abgerichtet«, heißt es im *Marquis von Keith*, Frank Wedekinds jüngstem Stück. Auf dessen für heute Abend angekündigten Auftritt sind die meisten Anwesenden besonders gespannt.

Vergebens sucht der Blick Richtung Bühne das Orchester. Die Musik ertönt, unsichtbar für die Zuschauer, aus einer Senke zwischen Bühne und Zuschauerraum - das ist raffiniert gemacht. Der Wagnerianer Alfred Pringsheim, der zu den Sponsoren des Kabaretts gehört und dafür Zutritt zu allen Premieren hat, kennt das aus Bayreuth. Er wundert sich ein wenig, dass ein solcher Aufwand auch hier in diesem kleinen Hinterhoftheater betrieben wird, wo es eingestandenermaßen nicht ernsthaft um große Kunst geht - Varieté halt, eine Zusammenstellung bunter, auf Wirkung berechneter Nummern, individuelle Stimmungsbilder zumeist von Solokünstlern, dann und wann unterbrochen von einer Ensembleszene.

Zu Beginn stehen sie alle Elf auf der Bühne. Genauer gesagt, sie umkreisen in blutroten Umhängen, die Beile geschultert, beinahe tänzelnd einen schwarzen Block und stimmen dabei mit ihren tiefen Stimmen einen schauerlichen, etwas diffusen Chorgesang an - das Scharfrichterlied:

Erbauet ist der schwarze Block.
Wir richten scharf und herzlich.
Blutrotes Herz, blutroter Rock,
All unsere Lust ist schmerzlich.
Wer mit dem Tag verfeindet ist,
Wird blutig exequieret.
Wer mit dem Tod befreundet ist,
Mit Sang und Kranz gezieret.

Exekutionen nennen die Elf Scharfrichter ihre Vorstellungen, Eröffnungsexekutionen die Premieren. Exekutiert wird alles, wogegen auch die von Langen von der Kette gelassene Bulldogge des *Simplicissimus* zähnefletschend vorgeht. Nicht ohne Grund hat der Verleger sich selbst eine Zeitlang mit der Idee getragen, ein literarisches Varieté speziell aus dem Kreis seiner Mitarbeiter ins Leben zu rufen. Ernst gemacht damit hat dann aber ein Ex-Kabarettist vom Montmartre, der in München eine *Revue Franco-Allemande* herausgegeben hat und nun als Monsieur Marc Henry mit Frack und weißer Halsbinde in seinem liebenswürdig gebrochenen Deutsch mit Olly Bernardi die erste Sängerin und Rezitatorin des heutigen Abends ankündigt.

»Liebreizend«, »rund« und »appetitlich« sind so die schmückenden Beiwörter, die einem wie Alfred Pringsheim zu der süßen kleinen Soubrette einfallen, deren Paraderolle die des komischen Backfischs ist. In rasantem Tempo schmettert sie die unaussprechliche »Sommermädchenküssetauschelächelbeichte« ins Publikum, das zu weiten Teilen ihrem bezaubernden Charme sofort erliegt:

An der Murmelrieselplauderplätscherquelle
Saß ich sehnsuchtstränentröpfeltrauerbang:
Trat herzu ein Augenblinzeljunggeselle
In verweg'nem Hüfteschwingeschlendergang,

Zog mit Schäkerehrfurchtsbittegrußverbeugung
Seinen Federbaumelriesenkrämpenhut –
Gleich verspürt' ich Liebeszauberkeimeneigung,
War ihm zitterjubelschauderherzensgut!

So geht es noch zwei Strophen weiter. Das ist wirklich hübsch, aber auch wirklich harmlos, selbst wenn die »Hüstelkeifewackeltrampeltante« es natürlich alles andere als gerne sieht, dass das Nichtchen sich von einem fremden Mann abknutschen lässt, von dem es heißt, er »küsste wirklich wetterbombenexquisit«. Weniger eine Hinrichtung als eine gekonnte Streicheleinheit für die gute Laune, findet Pringsheim – wie denn das gesamte Programm des Abends gar nicht so polemisch-politisch ist, wie man es von einem Kabarett erwarten könnte, dem der Ruf vorauseilt, das Nonplusultra an politischer und gesellschaftskritischer Satire zu bieten, das im wilhelminischen Deutschland gerade noch geduldet ist.

Der Skandal, wenn es denn einer ist, muss eher mit der Heftigkeit zu tun haben, mit der hier die bürgerliche Moral, insbesondere deren verquaste Vorstellung von Sexualität, attackiert wird. Irgendetwas zwischen Kaltschnäuzigkeit und hitzigem Furor zeichnet diese Angriffe aus, sinniert Pringsheim. Was ihn selbst betrifft, so pflegt er in dieser Hinsicht vor das bürgerlich ja immer ein »klein« oder noch lieber ein »spieß« zu setzen. Es ist der Spießbürger, den hier die Verachtung trifft, die Mentalität jener Mittelschicht, die sich gerne als eigentliche Grundlage der bestehenden Verhältnisse betrachtet und deren Dünkel durch Gesetze wie der im Februar 1900 erlassenen Lex Heinze Bestätigung und Auftrieb von oben erfährt. Von Wilhelm II. persönlich auf den Weg gebracht, stellt es alles unter Strafe, was durch »gröbliche Verletzung des Scham- und Sittlichkeitsgefühls Ärgernis zu erregen geeignet« ist, selbst wenn es in der Sache gar nicht als unzüchtig zu bezeichnen ist. Wie schon im Falle des Majestätsbeleidigungsgesetzes soll auch hier wieder die bloße Möglichkeit, etwas könne so oder so verstanden werden, den Straftatbestand definieren. Die Elf Scharfrichter umgehen den sogenannten Kunst- und Schaufensterparagraphen, indem sie keine Eintrittskarten verkaufen, sondern ihre Vorstellungen als »Geschlossene Gesellschaft« deklarieren. Damit unterliegen die vorgetragenen Texte nicht der Zensur. Stattdessen löst man einen Garderobenschein zum Preis von 2,99 Mark – das entspricht nach damaligen Vorstellungen einem durchaus gepfefferten Eintrittspreis.

Spaßmacher, tiefernst

Niemand anderes verkörpert die Aggressivität im Abservieren der spießbürgerlichen Vorstellungen vom Leben besser als Frank Wedekind, der nun auf die Bühne tritt, seine Laute schräg gegen den Boden haltend, auf eine unsichtbare Öffnung zu, als wollte er einen Phallus suggerieren. Er singe zunächst die Lieder, die von der Polizei erlaubt sind, und später die anderen, die von der

Polizei verboten sind, verkündet er vollmundig. Während sich die anderen Scharfrichter Phantasienamen wie Frigidius Strang, Dionysius Tod, Kaspar Beil, Till Blut oder Max Knax gegeben haben, hat Wedekind das hohnlachend abgelehnt. Wozu ein Pseudonym? Er wolle sich nicht verstecken, er wolle bekannt werden. Und das wird der bislang erfolglose Dramatiker nun in der Tat durch seine Auftritte auf der Hinterhofbühne eines Tingeltangels, wie er die Elf Scharfrichter zuweilen verächtlich nennt. Seine Mutter, der er in Hassliebe verbunden ist, muss anfangs in San Francisco auch in solchen Etablissements aufgetreten sein, bis sein Vater ihr das untersagt hat. Es ist nicht gerade das, was sich Wedekind von einer Karriere als Künstler erträumt hat. Aber er nimmt die dämonische Wirkung, die seine Auftritte im Publikum entfalten, dankbar entgegen.

Zu den verbotenen Liedern und zugleich zu den Paradestücken seines Auftritts zählt Wedekinds Ballade vom Tantenmörder: »Ich hab meine Tante geschlachtet, / Meine Tante war alt und schwach«. Der Mord geschieht des schnöden Mammons wegen – und aus Gelegenheit. Während sie des Nachts schnauft, durchwühlt der Neffe ihre Schränke und findet »goldene Haufen« und Wertpapiere. »Was nutzt es, dass sie sich noch härme«, denkt er und stößt ihr »den Dolch in die Därme«, woraufhin die Tante das Schnaufen einstellt.

Das Geld war schwer zu tragen
Viel schwerer die Tante noch.
Ich faßte sie bebend am Kragen
Und stieß sie ins tiefe Kellerloch.

Natürlich wird der Mörder gefasst. Er, der seine Tante wie sein Sparschwein geschlachtet hat, verteidigt sich, indem er den Generationskonflikt ins Feld führt und seine Jugend gegen ihr Alter ausspielt. »Ihr aber, o Richter, ihr trachtet / meiner blühenden Jugend-Jugend nach.«

Wie alle seine Lieder trägt Wedekind auch die Ballade vom Tantenmörder mit tiefem Ernst und beinahe unbeteiligt vor. Hedwig Pringsheim findet ihn großartig. Von den Elfen sei er weitaus der frechste und begabteste, meint sie ein wenig gönnerhaft. Selbst der nach dem Tatenmörderlied aufbrandende Beifall führt nicht dazu, dass Wedekind die Miene eisiger Höflichkeit ablegt. Ohne eine Zugabe, mit einer knappen Verbeugung verschwindet er, als wollte er jeden Versuch persönlicher Annäherung abwehren.

Noch dämonischer wirken Wedekinds Auftritte, wenn er in seiner erklärten Lieblingsrolle auf die Scharfrichter-Bühne tritt: im Kostüm eines Tierbändigers mit zinnoberrotem Frack, weißen Beinkleidern und Stulpenstiefel – in der Linken eine Reitpeitsche, in der Rechten ein Revolver. Dann deklamiert er mit seiner mal sonoren, mal knarrenden Stimme den Prolog zum *Erdgeist:*

Hereinspaziert in die Menagerie,
Ihr stolzen Herrn, ihr lebenslust'gen Frauen,
Mit heißer Wollust und mit kaltem Grauen
Die unbeseelte Kreatur zu schauen,
Gebändigt durch das menschliche Genie.
Hereinspaziert, die Vorstellung beginnt! –
Auf zwei Personen kommt umsonst ein Kind.

Das ist der zweite skandalträchtige Aspekt des Abends, schießt es Alfred Pringsheim durch den Kopf: die Zertrümmerung jedes Pathos, jeder Idealisierung. Hier wird das Leben einzig von seiner tollen, grotesken Seite genommen – als ein riesiger Mummenschanz. »Das Varieté ist die absolute Charakterlosigkeit in der Kunst«, hat der einigermaßen verrückte, aber hellsichtige Oskar Panizza gemeint, und Pringsheim kann ihm da nur beipflichten. Es ist, als wollten die Scharfrichter beweisen, dass sich jede hergebrachte Kunstform, von der Tragödie bis zur Ballade, ihres seriösen, klassischen Charakters entkleiden und für Spott und Unterhaltung herrichten lasse. Der heutige Stadtmensch habe »Varieténerven«, hat Pringsheim einmal bei Otto Julius Bierbaum gelesen: er besitze nur noch selten die Fähigkeit, »sein Empfindungsleben für drei Theaterstunden auf einen Ton zu stimmen«; er wolle Abwechslung – eben Varieté.

Marya Delvard

Jetzt aber Auftritt Marya Delvard. Den ganzen Abend lässt sie auf sich warten – und nun, da sie endlich die Bühne betritt, liegt diese völlig im Dunkeln. Nur schemenhaft zeichnet sich ihre Gestalt ab: das geisterhaft blasse Gesicht mit dem blutroten Mund, das tiefschwarze, eng anliegende Kleid, welches bis zum Kinn geschlossen ist und dessen Ärmel auch die Hände fast verdecken. Sobald dann die dunkle, sonore Stimme zu ertönen beginnt, wird die Sängerin in das magische Licht eines violetten Scheinwerfers getaucht. Ihre Gestik ist so sparsam wie ihre Bewegungen – ein versteinertes Bild des Seelenschmerzes könnte man meinen, wäre da nicht ihre äußerst beredte Mimik, die wie ihre Stimme die gesamten Register der melancholischen Gefühlsregungen zu ziehen versteht, von sehnsüchtig bis wahnsinnig, von lebensmüde bis todestrunken. Und dann und wann ein Aufschrei gieriger Leidenschaft.

Die Elf Scharfrichter sind ein reiner Männerclub und leben doch von der Ausstrahlungskraft dieser Zwölften, die Marc Henry ihnen zugeführt hat. »Schlank, groß, ein herbes ausdrucksvolles Gesicht, reiches dunkles Haar, schöne Augen; als Mensch hemmungslos, ohne Befangenheit in irgendeiner Beziehung«, beschreibt sie Robert Kothe, der singende Rechtsanwalt, der als Frigidius Strang selbst auf der Bühne steht. Die Delvard ist der Star der Scharfrichter, das »Überweib«, wie einige auch sagen in einer Zeit, in der nietzscheanische Floskeln Mode sind – kurz der Vamp.

Fragt man sie selbst nach der Entstehung ihrer Bühnen-Persona, so erzählt die Delvard, die eigentlich Josephine Maria Biller heißt und aus Lothringen stammt, von ihrem traumatischen Auftritt auf dem allerersten Scharfrichter-Abend. Ihr Lampenfieber war so groß, dass sie beinahe mit Gewalt auf die Bühne gestoßen werden musste, wo sie sich, von Angst gelähmt, kaum zu rühren wagte. Gerade ihre reduzierten Bewegungen und ihre statuenhafte Erscheinung aber waren es, die ihre Darbietung zu dem völlig unerwarteten, phänomenalen Erfolg werden ließen. In Wahrheit verhält es sich natürlich so, dass Marya Delvard damit in eine Reihe mit den großen Schauspielerinnen und Diseusen ihrer Zeit tritt, mit Eleonara Duse und Yvette Guibert etwa, die ihre Ausstrahlung daraus beziehen, dass sie auf Subtilität setzen statt auf Theatralik, Willensstärke (und nicht weibliche Flatterhaftigkeit) verkörpern.

Und von was singt sie, diese so wenig mütterliche, über die Schwermut gebietende Königin der Nacht in Münchens Türkenstraße? Sie singt von den dunklen Seiten des Daseins, gerade auch der weiblichen Existenz, von Kindsmörderinnen und Prostituierten, von der Judentochter, die sich aus Liebeskummer ertränkt, und von der Schnitterin, die sich für ihren Sohn opfert. Es sind melancholische Nacht- und brutale Mordlieder darunter, und alle laufen sie letztlich auf das Eine hinaus: den Tod als unabänderliche Tatsache des Lebens, der es umfängt vom ersten Atemzug an.

Und das, so meint Alfred Pringsheim, auf dem Nachhauseweg zu Hedwig, sei doch der dritte Punkt, der erkläre, warum so viele die Elf Scharfrichter als skandalös empfinden würden: die Direktheit, mit der hier der Tod ins Spiel käme, vom Hinrichtungsmassaker zu Beginn der Vorstellung bis zur Todesbesessenheit der Delvard am Schluss. Und sei der Tod nicht das, was die gute Gesellschaft ständig verdrängen würde, und damit meine er durchaus auch sie beide? Woraufhin ihn seine Frau anblickt, als habe er gerade etwas durchaus Bedeutendes gesagt, aber nichts, womit sie selbst allzu viel anfangen könne.

»Eh du, mon dieu«

Im Publikum der Scharfrichter sitzt bald auch schon Franziska zu Reventlow. Der Auftritt der Delvard sagt ihr wenig, das ist ihr alles zu makaber, zu vampirhaft, zu gekünstelt. Sie liebt es direkter, lebensnaher, erotischer. Sie liebt Frank Wedekind - oder ist doch wenigstens verliebt in ihn.

Sie hat ihn im Fasching gesehen, auf einem der vielen Bälle, die sie seit kurzem wieder regelmäßig besucht. Er war dort in einer seiner circensischen Verkleidungen, als Tierbändiger oder gleich als Zirkusdirektor. Er hat dieses Verspielte und zugleich doch Virile, was sie an Männern so schätzt. Oder sagen wir es so, seine Lust, sich zu verkleiden, Rollen zu spielen, sich selbst und seine Umgebung zu inszenieren, geht bei ihm nicht auf Kosten seiner Männlichkeit - im Gegenteil. Klages hingegen kennt nur eine Rolle - sich selbst. Trotz aller Aufmerksamkeit, die er ihr entgegenbringt, aller Unterstützung, die sie bei ihm findet, geht er ihr zunehmend auf die Nerven. »Oberkontrolleur« nennt sie ihn bisweilen, und das ist nicht witzig gemeint. Er hat sich in sie verliebt und leitet daraus Rechte ab - gerade das mobilisiert Franziskas in dieser Hinsicht sehr intakte Abwehrinstinkte. Sie will sich nicht vereinnahmen lassen - das ist ihr Lebensprogramm.

Und nun steht Wedekind auf der Bühne, so autark und gerade deshalb so attraktiv, und singt »Eh du, mon dieu, mon dieu«, als würde es allein ihr gelten, und sie stellt sich vor, wie es wäre, wenn er ihr das ins Ohr flüstern würde. Wedekind hat sich zu einer alten Volksweise einen neuen Text einfallen lassen, der von einer Bekanntschaft in Hamburg erzählt:

Als ich in Hamburg war, eh du mon dieu, mon dieu,
Als ich in Hamburg war, eh du mon dieu,
Sah ich ein schönes Kind,
Voller Liebe war ich toll und blind, sacre di bleu!

Drei Tage später dann hat Franziska zwar ein Rendezvous mit Wedekind im Café Luitpold, doch der schöne Roderich Huch, ein Neffe von Richarda Huch, scharwenzelt dauernd um sie herum, was die Sache erschwert und Wedekind in Verlegenheit bringt. Sie begleitet ihn noch ein Stück, wobei er etwas auftaut, aber es wird nichts Rechtes mehr daraus.

Dafür beginnt sie nun von Wedekind zu träumen. Während er singt, so einer ihrer Träume, sitzt sie in einer Ecke der Scharfrichter-Bühne, sie und er sind »sehr amoureux«, wie das im Tagebuch heißt: man wirft sich verliebte Blicke zu, und wohl nicht nur das.

Einige Tage später wieder ein Traum, der Interessanteste von allen, als sei er der Welt der Märchen entsprungen: Sie und ihr Prinz gehen zusammen über einen dunklen Hof zu einer Bretterbude – die Szenerie erinnert von Ferne an das Scharfrichter-Etablissement in der Türkenstraße. Er reicht ihr einen kleinen Frosch und fordert sie auf, ihn hinunterzuschlucken, fragt sie aber noch, ob er nicht »ein Schweinehund« sei. Darauf sie: Nein, er sei doch »wundervoll«.

Noch einmal einige Tage später, nun wieder in Wirklichkeit, wird sie blass, als Wedekind unerwartet das Café betritt, in dem sie wiederum mit Roderich Huch sitzt. Der bemerkt es, lächelt. Als sie dann später mit Absicht an seinem Tisch vorbeigeht, ist sie »glücklich wie ein Backfisch über ein paar liebenswürdige Worte«, die er an sie richtet, und dass ihm Rolf, »die Maus«, offensichtlich gefällt.

Das ist es auch schon, was es über die Begegnung der großen Schwabinger Liebhaberin und Vorkämpferin für die sexuelle Befreiung der Frau mit dem bedeutendsten Schriftsteller der großen Münchner Zeit zu berichten gibt – ein bisschen Sehnsucht, ein paar Träume, mehr ein Aneinandervorbeilaufen als wirkliche Begegnungen. Und das Wenige mehr von ihr als von ihm ausgehend, wo sie doch sonst eigentlich jeden Mann kriegt, auf den sie es abgesehen hat, beziehungsweise sich vor Avancen kaum retten kann.

Vieles spricht dafür, dass die Gräfin einfach nicht in Wedekinds Beuteschema passt. Wedekind ist als Liebhaber kein stürmischer

»Ein Schweinehund?« Nein, »wundervoll«: Frank Wedekind, der große Bahnbrecher der modernen Literatur, um 1900.

Eroberer. Er wählt aus, prüft. Franziska zu Reventlow ist zu dieser Zeit bereits 30 Jahre alt, und das ganze Mutter-Sohn-Ding dürfte ihm, der die Frauen immer dann sitzen lässt, wenn ein gemeinsames Kind unterwegs ist, mächtig auf die Nerven gehen. Einige Jahre später wird er mit der blutjungen Schauspielerin Tilly Newes eine Frau heiraten, die 22 Jahre jünger ist als er. Frauen kommen für ihn entweder als Prostituierte oder als junges Ding in Betracht, das sich mit Haut und Haar und der passenden Unterwürfigkeit auf ihn einlässt. Womöglich hat er sogar Angst vor Franziska. Sie ist ihm zu wenig devot, zu fordernd, in ihrer sexuellen Ausstrahlung zu selbstbewusst, als Frau in jeder Hinsicht einfach zu erfahren.

Trotzdem darf man einen Augenblick träumen. Was wohl aus Schwabing geworden wäre, wenn seine beiden zentralen und dabei so exzentrischen Gestalten zueinander gefunden hätten? Immerhin das Todesjahr haben Frank und Franziska noch gemeinsam: 1918, das Jahr, in dem mit den Kampfhandlungen des Ersten Weltkriegs auch jene Epoche zu Ende geht, der sie beide mit ihrem rebellischen Geist angehören. Wedekind tritt nur wenige Monate vor Franziska zu Reventlow von der Bühne des Lebens ab, er mit 54, sie mit 47 Jahren. Kein Alter zum Sterben, möchte man meinen.

»So möcht' ich lieber nicht aussehen«

Während in München langsam Leben in die Bude kommt, zieht es einige schon wieder weg von hier. Der vor einigen Jahren erst von Berlin nach München übergesiedelte Ernst von Wolzogen kehrt, noch bevor das Jahrhundert zu Ende ist, in die Hauptstadt zurück, um das »Überbrettl« zu gründen. Zeitlebens wird er behaupten, damit das erste deutsche Kabarett ins Leben gerufen zu haben, doch das ist so wenig richtig wie seine andere Behauptung, Erfinder des »dritten Geschlechts« zu sein. Das Überbrettl, das seinen Namen der Über-Mode um 1900 verdankt – »Deutschland, Deutschland, alles ›über‹«, wandelt in diesen Jahren ein Witzbold die Nationalhymne ab –, ist gar kein Kabarett, wenn denn zu dessen Definition dazugehört, dass es ein Ensemble gibt, das die aufgeführten Texte, Lieder und Stücke nicht nur vorträgt, sondern auch selbst schreibt und ein Mindestmaß an satirisch-kritischer Potenz nicht unterschreitet. Nichts davon trifft aber auf das Berliner Überbrettl zu, das zwar der neuen, aus Paris nach Deutschland importierten Theatergattung eine Zeitlang den Namen gibt, aber ansonsten einfach eine Nummernrevue ist, der der weitgereiste Harry Graf Kessler »schlimmsten Gutstubenstil« bescheinigt.

Ein anderer, der geht, ist Lovis Corinth, und um ihn ist es wirklich schade. Er hätte der Münchner Kunstszene, die in den nächsten Jahren mit dem *Blauen Reiter* in die Gefilde des Abstrakten und Übersinnlichen abhebt, mit seiner an den Sinnen und dem Konkreten orientierten Malerei gutgetan. Aber er geht zu einem Zeitpunkt, da die von Franz Lenbach und seiner Altherrenclique formierten Beharrungskräfte auch auf die *Secession* übergreifen. Um in München als Künstler etwas zu werden, reicht es, ein passabler Maler sein, aber man muss sich aufs Netzwerken verstehen. Und das ist Corinths Sache (noch) nicht; er denkt nicht in Beziehungen, sondern in Bildern. Folge davon (so sieht er selbst es jedenfalls): Sein großes Gemälde *Salomé*, sein originärer Beitrag zum zeittypischen Thema der Femme fatale, wird von der Jury abgelehnt.

Dabei zieht er in ihm alle Register seiner Kunst der visuellen Inszenierung. Seine barbusige, stark geschminkte Salomé, der Henker mit dem hängenden Schnauzbart und dem blutigen Schwert, und das in der Schale liegende, abgeschlagene Haupt des Johannes, dessen linkes Auge Salomé mit ihren Fingern öffnet, bilden ein spannendes Beziehungsdreieck aus lauter irritierenden Blicken. Der Henker, in dem sich Corinth selbst dargestellt hat, schaut, so viel ist klar, auf die prächtigen Brüste von Salomé. Und das scheint auch Johannes mit seinem aufgesperrten toten Auge zu tun. Oder verhält es sich eher umgekehrt, dass Salomés Brüste die toten Augen von Johannes anstarren? Das alles führt jedenfalls dazu, dass das Bild in München zum Skandal wird. Vor allem aber, wohin wandert Salomés eigener Blick?

Als Corinth in diesen Tagen Korfiz Holm trifft, der noch immer stellvertretend für den im Pariser Exil weilenden Albert Langen die Geschäfte des Münchner Verlages führt, erzählt er ihm von den Schwierigkeiten, die ihm gerade der Blick der Salomé bereitet habe. Eigentlich, so seine Idee, sollte er auf das abgeschlagene Haupt des Johannes gerichtet sein. Stattdessen jedoch scheint sie auf das Geschlecht des Henkers zu blicken. Das Gemälde sei eigentlich schon fertig gewesen, und er habe immer noch versucht, Salomés Blick in die richtige Richtung zu lenken, es sei ihm malerisch einfach nicht gelungen. Vor Wut sei er schon drauf und dran gewesen, den ganzen Schinken wieder abzukratzen.

Da klopft es an der Tür seines Ateliers, und sein alter Freund Walter Leistikow von der neuen *Berliner Secession* tritt zusammen mit seiner Frau ein. Sie sind in München, um für die 1898 gegründete *Secession* in der Hauptstadt zu agitieren. Corinth zeigt den beiden seine Salomé, und was sagt Frau Leistikow als Erstes? »Oh famos. Ein starkes Bild. Das Feinste aber daran ist, wie sich die Salome trotz all ihrem Sadismus doch nicht überwinden kann, den Kopf des Jochanaan auch richtig anzukucken, obwohl sie ganz entschieden will, daß es so wirkt.«

Corinth ist entzückt; endlich sieht er Land – und lässt alles so, wie es ist. Leistikow bringt das Bild auf die *Berliner Secession*, wo es großes Aufsehen erringt. Corinth hat das Gefühl, während es bei ihm in München gerade zum Skandal reicht, ist er in Deutschlands Hauptstadt bereits eine Kapazität. Und zieht zwei Schlüsse daraus: Erstens, dass er seinen Erfolg nicht dem verdankt, was an Können in dem Bild drinsteckt, sondern im Gegenteil in dem, was ihm daran missraten ist. Und zweitens, er wird nach Berlin gehen.

Eduard von Keyserling

Erstmal, im Sommer des Jahres 1901, ist er aber noch da, wenn auch nicht in München selbst, so doch zur Sommerfrische am Starnberger See, im Ferienhaus von Max Halbe und seiner Frau. Halbe ist durch sein 1893 entstandenes Drama *Jugend* berühmt geworden. Neben den *Webern* von Gerhart Hauptmann ist es das zu dieser Zeit meistgespielte naturalistische Theaterstück und hat mit seinem Titel auch die Münchner Zeitschrift gleichen Namens angeregt. Begleitet wird Corinth von der gerade einundzwanzigjährigen Charlotte Berend, seiner ersten Schülerin in der von ihm kürzlich in Berlin gegründeten »Malschule für Weiber«. Für nächste Woche haben sich Korfiz Holm und seine Frau angesagt, zudem der Komponist Richard Weinhöppel von den Elf Scharfrichtern. Auch der Oberscharfrichter Frank Wedekind ist eingeladen, doch hat er sich gerade wieder einmal auf »ewig« mit Max Halbe zerstritten, und sein Kommen ist mehr als ungewiss.

Bereits anwesend aber ist der Schriftsteller Eduard von Keyserling. Auch er ist mit der ganzen Truppe – Typus: gehobene Boheme – befreundet, verbringt jedenfalls mit den meisten von ihnen in wechselnder Zusammensetzung feucht-fröhliche Abende und Nächte, die sich zuweilen bis in die frühen Morgenstunden hinziehen. Keyserling ist ein beliebter Zechkumpan und ein überaus geschätzter Gast, und dies nicht nur wegen seiner vollendeten Manieren und seiner charmanten Art. Wenn er gut drauf ist – und das ist er regelmäßig nach einigen Gläschen Wermuth, Port oder Weißwein –, dann haut er mit seiner feinen Ironie die Bonmots nur so raus. Als es kürzlich ums Lesen ging, hat er wie beiläufig gemeint, während ein Lächeln seine Lippen umspielte: »Erst liebt man, dann säuft man, dann liest man.« Das war auch ein Statement in eigener Sache. Keyserling selbst ist in Phase 2 angekommen.

Ob er es je bis Phase 3 schaffen wird? Keyserlings Augen werden zusehends schlechter, und er ahnt, dass er eines Tages vollständig erblindet sein wird. Dann geht nur noch Vorlesen, und seine Erzählungen und Romane, geschrieben in einer feinnervigen Prosa, die ihresgleichen sucht, so lebenstrunken wie untergangshell, wird er diktieren müssen. Aber der auf die 50 zugehende Sprössling einer ländlich-adeligen Familie aus dem Baltikum hat dafür vorgesorgt. Seitdem er voriges Jahr in eine Dreizimmerwohnung auf die Münchner Ainmillerstraße gezogen ist, führen ihm seine beiden

Schwestern Henriette und Ilse den Haushalt und sorgen sich rührend um Edchen, wie sie den Bruder zärtlich rufen. Denn dessen schlechte Augen sind nur ein Symptom unter vielen eines komplexen Krankheitsbildes. Als Folge einer nicht ausgeheilten Syphilis, die er sich als junger Mann in Lebensphase 1 zugezogen hat, leidet Keyserling unter einer Rückenmarksschwindsucht. Häufig empfindet er ein Taubheitsgefühl in den Beinen, seine Füße schieben sich dann unsicher tastend vorwärts und sein Gang ist eigenartig schleudernd. Selbst das Glas, das er so gerne zum Munde führt, kriegt er erst beim zweiten oder dritten Griff zu fassen, als würde er nach einer Fliege haschen. Und das alles ist verbunden mit starken Schmerzen und der mit an Sicherheit grenzenden Wahrscheinlichkeit, eines Tages nicht nur blind, sondern auch lahm zu sein.

Zudem ist Keyserling mit seiner hageren, schlottrigen Gestalt, der müden Haltung, den schmalen eingefallenen Wangen und den weit aufgerissenen Augen von phantastischer Hässlichkeit – beinahe eine Geisterscheinung. So hat ihn auch Max Halbe bei ihrer ersten Begegnung wahrgenommen: Der Mensch sehe ja aus wie einer, der vor hundert Jahren als Siebzigjähriger gestorben sei und seitdem bis heute Nachmittag im Grab gemodert habe, ist ihm bei seinem Anblick durch den Kopf geschossen. Was nichts daran geändert hat, dass die beiden Freunde geworden sind.

Corinth ist mit einem Geheimplan an den Starnberger See gefahren. Er will diesen hässlichen Aristokraten mit Stil und geistreicher Zunge unbedingt malen – und zwar, wie es sich für einen eingefleischten Naturalisten seines Schlages gehört, nicht geschönt, sondern betont lebensecht. Corinth sieht das als eine große malerische Herausforderung: Gefällige Schönheit kann jeder einigermaßen begabte Maler so darstellen, dass ihm der Beifall des Publikums sicher ist, findet er. Aber Hässlichkeit zu malen, ist ein Wagnis. Das sieht man dann doch nicht so gerne, auch wenn man so tut, als ob. Und wie wird es erst auf den Porträtierten wirken, der sich auf einmal mit der Wahrheit seines Aussehens konfrontiert sieht?

Lovis Corinth selbst hält es für eines seiner besten Bilder: Porträt Eduard Graf von Keyserling, 1900, Neue Pinakothek München.

Zu Corinths Erstaunen willigt Keyserling in das Vorhaben ein. Zwar nicht sofort, weil er sich vor dem Ergebnis fürchtet. Aber irgendwie fühlt er sich auch geschmeichelt. Charlotte Berend, die Corinth bis zum Überdruss »Petermannchen« nennt, meint zu Keyserling, er habe gewiss Geheimnisse. So sehe er jedenfalls aus. Geheimnisse machen Männer interessant, das weiß Keyserling aus Erfahrung. Und auf einmal ist er neugierig, was davon auf Corinths Bild zu sehen sein wird.

Gleich nach dem Frühstück geht es los. Keyserling zieht sich sogar noch einmal um für die erste Sitzung, die im Freien, vor der Hauswand stattfindet. Statt des legeren Leinensakkos trägt er nun zu weißem Hemd und weißer Seidenweste einen gedeckten Anzug, ein zugegebenermaßen etwas altmodisches, aber, wie er findet, schriftstellerische Noblesse ausstrahlendes Modell. Dazu eine Halsbinde aus Satin, deren dunkles Blau in dem Stein des Keyserling'schen Siegelrings wiederkehrt, den er am Zeigefinger der linken Hand trägt. Den oberen Knopf des Gehrocks hält er geschlossen, selbst im Sitzen. Das soll lässig aussehen, aber zugleich Haltung andeuten. Dafür kann Corinth ihn überreden, den Hut abzulegen. So sehe man sein Gesicht besser.

Corinth arbeitet schnell, ohne Vorzeichnung bringt er die Farbe direkt auf die Leinwand. Schon nach einigen wenigen Sitzungen sind nur noch Details auszuarbeiten, wofür Keyserlings Anwesenheit nicht mehr erforderlich ist. Umso mehr steigt die Spannung auf das fertige Porträt, das Corinth aber erst herzeigen will, wenn jeder Farbtupfer am richtigen Fleck sitzt. Eines Morgens dann ist es so weit. Keyserling kommt spät zum Frühstücken herunter. Halbe begrüßt ihn mit dem Satz, sie fänden, dass Corinth ihn gut getroffen habe. Da fällt sein noch etwas verschlafener Blick auf die Leinwand. Trotz der bleichen, durchsichtigen Tongebung ist das Ergebnis von unbarmherziger Sachlichkeit. Nein, so hat er sich noch nicht gesehen, der Spiegel ist gnädig dagegen. Und doch ist es wohl die Wahrheit über ihn – über die Figur, die er in der Welt macht. Auf einem hageren, unproportionierten Körper mit herabhängenden Schultern sitzt auf einem langen Hals ein knochiges Gesicht mit zurückspringendem Kinn, eingefallenen Wangen und weit aufgerissenen Augen, die in großen Höhlen liegen. Das einzig Lebendige daran sind die spitz zulaufenden roten Lippen. Doch selbst die haben etwas Geisterhaftes – als habe man einer Leiche die Lippen rot angemalt, um zu kaschieren, dass alles Blut aus ihnen entwichen ist. Das Geheimnis besteht darin, so schießt es Keyserling durch den Kopf, dass er schon zu Lebzeiten mehr tot als lebendig ist, unaufhaltsam dem vorgezeichneten Ende entgegeneilend. »Es mag ja gut gemalt sein«, presst er hervor, nachdem er sich etwas gefangen hat. Und gut unterhalten habe ihn Lovis dabei auch. »So aussehen möchte ich aber lieber nicht.«

Die Zukunft der Malerei

Gabriele Münter

Kaum hat Corinth München verlassen, da kommt hier mit der vierundzwanzigjährigen Gabriele Münter die Zukunft der Malerei an. Der vor allem in Berlin beschworene Niedergang der Kunststadt München muss wieder einmal vertagt werden. Wer so klagt, schaut einfach nicht richtig hin. Oder er hat anachronistische Vorstellungen davon, was Kunst angeblich zu sein habe. Erst vor wenigen Monaten ist die quirlige, abenteuerlustige junge Frau von einem zweijährigen USA-Aufenthalt nach Deutschland zurückgekehrt. Sie hat New York gesehen und ist gemeinsam mit ihrer Schwester durch Missouri, Arkansas und Texas gereist. Ihre Eltern sind in den USA zu Wohlstand gekommen, nun haben die Geschwister Münter dort Verwandte der mittlerweile verstorbenen Mutter besucht.

Gabriele Münter ist stolze Besitzerin einer Kodak-Rollfilmkamera – des neuesten Modells *Eastman Kodak No. 2,* besser bekannt unter dem Namen »Bull's Eye«. Fotografieren ist in den USA zur damaligen Zeit bereits eine verbreitete Freizeitbeschäftigung; selbst gemachte Fotos sind in Wohnungen und Privathäusern ein beliebter Wandschmuck. »Man drücke den Knopf, wir besorgen das übrige«, lautet der Werbeslogan der Bull's-Eye-Boxkamera. Ganz so einfach ist es nicht, aber die junge Frau, die vorher in Düsseldorf Zeichenunterricht genommen hat, hält ihre Reiseeindrücke nun nicht mehr nur auf dem Skizzenblock, sondern auch mit der Kamera fest. Rund 400 Fotos zeugen davon, wie sie Amerika gesehen hat.

Bei ausreichendem Licht kann man mit der Bull's Eye spontan, aus der Hand fotografieren. So entstehen Bilder, die die Weite des Landes, seine atemberaubende Ausdehnung festhalten: überladene Erntewagen vor tiefliegendem Horizont, Händler und Pferdefuhrwerke auf endlosen Wegen. Auffällig ist auch Münters Sinn für komische Alltagsszenen: Ein Foto zeigt zwei Lausbuben, die auf einem störrischen Schwein reiten, ein anderes einen dressierten Grizzlybär, der über die Straße stolziert. Innenaufnahmen dagegen erfordern eine Belichtungszeit von mindestens zwei Sekunden. Aber auch hier verwendet die junge Fotografin kein Stativ, sondern benutzt einen Tisch, ein Geländer oder andere im Raum anzutreffende Gegenstände als Standfläche. Oder sie macht sich den starken seitlichen Lichteinfall eines Fensters zunutze – eine Technik, die damals als »Verschleierung des Bildes« bekannt ist, weil so die Lichtreflexe auf der Aufnahme sichtbar sind. Gabriele Münters Aufnahmen zeigen die Begeisterung für die neuen unmittelbaren und spontanen Darstellungsmöglichkeiten, wie sie sich durch das Fotografieren mit einer Kamera ergeben, die sich mitführen und situativ einsetzen lässt. Dabei ist sie alles andere als eine Knipserin. Mit Bedacht wählt sie ihre Ausschnitte. Schon als Fotografin folgt sie dem Prinzip, das später ihre Malerei charakterisieren wird: Bilder zu machen bedeutet eine Verwandlung der Wirklichkeit – die Gestaltung der Eindrücke. Da ist es völlig egal, ob das mit Palette und Pinsel oder mit Objektiv und Blende geschieht.

Aus den USA wieder in Deutschland zurück, wirkt Gabriele Münter anfangs relativ unentschlossen und antriebslos. Die amerikanische Erfahrung hat bei ihr nicht nur das Gefühl von Weite und Freiheit, sondern auch eine konkrete Vorstellung davon hinterlassen, mit welch unbekümmertem Selbstbewusstsein heutzutage eine Frau ihr Leben in die Hand nehmen, ihren Anspruch auf Glück durchsetzen kann. Doch angesichts der Enge und Provinzialität, der Vorgespurtheit des Lebens der Frauen im wilhelminischen Deutschland wächst ihre Skepsis, ob solche Gefühle und Ideen hier überhaupt eine Chance auf Realisierung, ja eine Berechtigung haben.

Da erreicht sie ein Brief ihrer Freundin Margarete Susman, die zum Studium der Kunst Düsseldorf mit München vertauscht und in der dortigen Damen-Akademie einen Kurs in Kopf- und Aktzeichnen belegt hat. »Ab nach München!«, notiert sie noch am gleichen Tag in ihr Merkbuch.

Neben einem Studium der Kunst absolviert Gabriele Münter in den nächsten Jahren das gesamte Programm, das München damals zur attraktivsten deutschen Stadt für alle macht, die in ihrem Leben neue Wege gehen wollen. Hermann Obrist, der Wortführer des Münchner Jugendstils, vermittelt ihr in seinen Vorträgen, die er auf den Clubabenden der Damen-Akademie hält, eine Vorstellung davon, dass von einer Erneuerung der Kunst auch eine Veränderung des Lebens des Einzelnen wie der Gesellschaft ausgehen kann. Über den Künstlerinnen-Verein kommt sie mit der *Gesellschaft zur Förderung geistiger Interessen der Frau,* mit Ika Freudenberg und Anita Augspurg in Verbindung. Ihre Passion fürs Fotografieren bringt sie mit dem Atelier Elvira in Kontakt. Regelmäßig liest sie die Zeitschriften *Jugend* und *Simplicissimus,* die der in München spürbaren Aufbruchsstimmung ein Gesicht geben. Sie macht Bekanntschaft mit dem Ehepaar Wolfskehl und lernt auf deren *jours* auch die anderen Mitglieder des Kosmikerkreises kennen. Sie liest Franziska zu Reventlows gerade erschienenen autobiographischen Roman *Ellen Olestjerne* – die Geschichte der Selbstbefreiung einer Frau aus Verhältnissen, die ihrem Glück und ihrer Selbstverwirklichung im Wege stehen. Sie fährt leidenschaftlich Rad und geht schwimmen, Letzteres auch im Müllerschen Volksbad, einem Jugendstil-Juwel, fertiggestellt im Jahr ihrer Ankunft in München. Im gleichen Jahr öffnet auch das Schauspielhaus an der Maximilianstraße seine Pforten. Richard Riemerschmid hat hier ein Jugendstil-Gesamtkunstwerk geschaffen, durchgestaltet bis ins kleinste Detail, von den Türbeschlägen über das fließende Geländer der Balkonbrüstung bis zu den floral designten Lampen mit unverblendeten Glühbirnen. Kaum eine Opern- oder Theaterinszenierung, die der Neu-Münchnerin entgeht. Regelmäßig besucht sie die Vorstellungen der Elf Scharfrichter; besonders gefällt ihr dort die stilisierte, raffiniert beleuchtete Bühne. Mit dem zur Gitarre singenden Scharfrichter Frigidius Strang alias Richard Kothe entwickelt sich eine Freundschaft. Die tanzbesessene Münter gehört zu denen, die nicht stillsitzen können, sobald Musik ertönt. Schon deshalb stürzt sie sich in den Faschingstrubel. Auf dem Scharfrichter-Ball, der die Saison eröffnet, trifft sich die gesamte Münchner Boheme und feiert ausgelassen bis in die Morgenstunden. Gabriele Münter ist immer noch dabei, wenn die närrische Saison mit dem Faschingsball des Künstlerinnen-Vereins im Café Luitpold zu Ende geht. Auf der *Niedergangsnachfeier,* auf der mit viel Spott »Münchens Untergang als Kunststadt« inszeniert wird, amüsiert sie sich königlich. Ein Foto aus dieser Zeit zeigt sie in grauem Überzieher und Zylinder als Mann, während sich ein Mitschüler von ihr nach allen Regeln des guten Geschmacks mit Hut, Rüschenbluse, langem Rock und Handschuhen als Frau verkleidet hat.

Für ihren Anspruch, Malerei zu studieren »wie ein Mann«, vollumfänglich und gleichberechtigt, stellt sich die Münchner Damen-Akademie hingegen nicht als die optimale Wahl heraus. Gelehrt wird das abgespeckte Damen-Programm, das mehr Hobby-Kenntnisse als eine gründliche Ausbildung vermittelt. So etwas wie ein Förderungsprogramm oder gar Meisterklassen sind Fehlanzeige. Es geht brav und konventionell, nicht inspiriert und herausfordernd zu. In den neun Ateliers des Künstlerinnenhauses drängen sich an die 300 Schülerinnen, Hospitantinnen eingeschlossen. Die Professoren, natürlich ausschließlich Männer, drücken in der Regel beide Augen zu, zeigen sich wohlwollend, aber auch desinteressiert, wenn sie den Schülerinnen nicht gerade den Pinsel führen und ihnen dabei unverhohlen in den Ausschnitt starren.

Das ändert sich erst, als Gabriele Münter die reine Damen-Akademie verlässt und ihre Ausbildung an der Schule fortsetzt, die seit kurzem der Künstlervereinigung *Phalanx* angegliedert ist. Die neugegründete Vereinigung hat es sich zum Ziel gesetzt, das etablierte Jury-Prinzip zu durchbrechen. Wer in München als Künstlerin oder Künstler etwas werden will, muss bislang den Filter der Jurys passieren, die mit den ewig gleichen Herren besetzt sind. Damit soll endlich Schluss sein. Das Plakat zur ersten Ausstellung hat der *Phalanx*-Mitgründer Wassily Kandinsky entworfen: Hinter einer Säulenreihe rücken zwei mit Speer, Schild und Helm bewaffnete Gestalten von rechts nach links gegen eine Bergfestung, sprich: den etablierten Kunstbetrieb, vor.

Der elf Jahre ältere Wassily Kandinsky wird Gabriele Münters Lehrer. Er bringt ihr als Malerin und als Frau eine Wertschätzung entgegen, wie sie sie bislang nicht erfahren hat, weder von einem Professor noch von einem Mann. Er geht auf sie ein, spart nicht mit gründlichen Erklärungen und behandelt sie wie »einen bewußt strebenden Menschen, der sich Aufgaben und Ziele stellen kann«, so ihre eigenen Worte. Das ist ihr neu und hinterlässt bei ihr einen tiefen Eindruck.

Wassily Kandinsky

Dass die Welt aus Atomen besteht und diese beständig zerfallen, hat nicht nur den jungen Klages an der Zuverlässigkeit von Wissenschaft und gegenständlicher Welt irrewerden lassen. In seinen 1913 entstehenden *Rückblicken* berichtet Kandinsky von einem ganz ähnlichen Erlebnis und nennt sogar den Anlass: die Entdeckung der vom Uran ausgehenden Strahlung, der Radioaktivität, die Antoine Henri Becquerel im Jahr 1896 der Pariser Académie des Sciences mitteilt. Im gleichen Jahr entschließt sich der studierte Jurist und Volkswirtschaftler, zusammen mit seiner Frau von Moskau nach München zu gehen und dort sein bisheriges Hobby, die Malerei, zur Profession auszubilden. »Das Zerfallen des Atoms war in meiner Seele dem Zerfall der ganzen Welt gleich«, beschreibt Kandinsky sein metaphysisches Erlebnis: »Plötzlich fielen die dicksten Mauern. Alles wurde unsicher, wackelig und weich. Ich hätte mich nicht gewundert, wenn ein Stein vor mir in der Luft geschmolzen und unsichtbar geworden wäre.«

Zuflucht vor dem Gefühl der Bodenlosigkeit, das die neue Physik in ihm auslöst, findet Kandinsky in der Kunst, die er als eine spirituelle Gegenwelt zur brüchig gewordenen Wirklichkeit versteht. Der schon Dreißigjährige kehrt der Wissenschaft den Rücken und lässt sich auf das Wagnis ein, die bildende Kunst als Seelenkunst neu zu erfinden. Die Aussicht auf ein Erbe, das seinen Lebensunterhalt sichert, erleichtert ihm diesen Entschluss.

Gleich nach der Ankunft in München tritt Kandinsky in die Malschule von Anton Ažbé ein. Dort bleibt er ein Außenseiter. Er ist zehn Jahre älter als die meisten seiner Mitschüler, stets überkorrekt gekleidet, eigentümlich beherrscht bis in seine Handbewegungen hinein, ehrgeizig, ohne zu glänzen, zudem introvertiert und wenig gesprächig. »Da kommt so ein Herr mit seinem Farbkasten, nimmt Platz und beginnt zu arbeiten«, erinnert sich Igor Grabar an den ersten Auftritt seines Landmanns: »Seine Erscheinung ist typisch russisch, mit einem Anflug des Moskauer Universitätsmilieus und einem Hauch von Magistertum ... Das also war Kandinsky.« Sein Problem habe darin bestanden, »daß all seine Erfindungen aus dem Gehirn stammten und nicht aus dem Gefühl«.

Nach zwei Jahren Ažbé und einem weiteren Jahr des Studiums bei Franz Stuck wählt Kandinsky nicht zuletzt wegen seines fortgeschrittenen Alters den Einstieg in die Kunstszene gleichsam »von oben« her, als Ausstellungsleiter und Mitinhaber einer Malschule. Was nichts daran ändert, dass er sich unfertig fühlt. Phasen eines zur Schau getragenen Selbstbewusstseins wechseln jäh mit denen tiefer Verunsicherung ab. Ist es in dem von der Jugend berauschten München für ihn, der bereits auf die 40 zugeht, nicht längst zu spät?

Da kreuzt sich sein Weg mit dem von Gabriele Münter. Seiner Wertschätzung ihrer Person antwortet sie mit ihrer zupackenden Art, der »Sicherheit des Schlafwandlers«, mit der sie ihre Bilder malt. Kandinsky sieht das und weiß sofort, dass es diese unbekümmerte Spontaneität ist, die ihm fehlt und die er unbedingt braucht, wenn er vorankommen will. Malen sei »wie plötzlich in tiefes Wasser springen«, wird Gabriele Münter einmal sagen: man wisse vorher nie, ob man werde schwimmen können. Kein anderer erreicht auch nur annähernd das Tempo, mit dem sie eine erste Gestaltungsidee auf dem Blatt skizziert. Von Kandinsky will sie hingegen »die Technik des Schwimmens« gelernt haben, sprich auch bei der farblichen und kompositorischen Gestaltung des Bildes neue Ufer zu erreichen.

Im Sommer 1902, bei einem mehrwöchigen Aufenthalt zum Landschaftsmalen in Kochel am See, kommen die beiden einander näher. Sie sind die Einzigen mit Fahrrad und unternehmen so häufig Malausflüge à deux. Dann aber trifft Kandinskys Frau in Kochel ein. Kandinsky bekommt es mit der Angst zu tun, befürchtet, dass sie seine Verliebtheit in die neue Schülerin bemerken könnte, und bittet Gabriele Münter um vorzeitige Abreise. Diese kommt der Bitte zwar nach, fühlt sich aber um ihre Ausbildung betrogen. Und weiß nun auch, dass Kandinskys Wertschätzung, die für sie das Fundament ihrer Beziehung ist und bleibt, eine Grenze kennt und dass diese Grenze Anna heißt.

Es folgt ein Jahr heimlicher Verabredungen, eines regen Briefwechsels und zum Teil missglückter Treffen, die den Eindruck erwecken, als sei es mehr die Verlustangst, die die beiden aneinander kettet, als der Rausch der Verliebtheit. Im Sommer darauf, erneut auf einem mehrwöchigen Malausflug der *Phalanx*-Schule, dieses Mal in Kallmünz am Rande des Bayerischen Waldes, werden sie endlich ein Paar. Kandinsky hat sogar Verlobungsringe mitgebracht, um die Verbindung zu besiegeln. Sie sind ein Eheversprechen für die Zeit, wenn er von seiner Frau geschieden sein wird. Bei der Abreise aus Kallmünz kommen die Ringe jedenfalls wieder in die Schatulle.

Kandinskys Angst, gemeinsam mit seiner Geliebten in München gesehen zu werden, steigert sich nach der Rückkehr noch. Zwar betreibt er nun die Trennung von seiner Frau, aus Rücksicht auf ihre Gefühle verheimlicht er ihr jedoch den wahren Trennungsgrund: seine Liebe zu einer anderen Frau. Da ist es ihm durchaus recht, dass Gabriele Münter erst einmal, wie schon zuvor, für einige Monate nach Bonn zu ihrem Bruder fährt. Der aber kann nur den Kopf schütteln, als er erfährt, dass sich ein verheirateter Mann mit seiner Schwester verlobt hat.

Immerhin ergibt sich nun bald öfter die Gelegenheit, die Verlobungsringe zu tragen. In den nächsten Jahren sind Kandinsky und Münter permanent auf Reisen. Sie verbringen einen Winter in Tunis, kehren von dort über Italien zurück, um dann den Sommer über in Dresden zu sein. Sie treffen sich in Brüssel, sind danach in Mailand und Rapallo zusammen und leben anschließend ein Jahr in Paris. Dort beziehen sie allerdings schon bald getrennte Wohnungen: Kandinsky zieht es aus der Großstadt hinaus nach Sèvres, wo er ein Landhaus am Rande des Parks von Saint-Cloud bewohnt. Münter dagegen nimmt sich ein Zimmer im quirligen 6. Arrondissement, kostet das Stadtleben aus und nimmt sogar am juryfreien Salon der *Indépendants* teil – mit postimpressionistischen Bildern. Das ist gut für den Lebenslauf, bringt aber vor allem die Erkenntnis, dass sie in ihrer malerischen Entwicklung stagniert. Auch Kandinsky kommt in diesen Jahren über mittelmäßigen Impressionismus und kunstgewerblich anmutende Figuralkompositionen nicht hinaus. Bevor die beiden anschließend für acht Monate nach Berlin gehen, verbringen sie noch den dritten gemeinsamen Sommer mit Wander- und Radtouren in der Schweiz. Fast scheint es so, als könnten sie ihre zerbrechliche Liebe nur im ständigen Unterwegssein leben, und müssten selbst dann immer wieder Distanz zueinander suchen.

München leuchtet

Die Kunst an der Herrschaft

Seit einiger Zeit hat auch Thomas Mann das Radfahren für sich entdeckt. Selbst bei strömendem Regen legt er in Gummischuhen und Lodenpelerine alle Wege auf dem modischen Gefährt zurück. Wieder zu Hause angelangt, trägt er es auf der Schulter die Treppen zu seiner bescheidenen Wohnung hinauf und stellt es in der Küche ab. Nach getaner Schreibarbeit am späten Vormittag findet er Entspannung darin, es gründlich zu putzen, wofür er es auf den Sattel stellt.

So, zwischen Frühstück und Fahrradpflege ist auch Thomas Manns erster Roman entstanden, der, wenn es nach ihm gegangen wäre, eigentlich nur »Abwärts« hätte heißen sollen. Das klingt beinahe schon nach Asphaltliteratur. Seiner scharf karikierenden Darstellungsweise der Nebenfiguren merkt man die Schule des *Simplicissimus* an, dessen Redaktion er während der Abwesenheit von Albert Langen, Frank Wedekind und Thomas Theodor Heine, die gerade im Exil oder in Haft waren, fast zwei Jahre lang unter Korfiz Holm angehört hat. Homeoffice ist schon damals kein Tabu: Teile seiner Tätigkeit, etwa Korrekturarbeiten, kann er in seiner »wenig komfortablen Dichter-Clause«, wie er seine Wohnung nennt, verrichten. Seit seiner Ankunft vor sieben Jahren ist der junge Schriftsteller viermal in München umgezogen, zuletzt in einen erst halbfertigen Neubau in der Feilitzschstraße zwischen Münchner Freiheit und Englischem Garten, wo auch Oskar Panizza wohnt. Hier hat er vor kurzem das letzte Kapitel von *Die Buddenbrooks* geschrieben, wie der Roman dann Gott sei Dank doch heißt, als er im Oktober 1901 bei S. Fischer in Frankfurt erscheint. Einziger Schönheitsfehler: Nach Meinung des Verlegers Samuel Fischer ist das Buch viel zu umfangreich geraten, so dass man es auf zwei Bände aufgeteilt hat. Anfangs scheint der schleppende Absatz der Meinung des Verlegers recht zu geben, bis man sich entschließt, in einer preisgünstigen Sonderausgabe aus den zweien einen Band zu machen. Ab da nimmt der Verkauf der Seelengeschichte des deutschen Bürgertums, dargestellt am Niedergang einer Lübecker Kaufmannsfamilie, Fahrt auf. Dem Erfolg sicher nicht abträglich ist der Umstand, dass es sich um einen Schlüsselroman handelt; kaum eine Figur, die nicht ein Vorbild in der Realität hat. 1929 bringt das Werk Thomas Mann dann sogar den Literaturnobelpreis ein.

Heute, an einem winterlich kalten Novemberabend, ist der junge Schriftsteller zu einer ersten Lesung aus den *Buddenbrooks* unterwegs, die in Heinrich Eckels Wein-Restauration in der Theresienstraße stattfindet. Der Weg führt ihn über die Platanen bestandene Leopoldstraße, vorbei am Siegestor und am rechten Seitenflügel des palastartigen Gründerzeitbaus der Münchner Kunstakademie. Hier beginnt die Ludwigstraße, die schnurgerade auf die nach dem Florentiner Vorbild der Loggia dei Lanzi erbaute Feldherrnhalle zuführt und an der das Hauptgebäude der Ludwig-Maximilians-Universität, die Ludwigskirche und das langgestreckte Backsteingebäude der Hof- und Staatsbibliothek liegen, die Thomas Mann soeben passiert. Eingeladen zu der Lesung hat der *Akademisch-dramatische Verein*, in dem Thomas Mann seit geraumer Zeit Mitglied ist, aktives sogar: In einer Aufführung von Ibsens Stück *Die Wildente* beispielsweise hat er den Großhändler Wörle gespielt.

Bereits zu Anfang des Jahres hat Thomas Mann in Eckels Wein-Restauration seine skurrile Erzählung »Der Weg zum Friedhof« gelesen; heute steht neben dem Schulkapitel aus den *Buddenbrooks*, von dessen Vortrag Thomas Mann sich große Wirkung erwartet, eine unveröffentlichte, in München spielende Erzählung auf dem Programm. Sie trägt den geheimnisvollen Titel ›Gladius Dei‹ und beginnt mit einem knappen, nur aus zwei Wörtern bestehenden Satz, von dem auch ihr Urheber dieser Tage noch nicht ahnt, dass er einmal zum Synonym für eine ganze Epoche werden wird: »München leuchtete.«

> München leuchtete. Über den festlichen Plätzen und weißen Säulentempeln, den antikisierenden Monumenten und Barockkirchen, den springenden Brunnen, Palästen und Gartenanlagen der Residenz spannte sich strahlend ein Himmel von blauer Seide, und ihre breiten und lichten, umgrünten und wohlberechneten Perspektiven lagen in dem Sonnendunst eines ersten, schönen Junitages.

Mit einiger Genugtuung stellt der sechsundzwanzigjährige Autor fest, dass er seine Zuhörerinnen und Zuhörer in dem bis auf den letzten Platz gefüllten Saal der Gaststätte mit diesem einleitenden Abschnitt, erst dem ganz knappen und dann dem weitschweifigen, der Beschreibung eines Gemäldes nachempfundenen Satz, für seine Geschichte bereits gewonnen hat. Was nun folgt ist eine Beschreibung Münchens als Stadt des Jugendstils. Darin hat die spektakuläre Fassade des Ateliers Elvira genauso ihren Auftritt wie der für den aufmerksamen Beobachter im Straßenbild immer häufiger anzutreffenden Schmuck »von fließenden Linien und sonnigen Farben, Bacchanten, Nixen und rosigen Nacktheiten«, die etwa ansonsten durchaus gewöhnliche Hauseingänge umrahmen. München, soviel wird aus seiner so suggestiven wie farbigen Beschreibung deutlich, ist nicht nur Kunststadt, sondern so etwas wie die Herzkammer der neuen Kunst, deren Initiatoren sie aus den Palästen und Museen holen und in die bürgerlichen Wohnungen und ins Straßenbild integrieren.

> Die Kunst blüht, die Kunst ist an der Herrschaft, die Kunst streckt ihr rosenumwundenes Scepter über die Stadt hin und lächelt. Eine allseitige respektvolle Anteilnahme an ihrem Gedeihen, eine allseitige, fleißige und hingebungsvolle Übung und Propaganda in ihrem Dienste, ein treuherziger Kultus der Linie, des Schmuckes, der Form, der Sinne, der Schönheit obwaltet ... München leuchtete.

Das ist der Hintergrund, vor dem nun der Kapuzenmann auftritt. Hieronymus ist sein Name, und Thomas Mann hat ihn nach dem Vorbild Girolamo Savonarolas entworfen, jenes asketischen und radikalen, gegen die Korruption vorgehenden Mönchs, dem im 15. Jahrhundert das Kunststück gelang, die das Wohlleben und die Schönheit liebenden Florentiner dazu zu bringen, ihre Kunst- und Luxusgegenstände zu verbrennen. Auch in *Fiorenza*, seinem einzigen Drama, an dem er gerade arbeitet und das bei der Theaterkritik gnadenlos durchfallen wird, befasst Thomas Mann sich mit dieser Figur.

Auch Hieronymus ist in der Stadt unterwegs; ungefähr von dort, wo Thomas Mann gerade liest, steuert er, den gesenkten Kopf tief in die Kapuze seines dunklen Umhangs vergraben, zielstrebig auf den Odeonsplatz vor der Feldherrnhalle und dort auf die große Kunsthandlung von M. Blüthenzweig zu. In der Erzählung wird sie auch ironisch »Schönheitsgeschäft« genannt, in Anspielung auf die Geschäftsgrundlage des Unternehmens, die Verbindung von Kunst und Kommerz. Einer wie Hieronymus kann sich das nur als heuchlerisch und verwerflich vorstellen. In Wirklichkeit befindet sich dort der Kunst-Salon Littauer, in dem Obrist vor wenigen Jahren seine Stickereien ausgestellt und damit den Münchner Jugendstil begründet hat.

Thomas Manns Beschreibung des Schönheitsgeschäfts hat allerdings noch ein zweites Vorbild: den Kunstverlag Franz Hanfstaengl. Blickfang in den Blüthenzweig'schen Schaufensterauslagen ist »eine wertvolle, in rotbraunem Tone ausgeführte Photographie in breitem, altgoldenem Rahmen, ein Aufsehen erregendes Stück, eine Nachbildung des Clou der großen internationalen Ausstellung des Jahres«. Wohlgemerkt, es handelt sich nicht um ein Original, sondern um eine Reproduktion, und ist für den Preis von 70 Mark inklusive Rahmen zu erwerben, wie Herr Blüthenzweig auf Nachfrage gerne erläutert. Das Bild sieht aus, als hätte Franziska zu Reventlow zusammen mit ihrem unehelichen Sohn für ein Bild der Gottesmutter Maria mit dem Jesuskind Modell gesessen:

> Die Gestalt der heiligen Gebärerin war von berückender Weiblichkeit, entblößt und schön. Ihre großen, schwülen Augen waren dunkel umrändert, und ihre delikat und seltsam lächelnden Lippen standen halb geöffnet. Ihre schmalen, ein wenig nervös und krampfhaft gruppierten Finger umfaßten die Hüfte des Kindes, eines nackten Knaben von distinguierter und fast primitiver Schlankheit, der mit ihrer Brust spielte und dabei seine Augen mit einem klugen Seitenblick auf den Beschauer gerichtet hielt.

Als Hieronymus den Laden betritt, verlangt er den Inhaber des Geschäftes, Herrn Blüthenzweig zu sprechen. »Ich bin gekommen, Sie zu bitten, daß Sie jenes Bild, die große Photographie, die Madonna, sogleich aus ihrem Fenster entfernen und sie niemals wieder zur Schau stellen«, lautet seine kategorische Bitte, als er endlich bis zum ihm vorgedrungen ist. Es kommt, wie es kommen muss in einem solchen Fall: Nach einigem Hin und Her, in dessen Verlauf Hieronymus ausgiebig Gelegenheit bekommt, seinen Standpunkt zu erläutern und sich bis zu der Aufforderung versteigt, alles, was der Laden birgt, zu verbrennen, denn es sei »Unrat in Gottes Augen«, macht Blüthenzweig von seinem Hausrecht Gebrauch und lässt ihn unter Zuhilfenahme eines massigen Lageristen aus dem Geschäft werfen. Zurück auf der Straße hat Hieronymus die Vision eines großen Scheiterhaufens vor der Feldherrnhalle, auf dem alle »Eitelkeiten der Welt«, von den »Maskenkostümen der Künstlerfeste« bis zu den »Propagandaschriften der Kunst« unter dem Jubelgeschrei des Volkes den prasselnden Flammen übergeben werden. Es sollen noch gut drei Jahrzehnte vergehen, bis aus dieser Vision schreckliche Wirklichkeit wird. Damit nicht genug, sieht der Kapuzenmann »gegen die gelbliche Wolkenwand, die von der Theatinerstraße heraufgezogen« ist, ein »breites Feuerschwert stehen, das sich im Schwefellicht über die frohe Stadt« hinreckt. »Gladius Dei super terram«, das Schwert Gottes komme über die Welt ... »cito et velociter«, unmittelbar und schnell, murmelt er, während er seine hinabhängende Faust krampfartig schüttelt. Es ist ein Zitat aus Savonarolas *Sammlung der Offenbarungen.*

Trotz aller gebildeten Verweise auf das Florenz der Renaissance und zum Schluss noch einmal auf den Prediger Savonarola – der Kapuzenmann in Thomas Manns Erzählung, der über die Sinnenfreude der Kunststadt mit einem blutigen Schwert scharf richten will, ist durchaus der Szenerie Münchens um 1900 abgeschaut. Hier, wo der Jugendstil mit seinem Sinn für Schönheit und Ornamentik blüht, wimmelt es rasch auch von Querköpfen und Idealisten, diätetischen Erlösern und asketischen Propheten, zur Radikalität neigenden Weltverbessern und Seelenflüsterern, die das alles für ein Verbrechen an der Menschheit halten. Nicht jedem ist es gegeben, sich an der Oberfläche zu erfreuen, selbst wenn es Menschen gibt, die das aus tiefer Einsicht tun. Am anderen Pol befinden sich diejenigen, die das für Verrat am menschlichen Leid halten, als den gewissenlosen Versuch, das Elend der Welt mit prunkenden Farben zu übertünchen, und die von der Kunst Bekenntnis und Engagement fordern im Dienst der Veränderung der Verhältnisse.

Steht Thomas Mann, der immerhin ein Bildnis Savonarolas auf dem Schreibtisch stehen hat, auf ihrer Seite? In der zu einem Hassbild verzerrten Radikalität seiner Figur des Hieronymus wohl kaum. Doch dieser Schriftsteller trainiert sich gerade an, durch Masken zu sprechen. Das betrifft etwa auch seine Homosexualität. Thomas Manns Erfolg als Schriftsteller, der in diesen Münchner Jahren beginnt, ist eng mit der Entdeckung eines Verfahrens verknüpft, wie er seine Empfindungen auf dem Papier ausleben und mit ihnen zugleich unter die Leute gehen kann. Während er früher eines Tagebuchs bedurft habe, um, »nur für's Kämmerlein«, sich zu erleichtern, finde er jetzt »novellistische, öffentlichkeitsfähige Formen und Masken«, um seine Empfindungen von sich zu geben, bekennt er gegenüber Otto Grautoff, dem Freund noch aus Schülerzeiten. Das funktioniert in etwa so wie die von Schrenck-Notzing praktizierte Suggestionstherapie, nur im Medium der Literatur. Da steht dann ein krankes Herz oder ein Buckel für die Andersartigkeit der eigenen Empfindung oder eine hübsche blonde Inge vertritt den jungen Mann, dem die Sehnsucht des Autors eigentlich gilt. Statt des begehrten Geschlechts wird das normativ Erwartete gesetzt und das homosexuelle Verlangen so mitteilbar gemacht.

Dieses Verfahren, durch Masken zu sprechen, gewinnt bei Thomas Mann Relevanz weit über die versteckte Homosexualität hinaus. Auch die Gestalt des Hieronymus ist so eine Maske. Sieht man von seinem radikalen Christentum und der damit verbundenen asketischen Moral ab, so ist das von ihm verkörperte Anliegen dem Autor dieser kleinen Erzählung sogar alles andere als fremd: Mit großem Misstrauen betrachtet Thomas Mann die Auflösung der Kunst in Kunstgewerbe, wie sie im Jugendstil-München propagiert wird. Beschränkt sich der Sinn der Kunst wirklich darauf, das Leben zu verschönern, es mit gefälligen Objekten und Zierat auszustatten, die der Lebenserleichterung dienen, aber von den eigentlichen Lebensproblemen ablenken? Ist die Aufgabe von Kunst nicht vielmehr, den Menschen zur Erkenntnis gerade seiner Lebensprobleme zu führen? Die Kunst sei »die heilige Fackel, die barmherzig hineinleuchte in alle fürchterlichen Tiefen, in alle scham- und gramvollen Abgründe des Daseins«, lässt Thomas Mann Hieronymus sagen. Das aber ist genau seine Ansicht, eine versteckte Konfession, erkennbar schon daran, dass dort, wo man aus dem Munde einer Gestalt wie Hieronymus ein »unbarmherzig« erwarten würde, das Gegenteil zu finden ist: »Barmherzig« erhellt die Kunst die Abgründe des Daseins – zutiefst »human«, wie man auch sagen könnte.

Auf der Leopoldstraße

Hohe Schule der Diskretion

Mit stolz erhobenem Haupt, um seine knochigen Schultern einen römischen Mantel geworfen, schreitet Stefan George über das weitläufige Trottoir der Leopoldstraße. Es ist ein kalter Januartag des Jahres 1902. Schon im Jahr zuvor hat George die ersten Monate des Jahres in München verbracht, und so wird er es auch die folgenden Jahre halten. Der dreiunddreißigjährige Dichter kommt dann aus seiner Heimatstadt Bingen, wo er im Kreis der Familie Weihnachten gefeiert hat, und kehrt zumeist im März oder April auch wieder dorthin zurück. In München steht ihm in der großzügigen Wohnung von Karl und Hanna Wolfskehl, die sich 1898 hier niedergelassen haben, stets ein Gästezimmer zur Verfügung, erst in der Leopoldstraße 57, dann einige Häuser weiter stadtauswärts in der Nummer 87. Als die Wolfskehls 1909 etwas weiter westlich in die Römerstraße ziehen, mieten sie kurzerhand die dort frei werdende Mansardenwohnung mit an und überlassen sie George, der keine regelmäßigen Einnahmen hat, unentgeltlich.

Das Ehepaar Wolfskehl tut beinahe alles, um George einerseits abzuschirmen und ihn andererseits in Szene zu setzen. Den Widerspruch, der darin steckt, lösen sie auf, indem sie aus seiner Person ein Geheimnis machen. George ist nicht besonders gesellig, hat beinahe einen Hass auf alles, was nach belangloser Konversation klingt. Das passt seines Erachtens nicht zum Typus des sakrosankten Dichters, als den er sich inszeniert. Von Gesellschaften, bei dem einen »das Gehirn zappelt und der Steiß einschläft«, wie Friedrich Gundolf, zu dieser Zeit sein Sekretär das einmal formuliert, hält man ihn also tunlichst fern. Nicht selten ist er zwar anwesend, mischt sich aber nicht im Salon unter die Gäste, sondern hält sich in einem Hinterzimmer auf, wo ihm die Wolfskehls ausgewählte Besucherinnen und Besucher zuführen. So ist er da

Betreibt fleißig seine Apotheose: Stefan George, 1910 fotografiert von Theodor Hilsdorf, dem »Lenbach der Kamera«, wie er genannt wurde.

und zugleich nicht da, sozusagen anwesend abwesend – für einen Dichter sowieso die passende Daseinsform.

Kein Wunder, dass über den Dichter im Hinterzimmer schon bald die wildesten Gerüchte kursieren. Da ist etwa von mitternächtlichen Lesungen zwischen Weihrauchwolken, umgeben von nackten Epheben, die Rede. Bittet man Wolfskehl um Auskunft, so erhält man von ihm den dringenden Rat, ja nichts zu dementieren. So entstehen Mythen. Wer diese Dinge mit ihrem untrüglichen Instinkt für die Subtilitäten und Nuancen von Beziehungen sofort durchschaut, ist Franziska zu Reventlow, die über Klages Zugang zu dem Kreis um George erhält. In ihrem Schwabing-Roman, den sie 1913 in ihrer Nach-Schwabinger Zeit in Ascona schreibt, nennt sie die Wolfskehl'sche Strategie die »Hohe Schule der Diskretion«: Sie bestehe darin, »Dinge, die vielleicht schon in aller Leute Mund sind, durch plötzliches Verstummen in undurchdringliche Schleier zu hüllen und dadurch als Geheimnis zu kennzeichnen … nur die Art, wie man ein Gewusstes je nachdem offenbart oder wieder verhüllt, macht es zum wahren Geheimnis.«

Schon seit geraumer Zeit beobachtet George auf dem breiten Trottoir der Leopoldstraße einen dreizehnjährigen Knaben, der dort täglich vorbeikommt. Er hat tiefliegende Augen wie er selbst, dazu dunkle, glänzende Haare, die wirr um seinen Kopf flattern, sobald er rasch ausschreitet. Nun spricht er ihn an, wechselt mit ihm einige Worte. Am nächsten Tag sucht er mit ihm ein Fotoatelier auf und beginnt seine lyrisch-erotischen Fäden zu spinnen. Dabei wahrt er, wie auch später immer der Fall, den gutbürgerlichen Schein: Die Eltern werden einbezogen, man steht auf vertrautem Fuß miteinander; letztlich aber geht es darum, die familiären Bindungen des »Jünglings« zu kappen und durch neue, die exklusiven und päderastischen der George'schen Gemeinschaft zu ersetzen. Was einer wie Thomas Mann aus seinem Leben streicht und nur noch in der Literatur gelten lässt, wird bei George zur Keimzelle des neuen Bundes, den er stiften will: die Homoerotik, die nicht notwendigerweise, aber zuweilen doch in ein sexuelles

Verhältnis mündet, das nur pseudo-einvernehmlich ist. Über alles das aber bleibt der Mantel des Geheimnisvollen gedeckt.

Georges Jünglingsmission ist seine Antwort auf die Herausforderung, die für ihn von Alfred Schulers Beschwörung eines anderen, eines »offenen Lebens« ausgeht. Schuler ist wie er homosexuell und macht keinen Hehl daraus, sich abends vor Kasernen oder in dunklen Gassen herumzutreiben, Markthallen und Jahrmärkte zu durchstreifen, auf der Suche nach bereitwilligen, möglichst derben Burschen. Wenn er George trifft, trägt er ihm nicht nur seine abenteuerlichen Ansichten über römische Rituale vor, sondern weiht ihn auch in seine Leidenschaften für Soldaten und Metzgergesellen ein. Viel stärker als Klages wird George klar, dass für Schuler die Homosexualität der eigentliche Schlüssel für sein Eindringen in die antiken Mysterien und die Urkräfte des Lebens ist. »George hat die Kraft«, soll Schuler gespottet haben, »aber was macht er daraus? - Kunst!«

Und George handelt - aber völlig anders, als der Philosoph und der Mystagoge es ihm nahelegen. Statt eines schwulen Happenings inszeniert er eine Liebesgeschichte, die die Kunst nicht überwindet, sondern auf ihre Apotheose angelegt ist.

Der Umzug

Noch mehr Simplicissimus

Doch bevor es dazu kommt, zieht am 30. April 1902 erst einmal die »Dichtelei« um. Als Kassiererin ist die aus Traunstein stammende Kellnerin Kathi Kobus schon lange eine Institution unter den Gästen des Weinrestaurants in der Adalbertstraße, in dem sich auch eine Brettlbühne entwickelt hat. Den Poeten und Diseusen, Malern und Kunstgewerblerinnen, Tagediebinnen und Nachtschwärmern, Dramaqueens und Hallodris, kurz den ganzen

Schwabinger Schlawinern und Schlawinerinnen, die dort regelmäßig einkehren, gefällt das glühende Funkeln in ihren Augen, und dass sie unentwegt ein Lächeln für alle übrig hat, die zum Possenreißen oder Flirten aufgelegt sind. Schon ein Jahr vor der Eröffnung des Wiener Café Stefanie hat Kathi Kobus dann die Dichtelei als Wirtin übernommen. Auch die Elf Scharfrichter, die mit Solistinnen, Bühnenarbeitern, Beleuchtern sowie Servicepersonal rasch auf 33 anwachsen, sind nach Vorstellungsschluss regelmäßig Stammgäste.

Eigentlich aber möchte Kathi Kobus ihr eigenes Lokal gründen, und sie macht daraus vor ihren Gästen auch keinen Hehl. Die Lust an der Sezession macht sich in München selbst im gastronomischen Gewerbe breit. Kathi Kobus' beständige, brennende Sorge ist nur, ob auch alle mitkommen, wenn sie dann die »neue Dichtelei« eröffnet. Ob sie ihr tatsächlich treu bleiben und mit ihr aus dem alten ins neue Etablissement übersiedeln? Natürlich versprechen ihr das alle mehr oder weniger und ermuntern sie zu diesem Schritt. Aber ganz sicher ist sie sich nicht.

Wedekind, unter ihren treuen Gästen vielleicht der treueste, spürt das und hat eine Idee. Als Kathi Kobus endlich eine geeignete Lokalität sogar noch unweit der alten, in der Türkenstraße, gefunden hat, bringt er seinen Einfall unter die Leute: Sie werden einfach geschlossen das Lokal wechseln, sobald das neue wenigstens notdürftig hergerichtet ist.

Und so kommt es, dass sich in der Nacht vom 30. April auf den 1. Mai ein so merkwürdiger wie denkwürdiger Zug durch die Straßen der Maxvorstadt bewegt. Wedekind geht mit der Gitarre voran, singt die Lieder von Brigitte B. und dem Tantenmörder, dem armen Mädchen und dem Zoologen von Berlin, mit denen er auch seine Scharfrichter-Auftritte bestreitet. Und in seinem Gefolge marschiert beinahe vollständig die Gästeschar der »Dichtelei« und transportiert die Einrichtungsgegenstände des alten Lokals ins neue, angefangen von den Tischen und Stühlen über die Bretter für das kleine Podium bis hin zu den Weinregalen, dem

Eisschrank und den Vorräten. Selbst die schwere Theke kommt mit, die Stärksten unter den Gästen schleppen sich unter Ächzen und vielen Haurucks damit ab. Nur die Wände und Mauern lassen sie stehen, wie der Schriftsteller René Prévot, damals noch Student der Volkswirtschaft in München, launig bemerkt, wenn er diese Geschichte erzählt. Und wer nichts mehr zum Tragen gefunden hat oder zu weinselig dazu ist, hat wenigstens eine Kerze in der Hand. Ein Umzug im Wortsinn, ohne Möbelwagen. Und auch eine Demonstration von Solidarität in diesen Tagen des Aufbruchs, wo bei allem Gemeinschaftsgefühl doch jede und jeder selbst sehen muss, wo sie oder er bleibt.

In der Türkenstraße angekommen, wird die Einrichtung gleich aufgebaut und das neue Lokal in Besitz genommen. Mit seiner Trennung in einen vorderen und rückwärtigen Teil, die nur durch einen schmalen Gang, spontan »Darm« genannt, miteinander verbunden sind, erscheint es den alten Gästen, die auch die neuen sind, alles andere als ideal. Was sie nicht daran hindert, die Einweihung gebührend zu feiern: Wein und Bowle fließen in Strömen, und das rasch installierte Podium ist bald schon von Verseschmieden und Stegreifkünstlerinnen, Sängerinnen und Selbstdarstellern bevölkert.

Als nicht zuletzt juristisches Problem stellt sich allerdings die Namensgebung des neuen Etablissements heraus. Kathi Kobus will es, um auch hier Kontinuität zu wahren, einfach »Neue Dichtelei« nennen. Doch der Eigentümer der alten untersagt ihr das verständlicherweise aus Wettbewerbsgründen. Ohne vorher mit dem Verlag Kontakt aufgenommen zu haben, tauft sie daraufhin ihr Lokal auf Anregung eines Gastes »Künstler-Kneipe Simplicissimus« und übernimmt auch gleich das Motiv der zähnefletschenden Bulldogge als Logo. Langen, gerade erst wieder zurück aus dem Pariser Exil, soll ihr nachträglich die Erlaubnis dazu erteilt haben, allerdings erst, nachdem er einen Wutanfall markiert, sie ihm aber kurzerhand mitgeteilt hat, ein Zurück gebe es nicht, die Schilder seien nämlich schon alle bestellt. Auch der Verleger zeigt sich schließlich beeindruckt von ihrer stattlichen, ganz in Schwarz gewandeten Erscheinung, der glitzernden Silberkette um den Hals und den Haaren wie Koks und erklärt den Namensklau kurzerhand zur Win-win-Situation. Thomas Theodor Heine, der Herr der roten Bulldogge, jedenfalls ist so frei, für das neue Lokal eine Variante seines Erfolgstieres zu entwerfen: Mit ihren Zähnen öffnet sie dort auf unkonventionelle Weise eine Sektflasche. Und die Mitarbeiter des *Simplicissimus* machen, wie zuvor schon die Scharfrichter-Truppe, das Lokal kurzerhand zu ihrer neuen Stammkneipe.

Für Ruhm und Nachruhm des »Simplicissimus«, das schon bald die Crème der Boheme anzieht und in dem sich Gäste von weither, von Wien bis Budapest, von Berlin bis Krakau einfinden, ist später vor allem ein Dichter verantwortlich: Joachim Ringelnatz, der sich seinerzeit noch Hans Bötticher nennt, wohnt direkt über dem Lokal neben der Wirtin. Als Dauergast im »Simpl«, wie viele das Lokal inzwischen liebevoll nennen, scheint er tieferen Einblick in die Herstellung der von der Wirtin kreierten und bei den Gästen beliebten Simplicissimus-Ananasbowle zu besitzen:

Im Hofe links steht eine Tonne,
Am Himmel oben steht die Sonne
Und zwischen Sonne und dem Faß
Steht Kathi mit der Ananas
Besagtes Faß enthält statt Bier
Aqua und H_2SO_4*

Und wenn (jetzt wird die Kathi blaß)
Der Schatten von der Ananas
Dann auf die Wassertonne fällt,
Dann – ist die Bowle hergestellt.

---

* Schwefelsäure

Schwabinger Kreisverkehr

Maximilian Kronberger

Als George im Januar 1903 erneut in München ist, zieht es ihn sogleich wieder auf die Leopoldstraße – und es dauert nicht lange, da kommt es zu einem Wiedersehen mit dem inzwischen vierzehnjährigen Maximilian Kronberger. Der hat sich mittlerweile kundig gemacht, wer ihm da auflauert. Anfangs hat er George für ein Mitglied der Elf Scharfrichter gehalten. Dann aber ist er im Kunstsalon Littauer auf ein Exemplar des George-Buches von Ludwig Klages gestoßen. Sein Vater kauft es ihm sogar, allerdings versteht Max keine Seite, wie er zugibt. Doch sei ihm klar geworden, »dass ich eine berühmte Bekanntschaft gemacht hatte und versuchte nun immer und immer wieder ihn zu treffen«, erinnert er sich. »Doch umsonst.«

So ist auch er über das Wiedersehen »selig«, zumal er seit einiger Zeit selbst schreibt – »140 Gedichte, dazu kommen noch 5 Dramen und ein Trauerspiel«, wie er gegenüber seinem Wiener Vetter behauptet. Von der »berühmten Bekanntschaft« erhofft er sich Ermunterung und Kritik, nicht zuletzt eine Einführung in die literarischen Kreise. Alles drei gewährt ihm George reichlich. Auf gemeinsamen Spaziergängen weicht der Eindruck des Respekterheischenden und Stolzen, den der Dichter anfangs auf den viel Jüngeren macht, rasch der Erfahrung der Lebhaftigkeit und Leidenschaftlichkeit, zuweilen auch einer sich in Ironie flüchtenden Reizbarkeit. George spricht langsam, setzt seine Worte mit Bedacht, versieht sie aber mit einem Enthusiasmus, der keine Widerrede duldet.

Direkt hinter Schwabing beginnt damals das Land, und dorthin zieht es die beiden auf ihren langen Spaziergängen. George hat sich in diesen Wochen ein »Landhaus gemietet, grossartig eingerichtet in idyllischer Landschaft und göttlicher Ruhe, mit einem Wort ›feudal‹«, wie Max schwärmt. Eindringlich, beinahe magisch weiß George bei seinen Besuchen dort von der Welt der Kunst und dem Zustand des Erwähltseins zu berichten, der den Dichter auszeichne; er ist auch ein Menschenfänger, der über die gemeinsame Begeisterung an der Sache das Gegenüber in seinen Bann zu ziehen versteht. »Nun ging ein anderes Leben an«, schreibt Max fasziniert: »Er sah, dass ich mich an Dichtung begeisterte und war in seinem Element.«

George macht ihn zudem mit Hofmannsthal, Gundolf und anderen Mitarbeitern der *Blätter für die Kunst* bekannt, führt ihn auch bei den samstäglichen Jours im Hause Wolfskehl ein. Voller Stolz schreibt Max seinem ebenfalls Verse schmiedenden Vetter: »Ich werde jetzt auch schon als Dichter bekannt. Zu wem ich komme, ich werde von jedem als solcher angesehen.« Das erfährt die schönste Bestätigung, als George in den *Blättern für die Kunst* drei Zeilen seines Schülers über ein eigenes Gedicht setzt. George nimmt sogar an Max' Konfirmation und auf Einladung der Eltern an einem Abendessen im erweiterten Familienkreis teil. Im Gegenzug willigen die Eltern ein, dass ihr Sohn den väterlichen Freund auf ein Kostümfest begleiten darf. Es ist Faschingszeit in München, und die Maskenbälle der Kosmiker sind berühmt, wenn auf ihnen statt der üblichen Ausgelassenheit auch eher zur Schau gestellte Bedeutsamkeit herrscht. »Wir bildeten eine Dichtergruppe«, notiert Max, »und zwar Wolfskehl, geführt von einem Leierknaben, dann ein Vergil, hierauf George als Dante, von mir als einem Florentiner Edelknaben geführt«.

Mit der gemeinsamen Lektüre von Horaz stimmen sich George und sein Jünger auf den Abend ein. Nach einem Zug durch alle Räume sagt zuerst Wolfskehl ein Gedicht auf, danach ist ein anderer mit einer lateinischen Ode an der Reihe, und schließlich trägt noch George die »famose Übersetzung« einer Episode aus der *Göttlichen Komödie* vor, in der Vergil Dante einen Kranz aus Schilfrohr aufsetzt. So in etwa hat man sich die legendären Faschingsfeste im George-Kreis vorzustellen. Nichts deutet darauf hin, dass dem jungen Mann zuweilen despektierliche Gedanken hinsichtlich des großen Vorbildes in den Sinn gekommen sein könnten, wie sie etwa Eduard Keyserling hegt. Auf die Frage, ob George tatsächlich wie Dante aussehe, soll er geantwortet haben: »Nein, er sieht nicht aus wie Dante; er sieht aus wie eine alte Tante, die wie Dante aussieht.«

Dennoch ist das Verhältnis zum Meister nicht frei von Verstimmungen. Sie zeigen sich zum ersten Mal, als Max einen vereinbarten Termin nicht einhält. George verhält sich daraufhin unliebenswürdig, redet bei der nächsten Begegnung kaum mit ihm. Als Max dann vergisst, ihm zum Neujahrstag 1904 seine Aufwartung zu machen und die kurzfristigen Absagen sich wiederholen, reagiert George zunehmend unwirsch, ja schroff. Ein George duldet kein unbotmäßiges Verhalten. Die geforderte Nähe und Ausschließlichkeit, verbunden mit dem Zwang zum Bekenntnis, verunsichern den jungen Mann und stacheln seine Widerspenstigkeit an.

Aber noch in anderer Hinsicht zeigt sich das Fundament dieser reichlich asymmetrischen Beziehung bedroht. Max verliebt sich gerade, und das gleich doppelt: Mimi Droste heißt seine Münchner Flamme, Dolores Tutti die Freundin in Wien, wo er über Ostern seinen Vetter besucht. In seinen Gedichten, die sich nun mal an das eine, mal an das andere Mädchen richten, irgendwie aber auch an beide, spielt er mit ihren Initialen oder nennt sie nach der mythologischen Gestalt, der sich Zeus in Gestalt eines Schwans nähert, Leda. So auch in seinem letzten Gedicht, das in Wien entsteht und in dem Leda sogar das Wort ergreift:

Die blüten gleiten nieder von den zweigen
In einem sonnenmeere schwimmt die welt
Von ferne klingt ein ton wie sanfter geigen,
Aus deinem haar der rote kranz entfällt.

Da plagen ihn schon starke Kopfschmerzen, sein Nacken ist steif, der Kopf fühlt sich heiß an, zunehmend ist er licht- und geräuschempfindlich. Max hat sich mit Meningitis infiziert.

Karl Wolfskehl

Schon seit längerem können die Maskenzüge und Faschingsfeste des Kreises rund um George nicht mehr die Differenzen zwischen einigen seiner Mitglieder überdecken, die jedes auf seine Weise Absolutheits- und Ausschließlichkeitsansprüche anmelden: George, der Dichter, der entschlossen ist, im Reich der Kunst als Führer aufzutreten; Klages, der Philosoph der Seele, der die letzten Jahrtausende als reine Verfallsgeschichte betrachtet und in einer Weltwende, womöglich einem Weltenbrand, den Menschen wieder zu seinen Ursprüngen zurückführen will; und schließlich Schuler, der »violette Ringelnero«, wie Gundolf ihn nennt: Das offene Leben, das er propagiert, ist ein sonderbares Gemisch aus Blutideologie, Gewaltphantasie und schwulem Denken. Obwohl sie alle drei in den Augen ihrer Umgebung als Intellektuelle gelten, eint sie ein ausgeprägter Hass gegenüber jedem Intellektualismus, wie sie das nennen. Insbesondere Klages und Schuler halten ihn für ein Haupthindernis auf dem Weg der von ihnen verkündeten Radikalumwälzung der Menschheit. Kommt die Rede darauf, so pflegt Schuler in Erwartung des Tages X mit einer wegwerfenden Handbewegung zu dekretieren: »Die Intellektuellen wischt man mit dem Scheuerlappen weg.«

Zum Opfer von Wegwischversuchen mit dem Scheuerlappen wird in diesen Monaten ganz konkret Karl Wolfskehl. Im Gegensatz zu den anderen drei ist er frei von jeglichen Weltbeglückungsambitionen und auch von dem ausgeprägten Willen zur Macht, der sie charakterisiert. Den über 1,90 Meter großen Mann mit seiner mächtigen Statur und dem rötlich schimmernden Vollbart des Gelehrten zeichnet vielmehr eine Art kindlicher Unschuld aus, dabei eine Neigung zu sinnlichen Genüssen und zu Frauen, verbunden mit grenzenloser Umtriebigkeit, intellektueller Neugierde und der Passion des Sammlers. Mit George verbindet den Sohn eines Darmstädter Bankiers, der in München ein Leben als Privatier führt, am stärkten die gemeinsame Überzeugung, dass das

Wichtigste im Leben die Kunst sei. Die Unbedingtheit Georges dagegen geht Wolfskehl völlig ab. Niemand lobt ihn so wie er, ohne jede Unterwürfigkeit, aber mit dem Hang zu schamloser Übertreibung. »Ich weiss wirklich nicht ob ohne Sie die heutige deutsche Welt bestehen könnte«, schreibt er etwa in seinem Geburtstagsbrief des Jahres 1902: »Sie haben zugleich das Thor geöffnet, den Weg gezeigt und sind selber zum Ziel gekommen.« Na, dann herzlichen Glückwunsch.

Aber Wolfskehl ist auch Jude, und das unterscheidet, ja trennt ihn von George, Klages und Schuler. Zumal ihm sein Judentum durchaus wichtig ist, was ihn wiederum von den meisten wohlhabenden Juden im München dieser Zeit – etwa den Pringsheims – unterscheidet. Er macht nicht nur keinen Hehl daraus, sondern es wird zu einem Teil seines Selbstverständnisses. So nimmt er im August 1903 als Korrespondent der *Münchener Allgemeinen Zeitung* am 6. Zionisten-Kongress in Basel teil. Und während die Mehrzahl der sonst hier lebenden Juden den Vorschlag, den nächsten Kongress in München zu veranstalten, als eher unangenehm empfindet, weil es dann womöglich mit ihrer Unauffälligkeit vorbei ist, exponiert sich Wolfskehl als Befürworter dieser Idee, so wie für ihn auch eine Auswanderung ins »gelobte Land« durchaus im Bereich des Vorstellbaren liegt.

Für Schuler und Klages ist das der willkommene Anlass, die Konfrontation zu suchen. Zunehmend radikalisiert sich ihre antisemitische Haltung. Aus Nietzsches Aversion gegen den jüdisch-christlichen Geist und dessen Moral, die für alles verantwortlich sein sollen, was sie verabscheuen, von der modernen Technik bis zum Wissenschaftsbetrieb, und der Mythologie von Blut und Blutleuchte schmieden sie eine Verschwörungstheorie, die die Juden als die geheimen Drahtzieher hinter der Verfallsgeschichte der letzten Jahrtausende und der immer rascher um sich greifenden »Blutsvergiftung« identifiziert. Auf einmal ist es nicht nur ein bestimmtes Denken oder ein bestimmter Glaube, die es zu überwinden oder zu bekämpfen gilt, sondern es sind konkrete Menschen, die schuld sein sollen an der behaupteten Totalmisere, indem sie gnadenlos auf eine einzige der vielen Facetten ihrer Existenz reduziert werden.

»Der Jude ist überhaupt kein Mensch. Wir brauchen nicht hinzuzufügen, dass er natürlich auch kein Tier ist. Er lebt das Scheinleben einer Larve, die Moloch-Jahwe sich vorband, um auf dem Wege der Täuschung die Menschheit zu vernichten«, behauptet Klages. Das ist im Jahre 1903.

Im Dezember dieses Jahres dann stellen Klages und Schuler George ein Ultimatum: Entweder er würde Juden, also auch Wolfskehl, aus seiner Umgebung entfernen, oder es käme zum Bruch. Es kommt zum Bruch - was George sehr zugute zu halten ist. Er bleibt Wolfskehl gegenüber loyal und lässt Klages wie Schuler abblitzen, selbst wenn eine gewisse Affinität zu beiden bestehen bleibt. Allerdings mag bei der ganzen Angelegenheit auch Eifersucht mit im Spiel gewesen sein. Denn als Klages immer stärker Ausschließlichkeitsansprüche anmeldet, macht Franziska zu Reventlow demonstrativ seinen Erzrivalen Wolfskehl zu ihrem Liebhaber. Somit ist auch die Gräfin in das verstrickt, was dann als »großer Schwabinger Krach« in die Münchner Annalen eingeht. An dessen Ende weiß niemand mehr, was gerade noch Spiel oder schon blutiger Ernst ist, es kommen Dolche ins Spiel, von denen man ebenfalls nicht weiß, ob sie echt oder nur Requisiten sind, jedenfalls regiert der Psychoterror, Karl Wolfskehl steht schreckliche Ängste aus und Franziska zu Reventlow schläft mit einem Revolver neben dem Bett.

Beim Propheten

Ludwig Derleth

Am 24. März 1904 ist es soweit: Hedwig Pringsheim begegnet Stefan George, die Bohemienne dem Bohemien des Geistes. Doch wer sich davon eine Annäherung der getrennten Sphären von Kunst und Leben, gar ein Feuerwerk an geistreichen Gedanken erwartet hat, kennt Stefan George schlecht, und Hedwig Pringsheim wahrscheinlich auch.

Im Jahr zuvor hat Hedwig Pringsheim den »Zeus von Schwabing« kennengelernt, einen Titel, den sich Karl Wolfskehl gerne gefallen lässt. Es ist das übliche Procedere in diesen Kreisen: Man trifft sich mehr oder weniger zufällig bei gemeinsamen Bekannten, daraufhin folgt eine Einladung zum Tee in Gesellschaft anderer Bekannter, sodann der obligate Gegenbesuch. Die Wolfskehls zeigen den kunstsinnigen Pringsheims Studien von Melchior Lechter, des Gestalters von Georges *Blättern für die Kunst*. Das gemeinsame Judentum schadet der Annäherung nicht und der Meister ist gewiss Gesprächsthema – Hedwig Pringsheim hat von ihm bereits auch durch Theodor Lessing gehört, er sei »gleichzeitig wunderlich und bedeutend, gleichzeitig närrisch und achtunggebietend«, hat der gesagt. Das lässt sie ein wenig skeptisch werden, aber auch neugierig.

Daraufhin also die Einladung zur »Abendfeier bei Wolfskehls« – Hedwigs Sohn Heinz, der mittlerweile in Archäologie promoviert, ruft extra noch einmal an, damit seine Mutter die Verabredung auch ja nicht vergisst. »Zuerst ein gänzlich unverständliches Festspiel, das in feierlich singender Weise gesprochen wurde« – schon das lässt Hedwigs Skepsis bis zum Widerwillen anwachsen. Und ihr Tagebucheintrag fährt fort: »... mit Ihm, dem Meister, Stephan George, als Mittelpunkt, der auch während des übrigen Abends göttliche Ehren genoss ...« Die Großschreibung des »Ihm« fließt ihr so in die Feder, aber der Spott, der darin liegt, hat auch etwas von Genugtuung. Denn als sie »Ihm« vorgestellt werden soll, wendet »Er« sich schroff ab, als wollte er sagen: »Was soll mir die Dame?« Hedwig Pringsheim empfindet das als Brüskierung, als Missachtung ihrer Person, letztlich aus keinem anderem Grund als dem, dass sie eine Frau ist. Ablehnung und Wut können aber auch die Augen öffnen. »Im übrigen eine mir peinliche Gesellschaft«, fährt sie in ihrem Tagebuch fort, »mit ihren gesuchten, gewollten u. gemachten Bohémien-Allüren, bei denen der bourgeois an allen Ecken u. Enden hervorspritzt, dem falschen Pathos, dem ›Getu‹ ...« Mit der Abfuhr durch George ist auch die Beziehung zum Zeus von Schwabing und seiner Hera zu Ende. Die Wege der Wolfskehls und der Pringsheims kreuzen sich von nun an nicht mehr.

Nur fünf Tage später aber kommt es zu einer weiteren Berührung mit dem George-Kreis. Der Dichter Ludwig Derleth, der irgendwie auch dazugehört, hat zur Verlesung seines *Proklamationen* genannten Werks in die Destouchesstraße gebeten, und Hedwig Pringsheim, wiederum in Begleitung des Sohnes Heinz, folgt der Einladung, nicht zuletzt, weil sie mit ihm und seiner Schwester Anna Maria seit geraumer Zeit bekannt ist. Seit 1898 sind die Geschwister Derleth in unregelmäßigen Abständen zum Tee bei Pringsheims – sie eine junge Frau mit großen, weltfernen Augen, in selbst geschneiderte Reformkleider mit gestickten Jugendstilmustern gekleidet, er ein schlanker, asketisch wirkender Dreißigjähriger, dem der hochgeschlossene schwarze Rock mit dem Stehkragen das Aussehen eines Priesters verleiht. Mit seinem von dunklen Haaren umrahmten, kantigen, knochigen Gesicht und dem stechenden, grimmigen Blick hat Derleth gewisse Ähnlichkeiten mit Stefan George, der von ihm auch die priesterliche Gewandung übernommen haben soll. Das ändert nichts daran, dass er im George- und Kosmiker-Kreis ein Außenseiter bleibt. Derleth erwartet die Erlösung nämlich weder wie Klages und Schuler von den Mysterien der Vorzeit noch wie George und seine Jünger von einer neuen, ins Absolute gesteigerten Kunst. Vielmehr proklamiert er in seinen Dichtungen im Stile eines geistigen Befehlshabers einen radikalisierten, zu einer Waffe gegen die Moderne geschmiedeten Katholizismus.

Während sie die Schwester wohl etwas sonderbar, aber durchaus liebenswürdig findet, fällt Hedwig von Anfang an Derleths »Wahnsinnsblick« auf. Als sie ihn 1902, nach längerer Pause wiedertrifft, findet sie ihn »noch gesteigert in seinen Absonderlichkeiten u. wohl fast an der Grenze«.

Und der Abend? Hedwig Pringsheim spricht von »tötlichen 2 ½ Stunden«, in denen Anna Maria die *Proklamationen* ihres Bruders rezitiert habe – »vor seltsam gemischtem Publikum in einem merkwürdig abgestimmten Raum«. Was sie dort hört, nennt sie »dröhnenden Unsinn ohne einen greifbaren Gedanken, einen faßlichen Plan. Religiöser Größenwahnsinn«.

Beim Propheten

Zwei Abende später, am Karfreitag des Jahres 1904, nimmt auch Thomas Mann am »Destouche-Konvent« teil, wie Derleth die Lesungen aus seinem Buch nennt, die an drei aufeinanderfolgenden Tagen stattfinden. Der Schriftsteller hat aus dem Erlebnis des Abends bei Derleth eine kleine Novelle gemacht und ihr den Titel »Beim Propheten« gegeben. Darin tritt auch Hedwig Pringsheim auf. Sie trifft in letzter Minute ein, kurz bevor die Lesung beginnt, die dieses Mal von einem »untersetzten und stämmigen jungen Mann in dunklem Jackenanzug«, einem aus der Schweiz angereisten Jünger Derleths, gehalten wird.

> Plötzlich kam noch die reiche Dame an, die aus Liebhaberei solche Veranstaltungen zu besuchen pflegte. Sie war in ihrem seidenen Kupee aus der Stadt, aus ihrem prachtvollen Hause mit den Gobelins und den Türumrahmungen aus Giallo antico hierhergekommen, war alle Treppen heraufgestiegen

> und kam zur Tür herein, schön, duftend, luxuriös, in einem blauen Tuchkleid mit gelber Stickerei, den Pariser Hut auf dem rotbraunen Haar, und lächelte mit ihren Tizian-Augen. Sie kaum aus Neugier, aus Langerweile, aus Lust an Gegensätzen, aus gutem Willen zu allem, was ein bißchen außerordentlich war, aus liebenswürdiger Extravaganz, begrüßte Daniels Schwester und den Novellisten, der in ihrem Hause verkehrte, und setzte sich auf die Bank vor der Fensternische zwischen die Erotikerin und den Philosophen mit dem Äußern eines Känguruhs, als ob das in der Ordnung sei.
> »Fast wäre ich zu spät gekommen«, sagte sie leise mit ihrem schönen, beweglichen Mund zu dem Novellisten, der hinter ihr saß. »Ich hatte Leute zum Tee; das hat sich hingezogen ...«

Und noch jemand ist anwesend, den wir kennen. Hinter der »unverheirateten jungen Mutter von adliger Herkunft, die von ihrer Familie verstoßen« wurde, verbirgt sich niemand anderes als Franziska zu Reventlow, die in der Tat an dem Abend zugegen war. Dass sie »ohne alle geistigen Ansprüche« sei, wie Thomas Mann zu wissen meint, zeugt zwar nicht gerade von persönlicher Kenntnis und folgt einem bösen Klischee, die Erwähnung ihrer unehelichen Mutterschaft hingegen trifft einen zentralen Punkt ihrer Attraktivität für den Kreis um Stefan George.

Daniel, wie Ludwig Derleth in »Beim Propheten« genannt wird, ist ein Bruder von Hieronymus aus »Gladius Dei«. Auch er verkündet das Schwert, um sein fundamentalistisches Programm der Weltveränderung durchzusetzen. Thomas Mann hat Derleths *Proklamationen* genau gelesen. Der Aufruf, mit dem der Vortrag des Schweizer Jüngers in seiner Novelle endet, ist ein beinahe wörtliches Zitat: »Soldaten! Ich überliefere euch zur Plünderung – die Welt.«

Doch etwas hat sich gegenüber »Gladius Dei« verändert. Dieser Daniel ist keine Maske des Autors mehr. Thomas Mann beginnt sich von jeder Vorstellung, dass ein Schriftsteller als Prophet zu

Dieser Schriftsteller ist auf dem besten Weg, seinen Frieden mit der bürgerlichen Welt zu machen: Thomas Mann, fotografiert von Philipp Kestner, 1905.

agieren, eine Mission zu verkünden habe, zu lösen. Der »Novellist«, der in seiner Erzählung auftaucht, ist auf dem besten Wege, seinen Frieden mit der bürgerlichen Welt zu machen. »Wie befinden Sie sich?«, fragt er die reiche Dame, als er sie im Anschluss an die Lesung zum Wagen geleitet. Sie äußere sich ungern über solche Dinge, lässt Thomas Mann seine Schwiegermutter in spe sagen. Vielleicht sei dieser Daniel tatsächlich ein Genie »oder doch etwas Ähnliches«.

»Ja, was ist das Genie«, sinniert daraufhin der Novellist. Bei diesem Daniel seien alle Voraussetzungen dazu vorhanden: »die Einsamkeit, die Freiheit, die geistige Leidenschaft, die großartige Optik, der Glaube an sich selbst, sogar die Nähe von Verbrechen und Wahnsinn.« Doch etwas fehle. »Vielleicht das Menschliche? Ein wenig Gefühl, Sehnsucht, Liebe.« Aber, so fügt er hinzu, das sei »eine vollständig improvisierte Hypothese ...«

Apotheose und Abgesang

Am 16. April 1904 stirbt Maximilian Kronberger, einen Tag nach seinem 16. Geburtstag. Georges Trauer ist echt, selbst wenn er an der Beisetzung nicht teilnimmt, sondern stattdessen für ein paar Tage verreist. Der Verlust des jungen Mannes trifft ihn schwer. Einen »leitstern in diesen wirren« nennt er ihn, in Anspielung auf die Auseinandersetzungen in der Kosmikerrunde.

Genau besehen aber spielt der Tod des jungen Mannes ihm durchaus in die Karten. Denn wie hätte sich die Beziehung zu Max Kronberger entwickeln sollen, wenn dieser die Krankheit überstanden hätte? Mit großer Wahrscheinlichkeit wäre er seinen Weg der Selbstbehauptung, als Dichter wie auch in Liebesdingen, weitergegangen. Und ob nun Mimi Droste oder Dolores Tutti – eine Leda hätte sich schon gefunden, die in dem jungen Dichter den begehrenswerten jungen Mann gesehen hätte und der er noch viele Verse hätte widmen können. Kurzum, die exklusive Beziehung zu George wäre wahrscheinlich zerbrochen, allein schon deswegen, weil sich der junge Mann nicht, wie von ihm erwartet, als die passive, plastische Masse erwies, die sich dem Form- und Kunstwillen des Älteren umstandslos fügt.

So aber hat George es selbst in der Hand, was aus Max Kronberger und seiner Beziehung zu ihm wird. Der plötzliche Tod des jungen Mannes verschafft ihm die Möglichkeit, die gefährdete, zeitlich befristete Beziehung glücklich zu Ende zu denken und sie mit einem Ewigkeitswert auszustatten. Umgehend bittet er die Eltern, alles aufzubewahren, was Max an Gedichten und Aufzeichnungen hinterlassen hat. Er benötige all dies für das »gedächtniszeichen«, das er ihm eines Tages setzen wolle. Und George deutet auch an, in welcher Richtung er sich diese Erinnerung denkt. Max werde »unter uns weiterleben in der Gestalt wie er von uns schied, als ein unvergänglicher Liebling Gottes und der Menschen«, schreibt er an die Eltern.

Trotz des Auseinanderbrechens des Kosmikerkreises und des

Todes von Max Kronberger hält George an seiner Gewohnheit fest, die ersten Monate des Jahres in München zu verbringen. Darauf angesprochen, bekräftigt er seinen Willen, diesen »Hauptsitz« nicht aufzugeben, selbst wenn einige Brüche und Verluste die Stadt nun in einem anderen Licht erscheinen ließen. Ehe er an ein anderes Werk gehe, werde er ein Gedenkwerk für Max, der da schon feierlich »Maximin« genannt wird, herausgeben: »Eine einleitung die sein menschliches bild festhält – eine reihe von gedichten unsres kreises zu seinem andenken – dann eine auswahl seiner eignen verse.« Im Moment aber könne er »keine bessere aufmunterung« empfehlen als »Maximins letztes gedicht. Es ist so schön wie die einfachen und grossen dinge es ist die ahnung seines todes und zugleich die krönung dieses gotterfüllten lebens das gelebt wurde in einer so götterlosen zeit.«

Die wenigen Zeilen lassen schon erkennen, wie weit George in seinem Gedenken gehen wird: Als Maximin wird Max Kronberger zu einem zentralen Bestandstück von Georges Kunstmythologie: Der Meister hat ihn als den erkannt, der er eigentlich war, und trägt sein Bild nun auf dem Weg ins gelobte Land der Kunst als leuchtende Monstranz voran, die den Gedanken von der ästhetischen Erlösung des Lebens bekräftigt.

Der Mythos von Meister und Jüngling, von der Jugend als Zukunft und der Kunst als Religionsersatz passt perfekt in das von der Jugend und dem Jugendstil besessene München. Aber nicht nur das. Er ist auch eine Lösung des George stark bedrängenden Problems der Homosexualität. Was den geliebten jungen Mann eigentlich von ihm weggeführt hat, holt George mit großer Geste wieder zurück in die Interpretationsmuster seiner Kunstmythologie. So kann er beides retten: die Liebe zu ihm wie auch die Liebe zur Kunst.

Noch geschwächt von ihrer letzten OP liegt Franziska zu Reventlow fürsorglich betreut von ihrem neuen Freund, dem polnischen Künstler Bohdan von Suchocki, in ihrem Zimmer im ersten Stock des Hinterhofgebäudes auf der Kaulbachstraße. Der junge Franz Hessel, auch er ein Jude und eine Bekanntschaft Karl Wolfskehls, hat die heruntergekommene Wohnung angemietet, die schon bessere Tage gesehen hat. Alle Zimmer sind bis zur halben Höhe vertäfelt, und überall hängen noch die Kronleuchter der reichen Leute, die vorher hier gelebt haben. Doch die drei Bewohner, die gerade das WG-Leben proben, können der Schäbigkeit des Ambientes durchaus etwas abgewinnen; es bedeutet ihnen keineswegs nur Armut und Verwahrlosung, sondern atmet für sie auch die Aura des Geheimnisvollen, der Unverfälschtheit, des Nicht-Festgelegten.

Bohdan bringt der Genesenden gerade eine heiße Suppe ans Bett, als Marianne von Werefkin hereinschaut – beinahe provozierend elegant gekleidet, souverän im Auftreten, »eine pompöse Erscheinung, selbstbewusst, herrisch«, wie noch Gabriele Münter finden wird. Womöglich sind ihre medizinischen Kenntnisse gefragt, womöglich auch nur ihre menschliche Anteilnahme. Doch erst einmal ist nur Befremdung zu spüren, zu jäh prallen hier zwei Welten aufeinander, getrennt nicht nur durch die Lebensumstände, sondern durch den gesamten Lebensstil, durch die Auffassung, wie ein gelungenes Leben auszusehen hat. Mit ihrer scharfen Beobachtungsgabe registriert Marianne von Werefkin sofort, dass Bohdan, der sie sogar mit Handkuss begrüßt, »die Hosen eines anderen trägt, weil er keine eigenen Hosen mehr hat«. Was sie wahrnimmt, vermag sie aber nur als Deklassierung, als Verfall zu begreifen. »Diese beiden Kinder, so einfältig und arm wie Lot und doch so reich an Hirngespinsten, unglücklich, ohne es zu spüren, deklassiert, ohne darunter zu leiden, scheinen mir aus einem Traum gekommen«, notiert sie. Doch zu diesem Traum hat sie keinen Zugang. Zumindest noch nicht.

Das ist bei dem jungen Franz Marc, einem der wenigen gebürtigen Münchner unter den aufstrebenden Stars der hiesigen Künstler-Boheme, anders. Auch er arbeitet mittlerweile in der Kaulbachstraße, beinahe schräg gegenüber. Die Kopistin Annette Simon, neun Jahre älter als er und Gattin des Professors für Indologie Richard Simon, hat dem Geliebten ihr Atelier abgetreten, bezahlt aber weiterhin die Miete. Und Marc schaut zuweilen in der Küche der Wohngemeinschaft vorbei, man tauscht sich über die Bälle aus, die man als Faschings-Aficioanado oder -Aficioanada in dieser Saison keinesfalls versäumen sollte.

Fehden schweigen, Freuden brausen
Wollen Stern wie Blumen streun
Schwabing eins mit Bogenhausen
Reiches Anfang: halber neun,

steht auf einer Einladung. Das Bohemeleben ist auch eine Fortsetzung der Romantik unter den Bedingungen der modernen Entzauberung der Welt.

Der Schwabinger Beobachter

Eine Zeitlang hat Franziska zu Reventlow auf den Festen des George- und Kosmiker-Kreises mitgemischt, die zumeist in der Wolfskehl'schen Wohnung stattfinden. Auf einem Gruppenfoto aus dem Jahr 1903 sitzt sie am linken Bildrand als Bacchantin verkleidet mit einem Weinlaubkranz im Haar. Im Zentrum posiert Stefan George als Cäsar in einer weißen Toga. Wolfskehl ist in seiner Lieblingsrolle als Dionysos, der Gott des Rausches und der Ekstase, zu sehen, Schuler als »Magna Mater«, die Urmutter. Klages hingegen hat sich als indischer Mönch verkleidet; gehemmt wie er ist, begnügt er sich auf solchen Veranstaltungen stets mit der Rolle des Beobachters.

Doch zunehmend gehen der Gräfin, wie schon Hedwig Pringsheim, das affektierte Getue und der intellektuelle Größenwahnsinn der Männer um Klages und George auf die Nerven. Die weltanschaulichen Auseinandersetzungen erscheinen ihr lebensfern, ja weltfremd. Von »Wahnmochingerei« wird sie später sprechen, wenn sie den »ganz besonderen Jargon« aufs Korn nimmt, der hier gepflegt wird. Ständig ist von »kosmisch« und »molochitisch«, von »Blutleuchte« und »Urschauer« die Rede, und alles irgendwie Besondere gilt als »enorm«, nicht zuletzt diejenigen, die hier mitmachen. Ganz besonders abgestoßen aber wird sie von dem unverhohlenen Antisemitismus, in dem sich Klages und Schuler mittlerweile gefallen und den sie gegen Wolfskehl in Stellung bringen.

Gemeinsam mit ihrem Mitbewohner Franz Hessel, der in München Jura und Orientalistik studiert, vor allem aber seinen literarischen Ambitionen nachgeht, holt sie im Mai 1904 zum Gegenschlag aus. Da wird allen Mitwirkenden jeweils über Nacht und gänzlich unverlangt eine neue Zeitschrift in die Wohnungen zugestellt; insgesamt drei Ausgaben in kleinster Auflage. Sie nennt sich *Schwabinger Beobachter* und pflegt wie Georges *Blätter für die Kunst* nicht nur die Kleinschreibung, sondern auch eine pathetische Sprache, allerdings in diesem Fall leicht als Parodie erkennbar.

»Der schwabinger beobachter hat seine fahne auf der freien höhe der unbefangenen beobachtung aufgepflanzt«, lautet die Selbstbeschreibung des Blattes. Berichtet wird von der »schwabinger cäsarenwoche«, und alle Mitwirkenden an den Streitereien der Kosmikerrunde haben ihren maskierten Auftritt: Stefan George als »Erlauchter« und biertrinkender Oberlehrer, dessen Vorname mit dem des oberbayerischen Bierortes »Weihenstephan« in Verbindung gebracht wird. Ludwig Klages als »Dr. phil. Lamentates«; im Inseratenteil wird sein »bevorstehendes hauptwerk« unter dem Titel »Wie werde ich enorm?« angezeigt – ein How-to-Buch der Schwabinger Machtergreifung. In einem weiteren Inserat wird Alfred Schuler von seiner »mama« gesucht: »kehre zurück! – der arier ist besudelt«, fleht sie. Und Ludwig Derleth ist mit einem »wortgetreuen stenogramm« seiner neuesten »visionen« vertreten: »wehe dir, schwabing, wehe dir, neu-freimann, wehe dir, leopoldstrasse«, verkündet er: »ICH habe alle eure gräuel gesehen und weiss alle eure verderbnis …«

Der *schwabinger beobachter* richtet scharf und herzlich: Die drei Ausgaben sind eine satirische Abrechnung mit dem Kosmiker- und George-Kreis, die selbst Wedekind und seinen Mitstreitern zur Ehre gereicht hätte. Das ganze hochfahrende Gerede über Selbst- und Welterlösung wird der Lächerlichkeit preisgegeben. »Was hab' ich davon wenn ich abends dionysisch herumrase – mir wie ein Halbgott vorkomme und am nächsten Morgen doch wieder in der Trambahn in mein Büro fahren muß?«, fragt Franziska zu Reventlow. Wer wollte die dort kursierenden Ideen danach noch ernst, die Personen, die sie vertreten, noch für voll nehmen!

Die Traumtänzerin

Höchste Zeit also für einen Szenenwechsel. Ganz München ist gekommen. Der Reporter der sozialdemokratischen *Münchener Post* lässt seinen Blick durch die Zuschauerreihen schweifen:

> Da saßen sie alle, die Halbgötter, von denen die Tageszeitungen so ehrfurchtsvoll reden: die berühmten Mimen, Mimosen, Sänger und Sängerinnen, die »großen« Meister des Pinsels, die saturierten Villenbesitzer von Bogenhausen, die genialischen modernen Dichter, die Kommerzienräte, Aufsichtsräte und Bankdirektoren, und auch die Schar der kleineren Geister, die in jeder anderen Stadt noch große Geister sein würden, die Herren mit hohen Kragen, die Jünglinge mit den langen Haaren, die Damen in Reformkleidern, die kurzgeschorenen Frauenrechtlerinnen und die liebreizenden Malweibchen …«

Ganz München? Nun, es gibt Ausnahmen. Franz von Lenbach etwa, der Primus unter Münchens Malerfürsten, hat zu seinem großen Bedauern aus gesundheitlichen Gründen den ehrenvollen Auftrag ausschlagen müssen, Madeleine Guipet, die Attraktion des Abends, »in ihren besten Posen« zu malen. Aber für ihn ist Albert von Keller, Gründungsmitglied des Künstlervereins *Allotria* und der *Münchner Secession*, eingesprungen. Und ist der Damenmaler, der wie kein anderer die Seelenzustände seiner Modelle auf die Leinwand zu bannen versteht, nicht sogar die bessere Wahl? Zudem ist von Keller auch Mitglied der *Psychologischen Gesellschaft*, die sich bekanntermaßen der Erforschung der menschlichen Seele widmet. Und das kann in diesem Fall nur von Vorteil sein.

Auch Thomas Mann fehlt. Aber das fällt nicht weiter auf. Wohl ist er hier längst kein Unbekannter mehr. Seit Neuestem verkehrt er sogar in einigen wichtigen Salons. Aber der ganz große gesellschaftliche Durchbruch steht noch aus. Genauer gesagt, Thomas Mann arbeitet daran. Und macht »Riesenfortschritte« auf diesem Gebiet. Er wirbt nämlich gerade um Katia Pringsheim, die einzige Tochter von Hedwig und Alfred Pringsheim. Der junge Schriftsteller zeigt sich von der Verbindung von Reichtum und Kultur schwer beeindruckt.

Thomas Mann ist also entschuldigt. Womöglich würde ihm die ganze Veranstaltung aber auch wie dem sozialdemokratischen Reporter zu sensationslüstern, zu faunisch und überspannt, mit einem Zentralbegriff der damaligen Kulturkritik »dekadent« vorgekommen. Denn nicht Sprechtheater steht an den drei Abenden des März 1904 auf dem Programm des Schauspielhauses, sondern – Tanz. Wenn man denn diesen Begriff, der zumal an solchem Ort kunstvolle, ans Artistische grenzende Darbietungen erwarten lässt, hier überhaupt verwenden will.

München ist eine tanzverrückte Stadt. »Wie auf dem Pariser Montmartre alles mit Liedern endet, so schloss in Schwabing alles mit Tanz«, erinnert sich René Prévot, der beide Stadtviertel gut kennt. Einen Eindruck davon vermittelt Mieze Römermann, eine

Jugendfreundin von Klages. Sie ist neu in München, und Franziska zu Reventlow nimmt sie mit auf den ersten Faschingsball ihres Lebens, die »Elendenkirchweih« in Pullach im Isartal. Mieze hat sich als zerlumptes Zigeunermädchen kostümiert, die Reventlow geht als Hingerichtete mit einem feinen roten Strich um den Hals und in einem Armesünderkleid, auf das sie etwas rote Tinte verspritzt hat. Wolfskehl kommt als imponierender Höllenfürst. Die Anreise ist langwierig: erst mit der Tram bis Groß-Hesselohe, dann weiter auf Bauernschlitten bis zum Rabenwirt. Dann endlich ist die Schwabinger Abordnung am Ziel: »Ich trete ein, sofort sind Masken um mich, die mit mir tanzen wollen«, berichtet Mieze Römermann. »Ich fliege von einem Arm in den andern, tanze bis ich beinahe umfalle, sehe überhaupt keinen einzelnen mehr, über mir Tannengewinde, bunte Fahnentücher, Lichter, rote Lichter, Kränze, sich drehende Lichterkränze, Musik, Musik, bacchantisches Treiben. Ich war auf dem Gipfel der Seligkeit. Das erste Faschingsfest, unbeschreiblich ...«

Tanz gilt zudem als Leitkunst des Aufbruchs in die moderne Zeit, und gerade die Münchner zeigen sich auch Experimenten auf diesem Gebiet aufgeschlossen. Es ist noch nicht lange her, da hat Isadora Duncan mit ihren an antiken Mustern orientierten freien Barfußtänzen die Münchner zum Rasen gebracht. Nachdem die Wegbereiterin des modernen Tanzes persönlich bei Franz Stuck vorgesprochen hatte, war es ihr sogar gelungen, das Münchner Künstlerhaus für ihre Auftritte zu bekommen. Daran lag ihr sehr viel - wollte sie doch demonstrieren, dass ihre Art zu tanzen eine Kunstform sui generis sein wollte und nichts mehr mit einem Gesellschaftsvergnügen oder gar mit Freikörperkultur zu tun hatte, wie die Kritik ihr vorwarf. Und das Kalkül ging auf: Die Presse überschlug sich vor Begeisterung und das Publikum strömte in die Vorstellungen. Aus sechs geplanten wurden schließlich acht Abende plus eine Abschiedsvorstellung vor den Mitgliedern des Münchner Künstlerhauses. Aber nicht nur das: Isadoras größte Fans in München sind die jungen Leute, insbesondere die Studenten. Stundenlang stehen sie vor dem Fenster ihres Zimmers im Bayerischen Hof, bis sie sich für einen Augenblick zeigt. Einmal spannen sie die Pferde ihrer Kutsche aus und ziehen sie eigenhändig vom Künstlerhaus zum Hotel. Aber die Fans kommen nicht nur zu ihr, sie kommt auch zu ihnen und tanzt in einer Studentenkneipe auf dem Tisch. »Isadora, Isadora, ach, wie schön ist das Leben!«, singen die Studenten, während sie ihr das Kleid in Fetzen vom Leibe reißen, weil jeder ein Stück davon als Souvenir erhaschen will.

Ein Experiment ist der heutige Abend dennoch. Denn es geht um eine neue, überraschende Synthese - von Tanz und Hypnose, allgemeiner gesagt von Kunst und Wissenschaft, oder noch anders, von Seele und kreativem Ausdruck. Madeleine Guipet ist keine professionelle Tänzerin, sondern eine schlichte französische Bürgersfrau, Mutter von zwei Kindern, und strenggenommen, nun ja, eher ein psychopathologischer Fall. Wegen ihrer Migräneattacken hat sie einen Nervenarzt aufsuchen müssen. Bei der Behandlung mit Hypnose ist dann entdeckt worden, dass sie im somnambulen Zustand, erklingt währenddessen Musik, unwillkürlich tanzartige Körperbewegungen, begleitet von expressiver Gestik und Mimik, auszuführen beginnt, wobei auch die Kopfschmerzen verschwinden. Und dabei beweist sie unleugbar enormes Talent, möchte man nicht sogar von künstlerischer Gestaltungskraft sprechen. Die im gewöhnlichen Leben eher unscheinbare Frau drückt die von der Musik ausgelösten Seelenzustände so dramatisch und suggestiv aus, dass die Erregung unmittelbar auf die Zuschauenden überspringt. Auch der Bildhauer Auguste Rodin, in dessen Pariser Atelier Madeleine aufgetreten ist, hat voller Enthusiasmus reagiert.

Albert von Schrenck-Notzing hat Madeleine bei einem seiner regelmäßigen Parisbesuche entdeckt. Der Seelentherapeut hat längst erreicht, wovon Thomas Mann zu diesem Zeitpunkt noch träumt: Nach dem prägenden Vorbild Lenbachs ist er durch Einheirat in den Geldadel zu großem Wohlstand gelangt. Der

Bau einer eigenen, hochherrschaftlichen Villa im Herzen der Kunststadt, unweit des Karolinen- und Königsplatzes, steht kurz bevor.

Zusammen mit ihrem Arzt, dem Magnetiseur Émile Magnin, hat der Freiherr Madame Guipet spontan nach München eingeladen. Sein ursprünglicher Plan war, die »Traumtänzerin« im kleinen Kreis vorzuführen, als schlagenden Beweis für seine These von der Gestaltungs- und Heilungskraft des Unbewussten unter Hypnose. Doch der Erfolg von Madeleines mehrfachen Auftritten vor geladenen Gästen, darunter Arztkollegen, Künstlern und Journalisten, übertrifft alle Erwartungen. »Hier schält die Hypnose die Kunst aus dem Alltagsmenschen heraus«, meint Eduard von Keyserling, nachdem er die Schlaftänzerin in einer ihrer ersten Privatvorführungen gesehen hat. Jeder Mensch ist ein Künstler – sobald es ihm jedenfalls gelingt, für seine Gefühlsbewegungen den richtigen plastischen oder mimischen Ausdruck zu finden.

Schrenck-Notzing und seine Kollegen von der *Psychologischen Gesellschaft* entschließen sich daraufhin, für weitere Darbietungen das Schauspielhaus anzumieten. An den drei Abenden kommen insgesamt 5000 Gäste, um »die Tänzerin mit unbewußten Beinen, die nur im Traume oder Wachschlaf tanzt«, wie es in der Münchner Zeitschrift *Jugend* heißt, als Phänomen, als Offenbarung, als Wunder zu bestaunen. 2000 von ihnen scheuen sich nicht, das seinerzeit exorbitante Eintrittsgeld in Höhe von 20 Mark zu entrichten, 3000 weitere – Künstler, Ärzte, Gelehrte, Literaten – haben freien Einlass. Die Traumtänzerin ist Stadtgespräch. Auf den Münchner Straßen kursiert der Witz: »Haben Sie denn schon gehört, dass sich die Frau Kommerzienrat gestern erhängt hat?« – »Nicht möglich! Etwa weil ihr Mann neulich Bankrott gemacht?« – »Gott bewahre! Aber sie hat die Schande nicht überleben können, dass sie die Madeleine nicht gesehn!«

Madeleines Ausdrucksbewegungen sind nicht einstudiert, sondern entstehen spontan unter dem Einfluss der Hypnose. So jedenfalls der Eindruck, an dem auch der Bericht einer Journalistin nichts ändert, die Madame Guipet in ihrem Hotel aufsucht und die Überzeugung gewinnt, dass sie sehr viel Gymnastik macht, ihren Körper hart trainiert und sich in jeder Hinsicht auf ihre Rolle in der Öffentlichkeit exzellent vorbereitet. Tanzt sie etwa zu Chopins »Trauermarsch«, eine ihrer Paradedarbietungen, dann glaubt man zu sehen, zu spüren und nicht zuletzt zu hören, wie Grauen und hilfloser Schmerz, unsägliche Qual, Klagen, Schluchzen und Jammern, zwischendurch Momente des Trostes und der Beseligung, schlussendlich aber Resignation und Todesmüdigkeit durch ihren Körper strömen und von ihm Besitz ergreifen. Nichts scheint gewollt, gestellt oder berechnet zu sein – alles echt. Hier ist jemand von den seelischen Zuständen, die von der Musik transportiert oder doch von ihr ausgelöst werden, durch und durch ergriffen und agiert sie spontan aus. Schrenck-Notzing und andere Mitglieder der *Psychologischen Gesellschaft* sehen darin einen Weg, unbewusste Seeleninhalte zugänglich, erfahrbar und gestaltbar zu machen. Der Freiherr geht sogar so weit, künstlerische Produktivität insgesamt mit pathologischen Seelenzuständen in Verbindung zu bringen und spricht lange vor Sigmund Freud von »psychischer Dissoziabilität« als Voraussetzung des künstlerischen Schaffens. Ludwig Klages geht noch weiter: Er sieht durch die Traumtänzerin seine kulturkritische Ansicht vom Geist als Widersacher der Seele bestätigt. Die Herrschaft der technischen Rationalität, unter die der Mensch zunehmend geraten ist, kann er nur brechen, indem er die verborgenen Seelenkräfte entfesselt. Weist die Traumtänzerin den deformierten Menschen der Gegenwart also womöglich den Weg in eine bessere Zukunft?

Noch im Jahr der Auftritte von Madeleine in München publiziert Schrenck-Notzing eine psychologische Studie über die Traumtänzerin. »Der moderne Kulturmensch benimmt sich selten so, wie ihm zu Mute ist«, lautet einer ihrer einprägsamen Sätze. Unsere Zeit liebe es, »ihre innersten Gefühle zu verstecken«. Insbesondere die Erziehung, aber auch der Alltag unterdrücken die Umsetzung von Gefühlserlebnissen in Ausdrucksbewegungen.

Das schlage nicht nur auf die Gefühle selbst bis hin zu ihrer Verkümmerung zurück, die »systematische Unterdrückung und Bekämpfung« von Affektvorgängen wirke auf reizbare Personen auch direkt »nervenzerrüttend«. Verbitterung, Störung des seelischen Gleichgewichts, ja Krankheit seien die Folge. Aus diesem Dilemma, so Schrenck-Notzing, weise Madeleine einen Ausweg, indem unter Hypnose ihre nur eingeklemmte Ausdrucksfähigkeit befreit würde. Das ist *in nuce* eine psychologische Kulturtheorie, lange vor Freuds Schrift *Das Unbehagen in der Kultur* aus dem Jahr 1930, und auch gleich verbunden mit einer Lösung: Die Seele zum Tanzen bringen, um ihre Beschädigungen durch die moderne Zeit zu reparieren – *decadance*, wie die Bee Gees sagen werden, statt Dekadenz.

Der Berliner Theaterkritiker Alfred Kerr, der Madeleine Guipet im kleinen Kreis bestaunt, sekundiert dem Arzt. Er sieht »Unerhörtes an Darstellungskunst«, wie er notiert. »Gibt es einen Künstler, der ganz im Wachen schafft?«, entgegnet er den Zweiflern, die meinen, Madeleines Gefühlsausdruck sei nur gespielt. Er glaube das jedenfalls nicht. Suggestion und Autosuggestion gehören immer dazu, wo es darum gehe, »die letzte Wirkung, die an den Sitz der Seele selber greift, hervorzurufen«. Und dann der hellsichtige Satz: »Die Hemmungen sind gefallen.«

Siegestor

Es ist der 19. Oktober 1904. Beinahe unbekleidet trabt der hinkende Oskar Panizza von seiner Wohnung in der Feilitzschstraße über die Leopoldstraße Richtung Siegestor, diesem »Dem Bayerischen Heere« gewidmeten Triumphbogen, der das offizielle München markant von dem der Künstler und Bohemiens trennt. Von einem Wachtmeister angehalten, behauptet er, gerade Ausgang zu haben, und wird daraufhin von der Polizei dorthin verbracht, wo er gar nicht herkommt, aber sich selbst sieht: in eine Verwahrungsanstalt für Verrückte. Schon mehrfach hat sich Panizza in den letzten Monaten selbst in die Psychiatrie einzuweisen versucht, zunächst in die Münchner Kreisirreanstalt, wo er eine Zeitlang als Assistenzarzt tätig gewesen ist; dort wurde seine Aufnahme aber abgewiesen. In der privaten Heilanstalt Neufriedenheim dagegen wurde er nach wenigen Tagen wegen streitbaren Verhaltens vor die Tür gesetzt. Nun endlich hat er Erfolg. Die Selbstdiagnose des einstigen Psychiaters und jetzigen Dichters: »Dissozjazjon der Persönlichkeit«.

KAPITEL 6

Die Seelensucher

1905–1910

Sie nennen ihn den »leberleidenden Rittmeister«. Doch Thomas Mann zeigt den Pringsheims, dass mehr in ihm steckt: ein eiskalter Eroberer, durchtriebener Psychologe und Rächer der Beleidigten. Derweil kommt mit dem reichlich unorthodoxen Freud-Schüler Otto Gross die Psychoanalyse nach München. Ganz entgegen seiner hehren Absicht liefert sein verheerendes Wirken ein Lehrstück darüber, was passiert, wenn man die Menschen befreien will, und sei es nur zu sich selbst. Ist die Rettung da von der Kunst zu erwarten? Marianne von Werefkin, Alexej Jawlensky, Gabriele Münter und Wassily Kandinsky meinen unisono »Ja!« und wagen in Murnauer Sommern und Münchner Vereinigungen den Sprung vom »Naturabmalen zum Abstrahieren«. Doch die Show stiehlt ihnen ein ukrainischer, nicht-binärer Jude, der die bildende Kunst mit dem Tanzbein vertauscht und so spielend findet, wonach die anderen mühevoll suchen: die Seelenkunst. Nur Franziska zu Reventlow ist von all dem nicht mehr zu erreichen. Nach fünfzehn Jahren Schwabinger Schlawinerinnenexistenz besteigt sie den Zug nach Nirgendwo, der sie zu ihrem Glück nach zweimal Umsteigen ins Tessin bringt.

Die Eroberung

Eine Verlagerung

Die Mutter ist mit der Hochzeit ihres Zweitältesten gar nicht zufrieden. Sie findet das Fest kärglich, prosaisch, ihrem Sohn nicht angemessen. Er hätte eine kirchliche Trauung verlangen müssen, meint sie, so wie es die Familientradition, jedenfalls ihre, vorschreibt. Zu nichts anderem sei sie geladen, als mit dem Hochzeitspaar zu dinieren. Sie findet die Braut kühl, fragt sich, ob sie ihren Sohn wirklich liebt. Thomas Manns Bruder, dem sie ihr Leid klagt, hört förmlich ihre Seufzer, als er ihren Brief liest: »Ach Heinrich, ich war ja *nie* mit dieser Wahl einverstanden.«

Eine Wahl aber ist es, in der Tat. Und Mann hat gewählt, die Braut ist, wenn es hochkommt, die Erwählte. Nach dem Ende der Freundschaft mit Paul Ehrenberg hat der junge Schriftsteller systematisch begonnen, über eine bürgerliche Ehe nachzudenken. Seine Liebesbeziehungen zu Männern sind nie darauf angelegt gewesen, in dauerhafte, lebbare Verhältnisse zu münden. Ein Outing kommt für Thomas Mann so wenig in Frage wie für Stefan George. Die erotische Verführung, die für ihn von Knaben und jungen Männern ausgeht, hat auch damit zu tun, dass sie die Gegenwelt bedeuten zur bürgerlichen Realität mit ihren Verpflichtungen zu Form und Gefühlskontrolle. Paul Ehrenberg, das sind »die Tage des lebendigen Fühlens«, wie Thomas Mann in einem an den Freund gerichteten Liebesgedicht formuliert.

Doch jetzt ist es entschieden: Thomas Mann will seinem Künstlertum, mit dem er in der bürgerlichen Welt beginnt erfolgreich zu sein, auch eine bürgerliche Verfassung geben, als Gegengift gegen

Ästhetizismus, Promiskuität, Unfruchtbarkeit und Todessehnsucht, die er nicht nur mit homoerotischen Gefühlen verbindet, sondern generell als Tendenz eines Lebens erkennen zu glaubt, das sich rein auf ein künstlerisches Verhältnis zur Welt gründet. »Neigung zum Abgrund« nennt er das auch.

Die bürgerliche Ehe dagegen steht für »Dauer, Gründung, Fortzeugung, Geschlechterfolge, Verantwortung«, wie er das später formulieren wird. Selbst die Zuneigung der Ehepartner ist da dem Entschluss zur Verehelichung nachgeordnet, stellt sich womöglich im Vollzug der Ehe ein, ist aber nicht ihr Fundament. Thomas Mann macht mit dieser Vorstellung von Ehe, die schon damals einen Bart zu bekommen beginnt, durch ein Zitat Hegels Bekanntschaft und erkennt darin nachträglich genau seinen Fall.

Doch wohin mit den Gefühlen? Reicht es, sie allein aufs literarische Werk zu lenken? Thomas Mann weiß sehr genau, dass ohne »die Tage des lebendigen Fühlens« auch seine künstlerische Produktivkraft versiegen würde. Das Verfassen von Literatur lässt sich nicht darauf reduzieren, interessegeleitet wohlgesetzte Worte aufs Papier zu bringen, wie er das nun praktiziert, als er um Katia Pringsheim auch brieflich zu werben beginnt. Reichlich gestelzt wirkt das alles.

Und bedarf es nicht auch einer gewissen Leidenschaft, als seelisch-körperlicher Voraussetzung für »Dauer, Gründung, Fortzeugung, Geschlechterfolge, Verantwortung«? Die Adresse von Dr. Albert Freiherr von Schrenck-Notzing hat sich Thomas Mann bereits im Januar 1899 notiert. Gut zwei Jahrzehnte später wird er an spiritistischen Sitzungen im Hause Schrenck-Notzing teilnehmen und über seine »okkulten Erlebnisse« sogar berichten; auch in ein Kapitel des 1924 fertiggestellten Vorkriegsromans *Der Zauberberg* sind die Schilderungen eingegangen. Zur Jahrhundertwende ist der Nervenarzt aber vor allem für seine Behandlung der »konträren Sexualempfindung« in München bekannt. Nicht auszuschließen, dass sich Thomas Mann sogar einer Suggestionstherapie bei Schrenck-Notzing unterzieht, der die Verlagerung des homoerotischen Verlangens aufs andere Geschlecht zu diesem Zeitpunkt schon ein Jahrzehnt lang durchaus erfolgreich praktiziert. Bei Otto Grautoff, dem Lübecker Freund, erlebt er jedenfalls, wie eine solche Therapie abläuft. Er leiht ihm sogar etwas Geld, damit er in Berlin Dr. Albert Moll, einen Spezialisten für Neurasthenie und Sexualprobleme und einen Weggefährten Schrenck-Notzings, aufsuchen kann.

»Absorbierende Bemühungen«

Im Nachhinein – da ist er immerhin schon mit Katia Pringsheim verlobt – hat Thomas Mann gegenüber dem älteren Bruder die »Werbezeit«, zumindest deren letzte Hälfte, »als eine große seelische Strapaze« bezeichnet. Es gelte andauernd, »sich menschlich stramm zu halten«, und häufig genug laufe das ganze sogenannte Glück auf »ein Zähne zusammenbeißen« hinaus. Von »absorbirenden Bemühungen« und den »fruchtlosen und enervirenden Extasen, die dieser absurden Verlobungszeit eigentümlich sind«, ist da die Rede.

In wen oder was verliebt sich Thomas Mann eigentlich? Er fragt sich das selbst häufig. In die Weltoffenheit der Familie Pringsheim, die unbekümmerte Selbstverständlichkeit, mit der sie ihr Luxusleben führen? »Pringsheims sind ein Erlebnis, das mich ausfüllt«, bekennt er seinem Bruder Heinrich, kurz nachdem er dort eingeführt worden ist: »Tiergarten mit echter Cultur. Der Vater Universitätsprofessor mit goldener Cigarettendose, die Mutter eine Lenbach-Schönheit, der jüngste Sohn Musiker, seine Zwillingsschwester Katia (sie heißt Katia) ein Wunder, etwas unbeschreiblich Seltenes und Kostbares, ein Geschöpf, das durch sein bloßes Dasein die kulturelle Thätigkeit von 15 Schriftstellern oder 30 Malern aufwiegt ...«

Das ist natürlich schamlos übertrieben, bis auf die Tatsache, dass für Thomas Mann, ganz in Umkehrung zur öffentlichen Meinung in der Kunststadt München, die Leistung eines Schriftstellers die zweier Maler egalisiert. Mindestens.

Alfred Pringsheim dagegen, der Sammler, der in den einschlägigen Münchner Geschäften immer als der »Herr Kunstmaler« bekannt ist, hält die Schriftstellerei für eine unseriöse Beschäftigung, um nicht zu sagen eine niedere Lebensform. Ganz im Gegensatz zum Musiker und natürlich dem Mathematiker. Als Ehemann für seine einzige Tochter wünscht er sich einen jungen Gelehrten oder Professor, jedenfalls keinen von diesen Literaten, die nicht zu Gesellschaften gehen, sondern in Kaffeehäusern abhängen und die er für problematische Naturen hält.

Kein Zufall ist es, dass Thomas Mann noch vor Katia zuerst Klaus erwähnt, den Zwillingsbruder. Schon als Kind hat der jüngste Pringsheim-Sohn Klavier gelernt, gerade vor einem Jahr ist seine erste Tondichtung, *Das Meer*, uraufgeführt worden. Schon bald wird er in Wien bei Gustav Mahler Komposition studieren. Klaus hat dieselben dunklen Haare und dunklen, feuchtschwarzen Augen wie seine Schwester, dieselbe ein wenig niedergedrückte Nase und dieselben hervortretenden Wangenknochen, denselben blassen Teint und dieselbe weiche Haut. Dass sie einander nicht völlig zum Verwechseln ähneln, liegt vor allem an ihrer Kleidung und der Art, wie sie sich zurechtmachen. Aber die Idee, dass sie durch Kleidertausch und mit ein wenig Schminke auch ihre Geschlechterrollen vertauschen könnten, ist ihnen keineswegs fremd. Beide sind sie exemplarische Beispiele dafür, wie das Feminine und das Männliche in Aussehen, Gesichtszügen, Verhalten und Gehabe ineinander übergehen können, ohne klar wahrnehmbare Grenzen. Beide pflegen sie zudem dieselbe Höflichkeit, denselben kultiviert untertreibenden Ton. Höchstens, dass Klaus seine jugendliche Arroganz noch eine Spur bedenkenloser zur Schau trägt.

Gelten seine verstohlenen Blicke anfangs vor allem ihm? Gut möglich. Und wenn er dann, bevor das zu sehr auffällt, zu Katia hinüberschaut, ist es, als würde ihr Anblick mit dem des Zwil-

In ihr liebt Thomas Mann womöglich auch den Zwillingsbruder: Katia und Klaus Pringsheim, 1904.

lingsbruders verschmelzen. Nein, es ist keine Übertreibung zu sagen, dass er in ihr auch ihn liebt. Klaus scheint das zu begreifen und macht sich ein Spiel daraus, die Blicke für Katia auf sich selbst umzulenken. Und Katia, die mit ihrem Bruder ein Herz und eine Seele ist, bekommt das natürlich mit. Es scheint sie zu amüsieren. Dass gerade darin das Motiv für die aufkeimende Leidenschaft bei Thomas Mann liegen könnte, bedenkt sie wohl kaum.

Unter vier Brüdern aufgewachsen, hat sich die Pringsheim-Tochter, obwohl eine Schönheit, ein burschikoses Verhalten angewöhnt. Sie hätte auch das feine, zarte Mädchen herauskehren können, von der Bruderschar beschützt und ganz auf erlernte Hilflosigkeit geeicht, aber das liegt ihr nicht. Dazu ist sie viel zu pragmatisch (wie ihre Mutter) und viel zu gescheit, mit einem wachen, wissenschaftlichen Verstand begabt. Seine Schwester verbringe ihr Leben damit, ihrem Vater zuzuhören, spottet Klaus gerne. Die Zwillinge hätten Schlagzeilen in der deutschen Presse gemacht, als sie vor drei Jahren gemeinsam das Abitur am Wilhelmsgymnasium bestanden, berichtet er später. Im Anschluss daran hat Katia zudem angefangen, Mathematik und Physik zu studieren, was noch seltener vorkommt als ein weibliches Abitur. Bei Wilhelm Röntgen, dessen Strahlen die Welt in Aufregung versetzen und der dadurch einen Ruf an die Münchener Universität bekommen hat, hört sie Experimentalphysik. Röntgen hat ein besonderes Auge auf sie, die Tochter eines Kollegen. Doch als ihr einmal ein Missgeschick unterläuft und sie einen wertvollen Apparat fallen lässt, fühlt er sich in seiner Ansicht bestätigt, dass Frauen in der Wissenschaft eigentlich nichts zu suchen haben und kanzelt sie auf eine Weise ab, die Katia den Spaß am Studium zumindest bei ihm nachhaltig verdirbt.

Später, da ist Thomas Mann schon tot, wird sie sich erinnern, dass die erste Begegnung mit ihrem späteren Mann in der Trambahn stattfand. Sie wollte gerade aussteigen, da kam der Kontrolleur und verlangte die Fahrkarte. »Ich steig hier grad aus«, habe sie gesagt. Als der Mann auf seiner Forderung beharrte, habe sie noch erläuternd hinzugefügt, die Fahrkarte soeben weggeworfen zu haben, schließlich sei sie im Aussteigen begriffen. Daraufhin der Kontrolleur, immer fordernder: »Ich muß das Billet –. Ihr Billet, hab ich gesagt!« »Jetzt lassen Sie mich schon in Ruhe!«, will sie entgegnet haben und wütend aus der noch fahrenden Tram gesprungen sein. »Mach, dass d' weiterkimmst, du Furie!«, habe ihr der Kontrolleur noch nachgerufen. Thomas Mann aber war wohl von der Szene so entzückt, dass er beschloss, die junge Dame, die ihm zusammen mit ihrem Bruder schon mehrfach bei Opernbesuchen aufgefallen war, nun endlich kennenzulernen.

Als er dann regelmäßig in der Arcisstraße verkehrt, entdeckt er unter den vielen im Wohnzimmer hängenden Gemälden von Lenbach, Thoma und Konsorten auch den »Kinderkarneval« von Kaulbach – das Original des Pierrotbildes, das er einst aus einer Illustrierten ausgeschnitten und mit Reißnägeln über seinem Schreibtisch befestigt hat. Katia passt perfekt in die geschlossene Phalanx ihrer vier hübschen Brüder. Für Thomas Mann ist es die wohl schönste Bestätigung seiner Wahl.

Die fünf Geschwister sprechen mit scharfer Zunge, nach außen hin ständig im Angriffsmodus und doch eher aus einer inneren Abwehrhaltung heraus, verletzend und womöglich doch nur aus Spaß am gelungenen Bonmot und der ironischen Bemerkung. Nicht, dass sie ihm etwa bis zum Letzten zusetzen und unbedingt Recht behalten wollen. Als viel kränkender empfindet er, dass sie seine armseligen, gepresst vorgebrachten Beiträge ins Leere laufen lassen, als fänden sie, dass sie ihm durchaus angemessen, aber nicht weiter interessant seien.

Wenn er etwa ein geringfügiges Zuspätkommen damit entschuldigt, dass der Weg von der spärlichen Wohnung, in der er seine heißkalte Prosa aufs Papier bringt, doch recht weit sei, muss er mit der Entgegnung rechnen: »Sehr weit. Und wie nun übrigens, wenn Sie in Anbetracht dieses Weges Ihre Mansarde ein wenig früher verließen?« Gern wird noch hinzugefügt: »Das würde von entschieden befeuernder Wirkung auf den Gang unseres Hauswesens sein.« »Ja, mein Gott«, bringt Thomas Mann dann gerade noch mit matter Stimme hervor.

Mit Vorliebe ergeht man sich im Durchhecheln von Fragestellungen, die Thomas Mann als Sophistereien empfindet, nicht lebensbedeutsam genug, um die hier überreichlich vorhandene Intelligenz darauf zu verschwenden. Etwa der, ob, wenn a) die notwendige und hinreichende Bedingung für b) sei, dann auch b) die notwendige und hinreichende Bedingung für a) sein müsse. Die Geschwister und auch der Vater setzen all ihre Schläue und ihren Witz daran, durch versierte Antworten zu glänzen, tragen entlegene und abenteuerliche Beispiele vor und befleißigen sich einer so abstrakten wie streitbaren Dialektik, um die Antwort des Vorredners noch an Scharfsinn und Originalität zu überbieten. Und wenn Thomas Mann, der anders als Katia eben kein Abitur hat, dann endlich ansetzt, auch noch etwas dazu zu sagen, hat man bereits das Thema gewechselt.

Kommt das Gespräch auf Kunst, Musik und Literatur, wo Thomas Mann meint sich auszukennen und als Schriftsteller insbesondere auf dem letzteren Feld durchaus etwas zu sagen hat, dann frappiert ihn die Unbedingtheit und Erbarmungslosigkeit des vorgetragenen Urteils, die keinen Widerspruch duldet und nur das Erstrangige gelten lässt, was zudem auch öffentliche Anerkennung und Erfolg vorzuweisen hat. Guter oder auch ringender Wille sind keine zugelassenen Kategorien, mildernde Umstände werden nicht gewährt, es zählt nur die mit Durchsetzungskraft verbundene Leistung. So imponiert den Pringsheim-Kindern, auch Katia, durchaus, welchen Erfolg Thomas Mann plötzlich als Schriftsteller mit den *Buddenbrooks* hat. Der Vater liest den Roman grundsätzlich nicht, die Mutter hat ihn noch nicht ausgelesen, Katia und ihre Brüder hingegen kommen immer wieder auf das Buch zu sprechen. Da sitzen sie, die Geschwister der jungen Frau, die er als Ehefrau gewinnen will, »in lässiger Haltung, mit launisch verwöhnten Mienen, in üppiger Sicherheit«, aber ihre Rede geht scharf wie dort, »wo Helligkeit, Härte und Notwehr und wachsamer Witz zum Leben geboten sind«. So wird es Thomas Mann später beschreiben, wenn er, nur kurze Zeit, nachdem er Katia zum Standesamt geführt hat, in einer Novelle, die den Titel »Wälsungenblut« trägt, mit der Familie abrechnet.

Die Pringsheim-Kinder tragen eine Mentalität zur Schau, die zur gleichen Zeit der Philosoph und Soziologe Georg Simmel als einen typischen Persönlichkeitszug des Großstädters analysiert: die Blasiertheit. »Es gibt vielleicht keine seelische Erscheinung, die so unbedingt der Großstadt vorbehalten wäre, wie die der Blasiertheit«, behauptet Simmel in einem Vortrag, der erstmals 1903 gedruckt erscheint. Für ihn handelt es sich letztlich um eine Art Schutzorgan gegen die für Großstädte typische Reizüberflutung. Um damit Schritt halten, um die auf sie einströmenden Reize überhaupt verarbeiten zu können, sehen die Städtebewohner nicht mehr auf das einzelne Ding und die individuelle Beziehung zu einem Menschen, sondern fragen bei Menschen wie Dingen unterschiedslos nach dem Wert ihrer Leistung. Sie ist das Einzige, was zählt.

Und Katia?

Was in Herrgottsnamen aber findet Katia an Thomas Mann, den ihr Vater nicht als geeigneten Heiratskandidaten betrachtet und ihre Brüder, wegen seiner schmalen Statur und der blässlichen Gesichtsfarbe, wegen seines ganzen hyperkorrekten, steifen Auftretens mit seinem exakt gezwirbelten Schnurrbart als »leberleidenden Rittmeister« zu verspotten pflegen? Dass er sie zu einem sonntäglichen Fahrradausflug einlädt und sie ihm bei dieser Gelegenheit mit ihrem superschnellen, amerikanischen Cleveland-Rad nicht nur davonfährt, sondern regelrecht den Schneid abkauft, kann es nicht allein sein. Sie habe schon mal »ganz gern ein bißchen Überlegenheit durchblitzen lassen«, erinnert sich Katia Mann an diese Zeit.

Die schlichte Antwort lautet, dass die Pringsheim-Tochter anfangs in der Tat wenig an Thomas Mann findet. Katia ist Bewerber gewohnt. Alfred Kerr, der Kritiker und spätere Thomas-Mann-Feind, ist darunter. Und auch »ein besonders leidenschaftlich interessierter und sehr nett aussehender« Mitstudent, der ebenfalls Pringsheim heißt und irgendwie ein entfernter Verwandter ist, aber halt sehr entfernt. In Wahrheit denkt sie gar nicht daran zu heiraten. Sie ist gerade 20, fühlt sich sehr wohl und lustig in ihrer Haut, »auch mit dem Studium, mit den Brüdern, dem Tennisklub und mit allem«. Warum soll sie so schnell weg von zu Haus, denn darauf läuft es mit der Heirat ja hinaus. Zudem ist Hedwig Dohm, ihre Großmutter, anfangs strikt dagegen, dass sie ihr Studium abbricht, schon gar nicht, um sich einem Mann zu unterwerfen.

Was daraufhin von Seiten Thomas Manns einsetzt, muss man einen Belagerungszustand nennen. »Große Aussprache mit K. P.«, vermerkt am 9. April 1904 sein Notizbuch. Gut einen Monat später dann unter dem Datum des 16. Mai: »Zweite große Aussprache mit K. P. Mit Donnerstag d. 19 Mai beginnt die Wartezeit.« Er macht ihr also einen förmlichen Heiratsantrag. Die Wartezeit zieht sich jedoch lange hin, den ganzen Sommer über. Das hat auch damit zu tun, dass Alfred Pringsheim an einem akuten Magengeschwür leidet und Anfang Juni von seinem Arzt für mehrere Wochen nach Bad Kissingen zur Kur geschickt wird. Die beiden Frauen in der Familie begleiten ihn. Anschließend, so erinnert sich Katia, verbringt sie noch die Sommerfrische mit ihrem Zwillingsbruder an der Ostsee.

In der Zeit der Trennung tut Thomas Mann, was er am besten kann, er schreibt. Wohl sind seine Werbebriefe förmlich, wie gedrechselt, von feierlicher Gesetztheit, aber in ihrer Zahl, Länge und Sprachmächtigkeit hinterlassen sie bei Katia dennoch nachhaltigen Eindruck. Trotzdem fragt man sich, ob eine junge Frau, die von ihrer Erwählung noch gar nicht überzeugt ist, sich vielmehr grundsätzlich fragt, ob das mit der Ehe für sie sein muss, von dem Bewerber lesen möchte, dass er sich wohl bewusst sei, »nicht der Mann zu sein, um einfache und unmittelbar sichere Gefühle zu wecken«. Oder dass er sich Jahre, »wichtige Jahre lang als Menschen für nichts geachtet und nur als Künstler habe in Betracht kommen wollen« und dass dies »kein leichtes, kein lustiges Leben sein und selbst bei starker Antheilnahme der Außenwelt kein gelassenes und keckes Selbstvertrauen zeitigen kann«. Keine guten Omen für ein unbeschwertes, fröhliches Zusammenleben!

Neben dem Briefbombardement hat Thomas Mann allerdings noch einen zweiten Pfeil im Köcher: die Psychologie, mit der er sich sehr viel besser auskennt, als das selbstentworfene Bild vom ein wenig weltfremden, mit der eigenen Person hadernden Literaten vermuten lässt, der seine Persönlichkeitsdefizite mit Überkorrektheit und Formbewusstsein ausgleicht. »Sie kann nicht, kann ›es sich nicht denken‹, sich nicht entschließen«, berichtet der auf unabsehbare Zeit zum Wartestand Verurteilte im Juli 1904 seinem Freund Kurt Martens. Solange die Entscheidung nicht unmittelbar vor Katia stehe, sei ihr, nach eigenen Worten, »Alles ganz leicht, natürlich und selbstverständlich«. Komme es dagegen zum Schwur, so schaue sie ihn an »wie ein gehetztes Reh« und sehe sich außerstande. Thomas Mann hat dafür auch einen Begriff, hinter dem eine Diagnose steht – »nervöse Entschließungsangst«. Er hat sich kundig gemacht, eingehend mit einem »Nervenarzt und guten Psychologen« darüber gesprochen, und der hat ihm bestätigt, was er längst vermutete habe, dass diese Entschlussschwäche nämlich »etwas notorisch Krankhaftes« sei. »Wenn ich nicht viel diplomatischer und zurückhaltender zu Werke ginge, würde seinen Erfahrungen nach nichts aus der Verlobung werden«, hat er gemeint. Thomas Mann teilt Kurt Martens auch gleich den Namen des Arztes mit, der hier eine Diagnose ohne Befunderhebung stellt. Es ist Dr. Leonhard Seif, ein seit 1895 in München praktizierender Nervenarzt für Psychotherapie und Hypnotismus, später ein Anhänger C. G. Jungs. Gut möglich, dass Thomas Mann statt Schrenck-Notzing auch ihn aufgesucht hat, um seine konträre in eine konforme Sexualempfindung therapieren zu lassen.

Bedauerlicherweise fragt Thomas Mann sich nicht, ob das, was er Katias »Entschließungsangst« nennt, schlicht daraus resultiert, dass er sie schrecklich bedrängt. Vielleicht spürt sie aus seinem »dringenden Wunsch«, sie zu heiraten, auch den unbedingten, zwanghaft anmutenden Willen heraus, sich von der Welt der Homoerotik abzuwenden und der Konvention zu unterwerfen. Dass sie das misstrauisch gemacht haben muss, lässt sich nur zu gut verstehen. Er hingegen benutzt die zweifelhafte Diagnose als Druckmittel – gegenüber Katia selbst, wohl aber auch gegenüber der Mutter und dem Zwillingsbruder. Noch Jahrzehnte später wird sich Klaus Pringsheim einer Schwester erinnern, die sich monatelang »in einem Zustand aufreibender Unentschlossenheit« quälte. Die Einzige in der Familie, die dafür eine plausible, dem Gemütszustand der Zwanzigjährigen entgegenkommende Erklärung hat, ist die Großmutter Hedwig Dohm, die gar nicht einsieht, warum ihre Enkelin für eine frühe Heirat die Freiheit und die Lebenschancen aufgeben soll, die mit dem Studentinnendasein verbunden sind. Niemand von der Familie scheint auf den naheliegenden Gedanken zu kommen, dass neben dem Umstand, dass sich Katia im jetzigen Lebenszustand sehr wohl fühlt, ein weiterer Grund für ihre Schwierigkeit, eine Entscheidung zu treffen, auch in der geteilten Stimmung innerhalb der Familie besteht. Wie die Großmutter ist auch der Vater gegen die Heirat mit Thomas Mann, wenn auch aus anderen Gründen. Hedwig und der Zwillingsbruder Klaus raten ihr dagegen eher zu; beide haben mit dem »leberleidenden Rittmeister« nicht nur Mitgefühl, sondern hegen für ihn aufrichtige Sympathie. Den Ausschlag, den Antrag anzunehmen, dürfte dann Klaus gegeben haben. »Thomas Mann wusste, dass er auf mich zählen konnte«, erinnert er sich später.

Auf Katias Wunsch wird die Hochzeit nur im kleinen Kreis gefeiert. Nach der standesamtlichen Trauung treffen sich die Hochzeitsgäste zur Mittagstafel in der Arcisstraße. Die Stimmung ist eher bedrückt, da dem Elternpaar der Abschied von der einzigen Tochter sichtlich schwerfällt. Den Toast bringt nicht der Vater, sondern Alfred Schaeuffelen aus. Er sei kein Redner, meint er, sondern nur Hörer, und in letzter Zeit habe Professor Pringsheim in seinen Vorlesungen über Kongruenz gesprochen. Hier läge nun ein Fall schönster Kongruenz vor, und er hege den innigsten Wunsch, von diesem Paar immer das Schönste und Beste zu hören. Brillant geht anders. Noch am selben Tag tritt das Brautpaar seine Hochzeitsreise an, die über Augsburg nach Zürich, ins Nobelhotel Baur au Lac führt. »Um ½ 5 Schluß des Festes, Katia umgekleidet, ihre Sachen fertig gemacht, um ¾ 6 Abfart«, heißt es in Hedwig Pringsheims Tagebuch. »Danach Zusammenbruch! ... Mein armes, liebes kleines Kind!«

Die Hochzeitsnacht und auch die folgenden Nächte müssen Thomas Mann gewisse Sorgen bereitet haben. Denn in seinem Notizbuch finden sich die Namen, Adressen und praktischerweise auch die Sprechstundenzeiten von gleich drei Zürcher Psychologen – zwei Nervenärzten und einem Therapeuten, der sich auf Hypnose spezialisiert hat. Womöglich haben ihm Dr. Schrenck-Notzing oder Dr. Seif die Empfehlungen gegeben. Dass sie nicht ein letztes Mittel waren, um die Entschließungsangst der ihm frisch angetrauten Frau endgültig zu brechen, sondern Thomas Mann eher die Furcht vor Potenzproblemen umtrieb, liegt auf der Hand. Einer der Ärzte, ein gewisser Dr. Georg Ringier, ist wie auch Schrenck-Notzing Schüler von Auguste Forel, des wohl bekanntesten Vertreters der Suggestionstherapie im deutschen Sprachraum. Vor seiner Pensionierung hat er die renommierte Nervenklinik am Burghölzli über Zürich geleitet. Exakt neun Monate nach dem Aufenthalt im Baur au Lac kommt mit Erika Mann dann das erste von insgesamt sechs Kindern des Ehepaars auf die Welt, das zweite, der Sohn Klaus, bereits in einem weiteren Abstand von gerade einmal zwölf Monaten.

Die Familie Mann wohnt nun in Schwabing, in der Franz-Joseph-Straße 2, Ecke Leopoldstraße, in einer durchaus geräumigen, von Alfred Pringsheim eingerichteten Etagenwohnung »mit – 2 Wasserclosets! – ist das nicht ideal?« So Thomas Manns Mutter, die sich die Gelegenheit zur Besichtigung natürlich nicht nehmen lässt: »Tommys Arbeitszimmer – sehr groß, daran K. Zimmer, dann Speisezimmer, dann 2 Schlafzimmer, weißlackierte Meubles ... in allen Zimmern kreisförmige elektr. Lustres; reizend sind die kleineren im Schlafzimmer, grünes Laub mit roten Beeren, daran hängen die elektr. Birnen«.

Der Vater habe sogar schon ein Telefon anbringen lassen. »Ich denke mir, daß er jeden Morgen nach d. Befinden seiner Tochter fragen wird.« Sie habe Thomas gebeten, »sich nicht alles geben zu lassen«, kommentiert sie diese Mischung aus Großzügigkeit und Übergriffigkeit seitens des Schwiegervaters: »Man fühlt sich ja kaum Herr im Hause, wenn das wenigste einem durch eignen Kauf gehört.«

»So blühe denn, Wälsungenblut!«

»Dies fremdartige, gütige und doch egoistische, willenlos höfliche kleine Judenmädchen«, nennt Thomas Mann seine spätere Frau in einer Notiz aus der Werbezeit. Der Schriftsteller lebt erst wenige Monate im Ehestand und in der neuen Wohnung – bei Katia sind bereits Anzeichen der Schwangerschaft sichtbar –, da beginnt er eine Novelle zu schreiben, die die erlittenen Schmerzen und die peinliche Schmach der Werbezeit noch einmal verarbeitet. »Wälsungenblut«, so ihr Titel, erzählt von einer innigen Beziehung zwischen Zwillingsgeschwistern, die mit einer skandalösen Beischlafszene auf einem Eisbärenfell schließt. Siegmund und Sieglinde heißen die beiden – so wie das inzestuöse Geschwisterpaar in Richard Wagners *Walküre*, dem zweiten Teil seines großen Opernzyklus *Der Ring des Nibelungen*. Wer seinerzeit sich auch nur entfernt für Musik und Literatur interessiert, kennt es. In der Wagner-Nachfolge ist denn auch der Geschwisterinzest in dieser Zeit ein großes Thema, besonders in der Literatur der Dekadenz. Doch warum versetzt Thomas Mann das Geschehen ausgerechnet in eine jüdische Familie und macht aus dem Geschwisterpärchen Judenzwillinge? Nahe liegt das nur, weil er in Katia und Klaus solchen begegnet ist. Auch die Gespräche, die am Familientisch der Aarenholds geführt werden, wie die Familie in der Novelle heißt, weisen in ihrer Art und ihrem Sound unverkennbar auf das Vorbild um die Ecke: den Stadtpalais in der Münchner Arcisstraße. »Tiergarten mit echter Cultur«, hat Thomas Mann die Pringsheims in einem Brief an den Bruder genannt, da war er dort gerade eingeführt worden. Und genau in Berlin Tiergarten residiert nun seine Wälsungenfamilie Aarenhold.

Auch die Rolle des Bewerbers ist besetzt – mit einem subalternen Beamten namens Beckerath, der mit dem inzwischen erfolgsverwöhnten Schriftsteller Thomas Mann auf den ersten Blick wenig zu tun hat. Doch die Art, wie die redseligen Geschwister ihn abblitzen lassen, ihm immer wieder seine Bedeutungslosigkeit und Ohnmacht angesichts ihrer geschlossenen Phalanx und Weltläufigkeit vorführen, hat viel von dem, was Thomas Mann seinerzeit bei den Pringsheims erlebt haben muss. Selbst Katias nervöse Entschließungsangst und ihr finales Ja, dessen Beweggründe nie so richtig deutlich wurden, finden sich, ein wenig verzerrt, aber durchaus wahrnehmbar, in Sieglindes Verhalten gespiegelt: »Endlich, nachdem sie ihm oft genug gesagt, daß sie ihn nicht liebe, hatte Sieglind begonnen, ihn prüfend, erwartungsvoll, stumm zu betrachten«, heißt es in der Novelle, »mit einem glänzend ernsten Blick, der begriffslos redete wie der eines Tieres – und hatte Ja gesagt.«

Die Ähnlichkeiten und Anspielungen sind also unverkennbar – und werden von Hedwig Pringsheim auch gleich bemerkt, als der Schwiegersohn ihr eine Abschrift des Manuskripts überlässt. »Tommy's ›Wälsungenblut‹ mit sehr geteilten Gefühlen gelesen«, notiert sie am 12. November 1905. Schon eine Woche zuvor hat sie mit ihm eine »ernste Unterhaltung« darüber geführt. Sie äußert ihre Bedenken, die Thomas Mann aber vom Tisch wischt. Stattdessen beeilt er sich, das Manuskript an S. Fischer zu schicken, wo »Wälsungenblut« in der *Neuen Rundschau* erscheinen soll.

Doch Hedwig Pringsheim lässt die Sache keine Ruhe. Einen Monat später unterhält sie sich mit ihrer Freundin Eugenie über die Angelegenheit. Diese rät ihr, »Alfred von Tommy's *Wälsungenblut* Kenntnis zu geben«. Folge: »die erwartete Katastrophe!« Als Thomas Mann am Tag darauf von einer Vortragsreise aus Breslau zurückkehrt, bläst ihm sein Schwiegervater den Marsch. Er verlangt von ihm, die Novelle zurückzuziehen. Doch Thomas Mann lässt sich darauf erst einmal nicht ein. Steht er doch auf dem Standpunkt, dass zwischen Realität und Kunst »ein Wesensunterschied« bestehe. Da möge die Wirklichkeit, derer sich der Schriftsteller bedient, noch so sehr seine tägliche Welt sein oder ihm nahestehen. In den *Buddenbrooks*, erzählt nach dem Vorbild der eigenen Familiengeschichte, hat er diesen Wesensunterschied mit großem Erfolg geltend gemacht – warum sollte das hier nicht ein zweites Mal gelingen?

Am nächsten Morgen setzen sich die Auseinandersetzungen in der Franz-Joseph-Straße fort. »Aufgeregt-deprimirte Stimmung; der Alfr. durch erneute Scene mit Tommy nachhalf«, notiert Hedwig Pringsheim. Dieser, nicht faul, schreibt seinem Schwiegervater einen Brief, »der nicht berechnet war, eine Versöhnung anzubahnen«, wie sich Klaus Pringsheim erinnert. Seine Mutter nennt den Brief »ebenso dumm wie ungehörig«. Thomas Mann macht keinen Hehl daraus, dass er seine Unabhängigkeit als Autor über die Interessen der Familie seiner Frau stellt. Sein Schwiegervater reagiert sofort: »Alfred die halbe Nacht an einem Brief an Tommy gearbeitet, den er mir morgens vorliest«, lesen wir in Hedwigs Tagebuch: »scharf u. gut«. Inzwischen rückt das Weihnachtsfest näher, und der Streit ist immer noch nicht beigelegt. Auch an Silvester gibt es erneut eine »erregte Unterhaltung mit Tommy, der ganz niedergebrochen u. verzweifelt, dabei trotzig u. einsichtslos wie ein Kind ist«, so das Tagebuch der Schwiegermutter. Neben dem

Gefühl der Unfreiheit hadert Thomas Mann vor allem mit dem Umstand, dass er, der ohnehin in dem Jahr des Werbens um Katia so wenig zustande gebracht habe, »nun auch noch die skrupulöse Arbeit langer Wochen aus Rücksichten unterdrücken« solle, wie er gegenüber seinem Bruder Heinrich klagt. Als dann am 7. Januar Katia ihre Eltern besucht, hat der Vater mit ihr »eine sehr ernste, leidenschaftliche Auseinandersetzung, mit hoffentlich versöhnlichem Abschluss«, wie Hedwig Pringsheim hinzufügt. Und tatsächlich lenkt Thomas Mann nun ein. In letzter Minute zieht er die Erzählung aus dem Heft der *Neuen Rundschau* zurück; sie erscheint erstmals 1921 in einer kleinauflagigen bibliophilen Ausgabe, verursacht aber selbst dann noch erhebliche Verärgerung im Pringsheim'schen Familienkreis. Die für S. Fischer entstandenen Kosten des Neudrucks in Höhe von 6000 Mark soll, wie Arthur Schnitzler in seinem Tagebuch berichtet, sogar Alfred Pringsheim persönlich getragen haben. Das ist ihm die Nichtveröffentlichung wert.

Pringsheim Senior geht es darum, Schaden von seiner Familie abzuwenden und ihren guten Ruf zu wahren. Liest man »Wälsungenblut« unter der Prämisse, dass hier Geheimnisse aus dem Pringsheim'schen Familienleben ausgeplaudert werden, ist dieser Ruf unweigerlich bedroht. Einmal in Gang gesetzt, lassen sich solche Gerüchte kaum noch stoppen, das wissen die Pringsheims aus eigener leidvoller Erfahrung. Irgendetwas bleibt immer hängen. Der »Wesensunterschied«, auf den Thomas Mann so pocht, mag für ihn als Autor gelten. Für die Wirkung der Novelle in der Öffentlichkeit gilt er nicht.

Doch es geht nicht nur um Familiengeheimnisse. Als besonders kompromittierend müssen die Pringsheims Thomas Manns Spiel mit antisemitischen Klischees empfunden haben. Richtig ist zwar: Das Wort »jüdisch« kommt in »Wälsungenblut« kein einziges Mal vor, noch lassen sich in der Novelle explizite antisemitische Bemerkungen finden. Trotzdem vermittelt die Lektüre eine antisemitische Stimmung. Interessanterweise hat diesen Eindruck bereits Oscar Bie, der *Rundschau*-Redakteur. Denn er schlägt vor, den Schlusssatz der Novelle zu ersetzen, da der Durchschnittsleser ihn als roh empfinden könne. Ursprünglich endet sie mit der hämischen Bemerkung Siegmunds nach begangenem Inzest: »Beganeft haben wir ihn, – den Goy«, was sich auf Beckerath, den Bewerber, bezieht und so viel heißt wie: »Beklaut haben wir ihn, den Ungläubigen.« Es ist das einzige Mal in der Novelle, dass jiddische Ausdrücke fallen. Sowohl beim Bruder Heinrich als auch direkt beim Schwiegervater hat Thomas Mann diesbezüglich Erkundigungen eingeholt. Besser aber, so Bie, sei es, die Sache diskret einzuhüllen, wie das ja auch ansonsten dem Stil der Novelle entspreche. Woraufhin Thomas Mann den Schluss ändert, zumindest für den *Rundschau*-Abdruck, zu dem es dann gar nicht kommt. Nun sagt Siegmund: »Dankbar soll er uns sein. Er wird ein minder triviales Dasein führen von nun an.« Schon wahr, das klingt weniger roh, aber der Sache nach ist es noch expliziter. In Wagners *Walküre* wird in der inzestuösen Vereinigung der Geschwister Siegfried gezeugt – »so blühe denn, Wälsungenblut!« Beckerath, so viel ist klar, wird das Opfer einer Personenstandsfälschung; nicht er, sondern Sieglindes Bruder Siegmund ist der leibliche Vater des Kuckuckskindes, das ihm ins Familiennest gelegt wird. Man wird kaum annehmen wollen, dass dergleichen Thomas Mann widerfahren ist. Aber ist diese ultimative Erniedrigung Beckeraths nicht auch eine Warnung? Etwa derart: Wer sich mit Juden einlässt, muss auch gewärtigen, von ihnen hereingelegt zu werden?

Der Befreier

Otto Gross

Bislang sind es Schreck-Notzing und seine Kollegen, die die Psychologie in München prägen. Sie ist hier eine Sache der guten Gesellschaft, die sich bei dem Hypnose-Genie therapieren und zugleich beim »Geisterbaron«, wie Schreck-Notzing auch gerne genannt wird, auf die geheimnisvollen Pfade des Spirituellen locken lässt.

Mitte der Zehnerjahre des neuen Jahrhunderts beginnt sich das jedoch zu ändern. »Ein merkwürdiger endemischer Herd von Freudianern existiert seit ca. einem Monat in Charlottenburg«, meldet Karl Abraham, ein enger Schüler und Vertrauter Sigmund Freuds, der sich als Spezialist für nervöse und psychische Krankheiten gerade in Berlin niedergelassen hat, von dort nach Wien. Freuds prompte Antwort: »Die Charlottenburger Endemie ist köstlich. Ein ähnlicher Herd scheint in München zu existieren, und die verdrehtesten Künstler und dergleichen betroffen zu haben.«

Freud erwähnt den Namen an dieser Stelle nicht, aber er weiß sehr gut, wer für den Münchner Infektionsherd verantwortlich ist: Dr. Otto Gross, einer seiner begabtesten, wenn auch, wie so häufig, abtrünnigen Schüler. Gross ist seit 1906 in München und dort mittlerweile Assistenzarzt bei dem Psychiater Emil Kraepelin, dem Begründer der modernen Psychopathologie und Psychopharmakologie. Rasch überwirft er sich allerdings mit ihm. Auf dem Höhepunkt der Zwistigkeiten will er seinen Dienstherrn sogar zum Duell fordern.

Während Schrenck-Notzing und Kollegen an der Therapie unter Hypnose festhalten, ersetzt Freud allmählich die hypnotische Überwältigung durch die ruhige, aber insistierende Befragung. Er steuert den Redefluss seiner Patientinnen und Patienten durch gezielte Bemerkungen und Erkundigungen, um jene Assoziationen zu stimulieren, die zu den verdrängten, traumatisierenden Erfahrungen führen. Das Möbel, das dabei zum Einsatz kommt und maximale Entspannung bewirken soll, die berühmte analytische Couch, ist eigentlich noch ein Relikt aus Hypnosetagen, als auch Freud den Zugang zum Unbewussten auf dem Weg der Ausschaltung des Bewusstseins suchte. Ihr eminenter Vorteil: Sie steckt der Analyse einen festen örtlichen und zeitlichen Rahmen. Sie beginnt in dem Moment, da der Patient sich auf der Couch ausstreckt, und endet, wenn er sich von dort wieder erhebt.

Otto Gross geht auch hier einen anderen Weg. Für ihn gehört die Befragung nicht an einen der Alltagssphäre enthobenen Ort, sondern genau dorthin, wo das Leben der Menschen stattfindet, wo sie in Bewegung und in Kontakt sind – auf der Straße, im Café, im Eisenbahnabteil, auf dem Spaziergang. Er ist ein psychotherapeutischer Sokrates: Mit der Selbsterkenntnis soll die Analyse auch die Existenz von innen heraus erneuern; sie soll zum Bestandteil des sozialen Lebens werden und dies möglichst ad hoc verändern. So hat er weder eine Praxis noch feste Sprechzeiten. Er wartet auch nicht, dass die Menschen sich mit ihren Leiden an ihn wenden. Stattdessen beobachtet er sie, geht aktiv auf sie zu und macht sie ungefragt auf ihre Probleme aufmerksam, bei jeder sich bietenden Gelegenheit, ohne zeitliche Vorgaben und Begrenzungen und auch ohne dafür Honorar zu verlangen.

Wer genau hinschaut, wird auf seinem abgetragenen Anzug allerdings zuweilen Spuren weißen Staubs erkennen. Es stammt vom Kokain, das Otto Gross regelmäßig schnupft. Kokain gilt zu dieser Zeit als Party- und Entspannungsdroge, großer Beliebtheit erfreut es sich gerade unter Ärzten. Auch Freud nimmt eine Zeit lang Kokain, um depressive Verstimmungen zu kurieren und in Gesellschaft an Selbstsicherheit zu gewinnen – um sich wie »ein großer wilder Mann, der Cocain im Leib hat«, zu fühlen, wie er seiner Verlobten schreibt.

Der in Graz gebürtige Otto Gross aber hat mit 30 Jahren schon eine regelrechte Drogenkarriere hinter sich. Nach schlimmen Erfahrungen mit Alkohol, die von Gewalttätigkeit bis zu einer Vergiftung reichen, greift der junge Gross zum Morphium. Da ist er etwa 20 und Student, leidet weiterhin unter starken Hemmungen, unter dem »Druckgefühl der Elternautorität, des Nicht-aus-sich-heraus-treten-Könnens«, wie er es nennt. Er verspürt in sich zwar eine Fähigkeit zur Produktivität, ohne imstande zu sein, sie auszuleben.

Das legt sich erst, als er anfängt, zusätzlich Kokain zu schnupfen. »Seit dem ersten Male, dass ich Cocain zu mir genommen, entdeckte ich mit größter Überraschung, dass mir das Cocain die Hemmung weg nimmt«, erinnert er sich. Aus dem sozial zurückgezogenen, schüchternen Adoleszenten wird ein selbstsicher auftretender, charmanter, charismatischer Mann, dessen ununterbrochener, schneller Redefluss kaum zu stoppen ist. In Verbindung mit einer jungenhaften Verletzlichkeit und einer sanften Melancholie, die von Zeit zu Zeit seine porzellanenen Züge umspielt, trägt ihm das die spontane Zuneigung vieler Frauen ein. Allerdings schleicht sich mit der Zeit eine habituelle Unruhe in sein Verhalten ein, die sich in ständigem Bewegungsdrang äußert – ebenso wie seine Redseligkeit und seine Hemmungslosigkeit Kennzeichen des Kokainisten.

»Mit dem Eifer des Fanatikers« habe er das ganze Café Stefanie analysiert beziehungsweise das Analysieren gelehrt, berichtet Erich Mühsam. »Es schwirrte an den Tischen nur so herum von ›Komplexen‹, ›Sperrungen‹ und ›Verdrängungen‹, man war ›konstelliert‹, ›okkupiert‹ und hatte für jede Art Umnebelung oder Verstimmung einen schönen wissenschaftlichen Ausdruck. Zufälle wurden aus verborgenen Absichten gedeutet, Träume auf Wünsche zurückgeführt, und für manche hatte das Unterbewusstsein der Nebenmenschen bald weniger Geheimnisse als das eigene Bewusstsein.«

Erich Mühsam

Gebürtig aus Lübeck wie Franziska zu Reventlow und in Erscheinung wie Lebensweise ein Bilderbuch-Bohemien, ist Mühsam bereits 1902 das erste Mal für einige Tage nach München gekommen. Der begabte Lyriker und Performer hat es gleich zu einem Kurzzeit-Engagement bei den Elf Scharfrichtern gebracht. Auch zwischendurch haben ihn seine Wege mal für kürzere, mal für längere Zeit nach München geführt, und er hat hier viele Kontakte geknüpft. Otto Gross hat er in Ascona auf dem Monte Verità bei den Aussteigern und Vegetariern kennengelernt, zu denen sich in den Sommern inzwischen immer mehr Künstler-, Boheme- und Anarchistenvolk hinzugesellt, um bei unüberbietbar billigen Lebenshaltungskosten die Seele baumeln zu lassen. Nun, 1906, beginnt er endgültig in Deutschlands südlichste Großstadt überzusiedeln, die er schon vor einigen Jahren, ausgerechnet in der *Berliner Illustrierten Zeitung,* für den wahren Hort der Boheme erklärt hat. Berlin sei nur ein Abklatsch davon, »in kleinerem Maßstab«. In dem schönen Artikel hat er gleich auch ein ironisches Selbstporträt versteckt:

> Die Hände in den Hosentaschen, streicht er des Tags durch die Straßen; sein Anzug ist schäbig, sein Hut noch schäbiger und am schäbigsten sein Stock. Ein Judaskopf mit Kneifer. Der strohgelbe Vollbart ist ungepflegt und verdeckt fast das ganze tiefliegende Gesicht. Die dunklen Haare hängen in dicken borstigen Strähnen über die niedrige Stirn. Ein Hals ist fast gar nicht da, und die eingefallenen Schultern sind hochgezogen. Wer ihn nicht kennt, hält ihn für einen Bankkassierer, der eben wegen Mangel an Beweisen freigesprochen wurde. Wer ihn aber kennt, der geht ihm aus dem Wege, sonst wird er gestellt: »Sagen Sie mal«, sagt der Dichter dann nebenbei so leichthin, »lieber Freund, können Sie mir nicht einen Taler pumpen?« Gelingt der Pump, dann

> mufß das Opfer unweigerlich mit in ein Lokal, den Taler kleinmachen. Aber damit nicht genug! Der unglückliche Dichtermensch, der sich für ein verkanntes Genie hält und entsetzliche Kalauer macht, liest dem armen Gegenüber seine neusten Schüttelreime vor. Dann lässt er den anderen trotz des Talers das Genossene zahlen und geht weiter auf Fang aus. Gehen wir mal mit.

Ja, gehen wir mal mit und hören ihm einen Moment zu: Mit Schüttelreimen wirft Mühsam nur so um sich, egal ob das Gegenüber einen Sinn dafür hat oder nicht. »Mit einem starken Schweden ringen / ist nicht so leicht wie Reden schwingen«, lautet einer davon, der das Bauprinzip gut zu erkennen gibt und noch zu den besseren zählt. Überhaupt, Reden schwingen, so respektlos wie drastisch, bei jeder passenden wie unpassenden Gelegenheit, ist eine weitere Spezialität des ewig blanken Herumtreibers. Ungefragt erklärt er uns, er lege Wert darauf, nicht nur Literat, sondern auch Anarchist zu sein, Poesie und Politik, das seien für ihn ein Paar Schuhe. Nur mit beiden zusammen könne man laufen. Wedekind, der das hört, meint dazu nur, ihm komme das so vor, als versuche der verehrte Kollege stehend auf zwei Gäulen zu reiten, die nach verschiedenen Richtungen streben. »Sie werden Ihnen die Beine auseinanderreißen«, warnt er ihn. Mühsam aber beharrt auf seinem halsbrecherischen Versuch, die beiden Welten von Poesie und Politik zusammenzuzwingen. »Wenn ich einen laufen lasse«, erwidert er ihm, »verlier ich die Balance und breche mir das Genick«. Und blinzelt dabei listig hinter den funkelnden Gläsern seines Kneifers, das von einem Vollbart gerahmte Gesicht leicht schief haltend.

In Otto Gross erkennt er gerade in dieser Hinsicht einen Bruder im Geiste. Auch der rebellische Freud-Schüler verbindet die Analyse und Therapie von seelischen Erkrankungen mit politischem Engagement. Im Grunde ist er Anarchist wie Mühsam. Nicht selten kommt es vor, dass sich einer Analyse der seelischen Hemmungen im Café Stefanie eine direkte Aktion auf der Straße anschließt. Besonders gut in das anarchistische Beuteschema scheint dabei das unweit gelegene Milchgeschäft zu passen, wo man auch Brot und Gemüse bekommen kann. Der durch die Ausfragebehandlung von seinen Hemmungen befreite Analysand, der wie auch sein Analytiker in der Regel gänzlich ohne Geldmittel ist, beweist dabei in einer Art Mutprobe, dass ihm jene Instanz im Ich mit ihren Verboten und Geboten, die Freud später das Über-Ich nennen wird, herzlich egal geworden ist. Stürmischen Schrittes dringt er grußlos in das Geschäft ein und verlangt mit einer Stimme, die keine Widerrede duldet, die Herausgabe von, sagen wir, einem Brot samt Belag. Um seiner Forderung Nachdruck zu verleihen, fuchtelt er heftig mit einem Schlagring, einem Messer oder, wenn es ganz schlimm kommt, einem ungeladenen Revolver herum. Gerät er dabei allerdings ins Stottern, wie es Leonhard Frank passiert sein soll, lacht die Frau hinter der Theke ihn aus und der »Hold-up«, wie man das in diesen Kreisen nennt, gerät zur Lachnummer.

Eine Zeitlang will Gross gemeinsam mit Mühsam sogar eine »Zeitschrift für psychologische Gesellschaftskritik« gründen. »Nachwuchs« soll ihr Titel lauten. Es bleibt bei der schönen Idee. Beide Männer, der Analytiker wie der Literat, sind auch passionierte Projektemacher. Gross hat sogar den Einfall, zusammen mit Franz Kafka, den er auf einer gemeinsamen nächtlichen Zugfahrt in einem übervollen Abteil kennenlernt, eine Zeitschrift herauszugeben. »Blätter zur Bekämpfung des Machtwillens« soll sie heißen. Was für ein Titel! Selbst wenn man nicht weiß, dass er parodistisch an die Wiener *Blätter zu Bekämpfung des Alkoholismus* erinnert. Nicht nur der Macht selbst, sondern gerade auch dem Willen dazu, den der Mensch in sich selbst trägt, soll der Kampf angesagt werden. Doch auch hier kommt es nicht zur Realisierung. Beide Projekte zeigen aber, worum es Gross geht: Er versteht die Psychoanalyse nicht nur als individuelle Therapie, sondern zugleich als Kritik an den autoritären Strukturen der Gesellschaft und insbesondere an den psychischen Mechanismen, die diese Strukturen bedienen. Alles Persönliche, so seine Auffassung, sei immer schon überlagert von äußeren Einflüssen: Konventionen, Verboten, Moral, Repressionen. Das müsse in die Behandlung einbezogen werden, die sich nicht darauf beschränken könne, das individuelle Unbewusste bewusst zu machen. In dem bekannten Forensiker Hans Gross, der mit seinem in viele Sprachen übersetzten *Handbuch für Untersuchungsrichter* als Begründer der Kriminalistik gilt, hat Otto einen extrem autoritären Vater, an dem er sich zeitlebens abarbeitet. Gelinge es, so sein nicht zuletzt aus eigener Erfahrung gebildetes Credo, die vermeintlich rein inneren Konflikte auf ihre äußeren Faktoren abzubilden, komme der Psychoanalyse geradezu revolutionäres Potenzial zu. Mit der Befreiung des Menschen zu sich selbst, seinen Wünschen, seinen Trieben, seiner Natur, befreie sie ihn auch von dem gesellschaftlichem Zwangssystem, das ihn an der Entwicklung seiner Persönlichkeit hindere.

Auch Mühsam lässt sich von Gross analysieren. Und ist danach von der Psychoanalyse so begeistert, dass er einen Dankesbrief an ihren Erfinder richtet: »Hochgeehrter Herr Professor«, schreibt er an Freud, »ich bin Ihnen Dank schuldig für die Heilung von einer schweren Hysterie, die Ihr Schüler, Herr Dr. Otto Gross aus Graz nach Ihrer Methode an mir bewirkt hat«, hebt er an. Manchmal sei »durch eine Frage des Arztes und der sich daran anschließenden Antwort mit ihren Assoziationen eine ganze Krankheitskruste« von ihm abgeglitten.

Wie nicht nur böse Zungen wissen wollen, hat Mühsams Begeisterung allerdings nicht zuletzt damit zu tun, dass Gross seine Ehefrau mit ihm verkuppelt, verbunden mit dem Hintergedanken, sich selbst so anderen Partnerinnen zuwenden zu können. Und das tut er reichlich in diesen Münchner Tagen. Zu den Frauen, die sich auf seine »Ausfragebehandlung«, wie Mühsam das nennt, einlassen, knüpft er regelmäßig auch sexuelle Kontakte. Die im Café begonnene Analyse mit enthemmender Wirkung findet ihre Fortsetzung im Bett. Denn Dr. Gross ist der Ansicht, dass Sexualkomplexe, worauf er die meisten seelischen Störungen zurückführt, nicht nur analysiert, sondern auch »tapfer im Bett abreagiert werden« müssen, wie Leonhard Frank, einer seiner »Patienten«, es treffend formuliert. »Der wahrhaft gesunde Zustand für den Neurotiker sei die sexuelle Immoralität«, lautete Gross' Credo. Und auch für Mühsam springt dabei etwas heraus. Bislang hat er nämlich die Befriedigung seines Begehrens in homoerotischen Tändeleien mit dem jüngeren Johannes Nohl gesucht, einerseits mangels besserer Gelegenheit, andererseits aber auch aus der Angst heraus, einer Frau im Bett nicht gewachsen zu sein. Nun entdeckt er die Wonnen und die Wollust der Heterosexualität in der Beziehung zur erfahrenen Frida Gross - ein Erlebnis, das ihm, der alles andere als »nur« homosexuell ist, verständlicherweise wie eine Befreiung vorkommt.

Doch nicht bei allen verfängt Gross' Ausfragebehandlung. Unter den Gästen des Café Stefanie, die ihm einen Korb geben, ist auch Franziska zu Reventlow. Mühsam hat sie mit Gross bekannt gemacht und ihm erzählt sie auch, über was sie alles habe Auskunft geben sollen. Sie habe den Doktor ausgelacht und ihm erwidert, »ob er denn wirklich meine, von sehr vielen seiner Patienten die Wahrheit zu hören«. Gross habe daraufhin geantwortet, »das sei gar nicht nötig, niemand lüge außerhalb seines Charakters, und gerade, wie jemand lüge, zeige, wie er assoziiere«. Andererseits zeigt sie sich für seine Bemerkungen über ihr psychisches Befinden durchaus aufgeschlossen. Es ist noch nicht lange her, da ist sie zum Erstaunen der Ärzte wieder schwanger gewesen, sogar mit Zwillingen, wie sie feststellen musste. Bodhan Suchocki wäre der Vater gewesen. Doch in der 26. Schwangerschaftswoche hat sie eine Fehlgeburt erlitten. Das eine der beiden Mädchen ist sofort tot gewesen, das andere hat noch einige Stunden überlebt. Doch dann ist auch dieses »ganz schwache Flämmchen« erloschen. Als Gross ihr einmal sagt, sie habe »den Zug gewaltsamer Selbstbeherrschung«, den er vorher an ihr festgestellt habe, verloren und sähe viel weicher aus, fühlt sie sich tief im Inneren verstanden:

»Das ist ja immer meine Angst, etwas Hartes und Scharfes zu bekommen«, bekennt sie in ihrem Tagebuch. Sie hasse das: »Weil es aufgezwungen ist, mein inneres Ich ist ja lauter Weichheit.«

Regina Ullmann

Otto Gross verdanke sie viel, schreibt Frieda von Richthofen, Tochter eines Barons, der als Ingenieur in Diensten der kaiserlichen Armee des Deutschen Reiches steht. Bis zu ihrer Begegnung mit ihm habe sie »wie eine Nachtwandlerin in einem konventionellen Leben gelebt, er erweckte mich zum Bewusstsein meines wirklichen Ich«. Da ist sie schon verheiratet mit dem Briten Ernest Weekly; das Paar hat drei kleine Kinder. Sie wird eine Zeit lang die Geliebte von Otto Gross. Später verlässt sie ihren Mann für D.H. Lawrence, den englischen Autor von so skandalösen Romanen wie *Lady Chatterleys Liebhaber*. Der Export zentraler Ideen der Münchner Boheme reicht bis in den Londoner Stadtteil Bloomsbury.

Frieda hat eine ältere Schwester, Else von Richthofen, eine der ersten deutschen Sozialwissenschaftlerinnen. Seit 1902 ist sie die Ehefrau des Nationalökonomen Edgar Jaffé, des späteren Finanzministers der Eisner-Regierung während der Münchner Räterepublik. 1900 hat Else bei Max Weber promoviert. Mit ihm und seinem Bruder Alfred wird sie später ein Verhältnis eingehen, nach dem Tod ihres Mannes mit Alfred Weber sogar zusammenleben. Jetzt, im Jahr 1907, ist sie ebenfalls die Geliebte von Otto Gross und erwartet von ihm ein Kind. Der Sohn wird auf denselben Namen getauft wie der einige Monate zuvor auf die Welt gekommene eheliche Sohn von Otto Gross: Beide heißen Peter. Edgar Jaffé vergnügt sich derweil mit Franziska zu Reventlow, die anfangs immer wieder über diesen Menschen staunt, »der wirklich *gut* ist und vornehm und sympathisch«. Sein Geld nimmt sie gerne, die dafür fälligen Liebesdienste aber leistet sie wie schon im Fall von Schrenck-Notzing nur mit wachsender Überwindung. Anscheinend erwartet er in sexueller Hinsicht bestimmte Praktiken von ihr, die ihr Widerwillen bereiten. »Jafféabend«, notiert sie in ihr Tagebuch: »O Gott nein, alles kann ich, aber das nicht. Vor Graus beinah vergangen, geheult etc. Lieber Gott, lass diesen Kelch an mir vorübergehen.«

Und es gibt noch eine dritte, zählt man die Ehefrau Frieda mit, sogar vierte Frau, die zu dieser Zeit eine eminente Rolle im Analyse- und Liebesleben von Dr. Gross spielt. Es ist Regina Ullmann, auf den ersten Blick eine wenig hübsche, blasse, beinahe hölzern anmutende Erscheinung. Die Anfang Zwanzigjährige macht einen verschlossenen, wenig selbstsicheren Eindruck, verlegt sich in der Öffentlichkeit aufs Beobachten – ganz im Gegensatz zu ihrer kontaktfreudigen Mutter, die in ihrem dunklen Rüschenkleid und dem mächtigen Hut, einem Filzgebirge, wie es der Tochter vorkommt, Aufsehen erregt. Nur selten weicht sie von Reginas Seite.

1902, drei Jahre nach dem Tod von Reginas Vaters, einem Schweizer Stickereiwarenfabrikanten, hat die Mutter das Wohn- und Geschäftshaus in St. Gallen verkauft und ist mit ihren beiden Töchtern nach München gezogen, in eine kleine Wohnung am Rand des Englischen Gartens. Und während Helene, die ältere Schwester, mit ihrem offenen, freundlichen Wesen die Hürden des Lebens anscheinend spielend nimmt, ist Regina ein zurückgebliebenes Kind, fällt durch extreme Langsamkeit auf und schielt zudem noch. Hypersensibel, beobachtet sie die Welt von innen heraus, in fast autistisch anmutender Weise. Früh schreibt sie Gedichte, aber auch diese sind so zurückgenommen wie ihr ganzes Wesen:

Ich dichte nicht arg,
Es kommt mir nicht stark.
Die Gedichte sind klein,
Ich dichte allein – –

Ausgerechnet Regina aber, das Aschenputtel, wird ungewollt, gerade einundzwanzigjährig schwanger. Der Vater des Kindes ist der spätere Professor für Wirtschaftswissenschaft Hanns Dorn; seine Frau, Erika Rheinsch-Dorn, ist eine gute Freundin von Ika Freudenberg. Das Paar, das sich nach wenigen Ehejahren bereits auseinandergelebt hat, engagiert sich in der *Gesellschaft zur Förderung geistiger Interessen der Frau.* Trotz seines unübersehbaren Eintretens für die Emanzipation überlässt der junge Wissenschaftler die von ihm schwangere Regina Ullmann ihrem Schicksal. Sich als Mann für die Selbstbestimmung, gerade auch die sexuelle Selbstbestimmung der Frau zu engagieren, und derselben Frau jede Unterstützung zu verweigern, wenn ihre Selbstbestimmung dann zu einer Schwangerschaft führt, erscheint den Männern damals kein Widerspruch; denn beides beruht auf derselben Prämisse: der Ablehnung der patriarchalischen Familie. Auf den Gedanken, dass es darum gehen müsste, das familiäre Zusammenleben aus den patriarchalischen Strukturen zu lösen und neu, nämlich gleichberechtigt zu definieren, kommen sie nicht. Auch das ist eine Form männlicher Doppelmoral. Die sexuelle Selbstbestimmung der Frauen ist auch im Interesse der Männer; aber die Folgen hat allein die Frau zu tragen. Franziska zu Reventlows Idee der glücklichen Mutterschaft ohne Mann hat den unangenehmen Beigeschmack, der sexuellen Verantwortungslosigkeit des Mannes zugute zu kommen. Daran ändert auch die Berufung auf die hehre Idee des Mutterrechts wenig. Was für die Gräfin das größtmögliche Glück und Unabhängigkeit bedeutet, kann in einem anders gelagerten Fall dazu führen, dass die uneheliche Mutter beträchtlichen Einschränkungen unterworfen ist, was ihre Lebenschancen betrifft, und starke Schuldgefühle ausbildet.

Regina Ullmann ist so ein Fall. Nicht nur, dass Hanns Dorn sich nicht mehr um sie kümmert, seitdem er von ihrer Schwangerschaft weiß. Er stellt die junge Mutter auch vor die Entscheidung, entweder das Kind zur Adoption freizugeben oder sich mit drei Jahren finanzieller Hilfe zu begnügen, obwohl er sehr wohl weiß, dass die gesetzliche Unterhaltspflicht 16 Jahre beträgt. Reginas Mutter dagegen tut alles, um die ungewollte Schwangerschaft der Tochter zu vertuschen; denn das Wissen darum würde deren Heiratsaussichten beträchtlich mindern. So verbindet sich die konventionelle Moral mit der Neigung der Männer, sich über Gesetze hinwegzusetzen, die dem Schutz von Mutter und Kind dienen. In aller Heimlichkeit trägt Regina das Kind irgendwo auf dem Land in der Steiermark aus, bringt es im Januar 1906 anonym in Wien zur Welt und gibt es dann in die Obhut von Pflegeeltern. Anfangs ist die leibliche Mutter immerhin in greifbarer Nähe. Hier im steiermärkischen Admont schreibt Regina Ullmann ihr erstes Buch, *Feldpredigt*, eine dramatische Dichtung, deren Protagonisten der einfachen Landbevölkerung entstammen.

Auf Anraten ihrer Mutter schickt sie ihr Debüt an Rilke, auf dessen Gedichte die Tochter große Stücke hält. Rilke erweist sich als der bekannte Mut- und Muntermacher für junge Dichterinnen: Ihr Buch sei etwas so Schönes, Wahres, Einfaches, wofür man ihr nicht genug danken möge und um dessentwillen man sie herzlich bewundern müsse. Als ein Jahr später ihr zweites Buch *Von der Erde des Lebens* erscheinen soll, bittet Regina Ullmann Rilke um ein Vorwort. Auch jetzt zeigt er sich hilfsbereit, tief beeindruckt von der verhaltenen Kraft ihrer Prosa. Ullmanns Kunst, so schreibt Rilke, liege darin, einem Gegenstand, der so gering sei, dass man ihn für stumm und einfältig halten möchte, einen Mund einzuschneiden, der »das Große« rede. Ihre Seele sei »wie ein Blindgeborener, den ein Seher erzogen hat«.

Da ist Otto Gross schon in ihr Leben getreten. Zurück in Schwabing hat Regina Ullmann ihn im Café Stefanie kennengelernt. Schnell durchschaut er ihre Notsituation; ihre Selbstverleugnung und die Abhängigkeit von der Mutter, die nicht nur finanzieller Natur ist; ihre äußerliche Steifheit und Unbeholfenheit, ein Gesicht wie aus Holz geschnitzt, und in Kontrast dazu der intensive, beinahe brennende Blick, der auf eine große innere Glut deutet. Es ist, als habe sich bei dieser jungen Frau alle Lebendigkeit nach innen verlagert, bereit abzusterben, solange kein Impuls von außen kommt, der ihr zum Ausbruch verhilft. Und Otto Gross, der Frauenversteher, ist allzu gern bereit, dieser Impulsgeber zu sein.

Frida Gross, seine Frau, fasst das in die wenig einfühlsamen, nichtsdestoweniger zutreffenden Worte, er wolle der Ullmann »den Genius durch Analyse freimachen«. Nichts ist charakteristischer für Otto Gross als die leidenschaftliche Hingabe, mit der er einem Menschen helfen will. Er will seine innere Wahrheit, die verschüttet ist unter den zahlreichen Anpassungsleistungen, die ihm abgefordert werden und ihn zu zerstören drohen, wieder freilegen. Und Otto Gross ist ein erfahrener, behutsamer, verständnisvoller Liebhaber, wie seine »Patientinnen« übereinstimmend versichern. Doch selbst wenn man die Verbindung von Analyse und Liebe, vor der Gross' Lehrer Sigmund Freud zunehmend warnt, für einen Moment akzeptiert - ist es für einen Menschen überhaupt möglich, die innere Wahrheit eines anderen zu erkennen, oder hat jeder Mensch letztlich nur selbst Zugang dazu? Die Idee, einen anderen Menschen besser zu verstehen, als er selbst das tut, hat, wie sich zeigt, jedenfalls auch damit zu tun, Macht über ihn zu gewinnen. Die erotisch-hermeneutische Methode des Dr. Gross ist auch eine Praxis der Machtausübung - das ist ihr blinder Fleck, der desto größer wird, je leidenschaftlicher die Hingabe ist, mit der er der anderen Person hilft.

Als es auch in diesem Fall zu einer Schwangerschaft kommt, reagiert Otto Gross kaum anders als vor ihm Hanns Dorn, der wohl sehr viel weniger hehre Ideen mit der Beziehung zu Regina Ullmann verbunden hat: Er wendet sich ab, will weder mit der Schwangerschaft noch mit dem Kind groß etwas zu tun haben. Sein Job ist erledigt, der Genius freigesetzt. »Alles am Weibe ist ein Rätsel, und alles am Weibe hat eine Lösung: sie heißt Schwangerschaft«, lässt Friedrich Nietzsche seinen Zarathustra verkünden. Kein Intellektueller damals, der diesen Spruch nicht kennt. Und kaum ein Mann, dem er nicht in die Karten spielt.

Als Hans Gross davon Kenntnis erhält, dass der Rauschgiftkonsum seines Sohnes stetig steigt und er ein zweites uneheliches Kind gezeugt hat, lässt er seine Beziehungen spielen mit dem Ergebnis, dass Otto Mitte Mai, noch zwei Monate vor Reginas Niederkunft, eine Kur in der Psychiatrischen Anstalt Burghölzli in Zürich antritt. Der ihn dort behandelnde Arzt ist, seltsam genug, Carl Gustav Jung, ein anderer Schüler Sigmund Freuds. Er hat ebenfalls gerade eine heftige Affäre mit einer Patientin, der Russin Sabina Spielrein. Jung unterwirft den Kollegen einer rasanten Entziehungskur; schon nach zehn Tagen wird das Opium völlig abgesetzt. Seinem Eindruck nach verschwinden die Abstinenzbeschwerden während der Analysegespräche.

Sehr zum Erstaunen von Freud, der sich über das »Tempo der Jugend« wundert, glaubt Jung schon nach wenigen Wochen mit Analyse und Entziehung durch zu sein und das Therapieziel erreicht zu haben. Da geschieht es, dass Gross Mitte Juni aus der Anstalt türmt. »In einem unbewachten Moment« sei Gross aus dem Anstaltsgarten über die Mauer entflohen, berichtet Jung Freud. Zweifellos werde er bald wieder in München auftauchen, »um dem Abend seines Schicksals entgegenzugehen«, wie er auf einmal beschwörend feststellt. Nach dem Ausbruch, der auch das Scheitern der Therapie bedeutet, steht Jung auf einmal »mit erschreckender Deutlichkeit« eine Diagnose vor Augen, an die er bislang nicht habe glauben wollen: Dementia praecox, vorzeitige Demenz. Das ist ein von Emil Kraepelin erst wenige Jahre zuvor geprägtes Krankheitsbild junger Erwachsener, die sich immer stärker aus der Wirklichkeit zurückziehen und irreversibel in einen demenzähnlichen Zustand verfallen.

Zumindest, was seine Prognose betrifft, Gross werde schon bald wieder in München auftauchen, behält Jung Recht: Nur wenige Wochen nach seinem Ausbruch aus dem Burghölzli ist Gross erneut Dauergast im Café Stefanie und findet dort bald auch ein neues Opfer seiner erotomanen Analyse-Obsession: Sophie Benz. Mit ihr, ursprünglich die Freundin von Leonhard Frank, wird es zur Katastrophe kommen.

Der Showdown erfolgt in der Gegend von Ascona, wo die beiden eine Zeitlang eine primitive Hütte bewohnen. Sophie wendet sich immer mehr von Gross ab, der sie mit seiner »Analyse« nicht mehr erreicht. In einem unbemerkten Moment macht sie in tödlicher Dosis von den Giften Gebrauch, die er selbst täglich nimmt – »drei Schritte hinter mir, als ich gerade am Kamin saß und ins Feuer schaute«. Danach muss sich Gross nicht nur mit dem Verdacht der fahrlässigen Tötung auseinandersetzen, er ist auch als Arzt und als Liebhaber endgültig erledigt, kein Befreier der Menschheit mehr, sondern nur noch ein erbarmungswürdiger Suchtkranker.

Und Regina Ullmann? Otto Gross mag ihr wohl den Genius freigemacht haben, um es mit seinen Worten zu sagen, jedoch um den Preis, dass sie am Leben verzweifelt. Sie zieht sich nicht nur aufs Schreiben, sondern auch in den Schoß der katholischen Kirche zurück. Bei dieser Entscheidung spielen die Geschwister Derleth eine wichtige Rolle, denen sie auf einer Abendeinladung im Hause Wolfskehl begegnet. Ludwig und Anna Derleth sind zwischenzeitlich von der Destouchesstraße an den Marienplatz gezogen, in eine kleine Wohnung im fünften Stock, die einem Adlerhorst ähnelt, von dem aus man in den Abendhimmel sieht. Eine Weile ist Regina Ullmann dort regelmäßig zu Besuch, nimmt Taufunterricht in Altötting und konvertiert schließlich zum Katholizismus. Doch eine Jüngerin Ludwig Derleths, dieses Streiters Christi, wird sie nicht. In einer Art Abschiedsbrief an ihn bekennt sie sich vielmehr ausdrücklich zu Rilke: »Jetzt ist es entschieden. Ich weiß, wo ich hingehöre. Regina.«

Rilke veranstaltet in München eine Lesung für Regina Ullmann, zu der er seine Freundinnen und Freunde, darunter auch Lou Andreas-Salomé, das Verleger-Ehepaar Kippenberg, Wolfskehl und Klages sowie andere einflussreiche Leute aus dem Kulturbetrieb einlädt. Er erreicht es, dass Anton Kippenberg, der Verleger des Insel Verlags, der aus der gleichnamigen Zeitschrift hervorgegangen ist, ihr eine monatliche Zahlung in Höhe von 500 Mark gewährt – Vorschuss auf einen Roman, den sie indessen niemals fertigstellen wird. In Fragmenten dazu aber finden sich auch die folgenden Sätze, die wie keine anderen den Gemütszustand Regina Ullmanns bis ins hohe Alter aussprechen: »Wie könnte man auch vergessen! Ja, noch mehr, wie möchte man je vergessen wollen …«

Vier Seelenmaler … und ein Tänzer

Ein Murnauer Sommer

Nachträglich entsteht einiger Streit darüber, wer von ihnen diesen Ort unweit des Staffelsees, mitten im schönsten bayerischen Voralpenland zuerst gefunden habe. Von den Vieren gebührt die Ehre vermutlich Wassily Kandinsky, der bereits 1904 auf einer Fahrradtour in Murnau übernachtet hat. Unglaublich schöne Sachen habe er im Gebirge gesehen, schrieb er Gabriele Münter: »diese ganz tiefliegenden und sich langsam bewegenden Wolken, den düsteren dunkelvioletten Wald, die blendendweißen Gebäude, samtige Dächer der Kirchen, das sattgrüne Laub«. Doch schon ein Jahr später bemühen sich auch Werefkin und Jawlensky um ein Haus in Murnau, 1907 malen sie sogar hier, und sie sind es auch, die im Spätsommer 1908 als erste Zimmer im Griesbräu beziehen, dem ersten Gasthof am Platz. Münter und Kandinsky treffen, nach vier Jahren des Umherreisens vor kurzem aus Südtirol nach München gekommen, Mitte August in Murnau ein und begnügen sich einstweilen mit dem Knechtezimmer des Schreinermeisters Echter in der Pfarrgasse. Alle zusammen bleiben sie bis Ende September.

Um der Wahrheit die Ehre zu geben, muss allerdings erwähnt werden, dass vor ihnen schon andere Bewohner Münchens diesen Flecken als Sommerfrische und Landsitz entdeckt haben. Der prominenteste unter ihnen ist der Architekt Emanuel Seidl, weit über München hinaus bekannt als Erbauer von spektakulären Villen, als Organisator und Gestalter prächtiger Künstlerfeste und um die Jahrhundertwende einer der begehrtesten Junggesellen der Stadt. 1898 ist er zum ersten Mal nach Murnau gekommen, um Pläne für das Landhaus seines Schwagers zu entwickeln. Auf Anhieb hat er sich in die Gegend zwischen Staffelsee und Murnauer Moos, einem der ausgedehntesten europäischen Moorgebiete am Fuß der Ammergauer Alpen, verliebt. Er erwirbt zunächst einen Obstgarten, den er in den nächsten Jahren durch Zukäufe zu einem stattlichen Landsitz erweitert. Im Herbst 1902 ist die erhöht liegende Villa mit Panoramablick auf Berge und Moorlandschaft fertiggestellt. In der Folge entstehen Wirtschaftsgebäude, ein Gästehaus mit Übernachtungsmöglichkeiten, ein quadratischer Pavillon, das »Gloriettl«, und eine Gärtnerei – das ganze Ensemble in einem weiträumigen Landschaftspark gelegen, mit einer kegelförmigen Anhöhe, mit Brücken über den natürlich vorhandenen Bach und mit einem Promenadenweg, an dem weißgestrichene Bänken zum Verweilen einladen.

Durch die 1879 gebaute Eisenbahn ist Murnau von München aus leicht zu erreichen. Seidl verfügt sogar über eine eigene Bedarfshaltestelle, an der seine Gäste ein- und aussteigen können. Und diese kommen zahlreich und stimmen nur zu gerne in den Lobpreis ihres Gastgebers ein, der das von ihm geschaffene Anwesen als »Gefilde der Seligen«, als »Eldorado«, als ein Paradies empfindet. Über mehr als 17 Jahre herrscht hier von 1902 an reges Leben mit Festen, mit Musik- und Theaterabenden. Fastnacht, Ostern, Pfingsten und Silvester werden genauso gefeiert wie die Geburtstage des Hausherrn, allfällige Jubiläen oder die Einweihung neuer Bauabschnitte des Landschaftsgartens. Die bessere Münchner Gesellschaft trifft sich beim Seidl in Murnau zu Musikabenden,

Schachwettbewerben, Malkursen, sommerlichem Badevergnügen im oberen Weiher, im Winter zum Skifahren und Rodeln.

Emanuel Seidl verbindet mit seiner zweiten Heimat Murnau aber nicht nur, dass er als Villenbesitzer und Gastgeber betuchte Leute hierhinzieht. Unterstützt von seinen Künstlerfreunden gestaltet er seit 1906 auch das Ortsbild neu. Die von Werefkin und Jawlensky, Münter und Kandinsky bewunderten dekorativen Fassadenmalereien, die farbigen Fassungen des Holzwerks und die hübschen Handwerkszeichen an den Gebäuden gehen auf seine Initiative zurück. Kontakte zu den Vieren, die seit 1908 hier die Malerei neu erfinden, gibt es hingegen nicht. Der Kreis um Seidl kann mit der »intellektuellen« Kunstauffassung, den Farbexperimenten und dem dezidierten Anti-Naturalismus der neuen Maler wenig anfangen. Diese wiederum betrachten die Seidl-Leute als Traditionalisten, zu satt, zu glatt, zu konservativ und harmoniesüchtig, um sich auf experimentelle Sprünge einzulassen, geschweige denn diese als das zu sehen, was sie ihrer Meinung nach sind: die Zukunft der Malerei. Die Vier lassen sich hier zwar von der bäuerlichen Hinterglasmalerei mit ihren klaren Konturen, einfachen Formen und unvermischten Farben anregen und stellen ihre Suche nach neuen Ausdrucksmöglichkeiten so ihrerseits in eine Tradition. Damit verbunden ist die Idee eines einfachen, von den Allüren der Großstadt und den Zwängen der Zivilisation befreiten Lebens. Was Seidl und seine Münchner Freunde in ihrer Villa zelebrieren, würde ihnen viel zu förmlich und zu artifiziell erscheinen, wenn sie es denn wahrnähmen – eigentlich unpassend angesichts der großartigen, ursprünglichen Natur, in die sie hier malend eintauchen. Sie berauschen sich an der Vorstellung, in Murnau und Umgebung unerschlossenes, naturbelassenes Terrain für ihre Kunst entdeckt zu haben, das mit seinem blendenden Licht, der Leuchtkraft der Farben und einer horizontal gegliederten Landschaft aus hintereinander gestaffelten Wiesen und Hügelketten ihrer neuen, weniger auf Eindrücken basierenden, als nach Ausdruck suchenden Malweise entgegenkommt.

Später schien es, als habe in diesem Sommer jede und jeder der Vier für sich allein das Tor zu einer neuen Art der Malerei aufgestoßen. Das legen auch die Selbstzeugnisse nahe, etwa die berühmte Auskunft von Münter, sie habe »da nach einer kurzen Zeit der Qual einen großen Sprung gemacht – vom Naturabmalen – mehr oder weniger impressionistisch – zum Fühlen eines Inhaltes – zum Abstrahieren – zum Geben eines Extraktes«. Doch in Wirklichkeit verhält es sich so, dass sich die Vier gegenseitig anstacheln und befruchten, trösten und motivieren, und das durchaus im Wettstreit miteinander. Jede Stimme des Quartetts spielt zwar ihre eigene Melodie, aber erst die vier Stimmen zusammen geben das ganze Stück und lösen jene Revolution der Malerei aus, die dann über den Expressionismus bald zur Abstraktion führen wird.

Dabei sind sich die Vier keineswegs einig. Jawlensky ist mit Sohn Andreas gekommen, wie ein Foto von Gabriele Münter bezeugt, auf dem beide durch die Straßen Murnaus spazieren, der Vater vorneweg. Werefkin hat seit den »sichtbaren Folgen« seiner Gewissenlosigkeit, wie Wedekind das in seinem Fall beschönigend genannt hat, wieder zu malen begonnen, aber Jawlensky bezeichnet ihre noch stark symbolischen Bilder als »Bankkrach«, in Anspielung auf das Gemälde eines russischen Realisten, das für die modernen Maler ein rotes Tuch ist. Gabriele Münter umgarnt er hingegen mit seinem Charme. Als sie einmal mit einer Landschaftsstudie unter dem Arm von ihrer Maltour zurückkommt, ruft er anerkennend aus: »Tausend Mark!«, obwohl sie seinerzeit nicht einmal 50 für etwas von ihr Gemaltes erlösen könnte. Kandinsky hält ihn auch deswegen für einen »gefälligen Poseur«; er und Werefkin nennen ihn Lulu, in Anspielung auf die Frauenfigur in Wedekinds Drama, die mit kühler Sinnlichkeit die Männer ins Verderben reißt.

Münter erzählt, wie ihr kleinformatiges Bild *Der blaue Berg* bei einer Motivsuche »mit Jawlensky allein« entstand. »Da sah ich von oben das Gasthaus Berggeist liegen u. wie der Weg aufsteigt u. dahinter den blauen Berg u. rote Abendwölkchen am Himmel. Ich schrieb das Bild, das sich mir bot, schnell hin. Dann war es mir wie ein Erwachen u. ich hatte das Gefühl, als wenn ich ein Vogel wäre, der sein Lied gesungen hat.« Sie habe nicht viel über diese Empfindungen gesprochen, wie sie überhaupt nicht viel schwatze. Auch diese Neigung zum Schweigen, die Abneigung, aus den großen Gefühlen auch große Worte hervorgehen zu lassen, vielleicht auch ein fehlendes Mitteilungsbedürfnis, teilt sie mit Jawlensky. Von den Vieren ist er zu dieser Zeit am Weitesten auf dem Weg fortgeschritten, sich vom sichtbaren Eindruck zu lösen und das Bild aus der eigenen Empfindung heraus zu komponieren. Jawlensky hat sich an van Gogh geschult und in Matisse's Atelier gearbeitet: Er setzt Spannungslinien in ein Bild, die in der Natur nicht sichtbar sind, befreit die Farben aus dem Dienst getreuer Naturwiedergabe und umspannt die Farbflächen mit einfachen Konturen. »Von nun an bemühte ich mich nicht mehr um die nachrechenbare, ›richtige‹ Form der Dinge«, erinnert sich Münter später, und doch habe sie die Natur nie überwinden, zerschlagen oder gar verhöhnen wollen. »Ich stellte die Welt dar wie sie mir wesentlich schien, wie sie mich packte«.

Kandinsky hingegen teilt mit seiner Landsmännin Werefkin auch den missionarischen Eifer, mit der er über seine Malerei und die Entwicklung der Kunst generell räsoniert. Nicht er, sondern sie ist es wohl, die als erste das Wort »abstrakt« in die Runde wirft. Sie sei unersättlich im abstrakten Leben, hat sie bereits 1902 geschrieben: »Ich liebe die Dinge, die nicht existieren.« Und weiter: Die Tätigkeit des menschlichen Gehirns, »sich an die Stelle der Realität der Dinge zu setzen«, sei das »wahre Prinzip der Kunst«. Wer einen sichtbaren Eindruck in einen Gesang von Farben verwandeln könne, der sei »Meister der Vision«, behauptet sie. Die Farbe derealisiert und entgrenzt. Sie löst die Wirklichkeit auf und entscheidet über die Form. Das alles dient dazu, darin ist sich die Werefkin mit Kandinsky einig, etwas Übersinnliches in Szene zu setzen. Der neue Malstil resultiert nicht nur aus einem Gefühl der Unzufriedenheit mit der konventionellen Darstellung der wirklichen Welt, sondern auch aus einem Unbehagen am Wirklichen selbst. Farbe und Form lösen sich vom Gegenstandsbezug, eine neue, immaterielle, scheinbar rein geistige Welt tut sich auf. Bei einem Berlin-Aufenthalt im Herbst 1907 hat Kandinsky auch Vorträge Rudolf Steiners gehört und sich von ihm bestätigen lassen, dass wir spirituelle Erkenntniskräfte besitzen, durch die wir der unsichtbaren geistigen Welt hinter den irdischen Dingen teilhaftig werden können. Für Kandinsky ist die Malerei eine solche spirituelle Kraft. Längst arbeitet er an seiner Schrift *Über das Geistige in der Kunst*, trägt den Freunden an den Murnauer Abenden Aphorismen daraus vor.

Doch gerade der Umstand, dass die Vier in Temperament und Charakter kaum verschiedener sein könnten und es zwischen ihnen ständig schwelt, trägt zu der ungeheuren Produktivität dieses Sommers bei, in dem zum Ausbruch kommt, was sich schon lange vorbereitet hat, aber auf den richtigen Moment des Miteinanders wartete, um zur schönsten Malerei zu werden. Jawlensky, der das Deutsche nur radebrechend spricht, bringt den malerischen Ertrag ihres Miteinanders und Gegeneinanders auf die Formel: »Ich habe geschaut in Seele, und ich musste malen rot«. Der intellektuelle Kandinsky hingegen kann das alles viel elaborierter erklären und spricht davon, »die *innere Natur*, das heißt *Seelenerlebnisse*, in künstlerische Formen zu fassen«. Es ist schon paradox, dass gerade beim Auszug aus der Großstadt, inmitten der prächtigsten Natur, eine Malerei geboren wird, die die Wiedergabe des Sichtbaren als Fessel abstreift und die Abstraktion, mit ihr aber auch den Seelenausdruck feiert.

Das Russenhaus

Kandinsky und Münter gefällt es in Murnau so gut, dass sie hier nach einer Bleibe Ausschau halten. Sie finden sie im nächsten Frühsommer in einer neugebauten kleinen Villa, die auf einer blumenübersäten Wiese im Schatten zweier alter Eichen steht. Es ist zu dieser Zeit noch das einzige Haus auf dem dorfab gelegenen Hügel jenseits der Bahnschienen. Ein Murnauer Handwerksmeister hat es errichtet, in Erwartung der Touristen, die früher oder später an den stillen, fußläufig zu erreichenden Staffelsee mit seinem überwältigenden Bergpanorama strömen werden. Nach Süden schweift der Blick über das Murnauer Moos bis zum Höhenzug von Herzogstand und Heimgarten, über dem morgens die Sonne aufgeht. Der Sonnenuntergang dagegen lässt sich mit etwas Mühe vom oberen Stockwerk des Hauses am westlichen Punkt der Alpenkette beobachten.

Kandinsky ist sofort begeistert. »Hier gefällt es mir, hier will ich meinen Lebensabend verbringen«, ruft er aus. Er muss seine Lebensgefährtin etwas bearbeiten, aber nach einigem Hin- und Herüberlegen steht auch ihr Entschluss fest: Sie wird das Haus kaufen. Nun haben die beiden neben der Stadtwohnung in der Ainmillerstraße, in die Gabriele Münter im Herbst 1909 miteinzieht, einen Sommersitz im Oberland – bescheidener zwar als Seidls mondäne Villa und für gesellschaftliche Anlässe kaum geeignet, aber für traute Zweisamkeit und den Besuch von Freunden genau richtig. Werefkin und Jawlensky, sogar der Komponist Arnold Schönberg sind zu Gast. Und Franz Marc kommt häufiger mit dem Fahrrad von Sindelsdorf herüber.

Die Lebensumstände im »Russenhaus«, wie es von den Einheimischen schon bald genannt wird, sind einfach, um nicht zu sagen primitiv: Elektrisches Licht ist Fehlanzeige, doch Kerzen und Petroleumlampen tun es auch. Das Wasser muss per Hand aus einem Brunnen hochgepumpt werden, und der einzige Wasserhahn im ganzen Haus befindet sich in der Küche. Der Herd dort dient zugleich als Wärmequelle für das ganze Haus, auch der Kachelofen im Wohnzimmer wird von hier aus beheizt. Und das Fehlen von Komfort setzt sich auch im Außenbereich fort: Es gibt keinen ausgebauten Zugang, selbst ein Gleisübergang fehlt, so dass man feldeinwärts über die Schienen steigen muss, um zum Haus zu gelangen.

Doch das Paar genießt die Abgeschiedenheit, die einmalig schöne Lage und letztlich auch die Einfachheit des Lebens hier fernab der Hektik, des Lärms und der Reizüberflutung der Großstadt. Insbesondere Kandinsky erweist sich als wahrer Naturapostel. Er läuft barfuß, trägt kurze Lederhosen mit Wadlstutzen und arbeitet im Garten. Als Gabriele Münter einmal für längere Zeit verreist ist und er mit der Haushälterin Fanny, auf die er dann doch besteht, im Haus allein ist, gehen Gartenbriefe an die Lebensgefährtin, die ein Lied von den Freuden und Leiden der Selbstversorgung singen.

Kandinsky wirkt auch im Innern des Hauses, betätigt sich als Dekorateur und Kunsthandwerker. Die Wange der Treppe zum ersten Stock bemalt er per Schablone mit einem Fries von Reitern, die vorbei an farbigen Sonnen durch Pflanzen und Blüten voranstürmen. Der *Blaue Reiter* ist da nicht mehr fern. Auch die von Murnauer Handwerkern gezimmerten Möbel - Bücherschrank, Schreibpult, Toilettenschränkchen - werden verziert: mit Jugendstilmotiven auf rotem oder blauem Grund oder wieder mit Reitern und einer stilisierten Ansicht des Hauses auf dem Hügel zwischen Tannen und Bergen bei Mondschein, direkt auf den Holzton gemalt. Von Münter hingegen stammen die Malereien auf den Bettwangen und wohl auch der Frauenakt, der neben einer Tür direkt auf den Putz gemalt ist und in dem ansonsten bäuerlich eingerichteten Haus wie ein Fremdkörper wirkt.

Wie ein Fremdkörper in der idyllischen Voralpenlandschaft wirkt auch die Eisenbahn, die mehrfach am Tag so sichtbar wie hörbar am Haus vorbeidonnert. Münter, Kandinsky, von Werefkin, Jawlensky - alle vier malen sie sie, jeweils auf eigene Weise. Die Eisenbahn ist eine technische Erfindung, repräsentativ für das moderne Zeitalter und prägend für die Mobilität einer ganzen Epoche - die Voraussetzung dafür, dass die Vier in Murnau überhaupt ihre neue Malerei entdecken können. Auf den Bildern ist davon wenig zu sehen, sie stellen ein technisches Phänomen so dar, dass es nichts Technisches mehr hat, sich in pure Ästhetik verwandelt. Und doch ist die Gegenwart unübersehbar präsent – in der Machart dieser neuen Malerei, die das technische Verhältnis zur Natur, wie es für die Moderne kennzeichnend ist, in die Malerei hinein verlängert. Diese Bilder sind nicht abgemalt, sie sind konstruiert – so künstlich wie der weiße Rauch der auf ihnen sichtbaren oder gar unsichtbar bleibenden Lokomotive.

Alexander Sacharoff

Derweil macht in den Kreisen der Münchner Künstler-Boheme der Name eines Tänzers die Runde, der über die bildende Kunst zu seinem eigentlichen Ausdrucksmittel findet: Alexander Sacharoff. Auch er kommt aus dem Russischen Reich, anders als Jawlensky, Kandinsky und Marianne von Werefkin ist er aber gebürtiger Ukrainer und stammt aus einer jüdischen Familie. 1903 geht er, keine 18 Jahre alt, nach Paris, um Bildhauerei zu studieren. Wie schon Isadora Duncan verbringt er viel Zeit im Louvre, lernt dort griechische Skulpturen und die attische Vasenmalerei kennen. Entscheidend aber ist der Besuch einer Vorstellung von Sarah Bernhardt, der berühmtesten Schauspielerin der Zeit. In *L'Aignon,* »Der junge Adler«, einem Stück von Edmond Rostand über Napoleon II., tanzt sie ein Menuett – und es ist um den jungen Alexander geschehen. Die Bewegungskunst von Sarah Bernhardt zeigt ihm, wonach er sich instinktiv gesehnt und was er bis dahin im Verborgenen gehalten hat: Er will keine Skulpturen schaffen, er will selbst Skulptur sein. Keine starre aus Stein jedoch, sondern eine Skulptur in Bewegung, voller Leben. Dass ihm dieses Verlangen am Tanz einer Frau aufgeht, die zudem noch ein Weltstar ist (einer der ersten überhaupt), ist alles andere als Zufall. Denn im selben Augenblick wird Alexander klar, dass er mit dem ihm zugeordneten männlichen Geschlecht alles andere als glücklich ist. Lieber als nur ein Mann wäre er eine Frau, am liebsten aber beides, Mann wie Frau. Und ein Weltstar wäre er auch gerne.

In Paris lernt Alexander den ebenfalls in Russland gebürtigen Bildhauer Moissey Kogan kennen. Er lebt seit 1903 in München und ist dort Schüler an den Lehr- und Versuch-Ateliers für angewandte und freie Kunst. Hermann Obrist und Wilhelm von Debschitz haben sie im Vorjahr gegründet, doch der leicht erschöpfbare Obrist zieht sich bereits nach zwei Jahren Lehrtätigkeit zurück. Seitdem ist nur noch von der Debschitz-Schule die Rede. Hier wird die neue Vielseitigkeit der Kunst gelehrt, wie sie die Künstler des Münchner Jugendstils seit geraumer Zeit praktizieren. An der Schule herrscht eine offene Werkstattatmosphäre – ein Proto-Bauhaus.

Entscheidender als die Debschitz-Schule ist für Alexander Sacharoff die Begegnung mit der Münchner Theaterszene, von der in diesen Jahren eine Erneuerung des Theaters ausgeht. Schluss mit der Bühnenillusion und allem historischen Ballast, lautet die Devise. Das Theater der Zukunft besteht aus Bewegung; sie sei der Geist der Schauspielkunst. So hat es der englische Theater-Reformer Edward Gordon Craig verkündet, dessen 1905 erschienene Schrift *Die Kunst des Theaters* auch Kandinsky besitzt. Allerorten finden in München seitdem Experimente mit der Theaterform statt.

Der erste des Murnauer Künstlerquartetts, der Bekanntschaft mit Alexander Sacharoff macht, ist der keinerlei Berührungsängste kennende Jawlensky. Er findet ihn sensibel, geistreich und hellwach. Schon bald ist Sacharoff regelmäßiger Gast im Kunstsalon der Baronin Werefkin in der Giselastraße, wo sich die Münchner Kolonie russischer Aristokraten und Künstler trifft. Feierlich, »als handele es sich um eine Hostie«, werde einem dort der Tee gereicht, erinnert sich eine Besucherin. Währenddessen wird über Malerei und über Kunst im Allgemeinen geredet. Mit dem »ihr eigenen halb amüsierten, halb herablassenden Lächeln« begleitet die Gastgeberin noch die ernsthaftesten Erörterungen. Auch Sacharoffs Ausbildung zum Tänzer ist ein Thema. Gut möglich, dass Kandinsky ihn bereits hier kennenlernt. Im März 1907, auf Karl Wolfskehls Faschingsfest im Chinesischen Turm, erscheinen Sacharoff und er dann schon gemeinsam, verkleidet als Marionetten.

Da kommt auch der Komponist Thomas von Hartmann aus St. Petersburg nach München, zeitlebens der einzige Duzfreund Kandinskys. Schon lange spielt Kandinsky mit dem Gedanken, die Staffelei zumindest zeitweise mit der Bühne zu vertauschen. Lässt sich durch das bewegte Spiel im Raum, durch die Verbindung von Farben, Klängen und Tanz, das Spirituelle nicht sogar besser vergegenwärtigen als im starren Leinwandbild, fragt er sich. Um den Zusammenhang von Farben, Klängen und Bewegung zu studieren, denken sich Kandinsky und Hartmann ein Ratespiel aus. Der Komponist wählt aus den Aquarellen von Kandinsky dasjenige aus, das ihm in musikalischer Hinsicht am meisten zusagt. Dann macht er sich an dessen Vertonung. Schließlich kommt Sacharoff dazu. Ihm wird das Musikstück vorgespielt mit der Aufgabe, es in Tanz umzusetzen. Im Anschluss daran soll er erraten, welches Aquarell er getanzt hat.

Schließlich fassen Kandinsky und Hartmann den Plan, ein Märchen von Andersen als synästhetisches Kunstwerk zu inszenieren. Rasch entwirft Kandinsky die zauberhafte Skizze einer mittelalterlichen Stadt als Bühnenhintergrund. Doch als sie über die Choreografie der einzelnen Szenen nachzudenken beginnen, merken sie, dass die klassische Ballettform ihnen nicht das geben kann, wonach sie suchen. Der hinzugezogene Sacharoff schlägt vor, sie sollten sich mit dem altgriechischen Tanz beschäftigen, und so kommen sie von Andersen zu Daphnis und Chloe. Sehr zum Bedauern von Kandinskys Lebensgefährtin verfolgen die Drei ihren Plan jedoch erst einmal nicht weiter. Der tanzlustigen Münter ist die Vorstellung, dass der Körper in der rhythmischen Bewegung des Tanzens zum Medium der Seele werden kann, sofort plausibel. Kandinskys Zugang zu diesen Zusammenhängen hingegen ist eher theoretischer Natur. Erst einige Jahre später, nach der Begegnung mit Schönberg, wird aus diesen Experimenten eine Bühnenkomposition aus Farbe, Licht, Tanz und Ton hervorgehen, die er »Der gelbe Klang« nennt.

Als sich dann im Januar 1909 die Murnauer Vier zusammen mit dem Maler und Illustrator Wladimir von Bechtejeff, einem gebürtigen Moskauer, Thomas von Hartmann und anderen zur *Neuen Künstlervereinigung München* (NKVM) zusammenschließen, stoßen bald auch Alexander Sacharoff und Moissey Kogan dazu. Kandinsky formuliert das Gründungszirkular: Außer den Eindrücken, die er von der Außenwelt erhalte, sammle der Künstler fortwährend Erlebnisse in seiner Innenwelt. Die Losung müsse sein, nach künstlerischen Formen zu suchen, deren Ziel »die gegenseitige Durchdringung dieser sämtlichen Erlebnisse« sei, kurz die künstlerische Synthese von Innen- und Außenwelt. Noch bevor es aber im Dezember 1909 zur ersten Ausstellung der NKVM in der Galerie Heinrich Thannhauser kommt, wo gerade einmal 13 Monate später auch die als Abspaltung aus der NKVM hervorgehende Gruppe *Blauer Reiter* debütiert, führt Alexander Sacharoff bei seinem Bühnendebüt vor, wie diese Synthese aussehen kann.

Schauplatz ist ein »öder Saal des Münchner Studentenviertels«, wie sich Karl Ernst Osthaus, der Hagener Kunstmäzen und Gründer des Folkwang Museums, erinnert. Er ist einer der wenigen, die die Geburt des Tänzers Alexander Sacharoff und seiner neuen Art zu tanzen, miterleben. Noch vor Rudolf von Laban, dem offiziellen Schöpfer des Ausdruckstanzes, der erst im Jahr darauf nach München zieht und hier in einem Hinterhaus ein Bewegungsatelier einrichtet, erfindet Alexander Sacharoff an diesem Abend das, was später einmal als »New German Dance« in die Geschichte eingehen soll. Von einigen hundert Stühlen sind nur ein gutes Dutzend besetzt – gekommen sind vor allem die Mitglieder der NKVM. In einen langen seidenen Mantel gehüllt kauert Sacharoff in einer Ecke des Saals. Da erklingen aus einem alten Pianoforte die ersten Akkorde von *Narcissus – Andante mysterioso,* einer Komposition von Eduard von Hartmann. Sacharoff lässt den Mantel fallen und »im selben Augenblick durchzuckt den griechisch umhüllten Körper eine Linie von unerhörter Schönheit und Ausdruckskraft«, so der völlig faszinierte Osthaus. Sacharoffs Körper beginnt sich zu regen, zu bewegen und zu drehen, seine Arme heben und senken sich in tänzerischen Bewegungen – als ob eine Statue oder ein ikonenhaftes Bild von immaterieller Schönheit zum Leben erweckt und in einen rhythmischen Tanz in Zeitlupe verwandelt würde. Im direkt auf der Haut getragenen griechischen Gewand, die muskulösen Arme und Beine sowie das Gesicht weiß gepudert, die Augen mit Kajal, die Lippen feuerrot geschminkt, tanzt Sacharoff Narziss. Jede Regung seiner Seele, so Osthaus, habe in ergreifenden Körperlinien ihren künstlerischen Ausdruck gefunden: »Daseinsglück und seliges Erstaunen, Leidenschaft und bitteres Entsagenmüssen«. Was der Französin Madelaine Guipet fünf Jahre zuvor nur unter Hypnose gelungen ist, vollbringt Sacharoff an diesem Abend als selbstbewusster Künstler: die Verwandlung unbewusster seelischer Vorgänge in rhythmische Körperbewegung. Seelenzauber, Seelenausdruck, Seelenkunst.

Sacharoff selbst legt Wert darauf, nicht *mit* Musik oder *begleitet von* Musik zu tanzen. Seinem Selbstverständnis nach macht er Musik sichtbar, indem er mit dem Mittel der Bewegung gestaltet, was der Komponist mit den Mitteln des Klangs ausgedrückt hat – »nichts anderes als die vom Komponisten erlebten und vermittels seiner Kunst in Klang verwandelten Seelenzustände, Eindrücke, Empfindungen«. Ich tanze Musik, sagt er voller Selbstbewusstsein. Marianne von Werefkin sieht in seinem Tanz die »große befreiende Bewegung der modernen Kunst« verkörpert. Fasziniert hält sie in spontanen Zeichnungen Sacharoffs Tanzposen fest; sie gehören zum Besten in ihren Skizzenbüchern.

Und sie sieht noch etwas anderes: Sacharoffs Tänze verbinden in raffinierter Weise weibliche Anmut mit männlicher Kraft. Wo andere, wie etwa der Tanzpublizist Hans Brandenburg, anfangs nur »narzisshaftes Ephebentum und widerwärtigen Feminismus« zu sehen meinen, sieht sie einen Tänzer, der sich den gängigen Geschlechtergrenzen und Geschlechtsidentitäten entzieht – *nonbinary*, wie wir heute sagen würden.

In einer Art Wettbewerb mit Jawlensky versucht sie diese os-

Eine Ikone der neuen Kunst und des Rauschs der Verwandlung: Alexej von Jawlensky, Bildnis des Tänzers Alexander Sacharoff, 1909, Lenbachhaus München.

zillierende Zweigeschlechtlichkeit malerisch festzuhalten. »Der Tänzer Sacharoff« heißt ihr 1909 entstandenes Porträt, auf dem er im blauen Gewand Ton in Ton vor blauem Hintergrund dargestellt ist. In der feingliederigen, außergewöhnlichen schmalen Hand hält er eine Schmetterlingsblüte, ebenfalls blau mit rotem Farbtupfer, in dem das Rot der Wangen und Lippen wiederkehrt – Symbol für Sacharoffs Kunst der seelischen Verwandlung. Jawlensky malt Sacharoff gleich dreimal. Schon die Titel sind sprechend: »Die weiße Feder« heißt eines, »Rote Lippen« ein anderes, das 1937 als »entartet« beschlagnahmt wird und dessen Verbleib unbekannt ist. Wie sich Elisabeth Erdmann-Macke, die Frau von August Macke, erinnert, hat Jawlensky zu diesem Zweck Sacharoff »als Frau und Spanierin mit Fächer und Mantilla« verkleidet. Am berühmtesten ist das »Bildnis des Tänzers Sacharoff«, ebenfalls aus dem Jahr 1909. Es zeigt ihn im zinnoberroten Kostüm, unter dem gelockten schwarzen Haar ist ein weiß geschminktes, schmales Gesicht zu sehen, farbige Schatten strukturieren die kantigen Gesichtszüge, die Lippen sind rot, die Augen schwarz umrandet. Vor allem aber blickt Sacharoff den Betrachtenden mit großer Intensität an: voller Willens- und Verführungskraft, herausfordernd und unbezwingbar, changierend zwischen männlich und weiblich. Eine Ikone der neuen Kunst und des Rauschs der Verwandlung.

Der Abschied

Als es ein Dreivierteljahr später, am 2. Juni 1910, zum offiziellen Debüt Alexanders Sacharoffs als Tänzer im Königlichen Odeon kommt, ist der Saal gut besetzt, »namentlich von Damen«, wie die *Münchner Neuesten Nachrichten* hervorheben, »die russische und die Schwabinger Kolonie« scheinen vollständig versammelt. Während sich die einen von der Androgynität des Tänzers schockiert zeigen, wird er von den anderen enthusiastisch als Tanzreformator und Wegbereiter einer neuen Kunst gefeiert. Zu einem Zeitpunkt, da der Kampf um die neue Kunst noch ganz am Anfang steht, erlaubt sich die *Münchener Zeitung* bereits, eine Art Bilanz zu ziehen. »Wie beim Kampf um neue Ziele im Kunstgewerbe, in der Schauspielkunst usw., handelt es sich auch bei der Tanzreform um einen Ansturm gegen das Konventionelle, Althergebrachte«, schreibt sie betont verständnisvoll: »Die Reformatoren wollen den Tanz aus den Fesseln befreien, in die ihn die Dressur gelegt hat, sie wollen ihn zu seiner ursprünglichen Bestimmung wieder zuführen: den Menschen zu lehren, durch Gebärde und Mimik das zu künden, was ihn innerlich bewegt an Leid und Freud und Lust und Schmerz.«

Franziska zu Reventlow, die der Überzeugung ist, dass der vollkommene Mensch beides, Männliches wie Weibliches in sich trägt, und die zudem genau wie Gabriele Münter das Tanzen liebt, könnte man sich gut unter den Zuschauenden am 2. Juni 1910 vorstellen. Bestimmt wäre sie nicht schockiert von der Zweigeschlechtlichkeit des Tanzenden und seiner aufreizenden Art, die Seele in den Körper zu legen. Doch die Bohemienne erreicht das alles nicht mehr. Ihre finanzielle Situation ist derart prekär geworden, dass ihre Gedanken einzig und allein noch um Auswege aus der täglich schlimmer werdenden Misere kreisen. Beinahe hat sie sich schon damit abgefunden, München und Schwabing verlassen zu müssen. »Elendich herumgelegen, Kopf u. Bauchweh u. recht verzweifelt. Kein Geld u. kann nichts thun, wir können bald nicht mehr Trambahn fahren«, notiert sie im Tagebuch. Welche Anstrengungen sie auch immer unternimmt, Geld zu verdienen, Franziska zu Reventlow sieht keine Chance mehr, ihre Schulden je zurückzubezahlen. Geschweige denn einmal aus den Miesen herauszukommen. Sie sei eigentlich »ganz ruhig und ganz gleichgültig, aber sie wolle ein Ende machen, »so oder so. Also beschlossen, hier die Bude zumachen nach Berlin dort alles versuchen und wenn es die Friedrichstraße sein sollte. Ich will nicht mehr.«

Die Friedrichstraße, das ist seinerzeit der Rotlichtbezirk von Berlin. Anschaffen zu gehen wäre für die Gräfin keine ganz neue Erfahrung, aber auf dem Niveau, wie es dort in Berlin zugeht, das würde sie dann doch als eine weitere Deklassierung empfinden.

Den Sohn, dessen 13. Geburtstag die beiden gerade noch feiern, will sie derweil für eine Weile zu Bekannten in den niederösterreichischen Badeort Deutsch-Altenburg geben – zu zwei Junggesellen, die sie aus deren Studienzeit in München um die Zeit von Rolfs Geburt herum kennt. Womöglich ist Jakob Ludwig Windholz, einer der beiden, sogar Rolfs leiblicher Vater.

Die Zeremonien des Abschieds vom Sohn sind alle schon begangen vom gemeinsamen Kino-Besuch bis zum letzten Spaziergang durch den Englischen Garten – da erhält Franziska zu Reventlow in allerletzter Minute zwei überraschende Offerten: Jaffé, der schreckliche Liebhaber, bietet ihr an, seine Privatsekretärin zu werden. Zudem winkt die Chance, in Paris als sprachkundige »Kassendame« in der Ausstellung des Münchner Kunstgewerbevereins im Grand Palais zu arbeiten. Natürlich kommt ihr der Gedanke, dass sie so nachholen kann, was sie einst ausgeschlagen hat, als sie die Entscheidung traf, statt nach Paris zu Willy Gretor nach München zu gehen, um sich hier als Malerin ausbilden zu lassen. So hat alles angefangen, die Befreiung, die Verwandlung und die Misere. Nicht zuletzt deshalb, weil die genauen Bedingungen des Paris-Aufenthalts noch geklärt werden müssen, reist Franziska zu Reventlow tatsächlich erst einmal nach Berlin. Schließlich trifft ein Telegramm aus Paris ein, sie solle sofort kommen, und es wird sogar Geld für die Reise geschickt.

Überhaupt geht viel durcheinander in diesen Herbsttagen des Jahres 1910. Wie es nach dem Pariser Engagement, das auf vier Wochen begrenzt ist, weitergehen soll, mag sie sich am Anfang des Aufenthalts noch gar nicht fragen. Also doch Jaffé? Der aber schreibt ihr kurzerhand ab, hat sich anscheinend überlegt, dass eine solche Bindung nicht ihrer Natur entspreche, wie er sich reichlich gestelzt ausdrückt. Er gebe sie also frei. Franziska wird wütend, schreibt ihm, sie lasse sich nicht auf diese Weise »hin- und herziehen«, und verlangt 600 Mark Entschädigung.

Was aber tun? Am 20. November hat sie noch vor, wenigstens für kurze Zeit wieder nach München zu gehen und sich Rolf dorthin kommen zu lassen. Bei Franz Hessel, ihrem Pariser Quartiermeister, aber meldet sie sich keine acht Tage später bereits aus Ascona. Schon vor drei Jahren hat sie »Complotte mit Mühsam für Ascona« geschmiedet, wie sich ihrem Tagebuch entnehmen lässt. Der hatte sie wohl auf reiche Bekannte von ihm verwiesen, die man dort ausnehmen könnte. Die Gräfin hat damals eher zurückhaltend reagiert, den Gedanken bald wieder verworfen. Inzwischen aber ist Mühsam konkreter geworden, hat Ross und Reiter genannt. Es gehe um einen gewissen Alexander von Rechenberg-Linten, einen baltischen Baron. Lieblingsbeschäftigung: von Kneipe zu Kneipe traben. Ein Trunkenbold, in seinen Umgangsformen aber durchaus angenehm. Er sei auf der Suche nach einer Ehefrau. Nein, nicht um mit ihr zusammenzuleben, geschweige denn ins Bett zu gehen. Es gehe ausschließlich darum, sich das Anrecht auf das väterliche Erbe zu bewahren. Der schwerreiche Vater sei todkrank, drohe seinen Sohn aber zu enterben, wenn er weiterhin keinen angemessenen Lebenswandel führe, wozu für ihn vor allem eine Ehefrau gehöre. Ein Adelstitel sei Bedingung, mit anderen Worten, sie sei wie gemacht für diesen Handel. Laut Mühsams Erinnerungen soll Franziska zu Reventlow mit der ihr eigenen Lakonie auf seinen ungewöhnlichen Vorschlag reagiert haben: Rechenberg sei ganz praktisch. »Da brauche ich ja nicht einmal die Monogramme in den Taschentüchern umzustricken.«

Nach München werde sie so bald nicht wieder kommen, schreibt Franziska zu Reventlow jedenfalls nun dem ihr aus der Klages- und George-Zeit gebliebenen Freund, dem Philosophen Paul Stern. Da ist sie keine zwei Wochen in Ascona. Es sei ausnahmsweise mal eine gute Idee gewesen, sich hier anzusiedeln, obwohl eigentlich »ein Spiel des Zufalls«. Sie habe viel vor und mit ihren Münchner Angelegenheiten würden sich derweil die Auskunftei Merkur und der Verein Kreditreform beschäftigen. Und sie schließt: »O, Sternchen, das Leben ist doch schön. Mir gefällt es jetzt wirklich wieder.«

Epilog

Was tut eine Frau Anfang 40, die sich aus der Gesellschaft zurückzieht, deren Mittelpunkt sie gerade noch gewesen ist? Man möchte beinahe wetten, sie schreibt ihre Memoiren, zumal wenn sie bereits als Schriftstellerin hervorgetreten ist. Was hätte sich aus den Erinnerungen dieser Frau nicht für Kapital schlagen lassen! Die ungeschminkten Memoiren der Skandalgräfin. Kaum denkbar, dass Franziska zu Reventlow das von ihrem Umfeld nicht nahegelegt wurde.

Doch die Gräfin denkt gar nicht daran. Die Mischung aus Pikanterie und Freimütigkeit, derer es dafür bedürfte, ist nicht ihre Sache. Zur Schriftstellerin wird sie trotzdem. Oder, ihrem eigenen Selbstverständnis nach: Sie widmet sich der Literatur, während sie darauf wartet, dass der Erbfall eintritt. Den versoffenen Baron Alexander von Rechenberg-Linten, den Mühsam ihr ans Portemonnaie gelegt hat, heiratet sie nämlich bereits wenige Monate nach ihrer Ankunft in Ascona. Die beiden sind sich rasch einig, dass ihre Verehelichung nur zum Zweck des in Aussicht gestellten Erbes geschieht, das sie zu gleichen Hälften teilen wollen. Franziska zu Reventlow hat nun einen russischen Pass wie ihr Ehemann auch, dessen Vater ehemaliger Kaiserlich-Russischer Gesandter ist.

Bereits im Jahr darauf erscheint Franziska zu Reventlows erstes, in Ascona entstandenes Buch, *Von Paul zu Pedro,* eine spöttisch-geistreiche, leicht frivole Typologie männlicher Liebhaber – ein Buch, wie es sonst nur Männer schreiben: ein Reigen der Geliebten eines Lebens, die in ihren Eigenheiten, Vorlieben und der Spielart der Liebe, für die sie jeweils stehen, beschrieben werden. Wie alle ihre Bücher fußt *Von Paul zu Pedro. Amouresken* auf persönlichen Erfahrungen, ohne jedoch explizit autobiographisch zu sein. Hinter jedem der vorgeführten Typen, dem bedenkenlosen wie dem temperamentvollen Liebhaber, dem fremden, stets Distanz haltenden wie dem verheirateten Mann, der Dichterliebe wie der eleganten »Begleitdogge«, die man auch an Freundinnen ausleihen kann, lassen sich reale Personen erkennen, ohne dass eine von ihnen bei ihrem richtigen Namen genannt wird. Sogar der Hessel-Freund Henri-Pierre Roché kommt vor, der französische Schriftsteller, der der gemeinsamen Liebe der beiden zu derselben Frau mit dem später von Truffaut verfilmten Roman *Jules und Jim* ein funkelndes Denkmal setzen wird. Franziska zu Reventlow hat Roché 1907 kennengelernt und mit ihm sofort eine Affäre begonnen. Ihm verrät sie auch die Zahl ihrer Liebhaber: Etwa 50 sind es danach. In *Von Paul zu Pedro* ist er Sir John, der Mann, mit dem sie sich von allen am besten versteht: »Er hat sehr vielfältige Beziehungen zu Frauen und kultiviert jede einzelne wie ein Gärtner seine Pflanzen, jede bekommt ihr besonderes Terrain und ihre besondere Pflege. Für jede ist er der aufmerksamste und angenehmste Galan und suggeriert durchaus das Gefühl, daß er im Moment nur für sie da ist.« Vertauscht man Frau und Mann, ist das genauso ein Selbstporträt.

Albert Langen ist bereits am 30. April 1909 an einer verschleppten Mittelohrentzündung gestorben. In Korfiz Holm aber hat die Gräfin in dem nun von ihm und drei weiteren Kuratoren geleiteten Verlag einen treuen Sachwalter ihrer publizistischen Belange. *Von Paul zu Pedro* erscheint genauso im Albert Langen Verlag wie drei weitere zu Lebzeiten fertiggestellte, stets schmale Bände. Schon 1913 veröffentlicht Franziska zu Reventlow mit *Herrn Dames Aufzeichnungen oder Begebenheiten aus einem merkwürdigen Stadtteil* einen Schlüsselroman über die Schwabinger Boheme mit dem Kosmikerkreis im Zentrum. Auch hier kommen sie alle wieder vor, Klages genauso wie Schuler, George genauso wie Wolfskehl, Friedrich und Roderich Huch, Bohdan von Suchocki und und Albert Hentschel, aber alle unter Deck- und Phantasienamen: George ist »der Meister«, Klages »Hallwig«, Wolfskehl »Professor Hofmann«, und hinter »Dr. Sendt« versteckt sich ihr philosophischer Berater Paul Stern. Als Chronisten hat sie einen gewissen Herrn Dame erfunden, der allein schon, was seine Geschlechtsidentität betrifft, ein Neutrum ist, mit dem nicht zu unterschätzenden Vorteil allerdings, nicht festgelegt zu ein und sich auch nicht festlegen zu lassen. Das macht ihn zum idealen Beobachter. Die Naivität, mit der dieser Herr Dame Fragen stellt und vollmundig vorgetragene Behauptungen der Protagonistinnen und Protagonisten Wahnmochings schelmisch hinterfragt, ist alles andere als unschuldig, eher Tarnung und Strategie – ein gutes Mittel, um den Betrieb und den Jargon der hier versammelten Welterlöser sich selbst entlarven zu lassen. Und doch hat seine Existenz auch etwas von einer Utopie, zumal wenn es um die in diesen Kreisen äußerst wichtig genommene Genderfrage geht. Wenn sich die Gräfin eine der in diesem Kreis zirkulierenden Ideen zu eigen gemacht hat, dann ist es die der Androgynie, einer fluiden Geschlechtsidentität.

Im Herbst 1912 ist das Schwabing-Buch bereits fertiggestellt und vom Verlag angenommen. Allerdings ist das gegenseitige Einvernehmen mit ihrem Schein-Ehemann inzwischen offener Feindseligkeit von seiner Seite gewichen. In seiner Wut verrät er dem Vater die Schieberei mit der Eheschließung. In dieser unangenehmen Situation nimmt Franziska zu Reventlow eine Einladung ihres Vetters Viktor von Levetzow in sein Haus in Palma de Mallorca an. Und während in München mit dem Tod des greisen Luitpold am 12. Dezember 1912 eine ganze Ära, die Prinzregentenzeit, wie sie bald schon genannt wird, zu Ende geht, gönnt sich eine der bemerkenswertesten Hauptpersonen dieser bajuwarischen Belle Époque einen verlängerten Urlaub vom Leben unter der Sonne des Südens auf einer Insel, die zu dieser Zeit noch eine autarke, in sich geschlossene Lebenswelt darstellt. Erst im Mai

1913 führt die Nachricht vom Tod des Schwiegervaters sie wieder nach Ascona zurück. Ihre Befürchtung bestätigt sich: Der verstorbene Baron hat das Geständnis seines Sohnes zum Anlass genommen, sein Testament zu ändern, allerdings nicht nur zu ihren, sondern genauso zu seinen Ungunsten, und sie beide auf den Pflichtteil gesetzt. Das sind statt der erwarteten sechsstelligen Summe gerade einmal 20 000 Mark, was aber dann doch ganz angenehm sei, wie die Gräfin bemerkt. Kleines Problem: Das Erbe besteht aus Aktien der Bahngesellschaft Moskau – Kiew – Woronesh, die erst verkauft werden müssen. Vom Credito Ticinese, der Bank in Locarno, erhält sie immerhin gleich einen Kreditbrief über 10 000 Franken. So kann sie ihre Schulden in Ascona bezahlen und einige Wochen auf großem Fuß leben.

Aber selbst jetzt hat sie sich zu früh gefreut: Credito Ticinese gehört zu den drei Tessiner Banken, die im Frühjahr 1914 Bankrott gehen. Einmal mehr platzt der Traum vom sorgenfreien Leben. Der Gedanke, dass sie, die zeitlebens eine Schuldnerin gewesen ist, nun auf einmal in die Rolle der Gläubigerin gerät, amüsiert sie, hilft aber auch nicht wirklich weiter. Ihr Fazit ist, dass sich ein erotisches Verhältnis zum Leben und zu den Menschen, wie sie es kultiviert, und finanziell geordnete, ja gesicherte Verhältnisse im Grunde ausschließen. Denn die Liebe zum Geld ist die Liebe zu einem Abstraktum – letztlich gefühlskalt.

Die Rückkehr

In dem angesehenen Locarner Rechtsanwalt Mario Respini-Orelli findet Franziska zu Reventlow schon bald einen neuen Liebhaber. Es wird eine »seriöse Dauersache«, wie sie das nennt, eine der eher heiteren Art. Als sie schwanger wird, entscheidet sie sich trotzdem gegen das Kind. Mit 43 Jahren fühlt sie sich zu alt, hat nach der für sie selbst, aber auch für Rolf traumatischen Erfahrung der Totgeburt der Zwillinge schlichtweg auch Angst vor einer weiteren Fehlgeburt oder einem kranken Kind. Doch bei dem Eingriff treten Komplikationen auf, die einmal mehr einen Krankenhausaufenthalt nötig machen. Dafür reist sie im Herbst 1914 nach München.

Als russische Bürgerin benötigt sie dafür jetzt eine Sondergenehmigung. Denn inzwischen befindet sich Deutschland im Krieg mit Russland und Frankreich. Gleich am ersten Tag ihres Aufenthalts begreift Franziska zu Reventlow, dass das aus der Ferne dann doch gespürte Heimweh nach München sie getrogen hat. Zwar geht sie durch dieselben Straßen, lebt in demselben Milieu, in dem sie so lange zu Hause gewesen ist, aber sie wird das Gefühl nicht los, sich in einer fremden Welt und unter Leuten zu bewegen, deren Sprache sie nicht mehr versteht und deren Auftreten sie abstößt.

»Die Atmosphäre der Stadt, zu einer anderen Zeit die freieste, die fröhlichste, die anti-preußischste, die kosmopolitischste in Deutschland, die Freunde, die Meinungen, die Geschmäcker, die Ansichten - nichts war mehr übriggeblieben, weder Freiheit, noch Heiterkeit, noch Anti-Preußentum, noch Vernunft oder guter Geist«, beschreibt sie ihre Eindrücke einige Jahre später in einem Bericht in französischer Sprache, der sich im Nachlass Henri-Pierre Rochés gefunden hat.

In München, so hatte Lou Andreas-Salomé vordem mit ihrer feinen Beobachtungsgabe bemerkt, habe man sich nicht »im ›Münchnerischen‹ der Eingeborenen«, sondern »im Gemeinsamen aller Nationalitäten Deutschlands ringsum«, und wie man hinzufügen darf, auch Europas gefunden. Das moderne München der Vorkriegszeit existierte noch weniger als Paris oder Wien aus sich heraus. Im Wesentlichen war es eine Erfindung der Zugezogenen, die die Stadt als Bühne nutzten. »Schlawiner« nannten die Einheimischen sie und spielten damit auf ihre vorwiegend slawische Herkunft an. Ein Schwabinger Schlawiner konnte aber auch ein geborener Mecklenburger, Franzose, Rheinländer, Norweger oder Thüringer, ein brotloser Maler oder einfach ein Lebenskünstler sein. Mit ihrem Verschwinden zieht sich auch der frische Geist der Modernität wieder aus der Stadt zurück, der ihre Straßen, Gesellschaften und Winkel eine Zeitlang so sinnenfreudig und geistreich bespielt hat.

Auch die große und stolze russische Kolonie ist im ersten Kriegsnovember schon Vergangenheit. Die meisten der 4000 hier lebenden Russen sind noch vor Kriegsausbruch abgereist. Wer am 1. August 1914 noch nicht die Grenzen überschritten hatte, wurde zum Verlassen des Landes aufgefordert oder gleich interniert. Kandinsky, Jawlensky und Marianne von Werefkin sind bei Kriegsbeginn abgeschoben worden. Sie haben München nur mit dem nötigsten Handgepäck verlassen. Von Soldaten eskortiert und einer aufgebrachten Menschenmenge beschimpft, haben sie in Lindau ein Schiff bestiegen, das sie über den Bodensee in die Schweiz und damit in Sicherheit gebracht hat. Gabriele Münter ist an der Seite Kandinskys geblieben, der in diesen Wochen wiederholt davon spricht, ihre Verbindung sei gescheitert – gescheitert durch den Krieg. Ihn zieht es nach Moskau. Und während Franziska zu Reventlow erneut im Klinikum Josephinum Station macht, versetzt Gabriele Münter das Russenhaus in Murnau in einen langen Winterschlaf und löst in München den gemeinsamen Haushalt mit Kandinsky auf. Im Sommer des nächsten Jahres, so die Verabredung, werde man sich in Schweden wiedersehen.

Mit den Malerinnen und Malern des *Blauen Reiter* wird so gut wie die gesamte Avantgarde aus der Stadt vertrieben oder auf dem Schlachtfeld in den Tod geschickt. Franz Marc gehört zu jenen, die es kaum erwarten können. Bereits am 4. August hat er sich zum Dienst an der Waffe gemeldet, schon Ende des Monats ist er an die Front gegangen. »Jetzt bin auch ich endlich auf dem Zug in den großen Krieg«, hat er das Geschehen kommentiert. In einem Aufsatz, den er im November schreibt, als er sich gerade von einer schweren Ruhr-Krankheit erholt, die er sich wie so viele Soldaten in den unhygienischen Verhältnissen an der Front zugezogen hat, spricht er vom »Fegefeuer des Krieges«: Nur die guten, die echten, die wahren Dinge würden bleiben, schreibt er: »sie gehen geläutert und gestählt durch das Fegefeuer des Krieges«. Sein Freund August Macke, der Maler der sinnlichen Freude, die wir am farbigen Abglanz des Lebens haben, der Vater von zwei kleinen Buben, ist da schon tot, mit 27 Jahren bei Perthes-lès-Hurlus in der Champagne im Kugelhagel »gefallen«.

Erst mit ihrer Wiederkehr nach München, so Franziska zu Reventlow, habe sie begriffen, was der Militarismus und seine Zerstörungen bedeuten. Noch vor ihrem Weggang im Jahr 1910 hatte sie einen Vortrag ihres Bruders zum Thema »Krieg« gehört. Ernst Graf zu Reventlow, ein politischer Publizist und Agitator, der der nationalistischen und antisemitischen »Deutschvölkischen Bewegung« nahesteht, ist in diesen Jahren wesentlich bekannter als seine Schwester. Franziska erinnert sich daran, dass er seinerzeit den Pazifismus ins Lächerliche gezogen und Kant zitiert hat, um seine These zu stützen, dass der Krieg unentbehrlich und wohltuend sei. Sie erinnert sich aber auch daran, dass die eleganten Menschen, die Künstler und sogar viele Offiziere, die zu seinem Vortrag in München gekommen waren, den Kopf schüttelten ob dieses beschönigenden Geredes. Das hat sich nun drastisch geändert. Weder die gute Organisation noch die strenge Disziplin würden sie schockieren und regelrecht anekeln, stellt Franziska zu Reventlow fest, sondern die allseits zu beobachtende Liebe und Freude am Krieg, »Akzeptiert man es als eine unwiderrufliche Katastrophe, der man so gut wie man eben kann gegenübertritt, meinetwegen! – Aber dass man sich daran berauscht und sich dafür begeistert, dass man davon wie von einer allen wohltuenden hygienischen Einrichtung spricht, nein!«

Gut möglich, dass sie auf ihrem Krankenbett den soeben in der Novemberausgabe der *Neuen Rundschau* veröffentlichen Aufsatz »Gedanken im Kriege« von Thomas Mann liest. Mit Schaum vor dem Mund schildert der Schriftsteller dort, wovon er sich durch den Krieg Reinigung und Befreiung erhofft:

> Wir kannten sie ja, diese Welt des Friedens und der cancanierenden Gesittung – besser, quälend viel besser als die Männer, deren furchtbare, weit über ihre persönliche Größe hinausgehende Sendung es war, den Brand zu entfesseln: Mit unseren Nerven, unserer Seele hatten wir tiefer an dieser Welt zu leiden vermocht als sie. Gräßliche Welt, die nun nicht mehr ist – oder doch nicht mehr sein wird, wenn das große Wetter vorüberzog! Wimmelte sie nicht von dem Ungeziefer des Geistes wie von Maden? Gor und stank sie nicht von den Zersetzungsstoffen der Zivilisation?«

Obwohl selbst ein Repräsentant des dritten Geschlechts, hat sich Thomas Mann nie ganz der neuen Liberalität der Lebensführung geöffnet, wie sie in München von Teilen der Boheme wie auch der Gesellschaft vorgelebt wurde. Nun kommt es mit dem Kriegsausbruch zum jähen Ausbruch des aufgestauten Ressentiments. Wie so viele andere Dichter, Künstler und Professoren ruft er vom Schreibtisch aus zu den Waffen und preist das »Erlösungswunder«.

Erich Mühsam gehört zu den wenigen Bohemiens, die sich noch in der Stadt aufhalten und nicht auf die Seite der Kriegstreiber gewechselt sind, auch wenn er in diesen Tagen einiges Missverständliche von sich gibt. Als er seine alte Freundin zusammen mit ihrem Sohn am Nachmittag des 18. November im Café Stefanie tritt, findet er, dass sie trotz überstandener Krankheit »frisch, jung und bildhübsch« aussehe. Schnell dreht sich das Gespräch darum, dass sich auch Rolf als Kriegsfreiwilliger melden will. »Seine Mutter ist entsetzt, nennt das eine Indianergeschichte, die er erleben will«, notiert Mühsam in seinem Tagebuch, fügt aber in Klammern hinzu: »(Der Kriegsenthusiasmus wird ihm schon noch vergehn.)«

Picasso in München

Am 1. August 1914, dem Tag der Mobilmachung, kommt auch Rilke wieder nach München. Umgeben von tosender Kriegsbegeisterung liefert er in den beiden Tagen darauf mit den »Fünf Gesängen« seinen Beitrag zu den anderthalb Millionen Kriegsgedichten, die bis Ende 1915 in Deutschland entstehen: »Zum ersten Mal seh ich dich aufstehn / hörengesagter fernster unglaublicher Kriegsgott«, dichtet er in seinem Hotelzimmer. Ab Ende September wohnt er in der Pension Pfanner in der Finkenstraße und trifft öfters die vom ihm geförderte Dichterin Regina Ullmann, die ehemalige Geliebte von Otto Gross. In Galerien stößt er auf Gemälde des frühen Picasso, die bei ihm wehmütige Erinnerungen an Paris wachrufen. Besonders ein Bild in der Galerie Thannhauser, wo 1911 auch die erste *Blauer Reiter*-Ausstellung stattgefunden hat, hat es ihm angetan: die *Saltimbanques*, Picassos Gauklerfamilie aus dem Jahr 1905, ein über vier Quadratmeter großes Gemälde, ein Schlüsselwerk der Rosa Periode. Es zeigt fünf stehende, teilweise kostümierte Personen auf der linken und ein für sich sitzendes Mädchen auf der unteren rechten Seite. Alle sechs Figuren wirken wie Traumwandler, gebannt in eine leere Dünenlandschaft, in der immerwährende Gegenwart zu herrschen scheint. Keiner weiß zu sagen, wo sie herkommen, wo sie hingehen und was sie dort suchen. 1000 Franc hat eine Sammlergemeinschaft ursprünglich für das Bild bezahlt. Als ein zentrales Frühwerk des mittlerweile bekannten Picasso hat es der Galerist Heinrich Thannhauser kürzlich für sensationelle 11 500 Francs im Pariser Hotel Drouot ersteigert.

Rilke geht das Bild nicht mehr aus dem Kopf, und er beginnt nachzudenken, wie er, wenigstens eine Zeitlang, wenn schon nicht in seinen Besitz, so doch in seine Gegenwart kommen könnte. Seit 1910 kennt er die westfälische Gutsherrin und Sammlerin Hertha Koenig, von der er weiß, dass sie bereits ein anderes Picasso-Bild aus seiner Blauen Periode erworben hat. Am 4. November schreibt

»Wer aber sind sie, sag mir, die Fahrenden?«: Pablo Picasso, Les Saltimbanques / Die Gauklerfamilie, 1905, National Gallery of Art, Washington.

er ihr: »Das große Bild bei Thannhauser, die ›Gaukler‹, haben mir diesen Maler mit einem Schlage bedeutend gemacht – dieses Bild ist gewiß eines der entscheidenden Bilder unserer Malerei: können Sie's nicht retten und erhalten? Dafür müßten die rechten Hände und die rechte Wand da sein, eh der Kunsthandel es von Zufall zu Zufall in die Preise treibt.«

Und Rilke hat nicht fehlspekuliert: Hertha Koenig kauft das Gemälde für ihre Münchner Wohnung, in der sie sich vor allem den Winter über aufhält, während sie die Sommer auf Gut Böckeln in Westfalen verbringt. Als Rilke dann im Juni 1915 seine

Zimmer in der Finkenstraße räumen muss und er sich brieflich mit der Bitte an sie wendet, ihn »rasch und still für eine Weile beim großen Picasso in der Widenmayerstraße« aufzunehmen, gewährt ihm seine Freundin den ersehnten Unterschlupf in ihrer Wohnung, wo Rilke nun vis-à-vis mit den Gauklern lebt, schreibt und womöglich auch schläft. Immer findet er neue Details in dem Bild, die ihn besonders entzücken: »das kleine schwarze Samtjäckchen des Kindes zu dem verwaschenen Rosa, das zarte Händchen aus dem Henkel des Blumenkorbes, das unvergleichlich einsame und dabei doch farbige Grau der spanischen Wüste hinter den großen Gestalten, der Tonkrug neben der sitzenden Frau«.

Und einmal bringt er auch Regina Ullmann mit. »Sieh mal, Regina, jetzt darfst du dieses herrliche Bild sehen!«, schwärmt er. Wie ein scheues Reh, das aus dem dichten Wald auf eine Lichtung heraustritt, steht die Schriftstellerin vor dem großen Bild, »mit ihren stark schielenden, dabei außergewöhnlich schönen Augen«, fluchtbereit und doch in aller Ruhe. Auf Hertha Koenig, die zusammen mit einer Freundin die Szene beobachtet, wirkt Rilkes Bekannte mit ihrem verwaschenen, resedagrünen Sommerkleid und dem altmodischen großen Hut, als gehöre sie in das Bild hinein.

Die Einberufung

Im Herbst 1915 geht der gerade 18 Jahre alt gewordene Rolf allein nach München, um auf seinen Gestellungsbefehl zu warten und sich von der Mutter freizuschwimmen. Vergeblich hat Franziska zu Reventlow schon vor Ausbruch des Krieges ihrem Sohn die Schweizer Staatsbürgerschaft verschaffen wollen. Dazu hätte er aus der deutschen entlassen werden müssen. Sie bat Klages, den sie mangels eines leiblichen Vaters seinerzeit gebeten hatte, die Vormundschaft für Rolf zu übernehmen, in dieser Hinsicht tätig zu werden. Doch Klages verschleppt den Antrag, nicht zuletzt, weil er der Ansicht ist, dass das Militärjahr für Rolf, der allgemein als verzogen und sehr eigenwillig gilt, eher wünschenswert als von Übel sei. Dabei wäre die Wahrscheinlichkeit, dass der Antrag positiv beschieden wird, gar nicht so gering; denn über die Vermittlung von Frieda Gross ist es sogar gelungen, den berühmten Max Weber zu einem Gutachten zu bewegen, das sich für die Entlassung Rolfs aus dem Staatsverband einsetzt. Weber ist in diesen Jahren häufiger in Ascona zu Gast, um sich zu einem gesünderen Lebenswandel zu bekehren. Er hält Rolf zwar für einen unerzogenen Bengel, tut der Gräfin aber den Gefallen, unterstützt sie sogar finanziell. Als Klages dann am 4. August 1914 endlich tätig wird, ist es zu spät: Der Antrag wird wegen des soeben erfolgten Kriegsausbruchs abgelehnt.

In München wohnt Rolf bei Frau Güttner, der alten Vermieterin seiner Mutter und seiner Taufpatin. Sie ist inzwischen in die Römerstraße 37 umgezogen, in einen vor drei Jahren errichteten Neubau, unmittelbar am Pündterplatz. Arbeit findet er rasch als Gehilfe bei einem Filmvorführer.

Im April 1916 ist es dann soweit: Rolfs Jahrgang wird einberufen und er muss sich in München stellen. Die Mutter möchte den Sohn unbedingt noch einmal sehen, bevor er an die Front kommt, und reist im Juni 1916 unter Inkaufnahme der komplizierten Einreise- und Ausreisebedingungen einmal mehr nach München. Hier hat sich die Situation dramatisch verändert. Statt von Siegen, vom »fröhlichen Krieg«, von intellektueller und spiritueller Erneuerung spricht man nun von Rationierung, Kartoffelbrot und Lebensmittelcoupons. Die Menschen fragen nicht mehr: »Werden wir gewinnen?«, sondern: »Was werden wir essen?«. Selbst in den Restaurants gibt es Mahlzeiten nur gegen Marken. Die Auswahl ist bescheiden, die Portionen sind so klein, dass man dreimal hintereinander essen muss, um einigermaßen satt zu werden. Mit ihrem russischen Pass hat Franziska zu Reventlow, wie sie auf dem Amt feststellen muss, auf dem die Bezugsscheine ausgegeben werden, keinen Anspruch auf Zucker oder Seife. Was den Zucker betrifft, empfindet sie das als Ungerechtigkeit, hinsichtlich der Seife aber als Beleidigung der russischen Nation.

Selbst in den wohlhabenden Häusern ist die Lebensmittelknappheit spürbar: »Kein Ende, kein Ende«, klagt Hedwig Pringsheim in einem Brief an ihren Berliner Freund Maximilian Harden: »Abgesehen von allem andern: halten Sie es für denkbar, daß wir's wirtschaftlich noch lange ›dermachen‹? In den letzten vier Wochen ist es so rapid abwärts gegangen mit den Vorräten und aufwärts mit den Preisen, daß ich armes ungebildetes Weib es für unmöglich erkläre, daß wir noch einen Winter durchhalten können. Kein Zucker, keine Butter, kein Kaffee, kein Spiritus, keine Wurst (nur in Scheiben aufgeschnitten; ebenso Schinken); keine Konserven.«

Immerhin können Familien wie die Pringsheims es sich leisten, Nahrungsmittel wie Butter, Mehl, Eier, Speck und Schinken, die in der Stadt streng rationiert sind, direkt bei den Erzeugern auf dem Land oder bei sogenannten Schleichhändlern zu kaufen. Das ist zwar illegal, aber sie haben genug Geld, um die exorbitanten Preise, die dafür verlangt werden, zu bezahlen. Die meisten Städtebewohner sind dazu nicht in der Lage; viele Kinder sind unterernährt und bleiben in der Entwicklung zurück.

Während Franziska zu Reventlows Anwesenheit kommt es in München zu einem Hunger-Aufstand. Eine aufgebrachte Menschenmenge versammelt sich vor dem Rathaus und verlangt nach Brot. Auch Erich Mühsam ist unter den Protestierenden, einer ihrer Anführer. Aus dem benachbarten Café, dem Treffpunkt der besseren Gesellschaft, schallen wüste Schimpfrufe herüber. Als Antwort fliegen Steine auf das Café und das Rathaus, die Menge setzt sich in Bewegung und zerschlägt die Schaufenster der umliegenden Luxusläden. Soldaten auf Urlaub schließen sich an. Die Stimmung wird immer aggressiver. Schließlich sprengt berittene Polizei die Menschenansammlung, die sich aber sofort wieder aufs Neue bildet.

Es ist der letzte gemeinsame Abend von Mutter und Sohn – »unvergessliche Stunden, voll von tiefer und schrecklicher Melancholie«, während sie durch die ihnen wohl bekannten, einst so fröhlichen Straßen gehen und jetzt nur noch »stillschweigendes Elend und dumpfe Bedrohungen« atmen. Auch in der Nacht gehen die Unruhen weiter. Da über die Soldaten mittlerweile eine Ausgangssperre verhängt ist, besteht die rebellische Menge nun vor allem aus Frauen und Jugendlichen.

Im Herbst 1916 dann kommt Rolf an die Front. Die Kriegseinsätze, an denen er beteiligt ist, gehören zu den blutigsten des Ersten Weltkriegs: Somme, Saint Mihiel, 36 Kilometer von Verdun entfernt, die Doppelschlacht an der Aisne und in der Champagne, Argonner Wald. Die Mutter, die inzwischen in Muralto oberhalb von Locarno lebt, ist verzweifelt; sämtliche Briefe an ihn kommen wieder zurück, schicken kann sie ihm überhaupt nichts. Sie hätte sich doch etwas mehr Seelenstärke zugetraut, schreibt sie an Münchner Freunde: »Überhaupt, seit er draußen ist – ich kann Ihnen nicht sagen wie mir ist ... Hoffen oder sich drein ergeben, ist ein reiner Unsinn, wenn man weiß, daß das Liebste auf der Welt in Gefahr ist und unerreichbar, und beides als chronischer Zustand. Probieren Sie nur einmal das von morgens bis abends immer zu wissen. Nachts träumt man wenigstens noch, daß es nicht wahr ist – aber man sollte weder darüber schreiben noch sprechen, denn wenn man den Mund auftut, fängt man eben an zu schreien.«

Es sind die Mütter, die als erste und lange Zeit als einzige gegen den tödlichen Heroismus aufbegehren, den die Väter und Söhne sich zu eigen machen. Hedwig Pringsheim ergeht es da nicht anders, obwohl sie das Glück hat, dass keiner ihrer vier Söhne an der Front ist. Doch in ihrer mangelnden Kriegsbegeisterung fühlt sie sich ziemlich allein, auch innerhalb ihrer Familie. Selbst Katia macht da keine Ausnahme. Die russischen Generalstabsberichte lese sie nicht, sagt Frau Mann, »denn die lügen ja bloß«. »Lügen bloß die?«, fragt ihre Mutter zurück. Wer sage ihr, dass dort mehr gelogen werde als – anderswo. Dann geraten Tochter und Mutter in Streit und gehen gekränkt auseinander. Woher solle man nur die Stimmung selbst für eine kurze Stunde hernehmen, klagt sie gegenüber Harden, als sie ihm zu Weihnachten schreibt: »Ist nicht jeder der Getöteten einer Mutter Sohn? Und wievieler Mütter Söhne sind zwecklos, nutzlos bei Galipoli geschlachtet? Und wieviele werden noch geschlachtet werden?«

Die Rettung

Im Frühjahr 1917 kommt ein junger Mann aus München nach Locarno und stellt sich dort Franziska zu Reventlow vor. Er gibt vor, ein Freund von Freunden zu sein, und besucht sie mehrmals. Schließlich erklärt er ihr, dass er beauftragt sei, sie für den deutschen Nachrichtendienst anzuwerben. Ihr Name, ihre soziale Stellung und nicht zuletzt ihre Beziehungen böten außerordentlich günstige Bedingungen für diese Tätigkeit. Und sie würde davon profitieren: Ihre finanzielle Lage werde sich verbessern, sie bekäme die volle Freiheit, wann immer sie wolle nach Deutschland zu reisen, und er selbst werde die volle Verantwortung übernehmen, wenn es zu Schwierigkeiten mit der hiesigen Polizei komme. Mit anderen Worten, sie werde keinerlei Risiko dabei eingehen, könne im Gegenteil nur gewinnen.

Die Gräfin ist anfangs entschlossen, das Angebot rundweg abzulehnen. Dennoch bleibt das Gespräch für sie unvergesslich; denn zum ersten Mal kommt sie auf die Idee, ihrem Sohn zur Flucht zu verhelfen, mit allen ihr zur Verfügung stehenden Mitteln. Notfalls auch, indem sie sich auf eine Spionagetätigkeit einlässt. »Es war wie ein Blitzschlag, der plötzlich eine in Finsternis liegende Landschaft erhellt.«

Sie schmiedet Dutzende von Plänen, von denen sich die meisten als undurchführbar und als Hirngespinste herausstellen. Doch als sich dann die Gelegenheit ergibt, Rolf, der unmittelbar von der Front kommt, in Konstanz zu sehen, ist sie vor Ort. Er kommt ihr fürchterlich abgemagert vor in seiner schäbigen, zu langen und zu weiten Uniform. Müdigkeit und Lethargie gehen von ihm aus.

Als der die ganze Zeit anwesende Offizier zum Telefonhörer greift, flüstert sie ihm zu: »Wenn du frei sein willst, fliehen, mit mir weggehen – dann werden wir es tun.« Unvergesslich seine Reaktion: »Seine Augen öffneten sich ganz weit und leuchteten plötzlich. Darin sah ich einen ersten Lebensstrahl durch diese grauenhafte Apathie gehen, die sein ganzes Wesen wie ein Leichentuch zu verhüllen schien.«

Die Flucht gelingt, obwohl sie schlecht vorbereitet ist und bei Helligkeit unternommen werden muss. Mit einem Ruderboot erreicht Rolf das rettende Kreuzlinger Ufer. Die auf ihn abgegebenen Schüsse haben ihn verfehlt. Viele Zeitungen berichten über die gelungene Flucht, nicht zuletzt deshalb, weil es ihnen eine Nachricht wert ist, dass ausgerechnet der Neffe des fanatischen Pangermanisten Ernst zu Reventlow desertiert ist.

Traumgesichter

Das Bild der Gauklerfamilie begleitet Rilke durch den gesamten Krieg. »Wächter am Picasso«, nennt er sich in dieser Zeit. Als Hertha Koenig im Herbst 1917 von der Widenmayerstraße in eine hochherrschaftliche Gesandtenwohnung auf der Leopoldstraße umzieht, findet der Picasso Platz in dem dort vorhandenen großen repräsentativen Saal. Um das Bild zur Geltung zu bringen, lässt seine Besitzerin eigens die kupferrote Leinenbespannung entfernen und die Wände mit schlichter Leimfarbe in Elfenbeinton überstreichen. »Die Farben des Raumes sind wie aus dem Bild herausgezogen«, meint Rilke. Und lädt seinen großen Bekanntenkreis zu geselligen Zusammenkünften in den Saal mit der Gauklerfamilie ein. Hier findet auch die Lesung von Regina Ullmann statt.

Am 26. Juli 1918 stirbt Franziska zu Reventlow nach einem Sturz vom Rad im Krankenhaus von Locarno. Sie hat ihren Sohn nach der Flucht nur noch wenige Wochen gesehen, dann musste er Locarno verlassen und nach Zürich gehen, denn die Schweizer

Behörden verweigerten ihm die Aufenthaltserlaubnis für das Tessin. Die Flucht hat die beiden wieder zusammengeführt, um sie letztlich doch zu trennen. Noch vor seinem Einzug zum Militär aber hat Rolf seine Mutter zur Großmutter gemacht, ohne dass diese wohl jemals davon erfuhr. Als er sie 1914 nach München begleitete, lernte er dort während ihres Krankenhausaufenthalts die junge Leipzigerin Wally Pischke kennen und lieben. Die gemeinsame Tochter des jungen Paars kam Ende Juli 1915 zur Welt. Die beiden heiraten, als Rolf Reventlow nach Kriegsende nach München zurückkehrt. Doch die Ehe wird bereits im Januar 1919 wieder geschieden.

Auch Frank Wedekind erlebt das Ende des Ersten Weltkriegs nicht mehr. Er stirbt bereits am 9. März, nach insgesamt der vierten Operation seit 1914, im Josephinum, dem Krankenhaus, in dem auch Franziska zu Reventlow immer wieder unter dem Messer lag. Sein Tod ist der letzte Akt in einem desaströsen Familiendrama, in dem sowohl er als auch seine Frau, die Schauspielerin Tilly Newes, die er 1906 geheiratet hat, sich immer wieder trennen und dann doch nicht auseinandergehen, während die beiden jungen Töchter Pamela und Kadidja einigermaßen fassungslos zuschauen.

Frank Wedekind ist so wenig für die Ehe geschaffen wie Franziska zu Reventlow. Nur dass er diese Erfahrung erst am Ende seiner Münchner Zeit, sie hingegen an deren Anfang macht. Als Schriftstellerin mag sie an seine bahnbrechende Bedeutung nicht heranreichen. Als Lebenskünstlerin hingegen ist sie ihm nicht nur gewachsen, sondern überlegen. Während Wedekinds Leben nach Art einer »Männertragödie« abläuft, verkörpert Franziska zu Reventlow bei aller Widersprüchlichkeit ein neues weibliches Selbstverständnis: ganz Frau und trotzdem frei zu sein. Erst gemeinsam aber, als weiblich-männliche Gegenstücke, charakterisieren der Bahnbrecher der modernen Literatur und die Vorkämpferin für die sexuelle Befreiung der Frau jene Zeit der Verwandlung, der Neuerfindung des Lebens, die mit ihrem Tod im vierten Weltkriegsjahr zu Ende geht. Erst vier Jahrzehnte später, nach einer

Zwischenkriegszeit voller Turbulenzen und Verwerfungen und einem zweiten Weltkrieg, wird sie ihre wirkliche Fortsetzung finden.

»Wer aber *sind* sie, sag mir, die Fahrenden, diese ein wenig Flüchtigeren als wir selbst«, dichtet Rilke Jahre später in Erinnerung an die Münchner Monate und Jahre in Gegenwart von Picassos *Saltimbanques*. Die Antwort ist so naheliegend wie tröstend: Es sind die Menschen, die in einer anderen Zeit uns vorangegangen sind - flirrende Gestalten wie aus einer Fata Morgana, gefangen in einem stehenden Jetzt - und in die auch wir uns verwandeln, sobald unsere Zeit gekommen ist, um denen, die uns folgen, zu Traumgesichtern ihres eigenen Lebens zu werden.

Bibliographie

Allgemeine Literatur zu München um 1900

Ab nach München! Künstlerinnen um 1900. München 2014.
Ahlers-Hestermann, Friedrich: *Stilwende. Aufbruch der Jugend um 1900.* Berlin 1941.
Baranow, Sonja von: *Franz von Lenbach. Leben und Werk.* Köln 1986.
Bassermann-Jordan, Gabriele von u.a.: *Frauen der Boheme 1890–1920.* München 2022.
Bauer, Helmut, Elisabeth Tworek: *Schwabing. Kunst und Leben um 1900. Essays.* München 1988.
Bauer, Helmut (unter Mitarbeit von Sandra Uhrig): *Schwabing. Kunst und Leben um 1900. Bilder.* München 1988.
Bauer, Richard: *Geschichte Münchens. Vom Mittelalter bis zur Gegenwart.* München 2005.
Bauer, Richard: *Prinzregentenzeit. München und die Münchner in Fotografien.* München 1988.
Baur, Johannes: *Die russische Kolonie in München 1900–1945. Deutsch-russische Beziehungen im 20. Jahrhundert.* Wiesbaden 1998.
Biller, Josef H., Hans-Peter Rasp: *München. Kunst & Kultur.* München 2005.
Bollmann, Stefan: *Monte Verità. 1900. Der Traum vom alternativen Leben beginnt.* München 2017
Clay Large, David: *Hitlers München. Aufstieg und Fall der Hauptstadt der Bewegung.* München 1998.

Dresler, Nastasja S.: *Schreibende Frauen nach '45. München als literarische Wirkstätte.* München 2023.

Duncan, Isadora: *I've only danced my life. Die Autobiographie der Isadora Duncan.* Berlin 2016.

Edschmid, Kasimir: Münchner Fasching. In: Schmitz, Walter (Hg.): *Die Münchner Moderne. Die literarische Szene in der ›Kunststadt‹ um die Jahrhundertwende.* Stuttgart 1990, S. 444 ff.

Erdmann-Macke, Elisabeth: *Erinnerung an August Macke.* Frankfurt a. M. 1987.

Falckenberg, Otto: *Mein Leben – Mein Theater.* Nach Gesprächen und Dokumenten aufgezeichnet von Wolfgang Petzet. München 1944.

Flügge, Manfred: *Gesprungene Liebe. Die wahre Geschichte zu »Jules und Jim«.* Berlin und Weimar 1993.

Frank, Leonhard: *Links wo das Herz ist.* Roman. München 1952.

Fruth, Pia: *Gustav Jäger – Pionier der Wollkleidung.* SWR2 Wissen, Sendung vom 15. Oktober 2019.

Fuchs, Georg: *Sturm und Drang in München um die Jahrhundertwende.* München 1936.

Gelobtes Land. Emanuel von Seidl. Parklandschaft in Murnau. Einst und Jetzt – Fotos, Dokumente, Relikte. Murnau 1994.

Greul, Heinz: *Die Elf Scharfrichter.* Zürich 1962.

Halbe, Max: *Jahrhundertwende. Erinnerungen an eine Epoche.* München und Wien 1976.

Heißerer, Dirk: *Wo die Geister wandern. Literarische Spaziergänge durch Schwabing.* München 2016.

Holm, Korfiz: *ich – kleingeschrieben. Heitere Erlebnisse eines Verlegers.* München 2008.

Huch, Roderich: *Alfred Schuler, Ludwig Klages und Stefan George. Erinnerungen an Kreise und Krisen der Jahrhundertwende in München-Schwabing.* Amsterdam 1973.

Hüneke, Andreas (Hg.): *Der Blaue Reiter. Eine Geschichte in Dokumenten.* Stuttgart 2011.

Huse, Norbert: *Kleine Kunstgeschichte Münchens.* München 2009.

Jugend. Münchner illustrierte Wochenschrift für Kunst und Leben. Alle Ausgaben 1896–1940 als PDFs und als recherchierbare Datenbank: http://www.jugend-wochenschrift.de/index.php?id=25

Kemp, Judith: *»Ein winzig Bild vom großen Leben«. Zur Kulturgeschichte von Münchens erstem Kabarett Die Elf Scharfrichter (1901–1904).* München 2017.

Kessler, Harry Graf: *Das Tagebuch. Zweiter Band 1892–1897.* Hrsg. von Roland S. Kamzelak und Ulrich Ott. Stuttgart 2004.

Keyserling, Eduard von: *Kostbarkeiten des Lebens. Gesammelte Feuilletons und Prosa.* Hrsg. und kommentiert von Klaus Gräbner und Horst Lauinger. München 2021.

Kreuzer, Helmut: *Die Boheme. Analyse und Dokumentation der intellektuellen Subkultur vom 19. Jahrhundert bis zur Gegenwart.* Stuttgart 1968.

Kurz, Melanie, Thilo Schwer: *Geschichte des Designs.* München 2022.

Lenbach. Sonnenbilder und Porträts. Hrsg. von Reinhold Baumstark. München 2004.

Lenbachs Villa. Hrsg. von Städtische Galerie im Lenbachhaus. München 1990.

Lessing, Theodor: *Einmal und nie wieder.* Lebenserinnerungen. Prag 1935.

Leutheusser, Ulrike, Hermann Rumschöttel (Hg.): *Prinzregent Luitpold von Bayern. Ein Wittelsbacher zwischen Tradition und Moderne.* München 2014.

Literarische Sommerfrische. Künstler und Schriftsteller im Alpenvorland. Ein Lesebuch von Elisabeth Tworek. München 2013.

Mollenhauer, Bernhard: *Jugendstil in München.* München 2014.

München. Die große Zeit um 1900. Kunst, Leben und Kultur 1890–1920. Text von Rainer Metzger, Bildauswahl von Christian Brandstätter. München 2008.

Oldenburg, Ray: *The Great Good Place: Cafés, Coffee Shops, Bookstores, Bars, Hair Salons, and Other Hangouts at the Heart of Community.* New York 1999.

Osterhammel, Jürgen: *Die Verwandlung der Welt. Eine Geschichte des 20. Jahrhunderts.* München 2009.
Prel, Carl du: *Philosophie der Mystik.* Leipzig 1885.
Prévot, René: *Kleiner Schwarm für Schwabylon.* München 2008.
Die Prinzregentenzeit. Katalog der Ausstellung im Münchner Stadtmuseum. Hrsg. von Norbert Götz und Clementine Schack-Simitzis. München 1988.
Pytlik, Priska (Hg.): *Spiritismus und ästhetische Moderne – Berlin und München um 1900.* Dokumente und Kommentare. Tübingen 2006.
Der Radfahrsport in Bild und Wort. Hrsg. von Paul von Salvisberg. München 1987.
Richter, Hedwig: *Demokratie – Eine deutsche Affäre. Vom 18. Jahrhundert bis zur Gegenwart.* München 2020.
Ritthaler, Albert: *Franz von Stuck und seine Sünden.* Vortrag am 8. Juni 2009 im Max Liebermann Haus Berlin. https://www.yumpu.com/de/document/read/7319304/franz-von-stuck-und-seine-sunden-bei-galerie-ritthaler
Ross, Werner: *Bohemiens und Belle Epoque. Als München leuchtete.* Berlin 1997.
Ruederer Josef: *München*. Hrsg. und mit einem Nachwort versehen von Walter Hettche und Waldemar Fromm. München 2012.
Scheffler, Karl: *Berlin, ein Stadtschicksal*. Hrsg. und mit einem Vorwort von Florian Illies. Berlin 2015.
Schmitz, Walter (Hg.): *Die Münchner Moderne. Die literarische Szene in der ›Kunststadt‹ um die Jahrhundertwende.* Stuttgart 1990.
Schoeller, Wilfried F.: *Franz Marc. Eine Biographie*. München 2016.
Schwab, Andreas: *Zeit der Aussteiger. Eine Reise zu den Künstlerkolonien von Barbizon bis Monte Verità.* München 2021.
Schwabing – verliebt, verrückt, vertan. Verse und Prosa von 1900 bis heute. Hrsg. und mit einem Nachwort von Oda Schaefer. München 1972.
Simplicissimus. Illustrierte Wochenschrift. Alle Ausgaben 1896–1944 als PDFs und als recherchierbare Datenbank: http://www.simplicissimus.info/index.php?id=5

Spielmann, Heinz: *Jugend 1896-1940. Zeitschrift einer Epoche. Aspekte einer Wochenschrift »Für Kunst und Leben«.* Dortmund 1988.
Stephan, Michael, Willibald Karl: *Schwabing. Zeitreise ins alte München*. München 2015.
Tworek, Elisabeth: *Sehnsucht Oberbayern. Spaziergänge durch das Alpenvorland der Literaten, Musiker und Maler.* München 2018.
Voswinckel, Ulrike: *Freie Liebe und Anarchie. Schwabing - Monte Verità. Entwürfe gegen das etablierte Leben.* München 2009.
Wege in die Moderne. Jugendstil in München 1896 bis 1914. Hrsg. von Hans Ottomeyer. München 1997.
Wilhelm, Hermann: *Die Münchner Bohème. Von der Jahrhundertwende bis zum Ersten Weltkrieg*. München 1993.
Wolzogen, Ernst von: *Das dritte Geschlecht.* Roman. Berlin 1898.

Literaturauswahl zu den Hauptfiguren des Buches

Lou Andreas-Salomé

Andreas-Salomé, Lou: *Fenitschka. Eine Sommererzählung*. Stuttgart 2023.
Welsch, Ursula, Dorothee Pfeiffer: *Lou Andreas-Salomé. Eine Bildbiographie.* Berlin 2006.
Wendt, Gunna: *Lou Andreas Salomé und Rilke - eine amour fou.* Berlin 2010.
Wiesner-Bangard, Michaela, Ursula Welsch: *Lou Andreas-Salomé. »... wie ich dich liebe, Rätselleben«. Eine Biographie.* Leipzig 2002.

Anita Augspurg und Sophia Goudstikker (Atelier Elvira)

Die modernen Frauen des Atelier Elvira in München und Augsburg 1887-1908. Hrsg. von Ingvild Richardsen. München 2022.

Heymann, Lida Gustava (in Zusammenarbeit mit Anita Augspurg): *Erlebtes - Erschautes. Deutsche Frauen kämpfen für Freiheit, Recht und Frieden 1850–1940.* Hrsg. von Margrit Twellmann. Meisenheim am Glan 1972.

Hof-Atelier Elivira 1887–1928. Ästheten, Emanzen, Aristokraten. Hrsg. von Rudolf Herz und Brigitte Bruns. München 1985.

Richardsen, Ingvild: *»Leidenschaftliche Herzen, feurige Seelen«. Wie Frauen die Welt veränderten.* Frankfurt a. M. 2019.

Lovis Corinth

Lovis Corinth. Hrsg. von Peter-Klaus Schuster, Christoph Vitali und Barbara Butts. München 1996.

Berend-Corinth, Charlotte: *Als ich ein Kind war.* Hamburg 1950.

Modick, Klaus: *Keyserlings Geheimnis.* Roman. Köln 2019.

Schneede, Uwe M.: *Ich! Selbstbildnisse in der Moderne. Von Vincent van Gogh bis Marina Abramović.* München 2022.

Zimmermann, Michael F.: *Lovis Corinth.* München 2008.

Karl Wilhelm Diefenbach

Karl Wilhelm Diefenbach (1851–1913). Lieber sterben, als meine Ideale verleugnen! Hrsg. von Michael Buhrs und Claudia Wagner. München 2011.

Frecot, Janos, Johann Friedrich Geist, Diethart Kerbs: *Fidus 1868–1948. Zur ästhetischen Praxis bürgerlicher Fluchtbewegungen.* Frankfurt a. M. 1997.

August Endell

Endell, August: *Vom Sehen. Texte 1896-1925 über Architektur, Formkunst und »Die Schönheit der großen Stadt«.* Hrsg. von Helge David. Basel 1995.

Herz, Rudolf: »August Endell in München. Bau des Ateliers Elvira und die Resonanz der Zeitgenossen«. In: *Hof-Atelier Elivira 1887-1928. Ästheten, Emanzen, Aristokraten*. Hrsg. von Rudolf Herz und Brigitte Bruns. München 1985, S. 25ff.

Stefan George

Karlauf, Thomas: *Stefan George. Die Entdeckung des Charisma.* Biographie. München 2007.

Kronberger, Maximilian: *Gedichte, Tagebücher, Briefe*. Hrsg. von Georg Peter Landmann. Stuttgart 1987.

Willy Gretor

Die Pariser Bohème (1889-1895). Ein autobiographischer Bericht der Malerin Rosa Pfäffinger. Hrsg., kommentiert und mit einer Einführung versehen von Ulrike Wolff-Thomsen. Kiel 2007.

Wolff-Thomsen, Ulrike: *Willy Gretor (1868-1923). Seine Rolle im internationalen Kunstbetrieb und Kunsthandel um 1900.* Kiel 2006.

Otto Gross

Gross, Otto: *Von geschlechtlicher Not zur sozialen Katastrophe*. Hamburg 2000.

Hurwitz, Emanuel: *Otto Gross. Paradies-Sucher zwischen Freud und Jung*. Zürich 1979.

Ludwig Klages

Schröder, Hans-Eggert: *Ludwig Klages. Die Geschichte seines Lebens. Erster Teil: Die Jugend*. Bonn 1966.

Albert Langen

Abret, Helga: »Kunst und Kommerz zwischen Schwabing und Paris. Der Verleger Albert Langen (1869-1909)«. In: Bauer, Helmut, Elisabeth Tworek: *Schwabing. Kunst und Leben um 1900. Essays*. München 1988, S. 139ff.

Abret, Helga und Aldo Keel: *Die Majestätsbeleidigungsaffäre des »Simplicissimus«-Verlegers Albert Langen.* Frankfurt a.M. 1985.

Thomas Mann

Mann, Thomas: *Briefe I. 1889-1913*. Große kommentierte Frankfurter Ausgabe Bd. 21. Frankfurt a.M. 2002.

Mann, Thomas: *Essays I. 1889-1914*. Große kommentierte Frankfurter Ausgabe Bd. 14.1, 14.2. Frankfurt a.M. 2002.

Mann, Thomas: *Frühe Erzählungen. 1889-1912*. Große kommentierte Frankfurter Ausgabe Bd. 2.1, 2.2. Frankfurt a.M. 2004.

Mann, Thomas: *Notizbücher. Edition in zwei Bänden*: Notizbücher 1-6. Notizbücher 7-14. Hrsg. von Hans Wysling und Yvonne Schmidlin. Frankfurt a.M. 1991.

Kolbe, Jürgen: *Thomas Mann in München 1894-1933. Heller Zauber.* Berlin 1987.

Kurzke, Hermann: *Thomas Mann. Das Leben als Kunstwerk.* Eine Biographie. München 1999.

Mendelssohn, Peter de: *Der Zauberer. Das Leben des deutschen Schriftstellers Thomas Mann.* Erster Teil 1875-1918. Frankfurt a.M. 1975.

Erich Mühsam

Mühsam, Erich: *Ascona.* Vereinigte Texte aus den Jahren 1905, 1930 und 1931. Zürich 1979.

Mühsam, Erich: *In meiner Posaune muß ein Sandkorn sein.* Briefe 1900 –1934. Bd. 1 und 2. Vaduz 1984.

Mühsam, Erich: *Tagebücher.* Alle Tagebücher 1910–1924 als Volltext und als recherchierbare Datenbank: https://www.mühsam-tagebuch.de/tb/index.php

Mühsam, Erich: *Zur Psychologie der Erbtante.* Satirisches Lesebuch 1900–1933. Berlin 1984.

Gabriele Münter und Wassily Kandinsky

Gabriele Münter 1877–1962. Malen ohne Umschweife. Hrsg. von Isabelle Jansen. München 2017.

Gabriele Münter. Die Jahre mit Kandinsky. Photographien 1902–1914. Hrsg. von Helmut Friedel. München 2007.

Brauchitsch, Boris von: *Gabriele Münter.* Eine Biographie. Berlin 2017.

Haldemann, Matthias: *Kandinsky.* München 2016.

Kandinsky, Wassily: *Die gesammelten Schriften.* Band 1. Hrsg. von Hans K. Roethel und Jelena Hahl-Koch. Bern 1980.

Kleine, Gisela: *Gabriele Münter und Wassily Kandinsky. Biographie eines Paares.* Frankfurt a.M. 1990.

Weiss, Peg: *Kandinsky in Munich. The Formative Jugendstil Years.* Princeton, New Jersey 1979.

Hermann Obrist

Hermann Obrist. Skulptur, Raum, Abstraktion um 1900. Hrsg. von Eva Afuhs und Andreas Strobl, Zürich 2009.

Oskar Panizza

Bauer, Michael: *Oskar Panizza. Exil im Wahn*. Eine Biografie. München 2019.

Boeser, Knut: *Der Fall Oskar Panizza. Ein deutscher Dichter im Gefängnis. Eine Dokumentation*. Berlin 1989.

Panizza, Oskar: *»Ein bischen Gefängnis und ein bischen Irrenhaus«. Ein Lesebuch*. Hrsg. von Michael Bauer und Christine Gerstacker. München 2019.

Hedwig und Katia Pringsheim

Pringsheim, Hedwig: *Tagebücher*. Hrsg. und kommentiert von Christina Herbst. Band 1: 1885–1891; Band 2: 1892–1897; Band 3: 1898–1904; Band 4: 1905–1910; Band 5: 1911–1916. Göttingen 2013–2016.

Pringsheim, Hedwig: *Meine Manns. Briefe an Maximilian Harden. 1900–1922*. Hrsg. von Helga und Manfred Neumann. Berlin 2006.

Jens, Inge und Walter: *Katias Mutter. Das außerordentliche Leben der Hedwig Pringsheim.* Reinbek bei Hamburg 2005.

Jens, Inge und Walter: *Frau Thomas Mann. Das Leben der Katharina Pringsheim.* Reinbek bei Hamburg 2004.

Krause, Alexander: *Arcisstraße 12.* Palais Pringsheim – Führerbau – Amerika Haus – Hochschule für Musik und Theater München. München 2019.

Franziska zu Reventlow

Reventlow, Franziska zu: *Sämtliche Werke in fünf Bänden*. Hrsg. von Michael Schardt. Oldenburg 2004.

Reventlow, F. Gräfin zu: *»Wir sehen uns ins Auge, das Leben und ich«.*

Tagebücher 1895 -1910. Aus dem Autograph textkritisch neu hrsg. und kommentiert von Irene Weise und Jürgen Gutsch. Passau 2011.
Reventlow, Rolf: *Kaleidoskop des Lebens.* Unveröffentlichtes maschinenschriftliches Manuskript. Literaturarchiv Monacensia.
Kargl, Christia, Waldemar Fromm (Hg.): *Die Kehrseite des deutschen Wunders. Franziska zu Reventlow und der Erste Weltkrieg.* München 2018.
Kubitschek, Brigitta: *Franziska Gräfin zu Reventlow 1871-1918. Ein Frauenleben im Umbruch.* Studien zu einer Biographie. Prien am Chiemsee 1994.
Küchmeister, Kornelia, Dörte Nicolaisen, Ulrike Wolff-Thomsen: *»Alles möchte ich immer«. Franziska Gräfin zu Reventlow. 1871-1918.* Göttingen 2010.
Wendt, Gunna: *Franziska zu Reventlow. Die anmutige Rebellin.* Biographie. Berlin 2011.
Wolff-Thomsen, Ulrike: »Eine Einladung nach Paris. Ein bislang unbekannter Kontakt zwischen Franziska Gräfin zu Reventlow (1871-1918) und dem deutsch-dänischen Bohemien Willy Gretor (1868-1923)«. In: *Nordelbingen*, Bd. 78. Heide 2009, S. 109ff.

Rainer Maria Rilke

Rilke, Rainer Maria: *Sämtliche Werke.* Band I bis VI, Frankfurt a.M. 1965.
Rilke, Rainer Maria: »Münchner Kunstbrief« / »Auch ein Münchner Brief« (1897). In: *Sämtliche Werke.* Bd. V, S. 321ff.
Koenig, Hertha: *Erinnerungen an Rainer Maria Rilke.* Hrsg. und mit einem Nachwort versehen von Joachim W. Storck. Bielefeld 1992.
Leppmann, Wolfgang: *Rilke. Sein Leben, seine Welt, sein Werk.* Bern München 1993.

Prater, Donald A.: *Ein klingendes Glas. Das Leben Rainer Maria Rilkes.* München Wien 1986.

Schnack, Ingeborg: *Rainer Maria Rilke. Chronik seines Lebens und seines Werkes.* Leipzig 1975.

»Unter den großen Städten die sympathischste, duldsamste und weiteste«. Rilke und München. Im Auftrag der Rilke-Gesellschaft hrsg. von Rudi Schweikert. München 2004.

Alexander Sacharoff

Peter, Frank-Manuel, Rainer Stamm (Hg.): *Die Sacharoffs. Zwei Tänzer aus dem Umkreis des Blauen Reiters.* Köln 2002.

Stamm, Rainer, Gloria Köpnick: *Karl Ernst und Gertrud Osthaus. Die Gründer des Folkwang-Museums und ihre Welt.* München 2022.

Albert von Schrenck-Notzing

Schrenck-Notzing, Albert von: »Ein Fall von konträrer Sexualempfindung, gebessert durch hypnotische Suggestion«. *Internationale klinische Rundschau* 3 (40), 1889. Sp. 1629–31.

Schrenck-Notzing, Albert von: »Über Suggestionstherapie bei konträrer Sexualempfindung«. *Internationale klinische Rundschau* 5 (26), 1891. S. 1–7.

Schrenck-Notzing, Albert von: *Die Traumtänzerin Magdeleine G. Eine psychologische Studie über Hypnose und dramatische Kunst.* Stuttgart 1904.

Dierks, Manfred: *Thomas Manns Geisterbaron. Leben und Werk des Freiherrn Albert von Schrenck-Notzing.* Gießen 2012.

Linse, Ulrich: »Klassische Orte parapsychologischer Wissensproduktion im Fin de Siècle und zu Beginn des 20. Jahrhunderts. Albert von Schrenck-Notzing und sein Münchner Kreis zwischen Salon, Labor und Bühne«. In: *Institutionalisierungen der*

Parapsychologie im 20. Jahrhundert im internationalen Vergleich. Hrsg. von Anna Lux und Sylvia Paletschek. München 2016.

Alfred Schuler

Schuler, Alfred: *Fragmente und Vorträge aus dem Nachlass.* Mit Einführung von Ludwig Klages. Leipzig 1940.

Kaltenbrunner, Gerd-Klaus: »Zwischen Rilke und Hitler – Alfred Schuler«. In: *Zeitschrift für Religions- und Geistesgeschichte*. 1967 (XIX), S. 333 ff.

Regina Ullmann

Ullmann, Regina: *«Ich bin den Umweg statt den Weg gegangen«.* Ein Lesebuch. Zusammengestellt und mit einem biographischen Nachwort herausgegeben von Charles Linsmayer. Frauenfeld 2000.

Frank Wedekind

Wedekind, Frank: *Die Tagebücher. Ein erotisches Leben*. Hrsg. von Gerhard Hay. Frankfurt a.M. 1986.

Wedekind, Frank: *Werke in zwei Bänden*. Band I: Gedichte und Lieder – Prosa – Frühlings Erwachen und die Lulu-Dramen. Band 2: Dramen. Hrsg., mit Nachwort und Anmerkungen von Erhard Weidl. München 1994.

Heine, Thomas Theodor: »Erinnerung an Wedekind«. In: *Die Wahrheit ist oft unwahrscheinlich. Thomas Theodor Heines Briefe an Franz Schoenberner aus dem Exil.* Hrsg. von Thomas Raff. Göttingen 2004.

Kieser, Rolf: »Amerikanische Motive im Werk Benjamin Frank-

lin Wedekinds«. In: *The German quarterly*. Vol. 65, No 3–4, 1992, S. 369 ff.
Praske, Tanja: Anita Augspurg und Frank Wedekinds »Frühlings Erwachen« | #femaleheritage (muenchner-stadtbibliothek.de)
Regnier, Anatol: *Frank Wedekind. Eine Männertragödie*. München 2010.

Marianne von Werefkin und Alexej Jawlensky

Lebensmenschen. Alexej von Jawlensky und Marianne von Werefkin. Hrsg. von Roman Zieglgänsberger, Annegret Hoberg und Matthias Mühling. München 2019.
Fäthke, Bernd: *Jawlensky und seine Weggefährten in neuem Licht*. München 2004.
Roßbeck, Brigitte: *Marianne von Werefkin. Die Russin aus dem Kreis des Blauen Reiters*. München 2010.

Bildnachweise

S. 15, 122: SZ Photo/Süddeutsche Zeitung Photo
S. 21: ETH-Bibliothek Zürich, Thomas-Mann-Archiv / Fotograf: Atelier Elvira / TMA_1393
S. 37: Landesarchiv Berlin, B Rep. 235-FS Nr. 187
S. 50, 82, 94, 152, 184, 245, 263, 279, 341, 356: akg-images
S. 102: ETH-Bibliothek Zürich, Thomas-Mann-Archiv / Fotograf: Unbekannt / TMA_0956
S. 116: mauritius images / The History Collection / Alamy / Alamy Stock Photos
S. 141:Universitätsbibliothek Heidelberg / Jugend: Münchner illustrierte Wochenschrift für Kunst und Leben / 1.1896, Band 1 (Nr. 12)
S. 168: bpk / CNAC-MNAM / Fonds Kandinsky
S. 195: bpk
S. 239: Heritage Images / Fine Art Images / akg-images
S. 299: ETH-Bibliothek Zürich, Thomas-Mann-Archiv / Fotograf: Unbekannt / TMA_1062

www.klett-cotta.de

Wolfram Eilenberger
Feuer der Freiheit
Die Rettung der Philosophie in finsteren Zeiten (1933-1943)
400 Seiten, gebunden mit Schutzumschlag
ISBN 978-3-608-96460-8

Wie vier Philosophinnen eine neue Welt entwarfen

»Ein Buch, das unter jeden Weihnachtsbaum gehört.« *Denis Scheck, Druckfrisch*

»Gleichgültig, was man bisher über das Denken im 20. Jahrhundert wusste: Hier wird man auf aufregende Weise klüger.« *Elke Schmitter, Der Spiegel*

Simone de Beauvoir, Hannah Arendt, Simone Weil und Ayn Rand: Mit großer Erzählkunst schildert Wolfram Eilenberger die dramatischen Lebenswege der einflussreichsten Philosophinnen des 20. Jahrhunderts. Inmitten der Wirren des Zweiten Weltkrieges legen sie als Flüchtlinge und Widerstandskämpferinnen, Verfemte und Erleuchtete das Fundament für eine wahrhaft freie, emanzipierte Gesellschaft.